Spécial

SCIENCES ÉCO

OBJECTIF
MENTION
TRÈS BIEN

TERMINALE

NOUVEAUX
PROGRAMMES

Laurent Braquet

ellipses

Collection « Objectif Mention Très Bien »

Retrouvez les titres de la collection
et des extraits des livres sur http://www.editions-ellipses.fr

ISBN 9782340-039162

32, rue Bargue 75740 Paris cedex 15

www.editions-ellipses.fr

Table des matières

Sociologie et science politique

Regards croisés

Chapitre 1

Les sources et les défis de la croissance

Je révise et je me perfectionne

Quels sont les rouages de la croissance économique et à quelles contraintes est-elle confrontée ?

1. Définition

Le produit intérieur brut (PIB) permet de mesurer la production globale de l'économie, en réalisant la somme des valeurs ajoutées de biens et services d'une économie créé par tous les agents économiques qui ont une activité de production. À travers la mesure de la production globale de biens et services, le PIB permet d'évaluer la capacité de l'économie à satisfaire les besoins de tous les agents économiques (ménages, entreprises). On pourra mesurer la croissance économique, et donc l'augmentation de la capacité à satisfaire les besoins de la population, en calculant le taux de variation du PIB. Le taux de croissance correspond donc au taux de variation du PIB. Le PIB est, par construction, un indicateur quantitatif, néanmoins, ces productions peuvent avoir des impacts qualitatifs positifs ou négatifs. La croissance est généralement définie comme une « *augmentation soutenue pendant une ou plusieurs périodes longues d'un indicateur de dimension : pour une nation, le produit intérieur net en termes réels* » (François Perroux, 1961).

2. Le cours

2.1 Les moteurs traditionnels de la croissance économique

En s'appuyant sur ces fondements théoriques et sur les progrès de la recherche économique ces dernières décennies, les économistes s'accordent sur les facteurs suivants pour expliquer les origines du processus de croissance économiques dans le long terme : les ressources naturelles, le facteur travail, l'accumulation de capital physique, le progrès technique au sens large et les institutions. Les ressources naturelles peuvent être comprises, dans une certaine acception, dans le facteur capital productif au sens large. La dynamique démographique va avoir un impact sur la quantité de facteur travail. Le progrès technique va désigner l'ensemble des améliorations des facteurs de production et de leur combinaison, c'est-à-dire les innovations technologiques, les innovations organisationnelles, l'amélioration du capital humain (éducation, connaissances technologiques, santé, alimentation). Les institutions économiques sont également très importantes car elles encadrent le fonctionnement des marchés de biens et services, le marché du travail, les marchés de capitaux (financiers)… *via* les droits de propriété, les conditions de concurrence, la protection par les brevets, la stabilité politique (démocratie et bonne gouvernance).

En fonction de l'ensemble de ces facteurs et conditions, si les taux de croissance diffèrent d'une économie à l'autre, cela peut s'expliquer par des différences de dotation en capital naturel (ressources naturelles), en facteur travail, en termes d'accumulation de capital physique, d'accumulation de capital humain, de progrès technologique, des différences au niveau des institutions économiques, dont les droits de propriété et, enfin, en matière de stabilité politique. Il en découle que si la croissance est durablement trop faible, l'État pourrait jouer un rôle essentiel, aux côtés des agents privés, dans le retour durable d'une croissance soutenue en favorisant par diverses politiques publiques l'accumulation combinée de ces différents facteurs, qui se traduira progressivement par une hausse de la productivité globale des facteurs et des niveaux de vie.

2.2 Le rôle crucial du progrès technique

Le progrès technique est une notion très large, car il s'applique à l'ensemble des innovations entraînant une amélioration qualitative des facteurs de production mais aussi des méthodes de production, de l'organisation du travail ou des marchés. Dans tous les cas, le progrès technique améliore la productivité globale des facteurs (PGF), c'est-à-dire le rapport entre la production et le volume total de facteurs utilisé. La croissance de la PGF est alors la croissance de la production qui n'est expliquée ni par la croissance de l'emploi, ni par celle du stock de capital productif Le progrès technique désigne l'ensemble des éléments qui permettent d'augmenter la production à volume de travail et de capital inchangé. C'est un « résidu », selon l'expression de l'économiste Robert Solow c'est-à-dire la part inexpliquée (résiduelle) de la croissance, une fois que l'on a pris en compte l'augmentation quantitative des facteurs de production (travail et capital). On parle encore de progrès technique autonome, car il intervient comme un troisième facteur, distinct du capital et du travail, indépendamment des comportements économiques des agents.

À l'inverse, on parle de progrès technique « *endogène* » lorsqu'il résulte d'investissements effectués par les agents motivés par la perspective d'un gain (voir « approfondissement »).

L'introduction du progrès technique dans la fonction de production et les modèles de croissance permet d'expliquer le fait que la production augmente plus rapidement que les quantités de facteurs utilisées, autrement dit, que le produit ou revenu par tête puisse augmenter de manière soutenue et durablement.

Au niveau agrégé, cette fonction de production devient $\boxed{Y = A \times F(K, L)}$ et la production par travailleur ou par tête ou $\boxed{y = A \times f(k)}$ avec $y = Y/L$ et $k = K/L$.

Ici, coefficient multiplicateur « A » représente le progrès technique, supposé exogène.

L'existence du progrès technique se traduit par une multiplication de la capacité de production des facteurs de production, le travail et le capital physique. Le progrès technique a pour effet d'accroître la capacité de production des travailleurs parce qu'il en augmente l'efficacité. Si on considère qu'un travailleur produit aujourd'hui près dix fois ce que le travailleur au début du XXe siècle produisait, c'est comme si le nombre de travailleurs avait été multiplié par dix.

2.3 Vers une stagnation séculaire de la croissance ?

En raison du ralentissement continu de la croissance de la productivité globale des facteurs (PGF) depuis les années 1970, il se pourrait bien, selon de nombreux experts internationaux, que nous devions à l'avenir nous habituer à des taux de croissance du PIB durablement faibles (autour de 0,5 %/1 %). Cette hypothèse d'une « stagnation séculaire de la croissance », contenue dans les travaux récents de l'économiste américain Robert Gordon, professeur à l'université Northwestern, a déclenché un vif débat. Cette intuition, qui contient l'idée que la croissance rapide que le monde a connue depuis 250 ans constitue un épisode unique dans l'histoire de l'humanité, est en effet capitale, car elle génèrerait une baisse tendancielle de notre revenu par tête à long terme. En effet, de nombreux facteurs pourraient agir comme des « vents contraires », selon la formule de Robert Gordon, et freiner l'expansion du PIB jusqu'à la ramener à des niveaux très faibles : le vieillissement démographique (hausse des dépenses de retraites, baisse de l'incitation à investir), l'inefficacité croissante des systèmes éducatifs (les rendements des investissements dans l'éducation diminuent), la compression du pouvoir d'achat sous l'impact de la mondialisation, les effets du désendettement public et privé, le coût de la lutte contre le réchauffement climatique ou encore la montée des inégalités, agiraient comme de puissants freins à la croissance.

Cette décélération de la productivité et de la croissance du PIB, qui pourrait bien se poursuivre durant le siècle prochain, impliquerait des tensions sociales grandissantes sur le partage des richesses, dans le cadre d'un jeu à somme nulle entre les groupes sociaux (ce que l'un gagne, l'autre le perd).

2.4 La croissance économique comme processus « endogène »

Les débats plus récents concernant l'impact des nouvelles technologies sur la croissance ont mis en avant le rôle stratégique des efforts d'investissement, publics ou privés, dans la production de technologie, la formation dans l'enseignement supérieur, la recherche et le développement. L'accumulation du capital humain, du capital technologique et du capital public est d'ailleurs au cœur des modèles théoriques dits de croissance « endogène », qui expliquent les mécanismes auto-entretenus et cumulatifs de la croissance. Ces théories permettent d'insister sur l'importance de l'accumulation du capital sous toutes ses formes. Le point crucial est que le processus de croissance trouve ses origines dans l'économie elle-même (endogène), via les décisions des agents économiques et les opérations qui en découlent.

De surcroît, les effets sont cumulatifs, dans la mesure où les décisions d'investissement et d'innovation présentes dépendent de celles du passé et que, donc, la croissance économique présente est conditionnée par la croissance antérieure.

– C'est Paul Romer qui, en 1986, a proposé un premier modèle fondé sur la logique de « l'apprentissage par la pratique » *(learning by doing)*, qui permet d'expliquer les rendements croissants qui accompagnent l'accumulation de connaissances et de compétences. Il observe des rendements croissants sur les facteurs accumulables (capital physique, capital humain) et l'explique par le savoir-faire accumulé, des externalités pécuniaires et les facteurs de production publics. En 1990, dans un second modèle, Paul Romer insiste sur le rôle de la recherche-développement (R &D) dans le processus de progrès technologique. La recherche permet d'accumuler des connaissances, lesquelles vont se diffuser librement, car la connaissance est un bien collectif accessible à tous ; et, du fait des externalités positives qui en découlent, les pouvoirs publics ont intérêt à inciter le secteur privé à développer ces activités en les protégeant (brevets) ou en les subventionnant pour soutenir durablement une croissance soutenue.

– En 1990 toujours, Robert Barro présente un modèle fondé sur l'impact majeur de l'accumulation de capital public (infrastructures publiques telles que les routes, chemins de fer, ports, hôpitaux…) sur l'accumulation de capital privé, la productivité des facteurs de production, et donc sur la croissance.

– En 1998, Robert Lucas développe un modèle fondé sur l'accumulation de capital humain et ses externalités positives. Le capital humain désigne un stock de connaissances, de savoir-faire et de compétences que les individus peuvent intérioriser et valoriser dans l'économie. Chaque individu, entreprise ou institution peut investir en capital humain et en tirer un avantage durable ex post, car le capital humain a une productivité marginale constante, il facilite une accumulation ultérieure et il est à l'origine d'externalités positives, de sorte que l'accumulation par les uns favorise et facilite l'accumulation par les autres. Les pouvoirs publics ont donc intérêt à améliorer les politiques de formation initiale, professionnelle et continue pour promouvoir une croissance durablement soutenue.

Ces approches « endogènes » de la croissance économique permettent de montrer que l'investissement et l'accumulation de capital matériel, immatériel, technologique, humain et public améliorent la capacité productive et permettent d'élever la productivité du travail. Par exemple, le progrès des connaissances va avoir une incidence sur la formation du capital humain, lequel permet de faire progresser les compétences et la capacité à utiliser de manière optimale le capital productif. Il en découle une augmentation de la productivité du travail et de la productivité globale des facteurs. Autrement dit, les investissements d'aujourd'hui vont favoriser la croissance de demain et la capacité à investir et accumuler du capital après-demain…

2.5 Le rôle central des institutions

Les institutions économiques encadrent le fonctionnement des marchés de biens et services, le marché du travail, les marchés de capitaux (financiers)… avec les droits de propriété, les règles de la concurrence, la protection de l'innovation par les brevets, le respect des contrats commerciaux, la stabilité politique pour attirer les investisseurs étrangers, etc. Les institutions désignent les règles juridiques et les dispositifs qui encadrent la concurrence sur les marchés. Par exemple, des institutions adaptées sont nécessaires pour que les marchés financiers permettent la rencontre de l'épargne et des investissements, et donc le financement d'une croissance soutenue et durable. Le rôle des institutions, en général, et des droits de propriété, en particulier, est indispensable à la croissance dans la mesure où une économie de marché, dans laquelle on souhaite promouvoir le libre-échange, l'initiative individuelle, la prise de risque, a besoin de règles multiples pour créer un environnement favorable à l'activité économique. L'économiste Douglas North, prix Nobel d'économie en 1993, note que le développement d'innovations est plus rentable si leur exploitation économique est protégée par des brevets. Si la connaissance est un bien non-rival (elle bénéficie à tous), l'innovation qui en découle est facilitée si elle devient un bien rival, dont l'utilisation est exclusivement réservée à son propriétaire (grâce au brevet déposé). Le développement technologique, et donc la croissance, dépend alors des innovations institutionnelles, comme l'adoption d'un système de brevets efficace pour inciter les entreprises à l'innovation, la création de droits de propriété sur le capital, d'une fiscalité favorable, etc.

Focus sur **La croissance comme processus de « destruction créatrice »**

Selon les intuitions de l'économiste Joseph Schumpeter (1883-1950), le processus d'innovation est le résultat de l'activité d'une catégorie d'individus exceptionnels au sein du capitalisme de marché : les entrepreneurs. Pour Joseph Schumpeter, « *[...] le rôle de l'entrepreneur consiste à réformer ou à révolutionner la routine de production en exploitant une invention ou, plus généralement, une possibilité technique inédite (production d'une marchandise nouvelle, ou nouvelle méthode de production d'une marchandise ancienne, ou exploitation d'une nouvelle source de matières premières ou d'un nouveau débouché, ou réorganisation d'une branche industrielle, et ainsi de suite). [...] C'est à ce genre d'activités que l'on doit primordialement attribuer la responsabilité des "prospérités" récurrentes qui révolutionnent l'organisme économique, ainsi que des "récessions" non moins récurrentes qui tiennent au déséquilibre causé par le choc des méthodes ou produits nouveaux* ». Dans sa *Théorie de l'évolution économique*, publiée en 1911, Schumpeter met en évidence le rôle déterminant de l'innovation dans cette dynamique. Il oppose pour cela une économie stationnaire, qualifiée de *circuit économique*, dont les éléments structurels se reproduisent à l'identique et l'évolution économique dans laquelle l'introduction de « nouvelles combinaisons », les innovations de procédé ou les innovations de produit, viennent bouleverser les équilibres. Dans le circuit, règne la logique de l'équilibre général : les mouvements de prix permettent l'équilibre du système et les agents économiques ont des comportements routiniers, fonction de leur expérience passée. L'économie croît certes, mais finit par arriver à un état stationnaire. Selon Schumpeter, c'est l'innovation qui vient briser ces routines et transformer les structures productives. Les innovations ne peuvent naître d'une économie qui se reproduit à l'identique et qui ne fait qu'ajouter des « *diligences à des diligences* » ; elles supposent une rupture des routines installées et une destruction permanente des produits et des procédés anciens par les nouveaux (comme avec le chemin de fer). C'est à l'entrepreneur qu'il revient la responsabilité de faire entrer l'économie dans « *l'ouragan perpétuel de la destruction créatrice* » pour en faire une économie capitaliste. Comme ces innovations procèdent par grappes et par sauts discontinus, elles peuvent impulser des fluctuations d'intensité variable suivant leur importance. Dès lors, on peut observer que la croissance des revenus s'est accompagnée d'accroissements sans précédent de la population et logiquement, d'une accélération et d'une multiplication exponentielles du rythme des découvertes scientifiques. Les innovations portent donc bien la croissance économique sur le très long terme.

Conseils pour le bac

- Le chapitre suppose de comprendre quels sont les ressorts traditionnels de la croissance économique, en insistant tout particulièrement sur le rôle du progrès technique, son principal moteur sur la longue période.
- Il faudra détailler l'origine du progrès technique, en insistant notamment sur l'accumulation du capital, le rôle de la productivité et les théories de la croissance « endogène ».
- Le programme suppose de bien montrer également que l'innovation technologique fait de la croissance un processus de « destruction créatrice » qui bouleverse en permanence les structures de l'économie.
- Enfin, ce chapitre nécessite d'insister sur les conséquences de la croissance, et tout particulièrement sur la production d'inégalités de revenu accentuées en raison du progrès technique, et sur les barrières écologiques auxquelles elle se heurte désormais.

3. J'approfondis. La croissance économique face aux inégalités et aux contraintes écologiques

3.1 Progrès technique et inégalités de revenu

L'accentuation des inégalités de revenu est un phénomène constaté depuis la fin des années 1970 aux États-Unis et en Europe. L'écart de niveau de salaire entre les 10 % les mieux payés et les 10 % les mieux payés dans la distribution des salaires s'est accru, tandis qu'en Europe continentale, le chômage de masse frappe davantage les travailleurs disposant d'un faible niveau de qualification. Depuis les années 1990, les travailleurs non qualifiés ont vu leur situation se dégrader en termes de salaires et d'emploi relativement aux travailleurs qualifiés. Quelles sont les causes de ce phénomène ? Les économistes parlent de « progrès technologique biaisé » (*skilled-biased technological change*), avec les transformations de l'organisation du travail dans les entreprises, et surtout l'introduction des technologies de l'information (ordinateurs, télécoms, robotique) qui impliquent une demande de qualification plus forte que pour toutes les révolutions techniques précédentes, caractérisées notamment par la chaîne de montage et la machine à écrire. Dès les années 1990, le Prix Nobel d'économie Paul Krugman défendait ainsi l'idée selon laquelle « *la mondialisation n'est pas coupable* » (de l'aggravation des inégalités de revenu) : c'est l'utilisation intensive de ces technologies dans la production qui génèrerait une forte demande de travailleurs qualifiés (ingénieurs, designers, techniciens) par les entreprises. La loi de l'offre et de la demande sur le marché du travail entraînerait alors une hausse du salaire d'équilibre des travailleurs qualifiés, et ceci tant que l'offre de capital humain par le système éducatif ne s'est pas adaptée. Les travailleurs non qualifiés dans les activités routinières subiraient quant à eux une stagnation voire une baisse de leurs rémunérations (ajustement par les prix), ou bien seraient confrontés au chômage si des réglementations, comme le salaire minimum, créaient une rigidité des salaires à la baisse (ajustement par les quantités). Ce constat semble étayé par des analyses qui montrent que depuis les années 1980, une année d'étude supplémentaire, un niveau de diplôme supérieur ou une expérience professionnelle plus longue entraînent bien une progression du salaire moyen observé (le rendement économique de la qualification ayant donc augmenté). Ces théories se concentrent non plus sur les facteurs de production traditionnels (travail, capital) pour expliquer les inégalités, mais sur l'hétérogénéité du facteur travail entre les travailleurs qualifiés et les travailleurs non qualifiés.

Les économistes retiennent généralement l'hypothèse d'une complémentarité entre le progrès technique et le capital humain : les mutations technologiques accroissent la demande de qualification *(skilled labour augmenting)*, notamment pour la conception des nouveaux équipements plus sophistiqués (par exemple dans l'informatique). De manière plus indirecte, les transformations technologiques accroissent la production de biens mais nécessitent également des tâches plus complexes dans l'entreprise, exigeantes en qualification des travailleurs (maintenance, gestion financière, comptabilité, etc.) La structure de l'emploi évolue alors avec une augmentation progressive de la part des travailleurs qualifiés par rapport à celle des travailleurs non qualifiés dans la population employée, ainsi que dans le revenu total. Le besoin des entreprises en travail qualifié s'explique aussi par la rapidité des mutations technologiques qui nécessite pour les entreprises de posséder le capital humain pour comprendre les évolutions, les utiliser et les intégrer rapidement au processus de production.

Comme nous l'avons vu, les vagues d'innovations s'inscrivent dans une économie de marché où le mécanisme de la « *destruction créatrice* » entraîne un changement technique incessant et bouleverse les combinaisons productives. Les secteurs porteurs d'innovations créent davantage d'emplois qualifiés à fortes rémunérations, relativement aux secteurs routiniers frappés d'obsolescence. Les bouleversements technologiques sont de nature à dévaloriser certaines qualifications spécifiques qui sont liées à un état donné des techniques. Si l'on ne peut éluder le rôle des mécanismes économiques et sociaux, des institutions du marché du travail, et du commerce international dans la déformation de la répartition des revenus, le progrès technique joue donc un rôle indéniable dans la dynamique des inégalités de revenu, et ce phénomène est sans doute amené à s'accentuer dans le futur.

3.2 La croissance économique face aux barrières écologiques

La croissance du PIB est aujourd'hui confrontée aux risques liés à l'épuisement du capital naturel. Les sommets internationaux sur l'environnement, le climat et l'avenir de la planète tentent d'y faire face (voir chapitre 12). En effet, la croissance aboutit, de fait, à une raréfaction croissante, voire à un épuisement des ressources naturelles. Les ressources énergétiques fossiles s'épuisent (pétrole, charbon, gaz, minerai métallique), les réserves halieutiques aussi, les espèces naturelles en voie de disparition se multiplient, la déforestation s'accélère, l'augmentation de la concentration des gaz à effet de serre GES (dont le dioxyde de carbone, le CO_2) accroît la rareté de l'air pur. De plus, le réchauffement de la planète se poursuit et pourrait déclencher des conséquences catastrophiques. Dès lors, une croissance économique soutenable serait une croissance qui serait compatible avec la préservation de l'environnement.

Concrètement, le processus de croissance se traduit :

– Par un prélèvement *direct* sur le stock de ressources naturelles en quantités limitées ;

– Par un prélèvement *indirect* via les dégradations qui en découlent ;

Pour les économistes, on peut expliquer ces limites écologiques de la croissance par l'existence d'externalités négatives produites par l'activité économique et par des comportements irresponsables.

En réponse à ce défi environnemental, deux théories de la soutenabilité de la croissance opposent les économistes : la thèse de la soutenabilité faible et celle de la soutenabilité forte. Ces deux approches s'opposent sur le degré de substituabilité entre les différentes formes de capital (capital physique, capital technologique, capital naturel, capital institutionnel).

– Les partisans de l'approche de la « *soutenabilité faible* » considèrent que la contrainte écologique sur le fonctionnement de l'économie et de la société, est faible. Ils estiment que la nature est un capital productif comme les autres et que l'innovation et le progrès technologique peuvent reculer les limites de la croissance (en développant des biens et des services plus respectueux de l'environnement).

– Au contraire, les défenseurs de l'approche de la « *soutenabilité forte* » estiment que la contrainte écologique sur le fonctionnement de l'économie et de la société est forte. Ils considèrent que les atteintes au stock capital naturel sont, dans une certaine mesure au moins, irréversibles : les dommages causés à l'environnement restent en parties irréparables et certaines ressources épuisables sont irremplaçables.

Bibliographie

- Philippe Aghion, *Repenser la croissance économique*, Fayard, 2016
- Laurent Braquet, David Mourey, *Économie, Principes fondamentaux,* De Boeck, 2019
- Jean-Luc Gaffard, *La croissance économique*, Armand Colin, 2011
- Fonds monétaire international, Perspectives de l'économie mondiale, avril 2019. https://www.imf.org/fr/Publications/WEO/Issues/2019/03/28/world-economic-outlook-april-2019

Je m'exerce et je fais la différence

1. Des questions possibles lors des évaluations

- Quels sont les facteurs à l'origine de la croissance économique ?
- Quel rôle le progrès technique joue-t-il dans la croissance économique ?
- Quels liens peut-on faire entre le progrès technique et l'accroissement de la productivité globale des facteurs ?
- Comment le progrès technique peut-il contribuer à un accroissement des inégalités de revenu ?
- Dans quelle mesure la croissance économique se heurte-t-elle à des limites écologiques ?

2. Entraînement

2.1 Exercice 1. Vrai ou Faux ?

	Vrai	Faux
Le progrès technique est le seul facteur explicatif de la croissance économique		
La croissance économique est mesurée par le taux de croissance du PIB		
La productivité globale des facteurs mesure la contribution du progrès technique à la croissance économique		
L'accumulation du capital nécessite un investissement productif des entreprises		
La croissance « endogène » suppose une liberté totale des marchés sans intervention de l'État		
Le capital humain désigne un stock de connaissances, de savoir-faire et de compétences que les individus peuvent intérioriser et valoriser dans l'économie		

	Vrai	Faux
Le capital humain ne joue aucun rôle dans le processus de croissance économique		
Un système de brevets peut favoriser l'incitation à l'innovation		
Le progrès technique n'est pas un facteur à l'origine de l'accentuation des inégalités de revenu		
Selon les économistes, l'innovation ne peut constituer un moyen de limiter les effets néfastes de la croissance sur l'environnement		

2.2 Exercice 2. La croissance du PIB dans les pays avancés et dans les pays émergents

Document **Taux de croissance semi-annuels**

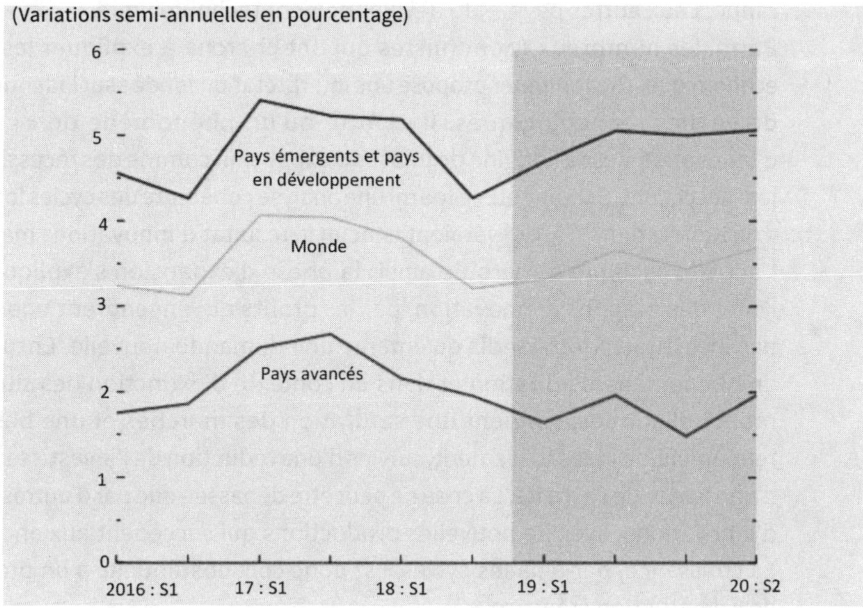

*S1 = semestre 1 ; S2 = semestre 2 ;

(In FMI, Perspectives de l'économie mondiale, avril 2019)

Question

Après avoir présenté le document, comparer l'évolution de la croissance économique dans les économies de marché émergentes et en développement avec celle des économies avancées.

2.3 Exercice 3. La croissance « schumpétérienne » : la « destruction créatrice »

Document

Il semble que l'augmentation de la PGF et de la productivité horaire du travail soit essentiellement le fait d'entreprises nouvelles, plus innovantes que les entreprises existantes. Elle serait caractéristique d'une économie qui évolue à la « frontière technologique », autrement dit au stade le plus avancé — par rapport aux autres pays — du développement technologique.

Parmi les nombreux économistes qui ont cherché à expliquer les cycles économiques, Schumpeter propose une interprétation fondée sur l'identification de vagues technologiques. Il montre qu'un phénomène de « grappes d'innovation » est à l'origine de phases d'expansion comme des récessions qui leur succèdent. Schumpeter a fourni une analyse cohérente des cycles longs dits « de Kondratieff (*) », qui seraient chacun le résultat d'innovations majeures.

L'activité cyclique se déroule ainsi : la phase d'expansion s'explique, sous l'effet des grappes d'innovation, par les profits qui engendrent une hausse des investissements tandis qu'émerge une demande nouvelle. Ensuite, par un phénomène d'imitation et dans un contexte d'extinction des situations monopolistiques, survient une saturation des marchés et une baisse du rendement de l'investissement, suivies d'une réduction de l'investissement et d'une baisse de l'activité. La crise ne peut être dépassée que par d'autres vagues d'innovations, avec de nouvelles productions qui succèdent aux anciennes. La croissance, par-delà les cycles, est donc consubstantielle à un processus de « destruction créatrice ».

L'apparition et la diffusion des innovations dépendent en amont de la propension de l'entrepreneur à prendre des risques, de la recherche en vue de favoriser l'émergence d'inventions susceptibles d'être exploitées, et du crédit. La dépression correspond à une période de remise en cause de structures productives devenues surdimensionnées, de désendettement et de gestation de nouvelles innovations. La durée de chaque cycle dépend de l'importance des innovations et de leurs effets d'entraînement.

En somme, le progrès technique n'est pas un flux continu, mais il se diffuse de manière périodique par vagues à partir de certains secteurs et certains lieux. On notera que, dans cette représentation, le moteur de l'innovation n'est pas la concurrence, mais la perspective de réaliser temporairement, dans une situation de monopole, des surprofits justifiant les risques encourus. En revanche, le marché doit demeurer suffisamment concurrentiel pour permettre, à terme, la diffusion de l'innovation puis la survenue de nouvelles grappes d'innovation.

* L'économiste soviétique Nikolaï Kondratieff a identifié des cycles économiques d'une cinquantaine d'années.

Source : Recherche et innovation en France : surmonter nos handicaps au service de la croissance, juillet 2019, *Sénat*.fr https://www.senat.fr/rap/r07-392/r07-3922.html

■ **Questions**

1. Qu'est-ce que la « frontière technologique » ?
2. En quoi le processus de « destruction créatrice » rend-il la croissance instable ?
3. Pourquoi la recherche du profit est-elle un moteur important de la croissance ?
4. Quel est le rôle joué par la concurrence sur les marchés ?

3. Corrigé

3.1 Exercice 1. Vrai ou Faux ?

	Vrai	Faux
Le progrès technique est le seul facteur explicatif de la croissance économique		X
La croissance économique est mesurée par le taux de croissance du PIB	X	
La productivité globale des facteurs mesure la contribution du progrès technique à la croissance économique	X	
L'accumulation du capital nécessite un investissement productif des entreprises	X	
La croissance « endogène » suppose une liberté totale des marchés sans intervention de l'État		X

	Vrai	Faux
Le capital humain désigne un stock de connaissances, de savoir-faire et de compétences que les individus peuvent intérioriser et valoriser dans l'économie	X	
Le capital humain ne joue aucun rôle dans le processus de croissance économique		X
Un système de brevets peut favoriser l'incitation à l'innovation	X	
Le progrès technique n'est pas un facteur à l'origine de l'accentuation des inégalités de revenu		X
Selon les économistes, l'innovation ne peut constituer un moyen de limiter les effets néfastes de la croissance sur l'environnement		X

3.2 Exercice 2. La croissance du PIB dans les pays avancés et dans les pays émergents

Ce document est un graphique tiré des perspectives de l'économie mondiale publié par le FMI en avril 2019, qui exprime les taux de croissance du PIB en % des pays avancés, des pays émergents et en développement, et ceux du monde sur la période 2016-2019, avec des projections pour 2020.

On constate que le taux de croissance du PIB des pays émergents et en développement est assez nettement supérieur à celui des pays développés, et au-dessus de la moyenne mondiale sur toute la période : en 2016, il était de 4 % environ tandis que celui des pays développés était de moins de 2 %. Alors que l'année 2016 avait été marquée par un fléchissement des taux de croissance du PIB, la reprise se confirme en 2017. On note un nouveau fléchissement du taux de croissance du PIB pendant le premier semestre de 2017 et au premier semestre de 2018, notamment pour les pays avancés : après avoir dépassé les 2 %, le taux de croissance du PIB chute à nouveau sous les 2 % et les prévisions pour 2020 se situent au même niveau. Le FMI prévoit pour les pays émergents et en développement un taux de croissance du PIB autour de 5 % en 2020. La croissance mondiale devrait s'établir autour des 4,5/5 % en 2020.

3.3 Exercice 3. La croissance « schumpétérienne » : la « destruction créatrice »

■ Questions

1. Qu'est-ce que la « frontière technologique » ?
La frontière technologique en économie désigne le niveau le plus avancé de la recherche technologique : c'est l'ensemble des technologies et des combinaisons productives les plus efficaces.

2. En quoi le processus de « destruction créatrice » rend-il la croissance instable ?
Le processus de destruction créatrice se traduit par une disparition des activités les moins productives et une élévation de la productivité dans les nouveaux secteurs porteurs des innovations, mais ce mécanisme peut entraîner des fluctuations de l'investissement et donc de la croissance du PIB. Dans un premier temps les innovations apparaissent en grappes et stimulent la croissance, mais l'imitation des innovations va réduire les opportunités de profit et conduire à un ralentissement de l'activité.

3. Pourquoi la recherche du profit est-elle un moteur important de la croissance ?
La recherche du profit peut inciter les entreprises à investir et donc à innover afin de conquérir des parts de marché dans la concurrence. L'investissement des entreprises agit à la fois sur l'offre productive (hausse de la productivité) et la demande globale (consommation, investissement) et soutient la croissance du PIB.

4. Quel est le rôle joué par la concurrence sur les marchés ?
La concurrence incite les entreprises à toujours réaliser des efforts de productivité, de réduction des coûts et d'innovation pour maintenir et accroître leurs parts de marché. La concurrence incite aussi au développement de nouveaux biens et services

Chapitre 2

Les fondements du commerce international et de l'internationalisation de la production

Je révise et je me perfectionne

Quels sont les déterminants des échanges internationaux et de la globalisation de la production ?

I. Définition

Le commerce international concerne les opérations d'achat et de vente de marchandises réalisés entre espaces économiques nationaux : il est mesuré en valeur ou en volume par le montant total des exportations ou des importations de marchandises qui sont enregistrés dans la balance commerciale. Au sens large, le commerce international inclut les transactions internationales de services (transports, assurance, tourisme, etc.) Les échanges internationaux de biens et de services sont comptabilisés dans le compte des transactions courantes de la balance des paiements. L'ouverture des économies est un phénomène nécessaire car aucun pays ne peut prétendre disposer de toutes les dotations factorielles et des ressources nécessaires pour produire l'ensemble des biens désirés par les consommateurs. C'est la raison pour laquelle l'accroissement des échanges mondiaux est la caractéristique principale de la mondialisation (on ne peut importer sans exporter quelque chose). Depuis la fin de la Seconde Guerre mondiale, le commerce international a crû plus vite que la production mondiale, et le degré d'ouverture des économies a progressé. Le commerce intra-branche, c'est-à-dire l'échange de produits similaires entre pays, s'est développé, comme la globalisation de la production avec l'essor des firmes multinationales et l'internationalisation de la chaîne de valeur. L'économie mondiale est certes caractérisée par une tendance au libre-échange, mais ce dernier reste cependant limité et parfois contesté, avec à la clé des tensions commerciales entre les pays. Avec la création de l'Organisation mondiale du commerce (OMC) en 1995, la question d'une régulation du commerce mondial est de nouveau posée, dans un contexte de domination de la « Triade » (Union européenne, Amérique du Nord, Japon) qui assure 4/5e du commerce international. Cependant la montée en puissance rapide des pays émergents (et notamment de la Chine qui intègre l'OMC en 2001) suscite de nouveaux débats. En parallèle, depuis la crise de 2008, le ralentissement durable du commerce international annonce un changement de tendance, tandis que les tensions commerciales entre la Chine et les États-Unis dirigés par l'administration Trump, s'avivent aujourd'hui.

2. Le cours

2.1 La justification du libre-échange : les théories de la spécialisation internationale

– Dans son ouvrage d'économie politique *Recherches sur la nature et les causes de la Richesse des Nations,* publié en 1776, **Adam Smith (1723-1790)** développe l'idée selon laquelle tout individu a un penchant naturel à échanger avec autrui pour satisfaire ses besoins. La division du travail et les échanges qui en découlent permettent d'augmenter la productivité du travail. En se spécialisant dans une activité et en échangeant les biens fabriqués, les individus produisent de façon plus efficace et l'échange génère un gain : la production est plus importante que dans une situation sans échange, où tout le monde produit tous les biens et consomme sa propre production. Adam Smith développe en 1776 la théorie des avantages absolus : un pays dispose d'un avantage absolu dans la production d'un bien s'il est plus efficient dans la production de ce bien. En conséquence, Adam Smith préconise que chaque pays se spécialise dans la production des biens pour lesquels il dispose d'un avantage absolu, abandonnant ainsi la production des autres biens.

– Dans le chapitre VII de ses *Principes de l'économie politique et de l'impôt (1817),* **David Ricardo (1772-1823)** défend les analyses anti-mercantilistes d'Adam Smith, fondées sur la théorie des avantages absolus, selon laquelle chaque pays a intérêt à se spécialiser dans la ou les production(s) où il est le plus efficace. Mais, ayant davantage recours à l'abstraction théorique que l'auteur de la Richesse des nations, il la prolonge avec sa « loi » des avantages comparatifs (ou relatifs) : dans le cadre d'un modèle simplifié à deux pays (le Portugal et l'Angleterre) et à deux biens (le vin et le drap), il démontre que l'échange international peut être mutuellement avantageux, même dans l'éventualité où l'une des deux nations est plus efficiente que l'autre dans la production des deux marchandises échangées, dès lors que chacune se spécialise dans les produits pour lesquels elle est le plus avantagé ou le moins désavantagé (coûts unitaires, productivité du travail).

Pour illustrer son raisonnement, David Ricardo donne l'exemple suivant : supposons que le Portugal doive utiliser 90 heures de travail pour produire une pièce de drap et 80 heures pour un litre de vin, contre 100 heures pour une pièce de drap en Angleterre et 120 heures pour le vin.

	Drap	Vin
Angleterre	100	120
Portugal	90	80

Le Portugal dispose d'un avantage absolu dans la production de vin et de drap. Pour autant, le Portugal a intérêt à abandonner la production de drap pour laquelle l'Angleterre dispose d'un avantage comparatif et à se spécialiser dans la production de vin pour laquelle le Portugal est relativement plus efficient (par rapport au drap).

En effet, en se spécialisant selon ces principes, l'Angleterre utilisera les 120 heures libérées par l'abandon de la production de vin à la production de drap. L'Angleterre disposera ainsi de 220 heures au lieu de 100 pour produire des draps, et pourra ainsi en produire 2,2 unités.

De même, le Portugal utilisera les 90 heures libérées par l'abandon de la production de drap, pour les utiliser à la production de vin : il disposera ainsi de 170 heures pour la production de vin et celle-ci sera alors de 2,125 unités. Au total, 2,2 draps sont produits contre 2 auparavant et 2,125 litres de vin contre 2 auparavant. La spécialisation et l'échange ont entraîné un gain.

La façon dont ce gain est réparti va dépendre du prix des biens. Les gains à l'échange peuvent ainsi être répartis de façon très inégale entre les pays.

Chaque pays, quel que soit son niveau de développement, gagne à se concentrer dans le ou les produit(s) en vertu de ses avantages relatifs, et a intérêt à abandonner les autres productions : si chaque nation ne produit que ce pour quoi elle est (relativement) la plus douée, elle produit une quantité de biens et services supérieurs, et l'échange international devient un jeu à somme positive (le gain mondial est accru), et permet de reculer l'avènement de l'état stationnaire, lorsque la croissance économique s'arrête.

– Les **théoriciens néoclassiques** (les Suédois Heckscher et Ohlin, et l'Américain Paul Samuelson) prolongent les analyses de David Ricardo au cours des années 1930 en montrant que les pays doivent se spécialiser en fonction de leurs dotations factorielles relatives. Un pays qui disposerait relativement de plus de capital que de travail devrait, dans cette optique, se spécialiser dans la production de biens qui demandent relativement plus de capital que de travail pour être produits.

De nouvelles théories du commerce international insistent aujourd'hui sur les *dotations technologiques* des nations pour expliquer la spécialisation : les pays fortement dotés en capacités technologiques vont ainsi exporter des biens intensifs en innovations à forte valeur ajoutée, tandis que d'autres vont exporter des biens à relativement plus faible valeur ajoutée (ou des matières premières) et monter en gamme progressivement vers des produits plus sophistiqués. Cette montée en gamme peut éventuellement s'effectuer dans le cadre des échanges internationaux avec des transferts de technologie des pays avancés vers les pays émergents, ces derniers étant alors en mesure d'acquérir progressivement par imitation la capacité à développer leurs propres industries.

2.2 L'internationalisation de la production et la montée en puissance des firmes multinationales

Le mouvement de mondialisation de l'économie s'est appuyé sur la montée en puissance des firmes multinationales (FMN). On peut définir les firmes multinationales comme des entreprises à base nationale qui possèdent au moins un établissement à l'étranger (une filiale) et qui produisent ou commercialisent hors de leur territoire d'origine grâce à leurs filiales. Ainsi, une production à l'étranger (et non pas seulement une distribution) constitue une caractéristique importante d'une firme multinationale : les organismes internationaux retiennent de plus en plus le terme de firme « transnationale » (FTN), puisque le terme « multinationale » pourrait laisser penser que la firme a plusieurs nationalités, alors que l'observation montre que ces firmes ont encore un ancrage national clairement identifié, où est implantée la société mère (les cadres et les dirigeants de la firme étant très majoritairement de la même nationalité). Les firmes multinationales sont un des principaux agents de la mondialisation contemporaine et de la division internationale du travail (DIT) : elles réalisent aujourd'hui plus du quart du PIB mondial, sont directement responsables d'un tiers du commerce mondial et même des deux tiers, si l'on intègre leurs commandes indirectes et les activités de leurs réseaux de sous-traitance (soit le commerce « intra-firme »). Si la firme répartit ses activités sur une multiplicité de territoires, les activités les plus créatrices de valeur ajoutée, qui font l'avantage compétitif de la firme (recherche et développement, conception, design, construction de la réputation de la marque, stratégies financières) restent polarisées dans le pays d'origine, soit les pays avancés (Union européenne, États-Unis, Japon), même si l'on constate une montée en puissances des firmes multinationales des pays émergents (chinoises notamment). Les activités à plus faible valeur ajoutée, de fabrication, de montage et de distribution, intensives en main-d'œuvre peu qualifiée, sont alors situées dans les pays émergents (souvent chez des sous-traitants).

Selon la définition du Fonds monétaire international (FMI), les investissements directs étrangers (IDE), soit en anglais *Foreign Direct Investments* (ou FDI), désignent des opérations financières des firmes multinationales destinées à contrôler ou à exercer une influence significative sur la marche et la gestion d'entreprises implantées dans un pays différent de celui des maisons mères. Il existe alors un intérêt durable et une relation à long terme entre l'investisseur direct et la société investie, ainsi que l'exercice d'une influence notable du premier sur la gestion de la seconde. Par convention, on considère qu'il y a intérêt durable et donc investissement direct lorsqu'une entreprise détient au moins 10 % du capital ou des droits de vote d'une entreprise résidente d'un pays autre que le sien. Les investissements directs comprennent non seulement l'opération initiale, qui établit la relation entre les deux unités, mais également toutes les opérations en capital ultérieures entre elles et entre les unités institutionnelles apparentées, qu'elles soient ou non constituées en sociétés. Il faut soigneusement distinguer un IDE d'un investissement de portefeuille : l'investissement de portefeuille correspond à un ou des investissements réalisés sous forme de titres financiers. L'investissement de portefeuille dans un titre peut représenter un pourcentage substantiel du capital d'une entreprise, mais néanmoins limité, contrairement à un investissement direct, qui a pour objectif la prise de contrôle d'une entreprise. À l'heure actuelle, les firmes multinationales organisent en réseaux leurs sites de production et de commercialisation, qui sont souvent très éloignés dans l'espace. Leur stratégie tend à concevoir le monde comme un marché unifié, et celles-ci développent deux logiques d'investissement direct à l'étranger (IDE).

2.3 Les différentes stratégies des firmes multinationales

Ce mouvement de multinationalisation des firmes à partir des années 1980 s'est appuyé sur la déréglementation des flux de capitaux, qui a favorisé l'essor des flux d'investissements directs étrangers (IDE).

Mais il est également lié aux diverses stratégies des entreprises :

– Les stratégies d'approvisionnement et d'accès aux matières premières face à la rareté des ressources

– Les stratégies de marché (*market seeking*) à la recherche de nouveaux débouchés, dont le but est de contourner des barrières protectionnistes en produisant directement sur le marché que l'on veut pénétrer, plutôt que d'y exporter (dans les secteurs comme l'automobile, la banque, l'assurance, les agences de publicité, etc.) Pour la stratégie de marché, contourner les barrières peut constituer l'une des motivations, mais pas la seule. Cela peut être également s'implanter dans un pays où connaître la clientèle (goût, culture...) ou bien pour se faire connaître.

– Les stratégies de rationalisation à la recherche de moindres coûts des facteurs de production, travail, capital, terre, dans la concurrence internationale (*cost-seeking*), en implantant des filiales-ateliers dans les pays à bas salaires ;

– Enfin, les stratégies de recherche de nouvelles positions de marché, dans le cadre d'une concurrence oligopolistique fondée sur la recherche d'économies d'échelle et d'avantages concurrentiels (*efficiency seeking*).

2.4 L'internationalisation de la chaîne de valeur

La libéralisation du commerce international, la réduction des coûts de transport et la convergence des modes de consommation à l'échelle internationale ont permis une nouvelle répartition des activités des firmes multinationales selon une conception mondialisée de leurs opérations et de leurs marchés. Les stratégies des firmes globales sont définies par la maison mère dont la direction cherche à unifier la gamme des produits sur le marché mondial, recourt directement aux marchés des capitaux mondialisés pour son financement, mais décide de la localisation de sa production en fonction des avantages compétitifs de chaque territoire. L'internationalisation de la chaîne de valeur désigne alors la décomposition du processus de production d'un bien en plusieurs opérations prises en charge par des unités de production implantées dans différents pays. En s'appuyant sur la baisse des coûts de transport (avions, bateaux porte-conteneurs...) et de communication, mais aussi sur les entreprises de logistique, cette globalisation de la production a ainsi permis aux firmes multinationales de découper en différentes tranches leurs activités afin de maximiser la valeur ajoutée sur chacune d'entre elle. Depuis une dizaine d'années, les firmes globales ont conclu des contrats de sous-traitance avec des firmes indépendantes situées dans les pays émergents, qui bénéficient d'un réservoir de main-d'œuvre qualifiée à faible niveau de rémunération (comme l'américain Apple avec les entreprises taïwanaises Foxconn et Quanta). Le but de ce type de stratégie est de limiter le montant des capitaux immobilisés pour les donneurs d'ordres, d'optimiser les coûts par la mise en concurrence des sous-traitants et d'augmenter l'utilisation de composants standardisés et l'échelle de fabrication, ce qui permet des baisses de prix.

Depuis les années 1980, les firmes multinationales ont ainsi mené des stratégies de *délocalisations* : les délocalisations peuvent être définies comme un transfert d'activités économiques du territoire national vers un pays étranger afin de réimporter sur le territoire national l'essentiel des biens produits ou de servir les mêmes marchés, via un investissement direct à l'étranger (IDE). Sont assimilés à des délocalisations (mais sans investissements) les accords de sous-traitance avec une entreprise étrangère (*offshore outsourcing*) ou l'octroi d'une licence à cette entreprise quand cela a eu pour effet de substituer une production étrangère à une production nationale.

Les firmes multinationales franchissent ainsi toutes les étapes pour produire un produit ou un service, et le livrer au client, depuis la conception jusqu'a l'utilisation finale, dans le cadre d'une stratégie d'emblée conçue à l'échelle mondiale. Ces étapes comprennent des activités comme la recherche et la conception, la production, le marketing, la distribution et l'appui au consommateur final. Ce phénomène est étroitement lié au développement des réseaux mondiaux de production : il se traduit donc par une fragmentation physique du processus de production, dont les différentes étapes sont réalisées en des lieux distincts, suivant une logique d'optimisation, les entreprises ayant intérêt a se tourner davantage vers des sources d'approvisionnement internationales pour leurs consommations intermédiaires en fonction des coûts comparés. Cette *internationalisation de la chaîne de valeur* entraîne une polarisation toujours plus forte des espaces productifs au sein de l'économie mondiale, en raison de la concentration des activités productives (pour réduire les coûts, gagner en flexibilité, faire circuler l'information plus facilement dans le cadre des zones industrielles, et profiter d'un cadre de vie agréable adapté aux cadres très qualifiés des classes moyennes supérieures), et d'un clivage substantiel et grandissant entre les grands centres urbains favorisés et les périphéries des villes (inégalités territoriales).

2.5 La compétitivité d'une nation dépend de la productivité de ses firmes

La concurrence forte sur les marchés a incité les firmes à dégager une plus grande compétitivité-prix (par des efforts de productivité et de baisse des coûts) et hors-prix (design des produits, qualité, service après-vente, etc.) pour satisfaire des consommateurs de plus en plus exigeants sur la qualité et la différenciation des produits, au moment où le modèle de la production en masse de biens standardisés s'est essoufflé. La mobilité accrue du capital grâce aux nouvelles technologies et à la baisse des coûts de transports et de communication a autorisé d'emblée une stratégie productive des firmes à l'échelle mondiale par le biais des investissements directs étrangers (IDE, délocalisations), essentiellement concentrés dans les pays hautement développés. Les firmes multinationales (avec leurs réseaux de fournisseurs) peuvent aujourd'hui modeler les spécialisations productives des territoires, créant plus ou moins d'effets d'agglomération sur un territoire, c'est-à-dire une concentration d'activités proches sur un espace géographique donné qui participe à la spécialisation du pays.

L'inscription des firmes industrielles et financières dans un cadre territorial bien défini (l'État-nation) s'est estompée au bénéfice d'une mise en concurrence des territoires interdépendants et offrant des dotations diverses en matière de coût du travail, de qualification de la main-d'œuvre et de ressources naturelles. Les stratégies de localisation des firmes sont devenues plus sophistiquées et la délocalisation des activités productives s'est intensifiée dans le cadre de l'internationalisation de la chaîne de valeur, en direction des pays à bas salaires et à capacité technologique. Dans cette configuration, les « acteurs nomades » (selon la typologie de l'économiste Pierre-Noël Giraud), comme les firmes globales et les travailleurs très qualifiés, disposent d'un avantage grandissant sur les « acteurs sédentaires », soit les travailleurs non qualifiés, au sein des pays riches. Dans ce nouveau cadre, les États cherchent à renforcer leurs avantages compétitifs et à capter les flux d'investissements mondiaux par des politiques d'attractivité de leurs territoires (dynamisme de la demande sur le marché, faible niveau de la fiscalité, qualification élevée de la main-d'œuvre du pays, cadre réglementaire favorable aux affaires, administration efficace, infrastructures publiques adaptées) et des politiques économiques favorables à la rentabilité des capitaux (taux d'intérêt suffisamment rémunérateurs, stabilité des prix, faible taxation sur le capital).

Les États doivent alors mettre en place des politiques de compétitivité, censées améliorer l'insertion internationale du pays et sa spécialisation productive.

Focus sur **La dynamique des inégalités dans l'économie internationale**

Une baisse de l'inégalité à l'échelle mondiale

L'analyse économique montre que les inégalités ont récemment décru entre les pays, en particulier sous l'effet du *rattrapage économique des pays émergents* (Chine, Inde notamment), mais qu'elles se sont creusées au sein des pays eux-mêmes. Les inégalités économiques demeurent considérables entre les nations : on constate toujours une très forte concentration de la valeur ajoutée mondiale entre quelques grandes puissances économiques, et le niveau de vie des 10 % les plus pauvres du monde (comme l'Éthiopie) reste en moyenne quatre-vingt-dix fois inférieur au niveau de vie des 10 % les plus riches du monde (aux États-Unis par exemple).

Les inégalités de niveaux de vie avaient continûment progressé au cours du XIXe siècle et tout au long de la première moitié du XXe siècle, sous l'effet de la Révolution industrielle : l'écart de richesse entre les 10 % les plus riches du monde et les 10 % les plus pauvres a été multiplié par trois de 1820 à 1980, même si les inégalités ont légèrement décru après la Seconde Guerre mondiale sous l'effet des politiques de redistribution mises en place par les pays d'Europe continentale. La *réduction des inégalités mondiales* a été spectaculaire depuis les années 1980 avec le développement économique des pays émergents et l'émergence d'une classe moyenne dans ces pays, et la sortie de centaines de millions d'individus de l'extrême pauvreté. La crise depuis 2008 n'a que peu affecté l'évolution des inégalités à l'échelle mondiale, puisque le rattrapage économique des pays émergents, installés sur un trend de croissance vigoureux, ne s'est pas interrompu. La mondialisation a entraîné des bouleversements gigantesques : dans les pays émergents, les effets bénéfiques du développement et de l'ouverture internationale se sont conjugués pour entraîner une *restructuration profonde des appareils productifs*, ce qui a favorisé l'enrichissement d'une partie de la population grâce à l'élévation progressive des salaires, l'émergence d'une vaste classe moyenne, mais également une concentration accrue des revenus et des patrimoines.

Une réouverture des inégalités internes aux nations

La mondialisation a joué un rôle considérable dans l'évolution des inégalités : elle a hissé plusieurs centaines de millions de personnes au-dessus du seuil de pauvreté, même si elle a contribué directement (concurrence avec les pays à bas salaires, prime donnée aux détenteurs de capitaux) ou indirectement (libéralisation des économies, désindustrialisation des économies développées) à une augmentation des inégalités au sein des nations. Le mouvement de réouverture des inégalités internes constitue une tendance générale dans les pays à hauts revenus depuis les années 1980, en particulier aux États-Unis.

– *Dans tous les pays avancés*, le creusement des inégalités internes de revenus primaires et de salaires s'explique en particulier par la forte progression des plus hautes rémunérations. Les travailleurs les plus qualifiés (chercheurs, ingénieurs, avocats, informaticiens, journalistes, consultants) profitent de la nouvelle division internationale du travail, avec les activités de conception concentrées au sein des pays du Nord et les activités de confection situées dans les pays du Sud. Si ce phénomène a également touché la France, son impact a été limité par l'existence du salaire minimum qui a freiné l'aggravation des inégalités salariales, même si le dualisme du marché du travail s'est accentué. Mais cet accroissement des inégalités provient-il exclusivement de la mondialisation ? Selon certaines études, les principaux facteurs des disparités salariales au cours des dernières décennies ont été, d'une part les changements institutionnels et politiques, notamment les règles du marché du travail, d'autre part le progrès technologique.
– Dans certains secteurs (sport, culture, show business), « l'effet superstar » et les mutations technologiques se sont conjuguées pour générer une croissance très forte des hauts revenus (sur la base d'un pourcentage perçu sur un gros volume de transactions). Par ailleurs, la globalisation financière et la mobilité du capital ont entraîné une forte progression des revenus financiers, et permis une élévation des rémunérations des hauts dirigeants des entreprises et des travailleurs les plus qualifiés.
– *Dans les pays émergents*, le recentrage sur le marché intérieur et l'intégration des masses paysannes au marché du travail ont favorisé une certaine diminution de la pauvreté et un resserrement des inégalités, même si le processus n'est pas acquis notamment pour les pays les plus pauvres (en Afrique notamment), par exemple si la

rente tirée de l'exploitation des matières premières reste accaparée par une oligarchie dirigeante. L'enrichissement des élites économiques dans les pays émergents a toutefois accru les écarts entre une classe sociale insérée dans la mondialisation et les classes populaires.

Conseils pour le bac

- Cette partie du programme dédiée au commerce international et à la mondialisation nécessite d'insister sur la spécialisation internationale et donc sur les théories économiques qui permettent de comprendre le gain mutuel à l'échange international (théorie des avantages comparatifs, théorie des dotations factorielles…)
- Le chapitre suppose aussi de détailler les stratégies des firmes multinationales dans la mondialisation à la recherche de la compétitivité sous toutes ses formes (prix et hors prix), en insistant particulièrement sur la fragmentation du processus productif à l'échelle mondiale.
- Un point important du chapitre conduit à présenter les termes (nuancés) du débat sur les politiques commerciales, et la controverse classique entre les partisans du libre-échange et les tenants du protectionnisme (coûts et bénéfices de chaque politique commerciale).
- Le thème devra être l'occasion de présenter aussi une analyse de l'impact du libre-échange et du progrès technique sur la dynamique des inégalités de revenu dans une économie mondialisée.

3. J'approfondis. Le débat sur la politique commerciale : libre-échange et protectionnisme

3.1 Les effets bénéfiques induits par le libre-échange

La théorie de l'économie internationale considère, avec la grande majorité des économistes aujourd'hui, que les gains du commerce international sont cumulatifs : l'ouverture internationale entraîne des avantages comparatifs qui permettent ensuite une plus grande ouverture, etc.

L'échange international procure en effet trois types d'avantages : un effet de dimension, un effet de diversification, et un effet de concurrence :

– L'ouverture internationale crée un avantage comparatif car elle permet la spécialisation et engendre donc *un effet de dimension* : chaque nation peut produire en plus grande quantité certains biens, ce qui offre des avantages comme les économies d'échelle (l'entreprise réduit ses coûts unitaires en produisant davantage) ou les effets d'apprentissage.

– Le deuxième avantage est *l'effet de diversification*. Grâce à l'ouverture internationale, le consommateur peut choisir entre un nombre plus important de produits pour satisfaire un même besoin. Cette diversité de biens disponibles profite non seulement aux consommateurs, mais aussi aux producteurs, qui auront un choix supplémentaire en biens de production.

– Le troisième avantage est *l'effet de concurrence*. L'ouverture internationale permet à de nouvelles entreprises d'entrer sur les marchés nationaux, ce qui accentue la concurrence ; les prix et le niveau de production deviennent donc plus efficients car plus proches de ceux qui résulteraient d'un équilibre de marché.

3.2 Les coûts économiques et sociaux du libre-échange

Certains économistes ont insisté sur les coûts économiques et sociaux de la libéralisation des échanges, à l'origine d'une mise en concurrence des systèmes productifs et la constitution d'un marché mondial du travail et des salaires par catégories de travailleurs, fixés à l'échelle planétaire. Si l'on suit le raisonnement de David Ricardo, la spécialisation internationale est globalement favorable à tous les participants aux échanges : mais si la Chine se spécialise dans les biens de consommation et les États-Unis dans les biens de production, l'ouvrier américain travaillant dans l'habillement ou l'électronique grand public perd son emploi et peut éprouver des difficultés à en retrouver un dans sa région et selon son niveau de qualification. La mondialisation intensifie le processus de créations/destruction d'emplois et provoque des vagues de délocalisations destructrices d'emplois dans les secteurs soumis à la pression de plus en plus forte de la concurrence des pays à bas salaires.

3.3 Les politiques protectionnistes : avantages et risques

Pourtant, dès le XIXe siècle, des auteurs nationalistes comme Friedrich List en Allemagne défendent des mesures protectionnistes comme moyen de développer les industries naissantes à l'abri de la concurrence des pays plus avancés comme l'Angleterre, dont les coûts de production sont inférieurs et la productivité plus élevée. Si cette politique de « protectionnisme éducateur » doit avoir un caractère temporaire, son objectif est de permettre à l'industrie nationale de se spécialiser et de se moderniser progressivement, avant d'opter pour le libre-échange.

Une absence immédiate de rentabilité n'empêche en rien les progrès futurs de compétitivité de certaines activités. Le protectionnisme éducateur ne consiste pas à mettre des barrières douanières sur l'ensemble des importations, mais à laisser entrer librement certains produits sur le territoire national, tout en protégeant fortement une ou plusieurs activités. La protection des industries naissantes peut alors favoriser la croissance des échanges internationaux à long terme et renforcer l'indépendance économique de la Nation, désormais moins dépendante du marché mondial.

Les États peuvent mettre en place des politiques protectionnistes dans le but de protéger leurs producteurs nationaux de la concurrence jugée déloyale de certains producteurs étrangers qui bénéficient de coûts salariaux plus bas et d'une protection sociale plus limitée. La défense de l'emploi passe alors par la réduction des importations et leur remplacement par une production nationale.

Mais les mesures protectionnistes présentent un certain nombre de *risques* :

– Tout d'abord, elles pèsent sur le consommateur, en l'empêchant de bénéficier des productions aux meilleurs prix, quand celles-ci sont importées. Et à l'inverse, les producteurs nationaux vendent leurs productions à un prix supérieur aux prix pratiqués sur le territoire national. En effet, la taxe sur le commerce extérieur a pour effet d'augmenter la production locale et de réduire les importations, mais de réduire les quantités achetées par le consommateur qui peut les acquérir mais à un prix plus élevé. Les politiques protectionnistes sont alors à l'origine d'une réduction du surplus du consommateur : celui-ci se trouve confronté à la seule offre de produits nationaux et son pouvoir d'achat est réduit pour un revenu constant, tandis que la diversité des produits auxquels il peut avoir accès sur le marché est limitée.

– De la même manière les producteurs sont également pénalisés par les mesures protectionnistes, car ils ont accès à des biens de production (machines) à des prix plus élevés s'ils doivent les importer ce qui réduit leurs profits, tandis que l'éventail de leurs choix est réduit.

– De plus, le protectionnisme limite les ventes des entreprises au marché intérieur, ce qui réduit leurs débouchés et leur capacité à réaliser des économies d'échelle. Les quotas qui limitent les importations n'agissent pas directement sur les prix mais limitent les quantités importées, et les subventions aux exportations ont le même effet sur les producteurs nationaux qu'une taxe sur les importations.

– Enfin, à l'abri de la concurrence internationale, les entreprises nationales sont moins incitées à innover et développer de nouveaux produits et méthodes de production : le ralentissement des gains de productivité peut alors freiner la croissance économique et la progression des niveaux de vie.

Bibliographie

- Laurent Braquet, *L'essentiel pour comprendre la mondialisation*, éditions Gualino, 2014
- Pierre-Noël Giraud, *Les globalisations : émergences et fragmentation*, éditions Sciences humaines, 2018
- El Mouhoub Mouhoud, *Mondialisation et délocalisations des entreprises*, La Découverte, 2017
- Michel Rainelli, *Le commerce international*, La Découverte, 2015
- Mickaël Sylvain, *Comprendre la Mondialisation*, Bréal, 2019

Je m'exerce et je fais la différence

1. Des questions possibles lors des évaluations

– En quoi les dotations factorielles et technologiques déterminent-elles la spécialisation internationale ?
– Comment la productivité des firmes influence-t-elle la compétitivité des nations et son aptitude à exporter ?
– Comment peut-on expliquer l'internationalisation de la chaîne de la valeur ?
– Quels sont les effets induits par le commerce international ?
– Comment les firmes multinationales peuvent-elles améliorer leur compétitivité ?
– Dans quelle mesure le protectionnisme est-il souhaitable ?

2. Entraînement

2.1 Exercice 1. Libre-échange et protectionnisme

Présenter dans ce tableau les bénéfices et les coûts du *libre-échange* en vous appuyant sur les explications précédentes.

Avantages	Risques

Effectuer le même travail sur la question des *politiques protectionnistes*.

Avantages	Risques

2.2 Exercice 2. L'iPhone d'Apple, un produit mondialisé

Document **Origine des composants de l'iPhone**

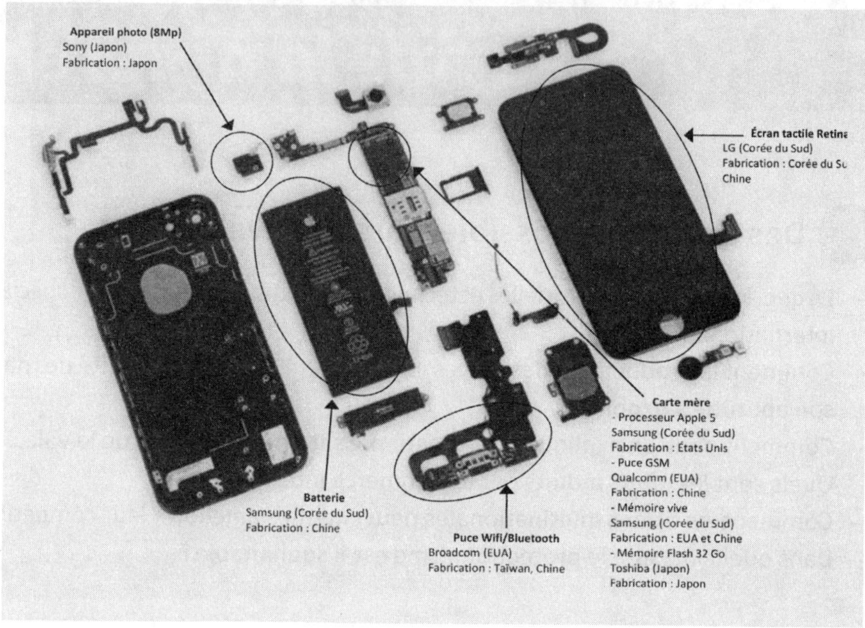

■ Questions

1. En quoi l'iPhone d'Apple illustre-t-il l'internationalisation de la chaîne de valeur ?
2. Quels peuvent être les avantages d'une telle stratégie pour une firme multinationale qui cherche à améliorer sa compétitivité ?

2.3 Exercice 3. Les compétences dans l'internationalisation de la chaîne de valeur

Document

Pour intégrer de nouveaux marchés et s'y développer, tous les secteurs d'activité ont besoin de travailleurs qui possèdent non seulement de solides compétences cognitives, mais aussi des capacités de gestion et de communication, ainsi que la volonté d'apprendre. Des compétences poussées et adaptées sont notamment nécessaires pour notamment accroître les gains de productivité issus d'une insertion des entreprises dans les chaînes de productions internationales. Or, la France se situe dans la moyenne des pays de l'OCDE tant en ce qui concerne la participation aux chaînes de valeur mondiale que sur le plan des compétences. Certains pays comme l'Allemagne, la Corée du Sud et la Pologne, semblent avoir mieux mis à profit les chaînes de valeurs mondiales en intensifiant leur participation à celles-ci grâce à leurs bons résultats sur le plan des compétences. En retour, les pays qui ont le plus augmenté leur participation aux chaînes de valeurs mondiales entre 1995 et 2011 ont bénéficié d'une progression plus forte de la productivité du fait d'une meilleure qualité et diversité des inputs (consommations intermédiaires) et de la diffusion des connaissances.

Source : Premier rapport du Conseil national de la productivité, avril 2019.
https://www.strategie.gouv.fr/sites/strategie.gouv.fr/files/atoms/files/premier-rapport-cnp-avril-2019_0.pdf

■ Questions

1. En quoi les compétences sont-elles importantes pour permettre aux firmes de réaliser des gains de productivité ?
2. Pourquoi ces compétences sont-elles nécessaires pour améliorer la compétitivité d'un pays et sa capacité à exporter ?

3. Corrigé

3.1 Exercice 1. Libre-échange et protectionnisme

Présenter dans ce tableau les bénéfices et les coûts du *libre-échange* en vous appuyant sur les explications précédentes.

Avantages	Risques
– Baisse des prix et plus grande variété de biens et services pour le consommateur – Baisse des prix et plus grande variété de biens de production pour le producteur – Concurrence plus intense sur les marchés qui incite les producteurs à un effort de productivité et d'innovation – Spécialisation plus efficace et utilisation des facteurs de production optimale	– Destruction d'emplois dans les secteurs exposés à la concurrence internationale (délocalisations dans l'industrie et les services) – Creusement des inégalités salariales entre les travailleurs qualifiés et les travailleurs non qualifiés soumis à la concurrence des pays à bas salaires

Effectuer le même travail sur la question des *politiques protectionnistes*.

Avantages	Risques
– Hausse des prix des biens importés qui rend les produits nationaux relativement plus compétitifs – Créations d'emplois dans les secteurs protégés par les barrières protectionnistes – Accroissement des recettes fiscales douanières pour l'État	– Hausse des prix des biens importés qui détériore le pouvoir d'achat des ménages – Affaiblissement de l'incitation à innover pour les entreprises nationales à l'abri de barrières protectionnistes

3.2 Exercice 2. L'iPhone d'Apple, un produit mondialisé

■ **Questions**

1. En quoi l'iPhone d'Apple illustre-t-il l'internationalisation de la chaîne de valeur ?
L'iPhone illustre l'internationalisation de la chaîne de valeur puisque le téléphone est le résultat d'une stratégie de l'entreprise qui consiste à assembler des pièces fabriquées dans des territoires différents (avec une conception pensée aux États-Unis, certains composants fabriqués en Europe, d'autres en Corée du Sud, etc.) afin de tirer parti des savoir-faire technologiques diversifiés des entreprises et des coûts les plus faibles.

2. Quels peuvent être les avantages d'une telle stratégie pour une firme multinationale qui cherche à améliorer sa compétitivité ?
Les avantages retirés par une entreprise sont la capacité à bénéficier des meilleurs composants à des coûts réduit au minimum par une mise en concurrence internationale des fournisseurs. De cette manière, en abaissant le coût de ses consommations intermédiaires, l'entreprise peut maximiser la valeur ajoutée dégagée sur chaque segment de la production.

3.3 Exercice 3. Les compétences dans l'internationalisation de la chaîne de valeur

■ **Questions**

1. En quoi les compétences sont-elles importantes pour permettre aux firmes de réaliser des gains de productivité ?
Les compétences des salariés, qu'elles soient liées à leur savoir, leur savoir-faire ou leurs capacités de gestion et de communication, sont utiles pour réaliser des gains de productivité car elles permettent d'optimiser l'insertion de l'entreprise dans la concurrence internationale et les chaînes de valeur.

2. Pourquoi ces compétences sont-elles nécessaires pour améliorer la compétitivité d'un pays et sa capacité à exporter ?
Ces compétences permettent d'élever la productivité des entreprises nationales et de conquérir des parts de marché à l'export par des produits plus performants et attractifs. Un autre avantage est de faire baisser le coût des consommations intermédiaires dans le cadre d'une gamme de choix plus vaste.

Chapitre 3

Les politiques de lutte contre le chômage

Je révise et je me perfectionne

Quelles sont les différentes stratégies que les pouvoirs publics développent pour réduire le taux de chômage ?

I. Définition

Parmi les défis économiques majeurs auxquels la France doit faire face, la lutte contre le chômage de masse constitue une priorité : malgré une décrue récente, le chômage français se situe toujours à un niveau élevé et persistant (8,7 % au premier trimestre de 2019). Les politiques de lutte contre le chômage articulent les politiques de soutien à la demande à court terme afin de réduire la composante conjoncturelle du chômage (associée à une demande globale insuffisante) et les interventions à moyen/long terme sur les institutions du marché du travail pour s'attaquer à sa composante structurelle. Les politiques de lutte contre le chômage (ou politiques de l'emploi) désignent l'ensemble des politiques visant à assurer le plein-emploi : elles comprennent les dispositifs de soutien aux chômeurs (indemnisation du chômage, formation) et de stimulation de la création d'emplois.

Les politiques de lutte contre le chômage arbitrent entre la recherche de l'efficacité économique (créer des emplois) et la justice sociale (créer des emplois stables, limiter les écarts de salaires, etc.) : le débat oppose souvent ceux qui prennent pour seul objectif le volume de l'emploi et ceux qui y ajoutent d'autres finalités comme sa qualité, ou y ajoutent des considérations de justice sociale.

2. Le cours

2.1 Les indicateurs du chômage et du sous-emploi

– Le *chômage* désigne une situation dans laquelle se trouvent les personnes, de 15 ans et plus, qui sont sans emploi mais qui recherchent effectivement un emploi. Comme souvent en économie, définir et mesurer est difficile car les frontières entre emploi, chômage et inactivité ne sont pas toujours faciles à établir. Dans ces conditions, l'existence de plusieurs indicateurs complémentaires peut se révéler indispensable et utile. Le taux de chômage selon l'INSEE se calcule en faisant le rapport entre le nombre de chômeurs et la population active.

– Le *taux d'emploi* d'une catégorie d'individus est calculé en rapportant le nombre de personnes de la catégorie ayant un emploi au nombre total d'individus dans la catégorie. Il peut être calculé sur l'ensemble de la population d'un pays, mais on se limite le plus souvent à la population en âge de travailler ou à une sous-catégorie de la population en âge de travailler (femmes de 25 à 29 ans…). Par exemple en 2018 selon l'OCDE, le taux d'emploi aux États-Unis (71 % au 4e trimestre) est plus élevé que dans la zone euro (67,4 % au troisième trimestre), en raison notamment d'une plus forte activité des seniors outre-Atlantique.

– Le *sous-emploi* constitue quant à lui l'ensemble des personnes qui ont un emploi (actifs occupés) et qui occupent un emploi à temps partiel mais souhaitent accroître le nombre d'heures travaillées ; elles sont disponibles pour le faire ; elles recherchent activement un emploi ou non ; elles occupent un emploi à temps partiel ou à temps complet, mais elles ont effectué un nombre d'heures de travail inférieur au nombre d'heures habituel en raison d'un chômage partiel (chômage technique) ou en raison du mauvais temps.

Les économistes distinguent le chômage conjoncturel et le chômage structurel :

– Le *chômage conjoncturel* est un type de chômage qui résulte d'un ralentissement temporaire de l'activité économique et/ou des fluctuations de la demande dans un secteur d'activité.

– Le *chômage structurel* est un type de chômage dû à un déséquilibre profond et durable du marché du travail, provenant des changements de structure dans le domaine de la démographie (structure par âge de la population, baby-boom) et/ou de la production (déclin de certains secteurs, progrès technique, etc.)

On évoque également le *chômage frictionnel* qui désigne l'ensemble des chômeurs dont la situation résulte du mouvement de la main-d'œuvre passant d'une entreprise à une autre, d'une région à une autre (inadéquations spatiales), d'une profession à une autre, ou bien à la destruction créatrice qui conduit à des ouvertures et à des fermetures d'entreprises.

2.2 La lutte contre le chômage conjoncturel et « keynésien »

En référence aux travaux de John Maynard Keynes (1883-1946) dans une perspective macroéconomique, le chômage résulte d'une insuffisance de la demande anticipée. Cette approche diffère fondamentalement de l'analyse néoclassique qui considère que c'est l'insuffisante rentabilité des entreprises, en raison des rigidités institutionnelles et d'un coût du travail excessif (et non l'absence de débouchés potentiels), qui freine l'embauche. Encore aujourd'hui, les débats restent vifs dans le champ scientifique de la macroéconomie sur les origines du chômage.

Selon Keynes, ce sont les anticipations des entrepreneurs (demande effective) qui déterminent le niveau de l'emploi selon Keynes. Si ces derniers sont optimistes, ils investissent et embauchent, et les revenus distribués valident les décisions de production ; si leurs prévisions sur l'évolution des débouchés deviennent pessimistes, l'incitation à investir décroît, ainsi que la production et les revenus distribués. Contrairement à l'analyse néoclassique qui postule l'équilibre de plein-emploi, Keynes démontre qu'il existe une multiplicité d'équilibres de sous-emploi aux différents niveaux de demande effective, et rien n'assure alors que cet équilibre sera celui du plein-emploi (où toute la population active disponible est embauchée). Il peut exister du chômage involontaire si certains travailleurs acceptent le salaire réel d'équilibre et ne trouvent pas d'emploi.

Selon John Maynard Keynes, l'intervention de l'État est indispensable pour empêcher les dépressions et maintenir l'économie proche du plein-emploi (ce qu'il appelle le « boom économique ») afin de « lisser » les fluctuations conjoncturelles. Dans les économies modernes, la réactivité de la politique économique et sociale est déterminante pour maintenir le plein-emploi selon les économistes keynésiens, et la recherche de l'équilibre budgétaire est présentée comme dangereuse et contreproductive lorsque la récession se prolonge.

L'État doit plutôt mobiliser les instruments de la politique conjoncturelle de relance :

– La *politique monétaire*, qui par la baisse du taux d'intérêt directeur de la Banque centrale, peut stimuler l'offre de crédit, la consommation des ménages et l'investissement des entreprises ;

– La *politique budgétaire*, qui, dans le cadre d'une politique d'investissements publics par exemple, permet à l'État, en contrepartie d'un creusement du déficit budgétaire, de compenser par la hausse de la dépense publique la baisse de la dépense privée. Par ailleurs, même si elle est de nature plus structurelle, la politique de redistribution des revenus (par l'impôt progressif et les dépenses sociales) peut également contribuer à la croissance en soutenant la demande globale et les bas revenus (qui ont une plus forte propension à consommer).

2.3 Les stratégies de lutte contre le chômage structurel

Les politiques de lutte contre le chômage mises en œuvre dépendent en premier lieu du diagnostic posé quant aux origines du chômage :

a. L'action sur le coût du travail

Cette approche revient à expliquer la rigidité du taux de salaire réel qui empêche la baisse de l'offre de travail et l'augmentation de la demande de travail par l'existence de rigidités institutionnelles (salaire minimum, rôle des syndicats, droit du travail trop protecteur). L'absence de flexibilité du taux de salaire réel conduit à un ajustement par les quantités (chômage) au lieu d'un ajustement par les prix (baisse du salaire).

Dans le cadre d'analyse néoclassique, la flexibilisation du marché du travail rétablira spontanément l'équilibre. Mais si des rigidités empêchent la libre négociation sur le marché du travail, le chômage persiste car le coût du travail est structurellement supérieur à son niveau d'équilibre. Pour le réduire, il faut donc agir sur les institutions du marché du travail. À long terme, la hausse du prix relatif du travail incite les entreprises à substituer du capital au travail et les combinaisons productives des entreprises deviennent de plus en plus économes en facteur travail.

La baisse du coût relatif du travail pourrait avoir de nombreux avantages et stimulerait le volume de l'emploi pour plusieurs raisons :

– en incitant les entreprises à substituer du travail au capital : la baisse du coût du travail pourrait inciter les entreprises à rendre la combinaison productive plus intensive en travail ;

– en créant un effet de « compétitivité » puisque la baisse du coût réel du travail (une part importante des coûts des entreprises) autorise une amélioration de la compétitivité-prix sur les marchés internationaux favorable aux exportations ;

– en générant un effet de « profitabilité » puisque la baisse du coût du travail permet la hausse de la part des profits dans la valeur ajoutée, contribue à l'amélioration de la situation financière des entreprises, et favorise l'investissement productif ;

– en favorisant la désinflation, car la baisse du coût du travail incite les entreprises à diminuer leurs prix de vente qui permet une hausse du pouvoir d'achat disponible pour la consommation.

Afin d'abaisser le coût du travail pour l'employeur, plusieurs pays ont ainsi introduit des dispositifs d'exonération partielle des cotisations sociales, en particulier en bas de l'échelle des salaires. L'idée de cette politique du marché du travail est que dans les pays développés, la structure du coût du travail demeure défavorable à l'emploi : le prix relatif du travail non qualifié est relativement élevé, en raison du niveau du salaire minimum légal ou des minima conventionnels (fixés parfois au niveau des branches), alors même que la demande de travail des entreprises tend davantage à s'orienter vers le travail plus qualifié.

b. Les politiques de formation et d'appariement

La formation tout au long de la vie a également un rôle important à jouer dans le domaine de l'emploi. On peut tout d'abord renforcer « l'employabilité » des travailleurs les plus jeunes, soit leur capacité à retrouver rapidement un emploi, par davantage de formation initiale, la qualification apportant toujours une forte protection relative envers le chômage. On peut également renforcer l'employabilité des « séniors » (les plus de 50 ans) par la formation continue. Enfin, les pouvoirs publics peuvent mettre l'accent sur la formation professionnelle et l'accompagnement des chômeurs afin de faciliter leur retour à l'emploi et pour lutter contre ce chômage structurel, dû à une inadéquation de l'offre et de la demande de travail. Les évolutions de l'emploi liées à une flexibilité accrue sur le marché du travail peuvent parfois aggraver la précarité des parcours professionnels (individualisation de la relation de travail, chômage récurrent, instabilité des revenus, etc.) ; néanmoins, la précarité n'est pas nécessairement la contrepartie de la flexibilité du marché du travail : le système dit de « flexisécurité » (voir « approfondissement »), inspiré de l'expérience danoise, combine ainsi une faible protection de l'emploi, une indemnisation généreuse du chômage, et une politique d'activation vigoureuse axée sur la formation des demandeurs d'emploi, conciliant alors une réallocation très dynamique des emplois et un fort sentiment de sécurité professionnelle des salariés exprimé dans les enquêtes d'opinions.

c. Les problèmes d'asymétries d'information et les théories du salaire d'efficience

Le chômage structurel peut aussi s'expliquer par l'imperfection de l'information entre les travailleurs et les employeurs sur le marché du travail. Les différentes théories du salaire d'efficience insistent sur l'impact majeur de ces asymétries d'information, des coûts de rotation de la main-d'œuvre liés aux indemnités de licenciement, coûts d'embauche, dépenses de formation, coûts d'adaptation… dans le maintien des salaires (salaire de réservation) au-dessus du niveau d'équilibre, les rigidités à la baisse des salaires et l'existence du chômage involontaire. Selon les théories du salaire d'efficience, le niveau de productivité dépend du niveau des salaires : la productivité du travail (production/quantité de travail) est alors une fonction croissante du salaire. Plus un actif est payé, plus il sera incité à être productif, à faire des efforts. Cette théorie peut être illustrée par l'exemple historique du « 5 $ day » de Ford, lequel a augmenté les salaires de ses ouvriers pour augmenter leur productivité et leur faire accepter des conditions de travail exigeantes. En conséquence, pour être plus compétitives et rentables, les entreprises peuvent chercher à faire augmenter la productivité du travail en augmentant les salaires de leurs salariés, afin de les motiver à travailler plus efficacement et de les inciter à rester dans l'entreprise (éviter le turnover) en augmentant le coût d'opportunité d'un départ. De cette manière, elles augmentent le salaire d'efficience censé permettre d'obtenir le plus haut niveau de productivité, au moindre coût. Mais l'instauration d'un salaire d'efficience peut être source de chômage si toutes les entreprises procèdent ainsi, car le salaire moyen va augmenter et se situer au-dessus du salaire d'équilibre, ce qui va créer une hausse du chômage. Mais le chômage est involontaire, car les chômeurs ne refusent pas de travailler. Ils sont au chômage car il n'y a pas d'emploi pour eux à ce niveau de salaire. On retrouve l'argumentation néoclassique (le chômage est dû à un niveau de salaire excessif), avec une différence majeure : ce ne sont pas les syndicats ou l'État qui créent des rigidités, mais les entreprises elles-mêmes. Ces théories permettent de comprendre que dans des économies libérales, où l'État intervient peu sur le marché du travail, il peut y avoir du chômage. La rigidité des salaires et le chômage involontaire s'expliquent simplement par le lien étroit qui existe entre le taux de salaire réel et la productivité.

d. La protection de l'emploi

Le marché du travail français est régulièrement critiqué dans les études économiques internationales, à la fois pour son insuffisante flexibilité quantitative interne (recours aux heures supplémentaires, annualisation du temps de travail) et externe ou « numérique » (adaptation quantitative du volume de l'emploi aux fluctuations de la demande sur les marchés), mais aussi pour la rigueur de sa réglementation du travail qui freine la propension à l'embauche (durée du temps de travail strictement définie, limites au droit de licenciement, seuils déclenchant certaines obligations en matière de représentation syndicale). La protection de l'emploi est sensée alourdir les coûts de licenciement et de rotation de la main-d'œuvre, et freiner les restructurations liées au processus incessant de créations/destructions d'emplois. Les travaux des économistes sur cette question montrent généralement que la France se caractérise par un haut degré de protection de l'emploi du fait de la forte réglementation du travail temporaire (durée maximale faible, nombre de renouvellement limité du CDD), des coûts du licenciement collectif (coûts administratifs et juridiques), et du coût lié aux indemnités de licenciement. Face à ces rigidités de la législation, les entreprises peuvent se trouver face à une forte incertitude et hésiter à embaucher. La législation relative aux licenciements et les dispositions qui encadrent le recours aux contrats à durée déterminée et aux contrats d'intérim peuvent être considérées comme autant de restrictions à la marge de manœuvre dont disposent les employeurs pour ajuster leurs effectifs et maîtriser leurs coûts de main-d'œuvre. La protection excessive de l'emploi peut dès lors accentuer la segmentation du marché du travail (avec un « dualisme » entre les « insiders » et les « outsiders »), et ralentir les flux de sortie et de retour à l'emploi.

Une forte protection de l'emploi crée donc des *effets contrastés* sur le marché du travail :

– Elle tend à réduire les licenciements en période de récession, et par conséquent à accroître la stabilité de l'emploi. Elle peut de cette manière inciter les travailleurs à s'investir davantage dans leur travail et à accepter de se former et ainsi avoir des répercussions positives sur le volume de l'emploi global et l'efficacité économique.

– Mais un degré élevé de protection de l'emploi peut aussi réduire la capacité des entreprises à s'adapter à un environnement qui évolue très rapidement sous l'effet de la mondialisation, des exigences des consommateurs, des nouvelles technologies et des changements organisationnels qui en résultent au sein des firmes (raccourcissement des cycles de conception et de vie des produits). De plus, les coûts de la protection de l'emploi peuvent freiner les décisions d'embauche en période de croissance de la demande. En effet, avant d'engager un travailleur à un titre permanent, les employeurs sont amenés à anticiper les coûts qu'ils pourraient avoir à supporter, à l'avenir, en cas de licenciement en cas de retournement de la conjoncture. Dans ces conditions, il peut être plus difficile pour un chômeur de retrouver un emploi, ce qui contribue à allonger l'ancienneté moyenne au chômage et à aggraver le risque d'exclusion du marché du travail.

– Au final, la protection de l'emploi rend plus coûteux les licenciements et évite des destructions d'emplois, mais ralentit l'embauche et la création de nouveaux emplois : en réduisant les flux d'entrée ou de sortie du chômage ou de l'emploi, la réglementation du travail peut aggraver les inégalités sociales et l'insécurité économique. Elle réduit également la productivité en favorisant les branches structurellement moins productives, et en freinant la reconversion des travailleurs vers celles qui le sont davantage.

Focus sur **Le modèle néoclassique du marché du travail**

Dans la théorie néoclassique, le plein-emploi s'obtient à l'équilibre du marché du travail, identique aux autres marchés puisque le travail constitue une marchandise comme les autres. Cette théorie date du début du siècle : elle est portée par des économistes du courant néoclassique comme Arthur Cecil Pigou et Jacques Rueff, mais s'appuie sur des mécanismes de marché découverts par les auteurs classiques. Dans cette conception, le marché du travail est un marché comme les autres dont l'ajustement repose sur la flexibilité des prix. Sur ce marché, le prix est le taux de salaire réel. Le travail résulte de la négociation d'un contrat de travail et la taille de la population active dépend de paramètres démographiques et sociaux.

La concurrence est supposée parfaite et le travail est considéré comme une marchandise. Ainsi, les néoclassiques vont décrypter les mécanismes de l'offre de travail (travailleurs) et de la demande de travail (employeurs) pour comprendre comment réagit chacun des individus à une variation du taux de salaire réel.

– *Du côté de l'offre de travail*, dans le cas d'une hausse de salaires, les travailleurs font un arbitrage travail/loisir en fonction du taux de salaire. Le travail est pénible et il pousse à sacrifier du loisir, mais il rapporte un salaire et permet de consommer, et l'arbitrage dépend alors de la préférence des individus pour l'un ou pour l'autre.

  Si le taux de salaire réel augmente, certains vont préférer travailler plutôt qu'avoir plus de loisir : c'est l'effet-substitution si l'individu substitue du travail au loisir ;

  Mais d'autres peuvent agir de manière inverse et, voyant leur salaire augmenter, vont réduire leur temps de travail (particulièrement pour les hauts revenus) et préférer le loisir : c'est l'effet-revenu ;

  Au niveau de la population tout entière, c'est généralement l'effet de substitution qui l'emporte : quand le taux de salaire réel augmente, l'offre de travail augmente. On dit alors que l'offre de travail est une fonction croissante du taux de salaire réel.

– *Du côté de la demande de travail*, les économistes néoclassiques raisonnent à la marge. Selon eux, pour que l'employeur souhaite embaucher, il faut que la productivité marginale (soit la production permise par le dernier salarié embauché et ce que rapporte ce salarié à l'employeur) soit égale au salaire réel. Tant que la productivité marginale du travail est supérieure au coût marginal représenté par le taux de salaire réel, l'employeur embauche. Si le taux de salaire réel devient supérieur à la productivité marginale, l'entrepreneur n'embauche plus. Ce dernier va donc arrêter d'embaucher quand la productivité marginale du travail est égale au taux de salaire réel. Donc, la demande de travail des employeurs baisse quand le taux de salaire réel (coût du travail) augmente, et inversement la demande de travail des employeurs augmente quand le taux de salaire réel baisse. On dit que la demande de travail est une fonction décroissante du taux de salaire réel.

Si le marché du travail fonctionne parfaitement (situation de concurrence parfaite), le plein-emploi est assuré par des réajustements sur le marché du travail :

– Si la demande de travail devient supérieure à l'offre de travail, il y a concurrence entre les employeurs pour attirer les salariés ; le taux de salaire réel va augmenter progressivement pour attirer la main-d'œuvre.
– Si l'offre de travail devient supérieure à la demande de travail, l'excédent de travail est résorbé par la baisse du taux de salaire réel ; il y a concurrence entre les offreurs pour travailler, ce qui induit une baisse progressive des salaires.

Document **L'équilibre du marché de travail**

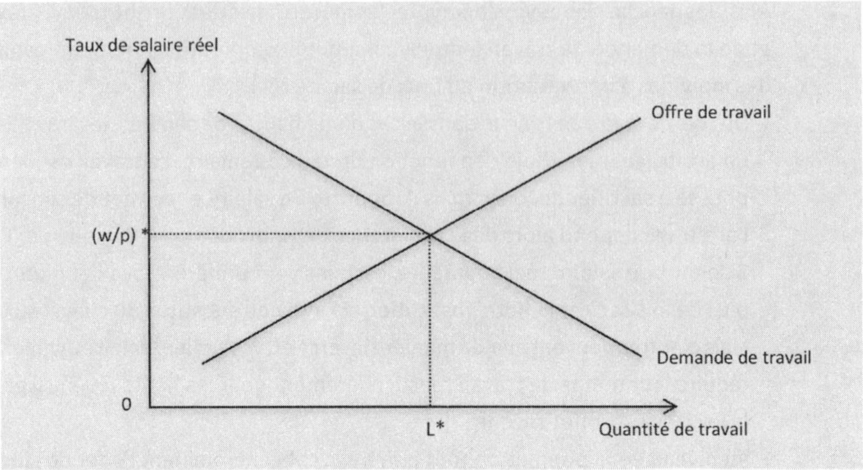

Dans le modèle néoclassique, tous ceux qui veulent travailler sont embauchés au taux de salaire réel d'équilibre. Ceux qui ne veulent pas travailler refusent le salaire réel d'équilibre et substituent du loisir au travail, ce sont donc des chômeurs volontaires. Ainsi, pour les économistes néoclassiques, le chômage ne peut être que volontaire.

Dans ce cadre théorique, ce sont les méfaits de l'intervention publique qui créent le chômage : un salaire minimum (comme le SMIC en France créé en 1970) ou une indemnité chômage généreuse maintiennent le taux de salaire réel au-delà du taux d'équilibre. L'interventionnisme étatique augmente le taux de salaire réel de réservation, en dessous duquel personne ne veut travailler. Dans ce cadre d'analyse, les rigidités institutionnelles (salaire minimum, syndicats, réglementations sur le marché du travail, etc.) sur le marché du travail empêchent le retour au plein-emploi. Dans le cadre d'un célèbre article, l'économiste français Jacques Rueff développait l'idée que le niveau élevé de l'assurance chômage constituait la cause du chômage persistant en Grande Bretagne en raison de l'incitation des travailleurs à substituer du loisir au travail (« *Assurance chômage, cause du chômage permanent* », 1931).

La théorie néoclassique ne connaît en effet que deux motifs de chômage : le chômage *volontaire* (les chômeurs refusent de travailler pour le niveau de salaire fixé par le marché du travail), et le chômage *transitoire* qui résulte des délais d'adaptation de l'offre avec la demande. C'est la parfaite flexibilité du marché du travail qui, par conséquent, permet à l'offre de travail de rencontrer la demande dans les conditions du marché qui autorisent le plein-emploi.

Conseils pour le bac

- Dans cette partie du programme, il s'agit de montrer que le « marché du travail » dont parlent les économistes est un modèle théorique simplifié qui permet de comprendre la fixation du niveau de l'emploi. Cette partie suppose de bien mobiliser les mécanismes du marché (offre, demande, fixation des prix) vus en classe de première, dans le cadre d'une analyse rigoureuse de l'équilibre de plein-emploi.
- Mais tout l'enjeu est aussi de nuancer l'idée que le travail est une marchandise comme les autres, puisque ce marché est aussi organisé par des normes, des réglementations qui créent des protections collectives pour les travailleurs (droit du travail, salaire minimum, institutionnalisation des conflits sociaux).
- Il s'agit de décrypter dans ce chapitre les stratégies des pouvoirs publics pour lutter contre le chômage : il faut donc soigneusement distinguer les différentes formes de chômage que décrivent les économistes (chômage conjoncturel, chômage structurel, etc.) pour ensuite évoquer les politiques de lutte contre le chômage correspondantes.
- Le candidat doit bien sûr évoquer les rouages de ces politiques de lutte contre le chômage en insistant bien sur les théories économiques de référence : ici la théorie néoclassique et la théorie keynésienne. En effet, les deux causes principales du chômage sont l'excès du coût du travail et les défaillances (éventuelles) des institutions du marché du travail (chômage structurel), et l'insuffisance de la demande anticipée (chômage conjoncturel).
- Il ne faut pas oublier dans les raisonnements le chômage qui relève des problèmes d'adaptation (les économistes parlent « d'appariement ») entre les qualifications des travailleurs et les emplois disponibles sur le marché du travail.

3. J'approfondis. La « flexicurité » : la recherche d'un équilibre entre flexibilité de l'emploi et sécurisation des revenus et des parcours professionnels

L'activité économique et le fonctionnement naturel du marché du travail se traduisent par de nombreuses destructions et créations d'emplois, d'activités, d'entreprises, chaque jour, chaque semaine, chaque mois, chaque année. On estime qu'en France, en général 10 000 emplois sont créés et détruits en moyenne par jour. À court terme, en période de récession, il y a davantage de destructions, mais moins de créations : le chômage augmente. En période de croissance, les créations sont supérieures aux destructions, le chômage peut baisser. À long terme, on explique ce processus de destruction créatrice d'activités, d'entreprises, d'emplois...par l'innovation (et la mondialisation). Dans un tel environnement, pour faire face et survivre à la concurrence, une entreprise doit pouvoir s'adapter, soit par une stratégie de parts de marché à court terme (jeu à somme nulle), soit par une stratégie de croissance par l'innovation à long terme (accroissement de la taille globale du marché).

Davantage de souplesse, de flexibilité, semble indispensable pour que les entreprises puissent éviter la faillite. Pourtant, plus de flexibilité peut nuire aux salariés. En effet, on observe une réelle perte de sécurité en matière d'emploi, de revenu, de solvabilité, de retour à l'emploi. La flexibilité du travail semble s'accompagner de davantage de précarité. Se pose alors la question suivante : est-il possible de gérer efficacement cette contradiction entre le besoin de flexibilité des entreprises et celui de sécurité des salariés ?

Depuis plusieurs décennies, le modèle de flexicurité de référence est le système danois d'organisation du marché du travail et des relations entre partenaires sociaux car il semble apporter une réponse équilibrée à ce dilemme. La flexicurité correspond à une combinaison harmonieuse des deux exigences, devenues complémentaires, consistant à protéger les salariés, sans protéger l'emploi (car le processus de créations/destructions d'emplois est inévitable), dans le cadre d'un marché du travail plus flexible pour les entreprises. Pour y parvenir il est impératif de combiner : un marché du travail plus flexible en matière de licenciement (et donc d'embauche), un système d'indemnisation du chômage plus généreux, et une politique plus active d'aide au retour à l'emploi (recherche d'emploi facilitée, appariement et formation des travailleurs) grâce à un service public de l'emploi efficace.

Document **Le triangle d'or de la « flexicurité »**

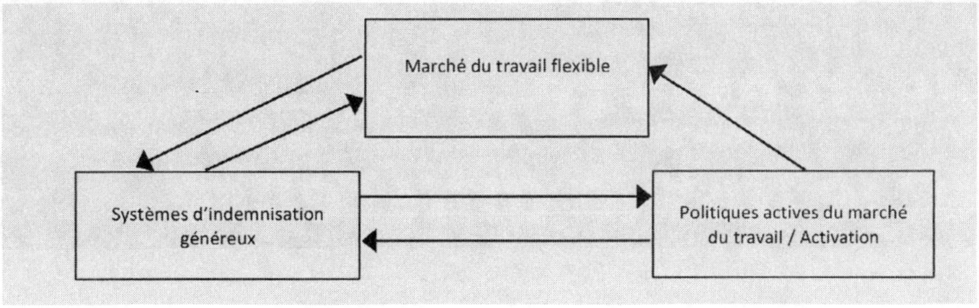

« La flexicurité : nouvel horizon du modèle social français ? »,
Jerome Gautié, *Cahiers Français* n° 330, consacrés au « modèle social français »
(La Documentation Française, 2006)

Bibliographie

- Laurent Braquet, *L'essentiel pour comprendre le marché du travail*, Gualino, 2014
- Pierre Cahuc, André Zylberberg, *Les ennemis de l'emploi,* Flammarion, 2015
- Jérôme Gautié, *Le chômage*, La Découverte, 2015
- David Mourey, Jean-Paul Brun, *Marché du travail, emploi, chômage,* De Boeck, 2019

Je m'exerce et je fais la différence

1. Des questions possibles lors des évaluations

- Quelles sont les causes du chômage structurel ?
- En quoi les problèmes d'asymétries d'information sont-ils à l'œuvre sur le marché du travail ?
- Comment peut-on lutter contre le chômage conjoncturel ?
- Quelles sont les principales politiques de lutte contre le chômage ?

2. Entraînement

2.1 Exercice 1. Vrai ou faux ?

	Vrai	Faux
Le chômage lié aux variations de la demande globale et de l'activité économique est le chômage structurel		
Une politique de dépense publique peut lutter contre le chômage conjoncturel		
La théorie du salaire d'efficience est liée au problème des asymétries d'information		
Le taux d'emploi d'une catégorie d'individus est calculé en rapportant le nombre de personnes de la catégorie ayant un emploi au nombre total d'individus dans la catégorie		
Le chômage frictionnel est lié aux variations de la demande		
La protection de l'emploi permet une meilleure flexibilité du marché du travail		
Dans le cadre du modèle néoclassique du marché du travail, le concept de référence est le chômage volontaire		

	Vrai	Faux
La réforme des institutions du marché du travail peut faire baisser le chômage conjoncturel		
Dans la théorie keynésienne, le niveau de l'emploi dépend de la demande anticipée		
Le « halo » du chômage est lié au sous-emploi		

2.2 Exercice 2

a. Complétez le texte en utilisant les termes suivants : ***Consommation – coût du travail – substituer – combinaison productive – concurrence – salaire minimum.***

Le coût du travail est un déterminant important du choix des entreprises en matière de .... Lorsque le coût du travail augmente, les entrepreneurs sont incités à .... du capital au travail. Dans l'économie mondiale, les entreprises sont confrontées à une forte .... et le coût du travail est un aspect important de la capacité à vendre leurs produits sur les marchés internationaux. En France, le débat porte sur le niveau du .... et en particulier du .... qui, selon certains économistes, serait trop élevé, et entraînerait des destructions d'emplois dans l'industrie et les services, même s'il permet également de soutenir la .... des ménages.

b. Les effets contrastés du SMIC sur le chômage

Soit le cas d'un chef d'entreprise qui emploie 100 salariés, chacun d'eux étant rémunéré au SMIC soit 1200 euros par mois. Le gouvernement décide d'augmenter le SMIC de 5 %.

1. Calculez la nouvelle masse salariale de l'entreprise (soit la somme des salaires que le chef d'entreprise doit payer) ?

2. Pour chaque exemple, précisez si cela entraîne une hausse ou une baisse du facteur suivant :

– Le SMIC représente un coût pour l'entreprise...

Hausse du SMIC → .... des coûts de production

→ .... des prix de vente → .... des exportations → .... de la production → .... de l'emploi, ...du chômage.

– ...Mais le SMIC est également un revenu pour les salariés :

Hausses du SMIC → .... de la consommation

→ .... de la demande anticipée par les entrepreneurs

→ ....de la production → ....

de l'emploi.................................... du chômage.

3. Préciser les conséquences de la hausse du SMIC selon le modèle néoclassique et selon le modèle keynésien.

c. QCM

1. Le chômage dans le cadre du modèle néoclassique est dû :
   - ☐ À l'insuffisance de la demande anticipée par les entrepreneurs
   - ☐ À la faiblesse de l'investissement des entreprises
   - ☐ À l'excès du coût du travail qui réduit la rentabilité des firmes
   - ☐ À la baisse du revenu disponible des ménages
2. Le chômage conjoncturel est dû :
   - ☐ À la faiblesse de la demande anticipée des entrepreneurs
   - ☐ Au manque de flexibilité du marché du travail
   - ☐ Au manque de profit des entreprises
   - ☐ Au niveau trop élevé du salaire minimum
3. Le chômage structurel est dû :
   - ☐ Aux rigidités institutionnelles du marché du travail
   - ☐ À l'inadéquation entre l'offre de travail et de la demande de travail en termes de qualification
   - ☐ À l'insuffisance de la consommation des ménages
   - ☐ À la faiblesse de la croissance économique

4. Le chômage de longue durée :
   - ☐ Est un chômage persistant sur le marché du travail depuis plus de cinq ans
   - ☐ Concerne les individus au chômage depuis plus d'un an
   - ☐ Concerne les individus au chômage depuis plus de deux ans
   - ☐ S'explique uniquement par l'excès du coût du travail
5. Le coût du travail inclut :
   - ☐ Le salaire et les impôts directs
   - ☐ Le revenu disponible et le patrimoine
   - ☐ Le salaire net et les cotisations sociales (payées par le salarié et l'employeur)
   - ☐ Le salaire brut et la fiscalité locale

2.3 Exercice 3

Document

> La baisse du coût du travail peu qualifié, notamment par l'exonération de cotisations sociales sur les bas salaires, s'est imposée en vingt-cinq ans comme l'une des principales composantes des politiques de l'emploi en France. L'importance prise par ces dépenses générales tient d'abord au choix historique consistant à asseoir le financement de la protection sociale sur les revenus du travail. Elle tient aussi à la volonté de maintenir un salaire minimum légal relativement élevé, uniforme et dynamique – si on le compare en proportion du salaire médian à la plupart des pays étrangers – visant à assurer une redistribution des fruits de la croissance entre tous les salariés. Le salaire minimum a certes limité les inégalités salariales et contribué à la qualité de l'emploi, mais son effet sur la pauvreté des actifs est plus incertain dès lors qu'une fraction importante de la population se retrouve sans emploi ou à temps partiel contraint. La politique d'exonération de cotisations employeurs initiée dans les années 1990 a eu un effet positif sur l'emploi mais la combinaison du SMIC et des allègements n'a pas permis d'éviter un taux de chômage important des peu qualifiés, et son coût pour les finances publiques est croissant.

Source : France Stratégie, *Quels leviers pour l'emploi ?* Mai 2016.

■ Questions

1. Quelle politique de lutte contre le chômage s'est imposée en France selon les experts de « France Stratégie » ?
2. En quoi le SMIC a t-il eu des effets ambigus sur le marché du travail ?

3. Corrigé

3.1 Exercice 1. Vrai ou faux

	Vrai	Faux
Le chômage lié aux variations de la demande globale et de l'activité économique est le chômage structurel		X
Une politique de dépense publique peut lutter contre le chômage conjoncturel	X	
La théorie du salaire d'efficience est liée au problème des asymétries d'information	X	
Le taux d'emploi d'une catégorie d'individus est calculé en rapportant le nombre de personnes de la catégorie ayant un emploi au nombre total d'individus dans la catégorie	X	
Le chômage frictionnel est lié aux variations de la demande		X
La protection de l'emploi permet une meilleure flexibilité du marché du travail		X
Dans le cadre du modèle néoclassique du marché du travail, le concept de référence est le chômage volontaire	X	
La réforme des institutions du marché du travail peut faire baisser le chômage conjoncturel		X
Dans la théorie keynésienne, le niveau de l'emploi dépend de la demande anticipée	X	
Le « halo » du chômage est lié au sous-emploi	X	

3.2 Exercice 2

a. Compléter le texte en utilisant les termes suivants : Consommation ; coût du travail ; substituer ; combinaison productive ; concurrence ; salaire minimum.

Le coût du travail est un déterminant important du choix des entreprises en matière de **combinaison productive.** Lorsque le coût du travail augmente, les entrepreneurs sont incités à **substituer** du capital au travail. Dans l'économie mondiale, les entreprises sont confrontées à une forte **concurrence** et le coût du travail est un aspect important de la capacité à vendre leurs produits sur les marchés internationaux. En France, le débat porte sur le niveau du **coût du travail** et en particulier du **salaire minimum** qui, selon certains économistes, serait trop élevé, et entraînerait des destructions d'emplois dans l'industrie et les services, même s'il permet également de soutenir la **consommation** des ménages.

b. Les effets contrastés du SMIC sur le chômage

Soit le cas d'un chef d'entreprise qui emploie 100 salariés, chacun d'eux étant rémunéré au SMIC soit 1200 euros par mois. Le gouvernement décide d'augmenter le SMIC de 5 %.

■ **Questions**

1. Calculez la nouvelle masse salariale de l'entreprise (soit la somme des salaires que le chef d'entreprise doit payer) ?
2. Pour chaque exemple, précisez si cela entraîne une ***hausse*** ou une ***baisse*** du facteur suivant :

   – Le SMIC représente un coût pour l'entreprise...
   Hausse du SMIC à **Hausse** des coûts de production à **Hausse** des prix de vente à **baisse** des exportations à **baisse** de la production à **baisse** de l'emploi, **hausse** du chômage

   – ...Mais il est également un revenu pour les salariés :
   Hausse du SMIC à **Hausse** de la consommation à **Hausse** de la demande anticipée par les entrepreneurs à **Hausse** de la production à **Hausse** de l'emploi, **baisse** du chômage.

3. Préciser les conséquences de la hausse du SMIC selon le modèle néoclassique et selon le modèle keynésien.
   Selon le modèle néoclassique, la hausse du SMIC déséquilibre le marché du travail car s'il se situe au-dessus du salaire réel d'équilibre, l'offre de travail augmente (davantage de travailleurs sont incités à substituer du travail au loisir) et la demande de travail baisse (le coût du travail s'élève relativement à la productivité du travail).
   Selon le modèle keynésien, la hausse du SMIC permet d'accroître la consommation des ménages à bas revenus qui ont la plus forte propension à consommer : la demande anticipée des entreprises augmente avec des carnets de commande qui se remplissent et la production et l'emploi progressent.

c. QCM

1. Le chômage dans le cadre du modèle néoclassique est dû :
   ☒ À l'excès du coût du travail qui réduit la rentabilité des firmes

2. Le chômage conjoncturel est dû :
   ☒ À la faiblesse de la demande anticipée des entrepreneurs

3. Le chômage structurel est dû :
   ☒ Aux rigidités institutionnelles du marché du travail

4. Le chômage de longue durée :
   ☒ Concerne les individus au chômage depuis plus d'un an

5. Le coût du travail inclut :
   ☒ Le salaire net et les cotisations sociales (payées par le salarié et l'employeur)

3.3 Exercice 3

■ Questions

1. Quelle politique de lutte contre le chômage s'est imposée en France selon les experts de France Stratégie ?
   La stratégie de lutte contre le chômage qui a été privilégiée est celle de la baisse du coût du travail peu qualifié, en actionnant le levier de l'exonération de cotisations sociales sur les bas salaires pour inciter les employeurs à créer des emplois.

2. En quoi le SMIC a t-il eu des effets ambigus sur le marché du travail ?
   Le SMIC a limité le creusement des inégalités salariales entre les différentes catégories de main-d'œuvre, mais il n'a pas empêché qu'une fraction importante de la population se retrouve sans emploi ou à temps partiel contraint, avec à la clé une aggravation de la pauvreté pour un certain nombre de travailleurs.

Chapitre 4

Les crises financières et la régulation du système financier

Je révise et je me perfectionne

Quelles sont les mécanismes à l'origine des crises financières et comment peut-on réguler le système financier ?

I. Définition

Dès l'origine, la finance a constitué un moteur de la croissance économique : en améliorant l'allocation des ressources dans l'économie et en collectant l'épargne, elles a contribué à l'élévation des niveaux de vie. Le gonflement considérable de la sphère financière à partir des années 1970 marque toutefois une nouvelle étape de la mondialisation. Le système monétaire international fondé lors de la conférence de Bretton Woods, en 1944, organisait une fixité des taux de change et une étroite régulation du secteur bancaire et financier. Or, la libéralisation financière a créé un environnement monétaire et financier radicalement différent : la dislocation du système monétaire international dans les années 1970, l'avènement des changes flottants (lorsque les monnaies fluctuent librement entre elles) et la révolution informatique ont contribué à l'accroissement du volume et de la vitesse des transactions financières en créant un marché unique de l'argent intégré à l'échelle planétaire, caractérisé par une double unité de temps (fonctionnement en continu 24 h/24 h) et de lieu (interconnexion des places financières).

Cette globalisation financière implique un recours accru aux marchés financiers dans le financement des économies, une concurrence plus forte entre les acteurs financiers, et la possibilité élargie de participer à tous les compartiments de ces marchés.

Cette évolution a été permise autant que favorisée par l'application de la règle des « 3D » :

– Une *déréglementation des marchés de capitaux* favorable aux déplacements des flux financiers, à l'émergence de nouveaux types de placements, et à l'influence décisive des investisseurs institutionnels (fonds mutuels, fonds de pension, compagnies d'assurances, et fonds spéculatifs ou *hedge founds*) ;

– Une *désintermédiation* permettant aux agents à besoin de financement de recourir directement aux marchés financiers (finance directe) plutôt qu'au crédit des banques (finance indirecte) ;

– Un *décloisonnement* des marchés effaçant progressivement la spécialisation des activités entre banques commerciales et banques d'investissement.

La globalisation financière a permis une baisse du coût du financement des agents économiques (ménages, entreprises, États), avec une concurrence accrue au sein du système financier, mais elle a conduit aussi à un endettement accru des acteurs, et à un retour de l'instabilité financière à partir des années 1980. Cette instabilité financière est potentiellement dévastatrice si elle se transmet à l'économie par le biais de la contraction du crédit, des faillites de banques et d'entreprises qui déclenchent une récession voire une dépression.

2. Le cours

2.1 Le retour des crises financières

a. Les mécanismes de transmission des crises financières

Une crise financière résulte généralement de la combinaison d'une crise boursière (qui se caractérise souvent par un krach boursier soit une chute brutale du cours des titres) et d'une crise bancaire. Lorsque la conjoncture économique est favorable, l'optimisme des agents économiques les incite à prendre plus de risques et à s'endetter davantage : les banques prêtent plus facilement et le crédit augmente. Sur les marchés financiers, les comportements d'imitation des agents (qu'on appelle « mimétiques ») créent des phases de confiance excessive durant lesquelles les prix des actifs financiers augmentent fortement par rapport à leur valeur réelle. L'agrégation de comportements spéculatifs peut donner naissance à des « bulles spéculatives » : ces dernières sont des phénomènes d'engouement collectif pour un actif qui conduit à une augmentation très rapide de son prix. Les crises financières sont essentiellement liées à l'éclatement de ces bulles, lorsque les intervenants sur les marchés financiers prennent soudainement conscience de la surévaluation du prix des actifs et décident de les revendre en même temps (krach boursier). Les bulles spéculatives éclatent quand les agents estiment que le cours a évolué de façon disproportionnée et craignent un retournement à la baisse : tout le monde souhaite alors vendre ces titres avant que leur valeur ne baisse ce qui a pour conséquence mécanique de faire baisser très fortement le cours du titre.

Les marchés financiers sont également soumis à des *prophéties auto-réalisatrices* : par exemple, si les opérateurs prévoient qu'un actif va s'apprécier, ils se portent acheteurs de cet actif, ce qui pousse son prix à la hausse. Ce mécanisme joue également à la baisse : l'anticipation de la baisse du cours des titres précipite les ventes sur le marché et la baisse des cours se produit alors réellement.

Les comportements (et anticipations) mimétiques sur les marchés financiers peuvent générer une forte instabilité économique : durant les périodes d'optimisme, l'endettement risque de devenir excessif, tandis que le retournement brutal des marchés financiers peut provoquer un appauvrissement des agents économiques. Dans une économie où le niveau d'endettement est élevé, les pertes des banques sur les marchés financiers se transmettent ensuite rapidement à l'activité économique car le crédit qu'elles octroient aux agents (ménages, entreprises) joue un rôle considérable. Il peut se produire alors une forte *contraction du crédit* qui comprime fortement la demande globale.

Les banques peuvent être confrontées à la *baisse de la valeur de leurs collatéraux* : un collatéral est un actif offert en garantie lors d'une opération de crédit. Ainsi, sur le marché interbancaire, un établissement qui emprunte des liquidités doit offrir en contrepartie un collatéral constitué de titres figurant sur une liste d'actifs éligibles établie par la banque centrale.

Le mécanisme de transmission de la crise à l'économie passe également par *l'effet de richesse négatif*. L'effet de richesse traduit le fait qu'une variation de la valeur de leurs actifs patrimoniaux incite les agents économiques à modifier leur demande de biens de consommation et d'investissement. En cas de baisse de la valeur des patrimoines (baisse des prix de l'immobilier par exemple), les ménages peuvent alors comprimer leurs dépenses de consommation et réduire les carnets de commande des entreprises. L'effet de richesse négatif aggrave alors la récession.

Les crises financières s'expliquent par la conjonction de nombreux phénomènes, en particulier par l'accumulation de déséquilibres macroéconomiques, la formation récurrente de bulles spéculatives sur les marchés financiers en raison des comportements mimétiques, et par les mutations microéconomiques liés au rôle central du crédit et des innovations financières dans nos économies.

b. Les causes macroéconomiques des crises financières

Avec la globalisation financière, les crises financières se transmettent très rapidement d'une région à l'autre, et d'importants déséquilibres macroéconomiques se sont formés depuis les années 1990 avec un déficit de la balance courante américaine et des excédents importants dégagés par les pays du Golfe Persique et l'Asie, qui en sont la contrepartie. En effet, en contrepartie des déficits courants américains, toutes les autres grandes régions du monde ont résorbé leurs déficits ou accumulé d'importants excédents courants à partir de la fin des années 1990 notamment le Sud-Est asiatique, et l'Amérique Latine. La hausse des prix de l'énergie (dans un contexte de rareté croissante et de forte demande de pays comme la Chine) a entraîné un accroissement durable de la capacité de financement du Moyen-Orient et de la Russie (rente pétrolière et gazière). La croissance soutenue dans les pays émergents s'est traduite par un niveau élevé du taux d'épargne et favorisé une forte expansion du crédit et de la spéculation, dans un contexte de taux d'intérêt faibles dus à une politique monétaire expansionniste des banques centrales. Après la crise financière de 2008, les banques centrales ont poursuivi ces stratégies de taux d'intérêt bas et de gonflement de la masse monétaire qui ont nourri les bulles spéculatives sur les marchés financiers ou sur le marché de l'immobilier.

c. Les déterminants microéconomiques des crises financières

L'instabilité financière peut également naître de transformations plus microéconomiques avec le développement de nouveaux instruments financiers, comme la titrisation, technique massivement utilisée par les banques à partir des années 1970. La titrisation permet en effet de transformer des paquets de crédits bancaires en titres négociables, cédés ensuite à d'autres investisseurs et banques avec les risques qu'ils comportent. Avec la titrisation, la relation traditionnelle entre la banque et le client emprunteur, qui permet d'évaluer correctement le risque de crédit et de non remboursement, s'est estompée. Dans un contexte d'intense concurrence entre les banques, la titrisation leur a non seulement permis d'accroître le volume des crédits accordés mais également de développer leurs interventions sur les marchés financiers. Mais la qualité de l'information sur les emprunteurs a pu se détériorer en période de bulle boursière et de gonflement du crédit, où la croissance continue de l'ensemble des valeurs sur les marchés d'actifs a conduit à sous-évaluer les possibles défauts de remboursement (disséminés dans des montages financiers de plus en plus complexes). Depuis 2007, l'action des États, mais aussi des Banques centrales en tant que prêteur en dernier ressort, afin de restaurer la confiance et soutenir le crédit par le sauvetage de certains établissements bancaires menacés de faillite, a démontré les risques d'aléa moral. C'est le cas lorsque certaines banques adoptent des comportements opportunistes et accroissent leur prise de risque, les coûts étant ensuite supportés par la collectivité. L'aléa moral désigne alors les conséquences collectives négatives, non prises en compte par le marché, d'activités développées par des agents individuels. La défaillance d'un établissement financier de taille importante peut toutefois entraîner des comportements de paniques bancaires (une ruée vers les guichets par exemple) et générer un risque systémique, lorsque la confiance des agents économique s'effondre.

2.2 Les instruments de régulation des marchés financiers

La crise financière 2007-2009 a démontré les failles en matière de régulation du système financier mondial, notamment en ce qui concerne le contrôle des risques encourus dans le cadre des innovations financières en plein essor depuis les années 1990-2000 (comme la titrisation). Les États ont réaffirmé lors de ces grandes rencontres internationales (comme les sommets du G 20) leur volonté de renforcer la régulation du secteur financier, soit l'ensemble des règles juridiques qui organisent et encadrent le secteur financier et permettent d'assurer le bon fonctionnement des marchés financiers. La réglementation financière doit permettre de maintenir la confiance dans le système bancaire, afin de rassurer les créanciers des banques et limiter les risques.

Dès la fin des années 1980, des ratios de solvabilité (dits « ratios prudentiels ») ont été instaurés afin d'imposer aux banques un certain volume de fonds propres (terme comptable qui figure au passif de leurs bilans) en lien avec les risques encourus. Ces ratios prudentiels sont censés mieux coordonner la réglementation bancaire et inciter les banques à limiter les crédits et surtout les risques (ratio Cooke en 1988 puis ratio Mc Donough en 2007), sans toutefois excessivement les rationner et freiner la croissance économique. La nouvelle réglementation dite de « Bâle III », pilotée par le comité de supervision bancaire dit « comité de Bâle » (car abrité par la Banque des règlements internationaux située à Bâle), doit s'appliquer à toutes les banques internationales afin de réguler le niveau de fonds propres que les banques doivent détenir en fonction des risques qu'elles encourent, ainsi que le niveau de liquidités qu'elles doivent détenir pour faire face à leurs engagements.

Par ailleurs, le compte rendu du G20 de Pittsburgh en septembre 2009 recommande aux États de réduire l'aléa moral sur les marchés financiers, notamment par une modification du système de rémunération des opérateurs de marchés (comme le versement de bonus qui incite à une prise de risques excessive), et un encadrement plus strict des opérations de titrisation. Les responsables politiques ont affirmé leur volonté de renforcer le contrôle de la titrisation et de mettre en œuvre une régulation plus stricte des marchés financiers dits de « gré à gré », sur lesquels les transactions sont conclues directement entre le vendeur et l'acheteur (appelé le *shadow banking system*), qui s'opposent aux marchés dits « organisés », où les transactions se font à la Bourse dans un cadre réglementaire plus strict. Il s'agirait alors de promouvoir par exemple la création de chambres de compensation afin d'obliger les parties d'une transaction à verser un dépôt initial représentant une fraction du montant de la transaction. Les débats sur la réglementation financière ont aussi évoqué la nécessité de mieux réglementer l'action de certains acteurs comme les fonds spéculatifs (*hedge funds*), mieux contrôler les paradis fiscaux (avec des systèmes d'échange de données fiscales entre les États pour traquer la fraude), et les agences de notation. De manière générale, un meilleur fonctionnement des marchés pourrait ainsi passer par une plus grande transparence des transactions au sein du système financier.

Focus sur **Une brève histoire des bulles spéculatives**

L'histoire économique peut être mobilisée pour étudier les enchaînements qui ont conduit à la globalisation financière actuelle depuis les années 1990. On peut aussi rappeler que le monde a connu une première phase de mondialisation financière à la fin du XIXe siècle à l'ère de la Révolution industrielle, marquée par une forte intégration des marchés de capitaux. Insister sur la persistance de l'instabilité financière tout au long de l'histoire du capitalisme depuis plusieurs siècles constitue également un angle d'attaque intéressant : on observe une récurrence des crises financières et des bulles spéculatives. Les premiers exemples significatifs sont la bulle sur les actions de la Compagnie du Mississipi (affaire John Law) en France et sur celles de la *South sea Company* en Angleterre en 1720. Isaac Newton, victime de l'effondrement des cours de la South sea C°, déclare d'ailleurs à cette occasion : « *je peux prévoir les mouvements des astres mais je ne pas prévoir la folie des hommes* » ; il ouvre par là le débat sur la rationalité des comportements conduisant à ce type de bulle, qui divise encore aujourd'hui l'analyse économique. Ces bulles spéculatives deviennent récurrentes au XIXe siècle en accompagnant les phases d'essor cycliques des économies en train de s'industrialiser. Elles trouvent leur point d'orgue dans la phase spéculative des années 1920, jusqu'au krach boursier de New York de 1929, avant de réapparaître depuis la fin des années 1980 (bulle sur les marchés d'actions et sur l'immobilier à la fin des années 1980, bulle sur les actions des entreprises de la « net-économie » à la fin des années 1990, bulle sur le marché de l'immobilier dans les années 2000). Ces phases d'engouement dans laquelle l'euphorie des agents les pousse à acheter des titres à un prix toujours plus élevé, sont souvent considérées comme un mal nécessaire accompagnant la diffusion des nouvelles technologies (à l'instar de la railwaymania des années 1840 ou de la « bulle Internet » dans les années 1990), ou des innovations financières (banque de Law, produits liés aux crédits *subprimes* dans les années 2000), même si leur éclatement reste une source importante de gaspillage de ressources productives.

La survenue de la crise financière en 2007 a plongé l'économie mondiale dans une grave récession, dans la mesure où les marchés financiers sont profondément liés à l'économie « réelle » par le biais des mécanismes du crédit. Cette instabilité des marchés financiers et ses conséquences nocives pour l'activité économique ont entraîné de multiples débats et controverses dans la communauté des économistes, sur le rôle de la spéculation, les vertus équilibrantes du marché, la formation des bulles spéculatives, l'action des banques centrales, etc. Enfin, depuis 2007, la crise financière a réactivé le thème de la gouvernance mondiale et de la coopération des États en matière de régulation financière et de supervision des banques (avec l'établissement de nouvelles normes). En effet, la globalisation financière actuelle qui a atteint un très haut niveau d'intégration implique un risque de transmission rapide des chocs financiers à tout le système financier mondial en cas de nouvelle crise (ce que les économistes appellent le « risque systémique »).

Conseils pour le bac

- Dans ce chapitre, il s'agit de s'appuyer sur les connaissances de la classe de Première en spécialité SES, avec des notions importantes étudiées dans le thème sur la monnaie et le financement : financement direct, financement indirect, taux d'intérêt, risque de crédit, asymétries d'information… Tous ces concepts doivent être mobilisés pour étudier convenablement et avec rigueur le système financier et son instabilité.
- Le programme prévoit d'évoquer les crises financières sous l'angle des comportements mimétiques et des bulles spéculatives qui se forment périodiquement sur les marchés financiers ; On pourra d'ailleurs s'appuyer des exemples historiques précis pour démontrer la récurrence de ces crises et leurs implications sur l'économie « réelle » (de la crise boursière de 1929 à la crise des crédits hypothécaires *subprimes* en 2007).
- L'enjeu de la régulation des marchés de capitaux devra être évoqué puisqu'il nécessite de prendre en compte les efforts de coopération internationale dans la mondialisation (rôle du G 20 notamment). Il s'agit là d'évoquer les principaux instruments qui permettent de prévenir le retour des crises financières.

3. J'approfondis. La théorie économique face à l'instabilité financière

Mobiliser la théorie économique est indispensable pour comprendre l'impact des marchés financiers sur nos économies, et on peut en particulier retenir quelques concepts et controverses scientifiques qui subsistent sur l'explication de l'instabilité financière.

3.1 La théorie dominante : l'hypothèse d'efficience informationnelle

Le développement des marchés financiers à partir des années 1990 s'est appuyé sur une théorie économique centrale défendant *l'efficience informationnelle* de ces marchés. Cette croyance forte a justifié leur libéralisation et l'explosion des innovations financières durant cette période. Par exemple, les CDS, apparus en 1997, ont connu un développement très rapide uniquement sur la foi des modèles mathématiques incorporant cette hypothèse. Dans celle-ci, et dans le prolongement des travaux de l'économiste américain Eugen Fama (1965), le marché est dit efficient si les prix qui s'y forment constituent des signaux fiables permettant aux investisseurs de prendre les bonnes décisions en matière d'allocation des ressources productives. Si la notion d'efficience a connu ensuite des reformulations multiples assouplissant le caractère très strict de la première, c'est cette capacité à orienter les choix de financement vers les occasions d'investissement les plus rentables qui a été de plus en plus interrogée ces dernières années. Cette efficience suppose en effet que les titres (surtout les actions) soient correctement évalués compte tenu de l'information disponible au moment de l'évaluation et que cette évaluation se rapproche de la valeur fondamentale de ces titres (la somme des revenus futurs qu'ils généreront). Comme les titres financiers sont des droits sur des revenus futurs (intérêts ou dividendes), cette évaluation suppose une capacité à anticiper ce futur sur laquelle les économistes ont des avis radicalement opposés. La théorie dominante, d'inspiration néoclassique, considère qu'en appliquant une probabilité aux différents évènements susceptibles de se produire dans le futur, il est possible d'avoir une évaluation efficiente des titres qui guide alors les investisseurs vers les meilleurs choix. Cette valeur de marché garantirait en principe aux investisseurs de pouvoir modifier leur engagement à tout moment et encouragerait ainsi l'émission de moyens de financement nouveaux à des fins d'investissement productif. D'autre part, si des comportements irrationnels en matière de vente et d'achat se produisent sur ces marchés, cette théorie considère qu'ils ne sont pas liés les uns aux autres et leur effet global est neutre sur le prix des titres. Enfin, elle considère qu'il existe toujours des intervenants *rationnels* sur ces marchés dont les décisions, en exploitant les écarts de cours aberrants, ramènent les prix vers leur valeur fondamentale.

3.2 La théorie keynésienne : anticipations mimétiques et « bulles spéculatives »

Ce sont ces trois postulats qu'une approche minoritaire en économie, mais dont le crédit a augmenté depuis la crise financière de la fin des années 2000, a remis en cause en prolongeant les intuitions de John Maynard Keynes présentes dans le chapitre 12 de sa *Théorie générale de l'emploi, de l'intérêt et de la monnaie* de 1936. Ce dernier y montrait, en utilisant la parabole d'un « concours de beauté », que des individus amenés à choisir, parmi une série de photos, la plus belle, tout en sachant que le gagnant serait celui qui aurait sélectionné celle choisie par la majorité, chercheraient non pas à déterminer objectivement la valeur de ces photos, mais à anticiper l'opinion moyenne des autres participants. Ce comportement, rendant toute évaluation objective impossible, serait particulièrement à l'œuvre sur les marchés d'actions. Cette analyse a été prolongée par le courant dit de la « finance comportementale » dont l'économiste André Orléan est un des représentants français les plus connus. Ce courant réfute l'idée que les bourses produisent en continu un prix qui constitue une estimation pertinente de la valeur des actifs cotés *(« valeur fondamentale et juste »)*. Par leur nature même – fournir en continu un prix auquel le titre puisse être négocié –, celles-ci créent une au contraire une opportunité nouvelle, tenant dans la possibilité d'acheter pour revendre (et réciproquement) en vue d'une *plus-value*. Ce faisant, elles favorisent les comportements d'imitation (mimétisme) dont l'objectif est davantage d'anticiper l'évolution de l'opinion majoritaire sur les marchés que de contribuer à la formation d'une vision viable du futur et favoriser une convergence vers la valeur réelle des titres. En même temps, la possibilité de revendre à tout moment les titres (la liquidité) devient largement illusoire lorsque tous les agents décident de les revendre en même temps et que personne ne désire plus les acheter.

Bibliographie

- Michel Aglietta, *La crise : comment en est-on arrivé là ? Comment en sortir ?* Michalon, 2008
- Laurent Braquet, David Mourey, *Économie, Principes Fondamentaux*, De Boeck, 2019
- Laurent Braquet, Jean-Pierre Biasutti, *Comprendre le système financier*, Bréal, 2018
- Jézabel Couppey-Soubeyran, *Monnaie, banques, finance*, PUF, 2015
- Anton Brender et *alii*, *Monnaie, finance et économie réelle*, La Découverte, 2015

Je m'exerce et je fais la différence

1. Des questions possibles lors des évaluations

- Dans quelle mesure le système financier peut-il être régulé ?
- Comment peut-on expliquer les crises financières ?
- Comment peut-on expliquer la transmission des crises financières à l'économie ?
- Vous expliquerez en quoi le comportement mimétique est un facteur essentiel des crises financières.

2. Entraînement

2.1 Exercice 1. QCM (choisir la bonne réponse)

1. Le processus de globalisation financière s'accélère :
   - ☐ Dans les années 1990
   - ☐ Dans les années 1980
   - ☐ Dans les années 1950
   - ☐ Dans les années 1920

2. La crise de 1929 débute :
   - ☐ Par une crise de change
   - ☐ Par des conflits commerciaux
   - ☐ Par une crise boursière sur les marchés d'actions
   - ☐ Par une crise politique

3. La formation de bulles spéculatives sur les marchés financiers est liée :
   - ☐ Aux anticipations rationnelles
   - ☐ Aux évènements astrologiques
   - ☐ Aux anticipations mimétiques
   - ☐ Anticipations adaptatives

4. L'économiste Eugen Fama est à l'origine de :
   - ☐ L'hypothèse néoclassique d'efficience des marchés financiers
   - ☐ La théorie du cycle du crédit
   - ☐ La théorie des bulles spéculatives
   - ☐ La critique du capitalisme financier

5. La métaphore du « concours de beauté » pour évoquer le mimétisme des intervenants sur les marchés financiers est celle de :
   - ☐ Adam Smith
   - ☐ David Ricardo
   - ☐ John Maynard Keynes
   - ☐ Milton Friedman

6. La transmission de la crise sur les marchés financiers à l'économie se fait surtout par :
   - ☐ Le canal du crédit aux agents économiques
   - ☐ Le canal du taux d'inflation
   - ☐ Le canal des taux d'intérêt
   - ☐ Le canal du commerce extérieur

7. Les rencontres internationales qui ont favorisé la coopération internationale après 2008 sont celles :
   - ☐ De l'Assemblée générale de l'ONU
   - ☐ Du G 20
   - ☐ De la COP 21
   - ☐ De l'OIT

8. En cas de crise sur le marché interbancaire, la Banque centrale, pour évoquer l'effondrement du crédit, peut jouer son rôle de :
   - ☐ Prêteur en dernier ressort
   - ☐ Pompier pyromane
   - ☐ Prêteur d'urgence au Trésor public
   - ☐ D'emprunteur en dernier recours

9. L'intervention systématique des banques centrales pour secourir les établissements financiers peut créer un problème :
   - ☐ D'asymétrie d'information
   - ☐ De croyances ésotériques
   - ☐ De fraude fiscale
   - ☐ D'aléa moral

10. Le dispositif permettant de limiter la prise de risque par les grandes banques internationales est celui :
    - ☐ Des ratios prudentiels
    - ☐ De la déréglementation
    - ☐ Du système des brevets
    - ☐ De la désintermédiation financière

2.2 Exercice 2. Les paniques bancaires

Document

> Lors d'une panique bancaire, une fraction importante des déposants peuvent vouloir retirer leurs dépôts au même moment. Si la banque possède essentiellement des actifs de long terme illiquides, elle peut rencontrer des difficultés pour trouver les fonds nécessaires au règlement de ces retraits. Lorsque la rumeur se répand que la banque est à court de liquidités, davantage de déposants vont essayer de retirer leurs dépôts dans l'espoir d'obtenir autant d'argent que possible.
> En ce sens une panique bancaire peut s'auto-entretenir -elle s'autoalimente. Un nombre inhabituel de retraits réduit les liquidités de la banque, ce déficit de liquidités engendre encore plus de retraits car les déposants courent retirer leur dépôt avant que la banque soit à court d'espèces. Même une banque en bonne santé avant la panique peut être en difficulté après avoir perdu beaucoup de ses déposants et avoir été forcée de vendre en urgence ses actifs illiquides, pour lesquels la banque n'a pu obtenir un bon prix faute de temps pour trouver des acheteurs prêts à les payer plus cher. Cette panique grandissante et ces flux croissants de retrait sont qualifiés de panique bancaire.
> Les paniques bancaires ont différents coûts économiques. Avant tout, un épisode de panique force la banque à vendre prématurément ses actifs de long terme illiquides. Parfois cela conduit à abandonner ou à vendre inefficacement des

investissements de long terme dans du capital physique comme des projets de construction. De surcroît, les banques étant des acteurs clés des marchés financiers, une panique bancaire perturbe leur bon fonctionnement.
Les paniques bancaires ont revêtu différentes formes au cours des récentes crises financières, même si certaines paniques bancaires n'étaient pas connues du grand public. La panique bancaire la plus éclatante a eu lieu en 2007 à Northern Rock, une banque anglaise spécialisée dans les prêts hypothécaires. Les déposants de Northern Rock craignaient que la banque ne soit insolvable et ont commencé à retirer leur dépôt. Ces retraits ont provoqué la première bancaire au Royaume Uni depuis 150 ans. Northern Rock a désespérément cherché une banque plus solide qui pourrait la racheter et restaurer la confiance de ses déposants. Comme une telle vente n'a pu être conclue, le gouvernement anglais a ensuite pris le contrôle de Northern Rock.

Daron Acemoglu, David Leibson, John A. List, *Introduction à l'économie*, Pearson, 2018.

■ **Questions**

1. Faire un schéma pour représenter les enchaînements à l'œuvre lors d'une panique bancaire.
2. Quels sont les risques des paniques bancaires pour l'activité économique ?
3. Comment peut-on mettre fin à la panique bancaire ?

2.3 Exercice 3. L'évolution des marchés d'actions et des marchés obligataires

Document **Rendements des obligations publiques à 10 ans (en %)**

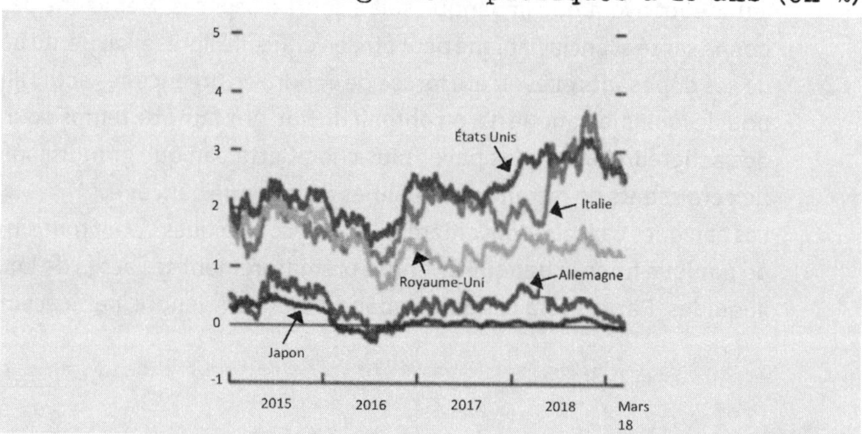

Document **Marchés d'actions (indice, 2007 = 100)**

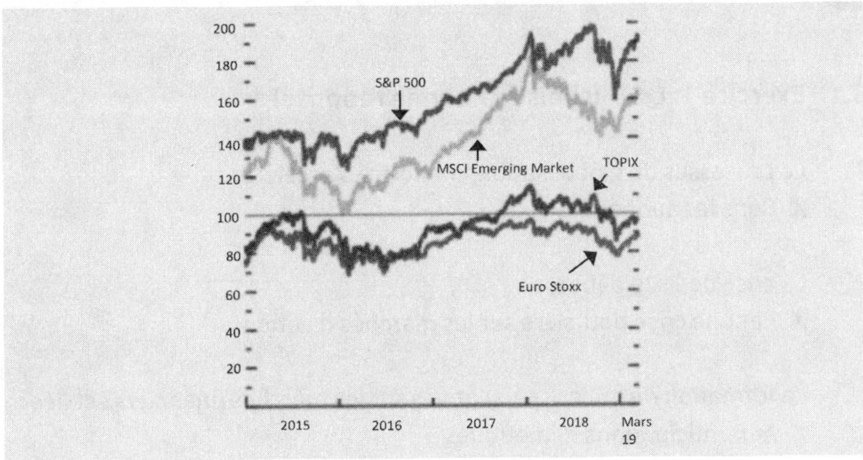

Sources : Bloomberg, LP. ; Haver Analytics ; Thomson Reuters Datastream ; calculs des services du FMI.
Note : MSCI = Morgan Stanley Capital International ; S &P = Standard & Poor's ; TOPIX = indice des cours des actions à Tokyo.

1. Les anticipations reposent sur les contrats à terme sur le taux des fonds fédéraux pour les États-Unis, le taux interbancaire moyen au jour le jour en libre sterling pour le Royaume-Uni et le taux interbancaire à terme en euro pour la zone euro ; mis à jour le 22 mars 2019.
2. Les données vont jusqu'au 22 mars 2019.

Source : FMI, *Perspectives de l'économie mondiale*, avril 2019.

Questions

1. Comment ont évolué les principaux indices boursiers sur les marchés d'actions depuis 2007 ?
2. Que peut-on dire de l'évolution des rendements des obligations publiques à 10 ans et quelles en sont les conséquences pour l'économie ?

3. Corrigé

3.1 Exercice 1. QCM (choisir la bonne réponse)

1. Le processus de globalisation financière s'accélère :
   ☒ Dans les années 1990

2. La crise de 1929 débute :
   ☒ Par une crise boursière sur les marchés d'actions

3. La formation de bulles spéculatives sur les marchés financiers est liée :
   ☒ Aux anticipations mimétiques

4. L'économiste Eugen Fama est à l'origine de :
   ☒ L'hypothèse néoclassique d'efficience des marchés financiers

5. La métaphore du « concours de beauté » pour évoquer le mimétisme des intervenants sur les marchés financiers est celle de :
   ☒ John Maynard Keynes

6. La transmission de la crise sur les marchés financiers à l'économie se fait surtout par :
   ☒ Le canal du crédit aux agents économiques

7. Les rencontres internationales qui ont favorisé la coopération internationale après 2008 sont celles :
   ☒ Du G 20

8. En cas de crise sur le marché interbancaire, la Banque centrale, pour évoquer l'effondrement du crédit, peut jouer son rôle de :
   ☒ Prêteur en dernier ressort

9. L'intervention systématique des banques centrales pour secourir les établissements financiers peut créer un problème :
   ☒ D'aléa moral

10. Le dispositif permettant de limiter la prise de risque par les grandes banques internationales est celui :
    ☒ Des ratios prudentiels

3.2 Exercice 2. Les paniques bancaires

■ Questions

1. Faire un schéma pour représenter les enchaînements à l'œuvre lors d'une panique bancaire.
   Crainte sur la solvabilité des banques à retrait de dépôts par les clients à illiquidité des banques à retrait des déposants à vente d'actifs en catastrophe par les banques à retrait des déposants

2. Quels sont les risques des paniques bancaires pour l'activité économique ?
   Les paniques bancaires peuvent entraîner des vagues de faillites bancaires et un rationnement du crédit

3. Comment peut-on mettre fin à la panique bancaire ?
   Les paniques bancaires peuvent nécessiter l'action rapide des pouvoirs publics avec des plans de sauvetage de l'État, et une action en urgence de la banque centrale au titre de sa fonction de « prêteur en dernier ressort ».

3.3 Exercice 3. L'évolution des marchés d'actions et des marchés obligataires

■ Questions

1. Comment ont évolué les principaux indices boursiers sur les marchés d'actions depuis 2007 ?
   Les indices boursiers ont connu des valorisations depuis 2007, avec une hausse de plus de 40 % de l'indice S &P 500, et de 10 % de l'Euro Stoxx entre 2015 et mars 2019.

2. Que peut-on dire de l'évolution des rendements des obligations publiques à 10 ans et quelles en sont les conséquences pour l'économie ?
   Les rendements des obligations publiques à 10 ans ont connu des évolutions contrastées entre 2015 et mars 2019 : ils ont progressé aux États-Unis en passant de 2 % en 2015 à 2,5 % en mars 2019. En Allemagne les rendements des obligations publiques à 10 ans sont passés par contre de 1 % en 2015 à environ 0 % en mars 2019. Dans un pays comme le Japon, ces taux obligataires sont restés à un niveau très faible sur la période (à un niveau proche de 0 %).

Chapitre 5

Le système de politique économique dans le cadre européen

Je révise et je me perfectionne

Comment la politique économique est-elle mise en œuvre dans le cadre de l'Union européenne et de la zone euro ?

I. Définition

L'intégration économique désigne le processus par lequel plusieurs nations s'accordent pour supprimer les barrières aux échanges entre elles, afin d'unifier progressivement leurs marchés, et d'en tirer des avantages mutuels. Il existe différents degrés d'intégration, qui conduisent à la formation d'espaces économiques constitués de plusieurs nations, liées par un traité attribuant aux membres de la zone des droits non accordés au reste du monde (suppression des tarifs douaniers par exemple). L'Union européenne peut être rangée dans cette catégorie. Ces espaces sont appelés unions économiques régionales, ou zones d'intégration régionales, et se multiplient à partir des années 1950. Dès cette période, la construction de l'Europe fait le choix de l'intégration par le marché, en vertu de la formule de Robert Schuman, l'un des pères fondateurs, selon lequel l'Europe, garante de la Paix sur le continent, devait avant tout progresser par « des *réalisations concrètes basées sur des solidarités de fait* », c'est-à-dire par une construction supranationale européenne constituée par des mesures concrètes dans le domaine économique.

L'achèvement de l'Union économique et monétaire (UEM) et la création de l'euro en 1999 peuvent donc apparaître comme un prolongement naturel du processus d'intégration qu'a connu l'Union européenne depuis le début des années 1950. Pourtant, l'Union européenne demeure une construction politique originale, qui mêle les politiques communautaires et les décisions intergouvernementales : à mi-chemin entre la fédération et la confédération, la construction européenne a établi un système de politique économique original qui combine les institutions supranationales (comme la Banque centrale européenne en charge de la politique monétaire européenne) et les États membres qui conservent une souveraineté encadrée par des Traités (comme dans le domaine de la politique budgétaire).

2. Le cours

2.1 Le cercle vertueux du marché unique européen sur la croissance

L'unification de l'Europe s'inscrit dans un large processus d'intégration économique et commerciale, qui se définit comme le processus résultant d'accords entre les nations en vue de constituer un ensemble aux réglementations, aux institutions, voire aux mécanismes économiques définis sur une base commune. L'acquis communautaire contient dès l'origine le postulat selon lequel le progrès économique est le moteur du progrès social. En effet, l'intégration européenne s'appuie sur le mécanisme de l'élargissement de la taille du marché et l'intensification de la concurrence entre les entreprises qui stimule la recherche des gains de productivité, et permet une accélération de la croissance et une élévation des niveaux de vie, mesurés par le PIB par tête. La croissance de la production qui en résulte enclenche alors un cercle vertueux générateur d'économies d'échelle, de baisses de prix et de gains de pouvoir d'achat pour les consommateurs.

La concurrence et la spécialisation internationale contribuent à transformer la construction européenne en jeu à somme positive, puisque le gain mutuel à l'échange enclenche une dynamique dont tous les États membres profitent. Décrits dans le rapport Cecchini en 1988, ces bienfaits attendus du marché unique justifient ainsi l'élargissement progressif de l'Union européenne, accentuant encore la dynamique de compétitivité et d'efficacité des appareils productifs. Les revenus réels des ménages augmentent, tandis que les entreprises sont plus compétitives sur les marchés extérieurs, ce qui permet une amélioration de la balance commerciale. Dans ce cercle vertueux, la croissance du PIB permet d'augmenter les recettes fiscales et les créations d'emploi. La conception allemande dite de « l'économie sociale de marché », qui inspire largement la construction européenne, sous-tend cette logique : la liberté des échanges et des prix sur les marchés est le meilleur moyen d'atteindre l'optimum économique, et l'État peut contenir le creusement des inégalités qui en résultent par de modestes mécanismes sociaux de redistribution. L'intégration économique suppose aussi la mise en œuvre des quatre libertés à l'intérieur du marché unique, inscrites dans le traité de Rome de 1957 et dans l'Acte unique de 1986 : libertés de circulation des marchandises, des personnes, des services et des capitaux. L'Europe évolue vers le modèle idéalisé décrit par la théorie pure de l'économie de marché, qui inclut l'hypothèse de mobilité des facteurs de production. Les gains du marché européen sont théoriquement fondés sur l'accroissement des échanges commerciaux entre les pays membres *(« création de trafic »)*, corrigés des pertes dues à la réduction des échanges avec le reste du monde *(« détournement de trafic »)*.

2.2 La politique de la concurrence européenne

L'Union européenne a mis en œuvre une sévère politique de la concurrence qui permet aussi de sanctionner les abus de position dominante constatés. Ils peuvent être liés à des situations de monopole et à la constitution de cartels, qui désignent une entente entre plusieurs firmes rivales, sur un marché d'oligopole, afin de limiter la concurrence et de maintenir des prix élevés pour une qualité limitée. De fait, une entreprise en situation de monopole dispose d'un pouvoir de marché maximum si elle n'est pas indirectement menacée pas l'arrivée de nouveaux entrants potentiels. La théorie économique des « marchés contestables » proposée au début des années 1980 a permis de comprendre qu'il suffisait que la concurrence soit potentielle pour que les entreprises présentes sur un marché se comportent comme si cette concurrence était effective.

Si elle n'a pas à craindre la concurrence, l'entreprise en situation de monopole peut profiter de sa position pour imposer des prix plus élevés aux consommateurs, tout en renduisant la qualité et augmenter ainsi ses profits en tirant avantage de sa rente de situation. En revanche, si elle se sent potentiellement menacée par l'entrée d'un concurrent, elle réduira ses prix et ses bénéfices pour désinciter et rendre plus difficile l'entrée de concurrents. En aval, le régulateur est donc indispensable pour contrôler ce type de pratiques et, les fautes étant constatées, la politique de la concurrence va se traduire par des sanctions pour ce type d'abus de position dominante.

En avril 2015, la Commission européenne a officiellement accusé le moteur de recherche Google d'abus de position dominante et de violation des règles de la concurrence. Bruxelles reproche à l'entreprise d'avoir injustement avantagé son propre service de comparaison de prix, en violation des règles de l'Union européenne en matière d'ententes et d'abus de position dominante (Google disposant déjà de 90 % des parts de marché). Dans l'attente d'une décision de l'Europe, il est possible que la firme Google soit condamnée à payer une amende qui pourrait être équivalente à 10 % de son chiffre d'affaires mondial, soit 6 milliards de dollars. Le géant américain des moteurs de recherche a été condamné en juin 2017 à régler une amende de 2,43 milliards d'euros. Puis, en juillet 2018, Google a été condamné à une amende historique de 4,34 milliards d'euros par la Commission européenne pour abus de position dominante via Android, son système d'exploitation pour smartphones, lui permettant de favoriser ses propres applications et son moteur de recherche. En 2019, la Commission a décidé d'ouvrir une enquête approfondie sur les pratiques du géant du commerce en ligne Amazon.

2.3 Le système de politique économique de la zone euro

a. La politique monétaire de la BCE

Dans la zone euro, la politique monétaire est définie et mise en œuvre par la Banque centrale européenne (BCE) : elle peut créer les conditions d'une demande dynamique car la monnaie exerce une influence sur la production réelle. En effet, la réduction du taux d'intérêt directeur incite normalement les banques commerciales à répercuter cette décision sur leurs propres taux d'intérêt, ce qui favorise la consommation des ménages et l'investissement productif. Au final, la politique monétaire de la BCE, par son impact sur les taux d'intérêt, influence la demande dans l'économie, et peut là aussi contribuer à la croissance et au plein-emploi. La récente crise financière a montré que la Banque centrale doit agir rapidement et fortement pour empêcher une crise de confiance sur le marché monétaire et prévenir un effondrement du crédit susceptible de paralyser l'économie : en cas de crise de liquidité, la banque centrale doit augmenter ses prêts aux banques, dans des délais très brefs, sans discrimination ni limites de montant. C'est ce qu'on appelle la fonction de « prêteur en dernier ressort ». Sur le plan monétaire, la BCE est dotée d'une forte indépendance statutaire dans la zone euro et se voit confier un objectif prioritaire : maintenir le taux d'inflation à des niveaux proches de 2 % à moyen terme, donc assurer la stabilité des prix.

b. La politique budgétaire des États

La politique budgétaire de relance de chaque État membre peut stimuler la demande globale (consommation des ménages, investissement des entreprises) en période de crise économique. La politique conjoncturelle (politique monétaire, politique budgétaire) permet de rapprocher la croissance du PIB effectif de son niveau potentiel. Dans le domaine budgétaire, les États ont néanmoins encadré la politique budgétaire par des règles et une surveillance mutuelle. Dès 1997, le traité d'Amsterdam instaure le Pacte de stabilité et de croissance (PSC) qui limite le déficit budgétaire des États à 3 % du PIB et la dette publique à 60 % du PIB pour éviter les dérives traditionnelles de la relance budgétaire parmi lesquelles l'inflation, et le gonflement de la dette publique. En 2012, le Traité sur la stabilité, la coordination et la gouvernance (TSCG) en Europe a renforcé les règles de la discipline budgétaire afin d'éviter de nouvelles crises comme celle des dettes souveraines en 2010.

2.4 La zone euro : une architecture originale

La zone euro reste un modèle de gouvernance très particulier qui combine une politique monétaire unique, et dix-neuf politiques budgétaires souveraines (et donc différentes), mais encadrées par des règles strictes. Ce choix d'un gouvernement par les normes semble compliquer considérablement la mise en œuvre du « policy-mix », c'est-à-dire la combinaison de la politique monétaire et de la politique budgétaire, qui demeure sous-optimale dans la zone euro puisque la politique monétaire unique est confiée à une institution fédérale qui dispose d'une indépendance forte, la Banque centrale européenne (BCE), tandis que la politique budgétaire demeure nationale et soumise au respect des Traités européens. Mais ce type d'organisation peut créer des problèmes de coordination de la politique économique.

C'est la raison pour laquelle la gestion macroéconomique de la zone euro depuis 1999 a été difficile car il n'existait qu'une seule et même politique monétaire pour des pays membres qui se trouvaient dans des situations économiques très différentes, du fait de l'hétérogénéité des diverses économies de la zone euro. Ainsi, la politique monétaire unique se traduit par la conjonction d'un taux d'intérêt nominal unique et de taux d'inflation différents dans les pays de la zone euro : cela entraîne des écarts importants de taux d'intérêt *réels* (soit les taux d'intérêt nominaux moins le taux d'inflation) qui modifient le coût relatif de la dette, les incitations et les arbitrages en matière d'endettement et d'investissement.

Un seul instrument conjoncturel reste à disposition des États dans le cadre des Traités, légitime d'un point de vue démocratique : la politique budgétaire, afin de lutter contre les *chocs asymétriques*, quand une crise touche une économie en particulier de la zone (avec un choc sur la demande globale ou sur l'offre et la production).

Mais cette organisation spécifique de la politique économique a pu favoriser les attitudes de type « passager clandestin » ou « cavalier seul » (*free rider*), au détriment de la coopération et de l'intérêt collectif : si par exemple un État membre met en œuvre une politique de relance budgétaire, les conséquences négatives en termes de freinage de la demande globale sont socialisées dans toute la zone euro, à partir du moment où la BCE relève ses taux d'intérêt pour prévenir le risque d'inflation. C'est la raison pour laquelle, après la crise des dettes publiques, et la crise grecque, les Traités européens ont intégré des règles communes plus contraignantes en matière de gestion des finances publiques, et en termes de discipline budgétaire.

2.5 Le dilemme de la politique conjoncturelle dans la zone euro

La crise des dettes souveraines à partir de 2009 a démontré les contradictions de la gouvernance actuelle de la politique économique dans la zone euro. Les États membres sont en effet soumis à l'heure actuelle à un dilemme :

– En phase de récession économique, si les pays fragilisés par la crise des dettes publiques s'engagent dans des plans d'austérité budgétaire trop précoces qui asphyxient la demande et freinent la croissance potentielle, la défiance des marchés financiers risque de grandir quant à leur capacité à rembourser les dettes ;

– S'ils laissent s'aggraver les déficits publics pour éviter la spirale de la récession, ils s'exposent à une remontée des taux d'intérêt et à une hausse du coût de leurs emprunts sur les marchés de capitaux (si ces derniers jugent la dynamique de la dette insoutenable à long terme) ;

Dès lors, les écarts ne peuvent que se creuser au sein de la zone euro. Avec le choix initial de se priver d'une politique monétaire autonome et, en pratique, en l'absence d'une mobilisation de la politique de change, la faiblesse actuelle du budget européen (et son nécessaire équilibre) empêche une réelle redistribution entre les États sous la forme de transferts financiers suffisamment puissants (ce que l'on appelle le « fédéralisme budgétaire »).

Enfin, la zone euro reste un espace où la tentation est forte pour les États de recourir à la *concurrence fiscale* pour attirer sur leur territoire national les investisseurs étrangers et abaisser le coût du travail, donc les salaires (une déflation salariale) puisque les leviers de la politique conjoncturelle sont contraints : dans une économie globalisée caractérisée par une forte mobilité du capital, la réduction des impôts sur le capital peut devenir un moyen de restaurer la compétitivité nationale, mais au risque d'un niveau sous-optimal de services collectifs et de protection sociale (puisque l'État voit ses recettes fiscales se tarir).

À l'heure actuelle, la zone euro est confrontée à la stagnation durable de la croissance et à la persistance d'un chômage élevé. En dépit des stimulations monétaires de la Banque centrale européenne, l'inflation reste très modérée dans la zone euro, dans un contexte de politiques de rigueur budgétaire pour contrôler les déficits et l'endettement publics.

Focus sur Les étapes de l'intégration économique selon Bela Balassa

La construction européenne a poursuivi un processus d'intégration économique. On distingue différents degrés d'intégration, selon l'importance de l'unification des marchés, et selon la nature des accords entre les pays de la zone. Selon la « *Théorie de l'intégration économique* » (1961) de Bela Balassa (1928-1991), il existe cinq degrés d'intégration qui collent à l'histoire de la construction européenne.

– La *zone de libre-échange* se caractérise par une diminution ou une suppression des barrières douanières à l'intérieur de la région. Ce type d'accord laisse libre chaque membre de sa politique commerciale envers les pays extérieurs à la zone : le libre-échange reste intrarégional, ce qui préserve l'autonomie des États dans leurs politiques commerciales nationales.
– L'*union douanière* est une zone de libre-échange dont les membres décident d'adopter une politique commerciale unique vis-à-vis du reste du monde, en fixant des tarifs douaniers extérieurs communs. Généralement, le passage à une union douanière nécessite de fixer des règles de partage des recettes douanières. Après le Traité de Rome de 1957, l'usage était de parler de « ma*rché commun* » pour désigner ce qui constitue bien à cette époque une union douanière, au sens de B. Balassa.
– Dans un *marché commun*, les pays membres ajoutent à l'union douanière la libre circulation des facteurs de production (capital, travail, brevets…) Cela suppose une harmonisation poussée des réglementations nationales, par exemple la fixation de règles communes concernant les diplômes et l'accès à des professions protégées par leur statut. En revanche, le « marché unique *européen* » entré en vigueur en 1993 constitue bien un marché commun, en raison de la libre circulation des marchandises et des facteurs de production.
– L'*union économique et monétaire* peut se définir par l'adoption d'objectifs communs de politique économique, ce qui conduit à une harmonisation progressive des politiques économiques dans la zone. Pour B. Balassa, cela inclut une politique monétaire commune.
  Certains économistes distinguent l'union économique, qui entraîne uniquement l'harmonisation des politiques économiques, et l'union monétaire qui implique en outre une politique monétaire commune. Ainsi, l'Union européenne s'est engagée sur la voie de l'union économique et monétaire, définie en 1992 par le traité de Maastricht.
– La construction d'une véritable fédération d'États constitue le degré ultime d'intégration économique, ce que B. Balassa appelle *l'intégration totale* : à l'union économique et monétaire s'ajoute la constitution d'un pouvoir politique fédéral, avec l'harmonisation des politiques fiscales et sociales. Ce qui constitue un débat à l'heure actuelle dans l'Union européenne : faut-il aller vers une fédération politique comme les États-Unis ?

La zone euro semble être parvenue à sortir du cœur de la crise des dettes publiques en 2009 et à conjurer le risque d'éclatement qu'elle a connu au moment de la crise grecque. Néanmoins, l'euro reste contesté et certaines forces politiques militent pour une sortie de la France de l'Union monétaire afin de retrouver la souveraineté de la politique monétaire et de la politique de change.
Construction originale sur le plan institutionnel, la zone euro fait face à des défis importants et à des performances macroéconomiques (croissance, niveau du chômage) médiocres, même si la Banque centrale européenne (BCE) maintient une stratégie de relance monétaire. En effet, les déséquilibres structurels au sein de la zone demeurent, et tous les risques financiers autour de la question des dettes souveraines ne sont pas écartés.

Conseils pour le bac

- Le chapitre suppose d'évoquer le fonctionnement du marché unique en le situant dans une perspective historique, et en insistant sur les bénéfices qu'il doit apporter aux consommateurs et aux producteurs.
- Cette partie du programme invite les candidats au bac à réfléchir au fonctionnement de la politique économique dans le cadre européen : il s'agit de montrer l'originalité de l'articulation de la politique monétaire unique avec les politiques budgétaires souveraines des pays membres.
- Un point important consiste à s'interroger et à bien maîtriser la notion d'interdépendance des politiques conjoncturelles dans la zone euro : l'originalité de l'Union économique et monétaire (UEM) est en effet que la politique monétaire y est unique, dirigée par la Banque centrale européenne (BCE) mais que les orientations des politiques budgétaires demeurent nationales, même si elles sont encadrées par des textes législatifs qui sont sensés favoriser la discipline budgétaire. Ces textes cherchent à éviter les effets pervers des politiques de relance budgétaire, par exemple si un État qui serait confronté à des difficultés telles de remboursement de sa dette publique (comme la Grèce récemment) qu'il menacerait l'intégrité de l'ensemble de la zone euro.
- Ce thème nécessite de mobiliser les données de l'actualité économique, en s'appuyant par exemple sur le cas de la crise grecque et les débats sur les effets des politiques budgétaires de rigueur sur la croissance dans la zone euro, en mobilisant des notions vues dans d'autres chapitres (récession, risque de déflation, instabilité de la croissance du PIB). On pourra brièvement évoquer les efforts politiques menés pour une union budgétaire de la zone euro.

3. J'approfondis. Les perspectives de réformes de la zone euro

3.1 Quelles institutions pour la zone euro ?

La réforme de la gouvernance de la zone euro est un point incontournable des débats aujourd'hui : on évoque régulièrement le fédéralisme budgétaire et l'harmonisation fiscale (voire la création d'un impôt européen ou la mise en commun de certaines parties de la fiscalité, comme la TVA ou l'impôt sur les sociétés comme le préconise l'économiste français Thomas Piketty), qui permettrait de consolider la solidarité financière dans la zone euro. Mais cette perspective de gouvernement économique européen ne fait pas consensus chez les économistes, comme d'ailleurs sur le plan politique. En effet, elle nécessiterait, au nom du projet d'union politique de l'Europe qui reste controversé, l'acceptation de nouveaux transferts de souveraineté (et des transferts financiers !) consentis par les États-nations au niveau européen (en particulier une union budgétaire ou un parlement de la zone euro). Certains experts évoquent même l'opportunité d'avancées institutionnelles vers le fédéralisme en matière de système de retraites ou de système d'indemnisation chômage par exemple, pour éliminer certaines distorsions de compétitivité entre les pays membres. La mise en place d'institutions communes dans le cadre d'une union économique ou monétaire pourrait accroître l'efficacité de la politique conjoncturelle. C'est notamment le point de vue adopté par les économistes keynésiens, favorables à des politiques de relance concertées au niveau européen, alors qu'elles sont devenues peu efficaces au niveau national. Certains analystes, notamment en France, appellent pourtant de leurs vœux une sortie de l'euro afin de restaurer l'autonomie de la politique monétaire et de change, considérant que les coûts de la participation à l'union économique et monétaire ont désormais dépassé les bénéfices retirés.

3.2 Les dispositifs instaurés après la crise des dettes souveraines

La crise des dettes souveraines en 2009 a souligné le manque de coordination des politiques économiques en Europe et l'insuffisance du fédéralisme budgétaire (ce que certains appellent le « coût de la non-Europe »). Sous l'effet de la crise, diverses modifications institutionnelles ont été adoptées avec la création d'un Mécanisme européen de stabilité, l'adoption du Traité sur la stabilité, la coordination et la gouvernance en Europe, notamment. Cependant, un débat subsiste aujourd'hui entre deux perspectives : celle, soutenue par l'Allemagne, qui met l'accent sur le respect des règles budgétaires, dans la tradition libérale, et celle, soutenue notamment par la France, qui défend un renforcement de la solidarité et des politiques communes en matière d'intégration, de croissance et de cohésion sociale. À l'heure actuelle de nombreux économistes en France (Agnès Bénassy-Quéré, Jean Pisani-Ferry, Patrick Artus, Michel Aglietta, etc.) insistent sur les défaillances de la politique conjoncturelle propre à la zone euro. Lorsqu'ils examinent ce qui n'a pas fonctionné depuis 1999, ils soulignent le fait que la conduite de la politique économique est restée polarisée sur la surveillance de la rigueur budgétaire sans prêter suffisamment attention aux divergences entre les pays en termes de salaire, de compétitivité, et en termes de déséquilibres financiers nourris par la dette privée (celle des ménages et des entreprises). Certains économistes, comme Michel Aglietta, insistent sur la nécessité d'une gestion d'ensemble de la demande globale en zone euro et appellent de leurs vœux des investissements publics et des dettes émises en commun (qu'on appelle « euro-bonds »).

Depuis l'élection d'E. Macron en 2017, la France plaide pour un budget commun spécifique dans la zone euro, et de taille assez conséquent (représentant plusieurs points de PIB), à la fois pour investir, mais aussi pour une fonction de stabilisation en cas de choc macroéconomique. La Commission européenne a ainsi proposé en mai 2018 un embryon de budget, via deux instruments distincts : 25 milliards d'euros pour soutenir les réformes jugées prioritaires (retraites, marché du travail…) et jusqu'à 30 milliards d'euros de prêts pour les pays qui subiraient un choc économique important (comme la survenue d'une catastrophe naturelle). Mais des divergences politiques avec l'Allemagne persistent : cette dernière se dit toutefois favorable à un budget « d'investissement » de plusieurs dizaines de milliards d'euros et à des prêts à court terme pour les pays confrontés à des crises d'origine extérieure, qui seraient accordés par un futur « Fonds monétaire européen ». Les États européens ont en effet acté au printemps 2018 la transformation du Mécanisme européen de stabilité (MES), chargé de superviser les prêts aux États membres en difficulté (comme la Grèce), en un « Fonds monétaire européen » (FME), qui pourrait venir en aide aux pays en crise, mais avec un droit de regard sur les stratégies budgétaires menées par les pays bénéficiaires. Ce FME pourrait endosser le rôle de « prêteur en dernier recours » (ou « backstop ») pour les grandes banques en détresse, dans le cas où les mécanismes de sauvegarde déjà prévus s'avéraient inefficaces. Pourtant, la création d'un budget commun de la zone euro (ou même celle d'un poste de ministre des finances de la zone euro) rencontre pour l'heure de profondes résistances politiques, et si, en juin 2018, l'Allemagne et la France semblent avoir acté le principe d'un budget commun de la zone euro, les États peinent à se mettre d'accord sur sa taille et les modalités de fonctionnement, et au-delà, sur la voie d'une plus grande intégration politique au sein de l'euro.

Bibliographie

- OFCE, *L'économie européenne 2019,* La Découverte, 2019
- Jean-Christophe Defraigne, *Introduction à l'économie européenne,* De Boeck, 2013
- Michel Aglietta, *Zone euro : fédération ou éclatement*, Michalon, 2012
- Jean-Pierre Biasutti et Laurent Braquet, *50 Fiches pour comprendre la zone euro,* Bréal, 2013
- A. Renaut-Couteau, *La gouvernance économique et monétaire de la zone euro,* Gualino, 2013

Je m'exerce et je fais la différence

1. Des questions possibles lors des évaluations

– Vous expliquerez que la constitution d'une union économique et monétaire a été une étape importante de l'intégration européenne.
– Quel est le rôle de la politique européenne de la concurrence dans le cadre du marché unique ?
– Comment la politique monétaire de la Banque centrale européenne (BCE) agit-elle sur l'activité économique ?
– Comment la politique monétaire et la politique budgétaire s'articulent-t-elles dans la zone euro ?
– En quoi la politique économique dans la zone euro est-elle confrontée à des problèmes de coordination ?

2. Entraînement

2.1 Exercice 1. Vrai ou faux ?

	Vrai	Faux
La construction européenne s'inscrit dans les étapes de l'intégration économique de Bela Balassa.		
La naissance de l'euro est au 1er janvier 1990		
C'est la Commission de Bruxelles qui dirige la politique de la concurrence européenne		
L'objectif prioritaire de la Banque centrale européenne (BCE) est la stabilité des prix.		
La norme de déficit public inscrite dans les Traités européens est de 3 % du PIB		

	Vrai	Faux
La norme de dette publique inscrite dans les Traités européens est de 100 % du PIB		
En 2019, la zone euro est constituée de 28 États membres		
Le Traité mis en œuvre après la crise de la zone euro est le Traité sur la Stabilité, la Coordination et la Gouvernance (TSCG)		
La politique budgétaire de chaque État membre de la zone euro permet lutter contre les chocs asymétriques		
La discipline budgétaire dans la zone euro vise à lutter contre les phénomènes de « passager cl*andestin* »		

2.2 Exercice 2. La politique de la concurrence européenne

Document

Le principe de la « loyauté dans la concurrence » est énoncé dans les principes généraux du Préambule du Traité des Communautés Européennes (TCE) de 1957 ainsi que l'engagement que les États mettront en œuvre les politiques pour assurer cette loyauté. La politique de la concurrence – assurée par la Direction de la concurrence – est la politique de référence en matière de régulation des marchés mais aussi de stratégies industrielles et assez récemment de régulation fiscale. Conséquence directe du projet du marché commun, la politique de la concurrence est incontournable en Europe et de nombreuses tentatives de politique industrielle se sont brisées sur l'autel des articles 81 à 89 du TCE (et à présent article 101 à 109 du Traité sur le Fonctionnement de l'Union européenne) qui instituent la concurrence en régime général. En pratique, les deux politiques sont clairement complémentaires dans l'Union européenne et l'espace accordé à la première se déploie grâce au régime d'exception de la seconde.

Fondement du marché commun, le respect et le contrôle de la concurrence des marchés est un principe général qui sous-tend toutes les politiques européennes. Plus fondamentalement, la concurrence est assimilable à un principe *constitutionnel* de l'Union européenne. Elle permet de définir l'espace européen, l'espace commun dont l'existence est conditionnée à un contrôle de la concurrence entre les États. Donc le droit de la concurrence européen se construit d'abord pour contrôler la concurrence économique entre les États. Il s'agit en effet d'empêcher que les États adoptent des politiques qui créent des avantages pour les entreprises de leur territoire qui seraient discriminants à l'égard des entreprises des autres États. Au sein de la Commission européenne, la direction de la concurrence a donc une responsabilité et un poids importants. Le contrôle de la concurrence s'exerce à travers le contrôle des ententes et des fusions d'une part, le contrôle des aides d'État d'autre part.

Source : OFCE, *La politique de concurrence européenne ou l'extension du domaine de l'intégration,* mars 2017. https://www.ofce.sciences-po.fr/blog/la-politique-de-concurrence-europeenne-ou-lextension-du-domaine-de-lintegration/

■ **Questions**

1. Pourquoi la politique de la concurrence est-elle un fondement du droit européen ?
2. Expliquez le passage souligné dans le texte.

2.3 Exercice 3

Placer les mots suivants dans le texte : ***déficits extérieurs – institutions – désindustrialisés – l'hétérogénéité – l'activité – rigueur budgétaire***

La crise de la zone euro a provoqué une chute sans précédent de .... et de l'emploi dans beaucoup de pays : Espagne, Portugal, Grèce, Irlande ; elle menace désormais l'Italie et la France. Elle implique les États, les banques, les entreprises et les ménages, les investisseurs institutionnels. Elle inquiète les États-Unis, la Chine. Comment en sommes-nous arrivés là ? Et quelles solutions durables peut-on envisager ? La crise – et cela est mal connu – est avant tout une crise des .... et des dettes extérieures liées à .... croissante de la zone euro. Certains pays, qui se sont fortement .... n'ont plus la capacité d'équilibrer leurs comptes extérieurs et n'arrivent plus à se financer. Loin de corriger ces déséquilibres, les gouvernements et les autorités européennes ont commis des erreurs d'appréciation et adopté des remèdes inadaptés. L'obsession de la .... a conduit à de graves crises politiques et sociales. Pour sortir durablement de la crise, la zone euro a besoin de nouvelles .... Sans fédéralisme, l'hétérogénéité reste insupportable, car elle ne peut être corrigée que par un profond appauvrissement des pays en difficulté. Le retour inévitable des crises de liquidité nécessite aussi la création d'un mécanisme de soutien fondé sur la création monétaire.

Source : Patrick Artus, Isabelle Gravet, *La crise de l'euro,* Armand Colin, 2012.

3. Corrigé

3.1 Exercice 1. Vrai ou faux ?

	Vrai	Faux
La construction européenne s'inscrit dans les étapes de l'intégration économique de Bela Balassa.	X	
La naissance de l'euro est au 1er janvier 1990		X
C'est la Commission de Bruxelles qui dirige la politique de la concurrence européenne	X	
L'objectif prioritaire de la Banque centrale européenne (BCE) est la stabilité des prix.	X	
La norme de déficit public inscrite dans les Traités européens est de 3 % du PIB	X	
La norme de dette publique inscrite dans les Traités européens est de 100 % du PIB		X
En 2019, la zone euro est constituée de 28 États membres		X
Le Traité mis en œuvre après la crise de la zone euro est le Traité sur la Stabilité, la Coordination et la Gouvernance (TSCG)	X	
La politique budgétaire de chaque État membre de la zone euro permet lutter contre les chocs asymétriques	X	
La discipline budgétaire dans la zone euro vise à lutter contre les phénomènes de « passager clandestin »	X	

3.2 Exercice 2

■ **Questions**

1. Pourquoi la politique de la concurrence est-elle un fondement du droit européen ?
La politique de la concurrence est un des fondements du droit européen car elle vise à instaurer une « concurrence libre et non faussée » sur le marché unique et à préserver les intérêts des consommateurs européens.

2. Expliquez le passage souligné dans le texte.
La politique de la concurrence au niveau européen vise à éviter que les pays membres ne discriminent les produits en provenance des autres pays membres ou instaurent des barrières protectionnistes afin d'avantager leurs produits nationaux.

3.3 Exercice 3

Placer les mots suivants dans le texte : ***déficits extérieurs - institutions - désindustrialisés - l'hétérogénéité - l'activité - rigueur budgétaire***

« La crise de la zone euro a provoqué une chute sans précédent de **l'activité** et de l'emploi dans beaucoup de pays : Espagne, Portugal, Grèce, Irlande ; elle menace désormais l'Italie et la France. Elle implique les États, les banques, les entreprises et les ménages, les investisseurs institutionnels. Elle inquiète les États-Unis, la Chine. Comment en sommes-nous arrivés là ? Et quelles solutions durables peut-on envisager ?
La crise – et cela est mal connu – est avant tout une crise des **déficits extérieurs** et des dettes extérieures liées à **l'hétérogénéité** croissante de la zone euro. Certains pays, qui se sont fortement **désindustrialisés,** n'ont plus la capacité d'équilibrer leurs comptes extérieurs et n'arrivent plus à se financer. Loin de corriger ces déséquilibres, les gouvernements et les autorités européennes ont commis des erreurs d'appréciation et adopté des remèdes inadaptés. L'obsession de la **rigueur budgétaire** a conduit à de graves crises politiques et sociales. Pour sortir durablement de la crise, la zone euro a besoin de nouvelles **institutions**. Sans fédéralisme, l'hétérogénéité reste insupportable, car elle ne peut être corrigée que par un profond appauvrissement des pays en difficulté. Le retour inévitable des crises de liquidité nécessite aussi la création d'un mécanisme de soutien fondé sur la création monétaire ».

Patrick Artus, Isabelle Gravet, *La crise de l'euro,* Armand Colin, 2012.

Chapitre 6

La structure sociale

Je révise et je me perfectionne

Comment comprendre la structuration de la société française contemporaine ?

1. Définition

L'analyse de la *structure sociale* est liée en sociologie à la notion de stratification sociale, qui renvoie à la façon dont la population est différenciée en strates hiérarchiquement superposées. Les sociologues retiennent généralement deux catégories de représentations de la stratification sociale. Une première permet de classer tous les individus ou groupes, des plus démunis aux mieux pourvus, selon une ou plusieurs variables qui forment une ou plusieurs échelles sociales (en utilisant le critère du revenu par exemple). La seconde grille de lecture sociologique envisage la société comme un ensemble limité de groupes distincts dans lequel une hiérarchisation en continu est impossible : les structurations en classes sociales ou en groupes de statut relèvent de cette catégorie.

2. Le cours

2.1 Des facteurs multiples de structuration et de hiérarchisation de la société

Un des critères principaux de différenciation entre individus renvoie à la place de chacun dans le système productif. Cette place détermine la profession et le revenu. Or la société valorise socialement les hauts revenus, ainsi que certaines professions (médecins, chefs d'entreprise, etc.). Les critères ne se recoupent pourtant pas nécessairement. Certains métiers sont socialement valorisés, sans pour autant s'accompagner d'une place élevée dans la hiérarchie des revenus (journalistes, chercheurs).

La classification traditionnelle que l'on retient généralement est celle des PCS créée par l'INSEE en 1954 (modifiée en 1982). C'est une classification multidimensionnelle et partiellement hiérarchisée qui est fondée sur : la profession individuelle, le statut juridique et économique (différence salarié/indépendant), la qualification des salariés, la position hiérarchique, la taille de l'entreprise, le secteur d'activité (de l'entreprise et non de l'individu) et l'opposition public/privé. Certains critères sont hiérarchiques (avoir plus ou moins de qualification), d'autres ne le sont pas (travailler dans le public ou le privé). Dans cette grille des PCS, on distingue 8 groupes : les agriculteurs exploitants ; les artisans, commerçants et chefs d'entreprise ; les cadres et professions intellectuelles supérieures (CPIS) ; les professions intermédiaires (PI) ; les employés ; les ouvriers ; les retraités ; les autres personnes sans activité professionnelle. Cette classification est cependant critiquée car les transformations du marché du travail ont fabriqué des clivages au sein des groupes sociaux. Les employés qualifiés et les employés non qualifiés ne sont pas touchés de la même manière par la précarité de l'emploi : la classification des PCS ne rend pas compte de ces oppositions entre individus stables et personnes vulnérables.

Il existe d'autres variables à partir desquelles il est possible de constituer des groupes sociaux hiérarchisés (voir focus). Ces variables sont par exemple celles du genre (inégalités hommes/ femmes), de l'âge, ou de la localisation géographique. Le genre est au cœur d'inégalités de salaires, d'inégalités de responsabilités professionnelles (on parle de « plafond de verre »), et d'inégalités de représentation dans les mandats électifs. Les critères économiques ne sont donc pas les seuls à l'origine de la stratification sociale. On peut encore s'appuyer ici sur les inégalités entre les générations. Les générations nées à la fin des années1930 et au début des années 1940 ont connu un avantage décisif par rapport aux générations précédentes, et par rapport à celles qui leur ont succédé, en termes d'accès aux professions de cadres ou professions intermédiaires, ainsi qu'en termes de progression du niveau de vie. On parle d'inégalités intergénérationnelles.

2.2 La structure sociale selon Karl Marx et Max weber

Karl Marx (1818-1883), comme Max Weber (1864-1920) ont défini les classes sociales à partir de critères économiques, mais leurs analyses divergent sur un certain nombre de points.

– Selon **Karl Marx**, les classes sociales sont des collectifs structurés et actifs qui se définissent dans le système productif. On parle d'approche « réaliste » car la classe sociale d'appartenance d'un individu dépend objectivement de sa situation réelle d'existence, c'est-à-dire de sa position économique (il est propriétaire ou non des moyens de production). Marx parle de « classe en soi » pour désigner le groupe d'individus occupant la même place dans le système économique et de « classe pour soi » pour qualifier un groupe dont les membres ont pris conscience de leur appartenance collective et sont entrés en conflit avec une autre classe dans le cadre de la lutte des classes. À l'échelle de la société, il y a lutte permanente entre la classe bourgeoise et la classe ouvrière. Lutte pour le partage de la plus-value et aussi lutte pour le pouvoir social et politique. En effet, c'est en contrôlant les superstructures idéologique et politique que la bourgeoisie peut se maintenir au pouvoir. D'un côté, la concentration du capital entre les mains d'un nombre de plus en plus restreints de capitalistes ; d'un autre, la multiplication des prolétaires et leur paupérisation conduit à l'intensification de la lutte des classes et à terme, nécessairement au triomphe du prolétariat. D'autant plus que dans la lutte et par la lutte, les deux classes antagonistes prennent une conscience plus claire d'elles-mêmes et de leurs intérêts, développent une idéologie qui devient une arme de lutte (le marxisme pour le prolétariat) et édifient les organisations qui renforcent leur mobilisation (parti, syndicats, etc.) Dans ce schéma, seules comptent les deux classes antagonistes : c'est la loi de la bipolarisation. La petite bourgeoisie, ou classe moyenne, et la paysannerie, sont spectatrices du changement social. Mais la lutte se développant et les contradictions du capitalisme s'aiguisant, la paysannerie se cassera en deux, les petits paysans prolétarisés rejoindront les rangs des prolétaires et les gros agrariens s'allieront à la bourgeoisie. De son côté, la classe moyenne prendra conscience des risques de prolétarisation qu'elle encourt et prendra le parti de la classe ouvrière. Les organisations ouvrières ont donc pour tâche première de convaincre les paysans prolétarisés et les petits bourgeois d'entrer dans la lutte contre la bourgeoisie. Trois critères permettent de définir une classe sociale selon Marx :

– Une classe sociale est définie par sa position dans les rapports de production. Marx oppose les classes sociales qui sont propriétaires des moyens de production et celles qui ne possèdent que leur capacité à travailler, c'est-à-dire leur force de travail.

– Une classe sociale est définie par la conscience de classe, c'est-à-dire le sentiment d'appartenir à un groupe ayant des intérêts communs. Tout groupe social ne développe pas une conscience de classe. Ainsi Marx affirme que les paysans, repliés sur leur ferme familiale, entretiennent peu de relations entre eux et n'ont pas l'impression d'avoir des intérêts communs. Pour reprendre ses termes, ils forment une classe « en soi » (ils occupent une place déterminée dans les rapports de production), mais pas une classe « pour soi » (ils n'ont pas conscience du rôle qu'ils pourraient jouer).

– Une classe entretient des rapports conflictuels avec d'autres classes. Ainsi dans le capitalisme, les bourgeois, qui possèdent les moyens de production, et les prolétaires, qui ne possèdent que leur force de travail, sont en lutte.

– **Max Weber** défend au contraire une approche dite « nominaliste » des classes sociales qui résulte d'une construction élaborée par les chercheurs : il s'agit alors d'un outil de classement déterminé par le sociologue alors que dans la réalité, il existerait une continuité, une proximité des situations qui ne permettraient pas de distinguer clairement des groupes différents. Mais le sociologue décide arbitrairement de poser, par exemple, des critères de revenus afin de définir des classes sociales telles que la classe populaire, la classe moyenne et la classe supérieure. Pourtant, comme l'a noté Weber, la dimension économique n'est pas la seule à structurer la vie sociale : les pratiques, le statut social (groupes de statut), le pouvoir (partis politiques), sont des critères qu'il faut prendre en compte. Le sociologue Max Weber distingue trois types de stratification dans le cadre d'une approche multidimensionnelle : les classes sociales fondées sur les bases d'une hiérarchie économique, les groupes de statut fondés sur le prestige social, et enfin la hiérarchie des partis politiques. Les groupes de statut dépendent du niveau de prestige et d'honneur sur une échelle de valeurs communes au groupe, à la société. Les groupes de statut sont donc relatifs à la considération attachée à certaines positions sociales en fonction de la division du travail et des représentations collectives en vigueur. Par exemple, la naissance peut être, et cela a longtemps été le cas dans la France de l'Ancien Régime, à l'origine d'une position plus ou moins gratifiante dans la hiérarchie sociale. Ainsi, les descendants de l'aristocratie en France peuvent conserver un certain prestige (certains magazines se faisant l'écho de ce groupe social), même si la société par ordres a été abolie en 1789 (réunions aristocratiques, associations mondaines, dîners…) Certains métiers de l'art, du spectacle et du sport confèrent un certain prestige social aux individus et leur confèrent un statut très valorisé dans la société. L'analyse de Max Weber propose donc une analyse multidimensionnelle de la stratification sociale.

2.3 Croissance et transformations de la structure sociale depuis 1945

Durant la période 1945-1973, avec la croissance économique rapide des « *Trente glorieuses* », la société française a subi de profondes mutations. Dans son ouvrage de 1979, intitulé « Les *Trente glorieuses* », l'économiste Jean Fourastié développait déjà une étude statistique sur les effets du progrès économique dans deux villages représentatifs, celui de Cessac en France et celui de Madère au Portugal, avant de préciser qu'il raisonnait en fait sur le même village de Douelle en Quercy, mais saisi à deux dates différentes (1946 et 1975), pour mettre en évidence l'amélioration spectaculaire des conditions de vie : « Madère c'est Douelle en 1946. Cessac, c'est Douelle en 1975. Et c'est Douelle qui est passé en trente ans, d'un état que l'on appelle aujourd'hui « sous-développé » ou en « voie de développement » à la situation, aujourd'hui *normale en France, d'économie industrielle et tertiaire* ». La prospérité économique autorise une consommation plus importante de biens matériels, une meilleure couverture des besoins primaires (se loger, se nourrir, se vêtir), secondaires (loisirs, culture), et un élargissement des droits élémentaires (éducation, santé). Elle favorise également une plus grande stabilité sociale (atténuation des conflits entre les groupes sociaux) et un haut niveau de services collectifs. Les inégalités et la pauvreté relative sont alors vécues comme d'autant plus choquantes, malgré la progression régulière du niveau de vie moyen.

La *montée du niveau de vie moyen* a pu brouiller les frontières entre les catégories sociales et les transformations de la société française ont été marquées par trois faits saillants que l'on peut rappeler : une expansion du salariat marquant le déclin des professions indépendantes d'agriculteurs, artisans et commerçants et la croissance continue de la part des salariés dans la population active ; la tertiarisation avec une augmentation de la part de ces activités de services dans le total des emplois, et aussi dans le PIB ; la féminisation de la population active avec la montée en puissance du travail des femmes à partir des années 1960.

Si l'on utilise la nomenclature des Professions et catégories socioprofessionnelles (PCS) de l'INSEE pour « lire » ces transformations sociales, on observe les mouvements suivants :

– Une baisse considérable du nombre des « agriculteurs exploitants ». Ils représentent 16 % de la population active en 1962 et seulement 4 % en 1994. Contrairement à des idées reçues, cette diminution n'est pas vraiment nouvelle. Elle avait commencé dès après la Première Guerre mondiale, simplement elle s'est fortement accélérée après la Seconde.

– Une relative stabilité du nombre des « artisans commerçants » et des professions indépendantes : 11 % en 1962, 8% en 1994. Le déclin de ces groupes sociaux qui paraissait aux observateurs d'après-guerre inéluctable, ne s'est donc pas produit. Leur nombre baissait régulièrement jusqu'en 1975. Il a depuis baissé plus lentement, voire s'est accru dans certains cas.

– Une très nette diminution du nombre des « ouvriers » : 40% de la population active en début de période, ils n'en constituent plus que 26 % en fin de période. Leur nombre a baissé substantiellement ces quinze dernières années dans un contexte de désindustrialisation et de révolution technologique. Leur déclin numérique est donc un phénomène récent.

– Une augmentation considérable de la part des « cadres supérieurs », « professions intermédiaires » et des « employés » (passage des « cols bleus » peu qualifiés aux « cols blancs » qualifiés). C'est le passage d'une économie industrielle à une économie de services.

Ces mutations de la structure sociale se sont accompagnées d'une montée des « classes moyennes » et d'un « glissement vers le haut » de la pyramide sociale avec la réduction de la part des ouvriers et employés et la montée de la part des cadres, professions intermédiaires. Le statut social moyen de la population s'est amélioré, et la pyramide sociale s'est comprimée.

2.4 La montée des classes moyennes puis leur déstabilisation

Ainsi, certains sociologues ont parlé de la « moyennisation » de la société française de 1945 à 1973, avec une concentration des salariés sur les classes moyennes dont les effectifs étaient en forte croissance, avec une montée continue des niveaux de vie, et une forte mobilité sociale. Des années 1960 aux débuts des années 1980, les disparités de niveaux de vie entre catégories sociales se sont atténuées. Le niveau de vie des cadres et professions libérales progressait, mais moins vite que le niveau de vie des catégories les moins aisées *(« ouvriers », « agriculteurs »)*. Dans le contexte d'une amélioration pour tous, l'éventail se resserrait donc par le rattrapage des catégories socio- professionnelles les plus modestes. Par exemple, l'accès à la « société de consommation », aux biens, services et loisirs offerts par celle-ci, a été général : le confort moyen du logement s'est accru, son équipement s'est modernisé et les taux d'équipement ont considérablement augmenté (automobile, téléphone, télévision, réfrigérateur). La montée générale des niveaux de vie a validé la « *loi d'Engel* », du nom du statisticien allemand : lorsque le revenu augmente, la part des dépenses d'alimentation diminuent, ce qui libère un pouvoir d'achat pour d'autres dépenses, notamment en termes de services (transports, santé, logement). Or la rupture de la croissance dans les années 1970, dont le rythme a été divisé par deux, a marqué la fin du modèle de classe moyenne : une polarisation des revenus semble s'amorcer avec le retour des inégalités, la crise économique et l'aggravation du chômage, de la précarité du travail et de la pauvreté. Les inégalités de salaires ont cessé de se réduire, les inégalités de patrimoine se sont accrues. Toutefois, durant les « *Trente glorieuses* », la situation de plein-emploi et le rapport salarial fordiste (partage équilibré des gains de productivité entre les profits et les salaires) ont permis la naissance d'une norme d'emploi stable (le contrat de travail à durée indéterminée). Ce modèle qui repose sur la rationalisation du travail (voir chapitre 9) dans les entreprises permet de soutenir les gains de productivité, favorise une consommation de masse, le développement des services publics, de la protection sociale et du droit du travail.

Focus sur Les nouvelles formes de fractures au sein de la structure sociale

Les transformations de la structure sociale et les travaux des sociologues ont conduit à mettre en avant de nouveaux critères utiles pour percevoir les inégalités, comme le *genre*, la *dimension socio-spatiale* ou les phénomènes de *discrimination raciale*. Dans les sociétés où s'imposent le primat de l'individu et son autonomie, celui-ci peut avoir plusieurs statuts, plusieurs identités plus ou moins valorisées et reconnues. Ainsi, on constate que la persistance des inégalités entre les genres (hommes/femmes), notamment en matière salariale et professionnelle, et l'on constate par exemple que les femmes portent toujours une charge plus importante des tâches domestiques, ou sont moins bien représentées que les hommes dans les strates dirigeantes dans le secteur privé et la haute fonction publique. Un certain nombre de travaux montrent aussi la ségrégation spatiale qui s'établit entre les quartiers résidentiels et les quartiers défavorisés, ou entre les centres urbains et les zone péri-urbaines et rurales (inégalités territoriales). Par ailleurs, malgré une forte intégration culturelle et linguistique, les jeunes issus de l'immigration subissent une forte discrimination raciale qui se traduit par un accès à l'emploi et à la formation plus ardu, ce qui freine la mobilité sociale. Ces fractures sociales multiples viennent renforcer la hiérarchisation socioprofessionnelle et enclenchent un *cumul des inégalités*. Ainsi, le faible niveau de diplôme, le genre et l'origine ethnique peuvent se cumuler pour créer de fortes vulnérabilités sociales.

Conseils pour le bac

- Le chapitre nécessite d'évoquer la multiplicité des critères qui permettent de comprendre la structuration de la société française : il faut bien évidemment mobiliser la grille de lecture traditionnelle des PCS, mais aussi le niveau de revenu, le genre, l'âge, ou le lieu de résidence).
- Le thème nécessite de raisonner dans une perspective historique en évoquant les grandes transformations économiques et sociales de la société française depuis 1945.
- Dans cette partie, il faut soigneusement insister sur les théories des classes sociales de deux pères fondateurs de l'analyse sociologique : Karl Marx et Max Weber, mais aussi évoquer les enjeux contemporains de ce débat sur la pertinence du concept de classe sociale pour « lire » la société française.
- Le chapitre implique aussi de développer les divers critères de différenciation sociale dans les sociétés où l'individu dispose d'une certaine autonomie.

3. J'approfondis. Un retour des classes sociales ?

3.1 Les sociétés modernes sont désormais difficiles à définir en termes de classes sociales…

Le capitalisme n'est plus du tout le même qu'à l'époque où Marx écrit, les structures sociales ont subi de nombreuses transformations. Le prolétariat a changé quantitativement et qualitativement : les effectifs de la classe ouvrière se sont réduits depuis la fin des années 1970 avec la tertiarisation des économies et la robotisation. Les ouvriers sont de plus en plus qualifiés et les changements du système productif ont enrichi les tâches. Le « compromis fordiste », celui du partage équilibré des gains de productivité entre le travail et le capital a permis une hausse du niveau de vie et l'accession des ouvriers à la consommation de masse durant la période 1945-1973. On a assisté à une institutionnalisation du conflit pour le partage de la valeur ajoutée dans les négociations collectives (patrons, syndicats). Par ailleurs, la démocratisation de l'école a permis une certaine homogénéisation culturelle. En réalité, la prophétie pessimiste marxiste de la paupérisation absolue de la classe ouvrière s'est retrouvée infirmée : les salaires réels ont progressé permettant une élévation du niveau de vie des classes laborieuses. En parallèle on a assisté à un déclin idéologique et politique du monde ouvrier : effondrement des scores électoraux du Parti communiste français aux élections, réduction du nombre d'adhérents de la CGT, etc.

Quant à la grande bourgeoisie et l'élite sociale, elle a aussi connu des transformations et il est abusif de dire qu'elle ne se caractérise que par la détention des moyens de production puisqu'elle est aujourd'hui très hétérogène sur le plan social et culturel (dirigeants d'entreprises salariés, héritiers, stars du show-business, etc.) Les sociétés ont vu aussi l'émergence d'une importante classe moyenne, qui fait éclater le schéma marxiste de la bipolarisation sociale bourgeoisie/prolétariat, avec la tertiarisation des économies. On a constaté la montée en puissance des effectifs de certaines PCS : les employés, les cadres dans certaines activités en plein essor : la santé, l'éducation, la formation, la recherche, etc. La hausse du niveau de vie, la diffusion généralisée de l'instruction, le rôle des médias va aboutir à la « moyennisation » de la société, c'est-à-dire que la classe moyenne va progressivement absorber tous les individus.

3.2 … Mais on ne peut pour autant en conclure à la disparition des classes sociales

Mais le mouvement de « moyennisation » sociale n'implique pas la fin des classes sociales. La « classe ouvrière » s'est transformée mais on ne peut en déduire sa disparition : avec la montée du secteur tertiaire, certains sociologues parlent parfois de « prolétariat des services ». La population active reste fortement marquée par la présence d'une importante classe populaire, c'est-à-dire d'un pôle numériquement majoritaire (environ 30 % de la population active) et socialement dominé (monde des petits employés des services et des ouvriers de l'industrie). Si on ajoute les chômeurs, les travailleurs pauvres, les précaires et les exclus, le prolétariat forme toujours une « classe en soi » même si la conscience de classe a considérablement décliné. Il n'y a donc pas une logique d'élévation générale dans l'échelle sociale. Depuis les années 1980 et le ralentissement économique, les inégalités sociales ont arrêté de se réduire. La bourgeoisie formerait bien une « classe pour soi » car elle sait défendre ses intérêts et a conscience d'elle-même, elle sait créer des liens de solidarité entre les membres de son groupe, ce qui lui permet de reproduire sa domination, notamment par la possession des moyens de production. Les sociologues Michel Pinçon et Monique Pinçon-Charlot affirment que seule la grande bourgeoisie a conscience d'elle- même, constituant ainsi une classe sociale au sens marxiste du terme. S'il y a consensus pour parler d'un brouillage des classes sociales avec la multiplication des critères d'appartenance des individus (selon le genre, le style de vie, le lieu de résidence, etc.), il semble néanmoins abusif de parler de la « fin des classes sociales ». Louis Chauvel montre ainsi qu'il existe toujours des inégalités de revenu, de patrimoine ou de réussite scolaire largement structurées. Celles-ci permettent toujours de définir des groupes sociaux relativement distincts, au sein desquels la reproduction sociale est importante. C'est avant tout le sentiment d'appartenance à un groupe qui est en déclin.

Bibliographie

- Serge Bosc, *Stratification et classes sociales, la société française en mutation*, Armand Colin 2013
- Louis Chauvel, *Les classes moyennes à la dérive*, Seuil 2005.
- François Dubet, *La préférence pour l'inégalité, comprendre la crise des solidarités*, Seuil, 2014.
- Eric Maurin, Dominique Goux, *Les nouvelles classes moyennes*, Seuil 2012.

Je m'exerce et je fais la différence

1. Des questions possibles au bac

– Quels sont les critères qui permettent de rendre compte de la structuration et de la hiérarchisation de la société française ?
– Qu'est-ce qui distingue l'approche des classes sociales chez Marx et Weber ?
– En quoi l'analyse en termes de classes sociales est-elle toujours pertinente pour comprendre la société française contemporaine ?
– Comment rendre compte aujourd'hui de la structure sociale en France ?
– Dans quelle mesure existe-t-il une multiplicité de critères pour comprendre la structure sociale ?

2. Entraînement

2.1 Exercice 1

Relier chaque élément à son concept.

Position dans les rapports sociaux de production •	• Groupe de statut selon Weber
Reconnaissance sociale et prestige •	• Féminisation de la population active
Augmentation de la part des emplois de services •	• Analyse de Louis Chauvel dans le PIB
Montée en puissance du travail féminin •	• Classe sociale selon Marx
Nomenclature de l'INSEE •	• Tertiarisation
Pertinence du concept de classes sociales •	• Analyse de Pinçon/Pinçon-Charlot
Grande bourgeoisie comme classe sociale au sens de Marx •	• PCS

2.2 Exercice 2. Les classes moyennes face à la crise : Interview du sociologue Louis Chauvel

Document

La définition des classes moyennes est un problème abondamment discuté en sciences sociales. Dans un article publié au sein de l'ouvrage collectif « Le fond de l'air est jaune » (Seuil, 2019), vous les définissez comme un « ensemble social dont le revenu net avoisine les 30 000 à 40 000 euros pour une famille complète ». Peut-on se contenter d'une définition purement économique ?
Louis Chauvel : Pour vous surprendre, la meilleure définition selon moi revient à Nicolas Sarkozy : « ceux qui, trop riches pour être pauvres, sont trop pauvres pour être riches ». Ces personnes soupçonnent qu'ils paieront des impôts que les élites économiques évitent, et que leurs efforts seront sans récompense, parce qu'ils sont au-dessus des seuils de la solidarité. Fantasme ou réalité ? Le débat sur le financement des EHPAD, comme tant d'autres, donne corps au soupçon. La comparaison internationale montre comment l'Europe a été depuis soixante ans le continent des classes moyennes : les groupes proches du centre de la pyramide des revenus sont plus denses qu'ailleurs. La mobilité sociale européenne va avec une forte égalité des revenus, en particulier dans les pays scandinaves. Comme il est au centre des trajectoires ascendantes et descendantes, ce groupe social n'est pas homogène.
La langue française, plus riche et précise, aime parler « des classes moyennes » au pluriel. La partie supérieure — les professions libérales ou les enseignants agrégés, par exemple — côtoie les élites, et la partie basse est faite notamment d'ouvriers très qualifiés, stables et reconnus. Mais cette pluralité a été unie par un ciment : le rêve collectif des « civilisations de classes moyennes » (Alexandre Koyré, 1954) qui ont émergé des décombres de 1945. Elles reposent sur sept piliers : le salariat stable, la société d'abondance, l'expansion des protections de l'État-providence où le patrimoine n'est plus la condition sine qua non de la sécurité, une croissance scolaire permettant la mobilité sociale ascendante, la croyance au progrès, la centralité politique des catégories moyennes et finalement la démocratie représentative, stable et rationnelle. Celle-ci contraste avec la vieille démocratie bourgeoise et les régimes autoritaires d'avant 1945.
Aujourd'hui, le ciment qui tenait ces sept piliers se délite. Les « gilets jaunes » ne sont pas des nostalgiques du monde d'hier qui auraient tout à y perdre, mais au contraire un conglomérat d'individus conscients d'être la double victime désignée de notre temps : beaucoup leur est demandé pour soutenir le système,

sans que grand-chose ne leur soit restitué. Par exemple, ils s'attendent à ce que, après avoir tenu le système de retraite à bout de bras, lorsqu'à leur tour ils devront y puiser, la caisse ne soit vide.

Source : *Le Figaro*, février 2019. http://www.lefigaro.fr/vox/societe/2019/02/15/31003-20190215ARTFIG00182-louis-chauvel-les-classes-moyennes-donnent-beaucoup-mais-recoivent-peu.php

■ Questions

1. Comment le sociologue Louis Chauvel définit-il les classes moyennes ?
2. Expliquez succinctement dans le tableau en quoi chacun des sept « piliers » qu'il évoque a pu favoriser la montée des classes moyennes.
3. Montrez dans le tableau comment la fragilisation de chacun de ces piliers aujourd'hui déstabilise les classes moyennes.

	Montée des classes moyennes	Déstabilisation des classes moyennes
« Salariat stable »		
« Société d'abondance »		
« Extension de l'État-Providence »		
« Croissance scolaire »		
« Croyance au progrès »		
« Centralité politique des classes moyennes »		
« Démocratie représentative stable et rationnelle »		

2.3 Exercice 3. Inégalités résidentielles et fractures territoriales

Document

La question des inégalités urbaines est liée de manière complexe à celle de la ségrégation. Les groupes sociaux, inégalement dotés en ressources économiques, culturelles et sociales (diplômes, revenus, etc.), se répartissent de façon inégale entre les quartiers d'une ville. Les espaces urbains eux-mêmes sont inégalement pourvus en ressources publiques et privées de toutes sortes (écoles, transports, équipements culturels et sportifs, sécurité, espaces verts, commerces, etc.). Il en découle une hiérarchie qui différencie les quartiers d'une ville et de sa banlieue à la fois sur la base du profil socio-économique, voire ethno-racial, des populations qui y résident, mais aussi en fonction de leurs équipements, de leurs infrastructures, et surtout de leur « qualité ».

Ressources urbaines et entre-soi des habitants

Cette relation est complexe, puisque, en se concentrant dans certains espaces, les groupes sociaux les plus favorisés y concentrent également une partie de leurs ressources, ce qui rejaillit sur le quartier lui-même. Il peut dès lors être un cadre de protection et de reproduction sociale. Inversement, la concentration des groupes les plus défavorisés peut conduire à accentuer la précarité, voire la pauvreté de certains quartiers, au point de n'être perçus, par ceux qui n'y vivent pas, qu'à travers ce prisme. Mais le quartier peut aussi offrir un cadre protecteur, propice au développement de solidarités et de réseaux d'entraide. D'un autre côté, c'est aussi parce que certains espaces sont mieux dotés qu'ils sont attractifs, et donc choisis par les groupes sociaux favorisés. Leur forte présence contribue à maintenir, voire à accentuer, leur entre-soi, et donc à creuser les inégalités urbaines. C'est d'ailleurs un mécanisme qui rend difficile toute tentative de « réhabilitation symbolique » (l'image) des quartiers pauvres, sauf s'ils bénéficient d'autres atouts fonciers susceptibles de permettre une régénération d'ampleur.

Source : *Observatoire des inégalités*, 2019. https://www.inegalites.fr/Inegalites-urbaines-faire-emerger-la-mixite?id_theme=25

■ Questions

1. Pourquoi existe-t-il une hiérarchie entre les lieux de résidence ?
2. En quoi ces inégalités résidentielles peuvent-elles se cumuler avec les autres formes d'inégalités pour comprendre la structure sociale ?

3. Corrigé

3.1 Exercice 1

Relier chaque élément à son concept.

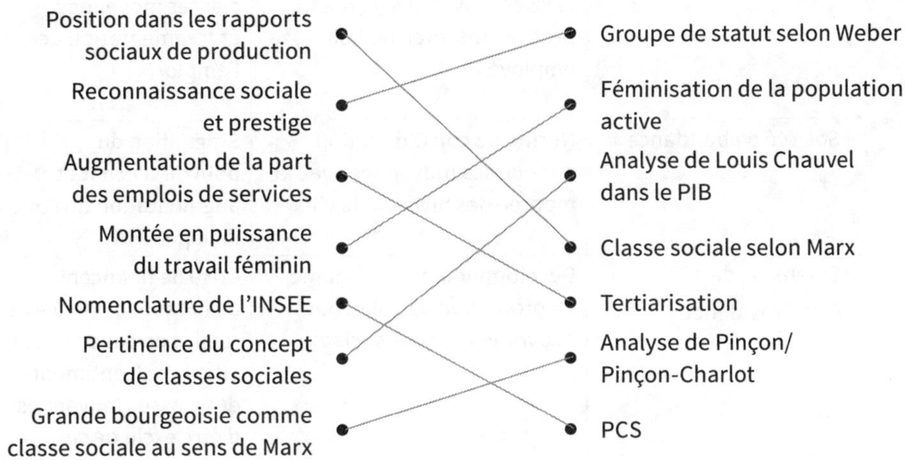

3.2 Exercice 2. Les classes moyennes face à la crise : Interview du sociologue Louis Chauvel

■ Questions

1. Comment le sociologue Louis Chauvel définit-il les classes moyennes ?
Il s'agit les groupes sociaux proches du centre de la pyramide des revenus, avec des revenus insuffisants pour faire partie de l'élite, mais suffisants pour échapper à la pauvreté.

2. Expliquez succinctement dans le tableau en quoi chacun des sept « piliers » qu'il évoque a pu favoriser la montée des classes moyennes (tableau).

3. Montrez dans le tableau comment la fragilisation de chacun de ces piliers aujourd'hui déstabilise les classes moyennes :

	Montée des classes moyennes	Déstabilisation des classes moyennes
« Salariat stable »	Progression des catégories sociales du cœur des classes moyennes (cadres, professions intermédiaires, employés)	Montée du chômage qui touche aussi les classes moyennes et fragmentation de l'emploi
« Société d'abondance »	Norme de consommation des classes moyennes avec la montée des niveaux de vie	Stagnation du pouvoir d'achat et augmentation du coût du logement
« Extension de l'État-Providence »	Développement du système de protection sociale pour couvrir les risques sociaux	Crise de financement de l'État-Providence et remise en cause de son efficacité (sentiment des classes moyennes d'être exclu de ses bénéfices)
« Croissance scolaire »	Démocratisation de l'école et augmentation des effectifs dans l'enseignement secondaire et à l'Université	Persistance des inégalités scolaires et dévalorisation relative des diplômes
« Croyance au progrès »	Anticipation d'une progression des niveaux de vie et du bien-être pour ses enfants	Crainte du déclassement social et d'un avenir dégradé pour ses enfants
« Centralité politique des classes moyennes »	Rôle décisif du vote des classes moyennes lors des grandes consultations nationales	Montée de l'abstentionnisme même au sein des classes moyennes
« Démocratie représentative stable et rationnelle »	Les classes moyennes constituent un facteur de modération politique en votant majoritairement en faveur des partis de gouvernement	Montée du vote protestataire et de la remise en cause du système politique

3.3 Exercice 3. Inégalités résidentielles et fractures territoriales

Questions

1. Pourquoi existe-t-il une hiérarchie entre les lieux de résidence ?
Cette hiérarchie entre les lieux de résidence s'explique par des espaces inégalement pourvus en ressources publiques et privées au sein de la ville (écoles, transports, équipements culturels et sportifs, sécurité, espaces verts, commerces, etc.). L'attractivité des quartiers peut donc être très différente de l'un à l'autre, et expliquer les profils sociologiques différents des populations qui y résident.

2. En quoi ces inégalités résidentielles peuvent-elles se cumuler avec les autres formes d'inégalités pour comprendre la structure sociale ?
Les inégalités entre les quartiers se renforcent puisque les classes moyennes supérieures concentrent une partie de leurs ressources dans les quartiers favorisés, ce qui rejaillit sur le quartier lui-même. Inversement, la concentration des groupes sociaux les plus défavorisés dans certains quartiers peut conduire à enfermer ces derniers dans la précarité et la pauvreté, puisque la mixité sociale est faible voire inexistante.

Chapitre 7

Le rôle de l'école dans la société contemporaine

Je révise et je me perfectionne

Quel est l'impact de l'école sur le destin social des individus et sur l'évolution des sociétés contemporaines ?

1. Définition

Dans les sociétés démocratiques, où le changement de position dans la structure sociale devient possible quel que soit son milieu social d'origine, l'école est l'instrument privilégié de la mobilité sociale. Le système éducatif est fondé sur le principe de l'égalité des chances et contribue, en fonction du travail et du mérite de chacun, à légitimer le statut social des individus dans la hiérarchie sociale. L'école est donc incontestablement à la fois un déterminant puissant du destin social des individus, mais aussi de l'évolution de la société. Preuve en est que la réforme du système éducatif et sa performance au regard d'une batterie d'indicateurs, constituent des enjeux majeurs à la fois sur le plan économique (accumulation du capital humain, qualification de la main-d'œuvre), social (cohésion de la société, intégration professionnelle des individus) et politique (débats souvent vifs sur l'organisation de l'école, le statut des professeurs, etc.)

2. Le cours

2.1 L'école influence le destin social des individus

Dans l'analyse sociologique, l'école est traditionnellement considérée comme un des principaux déterminants du destin social des individus, en permettant à un individu de s'affranchir de sa situation sociale d'origine. Dans nos sociétés contemporaines, le statut social n'est plus transmis mais acquis, et l'institution scolaire, en délivrant des diplômes, a un rôle central dans cette acquisition des diverses positions sociales. Dans les sociétés à stratification sociale rigide, la mobilité sociale est impossible : ce fut le cas en France avant 1789, puisque la hiérarchie sociale était fondée sur des ordres héréditaires, alors que l'école et la transmission du savoir était réservée à une élite bourgeoise. Dans les sociétés à stratification sociale fluide, c'est l'école, accessible au plus grand nombre, qui a pour fonction de rendre possible la mobilité ascendante des enfants issus de milieux défavorisés. La possibilité de faire des études ne garantit pas automatiquement d'obtenir un statut social gratifiant et un emploi stable, mais être dépourvu de diplôme interdit de fait toute mobilité sociale. Dans les sociétés contemporaines, le diplôme est souvent le sésame pour s'intégrer sur le marché du travail et connaître une promotion dans le monde de l'entreprise. Pendant la période de l'après-guerre, marquée par un certain dynamisme de la mobilité sociale, dans un contexte de d'intenses changements dans la structure des emplois, c'est en grande partie l'école qui a permis de sélectionner parmi les enfants d'ouvriers ou d'employés ceux qui étaient les plus aptes à exercer ces nouveaux emplois qualifiés et qui a donc permis une ascension sociale. Une brève histoire de l'école explique la contradiction que vit l'institution entre son objectif de démocratisation et le maintien des inégalités scolaires : au XIXe siècle, à l'époque des lois Ferry, l'école cherche à donner une instruction minimale aux classes populaires. Seule une minorité d'élèves accédaient au Bac, et jusqu'à la fin des années 1960, à peine un cinquième des élèves environ obtient le bac. Dans les décennies 1970 et 1980, l'école vit une augmentation forte et continue des effectifs scolarisés, notamment au lycée. Le nombre de bacheliers augmente rapidement et la population étudiante s'accroît fortement : on parle d'une période de « massification scolaire », où l'école n'est plus réservée à une élite, mais ce processus s'accompagne toutefois d'un maintien (paradoxal) des inégalités scolaires. Le poids de l'origine sociale dans la réussite scolaire reste important : en réalité, la démocratisation « égalisatrice » selon laquelle les moins favorisés rattrapent les taux de scolarisation des plus favorisés, cache une démocratisation « ségrégative ». Cela signifie que les inégalités d'accès aux diplômes sont en fait déplacées mais n'ont pas disparu. On constate notamment la faible part des étudiants issus des catégories populaires (ouvriers, employés) dans les grandes écoles de la République (Polytechnique, École Nationale d'Administration, etc.)

2.2 La démocratisation de l'école

Tout au long du XXe siècle, le nombre d'enfants scolarisés a été en augmentation. La proportion de bacheliers parmi les jeunes a fortement progressé mais le nombre de postes de cadres ou de professions intermédiaires n'ayant pas augmenté dans le même temps de la même façon, une partie des nouveaux diplômés n'a pas pu trouver d'emplois à des niveaux auxquels ils auraient dû pouvoir prétendre. Les sociologues appellent « paradoxe d'Anderson » (car identifié par le sociologue Charles Anderson en 1961) le phénomène selon lequel les enfants qui ont des diplômes plus élevés que leurs parents n'ont pas nécessairement une position sociale plus favorable. La baisse de la valeur relative des diplômes sur le marché du travail ne doit pas conduire à penser que la massification scolaire était une erreur d'un point de vue économique, car elle a permis d'accroître stock de capital humain et le niveau de formation de la main-d'œuvre, la rendant ainsi plus productive. Mais elle a entraîné une certaine désillusion face aux capacités du système scolaire à permettre une mobilité sociale ascendante. Le niveau général d'instruction s'élève mais les inégalités ne se réduisent pas pour autant. Tout se passe comme si les inégalités s'étaient « déplacées vers le haut » : l'étude du système scolaire fait apparaître le maintien d'inégalités car réussite et échec scolaire sont inégalement partagés. Au fur et à mesure que les études s'allongent, les enfants de cadres supérieurs sont surreprésentés alors que les enfants d'ouvriers sont sous-représentés. Malgré l'idéal de l'égalité des chances et le principe méritocratique qui la fondent, l'école n'a guère pu empêcher la persistance de l'inégalité des chances scolaires et les phénomènes de reproduction sociale.

En sociologie, on retient généralement deux grandes analyses :

– Pour le sociologue Pierre Bourdieu (1930-2002), l'école transforme les inégalités sociales en inégalités scolaires et a une fonction de sélection sociale. Cette sélection sociale est naturalisée (rendue légitime) à travers une domination symbolique qui transformes les jugements sociaux en jugements scolaires. Ainsi, l'école impose un arbitraire culturel et les enfants des classes défavorisées sont doublement exclus : par l'échec scolaire, et par le sentiment que leur échec est dû au manque de don et mérite. L'école légitime en réalité la reproduction de la domination culturelle des classes favorisées.

– Le sociologue Raymond Boudon (1934-2013) s'attaque lui aussi à la question de l'inégalité des chances scolaires : selon lui, la plus faible réussite scolaire des classes défavorisées tient à un calcul économique rationnel. Il explique que la décision de poursuivre ou non des études tient à un calcul d'investissement (calcul coût / avantage) purement individualiste. Les études ont un coût (en temps et en argent) et une rentabilité (le diplôme). Or, Boudon dit que dans les classes populaires, on surestime le coût des études et on sous-estime les avantages. Les classes populaires valorisent peu les études longues et demandent une forte rentabilité de l'investissement scolaire (incitent les jeunes à suivre des filières plus courtes, plus professionnelles). Raymond Boudon pense que depuis la Seconde guerre mondiale, il y a une incontestable réduction de l'inégalité des chances scolaires (il s'oppose à Bourdieu). Pourtant il reconnaît que la mobilité sociale a peu augmenté et que les progrès de la scolarisation affectent très peu la hiérarchie sociale. La réduction de l'inégalité des chances scolaires ne s'accompagne pas d'une réduction des inégalités sociales. Ainsi, l'école, en valorisant le mérite et l'égalité des chances, est incontestablement un déterminant majeur de la mobilité sociale, et de la légitimité des positions dans la hiérarchie sociale. Mais pour cerner réellement les mécanismes de la mobilité sociale, il convient d'intégrer dans le raisonnement d'autres déterminants, et de comprendre qu'elle interagit avec le système économique et le milieu familial qui apporte plus ou moins de ressources favorables.

Focus sur **Les indicateurs de la démocratisation scolaire**

Selon l'INSEE, le *taux de scolarisation* est le rapport entre le nombre d'élèves, d'étudiants et d'apprentis en formation initiale d'un âge déterminé, inscrits dans un établissement d'enseignement, et le nombre de jeunes de cet âge.

Pour le Ministère de l'éducation nationale, le taux de scolarisation est le rapport du nombre d'élèves d'un âge ou groupe d'âge donné à la population totale correspondante. Les calculs portent en fait sur les élèves et les jeunes d'une génération ou groupe de générations données, les recensements scolaires et de population donnant des répartitions selon l'année de naissance.

Les taux de scolarisation peuvent être globaux – toutes formations comprises – ou limités à un niveau, degré ou type d'enseignement donnés (taux de scolarisation dans le supérieur, en apprentissage, etc.).

L'éducation nationale mesure le taux d'accès à un niveau donné (par exemple au niveau IV, baccalauréat), et rapporte le nombre d'élèves parvenant dans les classes de ce niveau (par ex. en terminales), répartis par année de naissance, à l'effectif des générations correspondantes.

Toutefois, accéder au niveau d'un diplôme ne signifie cependant pas obtenir ce diplôme. Ces taux peuvent donner lieu à un calcul transversal, pour une année donnée ou à un calcul longitudinal, pour une génération dont on suit dans le temps l'accès au niveau donné.

On peut ainsi calculer le taux d'accès au baccalauréat. Il s'agit de la proportion de bacheliers dans une génération fictive de personnes qui auraient, à chaque âge, les taux de candidature et de réussite observés l'année considérée. Ce nombre est obtenu en calculant, pour chaque âge, le rapport du nombre de lauréats à la population totale de cet âge, et en faisant la somme de ces taux par âge. On distingue les bacheliers par âge mais les classes ou regroupements d'âge sont différents selon la série de baccalauréat pour tenir compte de parcours scolaires différents.

La *massification scolaire* est l'expression employée pour désigner l'évolution quantitative des systèmes éducatifs dans lesquels un pourcentage très important de jeunes d'une génération accède à un niveau scolaire donné. En France c'est l'ouverture du premier degré de l'enseignement secondaire à tous les élèves avec le « collège unique » dès les années 1970 qui a amorcé le phénomène.

La *démocratisation scolaire* quant à elle peut se définir comme la réduction de l'effet de l'origine sociale sur la réussite scolaire : dans un système d'enseignement démocratique, l'accès aux niveaux les plus élevés ou aux filières les plus prestigieuses ne devrait dépendre que du talent ou des performances individuelles, en vertu d'un principe méritocratique.

Le sociologue Antoine Prost, spécialiste de l'éducation, distingue :

– La *démocratisation quantitative* : la scolarité s'allonge, et les inégalités se déplacent
– La *démocratisation qualitative* : la liaison entre l'origine sociale et la destinée scolaire s'affaiblit.

Le sociologue Pierre Merle utilise le concept de *démocratisation ségrégative* : c'est une forme de démocratisation de l'enseignement qui s'accompagne d'un renforcement de l'effet des origines sociales sur les trajectoires scolaires. Cela signifie que les catégories populaires améliorent leur position dans le système scolaire, mais à un rythme plus faible que les catégories favorisées. Il n'y a donc pas de *démocratisation égalisatrice* qui supposerait une augmentation des taux de scolarisation et une réduction des inégalités dans l'accès aux différentes filières de formation en fonction de l'origine sociale.

Conseils pour le bac

• Ce chapitre suppose de comprendre, dans une perspective historique, le rôle joué par l'école dans l'avènement d'une société démocratique où la naissance ne détermine plus intégralement le destin social des individus.

• Le programme de SES sur ce point implique de connaître les principaux indicateurs permettant de mesurer cette croissance scolaire sur un plan statistique, et on pourra évoquer le cas échéant une comparaison internationale des systèmes éducatifs sur laquelle les chercheurs en sociologie s'appuient.

• Il s'agit toutefois de bien distinguer la massification scolaire de la démocratisation scolaire : en effet l'accroissement des effectifs scolarisés n'a pas empêché la persistance de l'inégalité des chances scolaires. On constate notamment que le poids de l'origine sociale dans la réussite scolaire demeure important en France aujourd'hui selon les enquêtes de l'OCDE sur les systèmes éducatifs. Les politiques publiques sont donc mobilisées pour se saisir de cet enjeu qui a une dimension politique importante dans la mesure où la République promeut le principe du mérite et de l'égalité des chances.

- Un point capital du chapitre consiste à évoquer, en mobilisant les analyses sociologiques traditionnelles (notamment celles de Pierre Bourdieu et de Raymond Boudon), la diversité des facteurs qui expliquent le maintien d'une inégalité des chances scolaires.

3. J'approfondis. L'école et la famille interagissent pour influencer le destin social des individus

L'analyse sociologique montre aussi que le destin social des individus résulte de l'interaction de deux instances de socialisation fondamentales : l'école et la famille. Selon Pierre Bourdieu, les étudiants sont avant tout les héritiers d'un capital culturel (connaissances, maîtrise de la langue, diplômes) : depuis leur plus tendre enfance, les jeunes des milieux favorisés ont baigné dans un milieu cultivé, où la pratique de la langue est très proche du français enseigné à l'école. Dans la famille cultivée, le jeune apprend la maîtrise de la parole, il est ouvert à l'art, à la lecture, à la musique, bref il acquiert lentement un capital culturel. Or, l'habitus des classes dominantes est très proche de la culture scolaire : les enfants de ces classes vont baigner dans la culture scolaire de manière très naturelle. Ils n'auront pas de peine à suivre à l'école puisque celle-ci va valider leurs dispositions acquises dans le milieu familial. Donc, pour Bourdieu les aptitudes scolaires d'un jeune ne dépendent pas de ses dons naturels mais de l'affinité des habitudes culturelles de son milieu social avec les exigences de l'école. Les enfants des autres catégories sociales doivent faire plus d'efforts que les autres. L'échec scolaire n'est rien d'autre que l'exclusion progressive des classes sociales à faible capital culturel. On voit donc que la famille, par le fait qu'elle transmet des normes et des valeurs, mais aussi des capitaux, est d'abord reproductrice, donc contribue à l'immobilité sociale. Mais elle n'est pas que cela car elle peut aussi rendre possible la mobilité sociale. La famille peut être le lieu de comportements rationnels et stratégiques, à la fois pour favoriser la réussite scolaire des enfants, mais aussi pour transmettre des capitaux indispensables à l'intégration économique et sociale. D'autre part, a résultats scolaires équivalents, l'origine sociale a une influence sur les vœux d'orientation. Certains sociologues mettent en avant le retour du rôle de l'héritage du capital économique dans la réussite scolaire en raison du coût des études et du rôle du capital social, soit schématiquement l'ensemble des relations sociales et donc la capacité de pouvoir faire intervenir ces « relations » et un carnet d'adresses pour bénéficier d'avantages divers (emplois, stages, etc.) En effet on sait que les réseaux sociaux jouent un rôle important dans la rentabilité des diplômes acquis. Dès lors on « hérite » d'un capital social ou d'un capital culturel comme d'un capital économique, et cet ensemble de capitaux peut s'accumuler au fil des générations et garantir (ou non) une ascension sociale. Les individus disposent donc d'une quantité inégale de ressources pour espérer une mobilité sociale (verticale) ascendante.

L'école est donc bien une institution centrale au sein de nos sociétés, où la légitimité des positions sociales est fondée sur le diplôme plutôt que sur l'hérédité comme sous l'Ancien Régime. À l'heure où l'angoisse du déclassement social s'empare du cœur des classes moyennes, la persistance de l'inégalité des chances scolaires constitue une question politique très importante pour préserver les opportunités d'ascension sociale des enfants des zones les plus défavorisées.

Bibliographie

- Marianne Blanchard et Joanie Cayouette-Remblière, *Sociologie de l'école*, La Découverte, 2016
- Marie Duru-Bellat, Agnès Van Zanten, *Sociologie du système éducatif*, PUF, 2016
- François Dubet, Marie Duru-Bellat, Antoine Vérétout, *Les sociétés et leur école, Emprise du diplôme et cohésion sociale,* Points, 2015
- François Dubet, L'école des chances, qu'est-ce qu'une école juste ? Seuil, 2004

Je m'exerce et je fais la différence

1. Des questions possibles au bac

- Comment peut-on mesurer la démocratisation scolaire ?
- Quel rôle l'école joue-t-elle dans la mobilité sociale ?
- En quoi l'école influence-t-elle le destin social des individus dans une société démocratique ?
- Quels sont les facteurs qui déterminent les inégalités de réussite scolaire ?

2. Entraînement

2.1 Exercice 1. Vrai ou faux ?

	Vrai	Faux
L'école de la République repose sur le principe de l'égalité des chances		
Les grandes lois sur l'école à la fin du XIXe siècle sont les lois Ferry		
La démocratisation quantitative est allée de pair avec une démocratisation qualitative		
La démocratisation de l'école a eu lieu dès le début du XXe siècle		
L'école met en avant le principe méritocratique		
Le sociologue Pierre Bourdieu insiste sur le rôle du capital culturel dans la réussite scolaire		
Le sociologue Raymond Boudon a développé le concept d'habitus pour comprendre le lien entre la famille et la réussite scolaire		
Les familles développent des stratégies pour favoriser la réussite scolaire de leurs enfants		
La socialisation selon le genre influence la réussite scolaire		

	Vrai	Faux
Le rapport entre le nombre d'élèves, d'étudiants et d'apprentis en formation initiale d'un âge déterminé, inscrits dans un établissement d'enseignement, et le nombre de jeunes de cet âge, correspond au taux de scolarisation selon l'INSEE		
Le concept de « démocratisation ségrégative » a été développé par le sociologue Pierre Bourdieu		

2.2 Exercice 2. La part des filles dans l'enseignement supérieur

Document

Les filles ont investi les bancs des universités ces cinquante dernières années passant de 43 % des étudiants au début des années 1960 à 58 % au début des années 2010, selon le ministère de l'Éducation nationale. Ce mouvement traduit l'évolution de la place des femmes dans la société, amorcée dès l'Entre-deux-guerres. Pour autant, les parcours demeurent différenciés selon le sexe. Les filles constituent 84 % des étudiants des formations paramédicales et sociales, 70 % en lettres et sciences humaines à l'université contre moins de 40 % en sciences et Staps (sport). Dans les classes préparatoires aux grandes écoles, elles sont ultra-majoritaires en sections littéraires (74 %) mais ne représentent que 30 % des filières scientifiques. Globalement, les filles demeurent surreprésentées dans les secteurs de l'enseignement les moins valorisés qui conduisent moins souvent aux postes où les responsabilités et les salaires sont les plus élevés. Une partie de l'orientation se joue bien avant l'enseignement supérieur, dès la seconde ou la première.

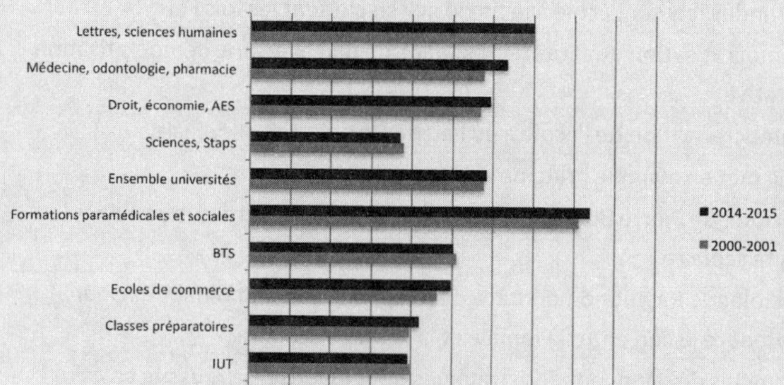

Source : Ministère de l'Éducation nationale — Repères et références statistiques, Observatoire des inégalités, mars 2017.

■ Questions

1. En quoi peut-on parler de démocratisation scolaire pour les filles ?
2. Les parcours scolaires des filles et des garçons sont-ils similaires ?
3. Quels sont les enseignements que l'on peut tirer du graphique ?

2.3 Exercice 3. Les déceptions de la massification scolaire

Document

Dans la mesure où l'école républicaine semblait capable de donner une place à chacun et de renforcer l'intégration sociale, dans la mesure où elle semblait pouvoir resserrer l'inégalité des places, la France, comme bien d'autres pays, s'est engagée depuis le milieu du XXe siècle dans une politique de massification scolaire. Tous les ingrédients du progrès se trouvaient réunis dans ce projet : les obstacles tenant au prix des études et à la dualisation du système scolaire étant levés, chaque enfant pourrait aller longtemps à l'école, et, plus tard, trouver une place dans la société ; les inégalités seraient réduites et la qualification de tous accroîtrait sensiblement le capital humain. C'est peu dire que ce programme a déçu. Sans doute la massification scolaire a-t-elle ouvert largement les portes des lycées et des universités ; de ce point de vue, la massification est un succès de l'égalité en termes de démocratisation absolue, les enfants des classes populaires accédant à des biens scolaires dont ils ont longtemps été privés. Mais l'arrivée de nouveaux venus a transformé la structure hiérarchique et la nature de ces biens, engendrant ainsi une longue série de déceptions, de plaintes et de critiques. Contrairement à une croyance qui semble aujourd'hui bien naïve, il n'a pas suffi d'abaisser les obstacles économiques à la scolarité pour atténuer les effets des inégalités sociales sur les performances et les carrières scolaires des élèves. La culture, les ambitions, les compétences des familles créent autant d'inégalités devant l'école que les revenus. Le changement le plus fondamental tient au fait que les inégalités qui semblaient décisives dans les orientations précoces se manifestent et se développent aujourd'hui tout au long des études. Alors que les diplômes, naguère relativement rares, avaient des valeurs et des utilités sociales plutôt homogènes, ils ne cessent de se hiérarchiser avec la multiplication des filières et des options : ce qui vaut dans un baccalauréat, c'est avant tout le type de baccalauréat, l'âge du candidat, les mentions, etc. On retrouve brutalement les inégalités sociales que l'on croyait avoir effacées en multipliant le nombre des bacheliers.

Source : François Dubet, *Les places et les chances, repenser la justice sociale*, Seuil, 2010.

Questions

1. En quoi la massification scolaire a-t-elle pu constituer un progrès ?
2. En quoi cette massification scolaire a-t-elle pu entraîner des déceptions ?
3. Pourquoi les inégalités scolaires se manifestent-elles tout au long des études ?

3. Corrigé

3.1 Exercice 1. Vrai ou faux ?

	Vrai	Faux
L'école de la République repose sur le principe de l'égalité des chances	X	
Les grandes lois sur l'école à la fin du XIXe siècle sont les lois Ferry	X	
La démocratisation quantitative est allée de pair avec une démocratisation qualitative		X
La démocratisation de l'école a eu lieu dès le début du XXe siècle		X
L'école met en avant le principe méritocratique	X	
Le sociologue Pierre Bourdieu insiste sur le rôle du capital culturel dans la réussite scolaire	X	
Le sociologue Raymond Boudon a développé le concept d'habitus pour comprendre le lien entre la famille et la réussite scolaire		X
Les familles développent des stratégies pour favoriser la réussite scolaire de leurs enfants	X	
La socialisation selon le genre influence la réussite scolaire	X	
Le rapport entre le nombre d'élèves, d'étudiants et d'apprentis en formation initiale d'un âge déterminé, inscrits dans un établissement d'enseignement, et le nombre de jeunes de cet âge, correspond au taux de scolarisation selon l'INSEE	X	
Le concept de « démocratisation ségrégative » a été développé par le sociologue Pierre Bourdieu		X

3.2 Exercice 2. La part des filles dans l'enseignement supérieur

■ Questions

1. En quoi peut-on parler de démocratisation scolaire pour les filles ?
   On peut parler de démocratisation scolaire pour les filles car leurs taux de scolarisation dans l'enseignement secondaire et à l'Université ont progressé.

2. Les parcours scolaires des filles et des garçons sont-ils similaires ?
   Les parcours scolaires demeurent différenciés selon le sexe : les filles constituent plus des deux tiers des étudiants des formations paramédicales et sociales, en lettres et sciences humaines à l'université, mais un peu plus d'un tiers seulement en sciences et en STAPS. On remarque aussi des parcours différenciés en classes préparatoires aux grandes écoles, où elles sont fortement représentées en sections littéraires mais moins fortement en filières scientifiques.

3. Quels sont les enseignements que l'on peut tirer du graphique ?
   Le graphique montre les parcours scolaires différenciés des filles avec une présence très importante dans certaines formations (lettres et sciences humaines avec 70 % en 2014-2015 ou formations paramédicales et sociales avec plus de 80 % sur la même période). On constate aussi qu'elles sont donc moins présentes dans les classes préparatoires et dans les IUT (autour de 40 %).

3.3 Exercice 3. Les déceptions de la massification scolaire

■ Questions

1. En quoi la massification scolaire a-t-elle pu constituer un progrès ?
   La massification scolaire a entraîné une hausse des effectifs dans l'enseignement secondaire et à l'Université toute origine sociale confondue, et permis une progression de la productivité de la main-d'œuvre et une accumulation de capital humain.

2. En quoi cette massification scolaire a-t-elle pu entraîner des déceptions ?
   La massification scolaire n'a pas empêché la persistance de l'inégalité des chances scolaires et la dévalorisation relative des diplômes, et elle n'a eu que peu d'impact sur la mobilité sociale nette.

3. Pourquoi les inégalités scolaires se manifestent-elles tout au long des études ? L'auteur développe l'idée que les diplômes, délivrés en faible nombre à une époque, avaient des valeurs semblables et permettaient une intégration assurée sur le marché du travail (à l'exemple du bac). Ce n'est plus le cas aujourd'hui car les diplômes délivrés, plus nombreux, et moins rentables en termes d'insertion professionnelle pour certains (comme le bac) sont aussi hiérarchisés avec la multiplication des filières et des options.

Chapitre 8

Les enjeux de la mobilité sociale

Je révise et je me perfectionne

Comment rendre compte de la mobilité sociale dans la société française contemporaine ?

1. Définition

On parle de mobilité sociale en cas de changement de position sociale, dans la nomenclature des professions et catégories socioprofessionnelles (PCS) de l'INSEE. De fortes évolutions dans la structure socio-professionnelle impliquent que la répartition des emplois dans les générations nouvelles est différente de la génération de leurs parents.

2. Le cours

2.1 Les différentes formes de mobilité sociale

Tout d'abord, on différencie *mobilité intergénérationnelle* et *intra-générationnelle.*

– Mobilité intra-générationnelle : si une personne change de profession et catégorie socioprofessionnelle (PCS) au cours de sa vie active.

– Mobilité intergénérationnelle : la PCS du fils diffère alors de celle du père.

On différencie aussi *mobilité horizontale* et *mobilité verticale.*

– Mobilité verticale : il s'agit d'un changement de position en termes de niveaux. Elle peut être ascendante si un individu améliore sa place dans la hiérarchie sociale ou descendante si la place dans la hiérarchie sociale du fils est inférieure à celle du père.

– Mobilité horizontale : positions différentes mais socialement équivalentes. Exemple : un fils de cadre devient employé : on parle de « mobilité intergénérationnelle verticale ascendante ».

On différencie encore *mobilité structurelle* et *mobilité nette.*

– Mobilité structurelle : elle est liée à la variation de la répartition de la population active à beaucoup de fils de paysans deviennent ouvriers car l'agriculture ne peut leur fournir à tous un emploi (hausse de la productivité dans le secteur agricole = économies de main-d'œuvre). En raison de la tertiarisation, tous les fils d'agriculteurs ne peuvent devenir agriculteurs.

– Mobilité nette : quand on élimine cet effet de structure, on obtient la fluidité du système social.

Mobilité sociale totale – mobilité sociale structurelle = mobilité nette

La question de la mobilité sociale est très complexe car très technique : la majorité de la mobilité sociale observée est une mobilité structurelle, qui traduit l'évolution de la structure des professions avec les mutations du système productif : l'augmentation forte du nombre de places de « cadres » ou plus généralement de professions tertiaires qualifiées, expliquerait une partie importante de la mobilité entre 1953 et 1973.

La mobilité « nette » relevant de l'assouplissement du processus de sélection sociale apparaît, elle, comme réduite, puisque ¼ seulement de la mobilité observée proviendrait d'une baisse de l'hérédité sociale. L'évolution des structures socioprofessionnelles reste le principal moteur de la mobilité sociale : ces structures se sont « déplacées vers le haut » depuis les années 1950 (cette évolution devrait se confirmer avec la généralisation des Technologies de l'information et de la communication (TIC). L'« immobilité sociale », mesurée par la proportion d'individus occupant à un instant donné l'emploi qu'avait occupé leur père avant eux, a diminué au cours du temps quel que soit l'indicateur utilisé pour mesurer le phénomène. La mobilité sociale s'est donc accrue au cours du temps : la « fluidité sociale » semble s'être accrue lentement mais régulièrement en France. On peut nuancer cela en rappelant que la probabilité pour un fils de cadre d'être cadre à son tour a augmenté aussi.

2.2 Les déterminants de la mobilité sociale

Dans nos sociétés contemporaines, le statut social n'est plus transmis mais acquis, et l'institution scolaire, en délivrant des diplômes, a un rôle central dans cette acquisition des diverses positions sociales (voir chapitre 7). L'analyse sociologique montre aussi que la mobilité sociale résulte de l'interaction de deux instances de socialisation : l'école et la famille. Mais il existe en réalité une pluralité de déterminants de la mobilité sociale qui expliquent qu'elle n'est pas un phénomène purement individuel, mais qu'elle dépend aussi de transformations du système économique, parmi lesquels les changements historiques de la structure socio-professionnelle et des mutations permanentes de l'emploi. Par ailleurs, on sait que la famille joue également un rôle capital dans la transmission des capitaux indispensables à l'ascension sociale. Les transformations structurelles du système productif et de l'emploi modifient les conditions de la mobilité sociale.

Depuis l'après-guerre, les structures socio-professionnelles et les emplois ont profondément évolué : une partie de la mobilité sociale s'explique donc par les modifications de la structure des emplois entre deux générations. On notera durant cette période des « Trente Glorieuses » (1945-1973) le développement des cadres et professions intellectuelles supérieures et des professions intermédiaires parallèlement au déclin des agriculteurs, des artisans, commerçants et chefs d'entreprise, et des ouvriers. L'expansion des classes moyennes salariées et des catégories populaires engendre mécaniquement de la mobilité sociale ascendante. Il s'agit donc ici d'une mobilité largement imposée par l'évolution des structures économiques et sociales. On parle dans ce cas de mobilité structurelle lorsque le changement de position sociale est dû aux changements des structures économiques et sociales, et elle représente une part importante de la mobilité. Lorsque certains secteurs détruisent massivement des emplois, de nouveaux secteurs se développent, et ce sont eux qui favorisent la mobilité sociale ascendante. Cette mobilité est donc forcée, poussée par les transformations des structures économiques, même si l'on remarque la persistance d'une certaine immobilité sociale.

À partir des années 1970, le ralentissement économique et la dégradation du marché du travail ont entraîné un accroissement de la mobilité sociale descendante. On a pu évoquer alors une « panne de l'ascenseur social ». Les difficultés croissantes des jeunes diplômés et la persistance d'un chômage de masse ont aggravé les inégalités entre les générations et alimenté un sentiment de frustration face à des espoirs d'ascension sociale déçus. Les sociologues ont évoqué la thématique du déclassement social (voir approfondissements).

2.3 L'évolution de la fluidité sociale en France

Lorsque l'on observe la mobilité d'un individu au cours de sa vie professionnelle sans faire référence à la situation de son père, on parle de mobilité intra-générationnelle (ou de mobilité biographique). La mobilité sociale peut être verticale (déplacement dans la hiérarchie sociale) ou horizontale (une mobilité sans conséquence sur la position dans la hiérarchie sociale), comme en cas de mobilité au sein de l'entreprise pour un niveau hiérarchique identique, ou de changement de secteur d'activité. On parle de mobilité ascendante quand un individu occupe une position plus élevée dans la hiérarchie sociale que celle de son père ou que celle qu'il occupait précédemment. La mobilité observée (appelée aussi mobilité totale, ou mobilité brute) mesure le pourcentage de fils qui se trouvent dans une PCS différente de leur père (taux absolus de mobilité). La mesure de la mobilité sociale doit tenir compte du fait que la structure sociale n'est pas la même au cours du temps. Ces évolutions entraînent des opportunités de mobilité entre les générations : c'est la mobilité structurelle. Les fils d'agriculteurs ont ainsi connu une mobilité sociale « forcée » liée au déclin de leur PCS d'origine. Inversement, certains groupes en essor doivent « recruter » ailleurs. La mobilité totale se décompose ainsi entre une mobilité structurelle et une mobilité nette. Cette dernière correspond à la mobilité des individus qui ne doit rien aux modifications de la structure sociale.

Cependant, il est difficile de dissocier la mesure de ces deux types de mobilité. L'analyse en termes de « fluidité sociale » renvoie à la comparaison de la probabilité d'accéder à un groupe social donné (par exemple, le groupe des cadres) comparé à un autre (par exemple, le groupe des ouvriers) pour différentes catégories d'individus (par exemple, les fils de cadres et les fils d'ouvriers). On sait ainsi que les fils de cadres ont plus de chance que les fils d'ouvriers de devenir cadres plutôt qu'ouvriers. La fluidité sociale se focalise ainsi sur l'inégalité des chances relatives (taux relatifs de mobilité). On dit que la société est plus fluide si l'égalité des chances relatives progresse. Il est possible de constater une augmentation de la mobilité observée alors que la fluidité sociale reste constante. En France, la fluidité sociale a augmenté des années 1950 aux années 1990 et diminue depuis 2000.

Focus sur **La lecture des tables de mobilité sociale**

Les tables de mobilité sociale sont des tableaux à double entrée qui permettent de décrire la position sociale d'une génération d'individus en fonction de la position sociale de leur père. Généralement, les individus étudiés par les tables de mobilité sont des hommes âgés de 40 à 59 ans classés par PCS d'actifs, ainsi que leurs pères également classés par Professions et catégories socioprofessionnelles (PCS) au moment où ils avaient le même âge (entre 40 et 59 ans). Il existe aussi des tables de mobilité décrivant la position des femmes en fonction de celle de leur père.

La table de destinée : elle décrit le **devenir social** des individus issus des différentes PCS.

Tables de destinées sociales (France, 2014-2015, Enquête FQP, INSEE, en %)

PCS du père de l'enquêté	Destinée (les 100 sont en face des pères)						
	PCS de l'enquêté (fils)						
	Agriculteurs exploitants	Artisans, commerçants, chefs d'entreprise	Cadres et professions intellectuelles supérieures	Professions intermédiaires	Employés	Ouvriers	Ensemble
Agriculteurs exploitants	24,9	8,0	8,8	18,6	7,1	32,5	100,0
Artisans, commerçants, chefs d'entreprise	0,8	20,3	22,2	22,8	9,5	24,3	100,0
Cadres et professions intellectuelles supérieures	0,2	8,0	47,0	25,7	9,1	10,0	100,0
Professions intermédiaires	0,7	7,9	25,5	31,5	11,3	23,1	100,0
Employés	0,5	6,8	16,3	26,1	16,6	33,6	100,0
Ouvriers	0,5	7,4	9,3	22,9	12,3	47,6	100,0
Ensemble	2,6	9,2	19,3	24,5	11,3	33,0	100,0

Lecture : En 2014-2015, sur 100 fils d'agriculteurs (âgés de 30 à 59 ans), 25 sont eux-mêmes devenus agriculteurs. La ligne ensemble nous donne la structure des emplois des hommes âgés de 30 à 59 ans en 2014-15.

La table de recrutement : elle décrit l'**origine socioprofessionnelle** des individus appartenant aux différentes PCS.

Tables de recrutement social (France, 2014-2015, enquête FQP, INSEE, en %)

PCS du père de l'enquêté	Destinée (les 100 sont en face des pères)						
	PCS de l'enquêté (fils)						
	Agriculteurs exploitants	Artisans, commerçants, chefs d'entreprise	Cadres et professions intellectuelles supérieures	Professions intermédiaires	Employés	Ouvriers	Ensemble
Agriculteurs exploitants	80,1	7,4	3,9	18,6	5,3	8,4	8,5
Artisans, commerçants, chefs d'entreprise	4,0	28,8	15,1	22,8	11,1	9,7	13,1
Cadres et professions intellectuelles supérieures	0,9	12,1	33,8	25,7	11,3	4,2	13,9
Professions intermédiaires	4,3	13,0	20,0	31,5	15,2	10,7	15,2
Employés	1,9	7,0	8,0	26,1	13,9	9,6	9,4
Ouvriers	7,8	31,7	19,3	22,9	43,3	57,5	39,8
Ensemble	100,0	100,0	100,0	100,0	100,0	100,0	100,0

Lecture : En 2014, sur 100 agriculteurs âgés de 30 à 59 ans, 80 avaient un père qui était lui-même agriculteur au même âge. La colonne ensemble nous donne l'image de la structure sociale des pères a l'époque ou ils étaient actifs.

Les informations données par la lecture des tables de mobilité sociale :

L'immobilité sociale (diagonale)

Dans une table de destinée, les chiffres de la « diagonale » nous indiquent le pourcentage de fils qui appartiennent à la même PCS que leur père, c'est-à-dire qui n'ont pas connu de mobilité sociale. Ces chiffres sont élevés chez les cadres (47 %) et chez les ouvriers (47,6 %), et chez les professions intermédiaires (31,5 %). L'immobilisme social est donc plus élevé à ces deux extrémités de la hiérarchie sociale.

Les trajets courts de la mobilité sociale

La probabilité d'appartenir à une PCS très différente de celle de son père est bien moins probable que celle d'appartenir à une catégorie proche. Les fils d'ouvriers qui quittent la PCS « ouvrier » appartiennent ainsi plus à la catégorie profession intermédiaire (22,9 %) que cadres (9,3 %) ; les fils de cadre appartiennent ainsi plus à la catégorie profession intermédiaire (25,7 %) qu'ouvriers (10,0 %). On parle de prédominance des trajets courts.

Les limites des tables de mobilité sociale

– La mobilité sociale n'est vue que sous l'angle des PCS. Or, il existe d'autres hiérarchies sociales (fondées sur le genre par exemple).
– Il est difficile d'analyser en termes de hiérarchie le changement de statut d'un enfant d'indépendant : peut-on dire qu'un fils d'agriculteur qui devient ouvrier baisse dans la hiérarchie sociale ?
– Les mères ne sont pas prises en compte
– La mobilité sociale après 40 ans n'est pas prise en compte.
– Plus le nombre de PCS présenté augmente, plus les changements sont importants et l'immobilité sociale semble reculer (et inversement), il y a donc un effet d'optique.

Conseils pour le bac

- Cette partie du programme suppose que le candidat connaisse un certain nombre de notions, et les définitions des différentes formes de mobilité sociale. En particulier, au-delà de la mobilité géographique et professionnelle, il convient de savoir exploiter les concepts de mobilité observée et de fluidité sociale.
- En matière de savoir-faire et de lecture de documents, le candidat au bac doit s'exercer sur la lecture des tables de mobilité sociale de l'INSEE, en insistant sur les phénomènes de reproduction sociale et les trajectoires de mobilité perceptibles dans les tables de recrutement et les tables de destinée (voir Focus).
- La notion de mobilité sociale dans les sociétés démocratiques est souvent associée aux opportunités données par l'institution scolaire.
- Le candidat pourra rattacher les analyses en termes de mobilité sociale des notions de « paradoxe d'Anderson » et de déclassement social, utiles pour comprendre les phénomènes de mobilité sociale descendante.

3. J'approfondis. Le déclassement social

Le déclassement correspond au fait de descendre l'échelle sociale, pour un individu, un groupe ou une catégorie sociale. Le déclassement correspond à la mobilité sociale descendante : le terme est employé à la fois pour traiter une perte d'emploi, de statut social, ou une situation dans laquelle l'emploi occupé n'est pas au niveau de ceux promis par son niveau de formation. Au niveau collectif et intergénérationnel, le déclassement qualifie le fait pour une part des représentants d'une génération de ne pas parvenir à un emploi, une position sociale, une qualification ou seulement un niveau de vie au moins égal à celui des parents.

3.1 Le déclassement intergénérationnel

À partir des années 1970, le ralentissement économique et la dégradation du marché du travail ont entraîné un accroissement de la mobilité sociale descendante. On a pu évoquer une « panne de l'ascenseur social ». Les difficultés croissantes des jeunes diplômés et la persistance d'un chômage de masse ont aggravé les inégalités entre les générations et alimenté un sentiment de frustration face à des espoirs d'ascension sociale déçus. Selon le sociologue Camille Peugny, est déclassé tout individu qui ne parvient pas à maintenir la position sociale de ses parents. L'analyse sociologique retient donc l'angle de la mobilité intergénérationnelle : devenir employé ou ouvrier lorsque son père est cadre constitue une mobilité sociale descendante et une forme de déclassement social. La période des « Trente Glorieuses » (1945-1973) s'était accompagnée d'une amélioration des perspectives de mobilité sociale ascendante pour les générations nées dans les années 1940 (une « aspiration vers le haut ») : vers l'âge de 40 ans, parmi les individus nés entre 1944 et 1948, ceux qui s'élevaient au-dessus de la position de leurs parents (mobilité ascendante) étaient 2,2 fois plus nombreux que ceux qui avaient descendu les échelons de la hiérarchie sociale (mobilité descendante). Pour ceux nés entre 1964 et 1968, le rapport chute à 1,4. La forte mobilité ascendante constatée pendant les « Trente Glorieuses » résulte en partie du fait qu'au cours de cette période, le nombre de cadres et de professions intermédiaires a fortement augmenté, entraînant une forte mobilité structurelle ascendante.

Mais le ralentissement de la croissance économique et la dégradation du marché du travail à partir des années 1980 entraînent un retournement de tendance assez net.

3.2 Angoisse collective et réalité statistique

Si l'augmentation de la mobilité intergénérationnelle descendante est au final assez limitée, elle alimente les angoisses collectives des familles, qui surestiment en partie le risque encouru de voir leur enfant déclassé. Le déclassement est vécu par les individus comme un échec social de nature à alimenter la crise du politique (abstention lors des élections, montée des extrêmes). Selon l'économiste et sociologue Éric Maurin, l'angoisse du déclassement concerne l'immense majorité des actifs en France, alors que le déclassement ne frappe en réalité qu'une faible partie d'entre eux. Cette crainte individuelle est liée à la crainte de la perte d'un emploi dans le secteur privé, de la dégradation des conditions de travail dans le secteur public, et des difficultés d'insertion professionnelle rencontrées par les jeunes. Le terme de déclassement a aussi été utilisé pour désigner le fait que certains individus étaient surdiplômés par rapport au niveau de qualification requis pour le poste qu'ils occupent (déclassement à l'embauche). Si le diplôme reste le meilleur rempart contre le chômage, la valeur économique des diplômes a, quant à elle, diminué : être bachelier ne suffit plus pour accéder à des emplois de cadres ou à des professions intermédiaires.

Bibliographie

- Patrice Bonnewitz, *Classes sociales et inégalités : stratification et mobilités*, Bréal, 2015.
- Eric Le Breton, *Mobilité : la fin du rêve ?* Éditions Apogée, 2019.
- Observatoire des inégalités : http://www.inegalites.fr
- L'analyse du Centre d'observation de la société : http://www.observationsociete.fr/categories-sociales/tel-pere-tel-fils-du-nouveau-en-matiere-de-mobilite-sociale.html

Je m'exerce et je fais la différence

1. Des questions possibles au bac

- Distinguez la mobilité observée et la fluidité sociale
- Quelle relation peut-on établir entre déclassement et paradoxe d'Anderson ?
- Vous montrerez que l'école ne parvient pas toujours à assurer une mobilité sociale.
- Quel rôle joue la famille dans la mobilité sociale ?

2. Entraînement

2.1 Exercice 1. QCM

1. Si une personne change de profession et catégorie socioprofessionnelle (PCS) au cours de sa vie active, on parle de
   - ☐ Mobilité intergénérationnelle
   - ☐ Mobilité intra-généryationnelle
   - ☐ Mobilité de proximité
   - ☐ Mobilité horizontale

2. Si la PCS du fils diffère alors de celle du père, on parle de :
   - ☐ Mobilité intergénérationnelle
   - ☐ Mobilité intra-générationnelle
   - ☐ Mobilité de proximité
   - ☐ Mobilité horizontale

3. La table de mobilité qui décrit le devenir social des individus issus des différentes PCS est la :
   - ☐ Table de destinée
   - ☐ Table de recrutement
   - ☐ Table des statuts sociaux
   - ☐ Table des données brutes

4. La table de mobilité qui décrit l'origine socioprofessionnelle des individus appartenant aux différentes PCS est la :
   - ☐ Table de destinée
   - ☐ Table de recrutement
   - ☐ Table des statuts sociaux
   - ☐ Table des données brutes

5. Dans les tables de mobilité sociale, la diagonale des données exprime :
   - ☐ La mobilité de proximité
   - ☐ L'immobilité sociale
   - ☐ La fluidité sociale
   - ☐ Le déclassement social

6. La situation dans laquelle la position sociale d'un individu ne dépend pas de son milieu social d'origine est :
   - ☐ La mobilité de proximité
   - ☐ L'immobilité sociale
   - ☐ La fluidité sociale
   - ☐ Le déclassement social

7. La mobilité sociale descendante est un synonyme de :
   - ☐ Fluidité sociale
   - ☐ Déclassement social
   - ☐ Dévalorisation relative des diplômes
   - ☐ Mobilité verticale

8. La mobilité intergénérationnelle observée est généralement une :
   - ☐ Mobilité de proximité
   - ☐ Immobilité sociale
   - ☐ Mobilité descendante
   - ☐ Une très forte ascension sociale

9. La mobilité sociale expliquée par les transformations du système productif est la :
   - ☐ Mobilité de proximité
   - ☐ Mobilité structurelle
   - ☐ Mobilité nette
   - ☐ Mobilité descendante

10. 1Le sociologue qui a étudié le phénomène de déclassement social est :
   - ☐ Louis Chauvel
   - ☐ Pierre Bourdieu
   - ☐ Raymond Boudon
   - ☐ Camille Peugny

2.2 Exercice 2. L'état de la mobilité sociale verticale

Document

	Ensemble	Femmes	Hommes
Mobilité sociale ascendante	23,9	21,2	26,8
Immobilité sociale (même catégorie que le père)	32,8	30,5	35,2
Mobilité sociale descendante	21,7	26,9	16,3
Mobilité de statut	21,6	21,4	21,7
Ensemble	100,0	100,0	100,0

Lecture : 23,9 % des personnes connaissent une mobilité sociale ascendante par rapport à leur père.

Champ : France métropolitaine, personnes de 30 à 59 ans.

Source : INSEE, enquête FQP 2014-2015.

Remarque : la mobilité de statut correspond à des trajectoires entre des catégories salariées et catégories non salariées, ou au sein des catégories non salariées.

■ **Questions**

1. Faire une phrase avec le chiffre de la mobilité ascendante des femmes et celle des hommes
2. Quels enseignements peut-on tirer de ce tableau ?

2.3 Exercice 3. La persistance de la reproduction sociale : Un « destin au berceau ? »

Document

Si la justice et la démocratie progressent dans une société à mesure que diminue le poids de l'origine sociale sur le destin de ses membres, alors les trois dernières décennies semblent avoir été perdues pour la France. En effet, au cours du dernier quart de siècle, l'intensité de la reproduction sociale n'a pas diminué. Mesuré par la catégorie socioprofessionnelle de l'emploi occupé, le sort des enfants des classes populaires ne s'est que très légèrement amélioré, et essentiellement parce que la structure des emplois s'est élevée au cours de la période. Pire : puisque les enfants issus des milieux les plus favorisés ont vu leurs perspectives s'éclaircir dans des proportions au moins équivalentes, aucun progrès n'a été réellement réalisé en matière d'égalité des chances. Invariables semblent demeurer les mécanismes qui régissent la distribution des individus au sein de l'espace social. Un tel constat invite à briser le mythe que constituent les théories de la « moyennisation » que d'aucuns défendent encore. La prophétie d'une société sans classes sociales est violemment démentie par la persistance d'un tel déterminisme de la naissance. Si la montée de la précarité et du déclassement pour des franges croissantes de la population crée des tensions très fortes entre des groupes pourtant proches dans l'espace social, sapant l'identité collective des classes populaires, il n'y a guère de doutes d'un point de vue objectif : la société française est toujours une société de classes, que ce soit en matière de scolarité, d'insertion professionnelle, de revenus ou de patrimoine. Les destins à ce point contrastés des enfants des classes populaires, d'une part, des enfants de cadres ou de professions libérales, de l'autre donnent du crédit à la thèse d'une dualisation de la société française. Cette dualisation ne se limite pas aux emplois, aux contrats de travail, aux salaires ; elle se lit également dans les perspectives qui s'offrent aux générations qui montent.

Camille Peugny, *Le destin au berceau, inégalités et reproduction sociale*, Seuil, 2013.

■ **Questions**

1. Comment l'auteur conçoit-il une société démocratique ?
2. Pourquoi évoque-t-il une « dualisation » de la société française ?

3. Corrigé

3.1 Exercice 1. QCM

1. Si une personne change de profession et catégorie socioprofessionnelle (PCS) au cours de sa vie active, on parle de :
   ☒ Mobilité intra-générationnelle
2. Si la PCS du fils diffère alors de celle du père, on parle de :
   ☒ Mobilité intergénérationnelle
3. La table de mobilité qui décrit le devenir social des individus issus des différentes PCS est la :
   ☒ Table de destinée
4. La table de mobilité qui décrit l'origine socioprofessionnelle des individus appartenant aux différentes PCS est la :
   ☒ Table de recrutement
5. Dans les tables de mobilité sociale, la diagonale des données exprime :
   ☒ L'immobilité sociale
6. La situation dans laquelle la position sociale d'un individu ne dépend pas de son milieu social d'origine est :
   ☒ La fluidité sociale
7. La mobilité sociale descendante est un synonyme de :
   ☒ Déclassement social

8. La mobilité intergénérationnelle observée est généralement une :
☒ Mobilité de proximité

9. La mobilité sociale expliquée par les transformations du système productif est la :
☒ Mobilité structurelle

10. Le sociologue qui a étudié le phénomène de déclassement social est :
☒ Camille Peugny

3.2 Exercice 2. L'état de la mobilité sociale verticale

■ Questions

1. Faire une phrase avec le chiffre de la mobilité ascendante des femmes et celle des hommes
Selon l'enquête INSEE 2014-2015, 21,2 % des femmes ont connu une mobilité sociale ascendante par rapport à leur père, tandis que cela a été le cas pour 26,8 % des hommes.

2. Quels enseignements peut-on tirer de ce tableau ?
On constate dans ce tableau que les femmes ont connu une mobilité sociale ascendante supérieure à celle des hommes. On constate aussi que l'immobilité sociale se situe à un niveau élevé soit 32,8 % (plus élevé pour les hommes et pour les femmes), de la même manière que 21,7 % pour la mobilité sociale descendante.

3.3 Exercice 3. La persistance de la reproduction sociale : Un « destin au berceau ? »

■ Questions

1. Comment l'auteur conçoit-il une société démocratique ?
Une société démocratique permet la mobilité sociale et parvient à réduire le poids de l'origine sociale dans la réussite scolaire selon l'auteur.

2. Pourquoi l'auteur évoque-t-il une « dualisation » de la société française ?
L'auteur évoque une « dualisation » de la société française (entre les catégories populaires et les classes moyennes et supérieures) car les destins sociaux, en termes d'intégration professionnelle, de rémunérations et de type de contrat de travail des individus, restent très différents selon leur origine sociale.

Chapitre 9

Les mutations du travail et de l'emploi

Je révise et je me perfectionne

Quelles sont les principales transformations du travail et de l'emploi que l'on peut observer aujourd'hui ?

1. Définition

Le travail est une instance majeure d'intégration sociale par ce qu'il apporte (revenu et intégration à la norme de consommation, reconnaissance, sociabilité, statut, etc.), et il est encadré par un ensemble de normes sociales et d'institutions façonnées par l'histoire sociale. Dans nos économies modernes, sont considérées comme du travail les activités qui constituent une participation à la production de biens et services en l'échange de laquelle est obtenue une contrepartie monétaire. Le monde du travail a profondément évolué depuis le XXe siècle, et il convient d'évoquer ces transformations sous ses divers aspects, comme les nouvelles frontières du salariat (mutations du travail salarié, montée du travail non salarié, etc.), l'organisation du travail dans les entreprises (quête de la flexibilité et de la productivité), la qualité de l'emploi (et ses multiples dimensions), et les implications de la révolution numérique sur le monde du travail (essor des plateformes numériques, creusement des inégalités).

2. Le cours

2.1 Travail, emploi, chômage : naissance de catégories statistiques

Même si ces notions de travail, d'emploi, de chômage, nous semblent aujourd'hui familières, elles n'ont pas toujours existé. La forme contemporaine du marché du travail et les institutions qui le régissent sont des constructions sociales relativement récentes à l'échelle de l'Histoire et différentes selon les pays considérés. Par exemple, sous l'Ancien régime, l'activité productive était réglée de façon rigide par les corporations (ou « communautés de métiers »), ou bien s'apparentait à du travail forcé (les « corvées » dues par les paysans, ou les moissons réalisées dans le cadre de la communauté villageoise). A partir du XVIIIe siècle se développe et se généralise une relation contractuelle entre le travailleur et son employeur, c'est-à-dire le salariat. La Révolution industrielle est un des moteurs de cette mutation : elle rend nécessaire la constitution d'une catégorie de travailleurs libres, susceptibles de proposer leurs services à l'industrie naissante. L'évolution du droit joue également un rôle majeur : par exemple en France la loi Le Chapelier abolit en 1791 les corporations, supprimant ainsi les anciennes contraintes juridiques qui pesaient sur l'activité productive. Par ailleurs, la disparition progressive des terres communautaires conduit au développement du salariat agricole, et à l'exode de nombreux paysans vers les zones urbaines : par exemple en Grande-Bretagne, à partir du XVIe siècle, la clôture de nombreux champs communaux (mouvement dit des « enclosures ») contraint des masses de paysans à quitter la terre et à offrir leurs bras à l'industrie naissante.

Tous ces mouvements convergent pour aboutir à la constitution d'une offre et d'une demande de travail, c'est-à-dire à la formation d'un marché du travail. Celui-ci a considérablement évolué au cours des XXe et XXIe siècles. Dans son ouvrage « *L'invention du chômage* » 1986, l'économiste Robert Salais montre que le chômage apparaît avec l'essor de cette société industrielle, en particulier quand le ralentissement ou la cessation de l'activité entraîne des pertes d'emploi. On assiste à l'apparition d'une nouvelle catégorie statistique composée des ouvriers sans emploi. Le développement du salariat, de la relation employeur-salarié, correspond à un changement majeur dans l'organisation de la production, de l'économie et de l'organisation sociale. Quand le salariat devient le cadre principal de la relation de travail (rémunéré), une rupture apparaît entre le temps destiné au travail (au sens économique) et le temps destiné aux activités domestiques. La situation de chômage est donc liée à la disparition de l'échange d'une quantité de force de travail entre un offreur de travail (l'ouvrier) et un demandeur de travail (le patron ou employeur). Le chômage est le produit de changements structurels dans l'économie et le résultat d'une construction sociale et statistique.

Aujourd'hui, selon l'INSEE, la « population active » comprend les personnes en âge de travailler qui déclarent :

- exercer une activité professionnelle salariée ;
- ou exercer une activité indépendante ;
- ou aider un membre de leur famille dans son travail sans être salarié ;
- ou être apprenti ou stagiaire rémunéré ;
- ou être sans travail et chercher un emploi.

La population active regroupe les personnes ayant un emploi et les personnes disponibles à la recherche d'un emploi. La population active est donc la somme Emploi + Chômage.

Cette définition permet de comprendre qu'il peut y avoir augmentation du chômage, sans dégradation obligatoire de l'emploi, ou augmentation de l'emploi sans diminution sensible du niveau de chômage. Les évolutions des deux phénomènes dépendent en effet de l'évolution de la population active elle-même, ainsi que de l'évolution de la productivité.

2.2 Le chômage comme catégorie statistique

Le chômage désigne une situation dans laquelle se trouvent les personnes, de 15 ans et plus, qui sont sans emploi mais qui recherchent effectivement un emploi. Comme souvent en économie, définir et mesurer est difficile car les frontières entre emploi, chômage et inactivité ne sont pas toujours faciles à établir. Dans ces conditions, l'existence de plusieurs indicateurs complémentaires peut se révéler indispensable et utile. Au sens du Bureau international du travail (BIT), un chômeur est une personne en âge de travailler, qui n'a pas travaillé au cours de la semaine de référence, est disponible pour occuper un emploi dans les deux semaines, et effectue des démarches actives de recherche d'emploi (ou bien a trouvé un emploi qui commence dans les trois mois). Mais cette définition précise laisse de côté des situations complexes dans lesquelles les frontières entre emploi, chômage et inactivité sont difficiles à établir (voir la question du « halo » du chômage dans le chapitre 3).

2.3 Le « halo » du chômage

De manière générale, le « halo du chômage », regroupe l'ensemble des situations intermédiaires entre l'emploi, le chômage et l'inactivité. Au sens du BIT, un chômeur est une personne en âge de travailler, qui n'a pas travaillé au cours de la semaine de référence, est disponible pour occuper un emploi dans les deux semaines, et effectue des démarches actives de recherche d'emploi (ou bien a trouvé un emploi qui commence dans les trois mois). Cette définition précise laisse de côté des situations complexes dans lesquelles les frontières entre emploi, chômage et inactivité sont difficiles à établir. Par exemple un étudiant qui travaille quelques heures par semaine et souhaiterait travailler davantage n'est pas considéré comme chômeur au sens du BIT (puisqu'il exerce une activité professionnelle), mais sa situation s'apparente au chômage en termes de revenu et d'insertion sociale. De même, un homme sans emploi qui n'en cherche plus, découragé par le fait de n'avoir rien trouvé d'acceptable, n'est pas classé comme chômeur, mais sa situation est voisine de celle des chômeurs officiellement recensés comme tels.

Ce « halo du chômage » peut être représenté à l'aide d'un schéma :

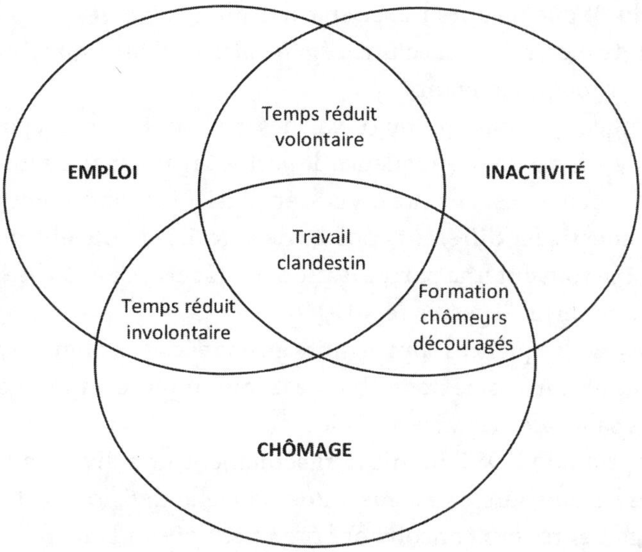

Ce « halo » comprend les personnes en temps réduit volontaire (le cas par exemple d'une mère qui choisit de réduire son temps de travail afin de s'occuper de ses enfants), les personnes en temps réduit involontaire (un individu occupant un emploi à temps partiel contraint sera déclaré officiellement en emploi alors qu'il est en réalité dans une situation intermédiaire entre l'emploi et le chômage), et les inactifs désirant travailler (comme les chômeurs découragés, des personnes en formation ou en longue maladie). Ces différentes populations sont regroupées dans ce que l'INSEE appelle le « halo autour du chômage » (entendu ici dans un sens restreint) qui comptabilise les personnes souhaitant travailler mais considérées comme inactives, soit parce qu'elles ne sont pas disponibles (personnes en formation par exemple), soit parce qu'elles ne recherchent pas activement un emploi (chômeurs découragés) : ainsi, en 2017, cette population représentait 1,6 million de personnes en France.

2.4 L'organisation rationnelle du travail

La relation entre organisation de l'entreprise, division du travail et performances économiques a été mise en avant par de nombreux économistes au cours du XIXe siècle, mais on attribue à Frédéric Winslow Taylor (1856-1915) le lancement de l'étude scientifique de la division du travail, afin d'en augmenter l'efficacité. Taylor était ingénieur de formation, et pensait que les ouvriers tendaient à manquer d'efficacité en raison d'une « flânerie systématique » quand l'organisation du travail dépend de leur initiative. En même temps, F. W. Taylor veut réduire la résistance collective du groupe, en assignant à chacun un poste individuel plutôt que de s'organiser en commun.

Il s'agit de mettre en place une organisation scientifique du travail (OST), basée sur les principes suivants :

– une étude systématique du travail des meilleurs ouvriers, pour découvrir le « one best way », la meilleure séquence de gestes à réaliser, dans un temps donné ;

– cette séquence est ensuite divisée en plusieurs mouvements élémentaires, qui peuvent constituer différents postes de travail : la nouvelle organisation du travail entraîne souvent une parcellisation des tâches, c'est-à-dire une réduction du travail à une série de gestes répétitifs ;

– les bonnes séquences sont ensuite enseignées aux ouvriers, et un système de contrôle et de chronométrage strict est mis en place, et peut s'accompagner d'incitations salariales (salaire aux pièces) ;

– l'adoption de l'OST induit non seulement une division horizontale du travail entre les ouvriers, mais aussi une nouvelle division verticale du travail entre les ingénieurs, qui conçoivent l'organisation du travail, les ouvriers qui l'exécutent et le groupe intermédiaire des contrôleurs.

Si l'OST a été théorisée par F. W. Taylor dès les années 1880, elle se diffuse lentement, en particulier en France où les méthodes de Taylor sont adoptées progressivement durant l'entre-deux-guerres. Aujourd'hui, le taylorisme n'a pas disparu : il continue à s'appliquer non seulement dans l'industrie mais s'applique également dans de nombreux services, comme la restauration rapide, la banque ou le marketing direct, ainsi que de nombreux services aux entreprises.

Au début du XXe siècle, le constructeur automobile Henry Ford (1863-1947) contribue à diffuser le taylorisme, (grâce à ses ouvrages vendus dans le monde entier), mais aussi à le prolonger. Il ajoute à la logique taylorienne trois principes :

– l'utilisation du convoyeur mécanique pour déplacer les pièces devant les postes de travail, ce qui est à l'origine du travail à la chaîne en continu ;

– une recherche maximale de la standardisation des pièces et des produits pour réduire les coûts de production par des économies d'échelle ;

– une augmentation des salaires ouvriers, principalement pour les inciter à rester dans l'entreprise malgré l'intensité du travail, ce qui leur donne aussi accès à la consommation des produits : c'est le « *five dollars day* », salaire journalier élevé pour l'époque.

En s'inspirant de ces principes, certains économistes parlent de fordisme pour désigner un mode de régulation macroéconomique, caractéristique des « Trente Glorieuses » (1945-1973), dans lequel la croissance serait assurée par l'augmentation de la production grâce à la rationalisation du travail et, simultanément, par la progression de la consommation de masse qu'autorise une hausse régulière des salaires.

2.5 Les critiques du taylorisme

De nombreuses critiques se sont élevées contre les principes tayloriens, et elles ont alimenté les débats sur l'organisation de l'entreprise. On peut citer plusieurs exemples.

– L'école psychosociologique des relations humaines de E. Mayo (1880-1949) s'est attachée à montrer que la motivation des salariés ne reposait pas uniquement sur des incitations matérielles, mais aussi sur des objectifs symboliques (comme la réalisation de soi). Par conséquent, l'organisation taylorienne risque de perdre son efficacité en raison de la monotonie du travail qu'elle entraîne.

– Certaines formes d'organisations du travail présentent des alternatives au taylorisme, par exemple le « toyotisme » ou « ohnisme », en référence aux méthodes proposées par T. Ohno (1912-1990) alors qu'il dirigeait l'entreprise automobile Toyota. Il s'agit d'intégrer les employés dans des équipes autonomes, plutôt que de les isoler le long d'une chaîne de travail. De plus, les commandes ne sont plus fixées par la direction, mais décidées de l'aval vers l'amont de la production par les équipes concernées, selon leurs besoins. L'objectif est d'éviter les stocks et les coûts afférents. On parle de production en flux tendus ou « *juste à temps* ». Enfin, la polyvalence des salariés est recherchée, ainsi que le contrôle de la qualité du travail par les équipes, l'objectif étant de diminuer les coûts liés aux dysfonctionnements du processus productif, en impliquant davantage les employés.

– De nombreuses théories du management se sont appuyées sur la critique du taylorisme, comme par exemple la direction par objectifs de Peter Drucker, pour qui la fixation d'objectifs clairs et cohérents aux salariés, en leur laissant prendre des initiatives pour y parvenir, permet de mieux les impliquer dans leur travail et d'augmenter ainsi leur productivité.

On peut citer également l'essor du *management participatif* qui cherche à optimiser la collaboration du personnel : cette méthode propose en effet de donner à l'ensemble des collaborateurs la possibilité de prendre part au processus de décision (avec notamment les cercles de qualité et les boîtes à idées dans l'entreprise pour réfléchir aux meilleures manières d'améliorer la productivité).

La diffusion du taylorisme a fait l'objet de vives résistances de la part du mouvement ouvrier, en raison de la dégradation des conditions de travail qu'il implique, et d'une critique de la part d'un certain nombre de sociologues (par exemple Georges Friedmann (1905-1977), *Le travail en miettes*, 1956).

En fin de compte, la question centrale est celle de la reconnaissance des qualifications et plus largement celle de l'institutionnalisation du rapport salarial dans les nouvelles activités de service (service à la personne notamment).

2.6 Les grandes évolutions à l'œuvre dans le monde du travail depuis les années 1980

À partir des années 1980, les experts retiennent généralement quelques grandes évolutions à l'œuvre dans le monde du travail et dans les stratégies des entreprises :

– Un mouvement de réduction du temps de travail mais souvent une implication plus forte des salariés dans les organisations productives (accroissement du stress) ;

– Une organisation plus « horizontale » des entreprises qui mettent en avant la mobilité, la polyvalence et la flexibilité (par rapport à l'ancienne division « verticale » et hiérarchique fordiste) ;

– L'introduction massive de l'informatique et du numérique au sein des entreprises ;

– Un brouillage des frontières entre le temps de travail et le temps de la sphère privée (essor du télétravail, intégration du droit à la déconnexion dans la loi, etc.) ;

– Une gestion plus complexe de l'emploi avec des stratégies d'externalisation (avec un « cœur » de l'activité des entreprises avec de l'emploi qualifié pour les activités à haute valeur ajoutée, design, recherche et développement, conception, et une externalisation de certaines activités productives avec une précarité de l'emploi plus forte) ;

– Des espaces de travail plus impersonnels (avec l'essor des open space par exemple) ;

– Une gestion plus individualiste de l'emploi (avec des rémunérations plus indexées sur la performance individuelle des salariés) ;

En France, la DARES (direction de l'Animation de la recherche, des études et des statistiques) analyse l'évolution des conditions de travail et réalise des enquêtes régulières et approfondies auprès des salariés. Dans une note de décembre 2017, la DARES notait ainsi que « les premiers résultats de la dernière enquête « Conditions de travail » conduite en 2016 font état d'une stabilisation des contraintes de rythme de travail et d'une baisse de certaines contraintes psychosociales (charge mentale en diminution, horaires moins contraignants, soutien social fort et stabilisation de la demande émotionnelle) qui s'accompagnent d'un recul des comportements hostiles. Mais elle notait « qu'en revanche l'autonomie des salariés poursuit son recul », et que « les contraintes physiques sont globalement stabilisées a un niveau qui reste élevé ».

Si l'on peut retenir une amélioration des conditions de travail et de sécurité au travail depuis le XIXe siècle, les contraintes tayloriennes, psychiques et physiques, liées au rendement et à l'implication exigée dans le processus de production, restent élevées dans les entreprises.

2.7 Chômage et intégration sociale

Durant les « Trente glorieuses » (1945-1973), la norme d'emploi stable, soit le contrat à durée indéterminée (CDI), est devenue un vecteur essentiel de l'intégration au salariat. Mais depuis les années 1970, la montée d'un chômage de masse persistant et la pénurie d'emplois stables ont conduit à associer chômage et exclusion. L'expérience du chômage entraîne une baisse du revenu, affaiblit les liens sociaux, et peut détériorer les relations familiales. Le chômage peut ainsi entraîner un phénomène d'exclusion. L'exclusion est un processus de fragilisation du lien social qui se traduit par des difficultés d'intégration à la société d'un nombre croissant d'individus. L'exclusion peut aboutir à une rupture du lien social, du fait d'une exclusion de l'emploi, de la consommation, des relations sociales et familiales, etc. Dans la mesure où les ruptures professionnelles et le chômage sont facteur de réduction des revenus, la pauvreté peut exclure les individus de la norme de consommation. Le chômage accroît le risque de pauvreté, cependant les prestations sociales atténuent ce risque, de façon différenciée en fonction des époques et des modèles nationaux.

On assiste désormais à une précarisation du salariat quand celui-ci prend des formes non choisies, mal rémunérées ou en inadéquation avec la formation reçue, avec le développement de l'emploi dit « atypique » (CDD, stages, intérim, contrats aidés par l'État etc.) La flexibilité du travail pour les entreprises comme mode de gestion peut correspondre parfois à la précarité pour les travailleurs, spécialement les ouvriers et les employés. Avec la montée de l'insécurité professionnelle et l'instabilité de l'emploi, c'est la structure même de la relation salariale qui est alors fragilisée. Or, pour comprendre les expériences vécues du travail, et en particulier le degré de satisfaction des salariés, il faut selon le sociologue Serge Paugam prendre en compte trois dimensions de l'individu sur le marché du travail :

– « L'homo faber », qui renvoie à l'épanouissement dans l'acte de travail lui-même ;

– « L'homo oeconomicus », qui permet de lier la satisfaction du travail à sa rétribution financière ;

– « L'homo sociologicus » qui postule que la reconnaissance par les autres du travail effectué constitue un facteur essentiel de la motivation personnelle.

Or une frange importante du salariat est aujourd'hui confrontée à l'insécurité professionnelle et à l'incertitude quant à la pérennité de l'emploi, avec l'angoisse (et la réalité) du déclassement social. Selon le sociologue Robert Castel, on pourrait parler aujourd'hui de « précariat » pour une partie de la population, dans la mesure où la condition précaire au travail devient un registre propre d'existence durable au sein du salariat. Certains évoquent même une « remarchandisation » du rapport salarial avec la libéralisation du marché du travail, dans un contexte de croissance des inégalités salariales, et dans le cadre d'un « marché du travail » redevenu effectivement un « pur » marché proche du modèle théorique décrit par les économistes néoclassiques. Si le marché du travail joue toujours un rôle majeur de cohésion économique et sociale (les titulaires de CDI restent majoritaires au sein du salariat), sa fonction intégrative est aujourd'hui fragilisée et son fonctionnement reste marqué en France par un fort dualisme.

Focus sur **La qualité de l'emploi et sa mesure**

Les dimensions retenues par les économistes pour définir la qualité de l'emploi sont généralement :

- La santé, la sécurité au travail et les conditions de travail ;
- Les rémunérations ;
- Le temps de travail et la conciliation vie professionnelle/vie familiale ;
- La sécurité de l'emploi et la protection sociale ;
- Le dialogue social et la représentation collective ;
- La formation tout au long de la vie ;

L'Organisation de coopération et de développement économique (OCDE) rappelle que le travail est très étroitement lié à la qualité de vie et au bien-être individuel. C'est la raison pour laquelle la qualité des emplois peut contribuer à améliorer les taux d'activité, la productivité et les performances économiques d'une nation. L'OCDE a élaboré un cadre de mesure et d'évaluation de la qualité de l'emploi qui s'articule autour de trois dimensions objectives et mesurables. Lorsqu'elles sont considérées ensemble, elles permettent d'évaluer de manière complète la qualité des emplois.

Ces trois dimensions retenues par l'OCDE sont :

- La qualité du revenu d'activité qui indique dans quelle mesure la rémunération contribue au bien-être des travailleurs, tant sur le plan des *revenus moyens* que de leur répartition au sein de la population active.
- La sécurité sur le marché du travail qui renvoie aux aspects de la sécurité économique qui sont liés au risque qu'ont les travailleurs de perdre leur emploi et au coût économique que cela représente. Elle se mesure à l'aune du risque de chômage et des *allocations* perçues en cas de chômage.

– La qualité de l'environnement de travail qui rend compte des aspects non économiques de la qualité des emplois, comme la nature et le contenu du travail accompli, l'organisation du temps de travail et les relations professionnelles. Pour les mesurer, l'OCDE s'appuie sur la fréquence du stress au travail, caractérisé par la conjugaison de niveau élevé de demandes *professionnelles* et de *ressources insuffisantes pour y faire face.*

L'office de statistique européen EUROSTAT a également proposé un ensemble de 7 indicateurs (voir schéma). Les experts d'EUROSTAT estiment notamment que « *au cours des dernières décennies, les types d'emploi se sont diversifiés dans de nombreux pays et les responsables politiques s'intéressent de plus en plus aux conditions de travail de leurs concitoyens. C'est pourquoi la mesure de la qualité de l'emploi a gagné en importance* ». Les dimensions de la qualité de l'emploi qui sont prises en compte dans l'analyse d'EUROSTAT sont résumées dans un schéma :

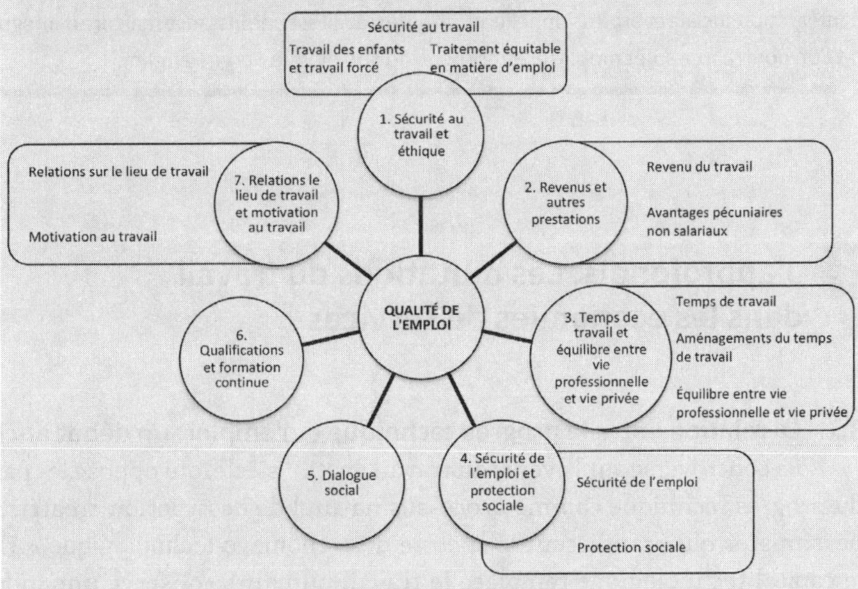

Conseils pour le bac

- Le chapitre nécessite d'évoquer un certain nombre de catégories statistiques pour comprendre le monde du travail et de l'emploi (salariat, professions indépendantes, population active, chômage, etc.)
- Il s'agit de bien maîtriser les grands modèles d'organisation du travail au sein des entreprises, notamment dans une perspective historique (taylorisme, fordisme, néo-taylorisme) mais aussi dans le cadre des organisations productives contemporaines, souvent en quête de la flexibilité et de la réactivité.
- Il faudra aussi évoquer l'impact de la révolution numérique sur l'emploi et notamment sur la polarisation du marché du travail, entre les travailleurs très qualifiés et les travailleurs peu qualifiés dans le système productif en mutation technologique rapide.
- Ce point du chapitre implique aussi d'évoquer la fragmentation de l'emploi et son impact sur l'intégration sociale et professionnelle, puisque le travail est une instance majeure d'intégration, et l'on pourra à ce sujet mobiliser l'approche du sociologue Serge Paugam.

3. J'approfondis. Les mutations du travail dans les économies de services

3.1 La relation entre le progrès technique et l'emploi : un débat ancien

La controverse sur l'avenir du travail au XXIe siècle, qui oppose les partisans du progrès technique comme processus naturel de destruction créatrice, et les pessimistes qui brandissent le spectre du « chômage technologique » (lorsque le capital technologique remplace le travail humain), conserve une indéniable actualité. Le débat renaît aujourd'hui avec la révolution numérique, la robotisation et certaines prophéties apocalyptiques sur son impact concernant l'emploi. Certaines analyses récentes ont ainsi évalué que de nombreux métiers sont menacés par la diffusion des nouvelles technologies et l'économie numérique, même si le progrès technique à long terme n'est pas considéré par les économistes comme une cause du chômage. Pour certains analystes, ces vagues d'innovation continueront au XXIe siècle de bouleverser les marchés et les rentes de monopole, malgré les résistances, dans le cadre d'un schéma vertueux : Robotisation → renforcement de la concurrence → baisse des prix → redistribution du pouvoir d'achat par cette baisse des prix → créations de nouveaux emplois. Le progrès technique poursuivra donc sa dynamique de remplacement des emplois, et forcera l'industrie et les services à se réorganiser, mais dans le cadre d'un mécanisme de « déversement » et de compensation des emplois toujours opératoire. John Maynard Keynes avait bien évoqué dans les années 1930 le problème du « chômage technologique », quand l'innovation se diffuse rapidement, mais il considérait qu'il s'agissait d'un phénomène transitoire, et il plaidait pour des politiques macroéconomiques actives de plein-emploi pour réguler les déséquilibres. La robotisation aujourd'hui ne fait que renouveler ce débat ancien sur la « fin du travail » qui resurgit lors de chaque révolution industrielle (la question est d'ailleurs réapparue dans la deuxième moitié des années 1990 avec l'essor de la « net-économie »). Néanmoins, si l'on prend un exemple, on dit souvent que dans le secteur de la photographie, la grande firme Kodak a été remplacée par Instagram, avec à la clé beaucoup moins d'emplois mobilisés, mais il faut en réalité tenir compte de tout l'écosystème des emplois associés à la photo numérique qui a créé de nombreux emplois.

3.2 Les risques de la polarisation de l'emploi

Pour d'autres, et même si le raisonnement en vertu duquel la diminution de la protection de l'emploi et l'intensification de la concurrence sur le marché du travail et des biens favorisent l'adaptation de notre système productif reste dominant chez les économistes, il convient de ne pas être exagérément optimisme aujourd'hui sur les vertus du mécanisme de la « destruction créatrice », qui pourrait bien affecter non pas tant le volume de l'emploi, mais surtout la *structure de l'emploi*, avec à la clé une bipolarisation croissante du marché du travail. En effet, au lieu de favoriser les gains de productivité et la création d'emplois de meilleure qualité, plus productifs et mieux rémunérés, cette montée en gamme espérée ne semble guère aujourd'hui corroborée par les faits.

Il pourrait alors se produire une déformation du marché du travail vers des emplois peu sophistiqués et peu productifs dans les services, avec une *descente en gamme* de la qualité de l'emploi, accompagnée d'une raréfaction des emplois de qualification intermédiaire. Ces évolutions, perceptibles dans les pays avancés, ne permettent pas la professionnalisation progressive des salariés du bas de l'échelle, et risquent d'enfermer un nombre croissant d'entre eux dans un « piège de la pauvreté », avec des rémunérations faibles et stagnantes. Les changements techniques pourraient, en accentuant les inégalités entre les catégories de travailleurs, fragiliser la classe moyenne, historiquement le creuset de la démocratisation des sociétés, et renforcer les populismes.

Le progrès technique « biaisé », pour reprendre le vocabulaire des économistes, pourrait aggraver la polarisation de l'emploi, entre les travailleurs très qualifiés, et les travailleurs non qualifiés également bénéficiaires en termes de créations d'emplois. Il s'agirait dès lors, face à ces défis, d'inventer des complémentarités entre le travail humain et la machine pour répartir les bienfaits de l'innovation par des politiques publiques de répartition adaptées.

La robotisation, la numérisation et la digitalisation de nombreuses activités économiques, renouvellent alors les débats sur la répartition des richesses créées. La technologie et le travail humain resteront sans doute complémentaires dans bien des cas (pour alléger ou supprimer les tâches pénibles en particulier), tandis que les métiers basés sur l'interaction sociale se pourraient se multiplier : les machines sont encore loin de pouvoir remplacer l'homme en matière de sentiment, d'empathie et de soin apporté à autrui. C'est la même chose pour les métiers de l'art ou pour ceux de la justice, où les robots ne pourront guère remplacer l'intervention humaine.

Les enjeux glisseraient alors plutôt vers le *partage* de ce temps libéré par la robotisation, et sur la manière dont on tient compte dans nos sociétés de la question des inégalités économiques (faut-il instaurer un revenu universel ?), notamment entre les travailleurs qualifiés et les travailleurs moins qualifiés (quelle formation ?), pour concilier la compétitivité économique et la cohésion sociale.

3.3 Le spectre de « l'ubérisation » du marché du travail

Un phénomène récent vient par ailleurs impacter tous les secteurs de l'économie traditionnelle des services dans le monde du travail : celui de l'ubérisation, néologisme formé à partir d'Uber, entreprise technologique qui développe et exploite des applications mobiles de mise en contact d'utilisateurs avec des conducteurs réalisant des services de transport. L'ubérisation désigne ainsi la possibilité pour des particuliers, grâce au développement des nouvelles technologiques et du numérique, de proposer des services dans le cadre d'une économie collaborative fondée sur des services à la demande et l'utilisation temporaire de biens reposant sur des échanges conclus sur des plateformes en ligne. On parle également d'économie de plateforme, avec la montée en puissance des plateformes numériques qui servent d'intermédiaires entre des clients et des prestataires de services (Uber, Airbnb, BlablaCar, etc.) On distingue généralement cinq grands secteurs dans cette économie collaborative : financement entre pairs, recrutement en ligne, location de logements entre particuliers, partage de voitures (co-voiturage), diffusion en continu de musique et de vidéo. Pour certains économistes, l'ubérisation conduit à une dérégulation du salariat et à une certaine régression du travail, dans la mesure où l'économie collaborative permet à des individus de travailler, mais sans pour autant les rémunérer à la hauteur du service rendu.

Pour autant, les consommateurs tirent avantage du développement de ce type de services : on se dirigerait alors davantage vers une économie d'usage, centrée sur la fonctionnalité et non la quantité.

Bibliographie

- Nicolas Danglade, Miguel Sarzier, *Travail et emploi en France au XXIe siècle,* Bréal, 2018.
- Margaret Maruani, *Travail et emploi des femmes,* La Découverte, 2017.
- Serge Paugam, *La disqualification sociale*, PUF, 2013.
- Patrice Pourcel, *Le chômage,* Bréal, 2016.

Je m'exerce et je fais la différence

1. Des questions possibles au bac

- Dans quelle mesure les frontières entre emploi, chômage, et inactivité sont-elles brouillées ?
- Comment peut-on mesurer la qualité de l'emploi ?
- Quels sont les effets de l'organisation du travail sur les conditions de travail des salariés ?
- En quoi la révolution numérique peut-elle accentuer la polarisation de l'emploi ?

2. Entraînement

2.1 Exercice 1. Vrai ou faux ?

	Vrai	Faux
Les chômeurs sont intégrés dans la population active		
La norme d'emploi est le contrat à durée déterminée (CDD)		
La catégorie de « chômeur » a été inventée à la fin du XIXe siècle		
La mesure de la qualité de l'emploi ne fait intervenir que le niveau de rémunération		
La robotisation peut contribuer à l'amélioration des conditions de travail		
La recherche des gains de productivité peut contribuer à dégrader les conditions de travail		
La flexibilité du travail permet généralement de renforcer la sécurisation des parcours professionnels		
Le modèle d'organisation taylorien est fondé sur la division du travail		
Le modèle d'organisation fordiste permet une forte autonomie des travailleurs salariés		
La meilleure situation sur le marché du travail selon Serge Paugam est l'intégration « disqualifiante »		

2.2 Exercice 2. Travail et intégration sociale : L'analyse de Serge Paugam

Document

On a défini le type idéal de l'intégration professionnelle comme la double assurance de la reconnaissance matérielle et symbolique du travail et de la protection sociale qui découle de l'emploi. La première condition est remplie lorsque les salariés disent qu'ils éprouvent des satisfactions au travail, et la seconde, lorsque l'emploi qu'ils exercent est suffisamment stable pour leur permettre de planifier leur avenir et d'être protégés face aux aléas de la vie. Ce type idéal, qualifié d'intégration assurée, a permis de distinguer, par déduction, trois autres types d'intégration : l'intégration « incertaine » (satisfaction au travail et instabilité de l'emploi), l'intégration « laborieuse » (insatisfaction au travail et stabilité de l'emploi) et l'intégration « disqualifiante » (insatisfaction au travail et instabilité de l'emploi).

Les salariés éloignés de l'intégration assurée sont confrontés à des situations qui peuvent leur paraître contraires à la dignité. Pour les salariés proches de l'intégration incertaine, l'impossibilité de stabiliser leur situation professionnelle équivaut à la privation d'un avenir. Pour les salariés proches de l'intégration « disqualifiante », le cumul d'un travail sans âme et d'un avenir incertain est source de désespoir et d'humiliation. La disqualification sociale des salariés commence donc à partir du moment où ils sont maintenus contre leur gré, dans une situation qui les prive de tout ou partie de la dignité que l'on accorde généralement à ceux qui contribuent par leurs efforts à l'activité productive nécessaire au bien-être de la collectivité : un moyen d'expression de soi, un revenu décent, une activité reconnue, une sécurité. En ce sens, la disqualification sociale ne commence pas avec le refoulement hors du marché de l'emploi. Elle existe au sein même de la population des salariés et correspond à une forme d'exploitation.

Source : Serge Paugam, « Dans quel sens peut-on parler de disqualification sociale des salariés ? » in *Nouveaux regards sur la pauvreté. Bilan des recherches depuis 2000*, Eris, 2006.

■ Questions

1. Classez les quatre formes d'intégration professionnelle distinguées par Serge Paugam en complétant le tableau ci-dessous :

Le modèle de Serge Paugam

	....	....
....	Intégration assurée	....
....	....	Intégration « disqualifiante »

2. À quel type d'intégration professionnelle les quatre situations suivantes correspondent-elles ? Justifiez votre réponse :

– **Nabila**, 29 ans, récemment embauchée dans un quotidien régional, sait qu'elle risque de faire partie des premiers licenciés si le journal, endetté, ne redresse pas sa situation financière. Elle travaille donc d'arrache-pied, ce qui nuit à sa vie familiale.

– **Pierre**, 45 ans, ingénieur informatique dans une grande entreprise prospère, est fier de sa contribution à l'amélioration du service rendu à la clientèle. Pendant ses temps libres, il met ses compétences au service d'une association de parents d'élèves, dont il est président.

– Depuis qu'il a interrompu ses études d'histoire à la fac, **Rémi**, 26 ans, enchaîne ce qu'il appelle des « jobs alimentaires ». Après un emploi-jeune dans une bibliothèque et un CDD dans la restauration, il est intérimaire dans l'industrie automobile : un « boulot d'esclave », dit-il, qu'il ne rêve que de quitter. Sa compagne cherche à l'en dissuader, ce qu'il engendre de nombreuses scènes de ménage.

– **Christelle,** 55 ans, secrétaire en CDI depuis seize ans dans la même entreprise, souffre de troubles musculo-squelettiques que son médecin attribue à l'intensification du travail dans son service. Son adaptation aux nouvelles technologies de l'information a été difficile.

2.3 Exercice 3. L'analyse du prix Nobel d'économie Jean Tirole : L'enjeu de la polarisation de l'emploi

Document

Il faut bien comprendre tout d'abord que le progrès technologique ne nuit pas à l'emploi au niveau agrégé. Il détruit des emplois et en crée d'autres (pour le digital, les emplois créés les plus visibles sont les emplois liés à l'informatique et à la gestion des sites web). Après plus de deux siècles de révolutions technologiques diverses, il n'y a toujours que très peu de chômage. Les prédictions alarmistes sur la disparition de l'emploi ne se sont jamais réalisées. Pour revenir à la question de l'inégalité, la bonne façon de poser la question n'est pas de demander s'il restera des emplois. La vraie question est de savoir s'il existera suffisamment d'emplois rémunérés par des salaires que la société considérera décents. Difficile à prévoir. D'un côté, les inégalités salariales pourraient apporter une réponse négative à cette question. D'un autre côté, la plupart des individus veulent être utiles à la société, et l'emploi, rémunéré ou non (comme le travail en milieu associatif) est une façon d'atteindre cet objectif. De plus, comme le notent les économistes Erik Brynjolfsson et Andrew McAfee, nous recherchons le lien social. Et l'emploi est une des façons de se construire un tissu social. Peut-être serons-nous prêts à accepter une rémunération faible en échange de ce lien. Dans le plus court terme, la destruction d'emplois implique des coûts importants pour ceux qui les perdent. L'accélération de la destruction créatrice pose une triple question : comment protéger les travailleurs, salariés ou non ? Comment nous préparer par l'éducation à ce nouveau monde ? Comment nos sociétés vont-elles s'adapter ? Il est clair que la politique de l'autruche ne peut être une stratégie.

Source : Jean Tirole, *Économie du bien commun*, PUF, 2018.

■ Questions

1. Quelle est la question centrale de l'inégalité face à l'emploi dans un contexte de révolution numérique selon Jean Tirole ?
2. Pourquoi le travail est-il lié à la question du lien social dans nos sociétés ?

3. Corrigé

3.1 Exercice 1. Vrai ou faux ?

	Vrai	Faux
Les chômeurs sont intégrés dans la population active	X	
La norme d'emploi est le contrat à durée déterminée (CDD)		X
La catégorie de « chômeur » a été inventée à la fin du XIXe siècle	X	
La mesure de la qualité de l'emploi ne fait intervenir que le niveau de rémunération		X
La robotisation peut contribuer à l'amélioration des conditions de travail	X	
La recherche des gains de productivité peut contribuer à dégrader les conditions de travail	X	
La flexibilité du travail permet généralement de renforcer la sécurisation des parcours professionnels		X
Le modèle d'organisation taylorien est fondé sur la division du travail	X	
Le modèle d'organisation fordiste permet une forte autonomie des travailleurs salariés		X
La meilleure situation sur le marché du travail selon Serge Paugam est l'intégration « disqualifiante »		X

3.2 Exercice 2. Travail et intégration sociale : L'analyse de Serge Paugam

■ Questions

1. Classez les quatre formes d'intégration professionnelle distinguées par Serge Paugam en complétant le tableau ci-dessous :

Le modèle de Serge Paugam

	Stabilité de l'emploi	Instabilité de l'emploi
Satisfaction au travail	Intégration assurée	Intégration incertaine
Insatisfaction au travail	Intégration laborieuse	Intégration « disqualifiante »

2. À quel type d'intégration professionnelle les quatre situations suivantes correspondent-elles ? Justifiez votre réponse :

- **Nabila** : intégration incertaine (instabilité de l'emploi, satisfaction au travail)
- **Pierre** : intégration assurée (stabilité de l'emploi, satisfaction au travail).
- **Rémi** : intégration « disqualifiante » (instabilité de l'emploi, insatisfaction au travail).
- **Christelle** : intégration laborieuse (stabilité de l'emploi, insatisfaction au travail).

3.3 Exercice 3. L'analyse du prix Nobel d'économie Jean Tirole : L'enjeu de la polarisation de l'emploi

■ Questions

1. Quelle est la question centrale de l'inégalité face à l'emploi dans un contexte de révolution numérique selon Jean Tirole ?
   Pour Jean Tirole, la question centrale est la qualité de l'emploi en termes de rémunération et de types de contrat de travail, etc. La société devra décider quels sont les emplois qui seront considérés comme décents.

2. Pourquoi le travail est-il lié à la question du lien social dans nos sociétés ?
   Le travail est lié à la question du lien social car il est une instance d'intégration qui permet d'apporter un revenu, un statut, et des relations sociales qui favorisent l'insertion sociale.

Chapitre 10

L'engagement politique dans les sociétés démocratiques

Je révise et je me perfectionne

Quelles sont les formes et les causes de l'engagement politique dans nos démocraties ?

1. Définition

Si les enquêtes des politistes montrent une défiance grandissante des citoyens face aux institutions et aux représentants politiques, signe d'une certaine « crise du politique », le déclin (réel) de la participation politique conventionnelle (vote, adhésion à un parti politique) ne doit pas masquer le fait que l'engagement politique actif sur les questions de société reste vivace. La participation politique non conventionnelle reste forte, notamment à des fins de protestation (manifestations, actions spectaculaires). Les motivations de l'engagement politique sont complexes à appréhender, entre les déterminations sociales et la recherche de l'intérêt personnel, mais elles conduisent à nuancer l'idée du déclin des passions politiques.

2. Le cours

2.1 La participation politique conventionnelle

Depuis trente ans le taux d'abstention aux élections est en progression en France (voir focus). Ce constat suscite d'autant plus l'inquiétude que la démobilisation électorale touche très inégalement les milieux sociaux. Ainsi, le taux d'abstention dans les quartiers prioritaires de la ville décrit une aggravation de la ségrégation électorale : même si les milieux populaires constituent toujours une majorité sociale, ils constituent de plus en plus une minorité électorale. Si les partis politiques sont traditionnellement critiqués dans les démocraties (tendance oligarchique au sens de R. Michels, pression des intérêts privés sur leur action, inclination à la bureaucratisation, à l'élitisme et au carriérisme), on constate également un affaiblissement de *l'engagement militant* en leur sein, marqué par la chute drastique du nombre de leurs adhérents depuis le début des années 1980. Parallèlement, d'autres institutions qui contribuent au fonctionnement du système représentatif se sont affaibli, à l'instar des syndicats (qui jouent un rôle de *contre-pouvoir* au sein des démocraties en représentant les intérêts de leurs adhérents et en contribuant à la gestion de la protection sociale par exemple). Ces manifestations de remise en cause de la représentation, si elles sont perceptibles à des degrés divers dans toutes les démocraties occidentales, seraient dès lors le symptôme d'un malaise plus profond touchant au rapport entre les gouvernants et les gouvernés au sein des sociétés. Ainsi, on constate dans les enquêtes (notamment celles du CEVIPOF de Science Po) que les électeurs semblent moins attachés aux institutions représentatives et leur font moins confiance pour les représenter. Les participants systématiques aux élections, ceux qui sont inscrits et votent régulièrement, ne constituent que la moitié du corps électoral potentiel (moins encore en Grande Bretagne et aux États-Unis) et ces taux tendent à diminuer dans les démocraties occidentales. On parle ainsi d'un abstentionnisme de condition : on constate que l'abstentionnisme électoral touche d'abord ceux qui sont le moins intégrés à la société politique et les moins bien insérés socialement qui ont tendance à s'auto-exclure (plus on a un statut social bas, moins on a de diplômes, moins on a de patrimoine, plus on s'abstient). Mais on évoque également un abstentionnisme de choix, dans la mesure où la plupart de ceux qui s'abstiennent le font de manière intermittente, ce qui validerait l'idée d'un électeur rationnel et informé. Le niveau d'abstention évolue pour partie en fonction des coûts et des bénéfices liés à un scrutin donné. On constate ainsi que l'abstentionnisme augmente quand les scrutins se multiplient, quand les positions des candidats qui forment l'offre politique sont plus proches, ou lorsque l'enjeu est plus ou moins politiquement et médiatiquement considéré comme important. Il faut toutefois noter qu'à côté de cet abstentionnisme de conjoncture (qui reste attaché globalement au système politique), voisine un abstentionnisme « anti-politicien » qui relève de la protestation contre le personnel politique en place et qui peut se transformer parfois en un vote extrême (s'abstenir c'est alors voter contre le système).

2.2 Les autres formes de participation politique

Pour comprendre la non-participation politique et la volatilité électorale, il faudrait ainsi combiner les variables sociologiques et les stratégies des acteurs (ces déterminants valant également pour les autres formes d'engagements syndicaux, associatifs, et seraient variables selon les tempéraments et les cultures politiques des nations). Pourtant, le déclin des partis traditionnels n'a pas empêché l'essor d'autres types de formations intégrées au jeu politique traditionnel (à l'instar des partis écologistes par exemple comme l'a démontré le succès emporté aux dernières élections européennes) moins hiérarchisées, conformément aux évolutions de la stratification sociale, comme l'affaiblissement des identités de classe et la montée des classes moyennes.

La désyndicalisation doit aussi être relativisée, dans la mesure où les organisations représentatives sont concurrencées par des organisations plus ponctuelles qui peuvent agir dans le cadre des « nouveaux mouvements sociaux » (comme les coordinations étudiantes, etc.) caractéristiques des sociétés « post-*matérialistes* » (selon le concept du sociologue Ronald Inglehart), au sein desquelles une partie des enjeux se déplacent vers la sphère culturelle, même si les problèmes économiques et sociaux ont fait ressurgir les enjeux matérialistes. Les modes de représentation se transforment et tendent à échapper aux institutions représentatives traditionnelles : les *associations* (mouvement des « sans », Droit au logement, AC ! Agir contre le chômage, etc.) renouvellent les cadres de l'action collective en jouant notamment sur la présence médiatique pour défendre une cause, en devenant ainsi des interlocuteurs crédibles (mouvement des Enfants de Don Quichotte), tandis que les *groupes d'intérêt* concourent à la représentation (c'est le cas dans la tradition américaine où ils ont le droit de cité) en permettant à un certain nombre de catégories d'exprimer leurs souhaits et éclairer de cette manière la décision publique (en pesant sur l'agenda politique et l'orientation des politiques gouvernementales). Ces mutations perceptibles s'inscrivent plus généralement dans les débats sur l'opportunité de dépasser le modèle traditionnel de la démocratie représentative et de créer les conditions permettant d'obtenir une implication plus grande des citoyens dans l'espace public.

La *participation politique non conventionnelle* renvoie donc à l'ensemble des comportements protestataires et à d'autres répertoires d'action politique, peu encadrés par des règles clairement définies, et qui confrontent directement les citoyens au pouvoir, sans passer par les représentants traditionnels (pétitions, occupations de bâtiments, grèves de la faim, etc.). Il n'existe pas de limite claire qui permettrait de distinguer, de façon univoque, les pratiques conventionnelles des non conventionnelles (les manifestations du 1er mai sont assez conventionnelles, alors que celles organisées par les altermondialistes le sont moins). Il semble ainsi plus pertinent de considérer que la participation politique peut simplement relever d'une logique plus ou moins conventionnelle. Les formes de la participation politique dites « non conventionnelles » se développent, et les enquêtes montrent que le « potentiel protestataire » est élevé (proportion de gens qui se déclarent prêts à signer une pétition, manifester, participer à une occupation de locaux, etc.). Les

« nouveaux mouvements contestataires » se sont multipliés (DAL, RESF, ATTAC, mouvement des « gilets jaunes », etc.), de nouveaux enjeux écologiques et culturels apparaissent et suscitent des mobilisations (Act Up, Greenpeace, etc.). Il n'y a donc pas dépolitisation, mais redéfinition des pratiques politiques. La participation politique non conventionnelle relativement importante des jeunes se fonde sur un désir d'autonomie, et sur la volonté de pouvoir suivre ses convictions au plus près, sans compromis, notamment par le biais d'une consommation engagée. Ce refus des étiquettes politiques et des pratiques politiques conventionnelles est à relier à certains mouvements de fond, comme la montée de l'individualisme.

Focus sur **La montée de l'abstention**

« L'abstention a atteint 50 % lors des élections européennes de mai 2019, en baisse de sept points par rapport à 2014 et de dix points par rapport à 2009. La tendance à la progression enregistrée depuis 1979 (l'abstention atteignait alors 40 %) semble donc enrayée, ce qui n'est pas le cas pour d'autres types de scrutins. Les débats sur la participation constituent un classique des débuts de soirée électorale. Le plus souvent on déplore le comportement d'une partie de la population qui ne fait pas son devoir, sans discuter des causes structurelles du phénomène. Avec 51,3 %, l'abstention avait atteint un niveau record au premier tour des élections législatives de 2017. Dans les années 1970, la participation était supérieure à 80 %. L'abstention a ensuite progressé de façon régulière, pour dépasser la moitié des inscrits, niveau habituellement réservé aux élections cantonales ou régionales. En revanche, l'élection présidentielle échappe à la désaffection. En 2002, l'abstention s'était située à un niveau élevé (28,4 %), mais en 2007 elle avait atteint l'un des niveaux les plus faibles de toute la Ve République (16,2 %). En 2017, elle s'est placée à un niveau intermédiaire (21,3 %), dans la moyenne des précédents scrutins, sous son niveau de 1969.

L'abstention progresse depuis le début des années 1980 aux élections locales. Le premier tour des élections régionales de décembre 2015 a été marqué par un niveau très élevé, similaire à celui de 2010, près d'un électeur sur deux ne s'étant pas déplacé. Les cantonales ont toujours connu une forte abstention : les élections de 2011 ont enregistré un record (55,6 %), mais le score de 2015 (49,9 %) est comparable à celui de 1973 (46,6 %). 36,5 % des inscrits n'ont pas voté au premier tour des élections municipales de mars 2014, ce qui n'était jamais arrivé auparavant ».

Source : Centre d'observation de la société, 2019. http://www.observationsociete.fr/modes-de-vie/vie-politique-et-associative/participationvote.html

Document Abstention à l'élection présidentielle

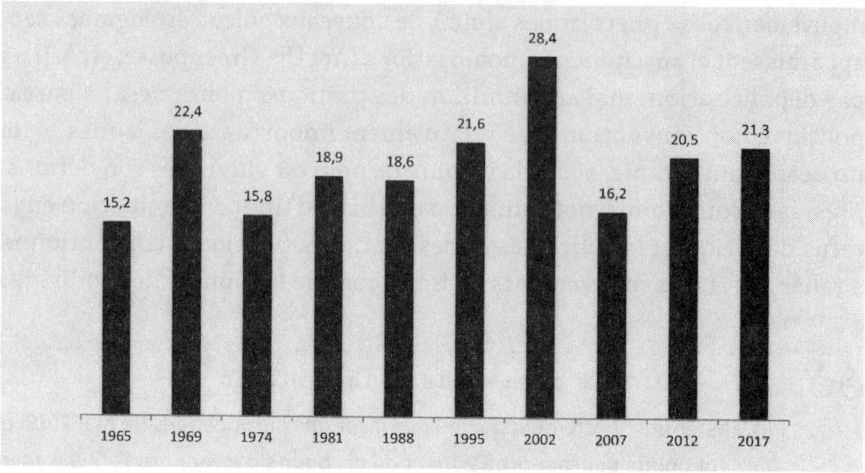

Source : Ministère de l'Intérieur – Premier tour – en %

Document Abstention aux législatives

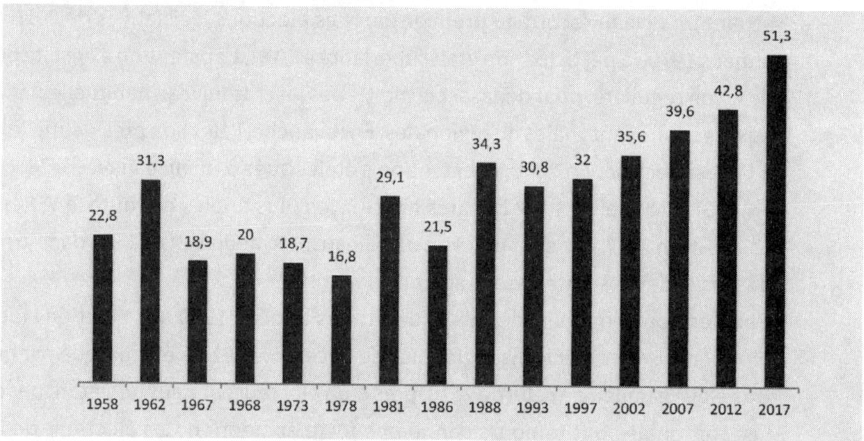

Source : Ministère de l'Intérieur – Premier tour – en %

Conseils pour le bac

- Ce thème nécessite de distinguer la participation politique conventionnelle (vote particulièrement) et la participation politique non conventionnelle (manifestations, etc.) pour comprendre les différentes formes de l'engagement politique.
- Il faut ici insister sur le modèle du « paradoxe de l'action collective » selon Mancur Olson, en apprécier la portée, mais aussi les limites, pour comprendre l'engagement et la mobilisation politiques dans les démocraties.
- Il faut expliciter aussi dans ce chapitre la pluralité des mécanismes qui peuvent pousser à l'engagement politique (incitations sélectives, gratifications matérielles et symboliques, opportunités politiques et enjeux mobilisateurs, etc.)
- Enfin, il faut montrer la pluralité des causes en faveur desquelles l'engagement politique se déploie (conflits du travail, luttes minoritaires et identitaires, etc.)

3. J'approfondis. Les déterminants multiples de l'engagement politique

Le sociologue Mancur Olson a développé un modèle théorique qui montre le caractère peu rationnel de l'engagement politique. En effet, si l'individu procède à un calcul des coûts et des avantages de son action, la stratégie la plus rationnelle dans le cadre d'une grève par exemple, consiste à se comporter en « passager clandestin » (*free rider*). Il s'agit alors de bénéficier des acquis du mouvement et de la grève (hausse de salaire, améliorations des conditions de travail), sans en payer le prix (journées de salaires retirées par exemple). C'est la raison pour laquelle les organisations de grande taille mettent en place des incitations sélectives diverses : monopole des syndicats sur l'embauche (que l'on appelle le *closed shop*) ou les promotions, accès à des services à des prix préférentiels, etc. La participation politique peut être facilitée par l'octroi de gratifications (rémunérations matérielles directes, emplois permanents, poste de responsabilité) mais aussi par la possibilité de se constituer un réseau social (connaissances, etc.)

Si ce modèle du « passager clandestin », fondé sur la logique du calcul rationnel et de la recherche des avantages économiques, peut contribuer à expliquer pourquoi dans les grandes démocraties l'engagement politique concerne une minorité d'acteurs, il comporte certaines limites, puisqu'il ne prend pas en compte les autres motivations (morales ou identitaires) qui peuvent pousser à s'impliquer dans une action collective. Certaines gratifications de l'engagement politique peuvent être symboliques avec la possibilité d'acquérir une culture, d'entretenir une sociabilité festive, de rechercher la valorisation de soi, et il y a alors une véritable dimension identitaire à l'engagement politique.

L'une des explications de l'engagement politique consiste à mettre l'accent sur les pressions exercées par le groupe social qui transmet des valeurs et des références communes. Certains auteurs, comme Charles Tilly et Anthony Oberschall ont insisté, dans le cadre de la théorie de la mobilisation des ressources, sur le rôle des réseaux de sociabilité (appartenance à une association, une communauté, etc.) qui favorisent plus ou moins l'engagement politique. Cette explication montre qu'une même position dans la structure sociale et l'appartenance à une classe sociale peuvent influencer la propension à l'engagement politique. Il faut toutefois noter que le contexte social et politique peut également influencer l'engagement (apparition de certains enjeux déclenchant l'envie de s'engager), de même que l'organisation des institutions politiques avec par exemple le mode de scrutin (à un tour ou deux tours, majoritaire ou proportionnel). Enfin il faut rappeler que la socialisation politique au sein de la famille peut jouer un rôle important, en développant un intérêt plus ou moins fort pour l'engagement politique.

L'engagement politique dépend aussi de la capacité des mouvements sociaux à mobiliser différentes ressources afin d'inciter les citoyens à s'engager en faveur de leur cause. En rassemblant des moyens d'action, les dirigeants d'un mouvement peuvent alors devenir des « entrepreneurs » d'une cause à défendre.

Bibliographie

- Cécile Braconnier, Jean-Yves Dormagen, *La démocratie de l'abstention : Aux origines de la démobilisation électorale en milieux populaires*, Folio, 2007.
- Jean Baudoin, *Introduction à la science politique*, Dalloz, 2017.
- Philippe Braud, *Sociologie politique*, LGDJ, 2016.
- Philippe Braud, *La science politique*, PUF, 2017.

Je m'exerce et je fais la différence

1. Des questions possibles au bac

– Quelles sont les différentes formes d'engagement politique ?
– Quels sont les enjeux du « paradoxe de l'action collective » pour l'engagement politique ?
– Quels sont les déterminants de l'engagement politique ?
– En quoi y a-t-il une diversification et une transformation des objets de l'action collective ?

2. Entraînement

2.1 Exercice 1. Vrai ou faux ?

	Vrai	Faux
Le taux d'abstention a en moyenne progressé lors des grandes élections depuis trente ans	X	
Le « paradoxe de l'action collective » montre que les individus ont rationnellement intérêt à se mobiliser		X
L'engagement politique peut être basé sur la défense de valeurs et d'identités	X	
Le paradoxe de l'action collective est une théorie qui a été développée par le sociologue Pierre Bourdieu		X
L'abstentionnisme est toujours systématique et reflète un rejet du système politique		X
La participation politique conventionnelle a diminué depuis les années 1980	X	
La participation politique non conventionnelle reste importante de nos jours	X	
La théorie de la mobilisation des ressources est due à Charles Tilly et Anthony Oberschall	X	
La socialisation politique peut favoriser l'engagement politique	X	
Le contexte politique et historique n'influence pas l'engagement politique		X

2.2 Exercice 2. Le « citoyen critique » selon l'enquête du CEVIPOF (Sciences Po)

Document

Dans la catégorie « citoyen critique », nous classons l'ensemble des personnes qui ne se montrent pas satisfaites par le fonctionnement actuel de notre démocratie, qu'elles aspirent à une amélioration, un changement radical ou une sortie du système démocratique. Autrement dit, à l'exclusion des 9,2 % ayant répondu que « *notre démocratie fonctionne bien* », et qu' « *il n'y a pas de raison de changer vraiment les choses* », la grande majorité des personnes interrogées (90,8 %) peuvent être qualifiées de citoyens critiques. Dans la mesure où l'approche critique est ici définie par le besoin exprimé de dépasser le *statu quo*, il n'est pas étonnant qu'elle soit majoritaire.

Dans cette enquête, la citoyenneté critique prend en effet trois visages sensiblement différents :

– une approche qui peut être qualifiée de « réformiste » chez ceux qui considèrent que « *notre démocratie devrait être améliorée sur de nombreux points* » (48,3 %) ;

– une dimension radicalement « **transformatrice** » pour ceux qui estiment qu'« *établir une vraie démocratie en France nécessiterait un changement radical* » (34,6 %) ;

– une posture de rejet de la part de ceux que nous qualifierons d'« *outsiders* » dans la mesure où ils font valoir leur volonté de sortir du système démocratique considérant que « *la démocratie, cela ne marche pas ; il faut trouver un autre système politique* » (7,8 %).

Source : CEVIPOF, *Figure du citoyen critique*, La Note #45, juillet 2017.

■ Questions

1. Qu'est-ce qu'un « citoyen critique » selon le CEVIPOF ?
2. Les « citoyens critiques » sont-ils minoritaires dans la société française selon l'enquête ?

2.3 Exercice 3. Les jeunes préfèrent le bénévolat à l'engagement politique

Document

Election après l'élection, le constat est fait du désengagement des jeunes dans le vote. Même si la France investit beaucoup, historiquement, dans l'éducation à la citoyenneté, l'enquête nationale inédite menée par le CNESCO permet d'expliquer ce désengagement par un net manque de confiance dans le système démocratique pour un élève de Terminale sur quatre. Précisément, 87 % des lycéens n'ont pas ou ont peu confiance dans les partis politiques et 78 % dans le gouvernement. Cette défiance des lycéens envers le gouvernement se retrouve dans les études internationales, ou la France apparaît nettement en-deçà de la moyenne des pays de l'OCDE (sur les 15-29 ans). Les lycéens ne sont pas, pour autant, désintéressés par l'idée de s'engager dans la vie de la cité. L'engagement associatif se développe énormément auprès des jeunes de moins de 35 ans et l'enquête du CNESCO confirme cet engouement dès le lycée. En effet, près de la moitié des lycéens sont engagés bénévolement dans des associations humanitaires et/ou de défense de l'environnement (44 %). Ils plébiscitent également des formes d'engagement plus revendicatives, à travers la signature de pétitions (71 %), la participation à des manifestations (62 %) ou encore le boycott de produits (58 %). L'enquête du CNESCO montre un grand intérêt des élèves pour participer à la vie de la cité et faire entendre leur voix. L'école ne semble pas encore faire suffisamment dans ce domaine. Leur engagement dans le cadre scolaire se réduit encore trop souvent au rôle de délégués de classe et à leur présence dans les instances de gouvernance de l'établissement (25 % des élèves de Terminale ont déjà été délégués). De plus, les élèves ont le sentiment que leur avis n'est pas pris en compte. Enfin, les pédagogies actives d'éducation à la citoyenneté, tels que les projets citoyens, sont encore très peu développées au lycée (37 % seulement des élèves de Terminale y ont participé). Les autres activités proposant aux élèves de s'engager civiquement concernent un nombre limité d'élèves : 7 % ont des responsabilités dans une maison des lycéens, 10 % s'investissent dans un journal d'établissement et 10 % dans du tutorat.

Source : CNESCO, *Engagements citoyens des lycéens, enquête nationale*, Ministère de l'éducation nationale, 2019.

■ **Questions**

1. Les lycéens sont-ils confiants dans les institutions de la vie politique selon l'enquête du CNESCO ?
2. Peut-on parler pour les lycéens d'un désengagement de la vie citoyenne ?

3. Corrigé

3.1 Exercice 1. Vrai ou faux ?

	Vrai	Faux
Le taux d'abstention a en moyenne progressé lors des grandes élections depuis trente ans	X	
Le « paradoxe de l'action collective » montre que les individus ont rationnellement intérêt à se mobiliser		X
L'engagement politique peut être basé sur la défense de valeurs et d'identités	X	
Le paradoxe de l'action collective est une théorie qui a été développée par le sociologue Pierre Bourdieu		X
L'abstentionnisme est toujours systématique et reflète un rejet du système politique		X
La participation politique conventionnelle a diminué depuis les années 1980	X	
La participation politique non conventionnelle reste importante de nos jours	X	
La théorie de la mobilisation des ressources est due à Charles Tilly et Anthony Oberschall	X	
La socialisation politique peut favoriser l'engagement politique	X	
Le contexte politique et historique n'influence pas l'engagement politique		X

3.2 Exercice 2. Le « citoyen critique » selon l'enquête du CEVIPOF (Sciences Po)

■ Questions

1. Qu'est-ce qu'un « citoyen critique » selon le CEVIPOF ?
   Selon le CEVIPOF un citoyen critique est la personne qui ne se montre pas satisfaite par le fonctionnement actuel de notre démocratie, qui aspire a une amélioration, un changement radical ou une sortie du système démocratique.

2. Les citoyens critiques sont-ils minoritaires dans la société française selon l'enquête ?
   Selon l'enquête menée par le CEVIPOF, les citoyens critiques sont très majoritaires dans la population française.

3.3 Exercice 3. Les jeunes préfèrent le bénévolat à l'engagement politique

■ Questions

1. Les lycéens sont-ils confiants dans les institutions de la vie politique selon l'enquête du CNESCO ?
   L'enquête du CNESCO montre une certaine défiance des lycéens dans les institutions représentatives traditionnelles de la vie démocratique (partis politiques, gouvernement).

2. Peut-on parler pour les lycéens d'un désengagement de la vie citoyenne ?
   L'enquête du CNESCO montre un engagement des lycéens toujours fort dans la vie associative et civique ou dans des actions de protestation.

Chapitre 11

Inégalités et justice sociale

Je révise et je me perfectionne

Dans quelle mesure faut-il réduire les inégalités au nom de la justice sociale ?

1. Définition

La notion d'inégalité désigne les différences qui impliquent une hiérarchisation sociale dans une société donnée, c'est-à-dire qui donnent un *avantage* ou *désavantage social* à ceux qui disposent ou non des ressources inégalement réparties (on parle de *différences* de couleurs de cheveux, mais on évoque les *inégalités* de revenus). Si les sociétés démocratiques sont fondées sur un idéal d'égalité, la réalité sociale montre le spectacle de profondes inégalités économiques et sociales. Ces inégalités sont *multiformes* (inégalité des chances, inégalités de conditions de vie, inégalités entre hommes et femmes, inégalités de patrimoine, etc.) et elles ont un caractère *cumulatif*. De là découlent différentes conceptions de la justice sociale, dans nos sociétés où l'intervention publique tente de concilier l'efficacité économique et la justice sociale. Cette action mobilise un certain nombre de leviers, mais elle se heurte à des contraintes fortes.

2. Le cours

2.1 La question des inégalités économiques

En matière d'inégalités économiques, on distingue les inégalités des revenus et les inégalités de patrimoine. Dans le premier cas, on peut déjà s'intéresser à l'évolution des inégalités salariales. Les inégalités de salaires en France n'augmentent pas substantiellement, surtout vis-à-vis du reste du monde, et en particulier des pays anglo-saxons. Les écarts de salaires ont progressé plus fortement dans les pays anglo-saxons qu'en Europe (les salaires minima, comme le SMIC en France, ont joué un rôle de plancher). Sur longue période, la hiérarchie salariale a été affectée par d'importants mouvements contraires. En gros, jusqu'en 1968, la hiérarchie des salaires s'est considérablement ouverte. La tendance s'inverse entre 1968 et 1983 : le salaire minimum est fortement revalorisé, il fait plus que doubler en termes réels sur dix ans. Depuis 1983, sous l'effet des politiques d'austérité salariale et de désindexation des salaires sur les prix, l'éventail des salaires a de nouveau tendance à s'ouvrir. En effet, la hiérarchie des salaires s'est creusée par le haut : le salaire minimum a stagné en termes réels mais les plus hautes rémunérations ont eu tendance à progresser plus vite que le salaire moyen. Néanmoins, la hiérarchie des salaires semble se stabiliser dans un rapport de 1 à 3 entre le salaire d'un cadre et le salaire d'un ouvrier.

Les inégalités de revenus disponibles (après redistribution) montrent toutefois un creusement des écarts. Le revenu disponible d'un ménage est celui qu'il peut affecter à ses dépenses de consommation courante ou à son épargne. Ce revenu résulte de l'addition des revenus primaires, des prestations sociales et de la soustraction des prélèvements obligatoires. C'est une bonne approximation de ce que l'on nomme le niveau de vie d'un ménage. Le revenu disponible permet de mesurer l'effet redistributif des revenus de transfert : les prestations sociales sont ciblées sur les bas revenus. Les prélèvements obligatoires freinent les hauts revenus tandis que les transferts sociaux (essentiellement les allocations familiales) bénéficient surtout aux revenus modestes. Les années 1980 ont bien constitué un point d'inflexion dans l'évolution des inégalités de revenus disponibles : elles ont cessé de se réduire, voire elles ont à nouveau progressé. Seuls les ménages de cadres ont vu leur niveau de vie progresser, tandis que celui des ouvriers non qualifiés baissait. L'écart de niveau de vie entre les catégories extrêmes s'est creusé, puis cet écart s'est ensuite stabilisé mais ne diminue plus désormais.

Ces écarts de niveau de vie entre les catégories sociales s'expliquent surtout par les rendements élevés des revenus du patrimoine sur la période. En effet, les inégalités de patrimoine jouent un rôle crucial dans les clivages sociaux : le patrimoine est la somme des avoirs d'un agent moins le montant de ses dettes à une date donnée (un stock). Il peut comprendre les biens immobiliers et fonciers, les produits financiers, les revenus de l'entreprise individuelle (capital productif, incorporel (brevets, etc.). Pour les ménages, c'est le logement qui occupe la première place. Les inégalités de revenu et les inégalités de patrimoine sont cumulatives : les taux d'épargne des revenus plus élevés sont plus importants ; le processus d'enrichissement revêt donc un caractère cumulatif : un patrimoine d'un montant élevé peut consacrer une part plus importante à des placements plus risqués et à meilleurs rendements, et dispose d'une plus grande capacité d'emprunt. Les revenus du capital progressent plus vite que les revenus du travail et les écarts peuvent aller de 1 à 70 ou 75 en termes de patrimoine en France aujourd'hui. Les inégalités économiques ont ainsi tendance à se reproduire au fil des générations : on observe notamment une forte corrélation de revenu parents-enfants.

2.2 Les inégalités sont multiformes et cumulatives

Les interactions entre les inégalités sont complexes : chaque individu tend à cumuler des positions fortes et des positions faibles sur des échelles d'inégalités qui ne se correspondent pas. On peut ainsi être cadre et, de ce fait, avoir un revenu plutôt élevé, mais subir une discrimination en tant que femme ou en tant qu'homosexuel. Pour saisir l'ensemble des différences qui peuvent exister entre individus ou entre groupes sociaux au-delà des inégalités économiques, il faut aussi prendre en compte les inégalités sociales, soit les inégalités d'accès aux ressources valorisées par la société, comme les inégalités face à l'accès aux soins, à l'emploi, au logement, à l'école, etc. Les réponses à apporter à l'existence d'inégalités sociales sont difficiles à mettre en œuvre et ne peuvent se réduire à une réduction des inégalités de revenus. Pour qu'existe des inégalités sociales, il faut donc qu'existent des ressources socialement valorisées, caractérisées par leur rareté et inégalement réparties entre les individus. Dans ce cas, les individus peuvent être hiérarchisés sur une échelle traduisant leur inégale possession et leur inégal accès aux ressources valorisées dans la société. Ces ressources permettent de classer ensuite les individus : on peut distinguer des critères économiques (revenu, patrimoine), démographiques (âge, sexe), culturels (religion, appartenance ethnique), politiques (rapport au pouvoir) ou symboliques (prestige, honneur). Dès lors, la hiérarchie sociale désigne un ensemble social caractérisé par une échelle descendante de pouvoir, de privilèges, de situations qui impliquent la subordination des échelons inférieurs aux échelons supérieurs. Étudier la stratification sociale, c'est donc étudier comment une société est organisée, selon quels critères elle hiérarchise les individus et les groupes auxquels ils appartiennent.

Par exemple, l'étude des inégalités entre hommes et femmes ne doit pas se limiter à l'étude des inégalités de revenus : elle doit aussi prendre en compte, par exemple, la répartition inégale des tâches domestiques. Une partie des inégalités sociales sont liées aux inégalités économiques : les inégalités d'accès au logement sont ainsi très largement liées aux inégalités de revenu et de patrimoine des ménages. Mais certaines inégalités dépendent d'autres logiques. Ainsi, une partie des inégalités existant entre les personnes d'origine étrangère et les Français de souche s'explique par des phénomènes de discrimination à associer à l'existence de préjugés sociaux (qui renforcent les inégalités d'accès à l'emploi, au logement).

Les inégalités économiques et sociales tendent néanmoins à se cumuler : l'inégale répartition des tâches domestiques entre hommes et femmes a des conséquences sur le comportement de chacun sur le marché du travail, et explique en partie les inégalités de revenu entre ces deux groupes. Certains sociologues parlent ainsi d'un « système des inégalités » pour désigner l'interdépendance existant entre les différentes formes d'inégalités. Il existe donc de profondes interactions entre les inégalités. Les inégalités de revenu disponible engendrent des inégalités de patrimoine. Les inégalités de conditions de travail engendrent des inégalités face à la maladie et à la mort ; et les inégalités face au logement contribuent aux inégalités face à la santé et à l'école, etc.

Les inégalités sociales font système en impliquant souvent une reproduction entre les générations : les mêmes mécanismes qui permettent aux riches d'accumuler de plus en plus de ressources (matérielles ou non) en termes d'avoir, de pouvoir et de savoir conduisent les plus pauvres à accumuler de plus en plus de handicaps.

2.3 L'évolution des inégalités à long terme

L'étude des inégalités économiques peut se concentrer sur les inégalités de revenus (salaire, revenu de la propriété, revenu disponible, etc.) ou sur les inégalités patrimoniales. La distribution des revenus du patrimoine est plus inégalitaire que celle des revenus du travail. En 2010, en France, les 10 % des ménages les mieux dotés en patrimoine détiennent 48 % du stock de patrimoine alors que les 10 % les moins dotés détiennent 0,05 % du stock total de patrimoine. Il convient de distinguer la répartition primaire des revenus (revenus bruts) de la répartition secondaire des revenus qui se constate après impôts, cotisations sociales et transferts (revenus disponibles). L'action publique modifie la répartition des revenus et permet une réduction significative des inégalités de revenus. Les inégalités ont fortement reculé au cours du XXe siècle en France. La fiscalité a joué un rôle important dans cette évolution, notamment *via* la mise en place d'un impôt progressif sur les successions (en 1901) et sur le revenu (en 1914). Sur la période 1998-2005, on a assisté à une hausse des inégalités. Cette hausse des inégalités mesurée résulte de la hausse des revenus du patrimoine, mais aussi de l'augmentation des inégalités de salaires. La dynamique des inégalités en France est bien sûr liée aux causes profondes apparues à partir des années 1980 et que l'on a déjà rencontrées : principalement la mondialisation et le progrès technique.

Le chômage de masse et la précarité de l'emploi pèsent aussi sur les salaires (soit les revenus du travail) ce qui entraîne une réduction de la part des salaires dans la valeur ajoutée alors même que la part des profits du capital augmente. Le chômage est à l'origine de la dynamique cumulative des inégalités (perte de revenu, de lien social, d'identité sociale, etc.) dans nos sociétés fondées sur la production, car il est un phénomène discriminant : le risque de se retrouver au chômage reste très inégalement réparti entre les catégories sociales (le chômage touche beaucoup plus fortement les travailleurs non qualifiés et les jeunes notamment). Il existe aussi de profondes inégalités face à la durée du chômage, les ouvriers non qualifiés étant les plus vulnérables au chômage de longue durée. Il existe aussi de fortes inégalités face à la précarité du travail et au sous-emploi avec la multiplication des emplois atypiques (CDD, stages, intérim). Les mutations de l'environnement financier ont joué un rôle considérable dans le creusement des inégalités de patrimoine (globalisation financière, libération des mouvements de capitaux, montée en puissance de la finance de marché). Pour favoriser l'épargne, la fiscalité sur les hauts revenus a été réduite (réduction d'impôts sur les plus-values boursières et de la tranche supérieure de l'impôt sur le revenu). De plus, les rémunérations des hauts cadres dirigeants sont soumises aux résultats boursiers dans certaines grandes entreprises (pratique des stocks options). Les inégalités économiques se creusent aussi par le haut de l'échelle.

2.4 Quelle action légitime contre les inégalités ?

Les inégalités sont des constructions sociales : le sentiment de justice ou d'injustice relatif à ces inégalités est historiquement construit et certaines formes d'inégalités socialement légitimées ou non.

Il existe également deux grands principes de justice :

– Le principe de *justice distributive* considère que les inégalités de résultats sont légitimes si elles sont proportionnelles aux efforts individuels : si je travaille deux fois plus de temps, il est juste que ma rémunération double. Il exprime donc l'idée de méritocratie. Tous les individus doivent néanmoins être en mesure d'atteindre les différentes positions sociales s'ils fournissent les efforts nécessaires : il doit donc y avoir égalité des chances.

– Le principe de *justice corrective* considère que les inégalités de résultats sont injustes par nature, notamment du fait qu'à effort égal, les individus ne parviennent pas aux mêmes résultats en fonction de leur milieu d'origine. En effet, ne détenant pas le même niveau de culture, de langage, les mêmes contacts, certains ont beaucoup plus d'efforts à faire que d'autres pour « réussir » socialement. Dans cette conception, il n'y a donc jamais de véritable et pure méritocratie. Les inégalités de résultats étant ainsi vouées à se reproduire, il est du devoir de l'État de lutter contre cette situation.

Les sociétés démocratiques modernes sont fondées sur différents principes d'égalité :

– *L'égalité des droits* : les textes fondamentaux (Déclaration des Droits de l'homme et du citoyen, Préambule de la Constitution) proclament l'égalité fondamentale entre les hommes : « tous les hommes nai*ssent libres et égaux en droits* ». Il s'agit d'une égalité juridique proclamée : il n'y a plus de privilèges comme sous l'Ancien Régime, c'est l'égalité des droits : les mêmes droits et contraintes s'imposent à tous, au titre de l'héritage de 1789, de la Nuit du 4 août, et de l'abolition des privilèges.

– *L'égalité des chances* : chacun doit pouvoir accéder à toutes les positions et ce principe suppose l'égalité des droits (sous l'Ancien régime seuls les nobles pouvaient devenir officiers supérieurs) et l'égalité des dotations initiales (capital humain, économique, culturel, social), sinon il subsisterait des inégalités non fondées sur le mérite et le talent.

– *L'égalité des situations* : il s'agit de corriger de manière plus ou moins forte les inégalités pour assurer aux individus les mêmes avantages économiques et sociaux.

2.5 Une pluralité de conceptions de la justice sociale

Dans les sciences sociales, il existe plusieurs théories de la justice sociale : on peut désigner la justice sociale comme un idéal se traduisant par un traitement équitable de chaque individu au regard d'un système de valeurs. Mais il existe plusieurs courants de pensée qui structurent cette question.

– Dans la *doctrine de l'utilitarisme*, incarnée par Jérémy Bentham (1748-1832), la société doit se fixer l'objectif du plus grand bonheur du plus grand nombre. Dans cette perspective, les problèmes sociaux sont analysés sous l'angle d'une arithmétique des plaisirs et des peines, et les acteurs sociaux sont supposés rechercher la maximisation de leur satisfaction. L'utilitarisme insiste sur le fait qu'il faut considérer le bien-être de tous et non le bien-être de l'acteur seul : cette doctrine prescrit d'agir (ou de ne pas agir) de manière à maximiser le bien-être collectif, entendu comme la somme ou la moyenne de bien-être (bien-être agrégé) de l'ensemble des êtres sensibles et affectés

– *Alexis de Tocqueville* (1805-1859) a, au XIXe siècle, mis l'accent sur un critère d'égalité des conditions, montrant ainsi qu'une société est juste si, du côté du principe politique d'égalité des droits des citoyens, tous les individus disposent des mêmes chances d'accès aux différentes positions sociales et, ainsi, à la mobilité sociale. Cette vision tocquevillienne débouche sur l'affirmation du principe méritocratique : dans une société où règne l'égalité des chances, chaque individu verra son destin défini par ses efforts personnels et par son mérite. Certaines inégalités de situation peuvent donc être justes si elles résultent de cette logique liée au mérite.

– Dans la *conception libérale* de F. Von Hayek (1899-1992), et celle du libertarisme, la justice sociale est un critère vide de sens, seule l'égalité devant la loi est juste. Il faut garder les règles qui permettent les activités individuelles, en se gardant de chercher une norme collective. Selon un auteur de cette école, L. Von Mises, « L'inégalité des revenus et des fortunes est un caractère inhérent de l'économie de marché. Son élimination détruirait complètement l'économie de marché ». Hayek rejette la justice distributive : elle revient à remettre en cause le marché. Il rejette aussi l'idée d'égalité des chances qui est un facteur de démotivation des individus. Selon Hayek, toute politique égalitariste mène au totalitarisme à cause d'une intervention toujours plus grande de l'État, sur « la route de la servitude ». Face à la résistance devant la redistribution, l'État va toujours réglementer au nom du mirage de la justice sociale, jusqu'à totalement contrôler la société.

– Dans la conception du *libéralisme égalitaire*, celle du philosophe John Rawls (1921-2002), dans son ouvrage Théorie de la justice de 1971, les inégalités économiques, de revenu notamment, ne sont acceptables que si elles bénéficient à l'ensemble de la société. Il parvient à cette conclusion en raisonnant à partir d'une situation théorique fictive, où chaque individu ne connaîtrait pas sa position économique (« voile d'ignorance »), et s'interrogerait sur sa tolérance à l'égard des inégalités. D'après lui, et à condition que la société garantisse les principes d'égalité des chances et de liberté maximale, les inégalités sont acceptées si l'amélioration du sort des plus favorisés participe à celle des plus défavorisés (principe dit du « maximin »). Dans ce cadre, l'impôt progressif (qui taxe davantage les hauts revenus) peut à la fois se justifier et être efficace, car il correspond à une redistribution des plus riches vers les moins riches, sans pour autant conduire à une « préférence pour le loisir », c'est-à-dire décourager le travail.

Amartya Sen, quant à lui, s'est intéressé à une définition fondée sur la liberté réelle des individus. Que serait l'égalité si les individus ne peuvent réellement la mettre en œuvre dans leurs choix quotidiens ? La justice sociale vient donc de l'accès égal à des capabilités c'est-à-dire à des possibilités réelles d'accéder à un travail ou à un diplôme.

– Dans la conception marxiste de *l'égalitarisme strict*, les inégalités disparaîtront dans la société communiste (en vertu du principe « à chacun selon ses besoins ») et notamment la première d'entre elles, c'est-à-dire la détention des moyens de production et l'exploitation des prolétaires par les capitalistes. Selon cette thèse, la démocratie bourgeoise n'offre que des libertés formelles et non réelles (par exemple la liberté de la presse est inopérante si l'on n'a pas les moyens financiers de faire vivre un journal). La liberté du capitaliste et du prolétaire, c'est « le renard libre dans le poulailler libre » selon la formule de Karl Marx.

2.6 L'analyse économique de la justice sociale

Pour l'école néoclassique d'économie, le fonctionnement de l'économie de marché est fondé sur les deux théorèmes de l'économie du bien-être. En vertu du premier théorème, et en partant de l'équilibre général de Walras (interdépendance des marchés, commissaire-priseur qui « crie » les prix, égalité des offres et des demandes sur tous les marchés), en situation de concurrence pure et parfaite, on atteint l'optimum : en effet, chaque agent maximise son utilité (satisfaction). On ne peut améliorer la situation d'un individu sans détériorer celle d'au moins un autre. Si le marché fonctionne parfaitement, en effet, chaque facteur de production est rémunéré à sa productivité marginale. Peut-il y avoir une redistribution selon les néoclassiques ? Selon le deuxième théorème, une redistribution peut avoir lieu mais elle doit obtenir l'unanimité, elle ne peut avoir lieu si elle est refusée par au moins un individu (les droits individuels sont respectés mais il devient très difficile de réduire les inégalités). Il en résulte que les économistes ne peuvent démontrer scientifiquement quel niveau de redistribution la société doit choisir. Toutefois, il apparaît qu'un certain niveau d'incitation au profit doit être maintenu dans une économie de marché afin de viser l'efficacité économique, malgré l'existence d'inégalités.

Il faut souligner que certains travaux montrent aussi que la réduction des inégalités économiques peut avoir une certaine efficacité, car un niveau trop élevé d'inégalité peut engendrer des effets pervers. Des études récentes de l'OCDE démontrent ainsi que les inégalités entravent l'accumulation du capital humain : les inégalités de revenus compromettent les possibilités de s'instruire pour les populations les plus défavorisées, ce qui limite ainsi la mobilité sociale et le développement des compétences. John Maynard Keynes a insisté sur l'importance de l'investissement dans une économie pour stimuler la croissance, lui-même dépendant du niveau de consommation. Or, ce dernier est fonction de la propension moyenne et marginale à consommer : plus les agents économiques consacrent une part importante de leur revenu à la consommation, plus la demande, l'investissement et, *in fine*, la croissance sont stimulés. Or, en présence de fortes inégalités de revenu, les plus riches ont tendance à épargner plus en proportion de leurs revenus, et donc à bloquer ce processus. C'est pourquoi une politique fiscale adaptée, en visant à réduire les inégalités de revenu initiales par l'impôt, peut permettre, grâce à la redistribution en faveur des plus défavorisés, qui ont une propension moyenne et une propension marginale à consommer plus forte, de stimuler la consommation. Ainsi, la réduction des inégalités dans ce cadre keynésien est un bon moyen de favoriser l'activité économique.

Focus sur **La mesure des inégalités et ses instruments**

– La courbe de Lorenz

La courbe de Lorenz (ou courbe de concentration) est une représentation graphique qui permet de visualiser le degré de concentration d'une variable statistique. Il s'agit de visualiser la façon dont est réparti un certain ensemble (par exemple, le revenu global des ménages). Pour la construire, il faut préalablement classer les observations par ordre croissant (par exemple du plus pauvre au plus riche) et calculer la part des observations pour lesquelles la valeur de la variable est inférieure à un certain niveau et ce, pour différents montants (par exemple, la part des individus gagnant moins de 1000 euros par mois, puis la part des individus gagnant moins de 1500 euros par mois). Cette valeur définit la valeur de l'abscisse des différents points de la courbe.

Pour déterminer la valeur de l'ordonnée des points, il faut calculer pour chaque groupe considéré (par exemple, le groupe des personnes dont le revenu est inférieur à 1000 euros par mois) la part de l'ensemble (par exemple, le revenu global des Français) détenu par les membres du groupe. La bissectrice (ou diagonale) représente la droite d'équipartition, illustrant une répartition parfaitement égalitaire de la variable, chaque partie de la population disposant de la même part de l'ensemble (par exemple, si les 10 % les plus pauvres possèdent 10 % du revenu total des ménages). Plus la courbe de Lorenz s'éloigne de cette droite, plus le degré d'inégalité dans la répartition est élevé (plus la variable est concentrée).

La courbe de Lorenz sert souvent, en économie, à rendre compte de la répartition des revenus et des patrimoines à l'intérieur d'une population. On trouve en abscisses les % cumulés du patrimoine des ménages et en ordonnées les % cumulés du revenu disponible, ou du patrimoine financier.

Dans le cas de la France (comme pour les autres pays développés), la courbe du patrimoine est plus éloignée de la bissectrice que la courbe du revenu. Ainsi, les revenus sont distribués de manière moins inégalitaire que le patrimoine (ce dernier étant plus concentré).

La courbe de Lorenz du revenu disponible et du patrimoine financier en France en 2003

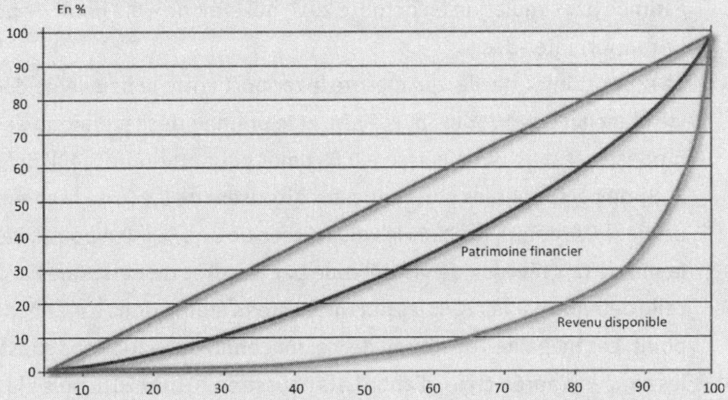

Champ : ménages dont la personne de référence n'est pas étudiante et dont le revenu déclaré est positif ou nul.

Source : enquête Revenus fiscaux 2003, INSEE-DGI pour le revenu disponible et enquête Patrimoine 2004, INSEE, montants de patrimoine financier recalés sur les données de la Comptabilité.

En France, d'après une étude de l'Insee datant de 2004, la moitié des ménages aux revenus les plus faibles possède 27 % de la masse des revenus disponibles (donc les 50 % les plus aisés en possèdent 73 %), tandis que la moitié des ménages les moins bien dotés possède environ 4 % de la masse totale de patrimoine financier (les 50 % les mieux dotés en possèdent donc 96 %). Les 90 % les moins dotés en patrimoine financier en possèdent environ 37 % (donc les 10 % les mieux dotés en possèdent 63 %).

– L'indice de Gini

Le degré de concentration est mesuré par un coefficient appelé indice de Gini. Il se calcule en faisant le rapport entre l'aire de la surface entre la courbe de Lorenz et la bissectrice et l'aire du triangle sous la bissectrice (demi-aire du graphe). Plus la surface entre la courbe de Lorenz et la diagonale est élevée, plus la distribution est inégalitaire et plus l'indice de Gini est proche de 1.

Plus la distribution est égalitaire, plus l'indice de Gini est proche de 0. Ainsi, dans l'exemple précédent :

0 < indice de Gini du revenu < indice de Gini du patrimoine < 1

En 2016, selon les chiffres de l'INSEE, les principaux indicateurs d'inégalités montrent une faible baisse des inégalités. L'indice de Gini est en repli de 0,4 point de pourcentage (0,288 en 2016 au lieu de 0,292 en 2015). Cette baisse est plus marquée que celle estimée par simulation en octobre 2017, qui était de – 0,2 point de pourcentage.

– Le rapport inter-décile

Le rapport inter-décile, qui mesure le rapport entre le neuvième décile, niveau de vie plancher des 10 % les plus aisés, et le premier décile, plafond des 10 % les plus modestes, est aussi en baisse (- 0,05 point pour atteindre 3,40). Enfin, en 2016, les 20 % de personnes les plus modestes disposent de 8,9 % de la somme des niveaux de vie (+ 0,1 point), les 20 % les plus aisées de 37,9 % (- 0,4 point). Le rapport entre la masse des niveaux de vie détenue par les 20 % de personnes les plus aisées et celle détenue par les 20 % les plus modestes s'établit donc a 4,27 et diminue de 0,08 point. Les inégalités de niveau de vie ont connu des variations substantielles dans les années d'après-crise : d'abord a la hausse en 2010 et 2011 puis a la baisse en 2012 et 2013. Depuis, les variations sont d'ampleur plus limitée.

En 2016, les inégalités retrouvent leur niveau de 2013 mais, mesurées par l'indice de Gini, elles restent toutefois légèrement supérieures a leur niveau d'il y a vingt ans (0,282 en 1996).

– Le « top 1 % » des revenus

D'autres *quantiles* (ou *fractiles*) peuvent aussi être utilisés lorsqu'on divise par exemple, la population en tranche de 20 % (*quintile*) ou lorsqu'on isole les 0,1 % de cette distribution (millimes). Récemment s'est ainsi imposée l'utilisation de statistiques concernant le 1 % le plus riche (soit le dernier *centile*) de la répartition du revenu (« top income ») ou du patrimoine. Inspiré d'un article de l'économiste Joseph Stiglitz paru en mai 2011 dans *Vanity Fair* (« *Of the 1 %, by the 1 %, for the 1 %* »), il a été popularisé par le slogan du mouvement de contestation anticapitaliste *Occupy Wall street* la même année : « *We are the 99 %* » qui dénonçait en creux les avantages indus de ce 1 % le plus riche. Ces deux catégories sont devenues courantes dans le monde anglo-saxon mais leur signification mérite d'être interrogée car la frontière du 1 %, destinée à définir les « top incomes », reste en effet plus symbolique que vraiment pertinente.

Comme l'expliquent certains économistes, les « 99 % » au bas de la distribution du revenu aux États-Unis font tous partie des 20 % les plus riches de la planète et l'analyse de l'inégalité mondiale menée sur cette base doit donc être prudente.

Conseils pour le bac

- Dans ce chapitre, il convient tout d'abord de soigneusement distinguer les différentes formes d'inégalités économiques, soit avant et après les opérations de redistribution. Le candidat au bac doit tout d'abord bien définir les inégalités de revenus (salaires, revenus disponibles) puis les inégalités de patrimoine et présenter leur caractère cumulatif. Ce thème peut être d'ailleurs traité en s'appuyant sur la mesure des inégalités et leur évolution à long terme, ainsi que sur les débats actuels sur le capitalisme.
- Il faut aussi bien distinguer les inégalités économiques des inégalités sociales et insister sur leur caractère cumulatif : il s'agit là d'évoquer les autres déterminants de la hiérarchie sociale tout aussi importants, comme les inégalités d'accès à l'emploi, les inégalités scolaires, les inégalités de genre (masculin/féminin), les inégalités de logement, ou les phénomènes de discrimination prohibés par la loi…
- Il s'agit aussi de bien maîtriser les différentes conceptions de l'égalité pour justifier l'intervention correctrice des pouvoirs publics en matière d'inégalités économiques et sociales. Il faudra donc connaître les notions d'égalité des droits, d'égalité des situations, d'égalité des conditions, d'égalité des chances, etc.
- Pour nourrir la réflexion sur cette partie relative à la justice sociale, on peut opportunément mobiliser différents courants mentionnés par le programme, et différents auteurs, parmi lesquels Alexis de Tocqueville, Friedrich Hayek, Karl Marx, etc. puisque les différentes conceptions de la justice sociale s'opposent quant au système de valeurs de référence et, en définitive, en termes d'intervention publique légitime.

3. J'approfondis. L'action des pouvoirs publics face aux inégalités

Les pouvoirs publics disposent de plusieurs leviers pour lutter contre les inégalités et viser la justice sociale. Le système de protection sociale et la redistribution cherchent a contenir les inégalités économiques et sociales : l'assurance et l'assistance sont mobilisées pour couvrir les principaux risques sociaux et verser des revenus de transfert aux populations sans ressources. D'autres leviers peuvent aussi être mobilisés : la loi pour défendre une certaine égalité entre les groupes sociaux et lutter contre les discriminations, et les services collectifs pour garantir une égalité d'accès aux citoyens a la senté et a l'éducation.

3.1 Des leviers multiples face aux inégalités

– *Le système de redistribution :* l'action des pouvoirs publics sur les inégalités se fait tout d'abord grâce au système de redistribution. Il faut bien distinguer la répartition primaire des revenus, qui vient de la production, de la répartition secondaire des revenus, qui s'obtient après versement des impôts et des cotisations sociales, et une fois perçus les revenus de transfert. Après ces opérations de redistribution, on obtient alors le revenu disponible. L'action publique modifie la répartition des revenus et permet une réduction significative des inégalités de revenus.

– *Le système de protection sociale :* l'intervention sociale de l'État en matière de protection sociale permet de couvrir les citoyens contre les principaux risques sociaux liés a la vie (maladie, chômage, vieillesse, etc.) et de prévenir le risque de diminution de leurs ressources grâce à des mécanismes de solidarité collective. Dans un sens plus large, l'action sociale de l'État englobe les mécanismes d'assurance collective obligatoire, le droit du travail, les services publics et la politique économique et sociale. Il s'est développé au XXe siècle suite à l'émergence de la question sociale au XIXe siècle du fait de l'aggravation de la pauvreté engendrée par l'industrialisation.

On distingue traditionnellement deux grands modèles de protection sociale :

– Dans le système basé sur l'assurance, les prestations sociales sont versées en contrepartie des cotisations sociales. Les prestations sont basées sur le travail et garanties par les pouvoirs publics : les travailleurs versent une cotisation qui est fonction de leur revenu et s'ouvrent ainsi un droit « objectif » sur la société. On parle alors de « redistribution horizontale ».

– Le second système, fondé sur l'assistance, financé par l'impôt, est basé solidarité et l'assistance entre les membres de la collectivité, et donc sur la redistribution. Il prévoit la même protection sociale pour tous, au nom de droits sociaux, garantis notamment par la Constitution. Dans cette perspective, l'État doit assurer le bien-être social et protéger chaque individu contre les risques sociaux. Par ailleurs, le soutien aux bas revenus permet, en théorie, d'atteindre une certaine efficacité économique car ces derniers ont une forte propension à consommer et peuvent être ciblés dans le cadre d'une politique de relance par la consommation. On parle de « redistribution verticale ».

– *Les services collectifs :* outre la fiscalité, la redistribution et le système de protection sociale, les pouvoirs publics peuvent recourir a la production de services collectifs (ou services publics). Les services collectifs sont des activités d'intérêt général prises en charge par une institution publique (administration ou entreprise publique) ou privée, mais sous le contrôle d'une institution publique. Ils sont un moyen de redistribution et d'égalité. Plutôt que de verser aux ménages des revenus pour que les enfants puissent suivre des études quel que soit le niveau de revenu, l'État prend en charge gratuitement l'éducation, ce qui permet de réduire les inégalités. Ainsi, les services collectifs assurent une mission de redistribution car leur consommation est indépendante de leur financement : un ménage fortement imposé sur le revenu peut n'utiliser que peu de services collectifs, alors qu'un ménage exonéré de l'impôt sur le revenu peut consommer un niveau élevé de services collectifs. Les services collectifs répondent a un objectif de protection des individus et de réduction des inégalités.

– *La lutte contre les discriminations :* ces inégalités de traitement remettent en cause l'égalité juridique. En France, les discriminations fondées sur l'origine ethnique, la religion, le sexe ou encore les croyances sont condamnées par la loi car elles remettent en cause le principe d'égalité des droits. Une juridiction, le Défenseur des Droits, est dédiée à la lutte contre les discriminations.

3.2 L'action des pouvoirs publics sous contraintes

Si les pouvoirs publics agissent pour réduire les différentes formes d'inégalités, leurs actions se heurtent a d'importantes contraintes :

– *Les contraintes financières :* depuis les années 1970, le ralentissement de la croissance économique et la montée du chômage ont réduit les recettes fiscales et sociales, tandis que, dans le même temps, du fait de la crise, les dépenses sociales ont progressé plus vite que le PIB (indemnisation des chômeurs, revenu de solidarité active, etc.). Ainsi, les déficits sociaux de l'État providence se sont creusés au fil des années en obligeant les pouvoirs publics a augmenter les prélèvements obligatoires et a mieux contrôler les dépenses sociales.

En France, le système de protection sociale est majoritairement basé sur le travail salarié (et donc sur les cotisations) : or la montée et la persistance du chômage de masse ont déstabilisé l'équilibre des caisses d'assurance sociale et réduit l'impact de l'action des pouvoirs publics sur les inégalités économiques et sociales.

On voit également que l'action des pouvoirs publics ne parvient pas a réduire les inégalités : certaines formes de pauvreté se développent ou demeurent a un niveau élevé. Ainsi, malgré l'existence d'un haut niveau de protection sociale en France, les inégalités entre les plus fortunés et les plus pauvres se sont accentuées.

– *Les risques de désincitation :* l'action des pouvoirs publics peut être créatrice d'inefficacités. En effet, la hausse de la fiscalité peut comprimer le revenu disponible des ménages et réduire leur consommation. Par ailleurs, la hausse des prélèvements obligatoires peut faire diminuer les profits des entreprises, freiner l'investissement productif, l'innovation, et finalement freiner la croissance et la croissance et l'emploi. La hausse du chômage, qui concerne prioritairement les classes populaires, peut alors aggraver les inégalités.

– *La perte d'attractivité du territoire :* la fiscalité sur les hauts revenus peut être difficile a mettre en œuvre dans une économie ouverte ou les capitaux circulent librement et ou les entreprises nationales sont en compétition avec des entreprises d'autres pays qui subissent des coûts plus faibles du fait de la protection sociale réduite et une fiscalité plus avantageuse. La hausse de la fiscalité pour financer la redistribution peut alors conduire à une délocalisation de certaines activités productives, surtout dans certaines zones comme l'Union économique et monétaire (UEM) ou la concurrence fiscale est forte. En outre, les travailleurs les plus qualifiés peuvent décider d'émigrer si la fiscalité progressive taxe excessivement les hauts revenus.

La perte d'efficacité de l'action publique peut alors entraîner une perte de légitimité de la redistribution puisque les contreparties diminuent en termes de transferts sociaux pour une partie des classes moyennes.

L'intervention des pouvoirs publics peut ainsi réduire les incitations au travail, a l'investissement, a l'épargne et a l'innovation : un niveau trop élevé de prélèvements obligatoires dissuade, par exemple, de faire des heures supplémentaires (substitution du loisir au travail), d'entreprendre en raison de la faiblesse des profits que l'on pourra en retirer. Par ailleurs, il peut subsister un trop faible écart entre les revenus d'assistance et les revenus du travail pour inciter les individus a la reprise d'emploi. Se créent alors ce que les experts appellent « les trappes a inactivité ».,

Bibliographie

- Jean-Pierre Biasutti, Laurent Braquet, *Comprendre les inégalités économiques*, Bréal, 2016.
- Marion Navarro, *Les inégalités de revenu*, Armand Colin, 2016.
- Camille Landais, Thomas Piketty, Emmanuel Saez, *Pour une Révolution fiscale, un impôt sur le revenu pour le XXIe siècle*, Seuil, Collection La République des idées, 2011.
- Pierre Rosanvallon, *La Société des égaux*, Le Seuil, 2011.
- Joseph Stiglitz, *Le prix de l'inégalité*, Acte Sud, 2014.

Je m'exerce et je fais la différence

1. Des questions possibles au bac

– Vous montrerez que les inégalités ne sont pas seulement économiques.
– En quoi les inégalités sont-elles multiformes ?
– Vous montrerez que les inégalités peuvent être cumulatives
– Quelles sont les différentes conceptions de la justice sociale ?
– En quoi l'action des pouvoirs publics contre les inégalités peut-elle avoir des effets pervers ?

2. Entraînement

2.1 Exercice 1. QCM

1. Les inégalités de patrimoine sont plus fortes que les inégalités de revenu en raison :
   - ☐ Des différences de capacités d'épargne des ménages
   - ☐ De la propension à consommer plus forte des catégories populaires
   - ☐ Des différences de fiscalité acquittée par les ménages
   - ☐ Des écarts dans la composition des ménages

2. La courbe qui permet de mesurer la concentration des revenus et des patrimoines est :
   - ☐ La courbe de Laffer
   - ☐ La courbe de Lorenz
   - ☐ La courbe de Gini
   - ☐ La courbe de Keynes

3. L'impôt sur le revenu est :
   - ☐ Un impôt forfaitaire
   - ☐ Un impôt indirect
   - ☐ Un impôt proportionnel
   - ☐ Un impôt progressif

4. Les droits civils et l'égalité juridique ont été proclamés avec :
   - ☐ La Révolution de 1789 et la Déclaration des Droits de l'Homme et du Citoyen
   - ☐ La mise en place du système de protection sociale en 1945
   - ☐ La monarchie absolue
   - ☐ L'instauration du suffrage universel

5. Pour Alexis de Tocqueville, la démocratie française se caractérise par :
   - ☐ Une « préférence pour l'inégalité »
   - ☐ Une « passion pour l'égalité »
   - ☐ Un retour à l'Ancien Régime
   - ☐ Une croyance dans les vertus de l'autorité

2.2 Exercice 2

Placer chacun des termes de la colonne de gauche dans le bon modèle d'État-Providence.

	Modèle fondé sur l'assurance	Modèle fondé sur l'assistance
Bismarckien		
Cotisations		
Redistribution verticale		
Redistribution horizontale		
Impôt		
Universalisme		

2.3 Exercice 3. La courbe de Laffer : les effets pervers d'une fiscalité excessive

Document

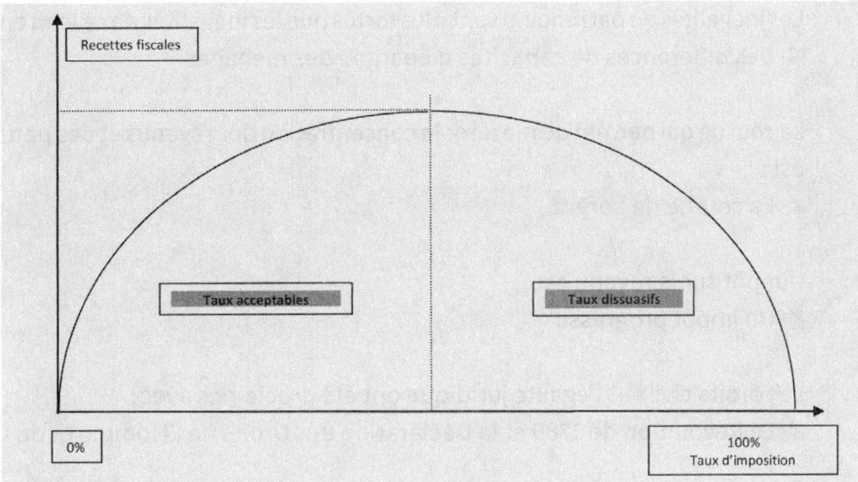

Questions

1. Quel est l'effet d'une baisse du taux d'imposition sur les recettes fiscales ? Pour répondre recopiez et complétez le tableau ci-dessous en vous aidant du graphique représentant la « courbe de Laffer »

	Taux considérés comme « acceptables »	Taux considérés comme « dissuasifs »
Évolution des recettes fiscales (Augmentation/ Diminution) ?		

2. Arthur Laffer, conseiller économique du président Reagan au début des années 1980, considérait que « trop d'impôt tue l'impôt ». Expliquez cette phrase.

3. Corrigé

3.1 Exercice 1. QCM

1. Les inégalités de patrimoine sont plus fortes que les inégalités de revenu en raison :
   ☒ Des différences de capacités d'épargne des ménages

2. La courbe qui permet de mesurer la concentration des revenus et des patrimoines est :
   ☒ La courbe de Lorenz

3. L'impôt sur le revenu est :
   ☒ Un impôt progressif

4. Les droits civils et l'égalité juridique ont été proclamés avec :
   ☒ La Révolution de 1789 et la Déclaration des Droits de l'Homme et du Citoyen

5. Pour Alexis de Tocqueville, la démocratie française se caractérise par :
   ☒ Une « passion pour l'égalité »

3.2 Exercice 2

Placer chacun des termes de la colonne de gauche dans le bon modèle d'État Providence.

	Modèle fondé sur l'assurance	Modèle fondé sur l'assistance
Bismarckien	Bismarckien	
Cotisations	Cotisations	
Redistribution verticale		Redistribution verticale
Redistribution horizontale	Redistribution horizontale	
Impôt		Impôt
Universalisme		Universalisme

3.3 Exercice 3. La courbe de Laffer : les effets pervers d'une fiscalité excessive

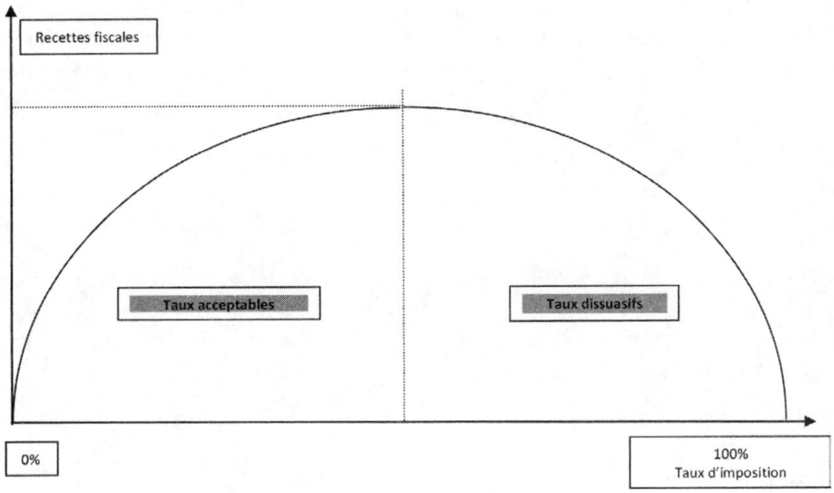

■ Questions

1. Quel est l'effet d'une baisse du taux d'imposition sur les recettes fiscales ? Pour répondre recopiez et complétez le tableau ci-dessous en vous aidant du graphique représentant la « courbe de Laffer »

	Taux considérés comme « acceptables »	Taux considérés comme « dissuasifs »
Évolution des recettes fiscales (Augmentation/ Diminution) ?	**Augmentation**	**Diminution**

2. Arthur Laffer, conseiller économique du président Reagan au début des années 1980, considérait que « trop d'impôt tue l'impôt ». Expliquez cette phrase.
La formule d'Arthur Laffer signifie qu'un accroissement du taux d'imposition sur les ménages et les entreprises entraîne dans un premier temps un accroissement des recettes fiscales, puis, s'il continue à progresser, crée ensuite des effets désincitatifs puissants sur l'activité économique qui finissent par réduire les recettes fiscales.

Chapitre 12

L’action publique en faveur de l’environnement

Je révise et je me perfectionne

Dans quelle mesure les différents acteurs publics et privés peuvent-ils coopérer pour protéger l'environnement et faire face aux conséquences du changement climatique ?

I. Définition

Selon de nombreux experts du climat et de l'environnement, l'économie mondiale est aujourd'hui entrée dans un « monde fini » (en termes de stock de capital naturel utilisable) où les pressions économiques sur l'écosystème s'intensifient et où le changement climatique devient très préoccupant. La croissance économique pourrait ainsi buter sur le manque de ressources naturelles, et les tensions géopolitiques entraînées par l'épuisement des matières premières pourraient s'aviver : la pauvreté énergétique pourrait frapper durement les pays les moins avancés, déjà menacés par la pénurie d'eau, la volatilité des prix agricoles, et les dérèglements climatiques. De plus, la montée des classes moyennes dans les pays émergents et l'adoption d'un mode de consommation à l'occidentale pourraient encore accroître les pressions sur les ressources renouvelables et non renouvelables (eau, richesses halieutiques, énergies fossiles, forêts). Les questions environnementales sont devenues un problème public qui est sur l'agenda politique : les politiques publiques, à différents niveaux (du local à l'international), et également sous la pression de l'opinion publique (partis, associations, citoyens, ONG…), tentent de concilier l'efficacité économique avec la protection de l'environnement. Mais ces questions environnementales sont également des questions mondiales qui appellent des réponses mondiales. Dès lors, la coopération internationale s'avère plus que jamais nécessaire afin de lutter contre les effets néfastes du changement climatique et accélérer l'évolution de nos modes de production et de consommation. Mais cette coopération s'avère particulièrement difficile à mettre en œuvre dans une économie globalisée où les intérêts nationaux s'opposent et où la concurrence internationale entre les entreprises reste très forte.

2. Le cours

2.1 La montée des tensions autour du contrôle des ressources naturelles

Les activités humaines des pays développés sont historiquement responsables de la croissance de la pollution, mais les pays en développement vont avoir dans les prochaines années un rôle de plus en plus important dans l'augmentation des émissions totales de gaz à effet de serre, le plus gros émetteur étant aujourd'hui la Chine, devant les États-Unis et l'Union européenne. Si la mondialisation n'est pas directement responsable de l'épuisement de certaines réserves énergétiques, l'accession des pays émergents aux modes de production et de consommation énergétivores sur le modèle occidental pourrait accélérer la raréfaction des ressources. Le réchauffement climatique aurait des conséquences considérables sur l'économie mondiale : d'ici la fin du XXIe siècle, si rien ne change, les températures dépasseraient de 5°C le niveau qui était le leur pendant l'ère préindustrielle, selon une probabilité de 50 % selon les experts internationaux. Si cela était vérifié, les conséquences seraient nombreuses et menaceraient des aspects fondamentaux de l'existence.

Dès une augmentation de 1,5 °C de la température, les rendements agricoles baisseraient. L'acidification des océans menacerait les ressources marines, principal apport protéinique pour 1 milliard de personnes. Les ressources en eau potable diminueraient et l'élévation du niveau des mers menacerait de nombreuses grandes villes dans le monde. Les effets sur l'environnement seraient irrémédiables : dégradation des barrières de corail, disparition de nombreuses espèces, tempêtes plus nombreuses et puissantes, développement plus fréquent de feux de forêts, sécheresses, inondations et vagues de chaleur. Avec la raréfaction de nombreuses ressources, des grandes vagues de migrations internationales seraient envisageables à l'échelle du globe, engendrant des conflits géopolitiques sévères. Face à ces risques, les populations des pays en développement seraient les plus durement touchées (morbidité, risques sanitaires, dégradation des sols, déforestation) en raison principalement de leur géographie, mais aussi de par leur manque de revenu et de capital humain qui crée un handicap pour s'adapter au changement. Pour des raisons similaires, les populations pauvres des pays développés seraient également touchées.

2.2 La mondialisation partiellement responsable de la dégradation de l'environnement

La mondialisation, en raison du dynamisme du commerce international, a permis de produire des biens matériels, de les échanger et de les consommer sur des volumes et à des rythmes en constante progression depuis le XIXe siècle. L'accroissement des échanges a augmenté l'empreinte écologique des activités humaines à travers le monde. Si l'impact de la mondialisation sur l'environnement reste difficile à évaluer avec précision, celui-ci est avéré : les principales sources de rejets de CO_2 sont la production industrielle, les transports et la déforestation. Or, si ces trois activités humaines existent indépendamment de la mondialisation, leur développement considérable au cours du XXe siècle et en particulier au cours des dernières décennies, est au moins partiellement lié à l'accélération de la mondialisation.

– La mondialisation contribue à l'accroissement des transports de marchandises : la baisse du coût de ces derniers, conjuguée à la libéralisation des échanges, a favorisé le développement du transport routier, du transport maritime et du trafic aérien. L'amélioration des techniques énergétiques n'a par ailleurs pas suffi à absorber l'impact environnemental de la hausse du trafic sur les principales routes de la mondialisation.

– La mondialisation favorise indirectement les émissions de dioxyde de carbone liées à l'activité industrielle et à la consommation de biens matériels. Si depuis le XIXe siècle la Révolution industrielle a été un puissant vecteur de la mondialisation de l'économie, l'accroissement des échanges commerciaux et des investissements étrangers a en retour encouragé l'activité industrielle et l'accroissement de la production et de rejets de gaz à effet de serre (comme par exemple avec la production électrique, qui se fait encore largement par combustion de charbon, de pétrole et de leurs dérivés). L'intensification de la mondialisation a accentué l'effet de serre et le réchauffement climatique. Les pays développés, berceau de l'industrialisation du monde, ont longtemps été les plus gros pollueurs de la planète, mais depuis les années 2000, le développement économique très rapide des pays émergents les a aussi conduits à devenir des émetteurs majeurs de gaz à effet de serre (GES). L'insertion des pays émergents dans la concurrence mondiale a donc accru les pressions sur l'environnement.

– La mondialisation favorise la déforestation qui est une cause indirecte mais très importante d'augmentation de l'effet de serre. Le défrichage et l'exploitation forestière réduisent en effet le volume de CO_2 que les plantes absorbent pour le transformer en oxygène, ce qui augmente d'autant le volume de CO_2 présent dans l'atmosphère, et accroît donc l'effet de serre. Au total, on estime que les émissions liées à la déforestation représentent quelque 20 % de l'augmentation de la concentration de GES dans l'atmosphère. La mondialisation contribue également à la diminution de la biodiversité : en effet, un grand nombre d'espèces animales se sont éteintes au cours des dernières décennies. L'ouverture internationale a accru les activités industrielles et la pollution des écosystèmes, tandis que l'extension des villes et des exploitations agricoles (ou minières) a évincé certaines espèces.

2.3 La mondialisation peut aussi contribuer à atténuer les dégâts environnementaux

La mondialisation des échanges et de la recherche scientifique favorise l'essor des technologies vertes. Outre que ces nouvelles activités peuvent constituer une source non négligeable de profits et d'emplois dans le futur, les industries innovantes dans le secteur environnemental, conjuguées à la circulation mondiale des capitaux et à l'innovation sont des moyens de favoriser la « croissance verte ». Ils peuvent être des instruments particulièrement efficaces de lutte contre la pollution et le changement climatique à l'échelle mondiale. Les investissements internationaux (à la fois publics et privés) dans les technologies environnementales et l'innovation « verte » sont de plus en plus importants, notamment dans les nouvelles énergies (éolien, solaire, biocarburants, etc.)

La mondialisation des entreprises peut favoriser les IDE respectueux de l'environnement des pays développés vers ceux en développement : les firmes multinationales, habituées aux standards et pratiques environnementales dans les pays développés, sont ainsi des vecteurs importants de transfert de technologies vertes et de bonnes pratiques. Enfin, la globalisation numérique et la mondialisation de l'information, avec la puissance des grands médias internationaux, permettent d'alerter instantanément les associations écologistes et sensibiliser l'opinion publique d'atteintes à l'environnement.

Le développement économique de la Chine inquiète les observateurs : il se caractérise notamment par la forte pollution de l'air et de l'eau dans les villes, entraînant un coût naturel et humain particulièrement élevé. Pourtant, la Chine suivrait une trajectoire environnementale normale au regard de celle des pays aujourd'hui développés, et elle a mis sur pied dans la période récente des instances de gouvernance environnementale puissantes, en particulier avec la transformation de l'administration d'État pour la protection de l'environnement en ministère de plein droit, et surtout la mise en chantier d'une transition écologique dans les modes de production.

2.4 Les difficultés de la gouvernance environnementale mondiale

Les questions environnementales peuvent être prises en charge à différents échelons : au niveau local lorsqu'une mairie fait respecter le droit de l'urbanisme pour limiter les constructions sur des zones naturelles protégées, au niveau national lorsque l'État impose des réglementations sur les pots d'échappement des automobiles ou sur l'émission de CO_2 par les entreprises d'un secteur. Mais le capital naturel, la qualité du climat et la biodiversité constituent également des biens publics mondiaux dont la préservation est à la charge de l'humanité dans son ensemble, puisque les dérèglements environnementaux menacent potentiellement toute la planète. La production d'un bien public mondial nécessite ainsi de la coopération entre les États, c'est-à-dire de la gouvernance mondiale. Dans son livre consacré au changement climatique, le prix Nobel d'économie 2018 William Nordhaus écrit que « *les externalités mondiales posent des difficultés particulières, car il n'existe pas de marché manipulable ni de mécanisme public pour s'y attaquer. Il n'existe pas de gouvernemental mondial pouvant exiger que tous les habitants de la planète prennent part à la solution. L'absence d'un gouvernement mondial rend difficile l'arrêt de la chasse à la baleine, le contrôle des technologies nucléaires dangereuses et le ralentissement du réchauffement climatique* » (in *Le casino climatique*, De Boeck, 2019). Les difficultés de la coopération internationale peuvent s'expliquer dans le cadre du modèle du « passager clandestin » forgé par le sociologue Mancur Olson qui montre le caractère peu rationnel de l'engagement à réduire la pollution et l'émission de GES. En effet, si un État procède à un calcul des coûts et des avantages de son action, la stratégie la plus rationnelle dans le cadre d'un accord international par exemple, consiste à se comporter en « passager clandestin » (*free rider*). Il s'agit alors de bénéficier des acquis de l'accord, des aides éventuelles, des gains politiques face à l'opinion publique, mais en limitant l'impact des mesures à prendre sur sa propre économie en allégeant les contraintes sur les ménages et les entreprises, et laisser ainsi les autres nations supporter le coût de l'ajustement.

Mais la nécessité de lutter efficacement contre les activités nuisibles à l'environnement se heurte, dans le cadre d'une économie mondiale dominée par le libre-échange et la concurrence, à des pratiques de dumping environnemental, comme il existe des pratiques de dumping social ou fiscal. Les biens de consommation sont produits pour une grande partie dans des pays où les contraintes environnementales sont faibles, voire inexistantes, ce qui constitue d'ailleurs un avantage comparatif pour implanter des unités de production sur ces territoires, les firmes multinationales allégeant ainsi leurs coûts. La concurrence mondiale peut ainsi inciter certaines de ces firmes à « délocaliser » la pollution. C'est pourquoi l'instauration de mesures contraignantes en France ou même en Europe en matière environnementale serait inefficace si aucune mesure similaire n'était prise à l'encontre des produits importés sur le territoire national. Les

Etats-nations, pris isolément, n'ont alors guère d'incitation à instaurer des dispositifs (normes, taxes, droits à polluer) qui pénaliseraient la compétitivité de leurs entreprises dans la mondialisation. La coopération des États dans le domaine environnemental s'inscrit aussi aujourd'hui dans un contexte de retour des conflits commerciaux.

2.5 Les progrès de la coopération internationale dans le domaine de l'environnement

Les efforts de gouvernance environnementale mondiale se sont appuyés sur de grandes conférences sur le réchauffement climatique avec les sommets de la Terre à Rio en 1992, puis de Kyoto en 1997. Mais les échecs des sommets de Copenhague en 2009 puis de Rio et de Stockholm en 2012, témoignent de nombreux blocages, en particulier du fait des refus multiformes des États-Unis, de la Russie, de l'Inde, du Brésil ou de la Chine. Par exemple lors du sommet de Copenhague, l'Inde et la Chine, où le charbon occupe une place importante dans le système énergétique national, se sont opposés aux objectifs de réduction des émissions de CO_2 afin de lutter contre le réchauffement climatique, en défendant leur droit historique au développement industriel comme l'a fait l'Europe depuis le XIXe siècle.

Mais l'accumulation d'indicateurs inquiétants concernant l'environnement et la pression de l'opinion publique, celle des associations et des organisations non gouvernementales (comme Greenpeace), ont incité les États à poursuivre les efforts de coopération internationale. L'accord de Paris de 2015, dit accord de la COP-21, plaide en faveur de la limitation du réchauffement climatique sous le seuil de 1,5°C par rapport à l'ère préindustrielle. Toutefois, selon le GIEC, le groupe des experts scientifiques sur la question du climat, les mesures de limitation actuelles ne permettront pas d'atteindre cet objectif. Ils font le constat que « *lors de la Conférence des Parties (COP 21), qui s'est tenue en décembre 2015 a Paris, les 196 parties (195 États, plus l'Union européenne) sont parvenues a la conclusion qu'il fallait limiter le* réchauffement *climatique a 2°C et poursuivre les efforts visant a le contenir a 1,5°C. La COP 24, qui s'est* déroulée *en décembre 2018 dans la ville polonaise de Katowice, a confirmé ces objectifs mais sans adopter les mesures nécessaires pour y parvenir* ». La question écologique permet de renouveler la réflexion sur le processus de croissance économique, ses causes et ses conséquences. Pour essayer de mieux comprendre les problèmes écologiques posés par la croissance, on peut s'appuyer sur les différentes catégories de biens que distinguent les économistes, et notamment sur les questions des biens communs (voir focus).

Les questions environnementales mobilisent de nombreux acteurs : les pouvoirs publics (États, collectivités locales), les organisations non gouvernementales (comme Greenpeace), les associations, les partis politiques (qui intègrent les questions écologiques dans leurs programmes), les entreprises (qui innovent dans le domaine environnemental ou sont soumises à des réglementations écologiques, etc.), et les citoyens, dont les comportements et la consommation favorisent plus ou moins le respect de l'environnement.

Focus sur **Les biens communs et la « tragédie des biens communs »**

Que sont les biens communs ?

Les économistes distinguent différentes catégories de biens dans nos économies de marché. Les biens privatifs sont ceux qui s'échangent sur les différents marchés. Les biens collectifs ont les caractéristiques contraires et ne peuvent donner lieu a un échange marchand. Enfin, il existe deux catégories intermédiaires : les biens de club, qui peuvent avoir un prix de marché, mais sont non rivaux et les biens communs, qui sont rivaux, mais ne peuvent avoir de prix. Ici, on se contentera de distinguer des biens collectifs et des biens communs. Les biens collectifs ne peuvent donner lieu a un échange marchand. Ils sont « non rivaux » et « non excluables ». Un bien est qualifié de rival dans la mesure où la consommation par l'un empêche complètement celle de l'autre. Celui qui paye le prix peut satisfaire son besoin, celui qui ne paye pas, ne le peut pas. Un bien collectif respecte la non-rivalité (la consommation de ce bien ne peut empêcher la consommation de ce même bien par un autre individu) et la non-exclusion (il est impossible d'exclure par les prix l'usage de ce bien). Les biens collectifs les plus purs sont le climat, la qualité de l'air, la pureté de l'eau. Les biens communs sont « rivaux », mais « non excluables ». Les biens communs ne sont pas des biens collectifs. Ainsi, les pâturages communs ne font pas l'objet d'une exclusion par les prix, mais l'herbe mangée par un troupeau de vaches n'est plus disponible pour d'autres. Les poissons pêchés par un pêcheur ne sont plus disponibles pour les autres.

La « tragédie des biens communs »

La nature des biens communs conduira a leur tragique surexploitation selon le biologiste Garret Hardin. Dans *The Tragedy of commons*, 1968 (*La tragédie des biens communs*), il montre comment l'usage collectif de terres communales aboutit, en l'absence de régulation, a la ruine des paysans. On peut dire que, contrairement a la main invisible du marché théorisée par Adam Smith, la somme des intérêts individuels ne conduit pas à l'intérêt général, mais a la ruine générale. De surcroît, en l'absence de droits de propriété sur les biens environnementaux, on aboutit a une très mauvaise utilisation et affectation des ressources. Selon l'approche de Hardin, l'inexistence de droits de propriété sur les biens environnementaux conduit a la destruction inévitable et complète de l'environnement. L'existence de ces situations de marché dans une économie

capitaliste est favorable a l'émergence et a la multiplication de comportements nuisibles à l'environnement, au climat, au bien-être et à l'aggravation des limites écologiques de notre mode de croissance. Pour lui, la gestion optimale des communs exige soit la privatisation du bien considéré, soit la nationalisation.
L'économiste Elinor Ostrom, récompensée par le prix Nobel en 2009, va réexaminer dans ses travaux ce qui se passe réellement en matière de gestion des biens communs existants, et remettre cette question au centre des débats et des recherches. Elle va montrer qu'à part la privatisation ou la nationalisation, d'autres formes de gouvernance des biens communs sont possibles. Ses recherches présenteront notamment l'efficacité de la gestion directe des réseaux d'irrigation par les parties prenantes en Californie du Sud, ou les façons dont des copropriétaires peuvent gérer correctement et collectivement les immeubles. Elinor Ostrom démontre ainsi que la gestion de ressources partagées peut s'appuyer de manière efficiente sur la concertation des acteurs directement concernés.

Conseils pour le bac

- Cette partie du programme nécessite de montrer comment les questions environnementales ont progressivement été mises sur l'agenda politique en tant que problème public d'importance majeure, et nécessitant l'implication de différents acteurs, qu'ils soient publics ou privés.
- Il s'agit de préciser les différents échelons de l'intervention publique sur les questions environnementales, du local à l'international, et d'expliciter ensuite les mécanismes des différentes politiques climatiques qui sont mises en œuvre.
- En mobilisant la notion de bien commun en économie, il faut également analyser les difficultés de la coopération internationale en matière de lutte contre le changement climatique, dans une économie mondiale où l'effort doit être réparti entre des pays à niveaux de développements très hétérogènes, et confrontés à la tentation de laisser les autres nations supporter le coût de la mobilisation en faveur du climat.

3. J'approfondis. L'enjeu des politiques climatiques

3.1 Que sont les politiques climatiques ?

Les politiques climatiques désignent l'ensemble des mesures prises par un État ou plusieurs, afin de lutter contre les conséquences sur l'environnement de la détérioration du climat. La lutte contre la pollution et plus généralement les politiques de l'environnement s'appuient d'une part sur les instruments « réglementaires », et d'autre part sur les instruments dits « économiques » :

– *Les instruments réglementaires* imposent des règles contraignantes qui portent soit directement sur les volumes des pollutions tolérées (quotas d'émission de tel ou tel polluant sur tel ou tel site industriel), soit sur les procédés (imposition de normes, comme par exemple le degré de raffinage de l'essence).

– *Les instruments économiques* sanctionnent financièrement les émissions contribuant à la dégradation de l'environnement, ou, de façon équivalente, offrent des incitations monétaires à éviter ces émissions. On regroupe habituellement les instruments utilisés dans ce domaine en trois types : la fiscalité (taxation des émissions), la subvention à l'innovation verte (à la réduction des émissions) et les marchés de quotas d'émission. Chacun affecte directement le système de prix auquel sont confrontés les agents économiques dont les décisions sont susceptibles d'affecter l'environnement : il s'agit alors de jouer sur les incitations économiques pour faire évoluer les comportements.

Quatre grandes catégories d'instruments des politiques climatiques sont mobilisables, la réglementation, la taxation, la subvention à l'innovation verte, et le marché de quotas d'émission.

3.2 Les réglementations : les normes

L'État peut inciter les entreprises à trouver des solutions innovantes pour favoriser la sauvegarde du capital naturel en réglementant certaines pratiques (par l'interdiction de certains produits nocifs, par exemple) et en imposant des quotas dans l'utilisation de certaines ressources (quotas de pêche pour le thon rouge). La réglementation est du ressort direct des autorités politiques et se concrétise par l'adoption de normes techniques concernant les méthodes de production et les biens et services produits. Dans certains cas particuliers, la norme peut aller jusqu'à l'interdiction. On distingue parfois les « normes de procédé » (ou de comportement) et les « normes de produit » (ou de performance). Les premières imposent une limitation des émissions au cours du processus de production (exigeant donc des dispositifs de dépollution ou une modification des techniques de production) alors que les secondes limitent les maxima d'émissions engendrées par l'utilisation du produit final (limitation de la consommation énergétique des ampoules ou des équipements ménagers, par exemple). On considère généralement que les mesures réglementaires ont une efficacité limitée car elles s'appuient sur la contrainte plus que sur l'incitation, sauf si elles entraînent un avantage économique pour l'utilisateur (économie de dépenses d'énergie, par exemple). Il est, par ailleurs, particulièrement difficile de les faire adopter à l'identique au niveau international.

3.3 La fiscalité écologique : les écotaxes

Les taxes sur les atteintes à l'environnement, notamment sur les émissions polluantes, ont pour objet d'attribuer une « valeur » à ces dommages environnementaux. Dans le cas des émissions de gaz à effet de serre (GES), la taxe a pour principe de faire payer à l'émetteur (entreprises, ménages) le coût social des émissions, à savoir leur impact sur le réchauffement climatique. Dans le langage des économistes, il s'agit donc d'internaliser le dommage écologique, le producteur d'un bien engendrant des émissions devant logiquement répercuter ce « coût de production » additionnel dans son propre prix de vente. On attend de ce mécanisme qu'il soit incitatif à la baisse des émissions puisque le consommateur a financièrement intérêt à se détourner des biens supportant le plus de taxes (donc les plus polluants) et à choisir les biens moins polluants. De même, le producteur a intérêt, pour garder ses parts de marché voire les augmenter, à utiliser les procédés de production les moins polluants, subissant moins de taxes. Ces écotaxes ont un autre effet positif : elles alimentent les recettes fiscales de l'État, renforçant ainsi ses moyens d'action au service de la préservation de l'environnement et lui permettant notamment de mettre en place le mécanisme inverse, la subvention incitative au comportement « vertueux » en matière écologique (système du bonus/malus pour les voitures). Il peut également taxer les entreprises polluantes et subventionner les entreprises ou individus qui mettent en œuvre des techniques économisant des ressources naturelles : subventions aux ménages qui isolent leur logement ou installent des panneaux solaires, ou la mise en place d'une taxe sur les productions polluantes en dioxyde de carbone, faisant augmenter le prix relatif de ces productions sur le marché, afin de rendre des productions innovantes relativement moins chères (taxe carbone).

3.4 Les subventions à l'innovation « verte »

Il s'agit d'aides financières de l'État en direction des entreprises qui réduisent leur pollution ou de système d'exonérations fiscales. L'objectif est de réduire les coûts des entreprises qui font des efforts pour dépolluer et réduire l'impact environnemental de leur activité sur l'environnement, mais aussi de développer les secteurs qui conçoivent des technologies qui permettent de mieux protéger l'écosystème.

3.5 Les marchés de quotas d'émission

L'État peut créer des marchés de quotas. Les pouvoirs publics décident du volume global de pollution désiré (par exemple la quantité d'émission de CO_2 désirée) et créent, en fonction de cela, un certain nombre de titres qui correspondent à des autorisations d'émissions polluantes (par exemple, la possession d'un titre donne le droit à une entreprise d'émettre une tonne de CO_2 par an). Ces titres s'échangent sur les marchés et une entreprise qui pollue plus devra acheter les titres correspondants, ce qui augmentera ses coûts de production. De tels marchés existent aujourd'hui : c'est le cas avec les émissions de CO_2 en Europe pour les grosses entreprises. Agir contre le réchauffement climatique et ses conséquences suppose, quels que soient les moyens retenus, d'aboutir à l'internalisation par le pollueur de la responsabilité de son acte (les émissions de CO_2 notamment) en lui faisant supporter le coût du dommage collectif qu'il engendre, selon le principe du « pollueur-payeur », de manière à préserver ce « bien public mondial » que constitue le climat. Cela suppose aussi qu'il y ait un relatif consensus entre les autorités politiques des différents États puisque les émissions de CO_2 d'un pays ne restent pas à l'intérieur des frontières nationales.

À la suite du Protocole de Kyoto (1997), un « marché des quotas d'émissions de GES » a vu le jour dans l'Union Européenne en 2005. On doit son principe aux travaux de l'économiste britannique Ronald Coase. Le mécanisme consiste, dans une zone géographique donnée et pour une période donnée, à fixer un volume de pollution maximale acceptable (une quantité de tonnes d'émissions de CO_2). Les pouvoirs publics répartissent alors, entre les différentes activités économiques, des quotas d'émissions attribués à chaque entreprise. Ces « permis de polluer » peuvent ensuite être achetés ou vendus selon que l'entreprise ne les utilise pas complètement ou au contraire les dépasse. Il s'institue ainsi un « marché des droits d'émissions » où le prix de la tonne de CO_2 résulte de l'offre et de la demande de « permis ». Le système est théoriquement incitatif à la réduction des pollutions puisque l'entreprise non polluante dégage des recettes supplémentaires en revendant ses droits non utilisés, alors que les entreprises polluantes sont contraintes d'en racheter, pénalisant ainsi leurs coûts de production.

Enfin, une autre direction est envisageable pour conduire une politique climatique à long terme, celle d'une transformation radicale de nos modes de production et de consommation. Cette voie suppose des innovations majeures et l'essor de technologies économes en émissions polluantes, telles que la technologie de l'énergie éolienne ou solaire, ou celle de la construction des bâtiments « basse consommation ». L'incitation au développement de ces technologies innovantes peut venir des pouvoirs publics, à travers les subventions, les prêts à taux zéro ou les crédits d'impôts.

On peut résumer les avantages et les inconvénients de chaque politique climatique dans le tableau suivant :

Les instruments de lutte contre la pollution

	Définition, fonctionnement et effets attendus	**Limites et effets pervers potentiels**
Les instruments réglementaires	Règles juridiques qui encadrent le fonctionnement des marchés et que doivent respecter les producteurs et les consommateurs	Faible efficacité économique dans la mesure où elles frappent indistinctement toutes les entreprises sans tenir compte des caractéristiques de chacun.
Les normes	Limitation ou interdiction de rejet de certains polluants, contrôle de certaines activités en imposant des autorisations, des normes, etc. (normes de produit, de procédés, de qualité, etc.)	La réglementation n'incite pas à dépolluer au-delà de la norme
Les instruments économiques (1) : Les subventions à l'innovation verte	Aides financières de l'État en direction des entreprises qui réduisent leur pollution ou système d'exonérations fiscales Objectif : réduire les coûts des entreprises qui font des efforts pour dépolluer	Coût pour les finances publiques : l'État collecte moins de recettes fiscales et doit dépenser plus sous forme d'aides (barrière de l'endettement de l'État !)

	Définition, fonctionnement et effets attendus	Limites et effets pervers potentiels
Les instruments économiques (2) : Les taxes	Taxation et fiscalité écologique (écotaxes) : l'État instaure un prélèvement obligatoire pour modifier le comportement des producteurs et des consommateurs (incitations) ; Les taxes modifient les coûts de production et les choix des entreprises : les activités polluantes sont plus coûteuses avec la taxe et les consommateurs paient les activités polluantes plus cher (péage à l'entrée des centres-villes)	Dans la réalité, les taux des écotaxes sont trop faibles pour engendrer les incitations suffisantes. Les consommateurs peuvent trouver ces taxes injustes (baisse du pouvoir d'achat) Les producteurs considèrent qu'elles détériorent leur compétitivité
Les instruments économiques (3) : Le marché de quotas d'émission	Un quota d'émission est un permis distribué aux entreprises par l'État. Le prix des quotas d'émission est déterminé par l'équilibre de l'offre et de la demande : la hausse des prix constitue donc une incitation à polluer moins.	Risque d'offrir trop de quotas d'émission sur le marché : fixation du prix trop bas du quota d'émission (comme cela est arrivé sur le marché européen du carbone) Incitation à augmenter les activités polluantes plutôt qu'à leur réduction.

Je m'exerce et je fais la différence

1. Des questions possibles au bac

- Quels sont les différents acteurs qui participent à la construction des questions environnementales comme problème public ?
- En quoi les acteurs nouent-ils des relations de conflit et de coopération ?
- Quelles sont les différentes échelles d'intervention des politiques publiques sur les questions environnementales ?
- Quels sont les principaux instruments dont disposent les pouvoirs publics pour faire face aux externalités négatives sur l'environnement ?

2. Entraînement

2.1 Exercice 1. Vrai ou faux ?

	Vrai	Faux
La prise en compte des questions environnementales suppose une coopération internationale	X	
La mondialisation est intégralement responsable du changement climatique		X
La théorie du « passager clandestin » peut s'appliquer aux questions de coopération internationale en matière environnementale	X	
La réglementation est un instrument économique incitatif		X
Les écotaxes peuvent faire baisser la compétitivité des entreprises	X	
La fiscalité écologique est appliquée au niveau international par les Nations unies		X
La théorie du passager clandestin a été développée par Garrett Hardin		X
Il existe désormais une organisation mondiale de l'environnement		X
L'Union européenne a mis en place un marché de quotas d'émission	X	
L'innovation technologique peut contribuer à la protection de l'environnement	X	

2.2 Exercice 2. Le raisonnement économique du marché des droits à polluer

Une entreprise industrielle a reçu un certain montant de quotas d'émission lui permettant l'émission d'une certaine quantité de CO_2 durant l'année. Mais la reprise économique l'a poussée à accroître sa production et à finalement dépasser le quota d'émission proportionnel à ses droits. Néanmoins, les entreprises de son secteur n'ont pas bénéficié des mêmes carnets de commande et disposent encore d'une partie de leurs droits.

Remplir le tableau suivant.

Évolution du marché des quotas d'émission	Variation du prix des quotas d'émission (hausse ou baisse ?)	Incitation donnée à l'entreprise réduire ses émissions de CO_2 ? (oui ou non)
La demande de quotas d'émission de l'entreprise est supérieure à l'offre de quotas d'émission des autres entreprises	Hausse ↗	oui
La demande de quotas d'émission de l'entreprise demeure inférieure à l'offre de quotas d'émission	Baisse ↘	non
La demande de quotas d'émission de l'entreprise est juste égale à l'offre de quotas d'émission	Stable →	neutre

2.3 Exercice 3. La difficile coopération internationale en matière d'environnement

Document Extrait de l'interview de Madame Laurence Tubiana, directrice générale de la fondation européenne pour le climat

Institut Montaigne : Quel bilan pouvez-vous tirer de l'Accord de Paris, trois ans après son adoption ?

Madame Laurence Tubiana : Trois ans après son adoption, l'Accord de Paris tient bon, malgré les vents contraires ! C'est même aujourd'hui le seul accord multilatéral qui rassemble pratiquement tous les pays. Il faut rappeler que cet accord est entré en vigueur en moins d'un an, ce qui constitue un record dans le système des Nations Unies. Mais la COP24 à Katowice était un moment important car nous devions adopter les règles d'application de l'accord, ce qui était essentiel pour assurer sa crédibilité. Les décisions prises lors de la COP24 à Katowice, et notamment l'adoption des règles d'application, nous donnent un cadre pour mettre en œuvre l'Accord de Paris dans un climat de confiance. Mais évidemment cela ne suffit pas. Les pays signataires doivent maintenant prendre des engagements plus ambitieux, en ligne avec l'objectif de limiter le réchauffement à « nettement moins de deux degrés » en 2100 : c'est l'objet des prochaines batailles. Maintenant que les règles sont en place, il n'y a plus d'excuses pour l'inaction climatique. La COP24 s'est inscrite dans la continuité de la COP21. L'objectif était de préciser les règles de mise en œuvre de l'Accord de Paris (le «*Paris Rulebook*»), pour nous permettre d'aller de l'avant. Ce sont ces règles que nous avons définies, établissant un cadre commun pour l'action climatique. Les règles conclues sur le mécanisme de transparence, par exemple, indiquent de quelle manière les pays doivent rendre compte des mesures prises dans la lutte contre le réchauffement climatique et des résultats obtenus. Elles permettront aussi de vérifier la bonne mise en œuvre des engagements de chaque pays. Ce processus est essentiel pour établir la confiance entre les États. Les gouvernements devront rendre compte de leurs actions et contribueront ainsi à renforcer la confiance mutuelle en assurant qu'il n'y ait pas de « passager clandestin », ce qui est une condition essentielle pour renforcer progressivement nos efforts collectifs. Les experts du GIEC (*) dans leur rapport spécial publié en octobre dernier nous disent qu'il est encore possible d'atteindre les objectifs de l'Accord de Paris, mais qu'il faut relever pour cela l'ambition et donc réduire les gaz à effet de serre de façon drastique : d'environ 45 % en 2030, par rapport aux niveaux de 2010. Quant au rapport de l'ONU environnement publié avant la COP 24, il a rappelé l'insuffisance des engagements pris par les parties à l'accord. En l'état actuel, ceux-ci donneraient lieu à une élévation de la température moyenne de la planète de plus de 3 °C d'ici 2100 par rapport aux niveaux préindustriels, avec des conséquences dramatiques pour nos économies et nos sociétés.

Source : *Institut Montaigne*, janvier 2019.
https://www.institutmontaigne.org/blog/cop24-quel-avenir-pour-laccord-de-paris

(*) GIEC : Groupe d'experts intergouvernemental sur l'évolution du climat

■ **Questions**

1. Quel est l'objectif qu'il faudrait atteindre à l'horizon 2100 ?
2. Qu'est-ce que le mécanisme de transparence ?
3. En quoi ce type d'accord international repose-t-il sur « la confiance mutuelle » ?
4. Que faudrait-il faire selon les experts du rapport ONU environnement ?

3. Corrigé

3.1 Exercice 1. Vrai ou faux ?

	Vrai	Faux
La prise en compte des questions environnementales suppose une coopération internationale	X	
La mondialisation est intégralement responsable du changement climatique		X
La théorie du « passager clandestin » peut s'appliquer aux questions de coopération internationale en matière environnementale	X	
La réglementation est un instrument économique incitatif		X
Les écotaxes peuvent faire baisser la compétitivité des entreprises	X	
La fiscalité écologique est appliquée au niveau international par les Nations unies		X
La théorie du passager clandestin a été développée par Garrett Hardin		X
Il existe désormais une organisation mondiale de l'environnement		X
L'Union européenne a mis en place un marché de quotas d'émission	X	
L'innovation technologique peut contribuer à la protection de l'environnement	X	

3.2 Exercice 2. Le raisonnement économique du marché des droits à polluer

Une entreprise industrielle a reçu un certain montant de quotas d'émission lui permettant l'émission d'une certaine quantité de CO_2 durant l'année. Mais la reprise économique l'a poussée à accroître sa production et à finalement dépasser le quota d'émission proportionnel à ses droits. Néanmoins, les entreprises de son secteur n'ont pas bénéficié des mêmes carnets de commande et disposent encore d'une partie de leurs droits.

Remplir le tableau suivant.

Évolution du marché des quotas d'émission	Variation du prix des quotas d'émission (hausse ou baisse ?)	Incitation donnée à l'entreprise réduire ses émissions de CO_2 ? (oui ou non)
La demande de quotas d'émission de l'entreprise est supérieure à l'offre de quotas d'émission des autres entreprises	Hausse	Oui
La demande de quotas d'émission de l'entreprise demeure inférieure à l'offre de quotas d'émission	Baisse	Non
La demande de quotas d'émission de l'entreprise est juste égale à l'offre de quotas d'émission	Stable	Neutre

3.3 Exercice 3. La difficile coopération internationale en matière d'environnement

■ Questions

1. Quel est l'objectif qu'il faudrait atteindre à l'horizon 2100 ?
   L'objectif à atteindre par les États serait de limiter le réchauffement climatique à nettement moins de deux degrés.

2. Qu'est-ce que le mécanisme de transparence ?
Il s'agit d'un mécanisme qui précise de quelle manière les pays doivent rendre compte des mesures prises dans la lutte contre le réchauffement climatique et l'évaluation des résultats obtenus.

3. En quoi ce type d'accord international repose-t-il sur « la confiance mutuelle » ?
Ce type d'accord repose sur la confiance mutuelle car il suppose que les États souverains appliquent rigoureusement les mesures au niveau national sans qu'aucun ne joue la stratégie du « passager clandestin ».

4. Que faudrait-il faire selon les experts du rapport ONU environnement ?
Le rapport a rappelé l'insuffisance des engagements pris lors des différentes COP. En l'état actuel, ceux-ci donneraient lieu à une élévation de la température moyenne de la planète de plus de 3 °C d'ici 2100 par rapport aux niveaux préindustriels, avec des conséquences jugées dramatiques par les experts pour nos économies et l'équilibre de nos sociétés.

Les épreuves du Baccalauréat

Chapitre 13

Méthodologie des épreuves de SES au Bac

L'objectif de l'évaluation au baccalauréat en SES est de vérifier la maîtrise des connaissances des élèves tels qu'elles sont définies dans les objectifs d'apprentissage inscrits des programmes. Les questions posées portent sur un champ suffisamment large du programme. Les épreuves de SES permettent d'évaluer effectivement les compétences attendues en lien avec ces programmes : non seulement la maîtrise des connaissances (les théories économiques et sociologiques, les mécanismes économiques et sociaux permettent d'expliciter un phénomène), mais aussi la capacité du candidat à extraire et traiter les informations issues de documents sous forme de textes, de graphiques, de tableaux statistiques, etc. Par ailleurs il s'agit de vérifier la maîtrise de certaines compétences acquises que l'on appelle transversales, soit la capacité à développer une argumentation, à conduire un raisonnement cohérent et structuré et à élaborer une problématique.

L'épreuve écrite d'enseignement obligatoire se déroule en 4 heures.

Les sujets de SES sont au nombre de deux (au choix) : la **dissertation** et **l'épreuve composée**.

I. Le sujet de dissertation

1.1 Consignes figurant sur les sujets de bac

Dissertation s'appuyant sur un dossier documentaire :

Il est demandé au candidat :

– de répondre à la question posée par le sujet ;

– de construire une argumentation à partir d'une problématique qu'il devra élaborer ;

– de mobiliser des connaissances et des informations pertinentes pour traiter le sujet, notamment celles figurant dans le dossier ;

– de rédiger en utilisant le vocabulaire économique et social spécifique et approprié à la question, en organisant le développement sous la forme d'un plan cohérent qui ménage l'équilibre des parties.

Il est précisé qu'il sera tenu compte, dans la notation, de la clarté de l'expression et du soin apporté à la présentation.

2. L'épreuve composée

Le sujet de l'épreuve composée est structuré en trois grandes parties afin d'évaluer les trois grandes compétences attendues en trois exercices différents.

Consignes figurant sur les sujets de bac

Cette épreuve comprend trois parties.

1. Pour la partie 1 (Mobilisation des connaissances), il est demandé au candidat de répondre à la question en faisant appel à ses connaissances personnelles dans le cadre du programme de l'enseignement de spécialité.
2. Pour la partie 2 (Étude d'un document), il est demandé au candidat de répondre à la question en adoptant une démarche méthodologique rigoureuse de présentation du document, de collecte et de traitement de l'information.
3. Pour la partie 3 (Raisonnement s'appuyant sur un dossier documentaire), il est demandé au candidat de traiter le sujet :
   - en développant un raisonnement ;
   - en exploitant les documents du dossier ;
   - en faisant appel à ses connaissances personnelles ;
   - en composant une introduction, un développement, une conclusion.

Il sera tenu compte, dans la notation, de la clarté de l'expression et du soin apporté à la présentation.

3. Commentaires

La dissertation porte sur une question spécifique du programme et nécessite d'élaborer une problématique et de rédiger une réflexion structurée sur un thème spécifique.

L'épreuve composée a vocation à vérifier les connaissances du candidat sur des parties différentes du programme (économie, sociologie et regards croisés) dans le cadre des trois étapes qui la constituent (mobilisation des connaissances, étude d'un document, raisonnement s'appuyant sur un dossier documentaire). L'épreuve composée a également pour vocation de tester des compétences différentes du candidat (maîtrise des connaissances, maîtrise des savoir-faire, réflexion argumentée).

4. Conseils pour le Bac

Le sujet de dissertation s'appuie désormais que sur des documents factuels (tableaux, graphiques, textes). Les intitulés des questions sont suffisamment larges afin de permettre au candidat de mobiliser ses connaissances.

4.1 La dissertation

Le candidat doit décortiquer minutieusement les termes du sujet : un changement de ponctuation, par exemple, peut changer la nature d'un sujet. C'est en fonction de cette compréhension du sujet que l'on pourra faire des choix efficaces et surtout éviter le hors-sujet. Repérez les termes importants du sujet et définissez-les si c'est nécessaire.

Surtout, il ne faut pas transformer l'énoncé du sujet à sa convenance : certains termes étendent le champ d'analyse, d'autres le restreignent.

Il est conseillé de lire attentivement les documents en soulignant ou en surlignant ce qui semble important. Il est donc nécessaire d'étudier les documents séparément en notant les idées et les informations les plus marquantes au brouillon que l'on pourra ensuite utiliser dans le développement.

Au brouillon, il s'agit de construire un plan suffisamment détaillé : il s'agit d'une partie très importante car c'est sur ce brouillon qu'il faudra ensuite s'appuyer pour rédiger la dissertation.

On peut rédiger deux ou trois grandes parties qui s'enchaînent avec des titres clairs : ils doivent faire apparaître la progression du raisonnement. On peut ensuite définir les sous-parties de la même façon : on peut dans chacune d'elles écrire l'idée principale, les références (tirées des documents ou des connaissances personnelles), les exemples éventuels.

Une fois le plan détaillé effectué, il faut rédiger au propre la dissertation : il ne faut pas utiliser d'abréviations, mais viser la simplicité, la clarté et rédiger des phrases courtes.

Il ne faut pas oublier de rédiger des transitions entre les parties.

Il est bon de conserver un quart d'heure pour se relire et éliminer d'éventuelles erreurs scientifiques et fautes d'orthographe et de grammaire.

On distingue deux grands types de sujet :

- **Les sujets de type « analyse » :**

Ces sujets se présentent sous une forme neutre, presque comme une question de cours et commencent souvent par « Comment… ».

On peut chercher à traiter tous les éléments du thème lié au sujet, mais bien souvent il est préférable de choisir un angle d'attaque et suivre un fil conducteur.

- **Les sujets de type « discussion » :**

Ils se présentent sous une forme interrogative : « faut-il ? », « est-il souhaitable ? », « dans quelle mesure peut-on affirmer ? ». Ces sujets ont bien sûr tendance à renvoyer à une controverse scientifique sur des problèmes bien précis.

a. La gestion du temps

La gestion du temps constitue un élément important. Trois écueils doivent être évités, à savoir :

– ne pas finir dans le temps imparti ;

– ne pas équilibrer le temps entre les différentes étapes du devoir ;

– ne pas utiliser tout le temps imparti.

Une erreur fréquente en face du second écueil est d'intégrer en conclusion des arguments tardifs que l'on n'aura pas eu le temps d'intégrer dans le développement.

Un exemple de gestion du temps à titre indicatif (sur une épreuve de 4 heures)

Étapes	Durée	Heures (8h-12h)
Réflexion sur le sujet	30 minutes	8h30
Recherche d'arguments	30 minutes	9h
Problématique	30 minutes	9h30
Plan	30 minutes	10h
Rédaction introduction	20 minutes	10h20
Développement	1h15	11h35
Rédaction conclusion	15 minutes	11h50
Relecture	10 minutes	12h

Il faut ensuite mobiliser des connaissances qui correspondent à des sources d'information diverses et variées (accumulation de lectures d'ouvrages, d'articles scientifiques, etc.)

Quelques étapes essentielles peuvent être distinguées pour appréhender l'épreuve de dissertation :

– *La clarification des concepts* : il s'agit de fournir une définition claire des concepts à étudier dans le libellé du sujet, et il est important de bien définir les notions présentes dans l'intitulé du sujet.

– *Identifier les enjeux théoriques* : la science économique et la sociologie sont caractérisées par la coexistence de paradigmes concurrents. L'enjeu est souvent de présenter des controverses théoriques sur des problèmes économiques et sociaux, entre les néoclassiques et les keynésiens notamment sur le marché du travail.

– *Chercher des éléments empiriques pertinents* dans l'histoire économique, ancienne ou contemporaine, etc. pour nourrir la réflexion et replacer les analyses théoriques dans leur contexte.

– *Confronter la théorie aux données empiriques* : les faits statistiques permettent parfois de vérifier les théories économiques et observer dans quelle mesure leurs résultats sont confirmés. Il est donc important de mobiliser les données fournies par les documents.

b. Construire un plan

Il s'agit ensuite de construire le plan. Construire un plan de dissertation, c'est classer ses idées selon un ordre logique et progressif en vue de parvenir à une démonstration. Un bon plan est donc rigoureusement structuré et permet une progression de la pensée cohérente.

Il est indispensable d'élaborer une problématique : « la problématique est l'art de poser les problèmes ». La dissertation doit avoir une certaine unité, être dotée d'un fil conducteur, d'une ligne directrice.

La problématique se présente comme une question que l'on se propose de résoudre mais qui prête à discussion. Problématiser devient donc, d'une certaine manière, l'art de poser les questions pertinentes, celles qui permettent de faire apparaître une réflexion féconde.

Une problématique efficace doit avoir trois grandes qualités :

– Une bonne problématique elle doit englober tous les aspects du sujet à traiter et balayer tous les aspects des problèmes sous-jacents ;

– Une bonne problématique elle doit développer des connaissances liées à l'actualité et traiter les problèmes sous l'angle le plus récent ;

– Une bonne problématique doit être féconde sur le plan théorique : elle fait apparaître que la réalité est complexe et que les enjeux d'une question appellent des développements théoriques, historiques, et statistiques.

Réaliser une bonne problématique suppose de dépasser ses propres préjugés afin de poser des hypothèses : l'analyse en SES suppose d'embrasser la pluralité des courants de pensée et des théories explicatives.

La problématique doit être rédigée au brouillon, avant la rédaction du plan (la problématique induit le plan).

c. Le plan

Voici Les qualités incontournables d'un bon plan détaillé :

– L'unité : la problématique aura fait apparaître un problème cardinal. Il faut donc articuler les deux parties du devoir et éviter une simple juxtaposition des problèmes.

– L'équilibre : un plan doit être équilibré au niveau de la longueur des développements de chacune des parties des parties et sous-parties.

– La cohérence : les divisions et subdivisions différentes parties doivent être claires et s'enchaîner logiquement. Il ne doit pas y avoir de contradictions ni de recoupements entre parties. Il faut suivre le fil conducteur choisi.

Parce que le plan est une mise en forme des idées, il doit apparaître clairement à la lecture afin de montrer que le raisonnement est structuré, mais ne doit pas être apparent dans le cadre de l'exercice de la dissertation (les titres et numéros des parties et sous-parties seront alors absents). Il faudra faire des retraits en début de ligne et sauter des lignes pour que le correcteur repère la structure du plan le plus facilement possible. Aucune voie moyenne n'est autorisée (numéros entre parenthèses, astérisques, etc.).

Il s'agit ensuite de passer à la rédaction du devoir :

- L'introduction : elle se décomposera en trois étapes successives :
  - Une accroche : en partant de la genèse du problème à étudier, en partant d'un cadre plus général, utiliser un évènement d'actualité ou des données statistiques clés, poser un paradoxe, etc.
  - Délimiter le sujet : la reformulation du sujet de manière à faire apparaître ses enjeux principaux doit apparaître dans la copie. Elle permet de délimiter le sujet. On pourra définir brièvement les éléments principaux du sujet.
  - Annonce du plan : la formulation de la problématique doit être explicite et faire souvent apparaître les enjeux d'un débat. Ensuite on annonce clairement le plan, et le raisonnement que l'on suivra en plusieurs étapes cohérentes.
- Le développement : il doit être composé de parties équilibrées et offrir une certaine symétrie entre les parties et les sous-parties (deux ou trois sous-parties dans chacune des deux ou trois parties du plan).
- La conclusion : elle se décompose traditionnellement en deux temps.

La réponse finale : il faut apporter une réponse claire et sans équivoque (état des lieux sur une question économique et sociale) et répondre à la problématique.

L'ouverture du sujet : on élargit le sujet en dégageant des prolongements possibles. On peut ainsi poser de nouvelles questions. On peut clore l'analyse par une citation ou un paradoxe.

La présentation matérielle du devoir est importante : il faut adopter une mise en page aérée (déconseillé de faire apparaître les titres et les sous-titres) et écrire lisiblement, et éviter les phrases absconses, trop longues, etc. Il faut rechercher la précision et la concision. Utiliser des chapeaux en tête de paragraphe et des connecteurs logiques pour assurer la cohérence des développements, etc. Éviter les erreurs de syntaxe, les fautes d'orthographe (sur les concepts, les auteurs). Les correcteurs pénalisent le trop grand nombre de fautes d'orthographe.

Les documents proposés doivent être mobilisés pour montrer des évolutions intéressantes en lien avec le sujet, des chiffres marquants, des passages des différents textes qui éclairent le sujet. Il ne s'agit pas toutefois de produire une analyse de documents dans le cadre du développement en les énumérant.

4.2 L'épreuve composée

Le sujet de l'épreuve composée est structuré en trois grandes parties afin d'évaluer les trois grandes compétences attendues en trois exercices différents.

La première partie

La première partie (composée d'une question) évalue la capacité à mobiliser les connaissances du candidat. Cette question porte sur les notions et les mécanismes de base du programme (présents dans les « objectifs d'apprentissage »).

Il s'agit de répondre à la question en mobilisant ses connaissances de cours dans le cadre d'un paragraphe (entre 20 et 30 lignes) qui se concentre sur la question posée, en définissant les termes clé et les notions des programmes présentes (sur la croissance, les inégalités économiques et sociales, ou les classes sociales par exemple...) Il n'est pas nécessaire de faire une introduction et une conclusion, mais il ne s'agit pas de réciter des éléments qui s'écarteraient de la question posée.

La deuxième partie

Il est demandé aux candidats de répondre aux deux questions en mobilisant ses connaissances acquises dans le cadre du programme, et en adoptant une démarche méthodologique rigoureuse, de collecte et de traitement de l'information.

La troisième partie

La troisième partie est le « raisonnement s'appuyant sur un dossier documentaire ». Il a pour finalité d'évaluer la capacité des candidats à conduire un raisonnement à partir des de ses connaissances et des documents. Ces documents, au nombre de deux ou trois, ont le même format que ceux de la dissertation, mais ils sont de nature différente : ils peuvent être interprétatifs, c'est-à-dire qu'ils ne sont pas strictement factuels et peuvent comporter des éléments théoriques, des mécanismes explicatifs, etc.

Le sujet du raisonnement n'est pas obligatoirement formulé en deux temps : il n'est donc pas forcément attendu du candidat un plan structuré en deux ou trois parties avec deux ou trois subdivisions ou sous-parties, même si une réponse nuancée est toutefois possible admissible.

Il est ainsi possible pour le candidat de conduire un raisonnement rigoureux sans respecter les formes traditionnelles de la dissertation dans cette troisième partie de l'épreuve.

Les questions de l'épreuve composée portent sur un champ relativement large du programme : la dissertation et le raisonnement de l'épreuve composée d'une part, et les deux questions de mobilisation de connaissances de l'épreuve composée d'autre part, qui porteront sur deux domaines différents du programme (entre l'économie, la sociologie et les regards croisés).

Chapitre 14

Sujets corrigés

I. Sujet de dissertation

1.1 Sujet : Comment les pouvoirs publics peuvent-ils lutter contre les inégalités économiques et sociales ?

Document 1 Prestations sociales en France et en Europe en % du PIB et en standard de pouvoir d'achat en 2016

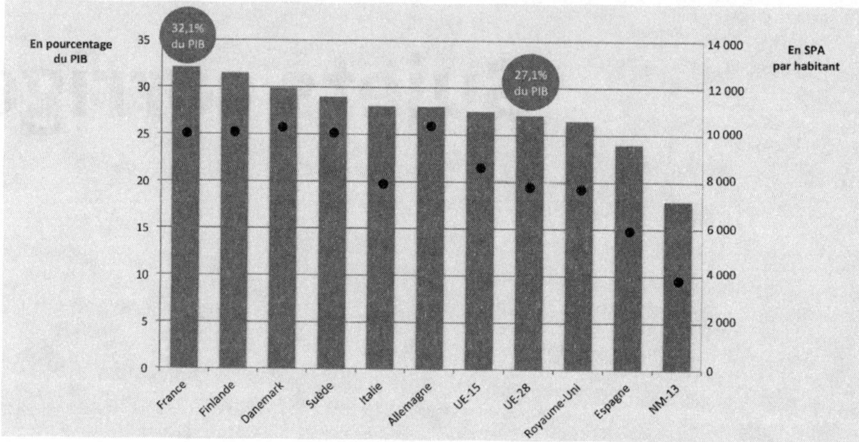

Lecture : En 2016, les prestations de protection sociale atteignent 27,1 % du PIB dans l'UE-28, ce qui correspond à un montant de 7 750 en standard de pouvoir d'achat (SPA) par habitant. Les SPA sont une monnaie fictive de référence commune qui élimine les différences de niveaux de prix et permet des comparaisons en volume entre les pays.

Note : NM-13 : Les 13 États membres ayant rejoint l'Union européenne depuis 2004.

Source : EUROSTAT/SesPros.

Document 2 **Évolution des prestations sociales par risques et évolution du PIB en valeur**

GRAPHIQUE

Évolution des prestations sociales en France par risque et évolution du PIB en valeur

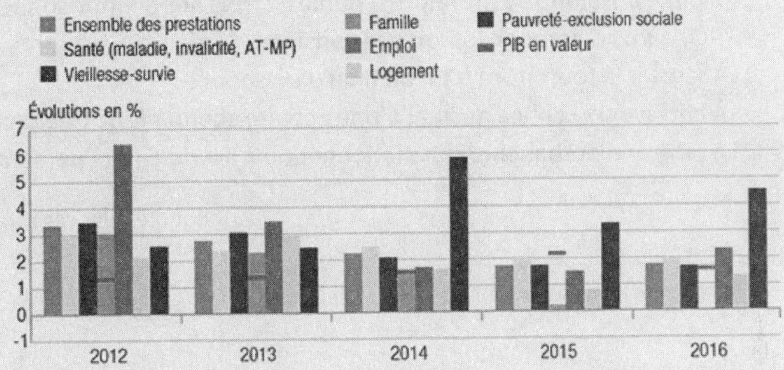

Lecture • En 2016, la dépense pour l'ensemble des prestations sociales augmente de 1,8 %, tandis que le PIB croît de 1,6 % en valeur. Parmi ces prestations, celles du risque santé augmentent de 2,0 % cette même année.
Source • DREES, comptes de la protection sociale.

Sources : Éloïse Corazza, Carine Ferretti, Morgane Glotain, Juliette Grangier, Jean-Cyprien Héam, Audrey Lafon, Lucie Gonzalez, Myriam Mikou, Céline Pilorge, Maria Rhomari, Romain Roussel (DREES), 2018, « Le déficit de la protection sociale se réduit en France, dans un contexte de reprise économique en Europe », *Études et Résultats*, n°1068, Drees, juin

Sources : DREES, 2019.

Document 3

Article 225-1 [du code pénal]
Modifié par LOI n°2016-832 du 24 juin 2016 — article unique
Constitue une discrimination toute distinction opérée entre les personnes physiques à raison de leur origine, de leur sexe, de leur situation de famille, de leur grossesse, de leur apparence physique, de la particulière vulnérabilité résultant de leur situation économique, apparente ou connue de son auteur, de leur patronyme*, de leur lieu de résidence, de leur état de santé, de leur handicap, de leurs caractéristiques génétiques, de leurs mœurs, de leur orientation ou

identité sexuelle, de leur âge, de leurs opinions politiques, de leurs activités syndicales, de leur appartenance ou de leur non-appartenance, vraie ou supposée, à une ethnie, une nation, une race ou une religion déterminée. [...]
Article 225-2 [du code pénal]
Modifié par LOI n° 2012-954 du 6 août 2012 — article 3 [...]
La discrimination définie aux articles 225-1 et 225-1-1, commise à l'égard d'une personne physique ou morale, est punie de trois ans d'emprisonnement et de 45 000 euros d'amende lorsqu'elle consiste :
1° À refuser la fourniture d'un bien ou d'un service ;
2° À entraver l'exercice normal d'une activité économique quelconque ;
3° À refuser d'embaucher, à sanctionner ou à licencier une personne ; [...].

Source : www.legifrance.gouv.fr

* Patronyme : nom de famille.

2. Corrigé de la dissertation

2.1 Comment les pouvoirs publics peuvent-ils lutter contre les inégalités économiques et sociales ?

a. Analyse du sujet

Le sujet invite le candidat à montrer de quelle manière l'intervention publique mobilise des instruments pour atteindre l'objectif de la réduction des inégalités. Dans la mesure où le programme cite explicitement dans les objectifs d'apprentissage les inégalités économiques et les inégalités sociales (et leur caractère multiforme et cumulatif), il conviendra d'exploiter les deux dans le développement, puisque les mécanismes mobilisés par les pouvoirs publics diffèrent selon les formes d'inégalités. Les objectifs d'apprentissage du programme de SES prévoient de « comprendre que l'action des pouvoirs publics en matière de justice sociale (fiscalité, protection sociale, services collectifs, mesures de lutte contre les discriminations) (...) ». Le candidat doit donc s'attacher, dans le cadre de ce sujet, à présenter les mécanismes que les sociétés démocratiques ont développé au nom de la justice sociale pour mieux atteindre les différentes formes d'égalité que le candidat devra intégrer dans l'analyse (égalité des droits, égalité des chances, égalité des situations). Ce sujet, tel qu'il est formulé, n'inclut d'ailleurs pas de réflexion sur les possibles effets pervers générés par le système de protection sociale.

b. Analyse du dossier documentaire

■ **Document 1**

Le document montre le poids des prestations sociales en France et en Europe en % du PIB et en standard de pouvoir d'achat en 2016 : il permet de situer la France qui a des prestations sociales rapportées au PIB supérieures à la moyenne de l'Union européenne et à tous les pays européens représentés. La correction des chiffres en SPA ne change pas fondamentalement ce constat : la France a des prestations sociales qui représentent en moyenne 10 000 euros par habitant, et seule l'Allemagne et le Danemark se situent légèrement au-dessus de ce niveau.

■ **Document 2**

Le document montre l'évolution des dépenses de protection sociale en fonction des risques couverts. Il montre le ralentissement de la croissance de l'ensemble des prestations sociales de 2012 à 2016, et l'accélération de la croissance de certaines dépenses, comme celles liées à la pauvreté et l'exclusion sociale et à l'emploi.

■ **Document 3**

Ce texte évoque la question des discriminations en définissant ce qu'elles sont dans le droit français et rappelle qu'elles sont punies par les peines prévues par le code pénal. Le texte rappelle également le caractère multiforme de ces discriminations.

c. Proposition de corrigé

I. Les pouvoirs publics peuvent chercher à agir sur les inégalités économiques par le système de redistribution et la protection sociale

A. La fiscalité peut agir pour corriger les inégalités de revenus et de patrimoine

B. Les mécanismes de redistribution permettent de réduire les inégalités économiques

II. les pouvoirs publics peuvent chercher à agir sur les inégalités sociales au moyen des services collectifs et de la lutte contre les discriminations

A. Les pouvoirs publics peuvent financer des services collectifs au nom de l'égalité

B. Les pouvoirs publics peuvent mettre en place des actions de lutte contre les discriminations

Introduction

Au cours du xxe siècle, les démocraties occidentales ont organisé la protection des citoyens et mis en place les moyens de réduire les inégalités considérées comme injustes : si certaines inégalités sont tolérées car fondées sur le principe de la méritocratie, l'État cherche à assurer l'égalité des chances et à corriger les inégalités économiques et sociales les plus criantes au nom de la justice sociale. Le concept d'inégalité s'utilise pour qualifier des différences qui impliquent une hiérarchisation sociale, c'est-à-dire qui donnent un avantage ou désavantage social à ceux qui disposent ou non de l'attribut inégalement réparti (on ne parle pas des inégalités de couleurs de cheveux, mais on parle d'inégalités de revenus). L'étude des inégalités économiques peut se focaliser sur les inégalités de revenus (salaire, revenu de la propriété, revenu disponible, etc.) ou des inégalités de richesse (inégalités patrimoniales). Pour saisir l'ensemble des différences pouvant exister entre individus ou entre groupes sociaux au-delà des inégalités économiques, il faut aussi s'intéresser aux inégalités d'accès aux diverses ressources valorisées par la société, comme les inégalités face à l'accès aux soins, à l'emploi, au logement, à l'école, etc. Ainsi, l'étude des inégalités entre hommes et femmes ne doit ainsi pas se limiter à l'étude des inégalités de revenus : elle doit aussi prendre en compte, par exemple, la répartition inégale des tâches domestiques. Comment l'action des pouvoirs publics se déploie-t-elle pour lutter contre ces différents types d'inégalités ? Il s'agira de montrer que les instruments de lutte contre les inégalités économiques **(I)** se combinent à d'autres types de mécanismes censés réduire les inégalités sociales dans les sociétés démocratiques **(II)**.

I. L'action du système de redistribution et de la protection sociale

A. Il faut distinguer la répartition primaire des revenus (ce qu'on appelle les revenus bruts) liée au marché, de la répartition secondaire des revenus qui se constate après impôts, cotisations sociales et transferts (revenus disponibles). L'action publique modifie la répartition des revenus et permet une réduction significative des inégalités de revenus. Les inégalités ont fortement reculé au cours du xxe siècle en France. La fiscalité, c'est-à-dire le sous ensemble des divers impôts dans le total des prélèvements obligatoires a joué un rôle important dans cette évolution, notamment *via* la mise en place d'un impôt progressif sur les successions (en 1901) et sur le revenu (en 1914). Sur la période 1998-2005, on a plutôt assisté à une hausse des inégalités économiques. Certains économistes ont ainsi démontré qu'entre 1998 et 2005 le revenu médian a stagné tandis que le centile des foyers les plus riches a vu son revenu réel croître beaucoup plus vite sur la période que pour les 90 % les moins riches. Cette hausse récente des inégalités résulte de la hausse des revenus du patrimoine, mais aussi de l'augmentation des inégalités de salaires.

En matière de fiscalité, l'État distingue les impôts sur le revenu, les impôts sur la consommation (TVA, TIPP, etc.), les impôts sur le patrimoine et les impôts locaux : la politique fiscale consiste, pour les pouvoirs publics, à faire des choix : ils peuvent choisir de diminuer ou d'augmenter les impôts, de modifier le système d'imposition, changer le barème, diminuer ou augmenter une tranche de l'impôt sur le revenu par exemple, etc. et de modifier ainsi la répartition du revenu au niveau national et le montant des recettes fiscales perçues, qui permettent de financer les dépenses publiques. Ainsi en France, l'impôt sur le revenu des personnes physiques est progressif : le taux d'impôt augmente avec le montant des revenus imposables. Par ailleurs, il existe un seuil en dessous duquel les ménages ne sont pas imposables et certains ménages sont assujettis à l'impôt sur la fortune immobilière. Ce dernier vise est payé par les ménages qui disposent d'un patrimoine important

B. L'intervention de l'État en matière de protection sociale permet de couvrir les citoyens contre les principaux risques sociaux liés à la vie (maladie, chômage, vieillesse, etc.) et de prévenir le risque de diminution de leurs ressources (au sens strict, on peut parler d'État-providence) afin d'assurer leur indépendance financière.

Dans un sens plus large, l'État social englobe les mécanismes d'assurance collective obligatoire, le droit du travail, les services publics et la politique économique et sociale. Il s'est développé au XXe siècle suite à l'émergence de la question sociale au XIXe siècle du fait de l'aggravation de la pauvreté engendrée par l'industrialisation.

Le système de protection sociale constitue alors l'organisation par l'État de la solidarité collective envers les individus soumis à l'insécurité sociale, et à la diminution de leurs ressources. Le **document 1** montre qu'en France les prestations sociales rapportées au PIB sont supérieures à la moyenne européenne de 5 points en 2016. On distingue deux grands modèles de protection sociale : dans le système basé sur l'assurance, les prestations sociales sont versées en contrepartie des cotisations sociales. Les prestations sont assises sur le travail et garanties par les pouvoirs publics : les travailleurs versent une cotisation qui est fonction de leur revenu et s'ouvrent ainsi un droit « objectif » sur la société. On parle alors de redistribution horizontale.

Le second système est basé sur la solidarité et l'assistance entre les membres de la collectivité et donc sur la redistribution, et il est financé par l'impôt. L'assistance passe par l'octroi d'une aide aux personnes dont les ressources sont insuffisantes, financées par les impôts et versée par les collectivités publiques sans contrepartie de cotisation : on parle alors aussi de redistribution verticale. Il prévoit la même protection sociale pour tous, au nom de droits sociaux, garantis notamment par la Constitution.

Le **document 2** montre toutefois que la croissance de l'ensemble des prestations sociales a ralenti puisqu'elle était de plus de 3 % en 2012, avant de passer sous la barre des 2 % en 2016 (1,8 %). Ce sont les dépenses pour la lutte contre la pauvreté et l'exclusion qui ont le plus augmenté en 2016 avec une croissance de 4,5 %.

Dans cette perspective, l'État doit assurer le bien-être social et protéger chaque individu contre les risques sociaux. Par ailleurs, le soutien aux bas revenus permet en théorie d'atteindre une certaine efficacité économique car ces derniers ont une forte propension à consommer et peuvent être ciblés dans le cadre d'une politique de relance par la consommation.

Si la fiscalité et le système de protection sociale doivent permettre de limiter les inégalités économiques en termes de revenus et de patrimoine entre les citoyens, d'autres types de mécanismes peuvent être mobilisés pour permettre de tendre vers l'idéal d'égalité au nom de la justice sociale, et pour assurer l'égalité des droits.

II. L'action des pouvoirs publics en faveur de l'égalité passe également par les services collectifs et la lutte contre les discriminations

A. Outre la fiscalité, la redistribution, le système de protection sociale, ils peuvent recourir à la production de services collectifs (ou services publics). Les services collectifs sont des activités d'intérêt général prises en charge par une institution publique (administration ou entreprise publique) ou privée (entreprise privée), mais sous le contrôle d'une institution publique. Les services publics remplissent aujourd'hui quatre fonctions principales : certains services publics ont une finalité d'ordre et de régulation, comme la défense nationale, la protection civile ou la justice ; d'autres ont pour but la protection sociale et sanitaire (le service hospitalier entre dans cette catégorie) ; une troisième catégorie dispose de fonctions éducatives et culturelles, comme l'enseignement (Éducation nationale), la recherche (CNRS) ou le service public audiovisuel (France Télévision, Radio France) ; enfin, certains services publics ont un caractère économique, par exemple, le transport ferroviaire assuré par la SNCF.

Trois grands principes organisent le régime juridique du service public : la continuité du service public repose sur la nécessité de répondre aux besoins d'intérêt général sans interruption, tout en reconnaissant le droit de grève pour la plupart des agents (pour les policiers ou les militaires, la grève est interdite) ; selon le principe d'égalité, toute personne a un droit égal d'accès au service public, selon un tarif identique, et tous les usagers doivent être traités de la même façon (principe de neutralité de l'action de l'agent public qui ne peut, par exemple, discriminer quelqu'un selon sa couleur de peau). Enfin, l'adaptabilité consiste à faire évoluer le service public selon les changements de besoins des usagers (par exemple, en faisant évoluer les horaires d'ouverture) et les changements techniques. Les services collectifs sont un moyen de redistribution et d'égalité : plutôt que de verser aux ménages des revenus pour que les enfants puissent suivre des études quel que soit le niveau de revenu, l'État prend en charge gratuitement l'éducation, ce qui permet de réduire les inégalités. Ainsi les services collectifs assurent ainsi une mission de redistribution car leur consommation est indépendante de leur financement : un ménage fortement imposé sur le revenu peut n'utiliser que peu de services collectifs, alors qu'un ménage exonéré de l'impôt sur le revenu peut consommer un niveau élevé de services collectifs. Les services collectifs répondent ainsi à un objectif de protection des individus et de réduction des inégalités.

B. L'État peut décider de mettre en place des mesures de discrimination positive. Il s'agit d'instaurer une discrimination au profit d'un groupe victime d'inégalités, pour mieux atteindre l'objectif de réduction des inégalités. La discrimination positive est, selon le Conseil d'État, « une catégorie particulière de discrimination justifiée, mise en œuvre par une politique volontariste et dont l'objectif est la réduction d'une inégalité ». Par exemple, la création des zones d'éducation prioritaire (dans le cadre de la politique d'éducation) alloue davantage de moyens matériels à certains établissements scolaires pour améliorer les résultats scolaires, tandis que la mise en place de quotas oblige la représentation d'une population dans un effectif selon un pourcentage donné (quota de personnes en situation de handicap dans les entreprises ou quota de femmes sur les listes électorales). Il s'agit donc de créer une inégalité de droit pour se rapprocher plus efficacement d'une égalité de situation. La santé constitue un autre exemple de service collectif (à l'instar de la couverture maladie universelle dans une logique de solidarité et d'assistance).

Les pouvoirs publics cherchent également à lutter contre les discriminations. Par exemple, l'État cherche à réduire les inégalités entre hommes et femmes sur le marché du travail (liberté d'exercer un métier sans l'autorisation du conjoint, loi pour rendre effectif le principe « à travail égal, salaire égal », etc.), ou à renforcer la présence des femmes dans la vie politique (loi sur la parité). Ces inégalités de traitement remettent en cause l'égalité des droits : en France, les discriminations fondées sur l'origine ethnique, la religion, les croyances, le sexe sont condamnées par la loi car elles remettent en cause le principe d'égalité des droits. Comme le montre le **document 3**, la discrimination est punie par la loi conformément aux peines prévues par le Code pénal. Cependant, il n'existe pas, en France, de statistiques concernant l'appartenance à des « ethnies » ; il est donc difficile d'établir s'il existe ou non une discrimination ethnique.

Conclusion

Les inégalités économiques et sociales traduisent à la fois un partage inégalitaire des richesses (de l'accès aux biens socialement prisés) et un accès inégal aux ressources valorisées par la société. Les pouvoirs publics disposent en définitive d'une large palette d'instruments pour corriger les inégalités : redistribution (système fiscal et protection sociale), production de services collectifs (soins, éducation), lutte contre les discriminations, etc. Si les sociétés démocratiques garantissent l'égalité des droits, elles agissent également à des degrés divers pour atteindre une certaine égalité de fait au nom de la justice sociale.

3. Sujet d'épreuve composée

3.1 Première partie. Mobilisation des connaissances (4 points)

Montrez à l'aide d'un exemple que les inégalités économiques et sociales sont cumulatives

3.2 Deuxième partie. Étude d'un document (6 points)

Document **Croissance du commerce mondial des marchandises en volume et du PIB réel, 2007-2016**

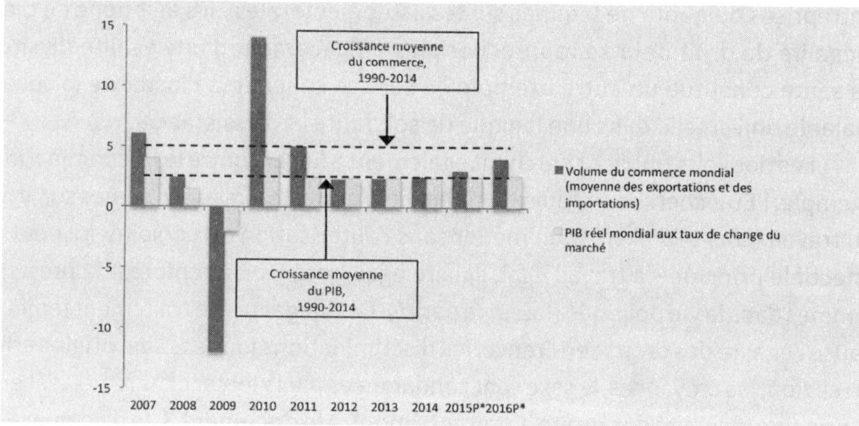

*Les chiffres pour 2015 et 2016 sont des projections.

Source : Organisation Mondiale du commerce (OMC), 2015.

■ **Questions**

1. Que sont les dotations factorielles et technologiques dans les échanges commerciaux ?
2. Quelles sont les tendances du commerce mondial que montre ce document ?

3.3 Troisième partie. Raisonnement s'appuyant sur un dossier documentaire (10 points)

Sujet : *À l'aide de vos connaissances et du dossier documentaire, vous montrerez que les firmes multinationales cherchent à améliorer leur compétitivité par des stratégies de localisation.*

Document 1 **Flux d'investissements directs à l'étranger* entrants, de 2000 à 2017, en % du total mondial**

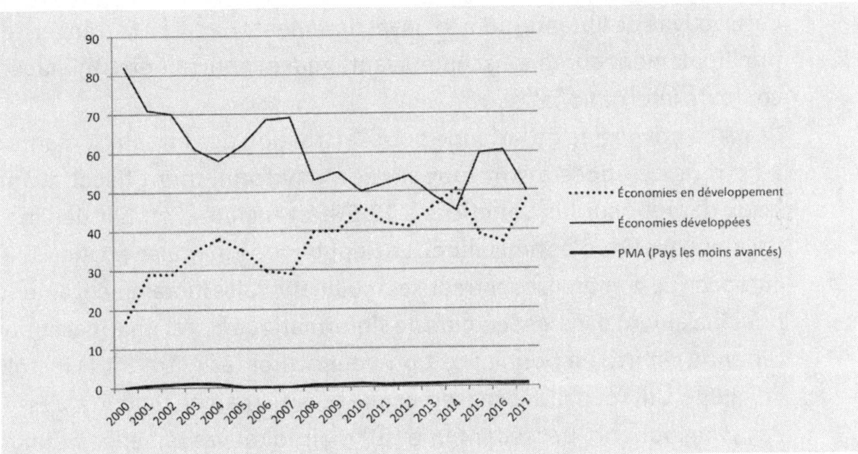

*Investissements directs à l'étranger : création d'une unité de production à l'étranger ou acquisition d'au moins 10 % du capital d'une entreprise à l'étranger.

Source : CNUCED, 2018.

Document 2

Les choix de localisation des firmes multinationales relèvent de trois grandes logiques stratégiques : la première, de nature horizontale, correspond aux logiques dominantes d'accès au marché impliquant des investissements directs a l'étranger qui s'effectuent de manière privilégiée entre pays développés. La deuxième, de nature verticale, est liée à la possibilité technique de décomposer les processus de production en fragments séparés et de les implanter dans des pays différents en fonction des différences de dotations factorielles ou de coûts salariaux. Les coûts de transaction et de transport jouent négativement sur le développement de telles stratégies. Mais, entre ces deux logiques [...], il existe des stratégies hybrides mêlant à la fois des logiques de minimisation des coûts, des motifs d'accès aux marchés et des impératifs d'accès à des compétences spécifiques.

Source : *Mondialisation et délocalisation des entreprises*, El Mouhoub MOUHOUD, 2013.

Document 3

L'attractivité de l'Irlande pour les investissements directs a l'étranger, reposant principalement sur une fiscalité avantageuse, pourrait être menacée par le contexte international.
La place privilégiée de l'Irlande pour l'attraction des investissements directs a l'étranger repose avant tout sur son environnement fiscal avantageux (taux d'impôt sur les bénéfices a 12,5 % et facilité d'établir des montages fiscaux a des fins d'optimisation). La République irlandaise est ainsi le « hub »* européen de nombreuses entreprises multinationales (notamment américaines), principalement dans les secteurs de l'informatique [...] et pharmaceutique. [...] L'Irlande est [...] en bonne position pour attirer les entreprises installées au Royaume-Uni souhaitant conserver un accès au marché unique après le Brexit. Pays anglophone, possédant une [...] main-d'œuvre qualifiée et un marché du travail flexible, l'Irlande possède, au-delà de sa fiscalité avantageuse, des atouts indéniables. [...]
Les multinationales ont été le principal soutien du pays pendant la crise et sont le principal moteur de la reprise depuis 2014. Membre de l'Union européenne, l'Irlande offre un accès à un marché de près de 500 millions de consommateurs [...]. Mais le pays est confronté à deux chocs simultanés et majeurs : la sortie de l'Union européenne de son premier partenaire économique et un changement de l'environnement fiscal international. Pour préserver son attractivité dans ce contexte difficile, l'Irlande devra impérativement remédier à son déficit d'infrastructures (transports, logement, éducation, système de soins).

* Hub : point central.

Source : « L'investissement direct étranger en Irlande en 2016 », Brice REGUIMI, Direction Générale du Trésor, 2018.

4. Proposition de corrigé de l'épreuve composée

4.1 Première partie. Mobilisation des connaissances

a. Analyser les mots-clés du sujet

Question. Le sujet porte sur la question des inégalités, soit les différences qui impliquent une hiérarchisation sociale, c'est-à-dire qui donnent un avantage ou désavantage social à ceux qui disposent ou non de l'attribut inégalement réparti. Il s'agit, en partant d'un exemple, de montrer les interactions entre les inégalités économiques (revenu, patrimoine) et les inégalités sociales, liées à l'inégale distribution des ressources (éducation, capital social, etc.) ou de pratiques (santé, logement, situation d'emploi, etc.) au sein de la société. On pourra partir de l'exemple des inégalités de revenus pour montrer que celles-ci peuvent entraîner des phénomènes comme la ségrégation urbaine.

b. Corrigé de la question

Le concept d'inégalité s'utilise pour qualifier des différences qui impliquent une hiérarchisation sociale, c'est-à-dire qui donnent un avantage ou désavantage social à ceux qui disposent ou non de l'attribut inégalement réparti (on ne parle pas des inégalités en cas de différences de couleurs de cheveux, mais on parle d'inégalités de revenus). L'étude des inégalités économiques peut se focaliser sur les inégalités de revenus (salaire, revenu de la propriété, revenu disponible, etc.) ou des inégalités de richesse (inégalités patrimoniales). Les sociologues ont ainsi observé que des inégalités de revenu et de patrimoine peuvent entraîner des inégalités d'accès à la propriété du logement entre les groupes sociaux et aggraver la ségrégation urbaine (les catégories populaires sont alors rejetées vers les quartiers périphériques de relégation et les centres-villes deviennent des « ghettos chics »). Les inégalités entre les territoires peuvent ensuite déterminer assez fortement les inégalités scolaires et l'accès aux établissements scolaires les plus prestigieux entre les centres-villes (où le prix des logements est le plus élevé) et les quartiers périphériques (dits parfois « quartiers prioritaires »). Ces inégalités face au système scolaire, qui déterminent au moins en partie le niveau de diplôme obtenu et le type de cursus suivi, peuvent ensuite entraîner des inégalités en matière d'insertion professionnelle dans un contexte de sélection très forte sur le marché du travail. Pour saisir l'ensemble des différences pouvant exister entre individus ou entre groupes sociaux au-delà des inégalités économiques, il faut ainsi s'intéresser aux inégalités d'accès aux ressources valorisées par la société, comme les inégalités face à l'accès aux soins, à l'emploi, au logement, à l'école, etc. On peut dès lors en conclure que les inégalités, dans notre société, font « système ».

4.2 Deuxième partie. Étude d'un document

a. Avant de rédiger

L'intérêt de ce document est de montrer l'évolution sur longue période (1990-2014 notamment) du commerce mondial de marchandises en volume dans la mondialisation, et de la comparer à l'évolution du PIB réel mondial. On peut aussi, en mobilisant des données chiffrées, constater l'évolution du commerce mondial de marchandises (en volume) avant et après la crise de 2007-2008, et l'impact de la « grande récession » de 2009 sur les échanges internationaux et la croissance du PIB réel mondial. Ce document permet également d'observer la stagnation du commerce mondial de marchandises à partir de 2010, même s'il progresse légèrement plus vite que le PIB réel mondial.

b. Corrigé

1. La dotation factorielle est la quantité de facteurs de production (travail, capital) disponible dans un pays qui détermine sa spécialisation économique dans le commerce mondial. Certaines théories du commerce international tentent d'expliquer les échanges internationaux en termes d'écart technologique (dotations technologiques) : les pays en avance technologiquement obtiennent un avantage comparatif dans la production de biens technologiques. Dans ce cadre, les différences de productivité entre nations proviennent de différences de technologie.

2. Ce document publié par l'Organisation mondiale du commerce (OMC) en 2015 indique tout d'abord que la croissance annuelle moyenne du commerce sur la longue période, c'est-à-dire de 1990 à 2014, a été de 5 % contre 3 % pour le PIB réel mondial. De manière générale, on remarque que lorsque le PIB mondial augmente, le commerce mondial de marchandises en volume augmente également, et inversement. On constate ainsi qu'en 2007-2008, la croissance annuelle du commerce mondial de marchandises en volume a été supérieure à celle du PIB réel mondial : ainsi en 2008, la croissance du commerce mondial de marchandises en volume a été de 3 % et celle du PIB réel mondial a été de 2 %. En 2009, année de récession mondiale, le commerce mondial de marchandises en volume a connu une décroissance de 12 %, tandis que celle-ci était de 2 % pour le PIB réel mondial. On peut constater que l'année 2010 a marqué un net redressement avec une croissance du commerce mondial de marchandises en

volume de 14 %, tandis que le PIB réel mondial a crû de 4 %. On constate enfin qu'à partir de 2011, le commerce mondial de marchandises en volume a connu des taux de croissance très semblables à ceux du PIB réel mondial, même si la croissance du commerce mondial de marchandises en volume a connu une légère accélération en fin de période (2015,2016), d'ailleurs légèrement plus forte que celle du PIB réel mondial.

4.3 Troisième partie. Raisonnement s'appuyant sur un dossier documentaire

a. Analyser le sujet

Le sujet invite le candidat à montrer que les firmes multinationales cherchent à améliorer leur compétitivité par des stratégies de localisation. Autrement dit, il convient d'expliciter les différents déterminants des choix de localisation des investissements directs à` l'étranger (IDE) des firmes multinationales (FMN) afin d'améliorer leur compétitivité prix et leur compétitivité hors-prix. Le candidat devra préalablement définir soigneusement ce qu'est une firme multinationale et ce que désignent les (IDE). Il conviendra de classer de manière pertinente et cohérente les différents déterminants de manière à apporter une réponse structurée et ordonnée à la question posée : comment les FMN choisissent-elles la destination de leurs IDE et la localisation de leurs filiales ? Pour quelles raisons la firme va choisir de localiser certaines filiales dans un pays plutôt que dans un autre, sur la base de quels critères cette décision est-elle prise ? Le principal intérêt de ce sujet est de conduire le candidat à montrer que le critère de la rationalisation des coûts de production, qui est souvent mis en avant, n'est pas forcément celui qui pèse le plus lord dans la décision finale.

b. Analyser les documents

Le **document 1** est un graphique de la CNUCED, publié en 2018, qui présente les flux d'investissements directs à` l'étranger entrants, de 2000 à` 2017, en % du total mondial dans les économies en développement et dans les économies développées. Les investissements directs à l'étranger se traduisent par la création d'une unité´de production à l'étranger ou l'acquisition d'au moins 10 % du capital d'une entreprise à l'étranger. Ils sont dits entrants pour le pays d'accueil et sortants pour le pays d'origine. On observe clairement une corrélation négative ente les flux d'IDE entrants. En effet, entre 2000 et 2014, la tendance est nettement à la baisse pour les IDE entrants dans les économies développées (de 82 % à 45 % des flux entrants) quand elle est à la hausse pour les économies en développement (de 18 % à 50 % des flux entrants). Il n'y a qu'en 2013 que les flux d'IDE entrants sont plus importants : 50% dans les économies en développement contre 45 % pour les économies développées. Les mouvements sont variables mais symétriques entre 2014 et 2017. On peut encore noter la forte croissance des flux d'IDE entrants dans les économies développées entre 2003 et 2007 (de 58 % à 68 %) avant la chute (de 68 % à 50 % en 2009) liée à la crise de 2008. Symétriquement, on peut voir la baisse des flux d'IDE entrants dans les économies en développement entre 2003 et 2007 (de 38 % à 28 %) avant la hausse (de 28 % à 45 %) liée à la crise de 2008 qui a surtout affecté les économies développées qui subissent des fuites de capitaux. Sur l'ensemble de la période, la part des IDE entrants dans les pays les moins avancés (PMA) reste très faible, même si elle augmente et passe d'environ 0 % en 2000 à environ 2 % en 2017.

Le **document 2** rappelle au candidat que les choix de localisation des firmes multinationales relèvent de trois grandes logiques stratégiques. Ce n'est donc pas seulement une affaire de coût du travail. Selon une logique de nature horizontale, c'est l'accès au marché qui justifie les IDE entre pays développés. On peut faire, ici, une analogie avec le commerce international intrabranche. Selon une logique de nature verticale, ce sont des différences de dotations factorielles ou de coûts salariaux qui expliquent la division (décomposition) internationale du processus productif (DIPP). Cependant, l'existence de coûts de transaction et de transport peut peser sur l'efficacité de ces stratégies. Selon une logique intermédiaire, des stratégies hybrides combinent les logiques horizontales d'accès au marché ainsi qu'à des compétences spécifiques et verticales (de réduction des coûts).

Le **document 3** fournit des éléments relatifs aux déterminants de l'attractivité d'un territoire. L'attractivité s'applique donc à un territoire et ne doit pas être confondue avec la compétitivité qui concerne une entreprise. Les conditions d'attractivité pour les investisseurs, susceptibles de réaliser des IDE et donc d'implanter des filiales, vont déterminer le potentiel de compétitivité d'une entreprise qui se sera implantée sur un territoire. En retour, des entreprises compétitives rendront ce territoire plus attractif, toutes choses égales par ailleurs. Le document rappelle que les principaux déterminants de l'attractivité, de l'Irlande ici, est une fiscalité avantageuse avec des taux d'impôt sur les bénéfices faibles (12,5 %) et des conditions favorables pour favoriser l'optimisation fiscale (établir des montages fiscaux à des fins d'optimisation). Ce pays a pu attirer, pour cette raison, de nombreuses FMN américaines des secteurs de l'informatique et pharmaceutique. De plus, la main-d'œuvre qualifiée et un marché du travail flexible, au-delà de sa fiscalité avantageuse, restent des atouts indéniables pour les entreprises du Royaume-Uni. L'implantation de nombreuses FMN sur le territoire irlandais a largement contribué à la croissance économique du pays. En revanche, le Brexit, compte tenu du poids des FMN du RU en Irlande, pourrait nuire à l'attractivité du pays et à la dynamique économique.

c. Proposition de plan

I. Les stratégies de localisation des IDE visant à améliorer la compétitivité prix

L'objectif est de rationaliser les coûts de production

A. Les firmes multinationales cherchent à améliorer la compétitivité prix par la réduction du coût du travail

B. Les firmes multinationales recherchent aussi la réduction des autres coûts de production pour faire progresser leur compétitivité prix

II. Les stratégies de localisation ayant pour objectif de faire progresser la compétitivité hors prix

L'objectif est de profiter des avantages compétitifs procurés par les territoires les plus attractifs

A. Les firmes multinationales intègrent dans leurs choix de localisation la stabilité des institutions politiques, économiques et sociales pour améliorer leur compétitivité hors prix

B. Les firmes multinationales sont en quête d'infrastructures de qualité pour faire progresser leur compétitivité hors prix

d. Proposition de corrigé

Introduction

Avec la croissance accélérée d'économies émergentes de plus en plus nombreuses, on assiste simultanément à une accélération des échanges internationaux et une multiplication des investissements directs à l'étranger (IDE) qui s'accompagne d'une multinationalisation accrue de grandes firmes multinationales (FMN).

Les FMN sont des firmes dont la maison mère est située dans le pays d'origine et qui vont implanter des filiales dans d'autres pays. L'essor des FMN se traduit par fragmentation du processus de production qui doit leur permettre d'améliorer leur compétitivité en allant s'installer sur les territoires les plus attractifs, ceux qui présentent les plus grands avantages présents et à venir

À la différence des investissements de portefeuille qui sont des placements plus ou moins spéculatifs, les IDE correspondent à des opérations financières des FMN consistant à contrôler ou à exercer une influence significative sur le marché et la gestion d'entreprises appelées filiales et implantées dans un pays différent de celui de la maison mère. Par convention, les IDE se traduisent par la création d'un lieu de production à l'étranger, ou par l'acquisition d'au moins 10 % de la propriété d'une entreprise située à l'étranger.

Les FMN cherchent à améliorer leur compétitivité en arrêtant des choix de localisation de leurs IDE en s'appuyant sur différentes stratégies. Il convient donc d'expliciter les différents déterminants des choix de localisation des IDE des FMN afin d'améliorer leur compétitivité prix et leur compétitivité hors-prix.

Quels sont les principaux facteurs expliquant les choix de localisation FMN ? Sur la base de quels critères orientent-elles leurs IDE et choisissent-elles de se localiser dans une économie plutôt qu'une autre ?

Pour répondre à ces questions, il conviendra de distinguer dans un premier temps, les stratégies qui visent à améliorer leur compétitivité coût et prix et, dans un second temps, les stratégies fondées sur des critères plus qualitatifs en matière d'attractivité des territoires comme les institutions économiques, sociales et politiques, les infrastructures : tous les déterminants qui ont pour objectif de faire progresser durablement la compétitivité hors prix de la firme.

I. Les stratégies de localisation des IDE visant à améliorer la compétitivité prix

Les stratégies de rationalisation des coûts des facteurs de production visent à améliorer directement la compétitivité coût et prix des FMN afin de les rendre plus compétitives sur les marchés internationaux. La recherche d'une meilleure compétitivité prix passe par une meilleure compétitivité coût. Comme il n'est pas possible de baisser ses prix sans réduire ses coûts, sauf à accepter une réduction des marges, des bénéfices… cette recherche des coûts les plus faibles se traduit donc par une mise en concurrence des territoires.

A. Les firmes multinationales cherchent à améliorer la compétitivité prix par la réduction du coût du travail

La recherche d'une meilleure compétitivité coût passe d'abord par une meilleure compétitivité au niveau du coût du travail. En effet, le coût du travail (qui inclut le coût salarial, les coûts d'embauche, coûts de licenciement…) peut peser relativement plus dans les économies les plus développées que dans les économies émergentes ou peu développées. Toutes choses égales par ailleurs, une FMN peut donc avoir intérêt à délocaliser ou créer une nouvelle unité de production à l'étranger pour bénéficier d'une main-d'œuvre moins chère.

Le **document 1**, un graphique de la CNUCED, publié en 2018, nous permet d'observer qu'entre 2000 à 2017, les flux d'IDE (en % du total mondial) entrants dans les économies en développement est tendanciellement en forte hausse (de 18 % à 50 % des flux entrants). Les écarts de coûts salariaux n'y sont certainement pas étrangers.

Pour autant, il est nécessaire de nuancer cette approche car, dans le cadre d'un processus d'embauche, une entreprise ne se contente pas de considérer le niveau du coût du travail indépendamment du niveau productivité des travailleurs concernés.

Ce sont les coûts salariaux unitaires, autrement dit les coûts salariaux rapportés à la productivité du travail ; qui importent. En effet, en matière d'embauche, la question qui se pose ici est : combien coûte le travailleur par rapport à ce qu'il rapporter ?

À cet aune, les flux d'IDE qui traduiront l'implantation de la FMN, se décideront sur la base d'une comparaison entre le niveau des coûts salariaux et de la productivité du travail, et non pas seulement en fonction des coûts salariaux comme on le laisse trop souvent accroire.

Ainsi, de nombreuses entreprises multinationales françaises ont souvent privilégié la stratégie de délocalisations vers les zones à coûts salariaux plus faibles (notamment l'Est de l'Europe) afin de faire face à la relative dégradation de la compétitivité coût et prix sur le sol national, surtout pour la fabrication de produits de basse et moyenne gamme.

Enfin, en matière de coûts salariaux comparés, on a pu observer un certain degré de corrélation entre délocalisations et secteurs d'activité car il sera plus rentable pour une entreprise, qui produit des biens ou des services en faisant essentiellement appel à de la main-d'œuvre peu qualifiée, de s'installer dans des pays dits à bas salaires où celle-ci est abondante. Ce sera moins le cas pour une entreprise qui doit pouvoir embaucher du travail qualifié ou très qualifié car le niveau de productivité des travailleurs, relativement à leur coût, sera privilégié. C'est sans doute ce qui explique la forte progression de la part des entrées d'IDE dans les économies émergentes, où se concentrent des productions intensives en travail peu qualifié, même si c'est le cas aussi pour les économies en transition.

Selon une logique de nature verticale (**document 2**), ce sont donc des différences de dotations factorielles ou de coûts salariaux qui expliquent la division (décomposition) internationale du processus productif (DIPP). Cependant, l'existence de coûts de transaction et de transport peut peser sur l'efficacité des stratégies d'implantation des FMN.

B. Les firmes multinationales recherchent aussi la réduction des autres coûts de production pour faire progresser leur compétitivité prix

Le coût du travail n'étant pas le seul coût de production pour une entreprise, la recherche d'une meilleure compétitivité coût passe aussi par la réduction de nombreux coûts de production. Le **document 2** rappelle que les choix de localisation des FMN n'est pas seulement une affaire de coût du travail.

Ainsi, dans une FMN, avant de choisir la localisation des filiales il faudra aussi tenir compte du niveau comparé de la fiscalité du capital, en particulier, le niveau de l'impôt sur les bénéfices réalisés. À travers l'analyse du poids relatif de la fiscalité du capital selon les pays, c'est la question de l'optimisation fiscale qui se posera. Ce point n'est pas à négliger car le niveau des bénéfices après impôts conditionne le niveau d'investissement, la productivité et la compétitivité de l'entreprise.

Le **document 2** rappelle que dans le cas de l'Irlande ici, est une fiscalité avantageuse avec des taux d'impôt sur les bénéfices faibles (12,5 %) et des conditions favorables pour favoriser l'optimisation fiscale (établir des montages fiscaux à des fins d'optimisation). Ce pays a pu attirer, pour cette raison, de nombreuses FMN américaines des secteurs de l'informatique et pharmaceutique. De plus, la main-d'œuvre qualifiée et un marché du travail flexible, au-delà de sa fiscalité avantageuse, restent des atouts indéniables pour les entreprises du Royaume-Uni. L'implantation de nombreuses FMN sur le territoire irlandais a largement contribué à la croissance économique du pays. En revanche, le Brexit, compte tenu du poids des FMN du RU en Irlande, pourrait nuire à l'attractivité du pays et à la dynamique économique.

Ainsi, une FMN peut aussi tenir compte des coûts de transport avant de faire son de choix de localisation de filiales. En effet, pour produire, il faut supporter des coûts pour le transport des matières premières, des composantes à assembler, de la commercialisation.

La réduction des coûts d'accès à l'énergie et aux matières premières ainsi que la diminution de la facture d'approvisionnement ne sont pas à négliger non plus. En fait, cette baisse permet d'une part, d'obtenir une baisse des coûts de transaction et d'organisation par internalisation d'un segment de production et d'autre part, de contourner les potentielles ruptures d'approvisionnement. Ainsi, grâce à l'acquisition de terres agricoles ou de mines diverses, une FMN peut réduire les coûts d'accès et d'approvisionnement mais également réduire le risque de rupture qui pourrait bloquer le processus de production avec toutes les conséquences négatives que cela peut impliquer vis-à-vis de ses divers clients.

Selon une logique de nature horizontale, l'accès au marché justifie aussi les IDE entre pays développés. On peut faire, ici, une analogie avec le commerce international intra-branche.

Les perspectives de débouchés locaux peuvent inciter les FMN à se localiser sur un territoire car l'accès direct au marché domestique peut permettre de réaliser des économies d'échelle et donc d'obtenir une réduction des coûts unitaires de production. La proximité avec les marchés est très importante pour connaître le plus finement possible les besoins et les goûts des consommateurs.

De surcroît, cette installation sur un sol étranger permet de contourner les barrières protectionnistes existantes qui pèsent sur ses exportations, son chiffre d'affaires et ses bénéfices. L'accès aux clients locaux est donc moins coûteux, plus facile, et l'amélioration de la commercialisation des produits peut se fonder sur une meilleure connaissance de la demande, à moindre coût également.

Ceci étant, au-delà des facteurs qui affectent directement les coûts de production, les FMN fondent aussi leurs stratégies de localisation sur de nombreux autres critères.

Dans leurs stratégies de localisation des IDE, les FMN ne doivent négliger aucun élément et surtout ne pas se contenter de fonder leurs choix d'implantation et d'IDE sur le critère coût du travail, lequel ne peut être ni le seul, ni même le principal déterminant de la localisation.

II. Les stratégies de localisation ayant pour objectif de faire progresser la compétitivité hors prix

Le développement de la DIPP montre que les FMN cherchent à utiliser les avantages comparatifs des différents territoires, c'est-à-dire les atouts dont un pays dispose (compétences des habitants, niveau d'éducation et stock de capital humain, dotations en facteurs de production, ressources naturelles, capital technologique…), et qui rendent la production dans ce pays plus intéressante.

Selon cette logique, les stratégies hors coûts fondées sur la qualité de l'attractivité des territoires d'implantation reposent des critères plus qualitatifs qui sont dépendants des institutions économiques sociales et politiques, des infrastructures, et des déterminants qui ont pour objectif de faire progresser durablement la compétitivité hors prix de la firme.

Le **document 3** fournit des éléments relatifs aux déterminants de l'attractivité d'un territoire. L'attractivité s'applique donc à un territoire et ne doit pas être confondue avec la compétitivité qui concerne une entreprise.

A. Les firmes multinationales intègrent dans leurs choix de localisation la stabilité des institutions politiques, économiques et sociales pour améliorer leur compétitivité hors prix

Quand une FMN souhaite réaliser des IDE pour localiser une ou plusieurs filiales sur un territoire, elle va logiquement porter une grande attention à la transparence et à la stabilité des institutions politiques. La préférence pour les régimes démocratiques, régimes non autoritaires qui valorisent les libertés, les droits de propriété, etc., sera affirmée. L'existence d'un cadre juridique large (droit civil, droit pénal, droit des affaires…) même s'il est parfois contraignant, présente des garanties en termes de sécurité des investissements réalisés. A fortiori, la faiblesse des risques de violences, et même de guerres, sera propice à l'entrée de capitaux dans le cadre d'IDE et de l'implantation de firmes, de nouvelles capacités de production et d'emploi pour la population locale.

Simultanément, l'éventail et la qualité des institutions économiques seront cruciaux lorsqu'il s'agira de prendre une décision d'IDE pour la FMN. Les économistes considèrent aujourd'hui que les institutions, soit l'ensemble des règles du jeu économique (et en particulier le respect des droits de propriété), sont essentielles pour la croissance et pour le développement. Par exemple, des institutions adaptées sont nécessaires pour que les marchés financiers permettent la rencontre de l'épargne et des investissements, et donc le financement d'une croissance soutenue et durable, favorable à la prospérité des FMN qui s'installent et à l'économie dans son ensemble.

Le rôle des institutions, en général, et des droits de propriété, en particulier, apparaît central dans la mesure où une économie capitaliste de marché a besoin de règles pour promouvoir le libre-échange, l'initiative individuelle et le développement des entreprises, notamment les FMN. Ce faisant, par les incitations qu'elles créent, les institutions stimulent l'esprit d'entreprise, l'investissement, l'innovation : les institutions et mécanismes de marché favorisent alors la croissance économique à long terme. Les FMN sont très attentives à la qualité des institutions sur le territoire avant d'y localiser des IDE. Les réglementations des marchés permettent de gérer, contrôler, les externalités, les économies d'échelle, l'imperfection de l'information. Des institutions économiques solides permettent la stabilisation du fonctionnement de ces marchés, afin de maintenir la stabilité des prix, la confiance et les échanges. Des institutions fortes sont le gage d'une certaine visibilité et donc d'une certaine capacité à prévoir les profits réalisés.

B. Les firmes multinationales sont en quête d'infrastructures de qualité pour faire progresser leur compétitivité hors prix

Enfin, avant de décider de se localiser sur un territoire, la FMN va prendre en compte le degré de développement et le niveau de qualité des diverses infrastructures dans les domaines de la logistique, des transports, de l'éducation et de l'innovation. L'existence d'un système efficace de recherche-développement (R&D) permet d'accumuler des connaissances, lesquelles vont se diffuser librement puisque la connaissance est un bien collectif accessible à tous. De plus, en raison des externalités positives qui en découlent, les pouvoirs publics ont intérêt à inciter le secteur privé à développer ces activités en les protégeant (brevets) ou en le subventionnant pour soutenir durablement une croissance forte. Enfin, les innovations apparaissant par grappes et une économie qui offre un environnement propice aux innovations peut être très attractive pour les FMN.

Les directions des FMN sont ainsi parfaitement conscientes de l'impact majeur de l'accumulation de capital public (infrastructures publiques telles que les routes, chemin de fer, ports, hôpitaux…) sur l'accumulation de capital privé et donc sur le potentiel de développement de leur activité. En toute cohérence, les stratégies de ces entreprises seront très sensibles à l'existence de ces infrastructures et à leur qualité. En effet les FMN visent à capter des parts de marché sur d'autres déterminants que le prix, dans le cadre des stratégies de compétitivité hors prix.

Les investissements publics se traduisent par une hausse quantitative et qualitative (modernisation) du stock de capital public composé, pour l'essentiel, des infrastructures de transport, de communication, des investissements dans la recherche, l'éducation ou la santé… Mais les interdépendances entre les investissements publics et privés sont telles que les premiers vont conditionner et favoriser les seconds et réciproquement.

De manière analogue, les dirigeants des FMN connaissent l'importance de l'impact du capital humain et ses effets externes positifs. Le capital humain, en tant que stock de connaissances, de savoir-faire et de compétences que les individus peuvent intérioriser et valoriser dans l'économie, est à l'origine d'externalités positives de sorte que l'accumulation par les uns facilite l'accumulation par les autres. Les pouvoirs publics ont donc intérêt à améliorer les politiques de formation initiale, professionnelle et continue pour attirer les investisseurs étrangers, en quête d'une main-d'œuvre hautement qualifiée, et promouvoir une croissance durablement soutenue.

Dans le cadre de sa stratégie de délocalisation, si la FMN s'implante à l'étranger en raison d'avantages compétitifs qu'elle possède déjà par rapport à ses concurrents (avantage technologique, marque, accès antérieur au marché via des exportations), elle ne s'implantera qu'à la condition de pouvoir y développer de nouveaux avantages comparatifs grâce aux dotations des territoires.

Les conditions d'attractivité pour les investisseurs, susceptibles de réaliser des IDE et donc d'implanter des filiales, vont déterminer le potentiel de compétitivité d'une entreprise qui se sera implantée sur un territoire. En retour, des entreprises compétitives rendront ce territoire plus attractif, toutes choses égales par ailleurs.

Conclusion

La nouvelle vague de globalisation de la production depuis le début des années 2000 se traduit par l'essor des économies émergentes, l'accélération du commerce international, et la multiplication des IDE et des FMN dont la taille est de plus en plus grande. Ces phénomènes complexifient l'organisation de l'économie mondiale, et la stratégie des FMN en matière de localisation des IDE devient donc centrale. Il convenait donc de s'interroger sur les principaux facteurs expliquant les choix de localisation des firmes multinationales. Nous avons pu montrer que si les FMN développent des stratégies de rationalisation des coûts afin de choisir la localisation de leurs filiales, elles développent également des stratégies hors coûts fondées sur la qualité de l'attractivité des territoires. Il pourra dès lors être intéressant de s'interroger sur les implications de cette stratégie mondiale des firmes multinationales pour les politiques économiques et sociales des États : quel modèle social dans la mondialisation pour concilier attractivité du territoire et équité sociale ?

Achevé d'imprimer en mai 2020
N° d'impression 2004.0078
Dépôt légal, mai 2020
Imprimé en France

Ulrich Dibelius

GYÖRGY LIGETI

EINE MONOGRAPHIE IN ESSAYS

SCHOTT

Mainz · London · Madrid · New York · Paris · Tokyo · Toronto

Bestellnummer: ED 8096

Umschlaggestaltung: H. J. Kropp, Mainz
Printed in Germany · BSS 47715
ISBN 3-7957-0241-0

Inhalt

Ein Vorwort

Jeder Komponist schreibt seine Biographie selbst. Allerdings tut er es mit Zeichen, die – für sich genommen nur ein tradierter Chiffrencode – zwiefach auf eine Wirklichkeit außerhalb ihrer notierten Schriftform verweisen: eine akustische, der ihre Vermittlungsfunktion direkt dient, damit musikalisches Geschehen gemäß den Vorstellungen des Komponisten entstehen kann; und eine gelebte, aus der sie sich indirekt herleiten, ohne jedoch deren Essenz gleich der akustischen virtuell zu enthalten. Noten, Partituren sind also die einzig faßbare Berührungsstelle zwischen dem realen Dasein eines Komponisten und seiner Musik. Und je mehr sein Denken, seine Phantasie, sein Handeln auf vielerlei offenkundigen oder verdeckten Bahnen um jenes immer wieder neue Ziel des zu schaffenden nächsten Werkes kreisen, desto untrüglicher reflektiert auch die Abfolge der bereits abgeschlossenen Kompositionen eine verfolgbare Lebensspur. Ausschließlich sie, soweit sie im gewählten Medium erkennbar ist, besitzt Relevanz. Ausschließlich um sie soll es deshalb in diesem Buch gehen.

Verbale Annäherungen an Musik müssen sich notwendig mit dem Dilemma auseinandersetzen, schließlich auch abfinden, daß sie sich stets nur im Vorhof des Eigentlichen bewegen. Da aber die klingende Hauptsache an den Ablauf der Zeit gebunden bleibt, können sie durch klärendes Vor- und Nachbereiten versuchen, den rasch vorbeieilenden Moment der Hörbegegnung so zu intensivieren und im Gedächtnis zu verankern, daß hinter der flüchtigen sinnlichen Erscheinung in all ihrer Unmittelbarkeit, doch zugleich ihrer unvermeidlichen Begriffsfremdheit auch etwas vom versammelten Impakt an Gegenwartsbezug, praktizierter Bewußtheit, individueller Erfahrung und deutender Weltsicht erkennbar wird und als „sprechender" Eindruck haften bleibt. Das Besondere gerade der Musik von György Ligeti liegt ja in ihrem sehr behutsam balancierten Ausgleich zwischen der einleuchtenden, unverstellten Bildkraft des Klanges und der einkomponierten, oft hochgradigen Komplexität seiner inneren Strukturen. Und wer sich nicht nur an die umstandslos wahrnehmbaren Ergebnisse halten will wie der schnell reisende Tourist ans Registrieren der vorangekündigten Sehenswürdigkeiten, der sollte seiner Hellhörigkeit für die sich eröffnenden Perspektiven einer derartigen Vielschichtigkeit und Vielgestaltigkeit von Musik ruhig mehr zutrauen und dadurch auch von deren Beredtheit, ihrem verschlüsselten Mitteilungscharakter mehr verstehen lernen.

Die zwölf Kapitel dieses Buches, wegen ihres Verzichts auf irgendeine abstrakte akademische Systematik wie eine kaum erreichbare, jedes Detail auflistende Vollständigkeit und wegen der Subjektivität ihrer Darstellungsweise ausdrücklich als Essays bezeichnet, folgen der Chronologie der Werke nur in groben Umrissen. Wichtiger erschien, sich gelegentlich von den Querverbindungen, den latent fortgeführten Anknüpfungslinien im Gesamtschaffen Ligetis leiten zu lassen, um dessen zunächst wohl verwirrende, mäandrisch angelegte Polydimensionalität als das wechselnde Operieren auf verschiedenen parallelen Ebenen einsichtig zu machen. Im übrigen entspricht solche reduktive Eingleisigkeit der Gedankenführung ohnehin der unausweichlichen Beschränkung jeder verbalen Annäherung an den musikalischen Gegenstand und sollte nicht im Sinne einer nachgereichten Apologie für die Konsequenz von Ligetis Komponieren mißverstanden werden. Im Gegenteil: sie ist sowieso gegeben, allein durch das hohe Maß und den Wirkungsgrad seiner selbst verantworteten personalen Identität; entscheidender als solch kleinmütig pleonastisches Beweisen sind aber gerade die Durchblicke auf Widersprüche, Diskrepanzen, absichtlich ausgespielte Kontraste, wie sie die Musik in ihrer polyglotten Art leicht in ein Beziehungsnetz einspannen kann, wie sie aber hier nur durch Zusammenschau der isolierten Aspekte, ein summierendes und resümierendes Querlesen, zu geahnter Gleichzeitigkeit nachgezeichnet werden können.

Das Manuskript zu diesem Buch wurde abgeschlossen im Mai 1993.

Die zweite Sprachfindung

Sicherlich sind die abenteuerlichsten Momente in einem Komponistenleben jene, da sich aus Entdekkerlust und Einflüssen, Lehrmeinungen und visionären Vorstellungen etwas zusammenreimt, das den ersten praktischen Versuchen eine eigene Richtung gibt. Denn alles Weitere sind Derivate, die vieles hinzufügen, auch das Individuelle stärker herauspräparieren mögen, aber in den Grundgegebenheiten, sozusagen der musikalischen Matrix eben nicht mehr voraussetzungslos sind. Diese Prozesse einer frühen Selbsterkundung unter steuernder Beteiligung von Neigung, Intuition, Geschmack, abstraktem Qualitätsanspruch und konkretem Auswählen aus dem Fundus tönender Umweltangebote verlaufen allerdings weitgehend kryptisch. Sie sind bestenfalls aus der Existenz späterer Vorlieben oder Antipathien vage rekonstruierbar, jedoch viel zu differenziert, als daß solches tiefenpsychologisches Ausspionieren von künstlerischen Motivationen und unbewußt wirkenden Schaffensenergien tatsächlich etwas erbringen könnte. Anders liegt der Fall bei György Ligeti und dem zweiten Stadium seiner Sprachfindung. Denn zum einen vollzog sich dieser Zusammenprall – ausgelöst durch das äußere Ereignis des Ungarn-Aufstands im Oktober 1956 – zwischen seiner angestammten kompositorischen Mitgift aus der Budapester Zeit und den neuen, nun ganz direkten Eindrücken von der westlichen Musik, die auf ihn zunächst in Wien, dann vor allem seit Frühjahr 1957 in Köln einströmten, in einem Alter von 33 Jahren, das Beobachtungen schon eher zuläßt. Zum anderen sind die beiden musikalischen Welten, die da durch Ligetis erzwungenen Ortswechsel unmittelbar aufeinander reagierten und ihn zur abermaligen Auseinandersetzung mit den Grundbegriffen seines Metiers drängten, einigermaßen bekannt und nach ihren charakteristischen Wesenszügen beschreibbar. Und dies nicht nur im allgemeinen, was die herrschenden Verhältnisse mit ihren ästhetischen Vorgaben und aktuellen Problemlösungen in beiden Ländern betrifft, sondern auch ganz speziell durch die Kompositionen Ligetis, die er bereits vor sowie in den ersten Jahren nach dem abrupten, die gesamte Szenerie austauschenden Einschnitt in sein Leben geschrieben hat.

Auch wenn große Teile des Frühwerks aus ungarischer Zeit unvollendet geblieben oder verloren sind, anderes durch gewissenhafte Selbstredaktion zurückgehalten wurde, das Vorhandene läßt durchaus Unterschiede und Konstanten erkennen. Es umreißt deutlich genug und in gedrängter Staffelung wie kaum sonst bei einem Komponisten den in sich verschränkten Vorgang von Kontinuität, Angleichung, Neuorientierung und daraus gefolgerter Gegenwehr. Ja, dieser Neuankömmling verharrte eben keineswegs auf dem Stand des begierig aufnehmenden und lernfähigen Adepten, als er in der damaligen Hochburg des Serialismus auf einmal nahen Kontakt zu Stockhausen und der Arbeit im Kölner Studio für elektronische Musik erhielt. Sein Rückhalt an eigenen Erfahrungen und durchtrainiertem theoretischen Wissen, obgleich unter dem kulturpolitischen Diktat von Antimodernismus und Folklore-Überschätzung mit höchstens ganz privaten Subversivgedanken erworben, war einfach zu stabil und zu kompakt, sein kritischer Sachverstand zu wach, als daß er sich von der Flut völlig neuartiger Ideen, Konzepte, Fragestellungen, Klangmodelle und fertiger Musikstücke ohne weiteres hätte überrollen lassen. Vielmehr nahm Ligeti die Beschäftigung mit den seriellen Komponiermethoden, dem Denken in parallel geführten Parameterschichten (für Tonhöhen, Zeitwerte, Lautstärken, Klangfarben) und in strukturellen Entsprechungen zwischen Zelle und Gesamtform sogleich an den für ihn extremen Stellen auf: im praktisch-experimentellen Umgang mit dem ungewohnten elektronischen Klangmaterial und in einer analytisch-theoretischen Studie zum wohl striktesten Exempel serieller Durchorganisation, der *Structure Ia* von Pierre Boulez. Das eine erbrachte zwei Tonband-Kompositionen – *Glissandi* und *Artikulation* – sowie den Entwurf einer dritten, der *Pièce électronique No. 3*; das andere die publizierte Untersuchung über *Entscheidung und Automatik* in dem Boulez-Stück für zwei Klaviere.

Doch schon während dieser Zeit einer selbstverordneten, exzessiven Konfrontation mit den jüngsten und fürwahr revolutionären Produkten der damaligen westlichen Musik verfolgte Ligeti zwischendurch und in mehreren Etappen den Plan zu einer Orchesterkomposition weiter, deren ersten Satz er noch in Ungarn skizziert hatte. Damals sollte sie *Víziók* (Visionen) heißen. Und über eine Zwischenstufe in reduzierter Besetzung für 12 solistische Streicher, Harfe, Klavier, Cembalo und Celesta mit einem zweiten, später verworfenen und sogar dem Beginn eines dritten Satzes entwickelte sich das Projekt – jetzt unter dem Titel *Apparitions* (Erscheinungen) – zum ersten Instrumentalwerk Ligetis, das an seinem Exilort Köln fertig komponiert und uraufgeführt wurde. Abgesehen von dem Akt der Eingemeindung, der daran nach Art einer stillschweigenden gegenseitigen Übereinkunft abzulesen wäre, und abgesehen von den gleichsam abschirmenden Vorbehalten, die sich durch den latenten Rückzug auf ein vertrauteres Aktionsfeld äußern, so als müßte das Eintauchen in musiksprachliche Fremdzonen möglichst bald wieder kompensiert werden, wirft gerade der minimale Unterschied zwischen den gewählten Überschriften ein Schlaglicht auf die veränderte Situation, auf die generelle Umstellung der Prämissen und Chancen für Ligetis kompositorische Arbeit. Denn ob es sich um *Visionen* handelt, die einer hat, erahnt, sich zurechtträumt, oder um *Erscheinungen*, die sich unvermutet einstellen, wieder vergehen, durch andere abgelöst werden, dies genau bezeichnet, recht verstanden, den real erlebten Gegensatz von Gefangenschaft und Freiheit. Nicht länger mußte jetzt also Fiktion und Phantasmagorie bleiben, was da inmitten einer verordneten kulturellen Isolation, bedrängt von stupidem Nationalismus und abgeschnitten von weiterreichenden Informationen an verlokkenden Alternativ-Ideen entstanden und liebevoll in leuchtenden Farben ausgemalt worden war. Nein, das Terrain war nun vorhanden, ungehindert den subjektiven Traumbildern von einst zu folgen, Vergleiche zu ziehen, bisher vorenthaltene Musik kennenzulernen, sich mit Gleichgesinnten zu besprechen, an den gemeinsamen Vorhaben und Problemstellungen einer pionierhaft evolutionär gestimmten Zeit teilzunehmen.

Und Ligeti mischte sich ein, indem er in betonter Diskrepanz zu allem Vorherigen in Ungarn sich einerseits entschlossen dem jungen elektronischen Medium exponierte, andererseits aber dennoch wie mit einer inneren Klammer den äußeren Einschnitt überbrükkend sich durch das *Víziók-Apparitions*-Projekt bei sich selbst rückversicherte. Dieses Wiederanknüpfen an die gewohnte Instrumentalpraxis nach einem kontrastierenden Einschub, den auch schlicht arbeitstechnische und ökonomische Gründe veranlaßt hatten, blieb übrigens im weiteren unumkehrbar und führte ziemlich gradlinig zu *Atmosphères*, dem wiederum orchestralen Werk, das den definitiven Abschluß der zweiten Sprachfindung bezeichnet und gleichzeitig markantes Initial für alles Kommende ist. Jedoch hatte selbst jene Unterbrechung durch die Zwischenphase der elektronischen Stücke ausgeprägter und zahlreicher, als das zunächst scheinen mag, ihre quasi subkutanen Verbindungsfäden zu den ganz anderen musikalischen Texturen in ihrer Umgebung. Bei *Glissandi*, dem Eintritts- und Gesellenstück Ligetis im elektronischen Studio des Kölner Rundfunks, dort unter Anleitung und mit Hilfe von Gottfried Michael Koenig zwischen Mai und August 1957 realisiert, reichen die Abstammungsspuren des hier thematisierten Auf- und Abwärtsgleitens der Tonhöhen sogar noch über die eigenen Prädispositionen des ungarischen Frühwerks hinaus. Denn hinter dessen ausgesprochener Vorliebe für die Entgrenzung des Tonraums durch Chromatik, auf daß die psychisch wie praktisch resistenten Fesseln der Diatonik vollends aufgeweicht und neutralisiert werden können, taucht bei der Steigerung zum verwischenden Glissando eben der Übervater Bartók auf. Für einen neugierigen und wissensdurstigen Ungarn, eingeschlossen im eigenen Land, war dies ohnehin die fast einzige Möglichkeit, sich an einem Vorbild zu orientieren. Und was Ligeti im *1. Streichquartett* (1953/54) nur sporadisch angewendet hatte, das glissandierende Verschleifen der Tonstufen, hatte bei Bartók in seinem 3. und 4. Streichquartett (1927 und 1928) bereits eine zuspitzende Funktion für die internen Formbildungstendenzen erlangt.

Diesen Vorsprung in der Methodik und im extensiven Gebrauch holte Ligeti nun mit *Glissandi* durch überbietendes Generalisieren gründlich auf. Dabei wäre zusätzlich und für ihn sehr typisch einzurechnen, daß ja gerade die Möglichkeit zur stufenlosen Regulation der Tonhöhen, gemessen nach Schwingungszahlen, wie sie die im Studio gebrauchten Generatoren erlaubte, zur entscheidenden Selbstlegitimierung der elektronischen Musik gehörte. Ligeti nützte also absolut sachgerecht die vorgefundenen Gegebenheiten aus – und dies gleich doppelt: nicht nur durch die damals hochgelobte, wirklich faszinierende Chance zum strukturierenden Eingriff in den Aufbau jedes einzelnen Klanges aus seinen Teilschwingungen, sondern auch durch die strikte Vermeidung des stationären Festhaltens und Fortdauerns solcher eigens synthetisierten Klangkomplexe. Man könnte sagen: das Drehen am Sinusgenerator zum Einstellen der gewünschten Frequenz, ein seinerzeit tausendfach üblicher Handgriff, samt seinem jaulenden akustischen Resultat wurde hier sublimiert unmittelbar in Musik übertragen. Gleichwohl haben die *Glissandi* auch ihre konservativ traditionsgebundenen Momente, zumal im Formalen. Und vielleicht hat sie Ligeti wegen dieser und anderer Unstimmigkeiten nur sehr zögernd zur Veröffentlichung freigegeben. Es gibt da nämlich ein Motiv aus vier, selbstverständlich miteinander verschleiften Tönen, das in drei Abschnitten, teilweise von einer imitatorischen Zweitstimme begleitet, recht auffällig das Feld beherrscht. Und kaum kann es verwundern, daß dieses Einsprengsel als Residuum einer thematisch konstituierten Formgliederung inmitten der höchst fortschrittlichen elektronischen Klangverläufe ziemlich direkt aus Ligetis *1. Streichquartett* stammt, dort schon sein verwandtschaftliches Vorbild hatte. Dies bestätigt indessen nur das Bedürfnis, ja die offenbar ästhetisch notwendige Forderung nach einer dialektischen Rückkoppelung, weil Progression ohne Inseln an Konstanz nicht auskommen kann, ohne sie unglaubwürdig wäre.

Jedenfalls erfährt das Vierton-Motiv aus zwei großen Sekundschritten, um eine kleine Sekunde gegeneinander versetzt, das im Quartett gleich zu Anfang über chromatischen Skalengängen in variativen Umgruppierungen eingeführt und dann gemäß dem Titel

Streichquartett Nr. 1 – Métamorphoses nocturnes, T. 1–12

Métamorphoses nocturnes mannigfach abgewandelt wird, in *Glissandi* eine neuerliche Transformation – allerdings elektronisch uminstrumentiert wie für zwei Vokalstimmen, die sich genüßlich in einem Übermaß an Portamenti ergehen. Übrigens finden sich auch bei Bartók vielerlei Stellen, die Ligetis viertönigem Grundmodell zumindest sehr stark ähneln, meist aber nicht über das ergänzende Charakteristikum der Auftaktigkeit (scheinbar oder real) mit verlängertem Schlußton verfügen. Andererseits erinnert die elektronische Glissando-Studie ganz von fern und durch die Vokalfärbung begünstigt, die allgemein dominiert, an Schönbergs recht problematische Vorstellungen von der *Sprechmelodie*, die ihre Tonhöhen anfangs *zwar angibt, sie aber durch Fallen oder Steigen sofort wieder verläßt*; so als hätte Ligeti in der Zwischenzeit seit seiner West-Ankunft den bisher politisch untersagten *Pierrot lunaire* gehört.

Genauso steigen und fallen wenigstens seine oftmals akkordischen, quasi chorischen Sinustongemische, das eine eher zu Beginn, das andere mit Zügen eines symmetrisch angeordneten Umkehrungskrebses eher gegen Schluß. Zwischen diesen nachdrücklich gesetzten Eckpunkten, deren gewollte Spiegelbildlichkeit wieder traditionellen Formkonzepten folgt, entwickeln die *Glissandi* sich durch Wechsel und Kontrast, mit deutlichen Interpunktionen oder unmerklichen Übergängen zu einer Reihe unterschiedlicher Szenen. Wichtigste dramaturgische Mittel zur Gliederung sind dabei Modifikationen im Zeitablauf, durch Beschleunigung oder Retardierung, und – meistens analog – in der Dynamik. Aber schon hier spielen Pausen eine wesentliche Rolle, nicht nur als Stillhalte-Momente oder Warte-Zäsuren nach abklingender Beruhigung und vor einem neuen Anheben, sondern ganz abrupt im Sinn eines Zerhackens der an sich kontinuierlich fließenden Zeit. So wird beispielsweise nach der ersten Solo-Episode mit dem Vierton-Motiv eine Steigerung, die sich über einer grummelnden Stimme im Baßregister aufbaut und durch zunehmende Überlagerung von grundierenden Langzeit- und darauf projizierten Kurzzeit-Vorgängen an Intensität gewinnt, plötzlich und gleich mehrmals in dichten Abständen von Pausenlöchern unterbrochen. Es wirkt wie abgerissenes Sprechen, eine Art Stammeln, paßt also zu dem vorherrschenden Vokalgestus des Ganzen, verleiht ihm einen hohen Grad an Expressivität – und doch haftet dieser Stelle noch, im Gegensatz zu späteren krassen Schnittstellen Ligetis, etwas absichtsvoll Veranstaltetes an. Sie scheint sich im übrigen von dem durchgehaltenen Ton einer leisen Ironie zu distanzieren, der ansonsten diesem elektronischen Gesangsstück seinen Anhauch von theatralischem Rollenspiel gibt. Eine anschließende Entspannungsphase mündet in der Reprise der Vierton-Solo-Episode. Danach setzen sich nochmals Aufladungen durch, nun wie Wellengang, wie anrollende Brandung mit intermittierenden, allerdings weniger schroff abgesetzten Ruhepausen. Nochmals folgt Abflauen, nochmals die Vierton-Episode, beinahe zur Funktion eines zweiten Themas aufgewertet, und nach einer abermaligen abbremsenden Ausdünnungsstrecke endlich der formale Bogenschlag zum chorischen Spiegelungsschluß. – Das ist der erste Ertrag von Ligetis ungescheuter Auseinandersetzung mit westlichen Kompositionstechniken.

Der zweite, recht verwirrend *Pièce électronique No. 3* benannt, gedieh vom November 1957 bis zum Januar 1958 nur zur Schriftform von Skizzenblättern und säuberlich gezeichneten Partiturseiten sowie einer nicht eingelösten Absicht seiner späteren Realisierung. Immerhin bleibt danach erkennbar, daß die Glissando-Bewegungen, einmal in thematisierter Ausschließlichkeit abgehandelt, zwar gelegentlich noch vorkommen, aber an untergeordnete Stelle gerückt sind. Ähnlich ergeht es ihnen im wirklich zu klanglicher Existenz umgesetzten nächsten elektronischen Stück, *Artikulation*, aus den Monaten Januar bis März 1958; ebenso auch in der Orchesterkomposition *Apparitions* (1958/59), wenn man da nicht das crescendierende, wie zu einem Doppelpunkt gesteigerte Abwärtsgleiten im ersten Satz oder die *fff*-Schleifer und kurz darauf

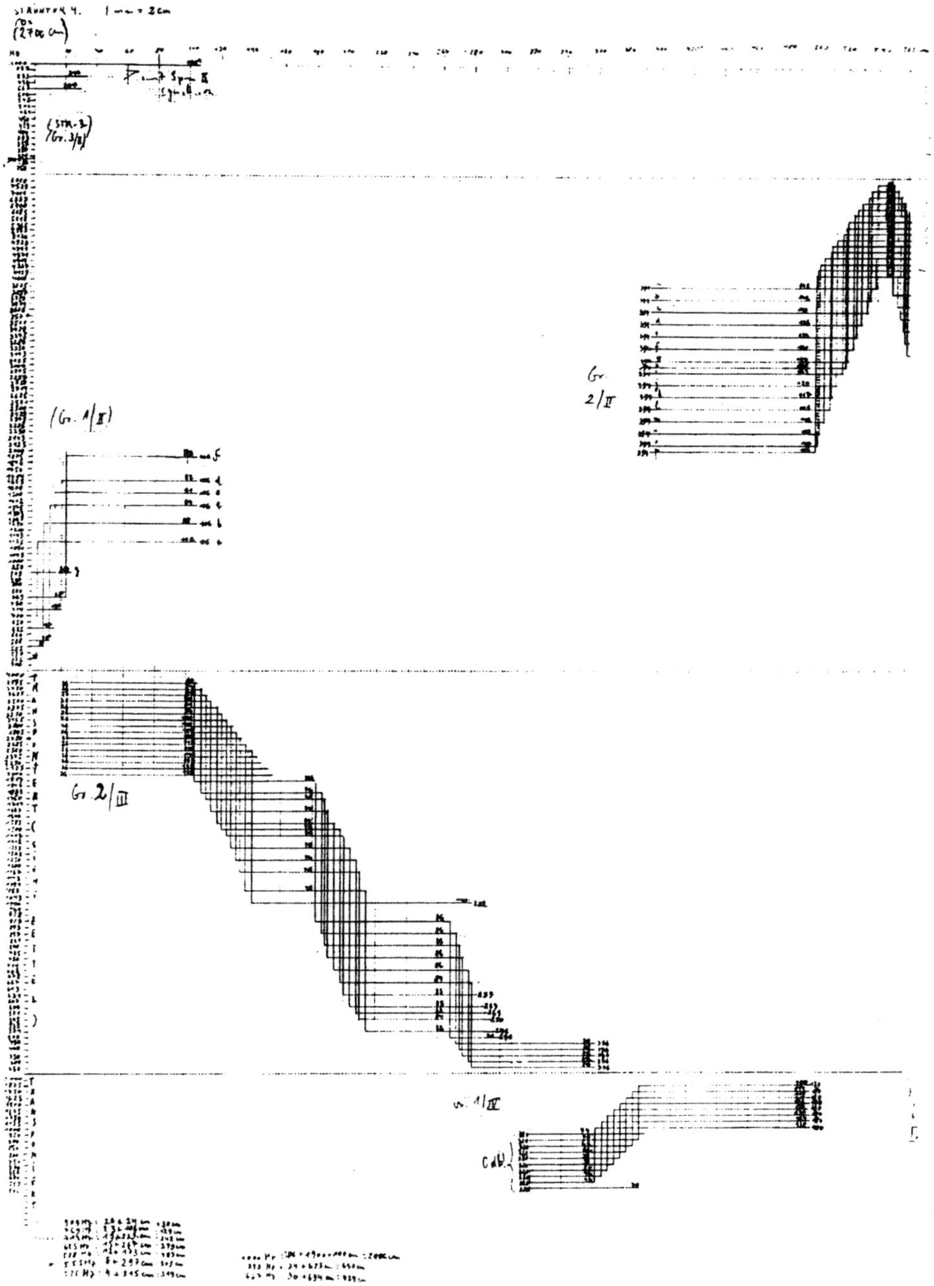

Partiturseite zu *Pièce électronique No. 3*

die eigens vorgeschriebenen nach unten und wieder nach oben rutschenden Nachklänge eines überstarken Pizzicatos am Schluß des zweiten Satzes – bewerkstelligt durch Hin- und Herdrehen am Wirbel – als Symptome eines besonderen, hochgradig differenzierten Glissando-Gebrauchs werten will. Parallel ließe sich dann auch feststellen, daß die Chromatik als dazugehöriger Mutterboden nun von den horizontalen Skalengängen einst in die neue Daseinsform dichter vertikaler Zusammenklänge gewandert ist. Ungeachtet solcher Einzelbefunde ziehen sich aber durch das Erscheinungsbild, den Allgemeinhabitus, die spezifische Ausdruckssphäre dieser äußerlich so divergenten Werke aus der Zeit von Ligetis zweiter Sprachfindung verfolgbare Entwicklungslinien, übereinstimmende Farb- und Temperamentsmuster, aus einheitlichem Impuls fortgeführte kompositorische Denkbahnen. Was in der physischen Materialisation auseinanderläuft, gehört konzeptuell zusammen.

Klar ist, daß *Artikulation* davon nach zwei Ansätzen unter ähnlichen Bedingungen profitiert. Dieses elektronische Stück fußt auf den zuvor gemachten, einschlägigen Erfahrungen und kann sich deshalb besser aufs Eigene konzentrieren. Sogar ganz wörtlich, schon im Umfang: es dauert mit seinen knappen drei Minuten und 47 Sekunden nur exakt halb so lang wie die formal weniger schlüssigen *Glissandi* (mit 7'34). Vor allem hat sich Ligeti kein abstraktes Formschema mehr zurechtgelegt, um der fremdartig irritierenden Eindrücke von den zahllosen Möglichkeiten, elektronische Klänge zu produzieren, zu modulieren und durch viele minuziöse Steuerungs- und Montagevorgänge auf Tonband festzuhalten, irgendwie Herr werden zu können; um für das bestürzend unübersichtliche Angebot, das ihm selbst die damals noch relativ simplen elektroakustischen Geräte des Studios offerierten, wenigstens ein ordnendes Koordinatensystem zu finden. Beim zweiten praktischen Anlauf hatte er dagegen genügend Sicherheit gewonnen, ganz empirisch vorzugehen und auch auf das vorherige Partiturschreiben, wie bei der projektierten *Pièce électronique*

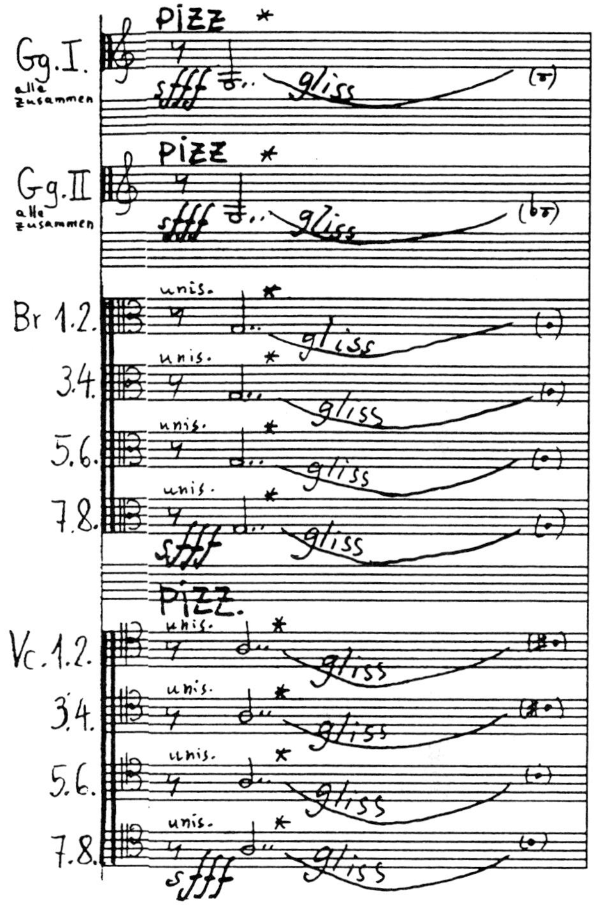

Streicher-Schluß von *Apparitions* (2. Satz, T. 54) mit Pizzicato-Glissando

No. 3, zu verzichten. Lediglich eine Fülle vorheriger Berechnungen, Tabellen, Skizzen und Diagramme sollte garantieren, daß die ausgewählten Materialien und ihre Verteilung dem grundlegenden seriellen Prinzip der Gleichrangigkeit gehorchten, ohne Bevorzugungen oder Benachteiligungen im Sinne herkömmlicher tonaler und formaler Hierarchien. Dieser zunächst ausgeheckte Dosierungsschlüssel bereitete allerdings deshalb so viel Mühen, weil ja Dauern und Häufigkeit des Vorkommens bei den einzelnen Materialtypen gegeneinander auszubalancieren waren oder auch ihre Neigung zu selbstherrlicher Dominanz mit Unterdrückung des anderen im Fall der Kombination, also ihre wechselseitige Durchlässigkeit (Permeabilität), untersucht werden mußte. Nach solchem Austarieren relativer Proportionen für alle Bereiche konnte die Arbeit freilich eher pragmatisch vor sich gehen.

Ligeti stellte eine Unmenge kleiner Bandstücke her, jedes ein klanglicher „Aggregatzustand", ordnete sie nach Verwandtschaftsgraden in ein System von Schachteln und entnahm daraus jeweils zufällig einen Vertreter bestimmter Eigenschaften, um zu sehen, wie diese Klangbausteine gereiht oder sich überlagernd aufeinander einwirken. Er selbst hat das Verfahren beschrieben (*die Reihe* 7, S. 14): *Zuerst wurden Typen mit verschiedenen Gruppenmerkmalen und verschiedener innerer Organisation gewählt: quasi körnige, brüchige, faserige, schleimige, klebrige und kompakte Materialien. Eine Untersuchung der gegenseitigen Permeabilität ergab, welche Typen einer Verschmelzung fähig waren und welche sich abstießen. Die serielle Anordnung dieser Verhaltensweisen diente als Grundlage für den Aufbau der Form, wobei im Detail Kontrast der Typen und der Art ihrer Verquickung erstrebt wurde, in der Gesamtheit jedoch ein graduelles, irreversibles Fortschreiten von anfangs heterogenen Dispositionen zu einem Vermischen und Ineinanderaufgehen der gegensätzlichen Charaktere.* Dies klingt – ähnlich allen Komponistenkommentaren, zumal solchen aus den fünfziger Jahren – recht abgehoben theoretisch, graufarben unanschaulich. Nur an einer Stelle, bei der Adjektiv-Sequenz, mit der die klingenden Materialien in ihrer Unterschiedlichkeit beschrieben werden, bricht Ligetis Liebe zu sprachlicher Koloristik durch. Und eigentlich handelt es sich ja auch bei *Artikulation* um ein sehr buntes, gestaltenreiches und unmittelbar ansprechendes Stück Musik.

In gedrängter Fülle und nicht nachlassender Plastik ziehen da die verschiedenen Klangfiguren, einzeln oder geschichtet, wie die Konturen und wechselnden

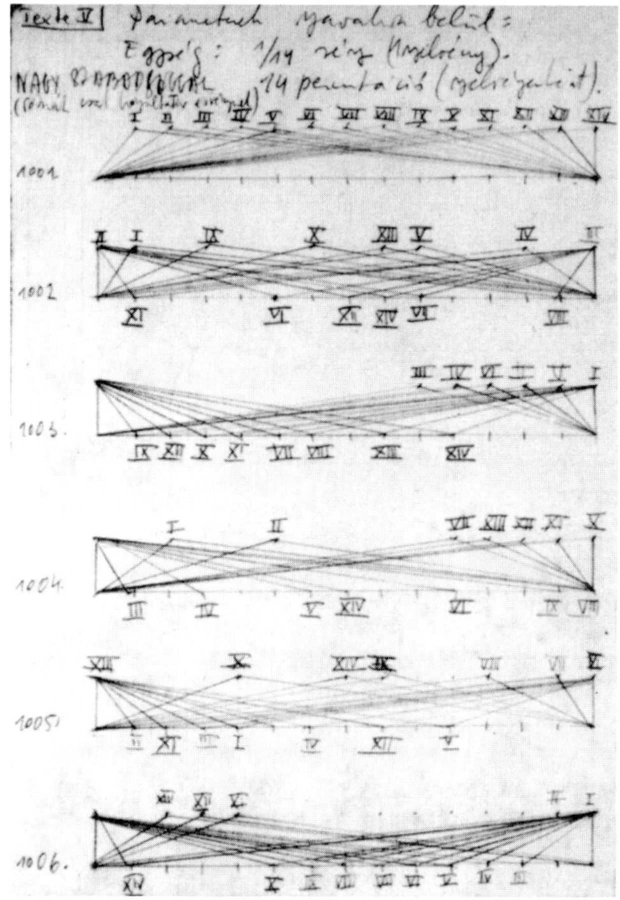

Aus den Skizzen zu *Artikulation*

Bilder einer Landschaft am Hörer vorüber. Technisch hat Ligeti sein Repertoire an Materialien und Verfahren jetzt in zwei entscheidenden Punkten erweitert: Anders als bei *Glissandi*, wo er sich in bewußter Eingrenzung auf die beiden Grundelemente von Sinustönen und Rauschen beschränkte – mit den dazugehörigen Verarbeitungsmethoden, da durch vielfache Überlagerung Komplexe zu bilden, dort durch Filterung das „weiße", tonraumbreite Rauschen in schmaleres „farbiges" zu verwandeln –, bezieht er in *Artikulation* auch das dritte Element, die Impulse, mit ein sowie die

Möglichkeiten einer stärkeren Verhallung. Das eine schafft kurze, runde bis spitzere Tonpunkte, sehr ähnlich dem Pizzicato, das andere eine umhüllende Räumlichkeit für bald fernere, bald nähere Auftritte der elektronischen Klänge. So kommen die ersten, titelgemäß knapp und kompakt artikulierten akustischen Gestalten gleichsam aus der Bühnentiefe allmählich nach vorn an die Rampe. Und was die Impulsklänge mit sich verringernden Hallanteilen imaginieren, findet tatsächlich statt: eine Art musikalisiertes Theater, bei dem mehrere Personen in jeweils charakteristischem Tonfall miteinander oder gegeneinander sprechen, Fragen stellen, antworten, flüstern, sich räuspern, irgendetwas zischeln oder unbekümmert parlieren, sich streiten, übertrumpfen und wieder versöhnen. Sie setzen gravitätisch zu Monologen an oder brabbeln nur enttäuscht vor sich hin, verstricken sich in ernste Dialoge oder mehrstimmige hitzige Diskussionen. Und manchmal fährt wie ein Donnerschlag ein erschreckender Knall von außen dazwischen oder ein dichter, engmaschig verwobener Massenklang schiebt sich gebieterisch wie ein schwerer Vorhang vor die ganze Szenerie. Aber gestrenger Eingriff oder mächtige, düster sich blähende Abschottung wirken nicht lange nach; schon meldet sich eine lustige Kommentarstimme, manchmal pfeift auch einer fidel dazwischen, und das locker gefügte Redespiel mit seinen rasch wechselnden Konstellationen, seiner lebendig hin- und herspringenden Kurzangebundenheit ist wiederhergestellt. Schließlich verflüchtigt es sich auch, zerbröckelt wie ein nicht zu Ende geführtes Telefongespräch; es entschwindet einfach in die Ferne, aus der es gekommen war.

Recht verstanden entwirft dieses nicht einmal vier Minuten dauernde Stück – aber was heißt das schon: Stockhausens berühmte *Studie II*, wie eine Inkunabel der elektronischen Musik gehandelt, ist noch um ein Fünftel kürzer – ein erstaunlich zutreffendes Doppelporträt vom Komponisten Ligeti. Denn einerseits vertieft er sich, obwohl er gern behauptet, kein Intellektueller zu sein, gelegentlich doch mit analytisch

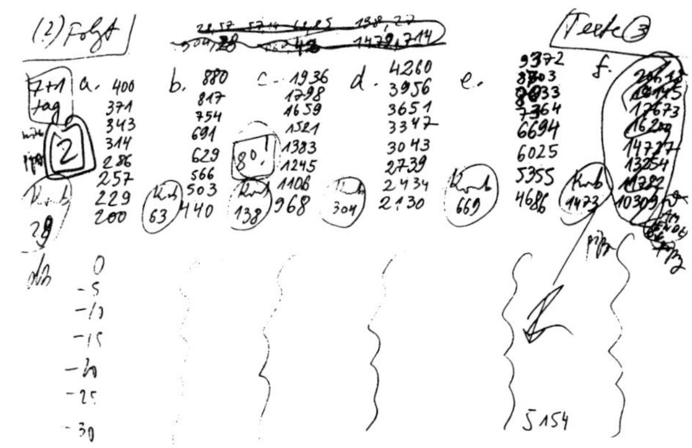

Berechnung von Frequenzzahlen zu *Artikulation*

sondierender Hingabe in theoretische Gedankengebäude, nicht nur der Musik, sondern auch jener von Physik und Mathematik bis hin zu Sprachforschung und Philosophie; genauso läßt er sich nun auf serielle Konstruktionsprinzipien samt deren technizistischer Idee von einer total durchrationalisierten Machbarkeit im Bereich musikalischer Phänomene ein und bedient sich sogar bei einem eher frohgemuten Stück wie *Artikulation* der mühseligen operativen Praxis im Umgang mit langen Zahlenkolonnen für Dauer- oder Frequenzberechnungen, mit Skalen für Familiaritätsgrade oder Proportionsverhältnisse und was dergleichen Prädispositionen noch mehr sein mögen. Dies alles übrigens nicht blind, sondern gerade beim Tun kritisch reflektiert, so daß er nebenbei schon bald äußern kann, der seriellen Musik ergehe es wie ihren Vorläufern: bereits ihr Entstehen habe die Keime zur späteren Auflösung in sich getragen; und dies zu einem Zeitpunkt (1958), als die Verfechter des Serialismus und ihre Klientel das noch nicht wahrhaben wollten. – Andererseits freilich zeigt sich Ligeti in *Artikulation*, unbelastet durch alle Schwierigkeiten und Geduldsproben bei der Produktion im elektronischen Studio, spontan, einfallsreich, voll Lust am sinnlich Erfahrbaren, am Auskosten von Gegensätzen und Spannungen, selbst in den Dimensionen eines neuen und ungewohnten Klangmaterials. Es macht ihm offensichtlich Spaß, sich mit diesen abstrakten, synthetisierten Erzeugnissen wie mit ganz natürlichen, bildungsfähig sonoren Tönen zu beschäftigen, ihnen wenigstens auf dem Umweg über Assoziationen eine eigene, vieldeutig schillernde Lebendigkeit zu geben, ihnen konkrete Existenz einzuhauchen. Und so hört man einem sehr konzis gefaßten, unglaublich facettenreichen und komplexen Pseudo-Gesprächsverlauf zu samt ganzen Serien perspektivischen Hintersinns, jedoch frei von Programm und verständlichem Wortsinn.

Was jedoch mag Ligeti bewogen haben, nach diesem Stück das elektronische Medium für immer aufzugeben? Oder zumindest, in der für ihn kennzeichnenden verbindlicheren Weise, den Plan zum späteren Wiederaufgreifen so lange zu prolongieren, bis er von selbst in die Irrealität entschwindet? War ihm die verfügbare technische Ausrüstung doch zu wenig differenziert, um über ein gewisses Standardmaß hinauskommen zu können? Fürchtete er vielleicht deshalb eine durchs Objekt aufgezwungene Nivellierung seines subjektiven künstlerischen Anspruchs? Oder glaubte er mit *Artikulation* doch ein für ihn unter den gegebenen Bedingungen derart exemplarisches, die klanglichen Ressourcen ausschöpfendes Stück fertiggestellt zu haben, daß er sich mit jedem weiteren wiederholen müßte? War ihm am Ende einfach der Zeitaufwand zu groß und gemessen am Erfolg das Herstellungsverfahren zu langwierig? Oder suchte er nur, abgeschreckt durch die gräßliche Sterilität damaliger Konzertaufführungen elektronischer Musik vis-à-vis gähnenden Lautsprecherfronten, den direkten, lebendigen Kontakt zum Publikum? – Wahrscheinlich haben all diese Gründe ein bißchen mitgespielt, das mehrfach Unhandliche, die Wiederholungsangst, der Selbstanspruch, die Neugier auf Anderes und die eigene, unruhvoll vorauseilende Phantasie; aber sicher auch umgekehrt: die eingeübte Vertrautheit mit Instrumenten, mit Stimmen und deren reicherem, so vielfältig modellierbarem Klang. Man begegnet hier eben, immerhin an einem entscheidenden Punkt, der einige Konsequenzen nach sich zog, jener unauflösbaren Ambivalenz von vorantreibender Progressivität unter gleichzeitiger Beibehaltung einiger stabilisierender, gleichsam absichernder konservativer Elemente in höchst individueller Ausprägung und bestimmender Wirksamkeit.

Selbstverständlich lag es auch nahe, einen Kompositionsentwurf, der sich allen Emigrationsumstellungen zum Trotz als unverändert resistent und für die Imagination anregend erwiesen hatte, nicht länger hintanzustellen. Allerdings blieb da abzutasten, welche fernen Ziele den ungarischen Visionen (*Víziók*) eigentlich als noch ungreifbare Schemen vorgeschwebt hatten und wie sie nun in die faktische Evidenz klingender Erscheinungen (*Apparitions*) zu übersetzen seien. Daß diese Transformation nicht glatt und problemlos vor sich gehen könne, daß ihr Verlauf mancherlei Ablenkungen, Ausbuchtungen, strauchelnde Fehlgänge und Unterbrechungen erleben müsse, ehe sich eine vertretbare und befriedigende Lösung abzeichne, war angesichts der schwierigen äußeren wie inneren Umschichtungsprozesse, denen Ligeti sich zwischen Budapest, Wien und Köln ausgesetzt sah, zu erwarten und nicht weiter verwunderlich. Wer vermag schon Fremdeinflüsse und gehäufte neue Eindrücke gleich richtig zu sortieren, ob sie eigenen Ansätzen entsprechen oder sie konterkarieren. Und so verfiel er für den zweiten, schnellen Satz von *Apparitions* zunächst auf ein merkwürdig nur halb organisiertes Aufführungsmodell, nicht unabhängig von seinerzeit virulenten Aleatorik-Tendenzen. Er wollte den zwölf Streichern lediglich frei verfügbare Spielfiguren vorgeben, vier in jeder Stimme (bei der I. Violine nur zwei), mit anwachsender Tönezahl von zwei bei der höchsten bis zu 13 bei der tiefsten (Kontrabaß) und dementsprechend ansteigender Intervallbreite des chromatisch auszufüllenden Umfangs. Das Ganze hätte übereinandergeschichtet einen diffusen Zusammenklang, einen chromatischen Cluster, über sechseinhalb Oktaven ergeben und, weil so rasch und so

Darmstadt 1958: Peter Schat, Monika Lichtenfeld, Christoph Caskel, Jacques Calonne, Mauricio Kagel, György Ligeti und Franco Evangelisti

leise wie möglich zu spielen, doch variabel im Tempo und in den Zäsuren zwischen den einzelnen Figuren, ein wuseliges *pianissimo*-Durcheinander von aufgerauhter Irregularität. Stimmenweise gestuftes Anfangen und Enden sowie – nach nochmaliger verwischender Beschleunigung zum Äußersten – plötzliche scharfkantige Pausen-Einbrüche oder *fortissimo*-Ausbrüche, alles vom Dirigenten gesteuert, wären die einzigen formalen Ablaufmerkmale dieses kurzen Satzes gewesen.

Interessant ist daran zweierlei: Daß Ligeti hier ein Verfahren asynchroner Stimmenüberlagerung, dem etwa Witold Lutosławski als *aleatorischem Kontrapunkt* ab Anfang der sechziger Jahre prominente Bedeutung für sein Schaffen einräumte, bereits 1957 konzipiert hat; und daß er es dennoch aus angeborener Liebe zur Genauigkeit, zur sensiblen Kontrolle über jedes Detail schließlich verworfen hat. Irgendetwas sträubte sich gegen solche Pauschalierungen beim Zustandekommen des Gesamtklangs. Und von Stund an verwendete er viel von seiner kompositorischen Aufmerksamkeit gerade auf das Zumessen und Gliedern, die bis ins Kleinste reichende Strukturierung solcher dichten chromatischen Klangkomplexe, die er gleichwohl in diesen Jahren bevorzugte und in Konsequenz einer Entwicklung für notwendig hielt. Er hat auch niemals, wie es üblich wurde, in seinen Partituren Cluster mit dicken oder weniger dicken schwarzen Balken notiert – mit der einzigen Ausnahme des Orgelstücks *Volumina*, bei dem es freilich neben dieser graphisch vermittelten Schreib-Abbreviatur für Tuttiklänge gleichzeitig um ganz andere Aspekte von deren Modifikation geht. Nein, all diese tönenden Massen, ob sie Wolken, Schwärmen, irregulären Plastikformen, zugeschnittenen Bändern, pulsierenden Strömen oder wechselnd dichten Schraffuren glichen, sollten ihre ganz spezielle Farbe, ihr eigenes Innenleben und ihre unverwechselbare Kontur erhalten.

Am Beginn dieser Phase, ganz direkt Konstellationen des Klangs zu komponieren, steht jedenfalls – auf Umwegen wohl vorbereitet – das Orchesterstück

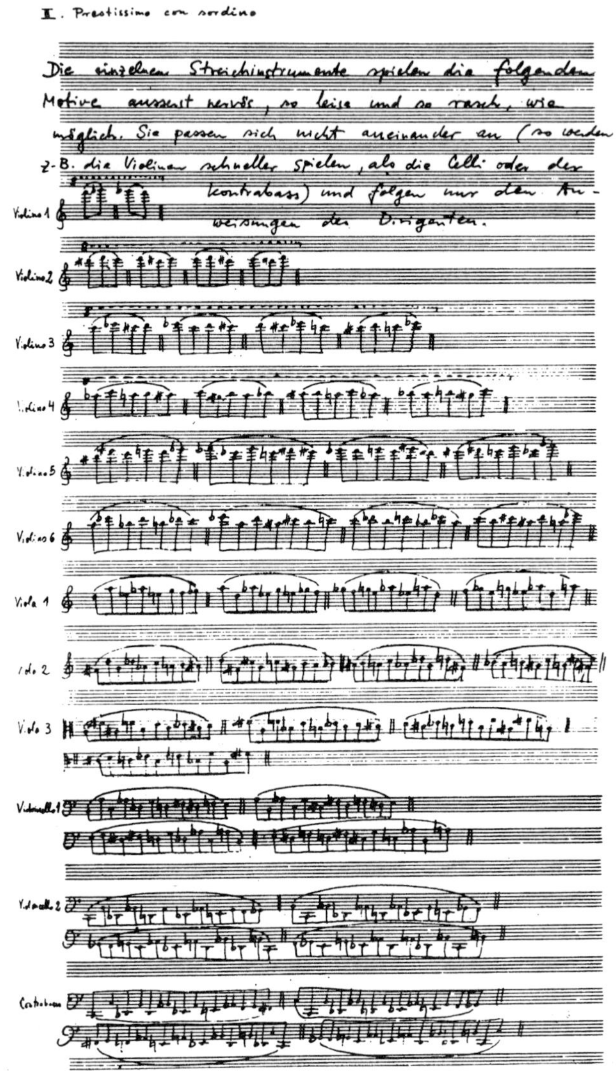

Entwurf zum 2. Satz von *Apparitions* in der Streichorchester-Fassung von 1957

Apparitions. 1958/59 gab Ligeti ihm seine endgültige Fassung und beschrieb, was ihn dabei geleitet hatte, 1960 bei der Kölner Uraufführung anläßlich des Festivals der Internationalen Gesellschaft für Neue Musik, in einem klärenden, weit über das Einzelwerk hinaus aufschlußreichen Kommentar: *Die „Apparitions" bestehen aus zwei Sätzen: „Lento" und „Agitato". Der zweite Satz ist eine freie Variation des ersten. Beim Komponieren der „Apparitions" stand ich vor einer kritischen Situation: mit der Verallgemeinerung der Reihentechnik trat eine Nivellierung in der Harmonik auf; der Charakter der einzelnen Intervalle wurde immer indifferenter. Zwei Möglichkeiten boten sich, diese Situation zu bewältigen: entweder zum Komponieren mit spezifischen Intervallen zurückzukehren, oder die bereits fortschreitende Abstumpfung zur letzten Konsequenz zu treiben und die Intervallcharaktere einer vollständigen Destruktion zu unterwerfen. Ich wählte die zweite Möglichkeit. Durch die Beseitigung der Intervallfunktion wurde der Weg frei zum Komponieren von musikalischen Verflechtungen und von Geräuschstrukturen äußerster Differenzierung und Komplexität. Formbildend wurden Modifikationen im Inneren dieser Strukturen, feinste Veränderungen der Dichte, der Geräuschhaftigkeit und der Verwebungsart, das Einanderablösen, Einanderdurchstechen und Ineinanderfließen klingender „Flächen" und „Massen". Zwar verwendete ich eine strenge Material- und Formorganisation, die der seriellen Komposition verwandt ist, doch war für mich weder die Satztechnik noch die Verwirklichung einer abstrakten kompositorischen Idee das Wichtigste. Primär waren Vorstellungen von weit verzweigten, mit Klängen und zarten Geräuschen ausgefüllten musikalischen Labyrinthen.*

Ungemein charakteristisch an dieser Beschreibung und selbstverständlich auch an der Musik, auf die sie sich bezieht, ist der zum Extrem getriebene Gegensatz zwischen Radikalität und Behutsamkeit. Doch bleibt er, so als hätte schon er selbst sich dem beschwichtigenden Antipoden zu fügen, in seiner Bedeutung fast unkenntlich und verborgen. Denn was es hieß, gegen Ende der fünfziger Jahre die Intervalle als konstitutives kompositionelles Element schlankweg zu kassieren, läßt sich nur richtig einschätzen, wenn man dabei auch das hartnäckige Festhängen am Primat der Tonhöhen berücksichtigt, das seinerzeit wahrscheinlich als Relikt eines nach Parameter-Wichtigkeit hierarchisch gestuften Reihendenkens von Schönberg über Webern zum Serialismus die Szene ringsum beherrschte. Ligetis *Apparitions* sind in dieser Hinsicht dezidierte Kritik an einem noch bewahrten kompositorischen Verfahren. Statt weiterer Rettungsaktionen an seinem bröckelnden Bestand, etwa durch das damals beliebte Einbeziehen aleatorischer Freiheiten – im Reagieren auf Cage und seinen Umgang mit Zufall oder Unbestimmtheit –, kündigen sie, bis ins kleinste ausformuliert, seinen noch gültigen Grundpositionen auf. Beibehalten werden lediglich, auf ein anderes Niveau transponiert, gewisse serielle Erfahrungen mit internen Gleichgewichtsverhältnissen bei der Aufstellung und Verteilung von Materialtypen, ihrer distinkten Schichtung oder ihrer konturauflösenden Vermischung sowie der Zumessung von Dauern und Häufigkeit in ihrem Auftreten. Gerade weil dieses serielle Prinzip einer generellen Balance ohne Vorrang oder Unterdrückung – Abbild eines musikalischen Demokratisierungsprozesses entgegen alten Funktionsprivilegien – schon von sich aus zu einer an Unterschieden kargen Uniformität tendiert und weil zudem Ligetis Entschluß zur „vollständigen Destruktion der Intervallcharaktere" noch freiwillig eine verbliebene Möglichkeit aufgab, mußte er jedes andere nur irgendwie denkbare Mittel zur Gliederung und Kontrastierung ausnützen, um den *Apparitions* eine Form, einen wahrnehmbaren Ablauf zu geben. Und im richtigen Einschätzen dieses Sachverhalts entwickelte sich daraus trotz aller Radikalität im Ansatz jenes Feld äußerster kompositorischer Behutsamkeit in der Ausführung.

Zunächst erklingt sehr leise (*pp*), sehr tief (in der Kontraoktave) und sehr lang (30 Sek.) eine Kleinsekunde (Dis_1-E_1) der Kontrabässe. Man denkt an das „Rheingold-Syndrom", das viele Komponisten schon geplagt hat. Aber dieser Mini-Cluster aus zwei Tönen in engster chromatischer Nachbarschaft, noch dazu mit Dämpfer, ohne Vibrato und am Griffbrett, quasi verhaucht, gespielt, besitzt durch die Interferenz im Halbtonabstand statt urtümlicher Tiefenklarheit geheimnisvoll blubbernde Schwebungen, eine geräuschhafte Rauhigkeit, so daß der Wechsel zu einem höheren Cello-Cluster wie die Antwort auf untergründig schlummernde Bewegungsenergien wirkt. Der Cello-Cluster ist noch leiser (*pppp*), dafür breiter und stimmenreicher (acht Halbtöne im Quintraum F-c), schärfer (am Steg zu spielen), dafür kürzer (10,5 Sek.). Die unmerkliche Belebung der beiden Klangflächen wird plötzlich durch einen gezupften Harfen-Akzent, wenn auch immer noch dunkel und leise, aktualisiert, und sogleich nehmen Celli und Bässe diesen ersten minimalen Impuls in eine verwandelte Clusterfläche auf, die nochmals breiter und stimmenreicher (14 Halbtöne über den Raum einer kleinen None Fis_1-G) jetzt mit viel Vibrato eine gleichsam nachbebende Reaktion zeigt. Doch nicht genug damit: Nach einem Einhalt stummer Besinnung hebt eine Phase wachsender Mobilität an, irregulär in ihren Schüben, wenn auch im ganzen mit Verkürzung der Einsatzabstände, Verringerung der längeren Cluster bei Vermehrung kurzzeitiger Attacken, schneller Ausweitung der Klangfarben im Hin- und Herspringen zwischen *pizzicato*, großer Trommel, Fagotten, *col legno*, Klavier, Hörnern, Celesta, Cembalo, Posaunen, Tamtam, Harfe und mit stetiger Zunahme ihrer partiellen Überlagerungsmomente. Diese spürbare Verdichtung, freilich noch immer düster raunend im unteren Tonhöhen- und Lautstärkenbereich, kulminiert auf einmal in einem jähen *fortissimo*-Schlag, einem Bartók-Pizzicato (mit perkussivem Zurückschnellen der Saite aufs Griffbrett) von 30 Streichern, erstmals auch acht Violinen und erstmals über zwei Oktaven und eine Quarte als chromatischer Clusterklang vom Kontra-H bis hin zum eingestrichenen e ausgespannt.

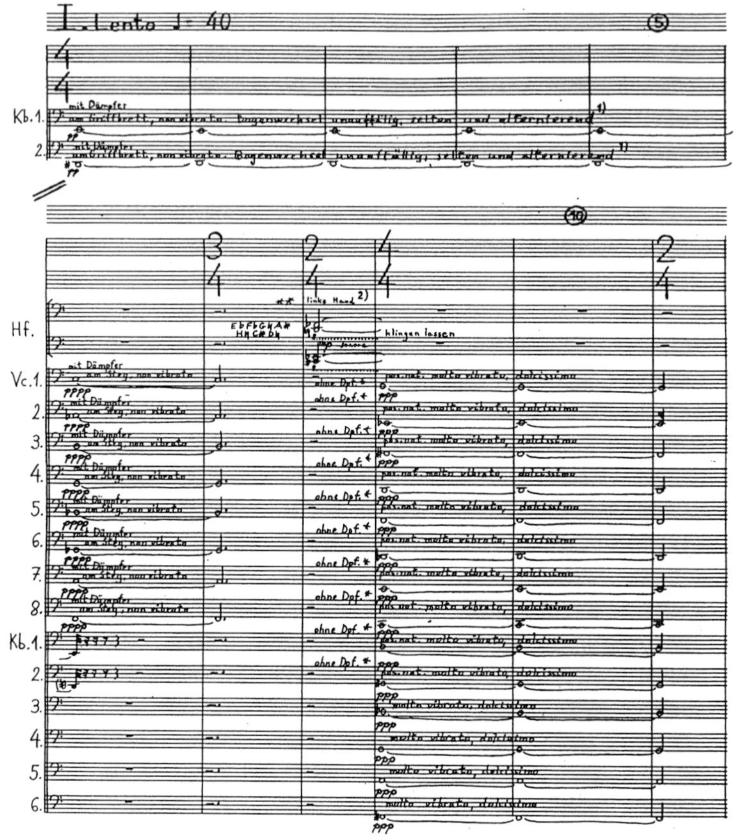

Anfang des 1. Satzes, *Lento*, von *Apparitions* (T. 1–11)

Ligeti hat den Formprozeß von *Apparitions* in einem eigenen Werkbericht *Zustände, Ereignisse, Wandlungen* (*blätter + bilder*, 11/1960, S. 50–57; *Melos* 5/1967, S. 165–169) als Interaktion von eher zart gewobenen, komplexen Klang-Zuständen und plötzlich dazwischenfahrenden Kurzzeit-Ereignissen charakterisiert, wodurch entsprechende Gestalt- und Textur-Wandlungen ausgelöst werden. Und dafür dient ihm gerade die erste Höhepunkt-Stelle als Beispiel: *Diese unerwartete Erscheinung einer unerwarteten Lautstärke muß – infolge der bisherigen Logik der Ereignisse – eine tiefergehende Veränderung auslösen als alle vorhergegangenen Impulse. Das geschieht auch in der Tat: an dieser Stelle wird das zusammenhängende Netzwerk zum ersten Male einem Schock ausgesetzt, der seine Widerstandsfähigkeit erschöpft. Ein Riß entsteht in der klingenden Struktur, es kommt zu der ersten längeren, den Fluß der musikalischen Form unterbrechenden Pause. Das Netzwerk ist von hier ab unwiederbringlich verändert: die stationären Klänge, die vorher lediglich von schwachen internen Vibrationen getrübt waren, werden von nun an zerzaust. Tremoli und Triller beleben die klingenden Massen, und eine fortdauernde unregelmäßige Schwankung der Dynamik verhindert das Wiedererlangen jeglichen Gleichgewichts.*

Es wäre hinzuzufügen, daß dieser zweite, zunehmend belebtere, zunehmend aus dem Gleichgewicht geratende Formabschnitt, der nach dem *ff*-Pizzicatoschlag mit gespannt nachzitternder Pause (Takte 30–32) einsetzt und bis zum noch weitaus heftigeren, für den ganzen Lento-Satz entscheidenden zweiten Höhepunkt (T. 73) führt, analog dem ersten Reaktivabschnitt wiederum in zwei Phasen gegliedert ist, freilich auf einem völlig anderen Niveau affektiver Energetik und der dafür neu eingesetzten instrumentalen Mittel: zunächst wie erstaunt, dem Erlebnis mit grollender Empörung und aufzuckender Widerspenstigkeit nachhängend (T. 33–48), dann in offener Erregung, zwischen Versuchen zur Selbstbesänftigung und ausbrechender Wildheit mit wachsender Hysterie hin- und herpendelnd (T. 49–73). Um sich von der musikalischen Szenerie, die sich hier aus dem „Netzwerk" von immer individueller organisierten Clusterklängen und den störend eingreifenden Attacken entwickelt, ein anschaulicheres Bild machen zu können, ist es vielleicht nützlich, ein frühes Traumerlebnis anzuführen, das Ligeti selbst zur Entschlüsselung grundlegender psychischer Determinanten in seiner Vorstellungswelt dem Werkbericht zu *Apparitions* vorangestellt hat: Er habe als Kind einmal geträumt, er könne sein Bettchen, den sicheren, durch Gitter geschützten Zufluchtsort, nicht erreichen, weil *das ganze Zimmer von einem dünnfaserigen, aber dichten und äußerst verwickelten Gewebe ausgefüllt* gewesen sei, ähnlich dem Gespinst von Seidenraupen. *Außer mir blieben auch andere Wesen und Gegenstände in diesem riesigen Netzwerk hängen:* Nachtfalter und Käfer, die dem spärlichen Kerzenlicht zustrebten, Kissen, Dreckklumpen, Speisereste, Abfall. *Jede Regung der steckengebliebenen Lebewesen verursachte ein Beben, das sich dem ganzen System mitteilte, so daß die schweren Kissen fortdauernd hin und her wackelten, ab und zu derart stark, daß das Netz mancherorts einriß* und sich die Struktur des Gewebes allmählich immer mehr veränderte: *an manchen Stellen bildeten sich unentwirrbare Verknotungen, an anderen Kavernen,* in denen noch vereinzelte Fäden aus dem ursprünglichen Geflecht umherschwebten. Doch der Prozeß war unumkehrbar, jeder gewesene Zustand endgültig dahin. *Etwas unaussprechlich Trauriges* lag in dem Vorgang, *die Hoffnungslosigkeit verrinnender Zeit und einer nicht wiedergutzumachenden Vergangenheit.*

Schon die letzte Wendung wird daran hindern, in diesem Traum anderes, programmatisch Bindenderes, als das in früher Kindheit konkretisierte Urbild für bestimmte Vorstellungsgehalte oder seltsam wiederkehrende Phantasiemuster zu sehen. Denn eigentümlich ist das unvermutete Überwechseln vom optischen Ablauf des Erinnerungsfilms auf die abstraktere, gleichsam musikalische Ebene der unwiederbringlich verrinnenden Zeit – mit genau jenem Wehmutsempfinden, das auf der faktischen Erfahrung jedes Komponisten von der Flüchtigkeit seines Werks in der einzig relevanten, hörbar akustischen Erscheinungsform beruht und doch in solcher beruflichen Spezifik eine Spur der unterdrückten Allgemein-Sehnsucht nach Rückkehr in imaginierte Kindheitsparadiese enthält. Allein, auf welche Art auch immer psychische Stimulationen in die künstlerische Arbeit einfließen mögen, typisch für Ligeti bleiben die synästhetischen Umsetzungen von optischen, auch taktilen, gestischen oder sprachlichen Eindrücken ins Akustische: *Zu Farbe,*

Form und Konsistenz assoziiere ich fast immer Klänge, wie auch umgekehrt: zu jeder akustischen Sensation Form, Farbe und materielle Beschaffenheit. Dieser Satz, im Bericht zu *Apparitions* geäußert, erhält im entscheidenden Moment, am Kulminationspunkt des ganzen *Lento* (T. 73) seine spezielle Bedeutung. Denn da kippt auf einmal das gesamte Geschehen um, als würde es auf den Kopf gestellt. Nicht nur, daß der Schlag selbst an kantiger Wucht (*sffff*), Helligkeit (d_2-c_5) und Schärfe (mit höchsten Piccolo-, Celesta-, Harfen-, Cembalo- und Klavier-Clustern sowie greller Schlagzeug- und Pizzicato-Konturierung) alles bisher Dagewesene übertrifft, er entläßt aus sich auch noch einen überraschend zarten Flageolett-Klang der ersten Geigen, der von hier an bis zu seinem stufenweisen Abbau gegen Schluß weitertönt.

Selbstverständlich kann die *metallische Explosion* des knappen Kulminationsschlags nicht ganz folgenlos bleiben. Auch wenn der Klang jetzt aus seiner vorherrschend dunklen Tiefenlage mit nur einigen wenigen Spitzenakzenten dank ihrem jähen Eingriff auf einmal wie spiegelverkehrt in die höchsten Höhen rutscht, als sei er vom Boden, ja aus finsteren Erdhöhlen in oberste Sphären geschleudert worden – dieser extreme Register-, Farb- und Dynamikwechsel ist nur die erste Konsequenz. Schon bald entlädt sich das aufgestaute Intensitätspotential in *wild* auffahrender

„Wilde" Streicherfiguration (Ausschnitt nur Violinen, ohne Violen und Celli) aus dem 1. Satz, *Lento*, der *Apparitions* (T. 74–77)

Streicherfiguration (*fff*) und nochmals crescendierendem, diskantisch exaltiertem Bläserschluß (T. 75–77). Das Wunder der Klangmetamorphose wiederholt sich ähnlich wie beim Auftritt des Flageolett-Clusters in schemenhaftem *pianissimo* direkt nach dem Explosivschlag: Jetzt schält sich ein leises *Echo* von drei sehr hohen Geigentönen und einem mitteltiefen Trompetenton heraus, die von hinten her, aus Gegenpositionen im Rücken des Publikums erklingen und quasi die Ränder der vorherigen *wilden* Eruptiv-Episode festhalten; die Trompete verschwindet schon bald wieder, weil ja der Gesamtklang nach oben orientiert bleibt, und zwar genau in dem Moment, in dem ein zweites Nachbeben einsetzt (T. 80), nun nicht mehr der Streicher, sondern der Tasteninstrumente mit Glockenspiel und Harfe, lockerer, leiser (*mp*), dafür rascher, einheitlicher in höchstem Register und zunehmend pausendurchsetzt, d. h. vertröpfelnd, sich verlierend. Weiterhin andauernd zu hören ist nur der zarte, seidene Flageolett-Cluster der Orchesterviolinen, vermehrt um den noch einen Halbton höher reichenden Mini-Cluster, ebenfalls Flageolett, der drei *Echo*-Violinen, der auch beim treppenartig nach oben steigenden Aufhören am längsten fortklingt (bis T. 97), ehe er sich in jene Unhörbarkeit auflöst, aus der das *Lento* anfangs hervorgegangen war.

Nach zwei Pausentakten folgt *attacca* der zweite Satz, das *Agitato*, von dem Ligeti gesagt hat, es sei *eine freie Variation des ersten.* Das mag in einem allgemeinen Sinn durchaus zutreffen, wird aber sofort dadurch relativiert, daß bereits innerhalb des *Lento* die einzelnen Entwicklungszüge und ihre formbestimmenden Details wie Variationen auseinander hervorgegangen sind. Das *Agitato* wäre demnach eine nochmals neuerliche Ableitung oder eine Gruppe von Ableitungen, dies allerdings auf einer doppelt veränderten Basis: durch das erheblich beschleunigte Tempo und die aus-

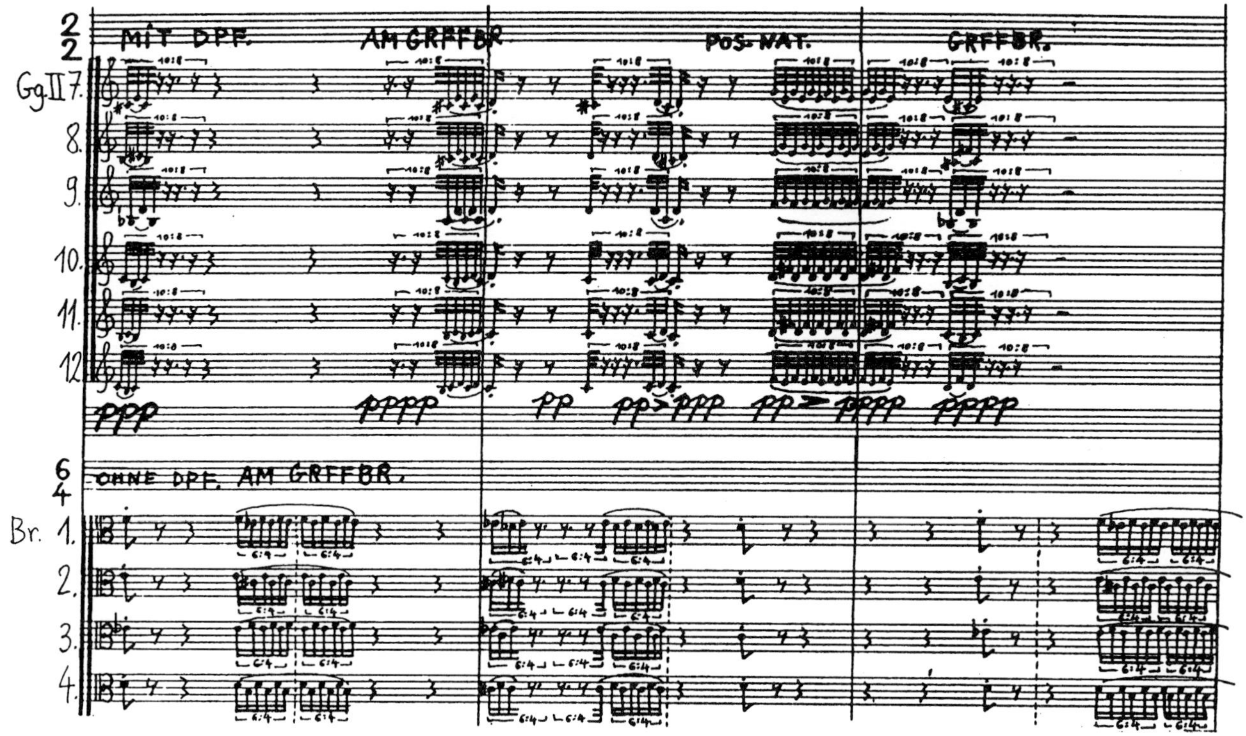

Anfang des 2. Satzes, *Agitato*, aus *Apparitions* (T. 1–3, Ausschnitt: nur die Hälfte der 2. Violinen und Violen)

gewechselten, nur noch entfernt verwandten Darstellungsmittel, bei denen ausgehaltene, stationäre Klänge überhaupt nicht mehr vorkommen. Zutreffend mag auch sein, wenn man beide Sätze vergleicht, daß sie in ihrer Form übereinstimmend eine grobe Rastrierung in drei Abschnitte aufweisen. Freilich war für die innere Dramaturgie dieser Dreigliederung beim *Lento* eine vielfältig differenzierte Kurvenführung charakteristisch, die zweimal mit dem Überraschungsschlag am Schluß ihren höchsten Spannungsmoment, ihren Peripetie-Punkt erreicht und davor (bis T. 30), dazwischen (bis T. 73) und danach (bis zum Verebben, T. 97) mit Schüben erst der Mobilisierung, dann des reaktiven Abbaus und erneuerten Wiederaufbaus, schließlich des allmählichen Ausklingens ihre klaren Profil-Linien zieht. Das hängt alles, gegenseitig aufeinander bezogen und ineinander verhakelt, zusammen, und jeder Abschnitt dauert ungefähr gleich lang. Beim *Agitato* handelt es sich dagegen um drei völlig unterschiedliche Teilstrecken – sofern man nicht auf übergreifendere Ähnlichkeit abheben will –, von denen die mittlere die einheitlichste und kürzeste ist, während die beiden etwa doppelt so langen Außenteile die Momente ihrer stärksten Expansion in Dynamik und Dichte annähernd im zweiten bis dritten Drittel haben, jedenfalls nicht am Schluß. Übrigens könnte, hier von

„Wilde" Streicherpassage (hier nur 1. Violinen) aus dem 2. Satz, *Agitato*, der *Apparitions* (T. 24–29)

zeitlicher Längenausdehnung zu sprechen, falsche Vorstellungen wecken. Denn die *Apparitions* dauern insgesamt weniger als zehn Minuten, selbst bei nicht zureichender Aufführung, wobei die anzustrebenden zirka neun Minuten sich im Verhältnis 2:1 auf die Sätze *Lento* (mehr als 6') und *Agitato* (knapp 3') verteilen.

Im ersten *Agitato*-Abschnitt (bis T. 24) herrscht mit weitgehender Ausschließlichkeit vor, was sich schon an einzelnen Stellen des *Lento* angebahnt hatte: vibrierende, körnig aufgerauhte Texturen aus Tremoli und Trillern. Nur daß sie jetzt wegen der stark erhöhten Geschwindigkeit, bei prinzipiell gleichem Verharren in leicht modifizierten *pianissimo*-Bereichen, ein unruhig hektisches Flimmern erhalten; daß sie durch schnelles Wechseln oder Überlagern zwischen anfangs fünf Instrumentalgruppen, deren Einzelstimmen sich zu Clustern summieren und deren Zahl sich Zug um Zug bis zur Neun-Chörigkeit steigert (sechsmal Streicher plus Holz, Blech und Schlagzeug), wuselig, unstetig, wie aus hingewehten Fetzen zusammengestückt wirken; und daß dieser Eindruck noch durch das Verschieben der Triller- und Tremolo-Girlanden nach oben oder unten, also gruppenweise Tonraumwanderungen, verstärkt wird, als würde mit kurzen flüchtigen Bewegungen etwas weggewischt. Solche um sich greifende Instabilität des klanglich-geräuschhaften Geschehens wird von der obersten Gruppe aus vier ersten Violinen, später auch der untersten der

Kontrabässe mit artikulatorischen Einwürfen aus *gettato-* oder *col-legno-Floskeln* beidseits, von den Rändern her konturiert; außerdem stützen sie die Kontrabässe mit ausgehaltenen Flageolett-Clustern vorsichtig, aber wirksam ab, so daß unterschwellige Aufladungen und merkliche Verdichtungen für einige Sekunden aus ihrer flirrenden und wispernden Unscheinbarkeit auftauchen können und Realität gewinnen (T. 18–21): Klavier, Harfe, Cembalo und Schlaginstrumente (Xylophon, Guero, Kastagnetten, Tamburin) holen das engmaschige Gewebe wie unter einer akustischen Lupe (*ff*) in die Nähe und in Umrißschärfe. Kurz danach fällt es ohnehin in sein Hintergrunddasein zurück.

Jedoch nicht lange, da bricht *ex abrupto* mit *wild* gestikulierender Vehemenz der Sturm aus: Alle 48 Streicher spielen „mit äußerster Kraft“, ein jeder „so intensiv, als wäre er Solist“, großintervallig hin- und herspringende, ganz unterschiedlich rhythmisierte Figuren, die sich zu einem chaotischen 48stimmigen Kontrapunkt schichten, genauer: bis zur Ununterscheidbarkeit verknäulen. Was man wahrnimmt in diesem schnell vorbeijagenden *Agitato*-Mittelabschnitt (T. 25–37), ist ein kleiner Einhalt in hoher Lage (T. 27) und ein größerer (T. 30, da steht auch eine Fermate) sowie ein scharf eingeschnittenes Fenster, durch das zwischen „plötzlich aufhören“ und „plötzlich anfangen“ der *fff*-erregten Streicher ein mildes Holzbläser-Idyll der Flöten und Klarinetten in gebundener *pianissimo*-Bewegung hineinlugt (T. 32) und ebenso irreal weltenfern, wie es erschien, auch wieder gekappt und zugedeckt wird. Schon setzen die 48 Streicher ihre jäh unterbrochenen Gewaltanstrengungen fort, denken noch für einen Augenblick an die widerfahrene Seltsamkeit (T. 35: *meno mosso*), holen dann aber um so furioser zu ihrem in Tempo und Dynamik gesteigerten Schluß-Aplomb aus: „Aufhören wie abgerissen“ (T. 37). Analysiert man, was die Streicher in diesem blockartig zugeschnittenen Kontrapunktgewirr aus gegeneinanderlaufenden Rhythmen, Metren und gezackten Linien eigentlich spielen, ergibt sich ein recht simpler Befund: Alle folgen chromatischen Tonleitern, nur zu großen Septimen oder kleinen Nonen – manchmal über zwei Oktaven – auseinandergespreizt; die 24 Violinen der Skala entlang abwärts, die 24 Bratschen, Celli und Kontrabässe in umgekehrter Richtung aufwärts. Allerdings treten kleine Unregelmäßigkeiten auf: einzelne Töne werden wiederholt, andere, und dies öfters, ausgelassen. Doch die so entstandenen holprigen Skalen gelten für alle Instrumente einer Stimmgruppe gleich. Die beiden erwähnten Einhalte beruhen übrigens auch auf einer Ausnahme, nämlich dem scheinbar zufälligen Zusammentreffen von mehreren Instrumenten auf denselben Tönen in hoher Lage und mit leichter Dehnung. Genau darin freilich unterscheidet sich der auskomponierende Ligeti sehr entschieden von den Komponisten mit bündigen Al-fresco-Notationen wie Penderecki und seinen Kollegen der polnischen Schule, ebenso auf der anderen Seite von allen, die mechanische oder stur statistisch berechnete Verfahren anwenden.

Ein Vorteil des lebendigen, mit kleinen Fehlern behafteten Materials ist zudem, daß es bildbar bleibt, daß die dauernde Vorstellungskontrolle, der es unterliegt, ganz selbstverständlich weiter mit ihm umgeht, an ihm weiterarbeitet. Und so entsteht, was Schönberg entwickelnde Variation genannt hat, ohne besonderes Zutun, ohne ein abstraktes Umschalten auf die nächste Organisationsschiene des angewandten Konstruktionsprinzips, als natürliche Folge aus den Bedingungen und der Beschäftigung mit der Sache selbst. Insofern lassen sich Vorläuferstadien für die beiden ersten Abschnitte des *Agitato* bereits im *Lento* finden: das nachsinnende Erstaunen über den Bartók-Pizzicato-Schlag (*Lento*, T. 33–47) für die Tremolo- und Triller-Texturen des Anfangsabschnitts (*Agitato*, T. 1–24); und der sich abreagierende Wildheitsausbruch im Gefolge der Explosivattacke (*Lento*, T. 75–77) für den monströsen, ebenso *wilden* zweiten Abschnitt (*Agitato*, T. 25–37). Daneben gibt es eine Reihe von enger begrenzten Stellen mit typologischen Ähnlichkeiten, etwa das aus Kleinmotiven bunt gewirkte Akzentfeld (*Lento*, T. 57–62), das in fast gleicher Besetzung von

Tasteninstrumenten und Harfe im *Agitato* wiederzukehren scheint (T. 18–21), nur ist es einmal Repräsentant für Spannungsabbau, das andere Mal für einen Spannungshöhepunkt, bei dem das unruhige, faserige Gewebe „unter die akustische Lupe" genommen wird. Jedoch für den dritten *Agitato*-Abschnitt (T. 38–55), der ja die *Apparitions* im ganzen beschließen soll, fehlen selbst solche umdeutenden typologischen Verwandtschaftsbeziehungen. Er stellt etwas völlig Neues dar, es sei denn, man wolle eine rein formale Analogie darin sehen, daß er genau wie der letzte *Lento*-Teil mit dem überraschenden Wechsel aus dunklen Tiefen in höchste Flageolett-Höhen auch seinerseits in einen unerwartet anderen Bereich umkippt, nun in den der ungemein vielfältig raunenden, grummelnden, flüsternden Geräusche.

Sofort nach dem „wie abgerissenen" Ende der lautstarken Streicher-Exaltation beginnt eine Art lispelndes, kaum recht wahrnehmbares Morsezeichen-Geflecht: Alle Blechbläser und die Fagotte gebrauchen ihre Instrumente lediglich als Geräusch-Resonatoren, indem sie sie, 16fach verschieden rhythmisiert, „mit der Zunge anstoßen, ohne Tonerzeugung". In dieses leicht stakkatierte Rascheln mischen sich leise Kleintrommel-Akzente sowie ein diffuses Murmeln, hervorgerufen durch Wischbewegungen mit zwei Tüchern über die mittleren Saiten des Flügels. Und schon leitet ein Paukenglissando zur nächsten Geräuschstrecke über, bei der die Blechbläser „mit der Hand kurz und kräftig auf das Mundstück schlagen" (T. 40–43); doch mitten in das unregelmäßige Blubbern hinein wird für einen Augenblick ein Fenster geöffnet, durch das in scharf kontrastierendem *fortissimo* ein derartiges Akzentfeld der Tasteninstrumente und der Harfe eindringt, wie es vorhin bei den Verwandtschaftsbeziehungen zwischen den Sätzen schon eine Rolle gespielt hat. Das wiederhergestellte Blubbergeräusch erfährt kurz drauf eine abermalige Irritation durch ein Impulsbündel mit markantem Trommel-Randschlag, endet deshalb und überläßt den Flöten und Klarinetten die Fortführung, die mit schnellem, leisem Kleinterzen-Dudeln – paarig in Gegenbewegung – erstmals einen klingenden schmalen Cluster in die tonlose Geräusch-Szenerie einführen (T. 44). Während das Dudeln sich verlangsamt und noch leiser wird, übernehmen es gleichzeitig die zweiten Geigen in der alten Anfangsgeschwindigkeit, doch breiter und höher. Und als sei damit schon vertraute Tonhöhenseligkeit wiederer-

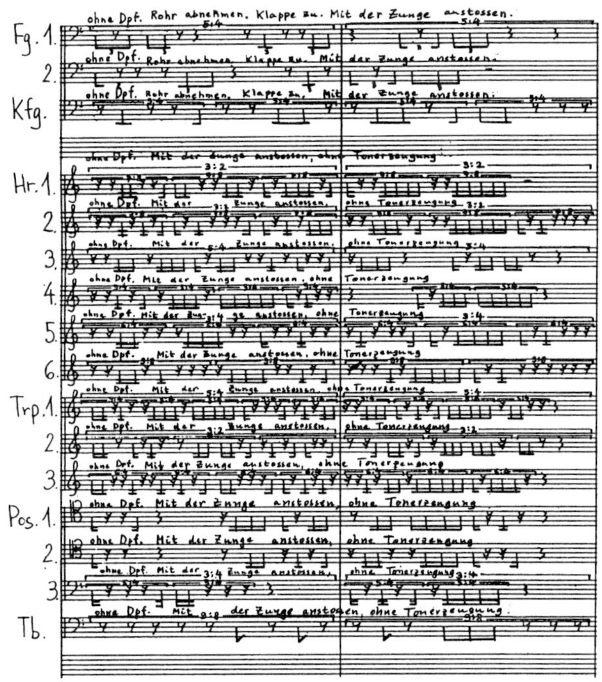

Wisper-Geräusch der Bläser im 2. Satz, *Agitato*, T. 38–39, von *Apparitions*

langt, stimmt die 1. Posaune ein tenorales Viertonmotiv an, auf das die Echo-Trompete (bisher nur gegen Schluß des *Lento* eingesetzt) in wehmütiger Dehnung antwortet (T. 46). Aber weit gefehlt: ein fiepend-schriller Geigen-Harfen-Akzent sowie *fff*-Glissando-Schleifer der Streicher und Posaunen stören mit Schlagzeug-Unterstützung das restaurative Tonhöhen-Bild (T. 47–49), es versinkt, und in einer Presto-Coda rauben ihm

Vierton-Motiv der Posaune mit Echo in der Trompete aus dem 2. Satz, *Agitato*, der *Apparitions* (T. 45–47, Ausschnitt)

„brutal“ aufbegehrende Kontrabässe (in absurdem Reflex auf den *Lento*-Anfang) samt rasch wechselnden Impulsschlägen die letzten Illusionen (T. 52/53), bis tatsächlich nur noch „heiße Luft“ übrigbleibt, wenn die Blechbläser kräftig, jedoch tonlos in ihre Instrumente blasen und die Streicher bloß noch ihren quasi fragenden Pizzicato-Effekt mit Abwärts-Aufwärts-Gleiten (durch Wirbeldrehung) beisteuern.

Man wird bemerken, daß Ligeti in diesem geräuschhaften Schlußabschnitt des *Agitato*, der eigentlich die *vollständige Destruktion der Intervallcharaktere* durch die Absage an jegliche fixierte Tonhöhe auf die Spitze treibt, eindeutiger als in den beiden vorangegangenen Abschnitten zu seinem ursprünglichen Modell *einer fortdauernden Wechselwirkung von Zuständen und Ereignissen* zurückkehrt, über dessen prinzipielles Funktionieren bei den fortschreitenden *Netzwerk*-Transformationen er im *Apparitions*-Werkbericht gesagt hatte: *Die Zustände werden von plötzlich auftauchenden Ereignissen unterbrochen und verändern sich unter deren Einfluß; und umgekehrt: die veränderten Zustände haben auch eine gewisse Wirkung auf die Art der Ereignisse; denn diese müssen immer von neuartiger Prägung sein, um den veränderten Zustand weiter verändern zu können. Auf diese Weise entsteht eine unablässige Wandlung: die schon dagewesenen Zustände und Ereignisse schalten gegenseitig ihr nochmaliges Auftreten aus, sind also unwiederbringbar.* Eine solche Logik der sich interaktiv bedingenden Kettenreaktionen unter gleichzeitigem Ausschluß alles dessen, was bereits einmal benutzt worden war und deshalb als abgelebt und erledigt, als Müll des jeweiligen Gestern zu gelten hat, bringt auf dreierlei Ebenen eine gut motivierte und dadurch stetig vorantreibende Bewegung in Ligetis Komponieren: auf der untersten wirkt da trotz aller Kritik ein serielles Grundempfinden nach, das schon Webern als unbewußtes Streben nach vollständigem Durchmessen des Zwölftonraums, gelenkt vom Neuigkeitswert jeder einzelnen Tonhöhe, für den Auslösefaktor der dodekaphonen Reihenmethodik hielt; auf der mittleren Ebene bedeutet dieses wenigstens halbwegs ererbte oder auch schnell angewöhnte serielle Progressions-Element, gerade verquickt mit der Einsicht in die drohende Automatik, Begrenztheit und musikalische Widersprüchlichkeit seines damaligen Gebrauchs, eine Herausforderung für Ligetis Phantasie, Satztechnik und Form eines jeden Werks in selbstverantworteter Schlüssigkeit neu zu erfinden, nämlich aus dessen Voraussetzungen folgerichtig abzuleiten; und auf der obersten Ebene resultiert daraus im Fortgang des Gesamtschaffens eine ungeheure Freiheit für kreative Erkundungen und Abenteuer in jedweder Richtung, nur beschränkt durch den Zwang, sich nicht zu wiederholen, der sich allerdings zu einem dauernden Streit zwischen imaginierten Ausflüchten und hemmenden Idiosynkrasien auswachsen kann.

Jeder Komponist hat sich da mit seinen endogenen Komplexionen aus Skrupeln und Selbstgewißheit abzuplacken und abzufinden. Und wenn es darauf ankommt, wie man sie sich zurechtstutzt, so hat Ligeti immerhin auf der Stufe seiner zweiten Sprachfindung, prästabiliert durch mitgebrachte Kenntnisse und ein Potential an eigenwilligen, lediglich situationsbedingt nur halb konkretisierten Ideen, für sich aus der Konfrontation mit westlichem Musikdenken und aus den ersten Erfahrungen mit dessen exponiertester Realitätsform im elektronischen Studio ein Konzept für das weitere Vorgehen abgeleitet und entwickelt, das höchst individuelle Züge trägt und in nuce schon seine ganze Ästhetik, zumindest die formativen Ansätze dazu, enthält. Denn er resümiert im Werkbericht zu *Apparitions* über das Verhältnis von Zuständen und Ereignissen, die gewiß und sogar sehr auffällig instrumentale Derivate aus dem elektronischen Klang- und Geräuschrepertoire der Sinustonkomplexe, der verschieden breiten Rauschbänder und der kurzzeitigen Impulsakzente sind: *Da sich der Grad der Zustandsänderungen zu der Impulsstärke der Ereignisse annähernd proportional verhält, kommt es zu dem Eindruck eines Kausalverhältnisses zwischen Ereignissen und Zustandsänderungen. Dieses Kausalverhältnis ist allerdings nur scheinbar: es ist Element einer bloß fingierten musikalischen Syntax.* Darin liegt etwas von dem Umspringen mit den Möglichkeitsformen der Wirklichkeit, mit einer fiktiven Rationalität des Irrealen – unentrinnbar zwanghaft wie bei Kafka, ironisch artifiziell wie bei Magritte –, das die Musik Ligetis in rechter Einschätzung der träumerischen Ungreifbarkeit wie der dechiffrierbaren Welthaltigkeit dieses Mediums von da an charakterisiert und auszeichnet.

Das musikalische Zuhause

Was Randstaaten durch ihre dezentrale Lage an Mitbeteiligung bei allgemeinen Entwicklungsprozessen entgeht, das gewinnen sie zum Ausgleich an Prononciertheit ihres eigenen Dialekts. Historisch gesehen ist dies zwar nur eine Verschiebung der irgendwann fälligen Assimilation, die sich eben im Zentrum früher, schneller und gründlicher vollzogen hat als in entlegenen, schwerer zugänglichen Gebieten. Doch musikalisch, wie auch für jede andere künstlerische Disziplin, bedeutet solche Verspätung nicht weniger als die ganz natürlich zugewachsene Einbettung in eine Formen- und Ausdrucksidiomatik, um die sich andere im hart konkurrierenden Mittelfeld erst nachdrücklich bemühen müssen. Für György Ligeti existierte diese Seitabstellung zunächst einmal tatsächlich und eigentlich gleich doppelt, weil sein Geburtsort Dicsőszentmárton (oder rumänisch: Diciosânmartin, heute: Tîrnăveni) mitten in dem an Folklore ergiebigen Siebenbürgen lag und obendrein ein Provinzstädtchen in knapp 100 km Entfernung südöstlich vom größeren Klausenburg (Cluj) war, wo er dann seine Schulzeit absolvierte (Abitur 1941) und noch sein Kompositionsstudium (bei Ferenc Farkas) begann. Außerdem fielen sein Geburtsjahr 1923 und damit sein Heranwachsen, obzwar nach der Abtretung im Friedensvertrag von Trianon (4.6.1920) rumänische Oberhoheit bestand, noch in eine Zeit, da sich die siebenbürgische Mischkultur mit ihren teils ungarischen, teils deutschen Dominanzen ihre Lebendigkeit in abschirmender Autarkie erhalten hatte, ohne von den Wellen partieller Überfremdung und einer allseits um sich greifenden Akzeleration von Austausch, Verkehr und Medienkontakt ergriffen worden zu sein. Schließlich löste sich das heikle Problem für jede national vorgeprägte kreative Leistung, wie denn ihr Reichtum an eigenartiger Dialektfärbung ohne Verlust in den weiteren Geltungsbereich der zentralen Kunstströmungen überführt werden könne, bei Ligeti durch seine Emigration – abermals zum genau richtigen, biographisch günstigen Zeitpunkt – auf eine unvorhergesehen einfache Weise. Nun waren Transmutationen, Angleichungen, Revisionen, Sublimierungen auf neuer Basis in mancherlei Abstufung möglich – oft eher osmotisch reaktiv als bewußt gesteuert.

Ungeachtet dessen, was alles Ligeti, aus einer Randzone, noch dazu einer politisch reglementierten, in den Mittelpunkt des aktuellen Geschehens versetzt, an westeuropäischen Eindrücken und Anregungen während der ersten Jahre nach 1956 aufgenommen und keineswegs unkritisch verarbeitet hat, bleibt jedoch in seinem Komponieren eine Unterschicht aus seinem ungarischen Vorleben wirksam, die vielleicht schwer zu fassen ist, aber gleichwohl nicht übersehen werden sollte. Denn wodurch bildet sich der Geschmack, der Appetit auf bestimmte Klänge, die Abneigung gegen andere, wodurch formieren sich Vorstellungen, lokkende Ideen von tönenden Ordnungen aus Licht und Schatten, Farben und Zeichen, Fortbewegung und Stillstand, wenn nicht durch die unzähligen Einflüsse und Erlebnisse in der Kindheit und Jugendzeit? Und gerade bei früh entwickelter Sensibilität für akustische Phänomene jeder Art, also offenen Ohren für alle Klänge der Umwelt und bereits mit zehn Jahren erwachter Komponierlust, muß unter den prädeterminierenden, häufig nur halb wahrgenommenen Infiltrationen aus der unmittelbaren Daseinsumgebung die ungarische Volksmusik doch eine prominente Rolle gespielt haben. Sie war für ihn in nächster Nähe fraglos vorhanden, ohne daß er danach eigens hätte suchen oder irgendwelche Sammeleditionen einsehen müssen. Nur träumte der 14-, 15jährige zunächst einmal, wie er später selbst vergnügt erzählte, von gewaltigen, mehrsätzigen Symphonien *im leidenschaftlich-pathetischen Stil, wie wenn ein Schumann-Epigone Beethovens Fünfte hätte nachahmen wollen*; war auch fasziniert, wenn er im Radio Tondichtungen von Richard Strauss hörte, bei denen sich ihm *ungeahnte Welten von Klangzauber öffneten*; und machte sich kurz drauf sogar ohne Scheu an die *titanische Arbeit*, eine *Große Symphonie in a-moll mit der Sprengkörperexplosion* zu komponieren – gewiß schon als Plan ein Unikum (ausgenommen vielleicht psychologischer Fernwirkungen auf spätere Explosiv-Schläge, beispielsweise in *Apparitions*), durch das er vor allem, wie er sich schon im voraus *lebhaft ausmalte*, bei der Aufführung mit Schock-Effekt *den Mädchen imponieren* wollte (*Festschrift für einen Verleger*, Mainz 1973).

Kaum hatte Ligeti allerdings an der Budapester Musik-Akademie, ab Herbst 1945, sein regelrechtes Studium begonnen, war es endgültig vorbei mit derart pubertären Phantasien. Und neben den allenthalb üblichen kompositorischen Exerzitien für Satztechnik, Stil und Kontrapunkt rückte unversehens gemäß den strikten Demarchen der damaligen ungarischen Musikpädagogik die Volksmusik, von ihm bisher eher unbeachtet gelassen und vernachlässigt, in eine wichtige Vorrangstellung speziellen Interesses. Jedenfalls finden sich in dem Werkkatalog von Ove Nordwall (in dessen Ligeti-Buch, Mainz 1971) unter 74 Kompositionen aus den Jahren 1944–1956 nicht weniger als 26 Bearbeitungen von Volksliedern oder Volkstänzen, sogar in zunehmend dichterer Folge. Dieses tätige, sprachbildnerische Einüben am nationalen Volksgut, meist noch unterstützt durch eigene Forschungsfahrten oder zumindest das Transkribieren von vorhandenen Tonaufnahmen, gehörte einfach dazu, galt nach dem ebenso verklärten wie methodisch trivialisierten Vorbild von Kodály und Bartók als unumgänglich. Und einerlei mit welcher Intensität oder kulturpolitischen Gläubigkeit man es betrieb, es sorgte für ausgiebige praktische Beschäftigung mit den ja wirklich in vieler Hinsicht aufschlußreichen folkloristischen Quellen; also bei Ligeti für eine zweite, nun bewußtere Stufe ihrer Erkundung.

Ohne gleich der irrigen Annahme zu verfallen, man habe da einen Passepartout-Code zur Erklärung aller spezifischen Besonderheiten von Ligetis Schreibweise entdeckt, ergeben sich doch einige Anklänge, Merkmal-Identitäten, idiomatische Eigentümlichkeiten, die, solange kein besseres Herleitungsmodell in Sicht ist, auf Charakteristika der ungarischen, auch der rumänischen Volksmusik zurückzuführen wären. Am ehesten einleuchten mögen hierbei, weil sie dem zeitlichen Ablauf eine unverwechselbare Physiognomie geben, gewisse Übereinstimmungen im Rhythmus und in der Metrik: Der „Lombardische Rhythmus" mit betontem kurzen und nachfolgendem langen Notenwert – wie ein falsch skandierter Jambus – kommt zwar auch in anderer Volksmusik von Schottland bis Weißrußland vor, hat aber im Ungarischen wegen der auffallenden Anfangsbetonungen der Sprachmelodie ein quasi doppeltes Heimatrecht und verleiht der Artikulation von Rede und Musik oder beiden zusammen eine gespannt-ungleichmäßige Impulsivität. Andererseits unterstreichen asymmetrische Teilungen des Metrums, etwa die Gliederung von acht Achteln in eine Folge von 3 + 3 + 2 Achteln, was Bartók in dieser oder anderer Reihung als „bulgarische Rhythmen" bezeichnete, oder die Kombination von 2er- und 3er-Taktarten im Wechsel noch den Eindruck von spontanen Flexionen in der fließenden Bewegung. Überhaupt sind, wenn man von der Zeitorganisation im kleinen auf die Vortragsweise größerer, zusammenhängender Abschnitte übergeht, zwei gegensätzliche Typen zu unterscheiden: der freie, dem eher improvisierten Sprech- oder Gesangsduktus nachgebildete Typus, der den gleichmäßigen Puls durch Dehnung oder Straffung ausdrucksvoll modifiziert, im (meist) lang-

samen Tempo rubato; und der streng geregelte Typus, der den Gleichlaut des Zählzeitenpulses stetig weitertreibend festhält, im (meist) schnellen Tempo giusto. Diese beiden musikalischen Gangarten, deren originäre Kontrastierung ja durch die Zweiteiligkeit des Csárdás mit Lassu und Friss hinlänglich popularisiert worden ist, könnten für Ligeti als Vorstellungsmodelle immerhin präsent gewesen sein, noch als er in *Apparitions* dem Lento mit seinen verwischten, konturenscheuen stationären Klängen und seinen unzähligen, irregularisierenden Taktwechseln das rasche *Agitato* mit gebundenerem Takt und schwirrenden chorischen Flächen entgegenstellte. Gerade der zweite Typus hat sich bei ihm übrigens später durch eine gesteigerte Ablaufmechanik zunehmend präzisiert, sogar durch polyrhythmische Verschränkung zu einem Spezifikum der jüngsten Werke entwickelt.

Andere Anleihen aus der ungarischen Bauernmusik, wie Bartók sie zur Unterscheidung von den verwässerten Derivaten in der Stadt nannte, könnten sich auf die blockartige Formbildung beziehen. Plötzliche Haltungswechsel, Schnittstellen, formale Fenster, alles, was einer weichkurvigen romantischen Steigerungsdynamik widerspricht, könnte – wie immer sehr indirekt – durch die Terrassengliederung in Volksliedern und Volkstänzen angeregt worden sein. Denn da werden die Teile wie verschiedenfarbige Steine aneinandergefügt, beispielsweise folgt einem ersten Viertakter ein lediglich um eine Quinte nach unten verschobener zweiter, der aber ansonsten dem ersten gleicht; dann wird der zweite wiederholt, und die Reprise des ersten schließt ein solches Lied einfachsten Zuschnitts ab. Statt der beiden quinttransponierten Mittelteile können auch melodisch abweichende Teile den Mitteltrakt bilden (ABBA). Nur ist das Schema einer Vier-Zeilen-Formation vorherrschend, die nicht etwa den Wechsel zwischen den Ebenen vorbereitet, sondern sie aneinanderschneidet und jeweils mit der Anfangszeile auch endet. Selbstverständlich wäre es kleinlich und würde diesen Vergleich überstrapazieren, wollte man nun Analogie-Stellen der Formstruktur bei Ligeti nachweisen. Es geht auch gar nicht um derartige Aufrechnereien, vielmehr um ein sehr allgemeines Empfinden für Proportionen, Entsprechungen, architektonische Körper und ihre Ecken oder Winkel, das ja schließlich irgendwo herkommen muß. Und dabei sind sozusagen Urerfahrungen innerhalb des eigenen regionalen, lokalen, häuslichen Einzugsbereichs nicht ohne Belang. Im übrigen ließe sich bei Ligeti außer der Neigung für kantige Wechsel, die auch trotz mancher sanften oder vorsichtig überblendenden Übergänge evident bleibt, selbst eine solche für angedeutete Rückkopplungsschlüsse oder symmetrische formale Rundungen ausfindig machen: die Spiegelung des Anfangs in *Glissandi*, das Verschwinden ähnlich dem Ansetzen in *Artikulation*, das Kontrabaß-Aufflackern entsprechend dem Kontrabaß-Beginn in *Apparitions* und so fort. Nur zeigt sich zugleich, wie weit dieses finale Wiederaufgreifen von seinen möglichen Anregungsquellen mittlerweile entfernt ist.

Etwas näher dürften die Verbindungen zu einem Bereich sein, bei dem es weniger um ein Nachbuchstabieren möglicher Indizien geht als um eine Grunddisposition, eine individuelle Gestimmtheit des Komponisten, auf welche sinnlichen Reize er stärker reagiert, auf welche schwächer: also um seine Präferenzen für bestimmte Klangfarben, in der Praxis: für bestimmte Instrumente oder Vokalstimmen oder alle nur denkbaren Kombinationen aus ihnen. Gemeinhin spricht man da gerne von natürlichen Anlagen oder Instinkt, ohne zu bedenken, daß es für deren Ausbildung und progressive Verfeinerung bis hin zu einem sehr persönlichen Kanon der entschiedenen Vorlieben und einer langen Skala sich anschließender, nachgeordneter Wertungsstufen auch der Empirik prägender Erlebnisse bedarf. Debussy hat diese Abhängigkeiten beim Nachdenken über musikalischen Geschmack sehr schön in ein doppeltes Bild gefaßt (*Monsieur Croche*, Stuttgart 1974, S. 201): *Als Gott Pan die sieben Rohrpfeifen der Syrinx zusammenband, ahmte er zunächst nur den langen melancholischen*

Ton nach, den die Kröte klagend zum Mondlicht schickt. Später trat er in Wettstreit mit dem Gesang der Vögel. Wahrscheinlich haben die Vögel seit jener Zeit ihr Repertoire erweitert. Es sind demnach Anregungsqualitäten von außen, die allein Vorstellungen wecken und Differenzierungen vorantreiben können. Und im Zuge solcher Korrelationen zwischen ererbten und erworbenen Komponenten des Klangfarben-Bewußtseins ließe sich fast die gesamte Orchesterbehandlung Ligetis als ein charakteristisch durchgeformtes Profil vor dem weit zurückliegenden, nur noch schemenhaften Hintergrund der ungarischen Volksmusik darstellen. Der spezifische Ton einzelner Volksinstrumente muß beim kritischen Auswählen aus dem Spektrum der Orchesterfarben, ihrem Mischen oder Separieren zumindest wie ein guter „Hausgeist" insgeheim mitgewirkt haben.

Das reicht von der Bevorzugung der Flöten und Klarinetten, die Ligeti häufig als einheitliches Holzbläserregister behandelt und die doch als Repräsentanten folkloristischer Frühformen gelten müssen, bis zur Sonderstellung der Oboe – entsprechend der altungarischen Tárogató –, von der Ligeti meinte, sie gleiche einem *großen, gestreiften Insekt, das sticht,* und sei deshalb für den *„irrealen", gespensterhaften Klang von Apparitions* zu *„konkret"* gewesen und werde auch in *Atmosphères* nur sparsam gebraucht (Nordwall, *György Ligeti*, Mainz 1971, S. 36). Ebenso ergibt sich eine gewisse Äquivalenz zwischen seiner vorrangigen Aufmerksamkeit für den Streicherklang, wenn auch jenen der vielstimmig geschichteten oder mikropolyphon verwobenen Clusterbänder, und der prinzipiellen Dominanz der Geige, nicht selten sogar als überhaupt einziges Instrument, in der Volksmusik. Und in Siebenbürgen wird zu ihrer Begleitung ein celloartiges Spezialinstrument, Gardon, eingesetzt, dessen stützende Töne man ausschließlich durch Stockschläge und Zupfen erzeugt – so als wären *col-legno-* und *pizzicato-*Akzente hier schon ansatzweise vorgebildet worden. Überhaupt erscheint das ungarische Reservoir für die verschiedensten Perkussivklänge schier unerschöpflich und mit Schellen, Klapperbrettern, Klirrstöcken, Reibtrommeln bis zu den höchst eigenartigen Farbattraktionen des geklöppelten Zymbal (Cimbalom) und der leise nachschwingenden Maultrommel besonders anregungsreich. All diese Instrumente gehörten, je nach Anlaß, zu den musikalischen Requisiten bei Neujahrsumzügen, Hochzeiten, bei den Bettelgesängen junger Burschen um eine freundliche Gabe an christlichen Festtagen, auch beim Dorftanz oder jenen wechselnden bäuerlichen Gelegenheiten zwischen Erntedank, Viehhüten und Feierabendstille. Und angesichts eines derart lebendigen Umfeldes an tönenden Impressionen erscheint es wohl nicht als gänzlich abwegig, aus der Art, wie Ligeti, der sie ja irgendwann aufgenommen haben muß, Cembalo, Glockenspiel, Klavier oder die Harfe (als emanzipierte Stellvertreterin der Bauernzither) verwendet, wie er mit den Geräuschfarben der Schlaginstrumente umgeht, ab und an Reflexe, sublimierte Echos seines musikalischen Zuhause herauszuhören.

Diese vexierbildhafte Situation kompliziert sich noch insofern, als die beiden Stufen der Begegnung mit Volksmusik, erst in der Frühform des unabsichtlichen Zuströmens sporadischer Eindrücke, dann in gezielter Aufmerksamkeit und bewußterer Auseinandersetzung während des Studiums, noch von einer dritten Schicht bereits verarbeiteter Folklore-Anregungen überlagert werden: von der Musik Bartóks. Sie enthielt für die jungen ungarischen Komponisten am Ende des Zweiten Weltkriegs in aller bewunderten Konzentriertheit, Sprachkraft und Ausdrucksweite eine vernehmliche Botschaft, welcher Weg aus den begrenzten Verhältnissen der europäischen Randlage hinaus in die erwünschte Internationalität führen könne, ohne dabei die Verwurzelung im eigenen Idiom aufzugeben. Die angekündigte Heimkehr Bartóks aus dem amerikanischen Exil, seine Re-Installation als Professor an der Budapester Musik-Akademie und darüber hinaus die Ehren-Position, die der große Komponist im ungarischen Musikleben einnehmen sollte, machten die ohnehin auf ihn eingeschworenen

Darmstadt 1957: Luc Ferrari, Franco Evangelisti, György Ligeti, Yoritsune Matsudaira, Luigi Nono

Studienanfänger – wie Ligeti und den drei Jahre jüngeren György Kurtág, die sich zufällig bei der Aufnahmeprüfung an der Musik-Akademie kennengelernt hatten, – nun begierig auf die erste Begegnung mit der Person des Gefeierten. Jedoch die Nachricht vom Tod Bartóks (am 26. 9. 1945) stoppte alle Erwartungen. Um so mehr behielten danach seine Werke – gewiß auch intensiviert durch den Kompositionsunterricht bei dem einstigen Bartók- und Kodály-Schüler Sándor Veress – die leuchtende Unnahbarkeit eines Ideals.

Was daraus zu lernen war, bezog sich ziemlich genau auf das, was Bartók seinerseits aus der Bauernmusik gelernt hatte: die Emanzipation aus den festgefahrenen Bahnen des Dur-Moll-Systems, ohne doch gestaltloser Panchromatik oder der geregelten Anarchie von Schönbergs Zwölftonmethode verfallen zu müssen; stattdessen Operieren mit den vergleichsweise archaischen Bindekräften modaler, sogar pentatonischer Materialordnungen, aus deren wechselndem Gebrauch man ja ebenfalls, quasi durch Matrix-Überlagerung, zur Anwesenheit aller zwölf Halbtöne gelangen kann, nur eben nicht aus jener Übersteigerung des spätromantischen Leitton-Geschiebes; und resultierend daraus ein neues Konsonanz-Verständnis für ehemals dissonante Intervalle, wie Bartók es an dem Schlußakkord mit kleiner Septime exemplifiziert hatte, deren melodische Stellung er lediglich ebenso in die Harmonik übernahm; parallel zu solchen Befreiungsakten im Melodisch-Harmonischen, die selbstverständlich in Konsequenz zu weitaus komplexeren Konstellationen geführt haben, eine bisher in der Kunstmusik ungekannte Freiheit im Rhythmisch-Metrischen, abgeleitet aus dem Parlando-Rubato-Stil der Volkslieder; und schließlich entsprechend ihrem Variantenreichtum eine durchgehende Beachtung des Variationsprinzips, so daß niemals dasselbe unberührt gleich wiederkehrt, sondern in weiterentwickelter, veränderter Ähnlichkeit. Zu lernen war aber auch, wie Bartók mit dem satztechnischen Dilemma fertig wurde, daß aus der Volksmusik für die Kontrapunktik keine Anregungen zu erhalten waren. Dies hängt mit ihrer grundsätzlich homophonen Struktur, ihrem zuweilen sogar einstimmigen Vortrag (Vokalstimme, Geige), zusammen. Wenn Bartók dennoch auf die abendländische Kontrapunkt-Tradition, die ihm zumal durch die Musik Bachs, aber auch eigene Palestrina-Studien so nahe stand, nicht verzichten wollte, wird dieses Zusammendenken von zwei historisch disparaten Genealogielinien keineswegs nur durch den energisch vertretenen Kunstanspruch seines Komponierens legitimiert. Vielmehr lassen sich mancherlei volksmusikalische Tendenzen zu praktizierter Heterophonie, wie sie in Südosteuropa, gerade im Balkanraum verbreitet waren, durchaus als tragfähiger Nährboden dafür anführen. Und in Verlängerung des darin manifesten „horizontalen Prinzips“ könnten Kanons, Imitationen, ganz allgemein: polyphone Schichtungen, auch Ostinati (aus der primitiven Vorform des Borduns), als veredelte Früchte aus denselben folkloristischen Wachstumsquellen gelten.

Für Ligeti sind aus der ideellen Vorgängerschaft von Bartók – außerhalb der gern benutzten Anknüpfungsmöglichkeiten an seine Modelle für Grammatik und Vokabular – mindestens zwei Verhaltensmuster seltsamerweise auf Dauer, über die Studienzeit hinaus, signifikant geblieben: zum einen der Sinn fürs Konzise, für ein anzustrebendes und zu bewahrendes oberstes Niveau, auf dem einzig (wie Bartók von den Volksmelodien meinte) *ein musikalischer Gedanke bündig, gedrängt, unter Vermeidung alles Überflüssigen ausgedrückt werden kann* (*Weg und Werk*, Budapest 1957, S. 153/Kassel-München 1972, S. 161) – auch wenn ihn sein Studienfreund Kurtág in Knappheit und Ausfeil-Skrupeln dabei noch zu überbieten scheint; zum anderen die Offenheit und der – ganz wörtlich – grenzenlose Weitblick fürs Sammeln von Anregungen jeglicher Art und einerlei, woher sie immer zu bekommen waren, – d. h. wie Bartók sich nicht nur für die ungarische Bauernmusik interessierte, sondern zwecks Abgrenzung auch für slowakische, rumänische, arabische, türkische Folklore, daneben für Schmetterlinge, Käfer, Hochgebirgsflora und bäuerliche Kunst aus

Stoff, Holz oder Ton, so beschäftigte sich Ligeti nicht nur mit Bartók oder dem Serialismus, sondern mit Debussy, Mahler und Ives, mit den amerikanischen Minimalisten, Harry Partch, Conlon Nancarrow, Claude Vivier, Stefan Niculescu, daneben mit fraktaler Geometrie, Computerkonstruktionen, der Verzahnungsrhythmik in Ostafrika, der Ars subtilior des späten 14. Jahrhunderts, Linguistik, Mikrotonalität, Mathematik, Biochemie und noch vielem anderen in ständigem Zickzack zwischen Kunst und Naturwissenschaften.

An einer derartigen Gegenüberstellung läßt sich ermessen, in welchen gewaltigen Expansionsschritten die Welt, das Leben und auch das Komponieren von Bartók bis heute komplizierter, die einzubeziehenden geographischen, historischen und Erkenntnis-Horizonte weiter, gleichsam interkontinentaler geworden sind. Nur der kreative Augenblick, auf den es eigentlich ankommt, befindet sich zwischen all den angehäuften Informationen, Daten und mobilisierenden Imaginationshilfen in derselben schutzlos subjektiven Einsamkeitsposition wie eh und je. Schon in Ligetis ungarischer Zeit konnte das allseits gelobte Bartók-Vorbild – und gerade seine progressivsten Werke waren ja groteskerweise verboten – lediglich Handhaben liefern, keineswegs die eigene Intuition ersetzen. Wer sich nicht zum willfährig epigonalen Nachbeter degradieren (lassen) wollte, der blieb auf sich selbst und das eigne Suchen angewiesen. Um so mehr, als sich die Auswahl an Alternativen dank verordneter nationaler Inzucht auf Null zubewegte. Kein Wunder, daß in dem ersten Bericht, den Ligeti aus Budapest in den Westen schickte, bei allem gebotenen Respekt auch leise ein bißchen Übersättigung anklingt (*Melos* 1/1949): *Wir haben einen Bartók, und das ist viel. Er ist groß – das Ausland sieht nur ihn. Alle anderen bleiben grau, verschwommen wie die Häuser einer fernen Stadt hinter dem einsam aufragenden Turm.* Immerhin gab es neben dem mächtigen Turm für Ligeti noch ein Leuchtfeuer, Igor Strawinsky; und was er von ihm kennen durfte, übte zweifellos einen gegengewichtigen Einfluß aus, half zumindest die kulturautarke Isolation aufzuhellen und mit einigen Lichtern in abweichender Färbung zu versehen. Außerdem gab es für einen, dessen empfangsbereite künstlerische Antennen eben nicht nur auf Musik eingestellt waren, noch die Stimmen der Dichter, das Bedeutungshafte jener ohnehin schon Assoziationen weckenden Wortmelodien in einer Sprache, die nach dem verwirrenden Enklavendasein als Sohn einer ungarisch-jüdischen Intellektuellenfamilie in offiziell rumänischer Umgebung ihre eigenen Bindekräfte besaß.

Unter den 19 Vokalkompositionen nach Texten ungarischer Autoren in Ligetis Frühwerk (1944–56) rangieren diejenigen nach Gedichten von Sándor Weöres (geb. 1913) mit ihrem auffälligen Drittel-Anteil an erster Stelle. Im übrigen sind Klassiker mit angestrebter oder tatsächlicher Volksnähe wie János Arany und Sándor Petőfi vertreten oder Dichter des revolutionären Aufbruchs wie Attila József oder László Benjámin, die zugleich etwas von Ligetis „linker" politischer Einstellung, fern dem herrschenden Parteien-Kommunismus, verraten. An Weöres muß ihn dagegen seinerzeit – wie auch noch in den achtziger Jahren – etwas anderes gefesselt haben; denn diese eher introvertierte, zurückhaltend selbstreflexive Lyrik von ausschwingender Bildkraft und hoher sprachlicher Virtuosität verschließt sich vor der Tagesaktualität. Gleichwohl vollzieht sich in *Magány* (*Einsamkeit*), vom 23jährigen Ligeti im Herbst 1946 für eine dreistimmige Chorkomposition (Sopran, Alt, Bariton) verwendet, ein kleines Drama, dessen geträumte Irrealität sich als eine Mini-Parabel auf die Verkettung von Liebe und Tod deuten läßt. Einsam liegt da bei Weöres ein lyrisches Ich am Fluß, sieht im Schlaf eine wunderschöne Lilienblüte, pflückt sie, um sie an sich zu drücken und zu küssen, und begreift im selben Moment – nun halb Träumer, halb Lilie –, wie schnell Ermattung oder Dahinwelken zum Tod eigentlich eintreten können. Ligetis Chorsatz in leicht imitatorischer Stimmführung stellt der musikalischen Schilderung des einsamen, aber friedlichen Einschlummerns (mit lang ausklingendem Morendo) einen bewegteren, doppelten Mittelteil gegenüber, der sich in zweimaligem Anlauf (Blütenerscheinung und Liebkosung) zum höchsten Ton und zur höchsten Lautstärke steigert. Dann aber kehrt scheinbar (*lontano, diminuendo*) in den beiden Oberstimmen die Anfangsstimmung wieder, mit dem dazugehörigen Text, während die Baritone in psychisch-musikalischer Abspaltung die Stimme der Vergänglichkeitseinsicht dagegenhalten.

Schluß von *Magány (Einsamkeit)*, T. 51–61

Neben dieser sinnfälligen Umsetzung des Textinhalts in musikalische Klang-Bilder finden sich in *Magány* auch ungarische Spezifika wie Lombard-Rhythmik, changierende Metren (4/4 zu 3/4-2/4-Wechsel und bei der Rückkehr des 4/4-Teils quasi auskomponierte Rubati im 6/4- und 7/4-Takt) sowie eine gleichsam ausgehebelte, nämlich entfunktionalisierte Diatonik mit modalen und heterophonen Zügen. Normale Dreiklänge sind dabei ähnlich Zufallsergebnisse wie die Dissonanzreibungen oder sie werden in ausdrücklich nichtachtender Parallelführung aneinandergereiht (bei der Kosestelle etwa D, B, F, Es, C mehrmals crescendierend wiederholt). Vergleicht man hiermit beispielsweise das neun Jahre später entstandene Chöre-Paar *Éjszaka/Reggel* (*Nacht/ Morgen*), ebenfalls nach Gedichten von Sándor Weöres, so ergeben sich Ähnlichkeiten im Vokabular, jedoch Unterschiede in der formalen Dramaturgie. Dabei spielt schon die Vermehrung der Stimmenzahl von drei auf acht eine nicht zu unterschätzende Rolle, weil sic in Vorankündigung späterer Clusterkompositionen eine dichtere, komplexere Schichtung erlaubt. Genauso wichtig ist allerdings auch der Übergang von einer angenähert symmetrischen Dreiteiligkeit bei *Magány* zur Trennung in einen Langsam-Schnell-Gegensatz bei *Éjszaka/Reggel* mit zwei in sich abgeschlossenen Formeinheiten. Und dies braucht nicht einmal gleich als Symptom für die Durchschlagskraft des ungarischen Lassu-Friss-Modells aufgefaßt zu werden. Denn Ligeti gelingt es, angeregt durch die knappen, stark lautmalerischen Weöres-Texte, den Tempo-Inhalt-Kontrast durch Gemeinsamkeiten der Strukturierung gewissermaßen genotypisch aufzuheben. Die beiden gegensätzlichen Wortbilder von der Nacht aus „stachligen Wäldern" und „dorniger Wildnis" (wie Ligeti selbst nachdichtete), deren Stille der eigne Herzschlag durchpulst, und vom Morgen aus „ticke-ticke-Tages-Helligkeit", dessen „hitzig-spitze" Lautheit ein „kikeriki" von fern her übertönt, wird so ein musikalisches Zwillingspaar: Kanonische Staffelung, erst im Unisono-Oktav-Abstand, dann im Quart-Quint-Abstand, schichtet sich zu akkordischen Zusammenklängen der ganzen Skala nach Art diatonischer Cluster, erst in C-Dur, dann in E-Dur, die mit deutlicher harmonischer Rückung in neapolitanischer

Halbton-Abweichung an genau derselben Stelle, wo *Magány* zur Todes-Einsicht umschlug, in eine Schlußphase, erst mit *sfpp*-Abfall, dann mit *fff*-Steigerung, von länger ausgehaltenen Klängen überwechseln.

Höchst erstaunlich ist es, an einem chorischen A-cappella-Werk, abermals nach Dichtungen von Sándor Weöres, nun aber im weiten Sprung über fast dreißig Jahre, von 1955 bis 1983, feststellen zu können, daß Ligeti akkurat dasselbe dramaturgische Prinzip von polyphoner Schichtenaufladung und Überwechseln zu beruhigtem Sostenuto-Auslaufen wiederum anwendet. Zumindest in den beiden ersten Stücken der drei *Magyar Etűdök* ist das der Fall. Und selbst im dritten könnte man die zunehmende Verdichtung im herrlich multiphonen Durcheinander von fünf Ausrufer-Gruppen (zu insgesamt 16 Stimmen) auf dem Jahrmarkt – *Vásár* –, wenn gegen Ende eine Beschleunigung eintritt, als Verwischung zur Ununterscheidbarkeit und damit zu einem einzigen Pseudo-Sostenuto-Gestrüpp interpretieren. Bei den beiden ersten „Etüden", die deshalb mit unabweisbarem Recht

Schlußphase von *Magyar Etűdök* II, T. 18–26

„magyarische" heißen, weil sich die phonetische Poesie von Weöres mit ihren assoziativen ungarischen Lautkombinationen gegen jede Übersetzung sperrt, ist die Veränderung der Gangart zur ausklingenden, den Zeitablauf dehnenden Schlußphase freilich deutlicher. Zweimal handelt es sich wiederum, wenn auch – wie sich fast von selbst versteht – auf einer völlig anderen Ebene der kompositorischen Durchbildung, hier sogar souveräner Kunstfertigkeit, um musikalische Bilder, die, von der Semantik der Sprache evoziert, gleichsam aus ihren Lautgestalten herauswachsen. Von den schmelzenden Eiszapfen der ersten Etüde vernimmt man zunächst nur ein vereinzeltes Tropfen, nachdrücklich akzentuierte Aufprallgeräusche, bis sich vorsichtig längere Töne einmischen, kleine Rinnsale, und sich das Tauen offenbar überhaupt verallgemeinert – praktisch nach dem raffinierten Reglement eines 12-stimmigen Spiegelkanons mit aufeinander projizierten 3er- und 2er-Metren und wandernden Einsatztönen entlang zwei komplementären Ganztonleitern. Das Bild verschwindet, als hätte die Sonne nach und nach alles Tauwasser aufgeleckt. Die zweite Etüde schildert dann ruhige Abendstimmung in weiter Landschaft (übrigens mit ungarisch anmutendem Tonfall), in die ein quäkendes Fröschekonzert einbricht – Ligeti kombiniert hier zwei Weöres-Gedichte –, sich wieder auflöst und noch tieferen Abendfrieden auf sonorem Baßfundament zurückkehren läßt.

Daß diese drei sprachlich-musikalischen Momentaufnahmen der *Magyar Etűdök*, tatsächlich rasch vorüberziehende Impressionen von jeweils rund zwei Minuten Dauer mit gleichwohl satztechnisch recht aufwendigem Etüdencharakter, entsprechend ihrer inneren eine äußere Verlaufskurve haben, deren dramaturgisches Prinzip Ligeti schon früh für sich entdeckt hatte, bezeichnet unvermutet klar einen ästhetisch-kompositorischen Standort unter gewandelten historischen Bedingungen. Nicht länger war es ja tragbar, kontrapunktische Formen so wie bei Bach oder in seiner Nachfolge ähnlich bei den Klassikern und Romantikern gemäß ihren kumulativen Tendenzen der Stimmenvermehrung und der kompositionellen Verfahrensbereicherung mit einer affirmativen Schlußüberhöhung enden zu lassen. Die scheinbar formal gebotene Apotheotik mit machtvoll tönenden Orgelpunkten oder laut schmetterndem Cantus firmus in der Vergrößerung, einst Zeichen für Glaubensfestigkeit, Zukunftsvertrauen oder Humanitätspathos, hatte in einer veränderten, durch Kriege, soziale Not und Pogrom-Willkür skeptischer gewordenen Welt ihre Berechtigung verloren. Andererseits wäre es unsinnig gewesen, deshalb schon auf kontrapunktische Formen generell zu verzichten. Gerade die große Tradition der Vokalpolyphonie, wohl einem Grundbedürfnis chorischer Mehrstimmigkeit angepaßt, sowie das genuine Horizontalempfinden aus volksmusikalischer Heterophonie lieferten genügend Gründe, das Repertoire an Strukturierungsmöglichkeiten nicht vorschnell zu verstümmeln. Allerdings mit der entscheidenden Differenz, daß die linearen Verflechtungen keinen Steigerungs-Aplomb nach sich ziehen dürften, vielmehr ab einem kritischen Punkt wieder entflochten oder anderweitig vor ihrem konventionell gewohnten Schicksal bewahrt werden müßten.

Hinzu kommen bei Ligeti noch seine Formvorstellungen von einem musikalischen Geschehen in der Zeit, das aber eher wie eine Erscheinung im Raum aus unergründlichen Tiefen auftaucht, allmählich Farbe und Umriß gewinnt, nun, einmal in den Vordergrund geraten, Begegnungen, Erlebnisse, gar unerwartete Zusammenstöße mit anderen Materialien oder Einwirkungskräften haben kann, dadurch sich verändert und wieder versinkt, aus dem Gesichtskreis entschwindet in jene unermeßlichen Weiten, aus denen es gekommen war. Diese Verlagerung der Zeitdimension ins Räumliche hat im musikalisch Faktischen mit der weitgehenden Aufhebung, der Verschleierung, wechselseitigen Überlagerung oder intrikaten Tempoverunsicherung eines grundlegenden Zeitpulses zu tun. Ligetis Kompositionen bewegen sich häufig und dann nahezu ausschließlich in der Horizontale, ohne eine gleichmäßige Skandierung oder metrische Akzente analog dem gerichteten Ablauf der Uhrzeit erkennen zu lassen. Sie beginnen und enden auch meist, als seien sie schon lange vorher dagewesen und würden danach noch in der Unhörbarkeit fortdauern. Sie wirken ausschnitthaft wie zufällig ins Hörbewußtsein gelangte Konkretionen eines länger währenden Vorgangs. Denn selbstverständlich, um bei *Magyar Etűdök* zu bleiben, läuft eine Eisschmelze nicht in weniger als zwei Minuten ab, eine Abendstimmung breitet sich, bis man ihrer wirklich inne wird, sehr gemächlich aus, und selbst der Jahrmarktstrubel beschränkt sich ja nicht auf die Kurzstrecke zwischen Beobachtung seiner Entstehung und plötzlichem abrupten Ausblenden. Auch Nacht und Morgen (*Éjszaka/Reggel*) oder Einschlummern und Traumeinsicht (*Magány*) sind real betrachtet keine Kurzzeit-Phänomene. Dies verleiht zumal den Chorstücken von Ligeti, parallel und in der Bedeutung adäquat zu ihrer kontrapunktischen Faktur, ihre eigenartige Perspektivik: Durch Eliminierung der Zeitachse in ihren meßbaren, periodischen Größenverhältnissen verschaffen sie sich quasi punktuellen Einblick in länger andauernde, kontinuierliche Zustände, holen als Exempel heran, was sich eigentlich jeder Fragmentierung oder Konzentratfassung widersetzt, und beschäftigen sich eben damit in ruhig nachforschender Intensität – weil vom Zeitzwang befreit – auf eine originär musikalische, kontrapunktische Art, deren Mittel paradoxerweise aus dem verbürgten Fundus der Zeitkunst Musik stammen.

Solchem komponierten Abtasten von Lebensvorgängen nach autonomen Kunstprinzipien – und man sieht, daß sich bei Ligeti die Methode wie das Unterscheidungsvermögen dafür schon sehr früh entwickelt haben – steht in den Instrumentalstücken aus den ungarischen Jahren, die nochmals etwa ein Drittel ausmachen, ein vergleichsweise problemloserer Umgang mit Spielmodellen gegenüber. Vereinfacht ließe sich sagen: Wie die Vokalkompositionen sich – bei den Bearbeitungen ganz direkt, im übrigen vermittelt und genealogisch verästelter – auf das ungarische oder rumänische Volkslied beziehen, so übernehmen bei den Instrumentalkompositionen die Volkstänze eine gewisse paradigmatische Funktion. Allerdings macht sich bei den instrumentalen Stücken vielleicht noch mehr als bei den vokalen der zweite Einflußbereich aus der Studienzeit an der Budapester Musik-Akademie bemerkbar: die keineswegs zurückgedrängte Ausbildung an den üblichen mitteleuropäischen Vorbildern wie Bach oder Couperin, Wiener Klassik, Schumann oder Brahms. Es sollte ja aus dem erwünschten und geförderten Interesse für die Folklore kein Ausschließlichkeitsanspruch abgeleitet werden, sondern dem Komponisten dadurch nur, in Ermangelung einer anderen landeseigenen Tradition, der *Boden für die Verwurzelung seiner Kunst* (Bartók) gezeigt und erschlossen werden. Ligeti hat übrigens ganz im Sinne dieser zweiseitigen Erziehung nach Abschluß seines Studiums 1949/50 selbst in Rumänien Volkslieder gesammelt, an die hundert meist ungarische aus Siebenbürgen, hat über den Stand der dortigen Folkloreforschung berichtet und in einer speziellen Untersuchung Formen der Linienführung, der Mehrstimmigkeit und Harmonik eines Volksmusik-Ensembles aus dem Komitat Arad dargelegt.

1947 freilich, mitten im Prozeß seiner kompositorischen Verselbständigung, unterhielt er ebenso engen, wenn nicht noch intensiveren Kontakt mit der anderen Seite, auf der die verbürgten Modelle einer autonomen Kunstsprache zu entdecken waren. Inwieweit sich daraus immer noch gültige Handhaben für die formale Planung, für die Portionierung des musikalischen Ablaufs auch bei gewandeltem Inhalt gewinnen ließen, geht jedenfalls aus dem *Capriccio Nr. 1* für Klavier (vom November 1947) ziemlich unumwunden hervor. Da gibt es Zweitakt-Phrasen, die sich mit veränderter Wiederholung zu Viertaktern ergänzen, eine Gestik, die wegen des 3/8-*Allegretto*-Tempos an Chopin-Walzer erinnert, auch in der lockeren pianistischen Fügung mit Bewegungs-, Ambitus- und Dynamik-Erweiterungen. Auf eine erste thematische Einheit folgt eine zweite, nicht gerade gegensätzlich,

Anfang von *Capriccio Nr. 1* (T. 1–15)

eher unterschiedlich, doch verwandt, und danach – wieder deutlich abgesetzt – ein kurzer Schlußabschnitt. Diesem ersten Teil, der zu wiederholen ist, steht ein zweiter unverkennbar mit Zügen von Durchführung und Reprise gegenüber, in dem Motiv-Umkehrungen und Motiv-Varianten für gutgelaunte Mobilität sorgen, bis eine Coda dieses Capriccio, das ursprünglich Sonatina heißen sollte – und eine ist –, in reinem F-Dur (*pp*, fünf Oktaven weit gespreizt) beendet. Obwohl das Stück sehr fintenreich mit erweiterten Tonalitäten arbeitet, beharrt es doch, wie Strawinsky das gerne getan hat, auf einer primitiven Kadenzharmonik: Beginn des ersten Teils auf F und Schluß nach B auf C, Durchführung auf mediantischem Gis, also As, anfangend und wieder über C zur Reprise in F etc. Nebenbei finden sich wie in den harmonischen Details auch in den formalen Irregularitäten, eingeschobene Takte, Verkürzungen, wechselnde Periodenlängen. Aber die kamen entgegen der üblichen Lehrbuchweisheit ja schon in der Klassik vor.

Dieses in eine allgemeine Kunstentwicklung integrierbare *Capriccio Nr. 1* hat als Partner ein vom Typ her fraglos ungarisches *Capriccio Nr. 2*, das Ligeti zwar früher komponiert hat (im Mai und Juni 1947), jedoch wegen seiner polternden Widerborstigkeit beim geforderten gemeinsamen Vortrag geeigneter für einen Finaleffekt hält. Seine Hartnäckigkeit in Klang und Ausdruck verdankt es außer überwiegender *forte*-Dynamik und einem oft in Oktaven geführten *ben-marcato*-Baß der durchgehend asymmetrischen Metrik aus meistens 5/8-, auch 7/8-, 8/8- oder 9/8-Takten, die aber allesamt in 2er- und 3er-Gruppen unterteilt sind und dadurch jenen unsteten „hinkenden“ Charakter erhalten, wie man ihn (nach einem türkisch-vorderorientalischen Begriff) als „Aksak“-Rhythmus bezeichnet. Auch Bartóks „bulgarische Rhythmen“ gehö-

Anfang *Capriccio Nr. 2* (T. 1–8)

ren zu dieser Folklore-Spezialität, die in schnellem Tempo und bei ungleichmäßiger Verteilung der 2er- und 3er-Glieder den Zeitablauf tatsächlich in ein andauerndes Stolpern verwandelt. Bei Ligetis *Capriccio Nr. 2* bedarf es übrigens nicht einmal der Nähe seiner Tempobezeichnung *Allegro robusto* zum sattsam bekannten *Allegro barbaro*, um klar zu machen, daß seine Beziehung zur Volksmusik im zweiten Studienjahr weniger direkt als über die vermittelnde Position Bartóks läuft. Dies gilt verstärkt gerade für eine Klavierkomposition mit einigem künstlerischen Anspruch, weil dabei die Orientierung am Beispiel be-

György Ligeti und Clytus Gottwald

reits vollzogener Umsetzung besonders hilfreich ist. Und ergänzt wird das Bild noch durch eine klassische dreiteilige Form (ABA), bei der die Veränderungen in der Wiederholung nach dem abweichenden Mittelabschnitt – wohl dem Eindruck rabaukenhafter Sturheit zuliebe – geringer ausfallen als bei dem wirklich „kapriziöseren" Schwesterstück. Dafür entschädigt eine unerwartet aparte Coda über ostinat pochendem C, das die ganze Zeit schon als geheimes Zentrum präsent war.

Es scheint ungemein nahe zu liegen, hier sofort einen Vergleich mit der ersten der *Études pour piano* aus dem Jahr 1985 anzuschließen, weil da ebenso die „Aksak"-Rhythmik aus irregulär wechselnden 3/8- und 5/8-Gliedern eine wesentliche Rolle spielt. Sicherlich ließen sich über fast vier Jahrzehnte hinweg auch einige einleuchtend-amüsante Verbindungsfäden knüpfen. Indessen trägt die Etüde ja nicht von ungefähr die Überschrift *Désordre*. Auch wenn die scharfe Akzentuierung anfangs an das *Capriccio Nr. 2* erinnert, liegt die kompositorische Absicht ja nicht in dieser Äußerlichkeit, sondern in der allmählichen Verschiebung der Synchronität von zwei gleichlaufenden, obschon „hinkenden" rhythmischen Mustern in beiden Händen des Pianisten zu wachsender Unordnung, bis nach einem Zustand äußerster Verwirrung der gegeneinander gerichteten, nicht mehr koordinierten Schwerpunkte überraschend wieder Angleichung, ja Einhelligkeit um sich greift; kaum hat sie sich etabliert, eilt allerdings eine Hand schon wieder der anderen voraus, die Unordnung erweist sich als durchsetzungsfähiger. Genau deshalb würde eine Gegenüberstellung lediglich einen einzigen Moment von Ähnlichkeit herauspräparieren, darüber aber alle anderen, wichtigeren übersehen. Um einiges plausibler wäre hingegen ein werkbiographischer Bogenschlag von etwas verminderter Reichweite, nur über 31 Jahre, zu den wiederum als Paar auftretenden beiden Cembalostükken *Passacaglia ungherese* und *Hungarian Rock*, die Ligeti 1978, wiederum in umgekehrter Reihenfolge im Dezember und Mai, komponiert hat. Das Ungarische, das sie demonstrativ im Titel führen, ist im Sinne ihrer genüßlich ausgespielten Ironie, ihrer galanten Schlitzohrigkeit zwar nur eine der vorgehaltenen Masken, während von der anderen, der kunstbeflissenen Seite her die Kontrapunkt-Gattungen Passacaglia und Chaconne als penibel durchgehaltene Formschemata nicht lange auf sich warten lassen. Aber so recht von Herzen scherzen, sich lustig machen, kann man ja eigentlich nur über etwas, das man selber wie ein unveräußerliches psychisches Residuum in sich trägt, oft verflucht, verteufelt, bespöttelt, belächelt und doch ein vertrautes Erinnerungsstück, die immer wieder stimulierende Mitgift des eigenen Zuhause.

Ligeti schlachtet also in den beiden Cembalostükken gleichsam mit vergnügter Schadenfreude sein ungarisches Erbe aus. Und dies obendrein in der hintersinnigen pädagogischen Absicht, seinen Kompositionsschülern an der Hamburger Musikhochschule, die gegen Ende der siebziger Jahre den neuen Göttern einer intuitiven Unmittelbarkeit und enthemmter Ausdrucksklischees zustrebten, in Sachen Neotonalität und Pophörigkeit auf seine Weise eine Lektion zu erteilen. Herausgekommen sind dabei kompositorische Exerzitien von einer kuriosen Meisterlichkeit, weil Ligeti seine gewählten Modelle, um sie ad absurdum führen zu können, exzessiv ausreizt und bis an die äußersten Grenzen treibt. Solche Liebe zu Extremwerten ist übrigens typisch für ihn auch in ernsteren Fällen. Die *Passacaglia ungherese* bietet für die Tonalitätsaustreibung ein zweitaktiges Ostinatogerüst aus lauter kleinen Sexten und großen Terzen auf. Und da in schönster Kontrapunkt-Manier die Stimmen gegeneinander ausgetauscht werden (wobei in der Oberstimme jetzt ein Vierton-Motiv aus zwei Halbtonschritten, versetzt um eine verminderte Terz/einen Ganzton erscheint, das seine ferne Abstammung aus den *Glissandi* und dem *1. Streichquartett* verrät), ergibt sich eine Standardfolge von vier 4/2-Takten mit 16 Zweiklängen in stets gleichen Halbe-Werten. Über oder auch unter deren achtzehnmaliger, ostinater Dauerpräsenz entwickelt Ligeti eine frei durch die Register

Anfang der *Passacaglia ungherese* (T. 1–18)

schwingende Melodie, die mit Lombard-Rhythmik, Modalfärbung, mit auf die Taktzeit betont oder angehängt unbetont auszuführenden Vorschlägen und diversen anderen Folklore-Attributen das Ungarische gebührend unmißverständlich hervorkehrt. Und selbst wenn die fällige Diminution der Zeitwerte schließlich bei Sechzehntelketten landet, die, noch dazu auf dem Cembalo gespielt, unweigerlich barockisierend klingen, verteidigen synkopisch eingeworfene Zwischenhalte die undomestizierte, kunstferne Herkunft und schaffen dem gewitzten Stück überdies durch ihre Querköpfigkeit ein aperçuhaft sich auflösendes Ende.

Das Pendant-Stück *Hungarian Rock*, ähnlich dem *Capriccio Nr. 2* auf handfestere Wirkung eingestellt, ist eine hinreißend überkandidelte Parodie auf Beat-Besessenheit und alle bis zur Trance hochgetriebenen Extravaganzen des Rock Feeling, ein heiteres Levitenlesen für den kommerzialisierten Musikbetrieb samt seinen populistischen Aposteln; dabei virtuos komponiert und nur mit äußerster Virtuosität auf dem Cembalo – schon dies ein Medium der Karikatur – im geforderten Rasanz-Tempo, *Vivacissimo molto ritmico*, überhaupt darzustellen. Andererseits nützt Ligeti die Spielmöglichkeiten des Cembalos aus; ähnlich wie er für die *Passacaglia ungherese* „vorzugsweise" die mitteltönige (also nicht temperierte) Stimmung empfohlen hatte, um den Terzen und Sexten des Ostinato ihre natürliche Reinheit zu sichern und gleichzeitig die Neotonalen an Konsonanz-Strenge zu überbieten, so reflektiert er beim *Hungarian Rock* auf zwei getrennte Manuale, weil nur dann der Chaconne- Ostinato, hier in der Jazz-Funktion als Chorus, ohne Beeinträchtigung durch überkreuzende Melodielinien (rechte Hand) 44mal immer gleich an derselben Stelle (linke Hand) gespielt werden kann. Und dieser Chorus in zwei- bis dreistimmigen Akkorden hat es in sich: Er folgt in hastender Geschwindigkeit dem schief geteilten „Aksak"-Rhythmus eines 9/8-Taktes mit 2 + 2 + 3 (hier lombardisch 1 + 2) + 2 Achteln und wiederholt sich alle vier Takte. Sehr jazzgemäß löst sich die quasi

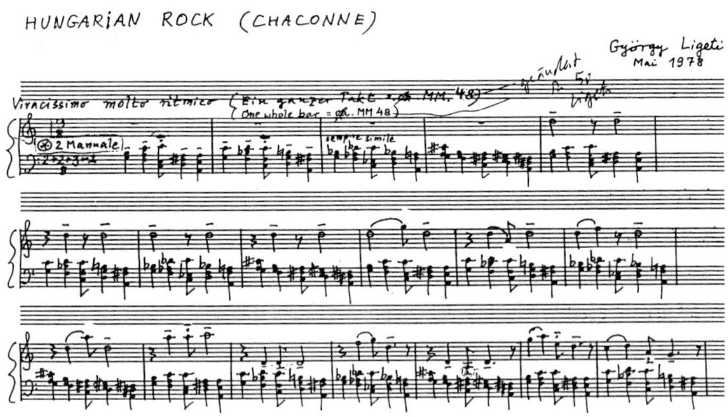

Anfang von *Hungarian Rock* (T. 1–18)

improvisierte Solostimme zunächst wie nebenbei aus den viertaktigen Chorus-Perioden, gewinnt zunehmend Bewegungsfreiheit im Umspielen, verziert übermütig mit Prallern, Vorschlägen, Mordents oder Doppelschlägen, hält an, setzt auch mal kurz aus, während der Chorus unerbittlich weiterläuft, steigt erneut ein, steigert sich – oder sind es inzwischen schon mehrere Solisten im Wechsel? – zu kühnerer Figuration, schärft den Drive, bis nach einem modellgerechten Break alle vorwärtshetzend gestaute Kraft sich entspannt, sozusagen ausatmet und in langsamem Rubato-Tempo eine einfache Liedweise sich herausschält, die unglaublich ungarisch anmutet und nach all dem erregten Wirbel zum ruhigen Abgesang überleitet. Sie erinnert nochmals an das eigentliche Fundament in dieser verwegen synkretistischen Drei-Etagen-Architektur aus ungarischer Rhythmik (nebst sonstigen Folklore-Ablegern), rockjazzigem Chorus-Spiel (aus dessen Perspektive der Beat eher in der Karibik beheimatet wäre) und altehrwürdig mitteleuropäischer Chaconne-Form.

Nur die Mitteletage stellt etwas Neues aus späterer Zeit dar, in diesem Fall polemisch intendiert und durch satirisches Filigran zum brillant-versöhnlichen Amüsement umgerüstet, aber dennoch nicht ganz so vereinzelt und isoliert, wie es sein Auftreten hier schließen lassen könnte. Vielmehr liegt die jazzige Typik auf einer Linie der allmählich umfassenderen Internationalisierung von Ligetis Folklore-Interessen, und die zugespitzte Schnelligkeit ist überhaupt ein immer ausgeprägteres Charakteristikum seiner Vorstellungen von extrem verdichteten Zeitschraffuren. Dagegen sind ungarischer Eigenton und mitteleuropäische Musiktradition ja schon von früh an die widerstreitenden Dialogpartner im Erziehungssystem, dem er sich ausgesetzt sah, wie in seinen selbständigen kompositorischen Überlegungen, die sich davon zu emanzipieren suchten. Irgendwo schwelte da ein Konflikt. Was Bartók oder Kodály noch für sich zu überbrücken verstanden hatten – und sie waren darin im Vorteil der ersten Generation –, konnte man doch nicht einfach kopieren, zum immerwährenden Schema erheben. Die Chromatik, von dem einen begrenzt, vom anderen weitgehend ausgespart, blieb insgeheim virulent und lockte zugleich als oppositionelles Element gegen die gleichmacherische Dissonanzenfurcht der Funktionäre; gerade sie erwies sich jedoch in ihrer Handhabung als besonders sperrig. In einer *Invenció* (Invention) für Klavier vom Januar 1948 experimentierte Ligeti mit horizontalen Tonhöhenachsen, von denen aus sich die Motive beidseits chromatisch auffächern oder auf die sie sich umgekehrt zusammenziehen. Die wandernden Achsen übernehmen dabei als Mittelwerte eine harmonisch gliedernde Funktion, und so entsteht – trotz panchromatischer Freizügigkeit – ein Äquivalent zu den formalen Bausteinbezügen zwischen imitierten, umgekehrten oder krebsgängigen Motiven und Rhythmen. Aber war das eine Lösung?

Anfang von *Invenció* (T. 1–6)

Notwendig, das sah Ligeti mehr und mehr ein, war eine radikalere Überprüfung des ganzen benutzten Materials, wo seine inhärenten Vitalkräfte liegen, was weitervererbte historische Überformung ist. Erfahrungen mußten gesammelt werden, und dies bedeutete zunächst Reduktion. *Um 1950 wurde mir klar, daß eine Weiterentwicklung des Nach-Bartók-Stils, in dem ich bis dahin komponiert hatte, für mich kein Weg vorwärts war,* so hat er in einem Kommentar zu *Musica ricercata* seine Zeit nach Studium und rumänischer Volksmusik-Exkursion beschrieben. *Ich war 27 Jahre alt und lebte in Budapest völlig isoliert von allen Ideen, Trends und Techniken der Komposition, die sich nach dem Krieg in Westeuropa entwickelt hatten. 1951 begann ich mit einfachen Strukturen von Rhythmen und Klängen zu experimentieren, um sozusagen eine Neue Musik aus dem Nichts zu bauen. Ich betrachtete alle Musik, die ich bis dahin kannte und liebte, als unwirksam für mich. Ich fragte mich, was kann ich mit einer einzelnen Note tun, was kann ich mit ihrer Oktave tun, was mit einem Intervall, was mit zwei Intervallen, was mit bestimmten rhythmischen Verhältnissen. Auf diese Weise entstanden mehrere kurze Stücke, vor allem für Klavier.* Die Tabula-rasa-Situation, die sich Ligeti damit selbst geschaffen hatte, erbrachte eine wesentliche Veränderung in zweierlei Hinsicht: Einerseits bedeutete die völlige Destruktion im Bereich des Tonhöhenmaterials bis auf die unterste, elementarste Stufe, so daß nur noch ein einziger Ton übrigbleibt, zugleich ein Ausschalten, Wegschieben und rigoroses Außerkraftsetzen jedes nur denkbaren musikalischen Vorbilds, einerlei ob es aus der Folklore, der Tradition oder von Bartók stammt, ob es diatonisch, modal oder chromatisch ist, und damit auch die totale Beseitigung von irgendwelchen kompositorischen Vorprägungen, kurz: von Stil. Andererseits eröffnete der Neuanfang in nicht mehr zu unterbietender Voraussetzungslosigkeit die Aussicht und die Möglichkeit – und dies ist psychologisch fast wichtiger als kompositorisch –, die eigenen Ideen und Vorstellungen, wie Musik überhaupt funktionieren soll, besser kennenzulernen und auf der Basis solcher Erfahrung in selbstverantworteter Konsequenz weiterzubauen, Sinneinheiten, Zusammenhänge, Sprache zu entwickeln.

Ligeti hat die Resultate seiner asketisch eremitenhaften Selbsterkundung aus den Jahren 1951–53 zu einem Zyklus von elf Klavierstücken gereiht, der sehr

Anfang des ersten Stücks, *Sostenuto*, aus *Musica ricercata* (T. 1–21)

doppelsinnig *Musica ricercata* heißt, nämlich das italienische Verb „ricercare", wörtlich: „von neuem suchen", mit dem substantivischen Gattungsbegriff, nahezu gleichbedeutend mit Fuge, kombiniert. Und tatsächlich ist das Schlußstück des Zyklus ein solches Ricercare, noch dazu ein chromatisches, dessen wiedergewonnene Verfügung über sämtliche Halbtöne allerdings in den zehn Stücken davor sukzessive aus dem Nullstand des isolierten Einzeltones abgeleitet worden ist. Denn zu Beginn herrscht absolute Selbstbeschränkung auf ein einziges A, selbstverständlich mit Oktavierungen, aber sonst nichts. Lediglich ganz am Schluß kommt ein zweiter Ton, ein D, dazu. Das folgende Stück operiert dann bereits mit zwei Tönen (eis, fis), und diesmal darf schon in der Mitte ein dritter (g) mit alles verändernder Kraft dazutreten. Und so geht's Schritt um Schritt weiter: Das dritte Stück gelangt unerwartet schnell zu seiner vorausbestimmten Viertönigkeit (c, es, g + e), um dann wechselnde Dur-Moll-Konstellationen durchzuspielen, während beim vierten alle fünf Töne wieder erst in der Mitte (b, fis, a, g + gis) versammelt sind, mit Akzentuierung des Neu-Eintritts, und beim fünften sich die Vermehrung auf sechs Töne ziemlich unspektakulär vollzieht. Derart verläuft die Progression jedenfalls bis zur vollständigen Zwölfzahl beim Ricercare. Was daran freilich an die methodische Gewissenhaftigkeit einer Laboratoriumssynthese erinnert – und dies im Ansatz ja auch ist –, wird durch den musikalischen Abwechslungsreichtum, die unverzagte Einfallsfrische bei der Ausbildung kleiner Charakterstücke völlig überspielt. Mit Gelassenheit, Experimentierlust oder auch parodistischem Witz reagiert Ligeti auf die selbstverschuldete Ausdünnung des Tonhöhen-Parameters, weil sie im Gegenzug neue Energien im Rhythmischen, in der Dynamik und der Artikulation freisetzt. Und gerade diese kompensatorische Wirkung auf die Entfaltung handwerklicher Fähigkeiten ohne Bindung an einengende stilistische Vorgaben war ja gewollt.

Sechs der Klavierstücke aus seiner *Musica ricercata* hat Ligeti in richtiger Einschätzung ihrer musizierfreudigen Haltung für Bläserquintett bearbeitet, als *Bagatellen* (die Nummern 3, 5, 7, 8, 9, 10). Nur für das Abschlußstück, das *Ricercare*, hat er sich im gleichen Jahr, 1953, eine andere Uminstrumentierung vorbehalten: für Orgel. Und diese entspricht auch seiner thematischen Herkunft, die aus dem *Ricercare cromatico* von Frescobaldi (aus der *Messa degli Apostoli*) abgeleitet wurde. Es kann eigentlich nicht weiter überraschen, daß in dieser Fuge, die durch Stimmeinsätze jeweils auf der Quint den ganzen chromatischen Tonraum durchwandert, das Thema jenem Achsenmodell mit Auffächerung nach beiden Seiten aus der *Invenció* nachgebildet ist, dadurch schon im kleinen die graduelle Erweiterung auf den gesamten Tonraum vorwegnimmt. Nur hat sich, was in der *Invenció* dem Erproben einer bestimmten Versuchsanordnung glich, im Schluß-Ricercare aus dem Klavierzyklus mit Engführung, Diminution und Augmentation inzwischen zu struktuierender Kunstfertigkeit auf dem Stand einer neugewonnenen kompositorischen Sicherheit fortentwickelt. Gerade der auffällige Wechsel in den musikalischen Bedeutungsebenen von den bunt gewürfelten Spielstücken vorher, die zwischen schwerzüngiger Parlando-Gestik, Walzer, Lamento, flinkem Capriccio, Rubato-Lied und Lombard-Exzeß hin- und herspringen, zu den gefaßten Maßen der chromatischen Fuge markiert das Erreichte: Wie sich mehrere Voraussetzungen zur Schlußfolgerung summieren, so scheinen sich bei Ligeti – mittlerweile vom Studenten an der Budapester Musik-Akademie selber dort zum Lehrer geworden (und Verfasser einer „klassischen Harmonielehre“, dazu noch einer Beispielsammlung) – die verschiedenen, schlecht koordinierten Einflußsphären zu einer relativ stabilen Ausgangsbasis auf eigenem Grund vereinigt zu haben; genügend tragfähig jedenfalls, Widersprüche abzufangen und künstlerische Expansion zu stützen.

Anfang des 11. Stücks, *Omaggio a G. Frescobaldi*, aus *Musica ricercata* (T. 1–17)

Skulpturen aus Klang

Als am 22. Oktober 1961 Ligetis Orchesterkomposition *Atmosphères* bei ihrer Donaueschinger Uraufführung so viel Beifall erhielt, daß sie sogleich wiederholt werden mußte, war dies ein Ereignis von überraschender Demonstrativkraft beim Publikum, aber zugleich höchst prekär in seiner Erfolgsverlockung für den Komponisten. Derart einhellig hatte man damals, kurz nach den skandalträchtigen fünfziger Jahren, nach Protesten, Mißdeutung und Verständnisentzug gegenüber den seriellen Produkten der „Darmstädter Clique" wie den anarchischen Zufallserzeugnissen à la John Cage, eine positive Reaktion der Zuhörer bei Avantgarde-Musik noch nicht erlebt. Auf einmal war da innerhalb der schlecht beleumundeten, abseitigen und eng begrenzten Szene des jüngsten Komponierens etwas geschehen, was selbst Fernerstehende noch registrieren und die publizistischen Verwerter mit flotter Schlagzeilenwirkung ausschlachten konnten. György Ligeti hatte, ohne es eigentlich zu wollen und ohne die nur neun Minuten dauernden *Atmosphères* etwa zur Sensation auszustaffieren, den Anonymitätszirkel, der die neue Musik damals weithin umgab, durchstoßen – und dies nach der äußerst knappen Anlaufstrecke mit der kaum beachteten *Artikulation* (März 1958) und den schon eher wahrgenommenen *Apparitions* (Juni 1960), beide in Köln erstmals vorgestellt. Doch jetzt, bei den Donaueschinger Musiktagen, die schon immer wegen ihrer gedrängten Kompaktheit eine Art Barometerauskunft über das musikalische Zeitgeschehen mit dem Propagandaeffekt einer Kompositionen-Messe verbanden, drohte sich die offensichtliche Akklamation für *Atmosphères* sofort auch in Anschlußangeboten von seiten anwesender Verleger, Veranstalter und Auftraggeber niederzuschlagen. An sich erfreulich, aber im selben Moment verführerisch, das einmal gewählte stilistische Muster beizubehalten, von dem im übrigen keineswegs klar war, ob es kraft eigener Beschaffenheit oder nur als renegatenhaft mißverstandene Alternative zum reichlich ausgereizten seriellen Duktus solchen Anklang gefunden hatte. Die grundlos erregte Gestik, die dissonanzengespickte Richtungslosigkeit vieler Stücke aus der Zeit um 1960 nicht zu mögen und sich statt dessen für Ligetis *Atmosphères* zu begeistern, ist ja nicht einfach kompatibel und gegeneinander austauschbar, weder im Verhalten, noch im Urteil.

Auf der anderen Seite wagt man sich kaum auszudenken, was in Nachfolge der Donaueschinger Zustimmungswoge alles im Interesse ihrer Perpetuierung möglich gewesen wäre – und es gibt dafür ja einige Beispiele selbst in der neueren Musikgeschichte –, hätte Ligeti sich dem Erfolgs-Sog leichtfertig und blind vertrauend überlassen. Doch in seiner bewiesenen Enthaltsamkeit, seinem eher selbstkritischen Zurückweichen vor jeder planen Fortsetzung lag zugleich ein signifikantes Moment der Klärung und Richtigstellung seiner kompositorischen Position. Eigentlich hatte er nur vollzogen, was sich in der Spätphase des Serialismus strengerer Observanz, also vor dem Umschlag in den recht nebulös determinierten „Postserialismus" der sechziger Jahre, ohnehin angebahnt hatte; was aber keiner unter den komponierenden Wortführern in vollem Umfang wahrhaben wollte. Es war schlicht historisch notwendig geworden, die kritische Situation, wie sie die kompositionstechnischen Konzepte und ihre Ausführung in sich überbietender Verfeine-

Donaueschingen
1961: Uraufführung
von *Atmosphères*
mit dem Sinfonie-
Orchester des
Südwestfunks
Baden-Baden,
rechts Hans Rosbaud

rung heraufbeschworen hatten, nicht nur zu erkennen, sondern auch praktisch zu akzeptieren, nämlich zu prüfen, was denn noch Bestand habe und was damit anzufangen sei. Nach der Destruktion so vieler herkömmlicher Ordnungsschemata seit Jahrhundertbeginn und der ersatzweisen Konstruktion ganz neuer Komponierprinzipien, nach der Auflösung des tonalen Beziehungsnetzes für Harmonik und Form, nach dem Abdanken von Themen, Motiven, sogar eindeutig charakterisierenden Intervallen, nach der fortschreitenden Zerfaserung in Rhythmik, Dynamik oder instrumentaler Idiomatik bis hin zur ubiquitären Vertauschbarkeit und sprachlichen Nivellierung des seriell überbestimmten Details – nach all diesen Etappen einer generellen Umwälzung mußte wohl einer bereit sein, illusionslos Bilanz zu ziehen, ohne länger an ein noch so rudimentäres Fortwirken alter kompositionstechnischer Kategorien zu glauben oder überhaupt nur zu denken. Denn es galt, sich von den geheimen Rezessivbindungen an die Tradition ebenso frei zu machen wie von dem spekulativen Vertrauen, die Rationalität des Reihen-Verfahrens könne sich bei möglichst umfassender Steuerung aller materialen Gegebenheiten direkt in der Schlüssigkeit des klingenden Resultats niederschlagen; könne ihm dank struktureller Identität über alle Parameter auch schon spürbar den Eindruck von Zusammenhang verleihen. Statt dessen war es immer unerläßlicher geworden, sich den inzwischen eingetretenen Verhältnissen und Fakten unverkrampft und vorbehaltlos zu konfrontieren.

Für Ligeti stellte sich die Lage beim klarsichtigen Sondieren ihrer Symptome und ihres theoretischen Überbaus wie die letzte Vorstufe vor einem nahen Endpunkt dar, wie ein in seiner Fassade gerade noch erhaltenes Gebäude, das aber innerlich völlig ausgehöhlt ist und kurz vor dem Einsturz steht. Denn die seriellen Prinzipien, vordem in wichtigster Klammerfunktion beim Aufbau musikalischer Strukturen auf einem von Konventionstrümmern freigeräumten Grund, waren inzwischen durch neu entwickelte Zusatzregeln, durch das Verschieben der reihenmäßigen Parameterordnungen auf immer höhere, umfassendere Kompetenzstufen, weg von den Einzelwerten, hin zur Gesamtform, in sich selbst marode, brüchig und letztlich unglaubwürdig geworden. Sie dienten nur noch einem gewohnten Komponierverhalten – und daraus resultierend: einem Wunschdenken – als ideelle Stütze zur Beschränkung der Mittel, zur Präzisierung des Konzepts, ohne auf dessen Verwirklichung dann einen weiterhin entscheidenden Einfluß auszuüben. Denn schon längst hatten die Ausnahmen überhand genommen; abgeleitete, ersatzweise Direktiven bis zum Operieren mit Skalen statistischer Durchschnittsgrößen sollten das ausgebreitete Vielerlei der Tonbeziehungen, Rhythmen, Dauern, Akzentfolgen, Lautstärkeverläufe beherrschbar machen – im ganzen flexibler, fern der Automatik von ehemals. Jedoch strebten sie dabei gleichzeitig Globalwirkungen zu, die dem eigenen Vorsatz von Differenzierung und Durchbildung widersprechen mußten.

Eigentlich bedurfte es da nur eines minimalen Anstoßes, um die fällige Kehrtwendung in der kompositorischen Perspektive, ein Auswechseln der Zielvorstellungen herbeizuführen. Lediglich auf den kleinen Rest an merklicher Oberflächenzeichnung war noch zu verzichten, um dem eingespielten Zuständigkeitsbereich serieller Konstruktionsaktivitäten zu entrinnen, die sich sowieso immer auswegloser dem Grau in Grau amorpher Tonkomplexe in vielfacher Überlagerung angenähert hatte, und um jenseits solcher Selbstaufhebung durch Konturen verwischende Überfrachtung einst konstitutiver Elemente tatsächlich zu neuen, musikalisch autonomen Qualitäten zu gelangen: zum unmittelbaren Umgang mit dem Klang und dessen Essenz, der Klangfarbe. Ligeti tat diesen kleinen, allerdings radikalen Schritt. Und durch seinen absichtsvoll extremen Verzicht auf jede distinkte Tonhöhenbewegung, überhaupt auf Linien, erkennbare Figuration oder Intervallik, also durch die eskalierende Negation des bisher führenden, „tonangebenden“ Parameters, veränderte sich das Bild, die Ausrichtung des Komponierens auf einmal in absolut ungewohnter Weise. Das

Stoffliche der Musik, jenes Ineinander von Texturen und Farben, das ansonsten als Beiwerk und Begleiterscheinung des tragenden Geflechts der Stimmen gegolten hatte, wurde damit unter rigoroser Ausklammerung aller übrigen, herkömmlichen Sprachmittel zur erklärten Hauptsache gemacht, zum alleinigen und zentralen Objekt der kompositorischen Arbeit. Das Metier des Tonsetzers nahm dadurch etwas von der Vorstellungswelt und den formalen Intentionen des Plastikers an. Denn nicht länger ging es darum, Klang- oder Tonpunkte, pseudo-melodische Kurvenverläufe samt ihren Verzweigungen und polyphonen Schichtungen zu erfinden, sondern gleich von komplexen Phänomenen, einer quasi dreidimensionalen Klangmaterie auszugehen, deren Zusammensetzung aus einer Vielzahl einzelner Ingredienzien wegen der vorsätzlichen Verwischung zum Summeneffekt keinesfalls mehr aufzuschlüsseln oder nachzuvollziehen war. Und mit solchen Klangmassen von eher breiig dickflüssiger, gleichsam lehmiger Konsistenz ließen sich plastische Formen modellieren, fast haptisch wahrzunehmende Gebilde aus Rundungen, Wölbungen, konkaven Einbuchtungen und konvexen Profilen, aus sich verjüngenden oder bauchig anschwellenden Reliefbändern. Musik war von ihrem Ansatz im Graphischen zu einer totalen Verräumlichung übergegangen.

Freilich, derartige Skulpturen aus Klang unterscheiden sich dann doch in zweierlei Hinsicht ganz wesentlich von denen des Bildhauers aus Ton, Stein, Gips oder Metall. Zum einen kann sich die stoffliche Beschaffenheit des musikalischen Bildwerks, weil sie Ergebnis einer vermengenden – und bei Ligeti höchst minuziösen – Synthese ist, dauernd verändern und vom Irdenen zum Gläsernen, zum Wolkig-Luftigen, zum Gewebehaften oder Flüssigen übergehen, kann außerdem die Farben wechseln oder unter verschiedenem Lichteinfall mannigfach zwischen Hell und Dunkel changieren. Gerade auf diese ständigen internen Mutationen hatte Ligeti in *Atmosphères* abgehoben, deshalb nicht nur eine sensibel ausformende Klangdramaturgie – mit Übergängen, Stufungen, Kontrasten, mit Ausdünnungen und Erweiterungen des Volumens – entwickelt, sondern auch im Inneren den jeweiligen Sonoritätszustand durch subtiles Mischen und Kombinieren der 88 einzelnen Orchesterstimmen, inklusive strikter „divisi"-Technik für die Streicher, bis ins Detail genau auskomponiert. Zum anderen aber spielt in der Musik, im Gegensatz zur bildenden Kunst, die Zeit eine entscheidende Rolle. Sie schließt, allein schon durch die akustischen Voraussetzungen, daß Klang überhaupt entsteht, eine Existenz ohne Dauer, also einen Stillstand oder ein Verharren in Ruhestellung faktisch aus, vielmehr herrscht stets ein Mindestmaß an Bewegung. Und gerade diese internen Fluktuationen, dieses sachte Dahinfließen, Auf- und Abblenden oder langsame, manchmal auch ruckartige Umbilden der farblich schillernden Klang- und Geräuschmassen waren für Ligeti bei *Atmosphères* – obwohl er selbst gerne vom *stationären* Habitus spricht und andere daraus den Modellfall reiner Zuständlichkeit abgeleitet haben – der eigentliche Anlaß und der vorgeordnete Konzentrationspunkt seiner akribisch ausformenden kompositorischen Arbeit. Denn nur an der scheinbar ruhigen Oberfläche hatte er den seriellen Verfahren und ihrer strukturellen Agilität abgeschworen, sie in Wirklichkeit aber, zuweilen sogar bis zum Absurden gesteigert, ins Innere des klanglichen Geschehens verlagert.

Allerdings waren von den seriellen Verfahren, angesichts der sich bei ihnen ausbreitenden Indifferenz und Abstumpfung gegenüber den elementaren materialen Charakteren und damit einer stetigen Entropiezunahme, nur äußerliche Gesichtspunkte wie der einer allgemeinen Verteilungsäquivalenz übriggeblieben. Dagegen stand Ligeti in seinen maßgeblichen Entscheidungen im krassen Widerspruch zu irgendwelchen prästabilierten Dispositionen und deren schicksalhaft hingenommener Folgerungsmechanik. Gerade bei *Atmosphères* hatte er ja nicht nur – um das eingetretene Methoden-Desastre durch eine kreative Nullpunkt-Strategie aufzufangen und möglicherweise zu überwinden – jede individuelle Tonhöhenlinie und in Konsequenz auch jede wahrnehmbare Zeitpulsation verbannt, sondern ebenso den Rest an Dialektik, der in *Apparitions* noch zwischen Zustand und Ereignis bestanden hatte, nun endgültig ausgeschlossen. Damit verlor diese Musik ihre Kausalität, eigentlich Grundlage und Movens ihrer Existenz. Völlig absurd wäre deshalb ein Rückgriff auf gegenläufige serielle Praktiken gewesen, selbst nur auf einen Teil ihrer bewußten Verankerung in essentiellen, für alles Weitere verantwortlichen Prämissen. Und doch steht die serielle Idee einer selbsttragenden Struktur den *Atmosphères* nicht ganz fern. Vielleicht hilft zu ihrem Verständnis tatsächlich die Vorstellung von einer Skulptur aus Klang, einem irregulär geformten plastischen Gebilde, um das man herumgehen, es aus den verschiedensten Blickrichtungen betrachten kann: in immer neuen Ansichten bleibt es doch sich selbst gleich, bietet sich in einer Folge divergent zusammengehöriger Teileindrücke dar.

Zunächst steht da einmal ein Klang, leise, unaufdringlich, sehr breit, unerfaßbar im Tonhöhenumfang – 74 Instrumente spielen einen chromatischen Cluster über fast fünf Oktaven von D bis cis^4 – und sehr lang, nahezu unbeweglich ausgehalten; eigentlich erinnert er weniger an etwas Luftiges, einen Dunstschleier oder Wolkenschwaden, wie es der Titel *Atmosphères* suggeriert, eher an eine leere, helle Fläche, auf die nun etwas projiziert werden könnte. Aber da geschieht das erste Unerwartete: Der Klang entschwindet; ganz im Gegensatz zu dem Anheben aus dem Nichts in *Apparitions* verflüchtigt er sich schon wieder, ehe seine abwartende Neutralität noch Farbe oder irgendeine merkbare Gestalt hätte annehmen können. Allerdings nicht gänzlich; ein sehr viel schmaleres Clusterband (anderthalb Oktaven in mittlerer Lage) bleibt übrig. Und innerhalb dieses eng mensurierten Restbestandes in *ppp*-Schattenhaftigkeit macht sich jetzt der Lautstärken-Parameter – der einzige, über den Ligeti nach Austreibung von Tonhöhen und Rhythmik neben den Klangfarben noch verfügt, – in quasi solistischer Ausprägung bemerkbar, indem asynchron die einzelnen Bratschen- und Cello-Paare bis zur *forte*-Deutlichkeit hervor- und wieder zurücktreten. Dadurch entsteht Spannung, und sie führt zu einem neuerlichen Gesamtcluster, der sich mit dem erweiterten Instrumentarium aller Orchesterstimmen sanft einhüllend um das fortdauernde schmale Clusterband legt und, leicht nach oben verschoben, den Raum von As bis e^4 füllt, grundiert von einem supertiefen Es_1 der Tuba. Doch die Schwelldynamik von vorher wirkt weiter und bringt nun auch den Großcluster zum Schwanken, wobei abwechselnd die C-Dur-Skala oder eine Fis-Dur-Pentatonik (also wie die Töne der weißen oder der schwarzen Klaviertasten) crescendierend in den Vordergrund geraten. Solches interne Auf- und Ab-Schwanken der Dynamik intensiviert sich dann nach kurzer Beruhigung und nach Verstummen des untersten Oktavregisters zu gegenläufigen Tonhöhenbewegungen im Kleinterzabstand bei den Streichern, die sich rasch zu immer engeren Tremoli beschleunigen und durch Holzbläsertremoli zu einer vibrierenden Massenstruktur verdichtet werden. Es ist, als sei eine Windbö in die parallelen Tonfäden der Cluster gefahren und verwirre sie unaufhaltsam. Nach abermaligem, windstillerem Einhalt treiben sie in einzelnen Gruppen auseinander, Violen und Celli nach unten, Kontrabässe und Violinen nach oben, und bei den Holzbläsern und Trompeten geht's sogar derart vehement und forciert in die Höhe, daß schließlich vier Piccoli im schrillsten Extrembereich landen. Aus solcher grell schneidenden Spitzenposition stürzt der Klang, zum *ffff* gesteigert, jäh in gewaltig dröhnende Tiefen ab, über sechseinhalb Oktaven zu den *con tutta la forza* spielenden Kontrabässen (Takte 39/40).

An Drastik ist diese scharf kontrastierende Schnittstelle nicht zu überbieten. Sie mobilisiert das Äußerste an Gegensätzlichkeit, das einem Material ohne die individualisierte Signifikanz fixierter Tonhöhen oder profilierter Rhythmen überhaupt noch abgewonnen werden kann. Sie bewegt sich allerdings auch in gefährlicher Nähe, dem eigenen Prinzip untreu zu werden:

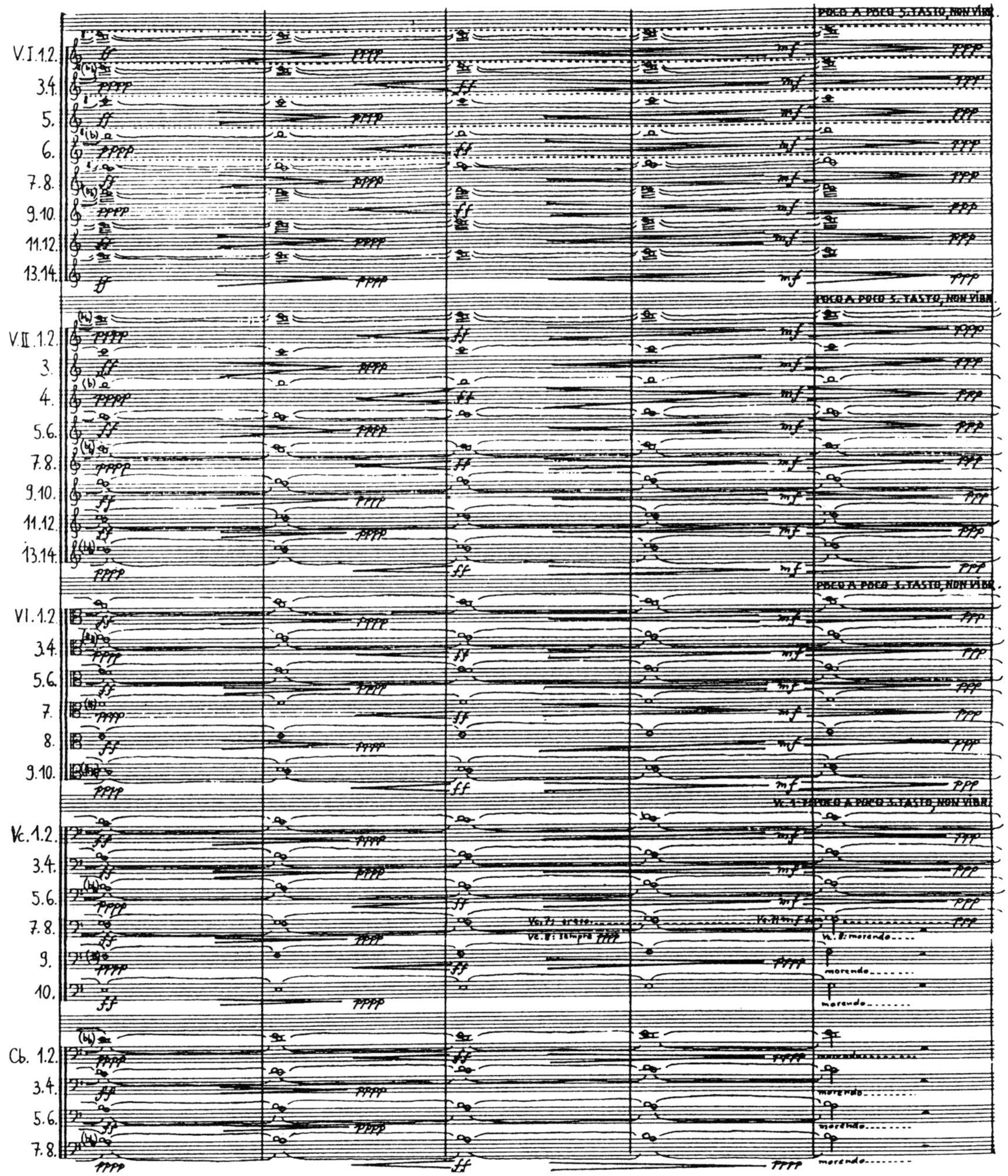

Streicher-Cluster mit alternierenden Lautstärke-Schwankungen in *Atmosphères*, T. 18–22

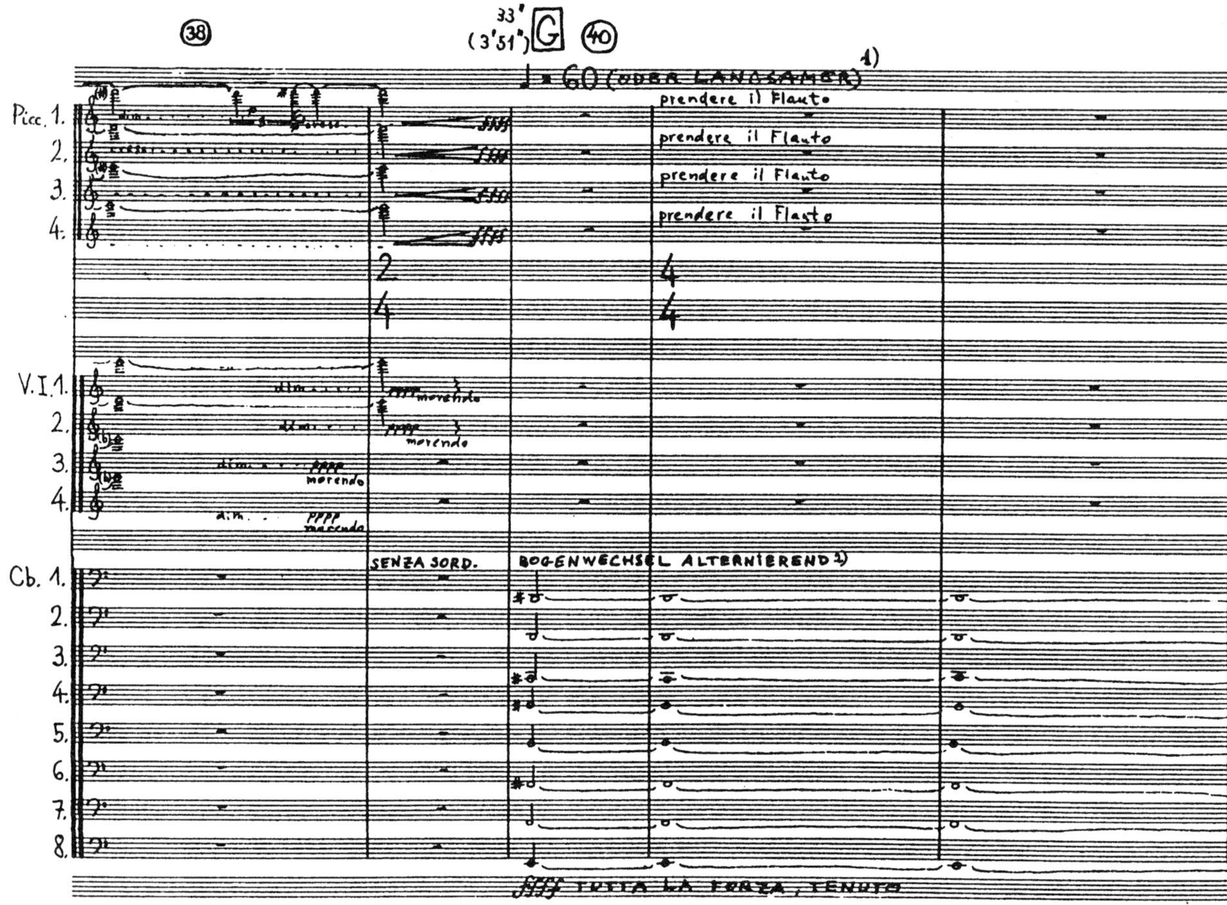

Klang-Absturz T. 39/40 aus *Atmosphères*

Denn ein Kleinterz-Cluster in schwindelnder Höhe und ein Quint-Cluster in rumorender Tiefe vernebeln nur noch schwach den altgewohnten Effekt eines krassen Lagenwechsels. Vielleicht bringt aber gerade dieser Traditions-Konnex, über den sich Ligeti wohl im klaren war, die Frage nach einem möglichen Bedeutungsgehalt ins Spiel. Mehr jedenfalls als der äußere Umstand, daß die Partitur *in memoriam mátyás seiber* gewidmet ist, dem nach England emigrierten ungarischen Komponisten, der im September 1960 nach einem Autounfall in Südafrika gestorben war; mehr auch als Ligetis Bemerkung, er habe sich bei *Atmosphères* vorgestellt, ganz fern, schemenhaft, „gleichsam im Keller" laufe ein Requiem ab. Denn die Musik an dieser Schnittstelle weckt ganz unmittelbar die Assoziation an einen Höllensturz, an einen Fall quer durch alle Sphären aus gleißendem Licht in dunkelste Abgründe. Auch die Gewaltsamkeit des Vorgangs scheint durch die exzessive Lautstärke in der Höhe wie in der Tiefe einkomponiert.

Wie kann es danach aber musikalisch weitergehen, wenn man nicht von hier aus die Requiem-Idee gleich

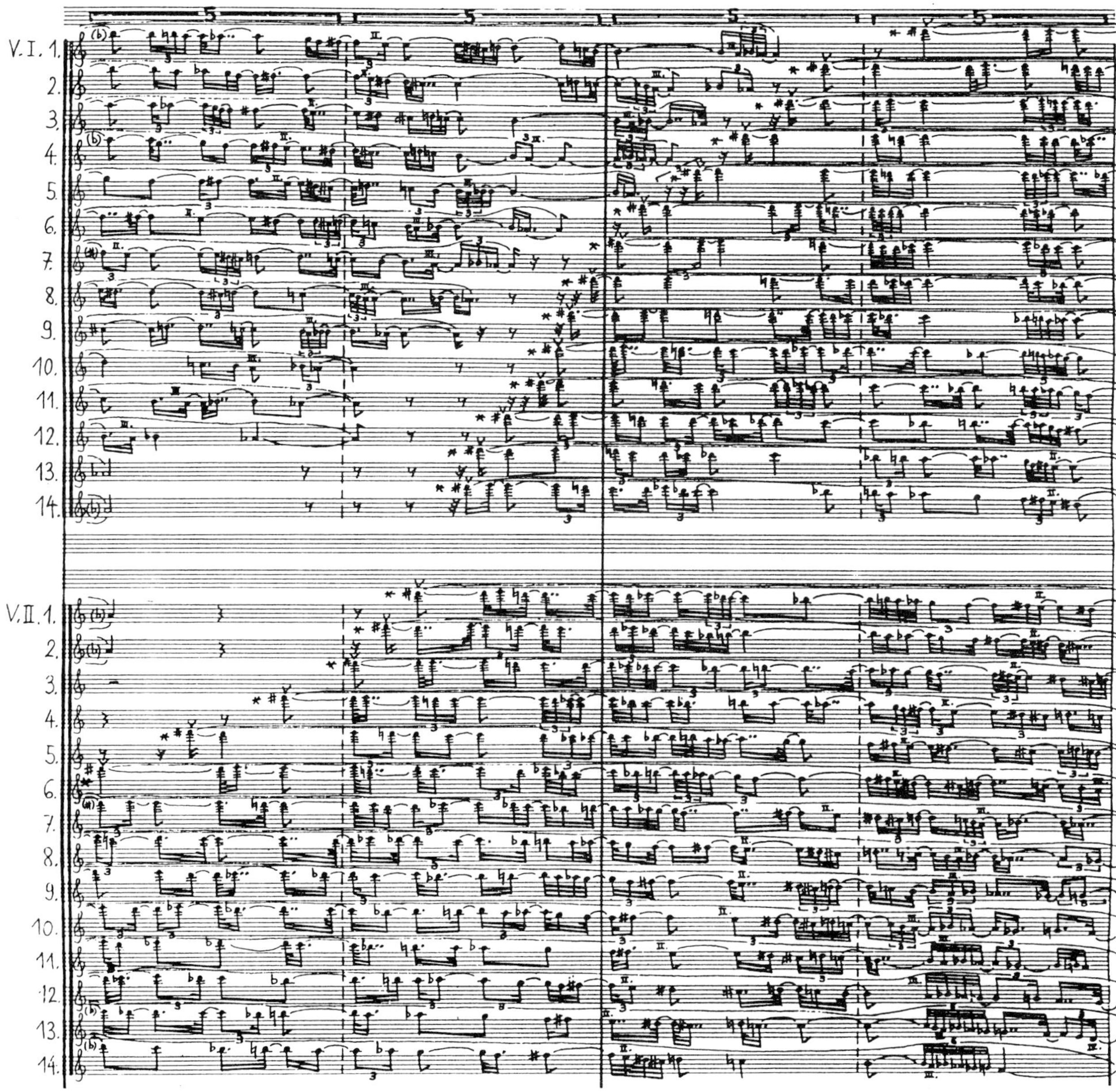

Imitatorische Streicher-Einsätze (hier nur Ausschnitt 1. und 2. Violinen, T. 46–47) aus *Atmosphères*

Harald Kaufmann (*Spurlinien*, Wien 1969, S. 115 f.) mit *Dies irae, Tuba mirum* und *Agnus Dei, dona eis requiem* weiterspinnen möchte? Ligeti fängt indessen die kräftigste Eindeutigkeit durch die komplizierteste Vieldeutigkeit auf: Noch über dem erregt brummenden Kontrabaß-Cluster, mit dem man nach Ligetis exakten Dauerangaben (ähnlich Bartók) bis etwa zur Mitte des Stücks gelangt, setzt unmerklich und im äußersten *pianissimo* eine höchst kunstvolle, kanonartige Imitationspolyphonie in den übrigen 48 Streicherstimmen ein. Wahrzunehmen sind ihre kontrapunktischen Verschränkungen freilich nicht, weil sie viel zu engmaschig sind und ihre 48 ausgezirkelten Einzellinien sich dauernd zu einem Summationscluster verweben. Man merkt nur, während der Kontrabaßklang ausblendet, den hohen Grad an Feinstrukturierung und wie sich das komplexe Flechtwerk von den Rändern her in Gegenbewegung immer mehr auf die Mitte hin konzentriert. Dadurch entsteht automatisch Stimmverdoppelung und entsprechend ein Lautstärkezuwachs. Dieser wird dramatisch vermehrt, nun auch wieder unter Kontrabaß-Beteiligung, so daß sich unterm Crescendo-Anstieg zum *ffff* das Bild von einer hysterisch erregten, wild gestikulierenden Menschenmenge einstellt, die sich unbeherrscht und alle zugleich durch eine kleine Tür zwängen will. Man kann auch an einen Hummelschwarm, Hitchcocks Vögel oder das Brechen eines Staudamms denken. Jedenfalls ist nach höchster Not und explosiver Aufladung plötzlich alles wie zerstoben, abgehackt, zerplatzt und – spiegelverkehrt zum Höllensturz – dudeln Flöten und Klarinetten „kaum hörbar" die Viertöneformel weiter (b, h, c^1, cis^1), die gerade unter drangvoller Pression erreicht worden war.

„Signalstimmen-Konzert" der Blechbläser (Ausschnitt T. 59–61) aus *Atmosphères*

Diese zweite markante Stelle in *Atmosphères* ist gleichsam das Negativ eines Höhepunkts (T. 53). Und die dadurch eingeleitete Beruhigung geht anschließend weiter: Die dicht gekräuselte Rhythmisierung glättet sich, die Töne werden weniger bis zur geringstmöglichen Zahl von zwei (c^1, des^1) und bei gegenseitig ineinandergreifender Verzahnung auch länger. Allein, in diese Phase merklicher Entspannung mischt sich, als sei das abrupte Abbrechen der Drangsalskompressionen von vorher doch noch nicht überwunden, mit schnellem Platzaustausch das ziemlich tief geführte Blech: Trompeten, Posaunen, Hörner, Tuba, und es entfacht ein aufrührerisch lautes Signalstimmen-Konzert (T. 59–65). Dieser dritte Moment auffälligen Umschaltens auf der herausgehobenen mittleren Strecke von *Atmosphères* benutzt nach Hoch-tief in der Tonhöhenregistrierung und Laut-leise in der Dynamik ein völlig neues Mittel, vielleicht das letzte, das der eingeschränkte Materialradius noch mit der nötigen Einprägsamkeit zuläßt: die zum unverwechselbaren Eigenwert personifizierte Klangfarbe. Mit ihr läßt sich im metriklosen, unregulierten Dahinfließen der Musik eine Aufstauung und dementsprechend ein steileres Gefälle erzielen, dadurch wiederum die Form bar aller herkömmlichen Elemente von Ereignisrastern, Symmetrieverhältnissen oder Teilegliederung dennoch hinreichend artikulieren und schließlich die Hörattraktivität ohne all die sonst üblichen leitenden Orientierungsmarken und Verständigungshilfen dennoch zu einem spürbar stimulierenden Eindruck von sinnlicher Nähe, von unverbrauchter Klangerfahrung steigern.

Das Signalstimmenkonzert der Blechbläser mit seinen gestuften dynamischen Anläufen zu lautstarker Kompaktheit und seiner unheimlichen, rebellisch quäkenden Klangfarbe erfährt eine überraschende Verwandlung in die lichte, zarttönende Unwirklichkeit eines gläsernen Flageolettklangs aller 56 Streicher. Damit nähern sich nicht nur die *Atmosphères* immer mehr der schimmernden Luftigkeit ihres Titels, sondern es beginnt nach der dreifach markierten mittleren Strecke zugleich auch eine Nachspielphase des allmählichen Abbaus und zunehmender klanglicher Diffusion. Der Flageolett-Cluster hellt sich weiter auf, indem die chromatischen Zwischenstufen sukzessive verlöschen und einzig ein diatonischer Zusammenklang (die Töne der C-Dur-Skala) stehenbleibt – in solchem Kontext mit dem klärenden Effekt einer harmonischen Auflösung vergleichbar. Doch selbst dieser Klang, als ob er aushauchen würde, wird schmaler, verliert seine Sonorität und geht ins Geräuschhafte über: Wie am Schluß von *Apparitions* lassen die Blechbläser ohne Tonerzeugung Luft durch ihre Instrumente strömen; das Klavier, hier erstmals auftretend, erweitert dies mit leichten Bürstenstrichen über die Saiten zu einem inkonsistenten Hintergrundklang; die Streicher entfachen nochmals mit vorsichtigen Gettato-Einwürfen, gestrichenen und gegriffenen Tremolo-Partikeln ein unruhigeres Nachzittern, bis ein körperlos schwebender Flageolett-Cluster der vier Flöten die mosaikhaft wechselnden Transparenz-Gebilde auffängt und bindet. Die letzten noch restierenden Bewegungsenergien entspannen und verflüchtigen sich dann in einem ganz eigenartigen, völlig entmaterialisierten Schlußgewebe aus 56fach durcheinandergesponnenen Flageolett-Glissandi der Streicher (T. 88–101). Flirrende Oberton-Kaskaden – ähnlich glitzernden Spinnennetzen im Wind – bündeln sich da im ganzen wohl unablässig zu chromatischen Clustern, aber hörbar ist eigentlich nur ihr quasi tonloses Gleiten und ihr atmosphärisches Vibrieren. Erst hohes, dann tiefes Klaviersaiten-Streichen, sekundiert von einem fernen Posaunen-Tuba-Schattenklang, rahmt andeutungsweise das hellstimmige Obertonfeld und überdauert doch noch sein verebbendes Ende mit einem langen, immer wesenloseren Nachklang, der schließlich ununterscheidbar in das einzig wirklich Stationäre, die Stille von drei ausnotierten Pausentakten, übergeht.

Ligeti hatte sich in *Atmosphères* freiwillig und aus keinem anderen Grund, als aus seiner Einschätzung der ziemlich verworrenen Gegenwartssituation die

Flageolett-Glissandi der Streicher (Ausschnitt Violen und Violoncelli, T. 88–90) aus *Atmosphères*

seiner Meinung nach notwendigen Konsequenzen zu ziehen, doppelten Zwängen ausgesetzt. Einerseits, im Negativen, wollte er all die gebräuchlichen Handhaben und eingespielten satztechnischen Hilfsmittel, sowohl der alten thematisch-motivischen Komponiermethodik als auch des noch relativ neuen, seit rund zehn Jahren favorisierten seriellen Strukturdenkens, strikt ausschalten; sie erschienen ihm weitgehend in zirkulärer Selbstbestätigung befangen. Andererseits wollte er aber, positiv dagegengesetzt, in dem nun also *unbevölkerten, imaginären musikalischen Raum*, wie er im Donaueschinger Programmheft von 1961 erklärte, *eine neue Formvorstellung verwirklichen*. Das Vorhaben erinnert in gewisser Weise an einen Befreiungsakrobaten, der sich selbst bis zu völliger Unbeweglichkeit fesseln läßt, um daran sein Talent, dennoch eine Lösung zu finden, mit vermehrtem Geschick zu erproben. Nur galt Ligetis Bemühen eben der Selbstbefreiung eines wesentlichen musikalischen Elements: der Klangfarbe. Sie sollte *Träger der Form* werden, begünstigt durch *einen neuen Typus des Orchesterklangs*, in dem die einzelnen Instrumentalstimmen zu einem *so dichten klanglichen Gewebe* verflochten sind, daß sie darin *untergehen und ihre Individualität vollkommen einbüßen. So werden die Instrumentalklänge, deren jeder aus einer Anzahl von Teiltönen besteht, selbst zu Teiltönen eines komplexen Klanges*. Die Herkunft dieses Konzepts von Wagners Mischklang über Debussy bis zu Erfahrungen und Praktiken im elektronischen Studio ist fast ehrwürdig zu nennen. Lediglich die Radikalität, mit der Ligeti, um tatsächlich eine Musik aus solchen komplexen Klangfarben komponieren zu können, alles übrige über Bord warf, hatte es zuvor noch nicht gegeben.

Prädestiniert zu diesem waghalsigen Experiment, von dem er meinte, man könne es nun seinerseits *als Sackgasse deuten*, vielleicht aber eine, die *unversehens* durch *eine verdeckte Öffnung ins Freie führt*, war er gewiß durch seine ungescheute Lust, auftauchende Probleme mit nüchternen kompositorischen Versuchsanordnungen so lange in die Enge zu treiben, bis sich zumindest herausstellt, was schon an den Voraussetzungen oder an der Fragestellung falsch war und wo nach dem Ausräumen aller denkbaren Fehlerquellen noch ausbaufähige Chancen zu erkennen sind. Dies hatte Ligeti Anfang der fünfziger Jahre an der *Musica ricercata* exemplifiziert. Und seitdem beschäftigte er sich immer wieder mit damals noch ganz verwegenen Vorstellungen von einer den Klangraum durchmessenden, in Wahrheit „endlosen" Form, die das unablässige, ununterbrochene Strömen der Zeit musikalisch spiegeln könnte und also das Paradoxe am Zeitbegriff, die Unveränderlichkeit im Ablauf des stets sich Verändernden, auf ihre Weise symbolisieren würde. Panchromatik und eine sich selbst umkreisende Polyphonie, wie im Schlußstück der *Musica ricercata* probeweise realisiert, schienen eine Handhabe zu liefern, wie solche Gestaltung des Gestaltlosen zu erreichen sein könnte. *Víziók/Apparations* und die *Pièce électronique No. 3*, in deren Skizzen bereits der Titel *„Atmosphères"* auftaucht, waren dann weitere Vorstadien der Annäherung ans Ziel und brachten Ligeti einschlägige Erfahrungen, wie Panchromatik und Polyphonie durch Übersteigerung zu Cluster-Technik und Mikropolyphonie eine Ereignislosigkeit der extremen Ereignisdichte heraufzubeschwören vermögen. Die Quintessenz davon, mit noch mehr Übertreiben in der einen, noch mehr Exkludieren in der anderen Richtung, war schließlich *Atmosphères*.

Daß Ligeti mit dieser Orchesterkomposition in all ihrer zugespitzten Singularität zugleich etwas aufgegriffen hatte, was um 1960 in der Luft gelegen haben muß, läßt sich nachträglich an einer Reihe sehr verschiedenartiger Stücke mit teilweise verwandten Tendenzen feststellen: etwa an Giacinto Scelsis spät berühmt gewordenen *Quattro pezzi su una nota sola* von 1959 oder seinem die Klang-Tiefenperspektive auslotenden *Vierten Streichquartett* (1964); an Stockhausens *Mikrophonie I* (ebenfalls 1964), die all ihr Tönen aus einem einzigen Tamtam holt; an La Monte Youngs *Composition 1960, No. 7*, in der lediglich eine

Quinte „für eine lange Zeit auszuhalten" ist, oder an seiner *Dream House*-Idee (1962) von dauernd mit stationären Klängen erfüllten Räumen als Teilvergegenwärtigung einer ungreifbaren Eternal Music; auch an Terry Rileys minimalistischem *In C* (1964) oder Steve Reichs *Piano Phase* (1966) als komponiertem Erstling horizontaler Phasenverschiebung derselben Patterns; am Ende gar, wegen der konzeptionellen Rigorosität, an John Cages Tacet-Stück *4'33"* (1952), bei dem „absichtlich" überhaupt kein Ton erklingen soll. In all diesen Beispielen wird Zeit durch äußerste Schrumpfung dessen, was in ihr passiert, zur ungeformt neutralen Dauer gedehnt. Der minimale Unterschied von Ligetis *Atmosphères* mag freilich darin liegen, daß sehr wohl, wenn auch ähnlich reduziert, etwas geschieht, das sich jedoch ständig selbst aufhebt.

Es könnte fraglich sein – ehe man noch über die Hegelsche Dreisinnigkeit des Wortes „aufheben" spekuliert –, ob dies als ein latenter, ungelöst durchschimmernder Tradionsrest zu werten ist oder als ein mutiges, risikobewußtes Ausharren im Widerspruch – ohne billige Simplifizierung und Selbstbetrug. Jedenfalls hielten sich die Reaktionen auf den Uraufführungserfolg von *Atmosphères* eher an den sensibel austarierten Gestus als an die vollzogene revolutionäre Tat. Denn trotz der eigensinnigen Ziselierarbeit an der klanglichen Körnung eines Totals von 88 Orchesterstimmen, trotz der extremen Ausnutzung des verfügbaren Dynamik- und Tonhöhenambitus, trotz hartnäckiger Vermeidung jeder banalen Formentsprechung, gar Wiederholung oder Symmetrie und trotz der insgesamt aufgebotenen, fast sarkastischen Kritik am gültigen seriellen Komponiergehabe – im Höreindruck blieb doch vor allem das Weichbogige, vielfarbig Sonore und wie in Nebel gehüllt Indirekte haften. Das Potential an immanenten Spannungen und Entsagungsschroffheit verlor durch die absichtliche Unschärfe der verwischten Konturen zugleich einiges, für manchen Hörer beinahe alles von seiner Stringenz und provokanten Widersetzlichkeit. Zudem entschärften die Langsamkeit des resultierenden Ablauftempos sowie die weitgehend durchgehaltene Pianissimo-Tendenz den ursprünglich radikalen Affront des Konzepts. Es schien, als hätte sich allein die Anweisung aus Ligetis Partitur-Vorwort durchgesetzt: *Die Gesamtform des Stückes ist wie ein einziger, weit gespannter Bogen zu realisieren, die einzelnen Abschnitte schmelzen zusammen und werden dem großen Bogen untergeordnet.* Die kaum vermeidliche Dialektik einer solchen Planung – Einheitlichkeit, Gestaltverzicht und Leisheit als Mittel energischer Opposition – gereichte nun einer plötzlich erworbenen Anhängerschaft der Unaufmerksamen, die über jede interne Differenzierung dankbar hinweghörte, zum gern benützten Alibi, sich derart durch den Anschein neu-reaktionärer Klangseligkeit selbst bestätigt fühlen zu dürfen. Doch Ligeti hatte schon, noch ehe er von der Schar seiner Verkenner hochgelobt, dann fleißig imitiert wurde, seinen eigenen Unwillen, seine allergische Abneigung gegen das allzu Milde und Ausbalancierte entwickelt. Ihm war der Erfolg bloß neuerlicher Anlaß zu prüfender Skepsis.

War denn tatsächlich die sensuelle Verführungskraft der farbigen klanglichen Außenhaut so viel stärker als das, was sich dahinter an vibrierender Erregung und Abtauchen in unermeßliche Räume, an Visionen und jähem Erschrecken, an Alpträumen und Katastrophenahnung verbarg? Hatte sich nur der Gestus gravitätischer Ruhe, das zeitentbundene Auf und Ab von Fließen, Schweben, Gleiten, nicht aber gleichzeitig der fragende Ton von Einsamkeit, Ausweglosigkeit, von abrupt einbrechender Leiderfahrung und dunklem Requiem-Raunen durchgesetzt? Sicherlich gehörte zum musikalischen Typus von *Atmosphères* Beschränkung und Reduktion, jedoch keinesfalls um dadurch aus aberwitzigem Mißverstehen in die Nähe irgendwelcher Einfachheitsideologien zu geraten, sondern um die dadurch frei werdenden Energien an rezeptiver Neugier und Beobachtungsgabe auf anderes, auf bisher noch wenig erforschte Erscheinungsweisen einer gewissermaßen purifizierten Musik zu lenken. Geschah dies freilich in so geringem Umfang, wurde statt dessen von Irrgängen in überholte Klangkoloristik, einer riskanten Leichtfaßlichkeit oder vom Verrat am strukturellen Denken orakelt, so mußte das schlüssige Konzept dieser Gratwanderung zwischen verlockendem Traumbild und Horror des Verfalls besser abgesichert und deutlicher hervorgekehrt werden. Ligeti versuchte es zunächst mit einer Zuspitzung des offensichtlichen Gegensatzes von Komponieraufwand und Hörresultat in genau umgekehrter Richtung: Die Besetzung des großen *Atmosphères*-Orchesters schrumpfte auf einen einzigen Spieler, einen Organisten, dafür erschloß sich die Darbietungsform, bisher im schlichten Konzertsaal-Ambiente, durch zusätzliche Verräumlichung eine neue Dimension. Denn bei *Volumina* für Orgel, im Anschluß an die *Atmosphères*-Uraufführung zwischen November 1961 und Januar 1962 entstanden, bildet nicht nur der breit- und tiefgestaffelte Klangaufbau des Instruments eine essentielle Voraussetzung der Komposition von den auslösenden Vorstellungsbildern bis hin zu ihrer realen akustischen Präsenz, sondern der Raum selbst – meist ja der einer Kirche – mit seinen sich verzweigenden und wieder anders verschmelzenden Rückwürfen von Schall spielt ganz unmittelbar mit.

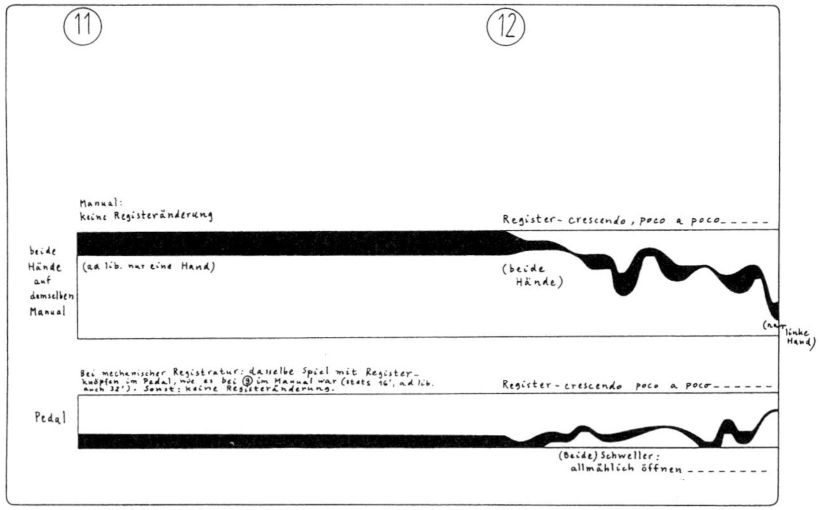

Volumina, Veränderungen der chromatischen Cluster, Abschnitt 11 und 12

Im übrigen ist anzunehmen, daß Ligetis stets vorhandener kritischer Furor sich hier obendrein auf das Moment einer offenkundigen Tabuverletzung, des Einbruchs avantgardistischer Unbotmäßigkeit in den abgeschirmten Sakralbereich, eingestellt und bewußt daran festgehakt hatte. Schon sein Vergleich der Orgel mit *einer riesigen Prothese*, die ihn gereizt habe *herauszufinden, wie man* mit ihr *von neuem gehen lernen kann* (*Melos* 10/1966), zeugt nicht gerade von Pietät. Aber ihre beklagten *Mängel, ihre Unbeholfenheit, Steifheit und Eckigkeit*, beziehen sich ja weniger auf das Instrument selber, von dessen *übergroßem Reichtum an bisher noch unerforschten Klangfarben-Möglichkeiten* Ligeti im Gegenteil überzeugt war, sondern eher auf den durch Konvention, funktionelle Engherzigkeit und grassierenden Konservativismus bestimmten Gebrauch. Diese Schranken ästhetischer, stilistischer und spieltechnischer Art durchbricht Ligeti in *Volumina* mit Verve, Aufsässigkeit und nicht einzudämmender Experimentierlust. Was er dabei zu erreichen suchte, war die klangliche und interpretatorische Mobilisierung der Totalität Orgel in all ihren nur denkbaren mechanisch-apparativen Aktionsmöglichkeiten. Schon gleich der Anfang exponiert einen Cluster von höchster Breite und äußerster Lautstärke im vollen Werk, der aber durch verspätetes Einschalten des Windmotors oder andere Crescendo-Wirkungen erst verzögert zu seiner größten Kraftentfaltung gelangen soll. Cluster sind es dann auch, die in unterschiedlichster Modellierung schmal, breit, hoch, tief, laut, leise, stakkatiert oder figurativ aufgelöst, wandernd oder sich ablösend das etwa viertelstündige Stück ausnahmslos und ununterbrochen beherrschen, bis es sich, in gegensätzlicher Korrespondenz zum mächtigen Initial, still ausatmend verabschiedet. Dazwischen werden freilich außer den Tastaturen – und eigentlich wichtiger als diese – sämtliche Spielhilfen und klangverwandelnden Vorrichtungen der Orgel bedient: vor allem die Register inklusive Mixturen und Aliquoten, Koppeln und freien Kombinationen, was die ein bis zwei vorgesehenen Registranten in den Stand von Mitspielern erhebt; aber auch raffinierte Wechsel zwischen mehreren Manualen und Pedal, Betätigen von Jalousieschweller und Walze oder das neuartige Ausnützen von kontinuierlichen Dynamikübergängen durch die gegenseitige Abhängigkeit von Clusterbreite und Winddruck. All dies verhilft *Volumina* zu einer ungekannten Flexibilität im plastischen Ausformen von Klanggestalten und Klangverläufen, wobei die gewohnten Orgelhaltungen, *Akkordik, Figuration und Polyphonie*, zwar *unterdrückt wurden*, aber als Assoziationsebene, *wie tief unter einer Wasseroberfläche, im geheimen doch wirksam* blieben.

Im Vergleich betrachtet ist das Orgelstück freilich nur eine Art transplantierter Epilog zur Orchesterkomposition *Atmosphères*, so entscheidend es auch innerhalb der instrumentenspezifischen Literatur den damals gerade einsetzenden Richtungswandel vorangebracht hat, so dekuvrierend es für deren Kult sich totlaufender Klischees war. Jener Zugewinn an spürbarer, erfahrbarer Verräumlichung gegenüber *Atmosphères* hatte jedoch im Sinn einer Lösung der aufgetretenen Probleme für Ligeti eher tendenziell als prinzipiell etwas bewegt oder gar zutage gefördert. Denn immer klarer wurde ihm, daß auf demselben Weg mit Verfeinerungen oder weiteren instrumentalen Umpolungen zumindest vorläufig nichts mehr zu gewinnen sei. Bereits die graphische Notation der *Volumina*, so berechtigt sie sein mochte, hatte indirekt auf eine Grenze verwiesen, hinter der die für ihn notwendige Kontrolle über die Art der Klangverwebungen illusorisch wurde. Deshalb blieb sie auch unwiederholter Einzelfall. Der Hader zwischen Ungenügen und Anspruch trieb aber weiter, provozierte Spannungen, Krisen und schließlich das kreative Umschwenken in eine unvorhersehbare Gegenrichtung. Eingeschobene Neben- oder Gelegenheitsarbeiten – alle aus der Zeit zwischen Abschluß der *Atmosphères*-Partitur und Beginn der *Volumina*-Komposition, August bis Oktober 1961 – hatten da wohl einiges vorbereitet oder angekündigt: so der Alpbacher „Schweigevortrag" als eine listig-sarkastische Antwort auf die törichte Veranstalter-Frage nach der *„Zukunft der Musik"*; die drei nur zum Lesen bestimmten Klavier-*Bagatellen* aus Pausen, viel Vortragsbezeichnungen und einem einzigen Ton; oder das kammerorchestrale *Fragment* für nur tiefe und supertiefe Instrumente (zum Geburtstag des Verlegers Alfred Schlee). Jedoch erst nach der *Volumina*-Uraufführung (Mai 1962) verdichteten sich diese nonsenshaften Vorzeichen, allemal Symptome einer schalkslaunigen Flucht aus der drohenden Vereinnahmung durch den Kulturbetrieb, zu jener erstaunlich vollzogenen Kehrtwendung: zum imaginären Musiktheater der *Aventures* für drei in Vokalaktionen exzellierende Sänger und ein pointiert ausgespartes Pseudo-Opernorchesterchen von sieben Instrumenten.

Unmittelbar dazugehörig, wenn auch in der Werkchronologie getrennt, folgten den *Aventures* bald als fortsetzendes, zuspitzendes, ergänzendes Pendant die *Nouvelles Aventures*. Und diese beiden Folgen von abstrakt-surrealen, grotesk-absurden „Abenteuern" in einer frei erfundenen, abstrakt-surrealen, nur phonetischen Sprache ohne jeden wörtlichen Sinn markieren einen Bruch, ein jähes Abknicken in Ligetis voraussehbarer Entwicklungslinie. Er selbst bewies, noch dazu lächelnd und mit unverhohlener Schadenfreude, daß die Auguren der gerüchteschmiedenden Neue-Musik-Szene ihn zu früh und zu voreilig auf einen Einheitskurs seiner Produktion hatten festlegen wollen. Denn nichts mehr an diesen vokal-instrumentalen Mimodramen der *Aventures/Nouvelles Aventures* mit ihren spielerischen Kontrasten, ihrem ausgelassenen Hin- und Herspringen zwischen Situationen und psychischen Verhaltenstypen ließ sich noch mit den kontinuierlichen Klangfarbenverwandlungen in *Apparitions, Atmosphères* oder *Volumina* auf einen Nenner bringen. Allein die geringe Zahl von zehn Ausführenden schien sich schon Ligetis Verwebungstechnik der kumulativen Stimmen-Überlagerung zu entziehen. Und dann: statt der gewohnten Konturen-Unschärfe, statt der lastenden Langsamkeit des Anlaufens, der sich dehnenden Weitbogigkeit über einer völligen Zeitpuls-Leere hier nur wild Gezacktes, Kantiges, oftmals Hastiges, eine vielfach gebrochene Unausgeglichenheit von Attacke und Verweilen, von heimlich durchscheinendem Ernst und dreinfahrendem Aberwitz, von Hohlheit, Tiefsinn und ausgespielter Camouflage – dieses ganze ausgebreitete Labyrinth an musikalischer Quasi-Theatralik spottete jedes vernünftigen Gedankens an einen Zusammenhang. Ligeti befand sich vielmehr auf dem glücklich gefundenen Seitenpfad des Aufbegehrens gegen sich selbst, einer übermütig inszenierten Antithetik.

Es kam aber noch schlimmer; oder genauer: bereits zwischen den beiden *Aventures*-Teilen und parallel zu ihnen hatte sich eine neue Widersprüchlichkeit abgezeichnet. Mitten unter der Arbeit an diesen aus Sprachmimik und Klanggestik kurios gemixten Eskapaden (Mai 1962 bis Dezember 1965) hatte sich Ligeti, ab Frühjahr 1963 bis zum Januar 1965, an die Komposition eines *Requiem* gemacht, einer Totenmesse nach dem lateinischen liturgischen Text. Abermals war dies ein ebenso rapider wie überraschender Schwenk, jetzt vom Profanen zum Sakralen, von Theater-Nähe zu Kirchen-Nähe, vom spielerisch Geistreichen zum abgehoben über Leben und Tod sinnierenden Geistlichen. Sicherlich mochten ganz real Aufträge, Terminnöte und andere Umstände an dieser höchst seltsamen Verklammerung des Disparaten schuld sein. Aber davon abgesehen ist es für einen Komponisten, gerade je weiter sein Erfahrungshorizont reicht, je bereitwilliger sich seine intellektuelle Beweglichkeit auf Neues einstellt, je konzentrierter er sich mit seinen Objekten beschäftigt, einfach erfrischend und inspirativ, die Gegenstände zu wechseln. Beispiele dafür gibt es von der koordinierten Verpflichtung bei Haydn und Mozart bis zur unkoordiniert selbstbestimmten Wahl bei Schönberg und Strawinsky quer durch die Jahrhunderte in reicher Zahl. Und stets spielte die Erneuerungskraft bei solchen auffälligen Kontrasten im Werkregister eine ausschlaggebende Rolle, daß sie unwidersprochen hingenommen oder aus eigenem Entschluß gesucht, zumindest mit Fleiß nicht vermieden wurden. Denn motivierend war jenseits von Pflicht oder Neigung fraglos die belebende Freude an der Gegenbesetzung, am schroffen emotionalen wie gesamtatmosphärischen Klima-Umschwung, gewiß auch am Erproben der kreativen Spannweite für Sprache und Stil, daß es entgegen sanktionierten Vorstellungen immer wieder zu derart exzessiven Zickzackkursen im Schaffen einzelner Komponisten kam.

Bei Ligeti freilich stoßen da Welten aufeinander, deren Unvereinbarkeit sich nicht allein an den Gattungsspezifika bemißt – ins Parodistische hochgesteigerte Vokalszenen von oft bestürzender Spiegelkabinettwirkung gegen die Hieratik eines durch viele Traditionen beschwerten *Requiem* mit der Bitte um ewigen Frieden und Erlösung –, vielmehr drückt sich der krasse Unterschied auch und vor allem in der völlig veränderten, abweichenden Haltung aus, im Repertoire der verwendeten Mittel, dem gesamten formalen Aufriß und in der Erscheinungsweise der Musik. Immerhin wurde dadurch, nämlich durch die zweifache Richtungsumkehr, ein Wiederanknüpfen von der soeben neu erworbenen *Requiem*-Position aus an die verlassene *Atmosphères-Volumina*-Linie möglich; wenn auch tatsächlich feststellbar allein im *Introitus*, und selbst dort auf der nachdrücklich verwandelten Basis einer vorab durch Vokalschichtungen bestimmten Chor-Orchester-Komposition. Und es leuchtet wohl ein, daß dies für eine Konzeption von Musik, die sich hauptsächlich an dem Eigenwert und an den verschiedenen Abtönungsmodalitäten von Klangfarben orientiert, mehr als eine reine Besetzungsfrage ist. Doch wie auch immer vermittelt, transformiert, anders beleuchtet läßt sich innerhalb Ligetis Werkfolge jetzt, ab dem *Requiem-Introitus*, sogar eine ganze, locker gefügte Reihe derartiger Rückbezüglichkeiten auf das *Atmosphères-Volumina*-Modell erkennen: etwa am Beginn des *Cellokonzerts* (1966), ausgreifender auf die Gesamtform, allerdings unter Einschluß wesentlich veränderter Gesichtspunkte in *Lontano* (1967), dann in *Melodien* (1971) und keineswegs zum letzten Mal in *San Francisco Polyphony* (1973/74). Nur, was sich schon hier abzeichnet: die Abstände werden größer, gleichzeitig nimmt auch die Dispersion zu, also die Abhängigkeit oder Verwandtschaft bloß in Teilbereichen, sei es in Einzelzügen, die durch anderes überlagert werden, sei es in Einzelmomenten, die von kürzerer Dauer sind.

Jedenfalls wäre, nochmals von der selbstverordneten, hochgradig experimentellen Null-Situation der *Atmosphères* ausgehend, dreierlei festzuhalten: Ligeti hatte erstens, belehrt durch die praktischen Erfahrungen aus der einschneidenden Reduktion, wohl gleich zu Anfang daraus eine schrittweise Lockerung seines klangkompositorischen Konzepts von innen her ableiten wollen, sie als wahrscheinlich vorgesehen und als folgerichtig empfunden. Doch durch den Erfolg irritiert konnte sich diese projektierte Erweiterung erst allmählich und verzögert zu einer progredierenden Verselbständigung und Individualisierung der Stimmen entwickeln, die zuvor im komplexen Verband eingefangen und völlig untergetaucht waren. Ablesbar wäre dieser Prozeß an den Zusätzen und am gesamten musikalischen Umfeld entlang der skizzierten Fortsetzungsreihe vom *Requiem*-Introitus bis zur *San Francisco Polyphony* und noch weit darüber hinaus. Zweitens bedeuteten die Ausweichbewegungen, die der Erfolgsschock ausgelöst, zumindest begünstigt hatte, eine rasche und folgenreiche Verbreiterung des verfügbaren kompositorischen Terrains mit den drei weit auseinanderliegenden Eckpunkten *Atmosphères/Volumina, Aventures/Nouvelles Aventures* und *Requiem*. Ligeti entzog sich damit nicht nur der üblichen etikettierenden Festlegung auf die merkbare Spezialität, sondern er unterschied sich überhaupt von dem im 20. Jahrhundert immer häufigeren, immer durchsetzungsstärkeren und gefeierteren Typ einer behaupteten Künstlerindividualität in den denkbar engen Grenzen eines variationsarmen „Gesamtwerks". Und noch die schnoddrige Unterstellung, Ligeti habe eigentlich nur nach einem einzigen Modell komponiert, oft unrevidiert wegen der differenzierten, gewaltlosen Leisheit seiner Innovationen, wird gerade durch diese selbst, nämlich ihren weiten Radius und ihre Wirkungsgeschichte, Lügen gestraft. Drittens besaß das also vergrößerte kompositorische Terrain weniger flächige als räumliche Qualitäten, so daß sich auf mehreren Ebenen und in mehreren Richtungen zugleich interaktive Wechselbeziehungen, Ideenkontakte, Komplementärverhältnisse und Rückkopplungen herausbilden konnten. Die schon polydimensional als Netze angelegten Kompositionen Ligetis entfalteten nun untereinander im Hin und Her von Annäherung, gegenseitiger Kommentierung oder auch diametraler Kontrastierung für den Autor wie die Hörer und Betrachter ein Geflecht netzartiger Verbindungslinien.

So lassen sich tatsächlich trotz prinzipieller Andersartigkeit sogar zwischen dem *Requiem* und den *Aventures*-Mimodramen verdeckte Korrespondenzen entdecken: etwa zwischen der zerklüfteten, wie aus ungleichen Stücken gefügten *Dies-irae*-Sequenz und der Hektik der hart aneinandergeschnittenen Würfeldramaturgie unter den drei, noch dazu mehreres darstellenden *Aventures*-Personen. Umgekehrt erinnert dort die anfängliche rein aspiratorische Erregtheit wieder an die Stelle tonloser Blasgeräusche aus den *Atmosphères* oder gar deren Vorform in *Apparitions*. Und einmal auf dieser Fährte, erscheint selbst die „Flüsterkadenz", mit der das *Cellokonzert* im höchsten Register des Soloinstruments endet, dieselbe Atemhast zu repräsentieren, weil dabei nach dem völligen Wegblenden des Tons eben „nur noch Luft kommt" und der wuselige, sich selbst überschlagende Ausdrucksgestus – in hämischer Karikierung – seiner eigenen Leerform überantwortet wird. Andererseits hatte die nicht-semantische Sprachakrobatik in *Aventures/Nouvelles Aventures* ihren genealogisch deutlich ortbaren Vorläufer in der elektronischen Studie *Artikulation*. Und derart könnte man fortfahren nachzuweisen, wie bei Ligeti das eklatant Verschiedene dennoch irgendwo im Verborgenen zusammenhängt, während das zunächst Ähnliche sich bei genauerem Hinsehen als ziemlich verschieden erweist. Jedoch neben einer überflüssigen Bestätigung der Identität des Komponisten kristallisieren sich dabei eben auch Charakteristika heraus. So ist jenes Nicht-Semantische, das nur halb Ausgesprochene, Unscharfe und Vage, über sein Vorkommen in den *Aventures* hinaus bei Ligeti ganz allgemein ein gern benutztes Kompositionsmittel, um die Aura des Imaginären, Vieldeutigen zu beschwören. Seine Musik hat selbst dort, wo sie nicht auf unmerkliche Übergänge zwischen Klangzuständen abhebt, oft weiche, durchlässige, poröse Ränder. Nicht daß ihre Konturen zerfließen würden, dafür herrscht zu viel sorgfältige Kontrolle, zu viel detailversessene Bewußtheit im Planen und Verknüpfen ihrer in der Regel feingezwirnten Verwebungsmaschen. Aber gerade diese faserige, verästelte Strukturbeschaffenheit macht sie empfänglich für Einschüsse changierenden Nebensinns, hält sie, weil keine geschlossene Außenhaut vorhanden ist, für mancherlei Assoziationen, dazu mancherlei exegetische Aus- und Umdeutungen offen. Sie kann zugleich das eine sein und etwas anderes scheinen, außerdem an vielerlei gemahnen oder erinnern, öfters so als wolle sie Eigenes nochmals zurückrufen oder Fremdes wenigstens im Umriß zitieren, als wolle sie Fernes herbeiholen und das Vorhandene in Illusionen zerstäuben.

Theater der Phänomene

Woran liegt es denn eigentlich – so könnte man sich beim Vergleich mit der Malerei oder der Literatur fragen –, daß in der Musik die Isolierung ihrer einzelnen Elemente so schwer gelingt, daß die rigorose Beschränkung auf nur eine Tonhöhe, nur eine Harmonie oder nur einen Rhythmus nichts als gräßliche Monotonie erzeugt und, abgesehen von meditationssüchtigen Stille-Aposteln, die aber wahrscheinlich auch ohne akustische Beigaben auskommen könnten, entweder als erheiternder Spaß oder als langweilende Nervenqual aufgefaßt wird. Dagegen wirkt das *Schwarze Quadrat auf weißem Grund* von Kasimir Malewitsch immer noch faszinierend und revolutionär wie 1913. Und ebenso stark war der Schock der Ausschießlichkeit bei den legendären weißen Bildern von Robert Rauschenberg und angesichts der monochromen Farbflächen von Mark Rothko oder Barnett Newman. Auch Kandinskys Nachdenken über das Verhältnis der Elemente *Punkt und Linie zur Fläche* und sein praktisches Operieren mit Winkel und Dreieck oder Mondrians konstruktivistische Verabsolutierung von Vertikale und Horizontale beweisen ja, daß der malerische Umgang mit der Reduktion aufs Äußerste durchaus zu künstlerisch befriedigenden und ganz neuartigen Ergebnissen führen kann.

Nicht anders ergeht es den Produkten der experimentellen Literatur, die unter völliger bis weitgehender Ausklammerung von Wortsinn entweder den Sprachlaut und Sprachklang oder die visuelle Seite des Schriftbilds in den Vordergrund stellen. Die Anregungen zu dieser Bewegung kamen von den dadaistischen Sprechgedichten, etwa der *Sonate in Urlauten* von Kurt Schwitters, oder den dichterischen Neologismen der russischen Futuristen wie Chlebnikow und Krutschenych. Durch Überkreuzungen und Verzweigungen entwickelten sich daraus dann die Sonderform des französischen Lettrismus (Isidore Isou) oder aber die sprachkombinatorischen Spiele der Wiener Gruppe (Konrad Beyer, H. C. Artmann, Gerhard Rühm) samt jenen von Ernst Jandl, die semantikfreien Wortmixturen der konkreten Poesie oder des neuen Hörspiels und andererseits die rein optischen Literatur-Derivate wie Buchstabengraphik und Schreibbilder. In allen Fällen dominiert aber eine einzelne, isolierte Materialschicht der Sprache, während die anderen vernachlässigt werden oder ganz abgeschafft sind.

Der Musik jedoch sind derartige Einseitigkeiten offenbar verwehrt. Sie wirkt inkomplett, kümmerlich, nichtssagend, wenn sie lediglich mit einer einzigen ihrer elementaren Dimensionen in unverändertem Dauerzustand antritt – keineswegs ernstzunehmen wie die malerischen oder literarischen Pendants und nicht einmal komisch. Deshalb fügen die wenigen Ausnahmestücke mit absichtsvoll extremer Ausdünnung des faktisch Komponierten dem erklingenden, gleichbleibenden Gerüst auch variierend noch anderes hinzu: etwa Riley bei *In C* der unaufhörlich, circa 45 Minuten lang repetierten c-Oktave im Klavier diverse Figurationen der Mitspieler, ebenfalls um c; oder Stockhausen bei *Stimmung* für sechs Vokalisten dem über eine Stunde beibehaltenen B-Dur-Nonenakkord vielerlei Abstufungen, Vortragsmodifikationen, Umspielungen sowie Text- und Ruf-Sequenzen; ähnlich hatte er übrigens schon vorher bei seinem *Klavierstück IX* den streng periodischen Anfang mit dem

224mal angeschlagenen selben Akkord durch doppeltes Ansetzen und doppeltes Diminuendo gegliedert. Und die lang auszuhaltende Quinte bei La Monte Young in *Composition 1960, No. 7* gehörte ja eher einer musikalischen Concept Art in damals gängiger Fluxus-Nähe an, während die 109 unverrückbar gleichförmigen Schläge seines *Arabic Numeral* (auch von 1960), wenn sie tatsächlich mit jener Konzentration auf Gong oder Klavier hintereinandergesetzt werden, als könnte jeden Moment eine Veränderung eintreten, die dann ausbleibt, schon spannend, ja geradezu enervierend sein können. Hingegen kippt der Wiederholungsexzeß der *Vexations* von Erik Satie bald um zu einer pianistischen Marathon-Dauerleistung, falls man die wohl eher aperçuhafte Empfehlung des Komponisten, sein ruhig vorzutragendes Modell aus viermal 13 Vierteln über immer gleichem Baß-Thema 840mal zu spielen, wirklich ernst nimmt und damit zu einem Aufführungspensum von rund 20 Stunden kommt.

Derart eng sind jedenfalls die Grenzen gezogen, sofern sich die Musik anschickt, ihren Materialeinsatz auf ein Minimum zu reduzieren oder nur eine einzelne, isolierte Schicht ihrer physischen Existenz insonderheit hervorzukehren. Denn solche Enthaltsamkeit führt schon sehr bald ins Abstruse oder Lächerliche, zu öde ennuyierender Eintönigkeit oder zirkushaft außerkünstlerischen Streckenrekorden. Die Notwendigkeit, Dauer durch Verharren beim Gleichen oder ständiges Wiederholen quasi synthetisch herzustellen, sie also fiktiv vorzutäuschen, verweist mit unwiderleglicher Deutlichkeit auf den Faktor Zeit, ohne den Musik nicht auskommen, schlechterdings nicht in Erscheinung treten kann. Von ihm hängt auch die Erwartungshaltung des Hörers ab, der aus Einübung, Gewohnheit oder einem psychischen Grundbedürfnis nur Veränderungen als musikalisch relevant auffaßt, Dauer aber nur in direkter Gegenüberstellung mit zeitlich Artikuliertem, mit Nicht-Dauer, wahrzunehmen gelernt hat. Und dies ist schade, weil es die einläßliche Beschäftigung mit den isolierten Phänomenen der Musik, mit Klang, Ton, Farbe, Intervall, Pulsation, Schallausbreitung, Lautstärke und manchem anderen, eigentlich ausschließt; weil es umgekehrt dazu verleitet, den Rang jeder kompositorischen Tätigkeit allein nach dem Zuwachs an Komplexität, struktureller Dichte, Profilschärfe in den Stimmenüberlagerungen und möglichst abwechslungsreicher Formorganisation zu bemessen, andere Qualitäten jedoch geringer einzustufen.

Genau diese allgemeineren Überlegungen zu der Begrenztheit wie zu den dennoch vorhanden Chancen, eine Phänomenologie der musikalischen Elemente kompositorisch oder wenigstens auf halbem Weg vorkompositorisch umzusetzen, liefern den Hintergrund für eine der drei Bedeutungsebenen, auf denen sich eine ganze Gruppe von Arbeiten Ligetis aus den Jahren 1961 bis 1966 bewegt; und zu deren sachgerechter Charakterisierung müssen wechselweise wirklich alle drei herangezogen werden. Die phänomenologische stellt dabei gewissermaßen die mittlere Ebene dar und wird beidseits kontrastierend von einer polemischen und einer absolut künstlerischen flankiert. Die Variationsbreite von Ligetis Äußerungsformen in dieser Phase ist tatsächlich so groß wie niemals zuvor oder danach. Sie umfaßt von dem happening-artigen Arrangement des Alpbacher „Schweigevortrags" über die beiden teils spöttischen, teils selbstironischen Nebenwerke der *Trois bagatelles* und des *Fragments* für Kammerorchester sowie das höchst zwitterhafte *Poème symphonique* für 100 Metronome bis hin zu den Vokalkompositionen *Aventures/Nouvelles Aventures* eine amüsant zusammengezimmerte Stufenleiter an Präsentationstypen und Ausdrucksformen. Gerade weil dieses Stücke-Konglomerat aber mehrteilig ist, kann es nicht als zufällig und belanglos abgetan werden; und weil es sich keineswegs widerspruchsfrei und nach den herkömmlichen Œuvre-Gesichtspunkten leicht rubrizierbar darstellt, verspricht es einigen Aufschluß über des Komponisten versteckte Beweggründe, reaktive Idiosynkrasien und skurrile Gedankensprünge.

Holland
Festival
1975

Auffällig ist ja zunächst einmal die seltsame Ambivalenz zwischen Zeugnissen eines hochgesteckten künstlerischen Anspruchs und solchen einer eher tagesbezogenen Lust an kritisch-sarkastischer Widerrede. Einerseits liegt also der Schaffensanlaß in den eigenen, autonom bestimmten kompositorischen Vorhaben und Problemstellungen, andererseits kommt er von außen, weil irgendein Vorfall eine darauf zugeschnittene Antwort provozierte. Einerseits hat er immanent musikalische Ziele, sogar mit einem geduldeten Exklusivitätseffekt, andererseits ist er gegen etwas gerichtet und müßte, weil er, in den Mitteln einschichtig, vor allem die polemische Ebene benutzt, ohne Kenntnis der Zusammenhänge mit dem Verblassen der Umstände selbst sein Daseinsrecht einbüßen. Gleichwohl erscheinen auch jene vier humorigen Demonstrativstücke vom „Schweigevortrag" bis zum *Poème symphonique*, trotz ihrer externen Motivation, mit Ligetis ausdrücklicher Billigung in seinem Werkkatalog und figurieren da zwischen und neben so gewichtigen Kompositionen wie *Atmosphères, Volumina* oder dem *Requiem*. Es müssen folglich versteckte Bezugspunkte, Gründe für eine zumindest dokumentierte Zugehörigkeit und Gleichartigkeit existieren, ungeachtet dessen, daß beide Seiten so wenig miteinander zu tun haben wie ein politisches Pamphlet mit einem lyrischen Gedicht oder eine knallige Werbegraphik mit einem verhaltenen monochromen Bild. Gerade diese offensichtliche Diskrepanz verbietet jede wohlmeinend bildungsbürgerliche Beschwichtigung, als sei dem geschätzten und verehrten Komponisten eben irgendwann einmal ein nicht weiter erwähnenswerter künstlerischer Fauxpas unterlaufen. Sie könnte vielmehr, recht bedacht, die breite Vereinnahmungswelle, wenn schon nicht stoppen, so doch ein bißchen durcheinanderbringen, der Ligeti wie kein anderer seiner Generation seit *Atmosphères* in wachsendem Maße ausgesetzt war. Hörer, Pädagogen, Musikologen und die nacheifernden Adepten glaubten sich nämlich bei ihm und seiner Musik etwas zu schnell, etwas zu umstandslos sicher und geborgen, ohne die geheime Dynamik von Angriffslust und Aufsässigkeit überhaupt wahrzunehmen, noch an beider Involviertsein in Aktualität und praktisches Tagesgeschehen recht eigentlich zu denken.

Dennoch darf die Frage, die sich aus der Gegensätzlichkeit ergibt, nicht etwa darin bestehen, ob der Zickzackkurs absichtlich geplant worden sei, um dem geflissentlich übersehenen kritischen Einspruchsvermögen mit vergnügtem Spott die nötige Geltung zu verschaffen. Dagegen spricht schon die Unvereinbarkeit beider Seiten zu einer gemeinsamen Kontrast-Aufführung oder vor einem identischen Publikum. Die Frage muß viel eher lauten, warum dieses Nebeneinander sich derart unverbunden überhaupt entwickeln konnte, warum es von Ligeti nicht nur vollzogen, sondern auch noch offiziell durch Aufnahme ins Werkverzeichnis sanktioniert wurde; weshalb also der krasse Wechsel für den Komponisten, der ihn sich demnach selbst ausgesucht, selbst verordnet hat, eigentlich nötig war und eine mehr als beiläufige Rolle spielt. Das bloße Abdienen von Verpflichtungen kann es nicht gewesen sein. Denn Gelegenheiten wie die Einladung zu einem Diskussionsforum (Schweigevortrag), der Ulk unter Freunden (*Trois bagatelles*), der anstehende Verleger-Geburtstag (*Fragment*) oder die gewünschte Uraufführung nach einem Kompositionskurs (*Poème symphonique*) hätten sich ja auch noch später finden lassen müssen. Sie waren auch vorhanden, ihnen wurde von Fall zu Fall sogar entsprochen, jedoch niemals in derart dichter Folge und aus einem gemeinsamen, quasi gleichgerichteten Impuls. Der mußte sich durch die Nöte, Bedürfnisse und Zwänge von Ligetis damaliger innerer Verfassung herausgebildet und zu solch unbekümmerter Freude an der witzig konterkarierenden Persiflage gesteigert haben.

Anders läßt sich wohl seine höchst unbotmäßige Reaktion auch kaum erklären, als man ihn bat, im August 1961 beim *Europäischen Forum* in Alpbach, gleich den anderen geladenen Referenten aus allen möglichen Kultur- und Wissenschaftsbereichen über ihr Gebiet, so eben seinerseits einen kurzen Vortrag über *Die Zukunft der Musik* zu halten: Er sagte nämlich gar nichts, schrieb nur den Titel und – nach gemessenem Abstand – einige Stichworte fürs Verhalten des Publikums an die Tafel, im übrigen aber zelebrierte er Schweigen. Und dies so aufreizend, daß Auditorium und Veranstalter nach etwa zwei Dritteln der vereinbarten Zehn-Minuten-Dauer die Nerven verloren und den Abbruch erzwangen. So verstörend kann Nicht-Befriedigung einer Erwartungshaltung wirken. Aber Ligeti hatte ja nicht nur durch den ostentativen Verzicht auf schönrednerische Prophetie über ein völlig ungeklärtes, noch inexistentes Morgen auf der polemischen Ebene agiert, sondern durch die nachgereichte Bezeichnung seiner Stummheits-Etüde als *Kollektive Komposition* mit dem explizit aufs Akustische zielenden Untertitel *Musikalische Provokation* wohl vor allem die phänomenologische Ebene im Sinn gehabt: Wie klingt Spannung, wie ihr Anwachsen und ihr Umschlag in protestierende Mürrischkeit, wenn die stillschweigende Herausforderung zum eigenen Nachdenken über den Unsinn der Themenstellung nicht akzeptiert wird; und welcherart äußert sich dann das Aufbegehren einzelner bis zur Rebellion der gesamten Hörerschaft? Da stand also weniger der stoische Gleichmut des Referenten zur Debatte, der schlicht über etwas, was keiner wissen kann, nicht geistreich plaudern mochte, als der quasi improvisierte Lautfindungsprozeß als Ausdruck eines Gruppenverhaltens. Und durch diesen scherzos inszenierten, aber auch ernstgemeinten Realvorgang opponierte Ligeti zugleich all den damals neu bekehrten Aposteln aleatorischer Freiheiten, sich emanzipierender Improvisation oder der totalen Unbestimmtheit à la Cage. Für ihn sollten musikalische Abläufe, wenn schon im Detail unvorhersehbar, einen konkreten Anlaß und verfolgbare, einsehbare Entwicklungszüge haben, nicht sich im Nebulösen, in der X-Beliebigkeit verlieren. So wäre – in gewiß unstatthafter Überzeichnung – dem ephemeren Alpbacher Vorfall eine ästhetische Lehre von Ligetis musikalischem Wirklichkeitssinn zu entnehmen.

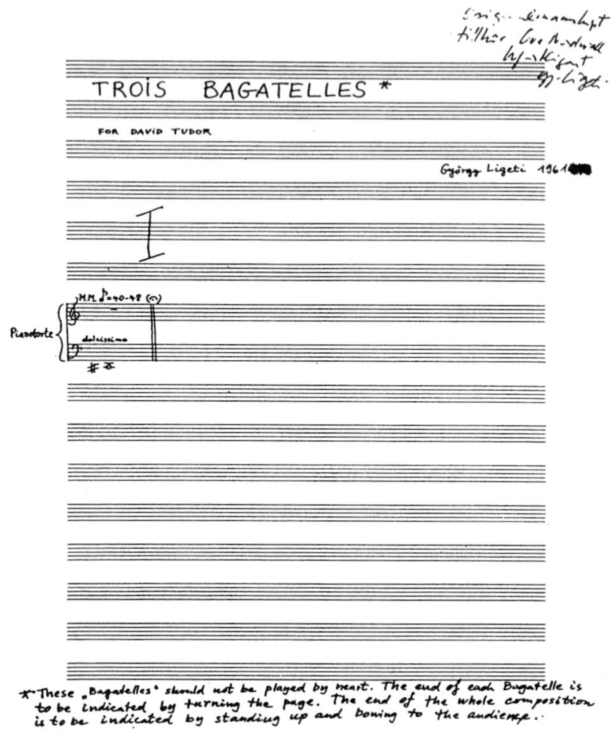

Erste der *Trois bagatelles*

Stille, Nicht-Erklingen, schweigendes Zuhören ist auch das nachdrücklich veralberte Thema der *Trois bagatelles* für Klavier mit Ausnahme eines einzigen, *dolcissimo* zu spielenden Cis, das laut minuziös bezeichneter Tempo-Vorschrift zehn Sekunden lang auszuhalten ist. Damit und mit einer eingeklammerten Fermate über dem Schlußdoppelstrich ist die Bagatelle I aber auch schon zu Ende. Die Bagatellen II (*L'istes so tempo*) und III (*Più lento*) bestehen dann nur noch aus je einem 4/4-Pausentakt. Und für Unentwegte ist als Zugabestück eine vierte Bagatelle mit einer vereinsamten Sechzehntel-Pause vorgesehen. Der Clou des Ganzen ist die Widmung an David Tudor, den Pianisten und enragierten Cage-Mitstreiter, wodurch pikanterweise eine Konkurrenz zum Tacet-Stück

4'33" ins Spiel gebracht und sofort wieder heiter umgangen wird: Ligeti bemerkt nämlich, seine Bagatellen dürften nicht auswendig gespielt werden, im Gegenteil sei das Ende einer jeden durch Umwenden der Noten anzuzeigen und das Ende des Ganzen durch Aufstehen und Verbeugen vor dem Publikum. In der angezettelten Blödelei steckt gleich ein ganzes Bündel an kritischen Sticheleien: gegen das aufgeblasene Bedeutsamkeitsgehabe bei musikalischen Darbietungen im allgemeinen, gegen das breitspurige Auftreten der damaligen Verfertiger hochgestochen komponierter Nichtigkeiten im speziellen samt ihrer kompensatorisch überbordenden Bezeichnungswut und damit auch gegen all die Multimedia-Spielereien, mageren Cage-Imitationen oder zirzensischen Aufführungs-Extravaganzen, die seinerzeit (1961) in Mode gekommen waren; schließlich – mit einem Schuß Selbstironie – gegen den Pausen-Fetischismus, das oft lange Warten auf den nächsten Ton oder, wenn er ausbleibt, die Nachhall-Perpetuierung.

Freilich sollte ein Aperçu-Witz nicht durch nachgereichte Sinnunterlegung überstrapaziert werden; auch wenn die *Trois bagatelles* – abgesehen von ihrer mehrgleisig schalkhaften Polemik – an dem ernsteren Problem, das Phänomen Nicht-Klang zu komponieren, das ja zu jeder Musik dazugehört, drei Notenseiten lang in hoffnungsloser Verstrickung herumlaborieren. Eigentlich interessieren auch gar nicht diese vier Un-Stücke, sondern die Motive des Komponisten, daß er sie überhaupt zu Papier gebracht – was eine momentane Laune gewesen sein könnte – und obendrein noch für registrierenswert befunden hat. Dies gilt genauso für die beiden, in relativ kurzem Abstand folgenden Stücke: das *Fragment* (vom Oktober 1961) für elf tiefe, in der Kontra-Oktave grundelnde Instrumente, das zu Ehren des Verlegers Alfred Schlee einzig die Töne aus dessen Nachnamen Es-C-H-E (plus zwei Sekundbeimischungen in der Harfe) verwendet, sowie das *Poème symphonique* (vom November 1962) für 100 Metronome, zu dem es keine Partitur, sondern nur eine lange, komisch-umständliche Anweisung gibt, wie die Metronome in so großer Zahl zu beschaffen seien und wie sie bei dem *Musikalischen Zeremoniell* der Aufführung von 10 Spielern unter Anleitung eines Dirigenten erst mit ungleichen Schlag-Tempi in Gang gesetzt und dann

Anfang *Fragment* mit nur tiefen Instrumenten

sich selbst überlassen werden sollen. Allerdings – und darin besteht der für die Motivsuche wesentliche Unterschied – hat sich Ligeti zu diesen beiden Stücken in einem Brief an Ove Nordwall geäußert (abgedruckt in dessen Ligeti-Buch, Mainz 1971, S. 7 f.).

Poème Symphonique hat, so schreibt er dort unter anderem, *die Besonderheit, daß es eine Kritik gegen die heutige musikalische Situation ist, doch insoweit eine spezielle Art von Kritik, als die Kritik selbst mit Mitteln der Musik erfolgt. Nämlich: es gab viele kritische Äußerungen, Artikel etc.* [...] *In Poème Symphonique geschieht dieselbe Kritik aber statt durch einen Text, unmittelbar durch Musik. Die „verbale Partitur" ist nur ein Aspekt dieser Kritik, und zwar der eher ironische. Der andere Aspekt ist aber das Stück selbst, mit der ad absurdum geführten Aleatorik und Schicht-Kombination, und wieder ein anderer Aspekt: mit der totalen Mechanisierung der Aufführung. Ich denke, das wesentliche kompositorische Moment im Stück besteht darin, daß die Ausführenden das Podium – und damit das Publikum – verlassen, Maschinen und Publikum bleiben einander allein konfrontiert.* [...] *In dieser Hinsicht hat Poème Symphonique gewisse Analogien zu Persiflagen wie Mozarts Dorfmusikantensextett, oder wie vieles von Satie, nur mit dem Unterschied, daß nicht Stile oder Ausführungsarten persifliert werden, sondern die ganze „radikale" kompositorische Situation und eine ganze „Weltanschauung" und auch das offizielle Konzertleben. Was mich heutzutage so stört, sind vor allem die Ideologien (sämtliche Ideologien, indem sie stur und intolerant gegen alles übrige sind), und Poème Symphonique richtet sich vor allem gegen diese. So bin ich einigermaßen stolz, daß ich ohne jeden Text, allein mit Musik, Kritik ausüben konnte. Es ist durchwegs kein Zufall, daß Poème Symphonique sowohl von den Kleinbürgern abgelehnt wird als ebenso von den scheinbar „Radikalen". Radikalismus und Kleinbürgertum befinden sich nicht einmal so entfernt voneinander: beide tragen die Scheuklappen des Banausentums. Künstlerische Freiheit bedeutet ein Frei-Sein von jeder Scheuklappe, auch von der der „Modernität". Betreffend „Fragment": hier richtet sich dieselbe Kritik gegen mich selbst und ich bin der Dorfmusikant, der verlacht wird. Es ist auch eine merkwürdige Sache: es war nicht üblich bei Komponisten, über sich selbst zu lachen. „Fragment" macht „Apparitions" total lächerlich.*

Dreifach ist diesem Briefzitat eine Bestätigung zu entnehmen: Die scherzosen Parerga sollten erstens doch nicht als reine Nebensächlichkeit abgetan werden, wie es ihr äußeres Erscheinungsbild nahelegt; was sonst hätte Ligeti veranlassen können, sich derart eingehend Gedanken darüber zu machen, die sogar – fast überraschend – zu einigen bekenntnishaften Sätzen führen? Ist diese heiter verklausulierte, durch Witz kaschierte Grundschicht von Polemik in ihren teils kritischen, teils selbstverteidigenden Intentionen aber richtig einkalkuliert, so wäre doch zweitens darauf zu achten, daß sich die Form der Darstellung und der Mitteilung an andere ausschließlich auf musikalische Mittel beschränkt und daß der Komponist *stolz* darauf ist, bei seinem Metier, seinem angestammten Sprach- und Verständigungsmedium, also bei den Phänomenen der Musik geblieben zu sein. Und drittens liefert der doppelte Hinweis Ligetis auf Mozarts *Musikalischen Spaß* zu all dem – beinahe schon auf der Ebene des absolut Künstlerischen – einen höchst aufschlußreichen Kommentar. Denn wie es Mozart bei seinem Verulkungs-Divertimento KV 522, das bereits durch den Beinamen *Dorfmusikantensextett* gründlich mißverstanden ist, eben keineswegs um die hochnäsige Verhöhnung irgendeiner ungelenk dörflichen Musizierpraxis ging, sondern um das gewitzte Bloßstellen artistischer Scharlatanerie und des ganzen wichtigtuerischen Formelunwesens in engster Nachbarschaft zu seinem eigenen Komponieren, so insistiert auch Ligeti, indem er überspitzt, ins Lächerliche versimpelt, nur einen einzigen isolierten Zug ausspielt, mit belustigtem Eigensinn auf dem kleinen Unterschied zwischen seiner Musik und irgendwelchen aktuellen Hervorbringungen, die ihr, oberflächlich betrachtet, ähnlich scheinen könnten. Er steigert sogar noch den Nervenkitzel des Risikos, indem er mit dem *Fragment* sich selbst als sein eigener parodierter Epigone vorführt. In nur zwei Minuten Dauer offenbart dieses Vexierbild-Selbstporträt die ganze satirische Doppelbödigkeit, die hier am Werk ist.

Im übrigen könnte das *Fragment* ja niemals *Apparations*, wie Ligeti behauptet, *total lächerlich machen*, wäre es nicht wenigstens im Umriß vergleichbar und ebenbürtig. Sonst verpuffte ja die beabsichtigte Persiflage. Sie dünnt ihr Vorbild aber tatsächlich radikal aus, indem sie es auf den quasi allergischen Punkt seines Prinzips von ruhenden Klangflächen und plötzlich dreinfahrenden Ereignissen zurückstutzt und diesen Miniatur-Rest noch durch überlange Dehnungen und durch Absenken in grummelnde Baßtiefen ins erheiternd Komische zieht. Solch überspitzter Umgang mit eigenen Stilmarken wie dem Faible für ausgehaltene Dauerklänge oder für die unteren Register hat schon etwas von masochistischer Selbstpreisgabe an sich. Daneben verrät er – gerade wegen der Neigung zu clownesker Maskierung – freilich auch einiges von den sensiblen Fragen, Sorgen und Problemen einer ständig kontrollierenden Eigenanalyse. Jedenfalls sind die spaßhaften Verdrehungen oder grotesken Dekuvrierungen bei Ligeti – ähnlich wie schon bei Mozart oder Satie – keineswegs nur harmlos, keineswegs nur Musikantenscherze für gemütliche Feierabendstunden; vielmehr sollten sie als ironische Umkehrungen real existierender Verhältnisse, als eine Art Spiegelung der eigenen ästhetischen Position im Negativbild der Übertreibung verstanden werden. Und der Verdacht einer Überinterpretation von ein paar skurrilen Nebenwerken verfliegt sofort, wenn man sich drauf einläßt, die gestische Abbreviatur einer Haltung (im Nebenwerk) und deren weitausholende facettenreiche Nachzeichnung (im Hauptwerk) oder, spezieller ausgedrückt, die schnell hingeworfene Skizze und die akribisch modellierte, bis in alle Komplexionen durchstrukturierte Ausarbeitung einer musikalischen Idee als zwei Seiten desselben aufzufassen.

Deutlicher wird das schon beim *Poème symphonique*, weil da der kritische Einspruch, wie Ligeti beschreibt, gegen *Kleinbürgertum* und *scheinbar Radikale* sowie gegen die *totale Mechanisierung* bei den *Modernitäts*-Jüngern auf der polemischen Ebene und das Vorführen des ebenso simplen wie ungemein raffinierten Durcheinanderklapperns von 100 Metronomen auf der phänomenologischen Ebene unversehens (und wie Ligeti selbst erst nachträglich in vollem Umfang erkannte) an die künstlerische Ebene heranreichen. Ursprünglich war das Ganze ja ein Jux. Zum Abschluß der *Gaudeamus*-Musikwoche in Bilthoven, wo Ligeti einen Kompositionskurs geleitet hatte, sollte es bei einem Festkonzert in Hilversum eine Uraufführung von ihm geben. Zeitmangel oder Übermut brachten ihn jedoch zu dem Einfall, anstelle der erwarteten neuen Komposition 100 Metronome ticken zu lassen. Und zieht man all das ab, was Ligeti den *eher ironischen Aspekt* der *„verbalen Partitur“* (ein damals verbreitetes Verfahren, statt zu notieren nur zu beschreiben) genannt hat – also die wortreichen, herrlich verquatschten Vorschläge, wie jene 100 Metronome durch private oder gemeinschaftliche Initiativen, von Firmen, Schulen oder Mäzenen gesteuert, bereitgestellt werden könnten und wie zum Dank dafür Namenslisten veröffentlicht oder Widmungen ausgesprochen werden sollen –, so konzentriert sich der Text bei den Anweisungen für die praktische Ausführung auf betont sachliche Angaben: *Die Metronome müssen* von den 10 Spielern, die jeweils 10 Metronome betätigen, unter Anleitung des Dirigenten *mit vollständig abgelaufenem Uhrwerk aufs Podium gebracht werden* [...] *Auf ein Zeichen des Dirigenten ziehen die Spieler die Metronome auf (Version 1: gleich stark; Version 2: verschieden stark). Anschließend stellen sie die Pendelgeschwindigkeit ein; diese muß innerhalb jeder Gruppe für jedes Instrument verschieden sein. Und nach einer zäsurierenden Pause von 2 bis 6 Minuten werden wiederum auf ein Zeichen des Dirigenten sämtliche Metronome von den Spielern in Bewegung gesetzt. Sobald dies geschehen ist, entfernen sich die Spieler, geführt vom Dirigenten, möglichst leise, vom Podium, die Taktmesser sich selbst überlassend.*

Und da ticken sie nun – wie in einer hoffmannesken Traumvision von einer durch Geisterhände betriebenen Mechanikerwerkstatt oder einem Horrorfilm mit außer Kontrolle geratenen technischen Apparaturen – und entfalten in undurchdringlicher, 100fach geschichteter Chaotik ganz für sich ein diffus schwirrendes Globalgeräusch. Erst sehr allmählich, nach langer Zeit lichtet sich das irrwitzige Durcheinander auf, und man erfaßt, je mehr Uhrwerke abgelaufen sind, Einzelstimmen, unterscheidet sich überlagernde Schlagfol-

Poème symphonique

gen und verschiedene Tempi. Genau an diesem Punkt wurde der anfangs aus frivoler Schadenfreude inszenierte Jux für Ligeti bei späterem Nachforschen und späteren Wiederholungen zum staunend entdeckten Erfahrungsmodell, zu einer Art *Objet trouvé*, einem zufälligen Vorläufer seiner unabhängig davon entwikkelten polymetrischen Kombinationen. Und was er da alles an böse denunziatorischer Angriffslust gegen die ganze avantgardistische Klüngelwirtschaft, gegen *Radikalismus, Ideologien* und *intolerantes Banausentum* hineingepackt hatte – aus seiner biographischen Position des Spätankömmlings mit anderen Bindungen und reicherer Vorbildung, der trotz offener Integrationsbereitschaft doch ein Außenseiter geblieben war, übrigens durchaus verständlich –, das alles fiel Zug um Zug vom spöttischen Ulk des *Poème symphonique* ab und machte daraus nachgerade ein heimliches Exempel der Vorahnung. Eine echt Ligetische, spleenige *Idée fixe* steckt da ja auch drin, eine Vorstellung von labyrinthischer Massierung der Einzelheiten, abstrus überzeichneten Dichteverhältnissen, bis das Individuelle sich gegenseitig völlig aufhebt und eine neue Qualität daraus hervorgeht. Dies mehr und mehr erkennend war er dann derart auf die Sache selbst, das musikalische Phänomen, konzentriert, daß ihm die einstige Düpierung des Publikums oder die fröhliche Attacke gegen künstlerische Engstirnigkeiten zum schieren Nebeneffekt wurden: Eigentlich durften sich ja auch alle, Freunde, Feinde, Kollegen, Laien und Experten, in gleicher Weise gemeint fühlen; aufgestauter Groll und lächelnde Versöhnlichkeit lösten sich dabei wie das Hinschreiben und Wegwischen auf einer Tafel wechselseitig ab.

Unberührt von all dem blieb nur das Weiterverfolgen bestimmter Ideen, das innere Festhaken an aufgetauchten Fragen, an speziellen Erscheinungsweisen des Klanges, rhythmischen, dynamischen, farblichen oder metrischen Konstellationen. Mit ungescheuter Beharrlichkeit, an der die vier Un-Stücke sowohl teilhatten als auch davon entlasteten, hing Ligeti an seinen Vorstellungen, an seinen präformierten Phantasiebildern und suchte ihrer Ungreifbarkeit mit immer ausgesuchteren kompositionstechnischen Methoden und Praktiken Herr zu werden. Doch Musik war ihm dabei kein abstraktes Objekt, sondern ein lebendiges Gegenüber, eine Situation, ein Geschehensablauf, ein Vorkommnis mit ausgeprägtem Charakter, dem jeder so begegnen könnte. Dies erklärt, weshalb Analysen seiner Werke nur technische Befunde erbringen, aber Wesentliches in ihrer Erfahrbarkeit vernachlässigen. Und weiter, will man dem abhelfen: weshalb Psychogramme seiner Kompositionen unweigerlich zu Psychogrammen des Komponisten werden. Ganz besonders gilt dies für *Aventures/Nouvelles Aventures*, weil

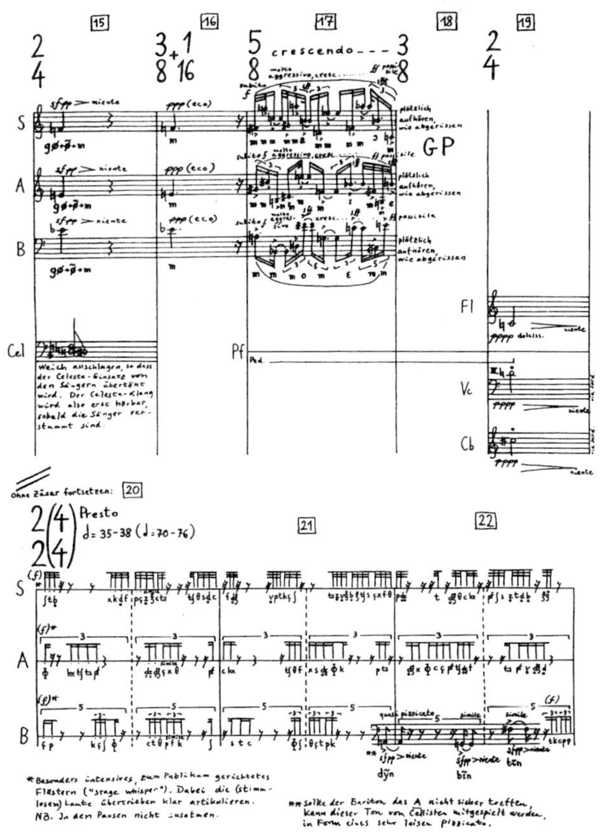

Wechsel der Abschnitte in *Aventures*, T. 15–22

Darmstadt 1966: Mit Bruno Maderna bei Proben zu *Aventures/Nouvelles Aventures*

dieser musikalische Katalog menschlicher Verhaltensweisen, wie immer überspitzt, verzerrt, karikiert, ins Affektierte und Hysterische hochgetrieben, selbstverständlich ein absurd-phantastisches Spiegelkabinett aus vielerlei beobachteten und eigenen Erfahrungen ist. Und um die psychische Dimension bei den drei Vokalstimmen (Sopran, Alt, Bariton) unmißverständlich hervorzuheben, verzichtet Ligeti auf Sprache und Wortsinn, verwendet statt dessen allein die Phoneme einer vorsprachlichen Lautäußerung: Hecheln, Stammeln, Plappern, Bramarbasieren, Staunen, Zischeln, Flüstern, aufgeregtes Durcheinanderquasseln – ein ständiges Als-ob von Disputen, emotionalen Zuständen, Mini-Szenen und bizarren Abbreviatur-Dramoletten. Die Theatralik der hörbaren, rein musikalischen Phänomene hat alles Polemische in sich aufgenommen und bewegt sich nur noch auf einer absolut künstlerischen, von allen Gelegenheiten und Anlässen abstrahierten Ebene.

Dafür spricht vor allem die formale Dramaturgie, die entgegen der Titel-Doppelung *Aventures/Nouvelles Aventures* – verursacht bloß durch die äußeren Umstände der Entstehens- und Aufführungschronologie – an sich von einer Dreiteiligkeit ausgeht (Teil I: 1962; Teil II: 1965, nach der *Requiem*-Komposition; Teil III: 1962, vervollständigt 1965) und die innerhalb dieser drei Teile nochmals eine Gliederung gemäß den dargestellten psychischen Verhaltensmustern von jeweils 5 bis 9 verschiedenen Abschnitten vorsieht. Aber solche Versuche zur eindeutigen Gruppierung scheitern bald an der Mehrschichtigkeit und an der gegenseitigen Verzahnung der ohnehin irrealen, vieldeutigen Vorgänge. Ligeti selbst hat in seinem Libretto für eine Bühnendarstellung der *Aventures & Nouvelles Aventures* als optisch verrätselte, pantomimisch belebte *Musikalisch-dramatische Aktion* noch weitergehend untergliedert in: 6 Bilder mit 21 Szenen/5 Bilder mit 15 Szenen/und 3 Bilder mit 20 Szenen. Wichtig ist allein die ständige Überlappung, Verschachtelung oder intermittierende Parallelität mehrer Typen imaginärer Haltungen, Gesten oder Affekte, also das gänzliche Fehlen eines linearen dramatischen Verlaufs. Denn genau dies entspricht dem hier allein herrschenden musikalischen Medium, der Polyvalenz seiner Ausdruckslagen. Ruhe und Exaltation, nachhorchende Echowirkungen und aufgebrachtes Widerreden-Geplänkel, begütigendes Einvernehmen und hysterische Ausbrüche vermischen sich zu einem Kaleidoskop behavioristischer Muster, wobei sich Schnitt, Unterbrechung oder Verfremdung und dazu späteres Wiederaufgreifen, Anknüpfen oder Zitieren als probate Mittel eines gelenkigen Verwirrungsspiels herausstellen, um die gleichzeitige Anwesenheit von mehreren Handlungsfäden, psychischen Aggregatzuständen und auch mehr als drei Personen zu suggerieren. Sogar die sieben Instrumente (Flöte und Horn, Cello und Kontrabaß sowie Klavier, Cembalo und mit besonderen Geräuscherzeugern ausgerüstetes Schlagzeug) scheinen sich mit individualisierten Rollen an dieser parabolischen Vorführung von Wirklichkeits-Mannigfaltigkeit zu beteiligen.

Und zwischendurch tauchen dabei immer wieder, separat oder im Verbund, Stellen hackender, quasi mechanischer Zeitteilung auf, die erkennen lassen, daß *Poème symphonique* eben nicht nur ein fideler Spaß, sondern auch das Abreagieren einer Obsession war. Völlig evident wird dies einige Jahre später an den rasend schnellen, spindelfingrig tickenden Figurationen des Cembalostücks *Continuum* (1968), zumal wenn sich der Tönevorrat auf einen schmalen Ambitus oder gehämmerte Einstimmigkeit zusammenzieht. Und danach entsteht in der vielgestaltigen Landschaft des *Zweiten Streichquartetts* (ebenfalls 1968) daraus ein spezieller, fest umrissener Typus, der dort im Pizzicato-Mittelsatz, dem dritten von insgesamt fünf, auch seine charakteristische Bezeichnung erhält: *Come un meccanismo di precisione. Sehr gleichmäßig, ohne Akzentuierung der Taktunterteilungen spielen.* Dementsprechend setzen die vier Streichinstrumente im rhythmischen Unisono ein und fächern ihre geklöppelten Linien allmählich völlig betonungslos zu einer hin- und herwogenden Polymetrik auf. Der einmal

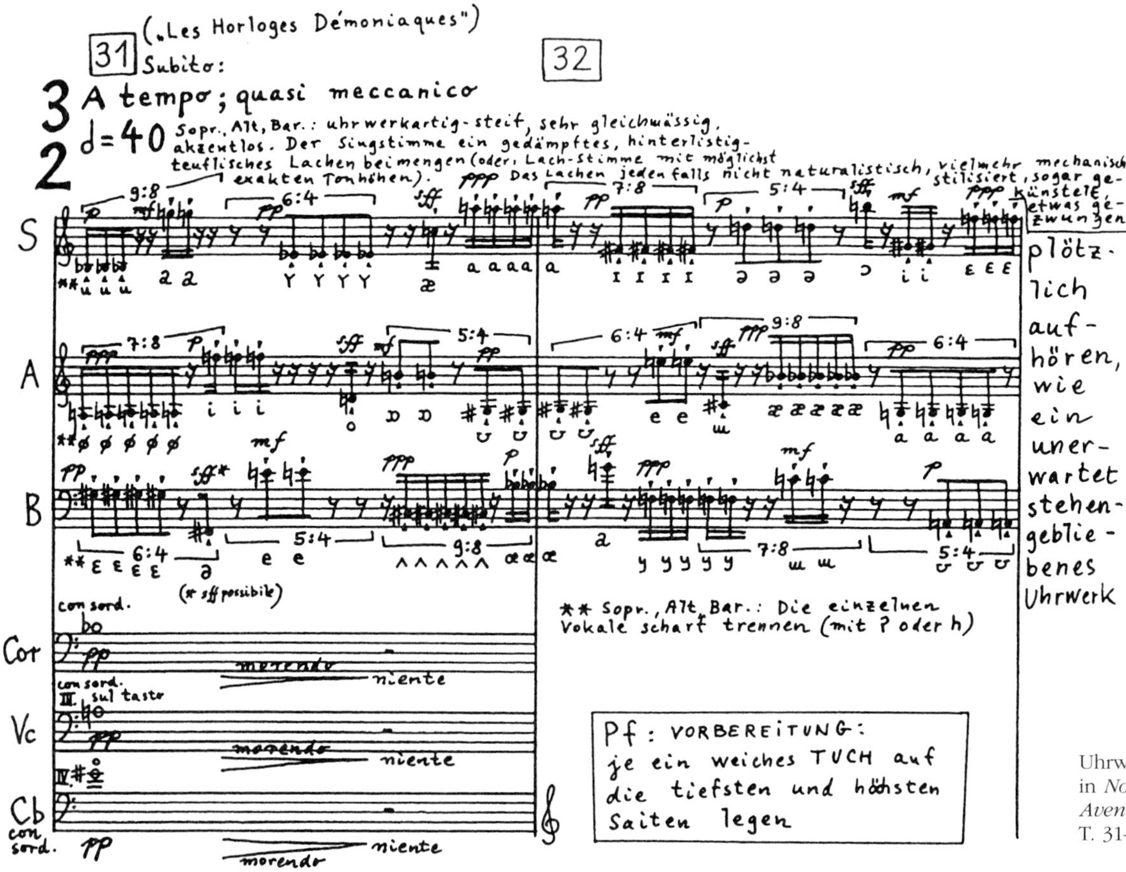

Uhrwerk-Gestik in *Nouvelles Aventures*, T. 31–32

geprägte Typus behält von nun an seinen Platz im Ligeti-Repertoire der satztechnischen Modelle, die zugleich Ausdruckshaltungen oder musikalische Profilierungen bestimmter psychischer Zustände sind. Er wird modifiziert, abgewandelt, umgefärbt, neu beleuchtet, erscheint bald offenkundiger, bald verdeckter, verschwindet für einige Zeit gänzlich und kehrt plötzlich unter völlig veränderten Vorzeichen zurück. So herrscht er im dritten Satz des *Kammerkonzerts* (1969/70) vor (*Movimento preciso e meccanico*), klingt im Autohupen-Vorspiel von *Le Grand Macabre* (1974–77) an, spielt im „Selbstportrait"-Mittelsatz der *Drei Stücke für zwei Klaviere* (1976) eine Rolle, wenn sich Ligetis Verfahren der Tongitter-Überlagerung aus hinkender Diskontinuität schließlich zu pseudo-minimalistischem Gleichmaß normalisiert, und ist sogar noch in wiederum anderer Gestalt im dritten Stück *Bewegung* präsent. Ja, im weiten Bogen von der Mitte der siebziger zur Mitte der achtziger Jahre wären selbst Polymetrik und Illusionsrhythmik der *Études pour piano* (1985) und des *Klavierkonzerts* (1985–88) auf den Ausgangstypus, wie ihn erstmals das *Poème symphonique* (1962) in Reinkultur demonstriert hatte, zurückzuführen.

Diese lange und verschlungene Entwicklungslinie des einen Typus prägnanter Rhythmusgliederung, noch dazu in etwas so Banales wie eine schnelle Folge gleicher Impulse, nun durch die Rückbeziehung der erheblichen Spätfolgen auf das heitere Anfangsprodukt lediglich als Beweis dafür auszuschlachten, daß die vier Ulk-Stücke eben doch eine „tiefere Bedeutung" im Zusammenhang des Gesamtwerks besitzen, wäre rechthaberisch und lächerlich. Im Grunde genommen geht es auch gar nicht darum, sondern um's genaue Gegenteil. Denn daß es im Œuvre von Ligeti bestimmte Individual-Muster, kennzeichnende Eigenheiten und Konstanten gibt, die in mancherlei Variationen häufiger wiederkehren, ist wie bei jedem Komponisten, der sich seinen eigenen Sprachschatz gebildet hat, nicht weiter verwunderlich. Beginnt man erst einmal zu suchen, lassen sich derartige Querverbindungen gleich reihenweise aufdecken. Selbst zur Nobilitierung der anderen satirischen Parerga bietet sich da – etwa in Ligetis Pausen-Kult oder seiner Liebe zu überlangen undeutlich-leisen Hinhalte-Klängen – einiges an. Gerade solches exegetenstolze Herauspräparieren und Nachbuchstabieren von Gemeinsamkeiten verfälscht aber durch Nichtbeachtung aller viel wichtigeren kontextuellen Unterschiede und Differenzen die eigentlich komponierten, für den Einzelfall entscheidenden Sachverhalte. Und deshalb wäre eher umgekehrt zu fragen, warum denn ein derart hochorganisierter Ausdruckswille mit einem breit gestaffelten, äußerst nuancenreichen Vorstellungs- und Bilder-Repertoire sich immer wieder, zumindest öfter, als ihm lieb sein kann, recht ähnlicher Mittel bedienen muß. Und weiter: wie sich, ein grundsätzliches Erneuerungsstreben vorausgesetzt, emotionelle Direktheit, die ohne zuviel Verschlüsselung auskommen muß, und der Gebrauch dieser Mittel, die sich doch abnützen, miteinander vertragen – wie man diesem offensichtlichen Teufelskreis überhaupt entrinnen kann.

Selbst ein nur ansatzweises Mitbedenken solcher Antagonismen, die ohne Zweifel der Tribut fürs Aufkündigen traditioneller Ordnungen und eine allseitige Emanzipation des musikalischen Materials sind, könnte zu aufschlußreichen, vielleicht auch verstörenden Einblicken in jenen Bereich innerer Spannungen verhelfen, in dem sich verantwortliches Komponieren spätestens seit Mitte des 20. Jahrhunderts vollzieht. Jeder einzelne Komponist muß da versuchen, seinen selbstbestimmten kreativen Weg zwischen einem Zuwenig und Zuviel an Originalität zu finden, also zwischen grauer Unkenntlichkeit, die alle subjektiven Farben und Impulse rasch verschluckt, und verstiegener Extravaganz, die sich genauso rasch um alle Verständigungsmöglichkeiten und damit auch alle Marktchancen bringt. In dieser Lage hat sich Ligeti, während andere ihre diversen Besonderheiten schon rein äußerlich durch die Besetzung, die Aufführungsumstände, die spezielle Sitzplatzverteilung der Spieler, die Einbeziehung von elektronischen, optischen oder theatralischen Zusatzwirkungen abzuheben bestrebt waren, in aller Regel an die gültigen Gattungsnormen gehalten – mit keiner anderen Auffälligkeit als ihrer extremen, jedoch zulässigen Ausnutzung – und hat sich nur ganz ausnahmsweise davon entfernt: bei den vier burlesken Nebenwerken und den *Aventures/Nouvelles Aventures*. Ansonsten herrscht, was den Zuschnitt betrifft, die Normalität der herkömmlichen Rubriken von der Oper über Solokonzerte, Orchester-, Chor- und Kammermusik bis zu den Solostücken für die verschiedenen Tasteninstrumente. Und noch nicht einmal innerhalb der einzelnen Gattungsschubladen gibt es Außergewöhnliches, sondern Konzert bloß für Violoncello, für Flöte und Oboe, für Klavier und für Violine und in der Kammermusik Streichquartette und Bläserquintette. Dies verlangt nach Individualisierung in anderer Hinsicht und läßt wahrscheinlich bereits im Vorfeld auf ein Selbstvertrauen schließen, über die nötigen Kräfte und Einfallsqualitäten auch ohne Unikaten-Drang zu verfügen. Auf eine Formel gebracht: Ligetis prinzipieller Hang zum Konservativismus – durch Herkunft, Traditionsbindung oder Neigung – wird lediglich unterstützt und gegen Schalheit abgesichert durch ein gerüttelt Maß an Selbstwertgefühl, das sich allein aus dem Standhalten gegenüber dem eigenen, stets erneuerten Niveau-Anspruch zu behaupten und immer wieder zu regenerieren vermag.

Nach dieser Formel zu leben und zu arbeiten, ist allerdings weitaus unbequemer als es klingt, und noch dazu ausgesprochen heikel und riskant, weil das, was auf dem schmalen Grat zwischen konventioneller Form und eigenständigem Inhalt gefördert wurde, im Ergebnis lauter Publikumsmißverständnissen ausgesetzt ist, sie gar ungewollt heraufbeschwört. Dies mag, als Ligeti die Unausweichlichkeit der Gefahren sah, mit ein Grund gewesen sein für die Serie kleiner Ausbruchsversuche und Widersetzlichkeiten, für die lokkernden Exkursionen zu Persiflage, Karikatur, Spott und Selbstironie. Denn die Stücke, die als Zeugnisse dafür einstehen, stammen ja alle aus der Zeit des aufkeimenden Ligeti-Ruhmes zu Beginn der sechziger Jahre, als wichtige Uraufführungen an herausgehobenen Plätzen (IGNM-Fest in Köln, Donaueschinger Musiktage, *pro musica nova* in Bremen oder *das neue werk* in Hamburg) seinen Namen bekannt machten und er überdies zu Kursen oder Vorlesungen in Darmstadt, Stockholm, Madrid, Bilthoven und Essen eingeladen wurde. Im Rückblick könnte es so scheinen, als habe sich da ein Komponist aus der immer festeren Umklammerung seiner wachsenden Anerkennung, die er gleichwohl angestrebt hatte und berechtigt fand, zwischendurch für einen Moment des Luftholens selber befreien wollen, um wieder etwas von der vorigen Offenheit für Entscheidungen, für ungezwungenes Nachdenken und Plänemachen zu spüren. Aber die früheren Verhältnisse mit ihrer reizvollen Ungebundenheit waren dahin, das mit Scherzen gewappnete Sträuben gegen die neue Lage blieb deshalb eine eher private Spielerei, die ihm statt Wirkung nach außen und Distanz zu sich selbst eher den Verdacht von unangemessener Koketterie einbrachte. Die Stufenleiter zu künstlerischer Prominenz läßt aber keinerlei Humor zu – genau wie die kulturfördernde Gesellschaft, die darüber befindet und wacht.

So kam es, weil niemand zwei Dinge, die nach kommuner Moral und den Marktgesetzen des Kulturbetriebs nicht zusammengehören dürfen, gleichzeitig betreiben kann, daß Ligeti sein vorhandenes Spaß-Potential gewissermaßen nach innen wenden mußte. All die verschiedenen Ingredienzien seines sprungbereiten, angriffslustigen Humors samt den ergötzlichen Randbezirken seines selbstverfertigten kompositorischen Psychogramms mußten von jetzt an in die Regionen des Ernstes und der unabgelenkten Kunst-Ambitionen übertragen werden – mit der einzig verbleibenden Hoffnung, daß auch dorthin noch etwas von ihrer drastischeren Konturenschärfe hinüberzuretten sei. Und tatsächlich zeigt sich bereits auf der ersten Station dieser Konzentrationsbewegung, bei *Aventures/Nouvelles Aventures*, nochmals das ganze verfügbare Spektrum: vom hartnäckigen Durchhaltevermögen (wie beim Schweigevortrag) mit der eigensinnigen Lust, Vages und Unklares munter radikalisierend auf den springenden Punkt zu bringen, über die verschmitzte Umkehr-Ironie, geweckte Erwartungen hinterhältig zu täuschen (wie bei den drei anderen Ulk-Stücken) und dadurch möglichst vielseitig kritische Einsicht zu mobilisieren, also auch vergnügte Opposition gegen andere mit einem prüfenden Infragestellen bei sich selber zu betreiben, bis hin zu der leise abtastenden Sensibilität für Unausgesprochenes, bloß Imaginiertes, noch nicht oder nicht mehr Wirkliches. Von all dem bewahren die *Aventures*-Szenen etwas in ihren blinkenden Spiegelungen und ihrer ganzen abgefeimten Doppelbödigkeit. Sie sind ein Dokument der vollzogenen Übertragung – markiert nochmals durch die Ambivalenz, mit der sie sich gegen übliche Gattungsbegriffe sperren, – und sie besitzen gerade in dieser Hinsicht für die weitere Entwicklung Ligetis die Funktion einer Kreuzungsweiche. Jedenfalls ist danach, dank ihren Lockerungen in der Form-Dramaturgie und dank ihrer Erschließung des mehrschichtig Komplexen, bei dem quasi dazwischengestellten, ihnen benachbarten *Requiem* ihr wirksamer Einfluß auf der Ebene kompositorischer Disposition und Strukturierung durchaus festzustellen; zumal, wenn man dessen zerklüftete Expressivitätsstufungen und multiformen Kontrasthaltungen mit den nur zwei bis drei Jahre zuvor komponierten *Atmosphères*, die auch ein verkapptes Requiem waren, vergleicht. Es ist, als wäre der Bann der Gravitätik – sogar dort, wo sie im wörtlichen Sinn auftritt, – von Ligetis Musik abgefallen, die Sprache trotz oft ähnlicher, vielfach auch emanzipierterer technischer Mittel ihrer selbst erst jetzt ganz inne geworden.

Transzendenzen

Um ein Requiem zu komponieren, braucht man nicht unbedingt ein gläubiger Christ zu sein, auch nicht tätiger Verfechter religiöser Überzeugungen oder gar aktives Mitglied einer Kirchengemeinde. Aber es müssen doch die Fragen nach Sterben und Tod eine eigentümlich bedrängende, nicht mehr länger wegzuschiebende Bedeutung erlangt haben. Die Einsicht in die ständige Begleitung der Daseinsgegenwart durch eine geheimnisvoll verborgene Zone von Nicht-Sein und das Nachdenken über dieses reale Negativ der gelebten Existenz müssen vorausgegangen sein, ehe sich ein Komponist dem Requiem-Text zuwendet und mit seiner Hilfe das Leuchten der *lux perpetua* beschwört. Selbstverständlich bietet unsere Zeit mit Krieg, Hunger, Holocaust, Genozid, mit blutigen Rebellionen, Gruppenkämpfen, Stammesfehden, mit unheilbaren epidemischen Krankheiten, plötzlichen Streßopfern, schaurigen Katastrophenfolgen bis hin zu den Meuchelmorden aus pervertierter Heckenschützen-Mentalität genügende, ja fast täglich neue Anlässe zur unmittelbaren Konfrontation mit der Faktizität des Todes. Und ebenso selbstverständlich sind jedem Komponisten aus dem Umgang mit der Zeit-Kunst Musik das Aussetzen, unwiederbringliche Verenden oder jähe Abbrechen von wahrnehmbarer Dauer sehr wohl vertraut. Nur kann weder die allgemeine noch die spezielle Häufigkeit der meist eher halbbewußten Gegenüberstellungen mit Todes- oder Finalsituationen eigentlich schon hinreichend erklären, warum Requiem-Kompositionen während der zweiten Hälfte des 20. Jahrhunderts – anders als früher – in verhältnismäßig großer Zahl entstanden sind und zudem oft von jüngeren Komponisten stammen. Äußere Umstände mögen da und dort hineingespielt und zu abweichenden Textfassungen geführt haben – wie bei Nonos nicht als Requiem bezeichnetem *Canto sospeso* und einer Reihe weiterer In-memoriam-Stücke –, doch sprechen die *Tombeau*-Sätze von Boulez (in *Pli selon pli*) oder de Pablo und die Requiems von Bernd Alois Zimmermann, Bussotti, Halffter, Schnittke, Yuasa, Denissow, Reimann, Penderecki und manchem anderen, etwa gleich vierfach beim Engländer John Taverner, für eine seltsame Aktualität der Todes-Thematik. Es ist, als übe das Sterben, einerlei ob es im privaten Umkreis oder anderswo begegnet, eine unwiderstehliche Attraktivität aus, sich der Vorstellung von Endgültigkeit auszusetzen und darauf mit den eigenen musikalisch-diskursiven Mitteln zu reagieren.

Ligeti hatte sich schon 1953, noch in Ungarn und knapp dreißigjährig, mit einer Requiem-Konzeption befaßt, einiges skizziert, die Idee 1956 wieder aufgegriffen, ehe sie durch den Aufbruch in den Westen erneut verschoben werden mußte. Erst 1963, im Zehn-Jahres-Abstand zum initialen Plan, verschaffte ein Auftrag aus Stockholm, zur Feier des erfolgreichen ersten Dezenniums der dortigen Konzertreihe *Nutida musik* ein größer besetztes Werk zu schreiben, die willkommene Gelegenheit, das alte Vorhaben auf einem neuen, inzwischen gewandelten kompositorischen Niveau zu verwirklichen. Ligeti beschränkte sich dabei – gewiß auch unterm Zwang der termingerechten Ablieferung – auf die drei ersten Textabschnitte der üblichen Requiem-Vertonungen: *Introitus, Kyrie* und das ohnehin stets mehrfach unterteilte *Dies irae*, das bei ihm korrekt *De die judicii sequentia* heißt. Von dieser Sequenz, die dem frühen Franziskus-Anhänger

Thomas von Celano zugeschrieben wird, trennte er nur die letzten beiden Dreizeiler ab, die nach Stil und Inhalt auch fraglos später hinzugedichtet worden sind, und erhielt so einen vierten, zur stilleren Abschlußwirkung fast prädestinierten Satz, das *Lacrimosa.* Ihm sicherte er durch Totalverzicht auf die zwei großen, vorher höchst aktiven Chöre, also eine Verschmälerung des Vokalen auf die beiden Solostimmen, Sopran und Mezzosopran, sowie durch nachdrückliche Ausdünnung des Orchestersatzes seinen reflektiven Epilog-Charakter. Gleichwohl hatte Ligeti ursprünglich an eine nachgelieferte Vervollständigung des *Requiems* gedacht, etwa durch integrale oder auswahlweise Komposition der noch fehlenden Abschnitte *Offertorium, Sanctus, Agnus Dei* und *Communio* – der anfängliche Titel *Vier Sätze aus dem Requiem* weist darauf hin –, beließ es dann aber bei einer separaten A-cappella-Version der *Communio*, dem verselbständigten 16stimmigen *Lux-aeterna*-Chor. Das *Requiem* bewahrte hingegen, textlich nach herkömmlichen Begriffen vielleicht ein Fragment, seine unabhängige, eigenverantwortliche formale Kohärenz.

Und dies ist in gleich zweifacher Hinsicht bezeichnend: Ligeti läßt sich zum einen in seinen künstlerischen Entscheidungen, sind sie, manchmal nach einer Phase des Zögerns und der Bedenklichkeit, endgültig getroffen, durch nichts und niemanden beeinflussen, durch keine Konvention, keine äußeren Umstände, keine Opportunitäten; zum anderen knüpft er zwar an Traditionen an, benutzt ihre kanonisierten Übereinkünfte und Regeln, aber im selben Moment befreit er sich von jedem sklavischen Befolgungszwang, hält sich lieber an ihren Sinn statt an irgendwelche formalisierten Schemata, transzendiert also ihren Gehalt, selbst im Widerspruch zur Überlieferung, in die erfahrbaren und realen Verhältnisse der Gegenwart. Eben in solcher Haltung eines gebremsten Traditionalismus setzt das *Requiem* mit dem um ewige Ruhe bittenden *Introitus* ein, dunkel und leise – wie ähnlich schon bei Mozart, Cherubini,Berlioz oder Verdi. Das ist der quasi verbürgte Anhauch von Todesmystik, in deren Klang gewordenem Ausdruck sich seit jeher abgründige Katholizität und beschwörende Friedenssehnsucht miteinander vermischen. Nur entspricht es Ligetis Sinn für übertreibende Zuspitzung, daß das Dunkle bei ihm sich aufs nachtschwarze Baßregister einstellt und darin tiefenversessen zunächst auch verweilt, daß andererseits das Leise sich im unteren Grenzbereich zur Unhörbarkeit bewegt und sehr zart „wie aus der Ferne" kommt. Damit wird ideell bereits eine Weiträumigkeit jenseits von kirchlicher Exterritorialität und kultischem Vollzug eines Ritus angedeutet. Und gemäß einem derart emanzipatorischen Geist von Bindungslosigkeit gleitet der *Introitus* aus dem anfänglichen Verharren in raunender Düsternis, die nur die Basis für das trauernde *Requiem*-Eingedenken lieferte, ganz sacht und behutsam in lichtere, ätherische *Lux-perpetua*-Höhen. Der Satz ließe sich sogar insgesamt als ein sehr allmähliches, doch kontinuierliches Ansteigen innerhalb des clusterhaft verwischten Tonhöhen-Parameters – mit der einzigen Ausnahme eines Oktavsprungs durch Neueintritt der Frauenstimmen (T. 29) – über die Distanz von zweieinhalb Oktaven, von Fis/G nach c^2/des^2, beschreiben.

Freilich kompliziert sich hier der musikalische Vorgang – im Unterschied zu *Apparitions* oder *Atmosphères* – dadurch, daß ein Text mit eigenem, durch Jahrhunderte nachdrücklich sakralisiertem Sinngehalt hinzutritt; und dies innerhalb Ligetis neu situierter „westlicher" Produktion seit 1956 zum überhaupt ersten Mal. Im übrigen finden sich auch unter seinen zahlreichen Vokal-Stücken aus ungarischer Zeit nur sehr früh, 1945, zwei Kantaten auf lateinische liturgische Texte. Doch wird im *Introitus* der damit geweckte, recht naheliegende Verdacht, es könne sich bei der stetigen klanglichen Aufhellung allein um das musikalische Äquivalent einer wortbezogenen Programmatik handeln, sehr bald durch einige rein kompositorische Maßnahmen zerstreut. Sicherlich bewegt sich die Musik nicht unabhängig von der Ebene sprachlicher Bedeutung, mit der sie sich verbunden hat. Aber die Symbiose dringt zugleich in tiefere Schichten von

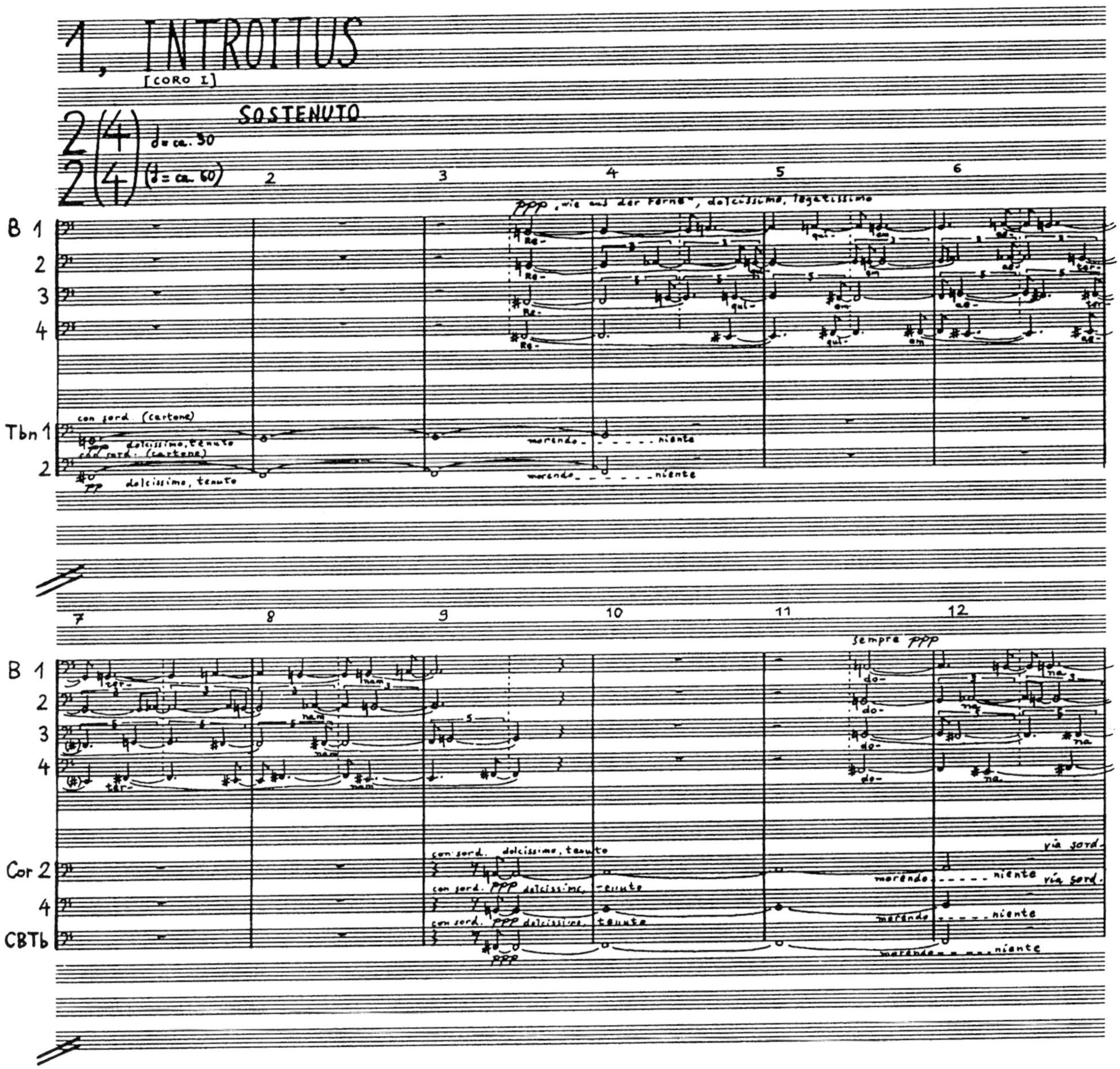

Anfang des *Requiem-Introitus*, T. 1–12

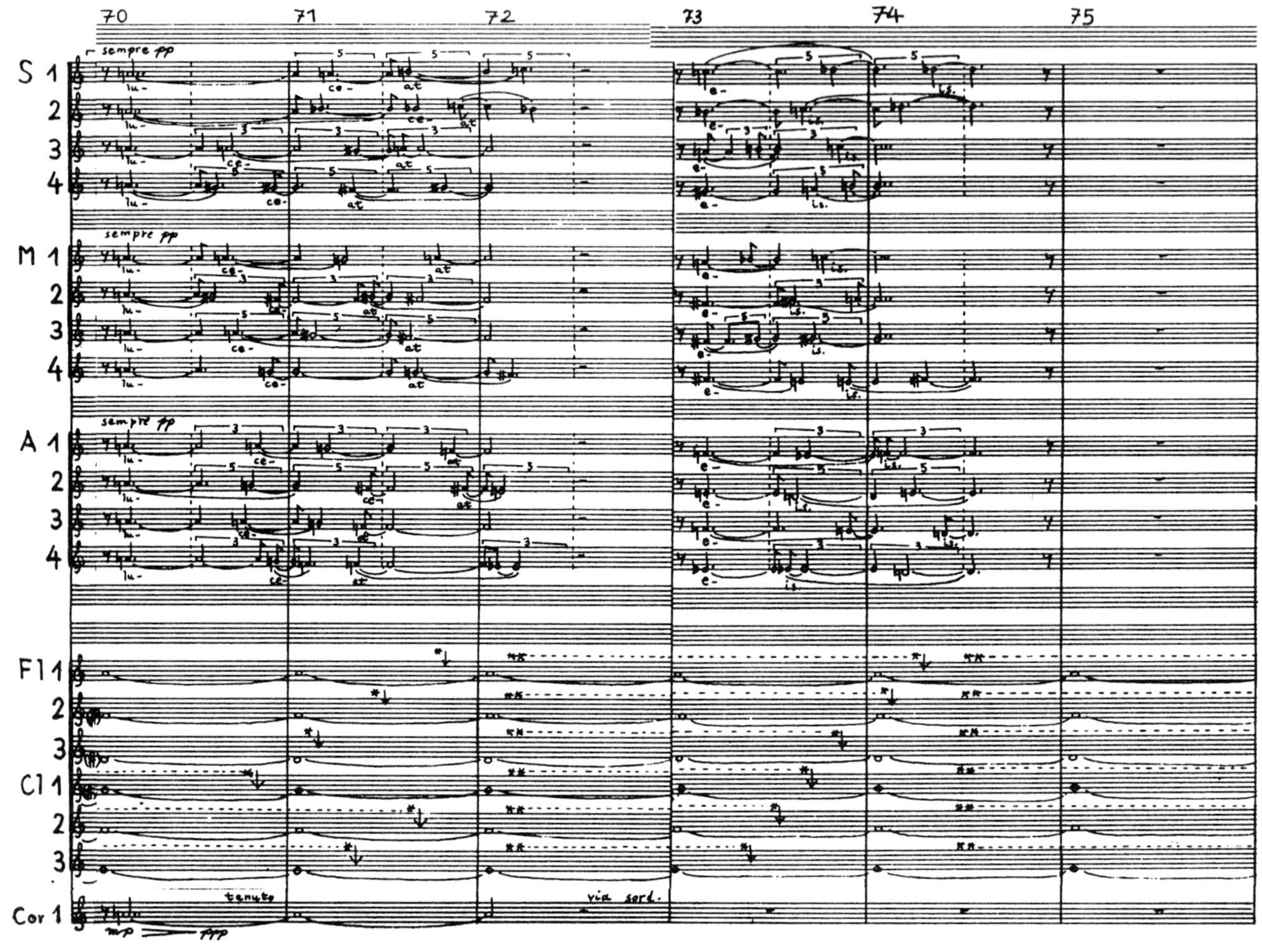

Chor-Schluß, vor instrumentalem Ausklang (bis T. 83) aus *Requiem-Introitus*, T. 70–75

Sinn und Traditionshintergrund des liturgischen Textes vor. So ist das hochgradig chromatisierte polyphone Gewebe der Vokal- und der Instrumentalstimmen gleichsam antiphonal organisiert: Die sieben chorischen Abschnitte, die sukzessive vom Baß über Tenor, Alt und Mezzosopran zum Sopran nach oben wandern, werden durch geringstimmige, der Wirkung nach solistische Einschübe getrennt und auch am Anfang wie am Ende eingefaßt; manchmal sind dies Klangbänder ausgesuchter Instrumentalkombinationen, manchmal Vokalduos, erst von supertiefen Bässen, dann der beiden Sopran-Solistinnen; und gerade sie erinnern an die Funktion des einzeln intonierenden Vorsängers beim traditionellen Vortrag gregorianischer Gesänge. Zu dieser doppelten Assoziation an die Geschichtlichkeit mönchischen Singens – antiphonisch und respondierend – kommt eine dem Aufwärtsgang entgegengerichtete Formsymmetrie, die sich um den mittleren und längsten der sieben Chor-Abschnitte mit der verallgemeinernden Text-Einfügung gruppiert, Gott gebühre ein Loblied in Sion: *Te decet hymnus, Deus, in Sion, et tibi reddetur votum in Jerusalem* (T. 29–44). Danach schält sich – musikalisch völlig verwandelt durch den Ersteinsatz der beiden Solistinnen – die Reprise des *Requiem aeternam* heraus.

Dies alles geschieht mit den bei Ligeti gewohnten Abweichungen und Verschleierungen einer allzu vordergründigen Eindeutigkeit oder Regelmäßigkeit. Schon die vorhandene Aufwärtstendenz wird in den chromatisierten Einzelstimmen durch kreisendes Hin- und Hergleiten um dieselben Tonorte konterkariert und vollzieht sich nahezu unmerklich in einander ablösenden oder überlagernden Schüben. Um so mehr fällt der Eindruck des Gemachten und Vorsätzlichen ab, die Aufhellung des *Introitus* erhält etwas Magisches, wird zur klanglichen Epiphanie. Wichtig daran ist, zumal unter dem Aspekt des neu hinzugetretenen Wort-Ton-Verhältnisses, daß die Musik ihren Autonomie-Anspruch keineswegs aufgibt, der Symbiose nichts opfert, vielmehr die semantischen Vorgaben in ihre eigene Ablauf-Dramaturgie übersetzt, sie gänzlich zu ihrer eigenen, integral mitvertretenen Sache macht und also dafür sorgt, daß textliche Inhalte in Klangliches transzendieren. Dieser Medienaustausch vom Sprachlichen ins Musikalische hat allerdings eine Kehrseite, weil das komponierte Tonstück doch durch das Zusammengehen mit einem altbekannten, geschichtsträchtigen Sakraltext eine Dimension geistiger Bedeutsamkeit hinzuerwirbt. Was da erklingt, wird außermusikalisch dechiffriert, es meint etwas Bestimmtes und bezieht sich auf eine Welt geprägter religiöser Vorstellungen. Es trägt in sich Sinn, der seinerseits wiederum auf ein Jenseits, eine Transzendenz außerhalb menschlicher Begriffe und Erkenntnismöglichkeiten verweist: Gott, der Herr, wird angerufen, er möge das Gebet erhören und den Toten, da alles Fleisch zu ihm komme, die ewige Ruhe schenken – *exaudi orationem meam, ad te omnia caro veniet. Requiem aeternam dona eis, Domine.* Gottesreich und Totenreich geben der *Missa pro defunctis* ihren Jenseits-Horizont und ihre eigentümliche Tiefenperspektive ins ungreifbar Imaginäre. Eben dorthin öffnet sich Ligetis *Introitus* mit seinem zögernden, gleichsam beschwörenden Ansteigen aus dunkler Schattenhaftigkeit zu lichterer Kontur.

Was sich danach allerdings auftut, ist keine Aussicht auf eine ferne, friedfertige Himmelsregion, sondern der Durchblick auf eine noch frühere, noch ehrwürdigere Traditionsschicht des Verhältnisses der Gläubigen zu Gott. Schon die Bewahrung des Griechischen mitten im lateinischen liturgischen Text für den Erbarmensruf *Kyrie eleison, Christe eleison* zeigt dies an. Und Ligeti meint auch – anders als Berlioz, der das *Kyrie* direkt in den *Introitus* als eine Art dazugehörige Zweitstimme eingefügt hat, und anders als Verdi, der daraus einen angehängten Kontrastsatz unter Führung des Solistenquartetts entwickelte –, daß mit dem *Kyrie* ein Funktionswechsel eintritt: Nicht mehr die Ausrichtung der Friedensbitte des *Introitus* hin auf Gott ist das Charakteristische und erlaubt somit auch Individualisierung, sondern die irdische Situation der betenden Gemeinschaft, ihre Not und Drangsal, aus denen der *eleison*-Ruf als verzagende Hoffnung auf Errettung entstanden ist, bestimmen das *Kyrie.* Deshalb gibt es deutliche Satztrennung (Ligeti notiert zwei Generalpausen), deshalb auch keine Solisten, sondern nur ein auskomponiertes Gruppenverhalten, vielstimmig (für einen 20fach unterteilten Chor sowie Orchester) und kontinuierlich in ständiger, sehr dichter, kaum noch unterscheidbarer Linienverflechtung von Anfang bis zum Ende. Doch Ligeti geht noch weiter: Die Doppelung des Textes in *Kyrie* und *Christe*, die im allgemeinen zu einer abschnittsweisen Formgliederung führt, verschmilzt er zur dauernden Überlagerung in der Gleichzeitigkeit; und entsprechend dem erheblichen Traditions-Impakt legt er den ganzen *Kyrie*-Satz in Rückerinnerung an die Blütezeit alter Vokalpolyphonie als eine fünfstimmige Doppelfuge an. Freilich treten die Themen dabei nicht wie ehedem mit markantem melodischen Profil auf, sie erscheinen vielmehr

Anfang des *Requiem-Kyrie*, T. 1–12

als zwei unterschiedliche Verlaufstypen. Außerdem ist jede der fünf Stimmen in den chorischen Registern Sopran, Mezzosopran, Alt, Tenor und Baß nochmals durch kanonische Staffelung in je vier Einzelstimmen aufgefächert. Und eben diese durchgehende polyphone Zerfaserung verwandelt die kontrapunktische Feinzeichnung in einen bewegten, hin- und herwogenden Mischklang, hervorgebracht von einer singenden, betenden Vielheit.

Die Musik befindet sich ja in der seltsamen Lage, daß sie wegen ihrer Begriffslosigkeit eine Tradition, auf die sie sich beziehen will, nicht einfach und so kurz, wie das mit Worten möglich wäre, benennen kann. Statt also beispielsweise Palestrina zu sagen, muß sie, sofern direkte Zitate oder epigonenhaftes Nachbilden ausgeschlossen sein sollen, das Stilvorbild in längeren Annäherungsversuchen mühsam umschreiben – nicht zu deutlich, damit sie ihre eigene Diktion nicht aufgibt, und doch erkennbar genug, um Assoziationen an das historische Modell zu wecken. Dieses Dilemma überwand Ligeti durch die beiden, an sich widersprüchlichen Voraussetzungen seines *Kyrie*: Die kompositionstechnisch hochgradig spezialisierte Form einer fünfstimmigen Doppelfuge wird zwar insgesamt konsequent durchgehalten, jedoch durch vierfache Vergrößerung der Stimmenzahl mit verunklarenden kanonischen Verschiebungen und durch die chromatische wie die abwechselnd zu- und abnehmende rhythmische Kleinteiligkeit im einzelnen sogleich zu einer nicht mehr durchhörbaren Unerkennbarkeit verwischt. Diese Gegenläufigkeit von prinzipieller formaler Disposition und verdeckender Detailausführung erhöht die beabsichtigte Volkesmengenwirkung und sichert trotz der dezidierten, im Umriß durchaus noch wahrnehmbaren Reverenz vor den Exempeln vokaler Polyphonie von der Renaissance bis zu Bachs Motettenkunst eine kompositorische Modellierbarkeit des resultierenden Globalklangs in dem mikrosynthetischen, mittlerweile hinlänglich erprobten Ligeti-Stil. Erfahrungen der Orchesterbehandlung aus *Apparitions* und *Atmosphères* sind da unmittelbar in die komplex polyphone Ausbildung des Chorsatzes im *Requiem* eingegangen und verhelfen vor allem dem *Kyrie* zu reichen Differenzierungsgraden zwischen distinkten Einzelzügen und akkumulativen Massenstrukturen.

Konstantes Element sind dabei die vierstimmigen *Kyrie*-Bänder: Ihr Tonhöhenverlauf besteht ausschließlich aus kleinen und großen Sekundschritten, die sich zur Mitte ihrer stets gleich langen Auftrittsphasen rhythmisch verdichten, unterstützt von vorsichtigem Anwachsen der Lautstärke, und ebenso wieder entflechten; ihre kanonischen Imitationen setzen immer in der Prime ein – darin folgen ihnen übrigens auch die sonst stark abweichenden *Christe*-Bänder – und bei beiden bleiben die Tonhöhenfortschreitungen verbindlich, die Dauernwerte jedoch nicht, sie variieren von Stimme zu Stimme; allerdings schafft der jeweilige Neuansatz im Einklang, meist noch von Orchesterinstrumenten unterstrichen, Markierungspunkte in dem fließenden, vielsträhnig fortgesponnenen Geschehen. Zwölfmal beginnen die *Kyrie*-Kanons so, in Grundgestalt oder Umkehrung, auf jeweils einem anderen Ton, lediglich das b und, als sein chromatischer Schatten, das a kommen am Anfang und am Ende zweimal vor. Dafür fehlen, ginge man von einer Zwölftönigkeit aus, dis und f. Doch wird das f quasi zum Ausgleich in den *Christe*-Kanons verdoppelt, wofür dort das ohnehin verdoppelte a und (weil es nur elf Einsätze gibt) auch das e ausfallen. Und diese Töneverteilung ist insofern keine Nebensächlichkeit, als dadurch mit dem Unisono-b zu Beginn und noch zweimaligen Fortissimo-b^2-Spitzentönen der Soprane an den beiden Höhepunkten (T. 46–52 und T. 102–104) sowie dazwischen mit dem Alt-b^1-Eintritt (T. 91), den die Holzbläser nachdrücklich verstärken, so etwas wie eine Zentralton-Präponderanz geschaffen wird. Sie konstituiert inmitten des dichtmaschigen, fluktuierenden Gesamtablaufs eine keineswegs vordergründige, eher indirekt wahrnehmbare Bezugsebene und erhält sogar durch die beiden Sopran-Einsätze auf f, ebenfalls orchestral ver-

Großintervallischer *Christe*-Kanon im Baß zu *Kyrie*-Kanon im Tenor aus *Requiem-Kyrie*, T. 29–35 (Ausschnitt)

deutlicht (T. 40 und T. 61), eine dominantische Flankierung.

In dieses zunächst auf Stabilisierung angelegte Gefüge bringen die *Christe*-Kanons Unruhe und eine Dynamisierung von innen her. Ihre Verlaufs-Charakteristik besteht in einer Tendenz zu immer größeren Intervallen: Erst, beim gemeinsamen Unisono-Beginn mit dem *Kyrie*-Kanon (auf b), steigern sie sich noch vorsichtig von der kleinen Sekunde bis zur kleinen Sexte, und außerdem sollen sie sich äußerst leise *non espressivo, im Hintergrund* halten; aber schon mit der vierten Auftrittsphase (T. 29) werden ihre zaghaft kleinen Fortschreitungen mit Energie und nun auch Espressivo in die komplementären Großintervalle der None und Septime aufgeklappt; und diese Phase endet mit einer Steigerung zum Fortissimo, wobei vier Hörner das Crescendo der Bässe unterstützen, und mit *plötzlichem Abbrechen* (T. 41). Damit gerät das kanonisierte Fugengeflecht des *Kyrie* – nach etwa einem Drittel der Gesamtdauer – in zunehmende Erregung und in schichtenweise gestaffelte Aufladungen an Intensität und innerer Spannung. Ligeti benutzt hierbei das bereits in *Atmosphères* angewandte Verfahren einer nicht einheitlichen, asynchronen Dynamisierung der einzel-

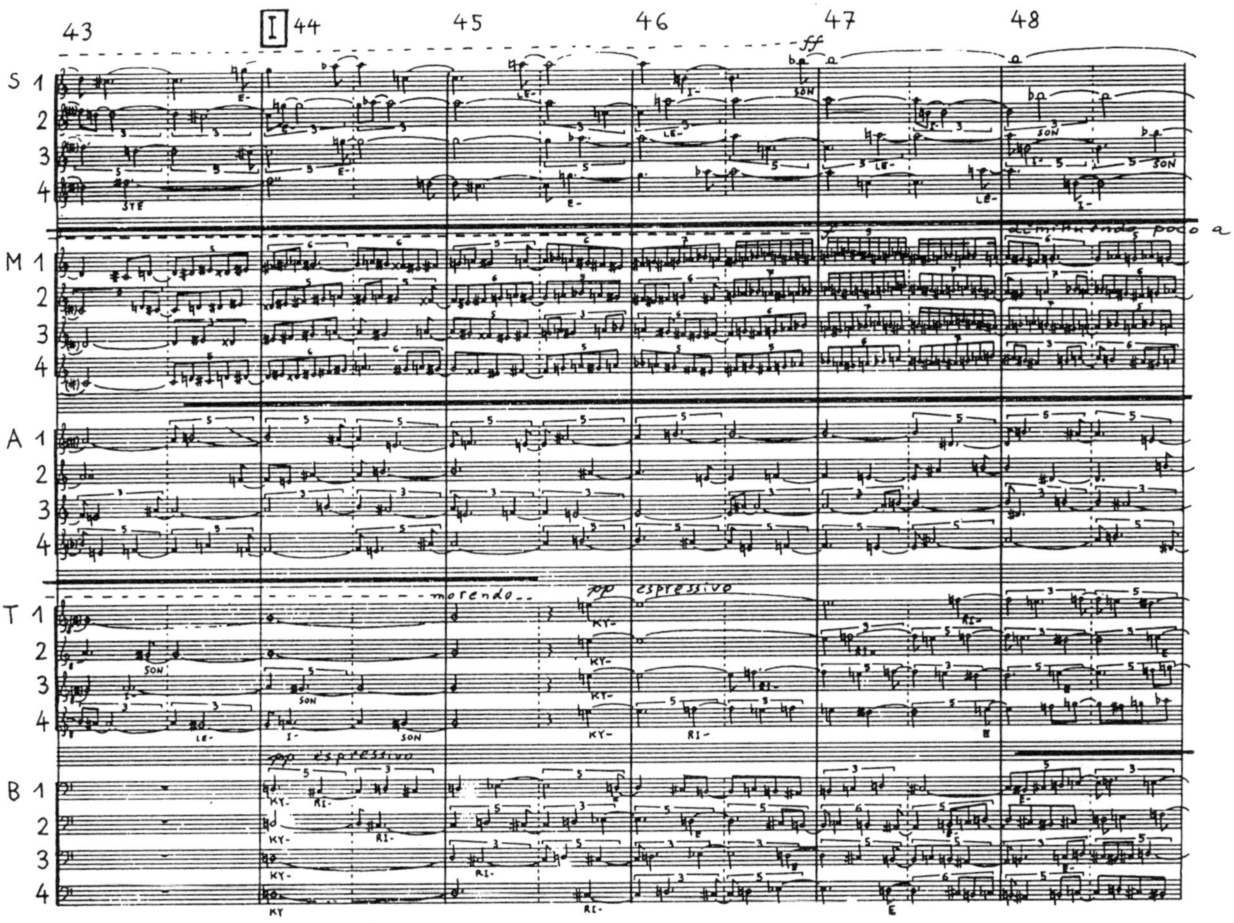

Unterschiedliche Dynamikverläufe in den Chorstimmen (mit *Christe*-Kanons in Sopran und Alt, *Kyrie*-Kanons bei Mezzosopran, Tenor und Baß) aus *Requiem-Kyrie*, T. 43–48 (Ausschnitt)

nen Stimmen. Crescendi und Diminuendi überlagern sich gegenläufig, können sich aber auch in wechselseitigem Nachfassen zu Lautstärkeballungen und Momenten ekstatischen Ausdrucks verdichten. Was von den *Christe*-Kanons ausgeht, die nicht nur in ihrem variierten Tonhöhenverlauf, sondern auch in ihren schwankenden Phasenlängen und ihren jeweils speziellen dynamischen Kurven ein virulenter Mobilitätsfaktor bleiben, greift schließlich auch auf die *Kyrie*-Kanons über und führt selbst dort zu mehreren, sich graduell steigernden Lautstärkeausbuchtungen. Im ganzen ergibt sich so ein polyphones Geschiebe von verschiedenen Intensitätsstufen mit Anwachsen und gegenseitiger Überhöhung bis hin zu den beiden erwähnten kumulativen Höhepunkten mit dem Sopran-b^2 oder immer wieder dazwischengestelltem irregulär treppenförmigem Abbau und Zurücksinken; manchmal auch mit jähen Einschnitten und Abbrüchen: *plötzlich aufhören, wie abgerissen* nach einem äußersten Fortissimo.

Gerade durch diese terassierten dynamischen Konturen erhält das *Kyrie* in seiner durchgehenden chorisch-orchestralen Polyphonie eine übergeordnete, dramaturgisch wirksame Gliederung mit Strecken sich komprimierender und wieder lösender Spannung. So folgt auf den ersten kumulativen Höhepunkt (T. 45–50, mit erstmals b^2 in den Sopranen) ein doppeltes Nachbeben, erst bei den Tenören (T. 54/55), dann bei den Bässen (T. 57/58). Und dieses Abebben geht in einen hellfarbigeren Binnenabschnitt über, in dem die Frauenstimmen allein, begleitet von Violinen und Bratschen, nur *Christe*-Kanons singen (T. 60–83 mit überlappendem Anfang und Ende), so als tauche hier doch für einen Moment die Erinnerung an den sonst üblichen *Christe*-Mittelteil auf, allerdings fern der dabei gewohnten Milde, vielmehr durch zwei heftige, instrumental zugespitzte Aufladungen mit jähem Abfall (T. 77 und 83) dramatisch akzentuiert. Die angestauten Energien führen dann, nachdem *Kyrie*-Kanons und Männerstimmen schon vorher wieder eingeschleust wurden, über zwei weitere dynamische Wellenberge – T. 88 bei Tenören und Bässen, T. 92/93 orchestral verstärkt bei den Sopranen – zum zweiten, nun knapperen Höhepunkt (T. 102/103), von dem aus der Satz durch gestaffeltes Wegblenden der Stimmen in ein *morendo*-Verstummen zurücksinkt. Freilich – und dies macht den entscheidenden Unterschied zu den vorangegangenen Orchesterstücken *Apparitions* und *Atmosphères* aus – sind all diese Aufschwünge und andrängenden Steigerungen beredt, sie ersehnen Erbarmen. Die *eleison*-Rufe einer vielstimmigen Menge, bei der sich Gruppe um Gruppe in den Vordergrund schiebt, werden dank ihrer Textierung, auch wenn meist nur der so modulationsfähige e-Vokal erklingt, zu flehentlichen Bitten, Wehklagen, zu verzweifelten Hoffnungen auf Errettung, ängstlichen Schmerzenslauten, ja zu beklemmenden Hilfeschreien. Das ganze gräßliche Panorama existentieller Bedrohung und tödlicher Barbarei in unserem Jahrhundert scheint da als Erlebnishintergrund und Abstoßfläche mitgedacht. Die Gemeinde der Gläubigen erweitert sich, transzendiert zu einer allumfassenden menschlichen Sozietät der Leidenden, die sich inständig nach Friedfertigkeit und mehr Lebensrecht sehnt.

In die Anonymität solchen hundertstimmig vertretenen Massenbegehrens greifen die Orchesterinstrumente gleich wandernden Suchscheinwerfern ein, um bald diesem, bald jenem Gruppenwunsch mehr Nachdruck, deutlicheren Umriß und verstärkte Resonanz zu verleihen. Sie werfen aber nicht nur Schlaglichter auf bestimmte Details, heben Neueinsätze hervor oder verhelfen einzelnen Verzweigungen im Mitgehen zu klarerer Durchzeichnung, sondern sie entfalten durch lange Haltetöne auch geheime Bindekraft inmitten des dichten, ständig bewegten kontrapunktischen Geschehens. Sie legen gleichsam Spuren durch das verwinkelte, gängereiche Labyrinth, ähnlich fortklingenden Orgelpunkten oder einem versteckten Cantus firmus in überdimensionierter Augmentation. Und manchmal entstehen aus derartigen Haltetönen in wechselnder Instrumentation und wechselnden Oktavlagen regelrechte chromatische Skalenfolgen wie weitgespannte, das polyphone Auf und Ab durchziehende Fortschreitungsbögen (etwa T. 1–27 von b abwärts bis fis). Eine vergleichbare Zusammenschlußwirkung durch Chromatik hatte Ligeti schon in *Aventures* angewandt – konsequenter, vollständiger und auf engerem Raum –, um dort die Disparatheit des behenden stimmlich-mimischen Gestikulierens der *Action dramatique* auf eine durchlaufende Linie zu beziehen, sie quasi musikalisch zu binden. Überhaupt lassen die beiden nach Typus, Vorsatz und Gehalt grundverschiedenen Werke im rein Kompositorischen doch einige Verwandtschaft erkennen. So erscheint das *Allegro appassionato* der *Aventures* mit seinen hart geschnittenen Kontrasten, seiner vehement aneinandergestückten Kaleidoskop-Struktur (T. 49–64), für die das vorgeschriebene *con tutta la forza – übertreibend, außer sich* gilt, fast wie eine Vorstudie auf freilich gänzlich anderer Bedeutungsebene zur *Dies-irae*-Sequenz des *Requiems.*

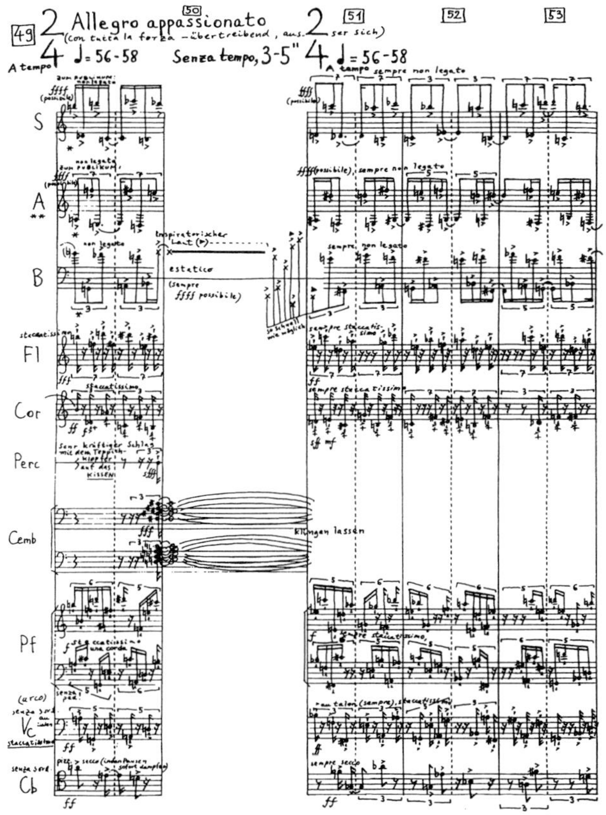

Allegro appassionato aus *Aventures,* T. 49–53

Mit *De die judicii sequentia* erfährt dieser Ansatz – ein eher im verordneten Rollenspiel verharrender Hysterie-Ausbruch von relativ kurzer Dauer – allerdings eine Ausweitung und Überhöhung ins Große, Erschütternde und Welthaltige. Das prologische Anheben und die allmähliche Aufhellung des *Introitus* mit der Friedensbitte, gerichtet an Gott, und die ausdrucksstarken *eleison*-Rufe eines dicht gedrängten, notleidenden irdischen Kollektivs im *Kyrie* – beides kontinuierliche Vorgänge – werden hier in einen Strudel von Diskontinuität hineingerissen. Oben und unten, Himmel und Erde, Gott und Menschen, Tote und Lebende prallen in einem ausweglosen Konflikt aufeinander. Die Vision von einem zürnenden Weltgericht erhält durch die Musik unmittelbare Präsenz. Die fließenden Klangbänder aus den ersten beiden Sätzen sind in ein kleinteiliges Gefüge mit harten Schnittstellen zerbrochen, die dynamischen Kurven samt ihren sukzessiven Aufladungen in ein hektisches Hin- und Herspringen zwischen äußersten Kontrasten aufgespalten; ja selbst die Rhythmik, vorher in unterstützender, eher modellierender Funktion, wird nun zu einem höchst aktiven Darstellungsmittel heftiger Exaltationen verselbständigt und wechselt abrupt zwischen gespanntem Einhalt und rascher, erregt herausgepreßter Figuration, meist noch gekoppelt mit extremen Intervallsprüngen durch alle überhaupt erreichbaren Register. Vorherrschend ist also eine entfesselte Dramatik, aus einer Vielfalt schnell gegeneinandergesetzter Einzelmomente zusammengestückt, so als wären die vorher sich überlagernden horizontalen Schichten in die Vertikale umgekippt worden und würden, statt sich kumulativ zu verbinden und zu mischen, nun in schroffer Gegensätzlichkeit und ständigem Austausch der Bilder, Farben und Ausdruckshaltungen hintereinanderstehen. Das Ganze wirkt wie ein von ungebändigter Energetik durchzogenes Kolossalgemälde, wie gezackt, unheimlich, voll greller Bizarrerie, mit sich öffnenden Schlünden, peinigender Bedrohlichkeit, aber auch beklemmenden Stille-Einbrüchen oder dem unvermuteten Aufscheinen mild strahlender Verheissung. Es erinnert darin an die großen figurenreich bewegten Wandbilder des Jüngsten Gerichts, wie sie etwa Signorelli im Dom von Orvieto oder Michelangelo in der Sixtinischen Kapelle gemalt haben.

Nur vermag die Musik leichter der merkwürdigen Seitenverkehrung zu entgehen, daß in bildlichen Darstellungen der Höllensturz der Verdammten eigentlich immer mehr beeindruckt und fasziniert als die Verklärung der Erlösten. Komponisten vergangener Jahrhun-

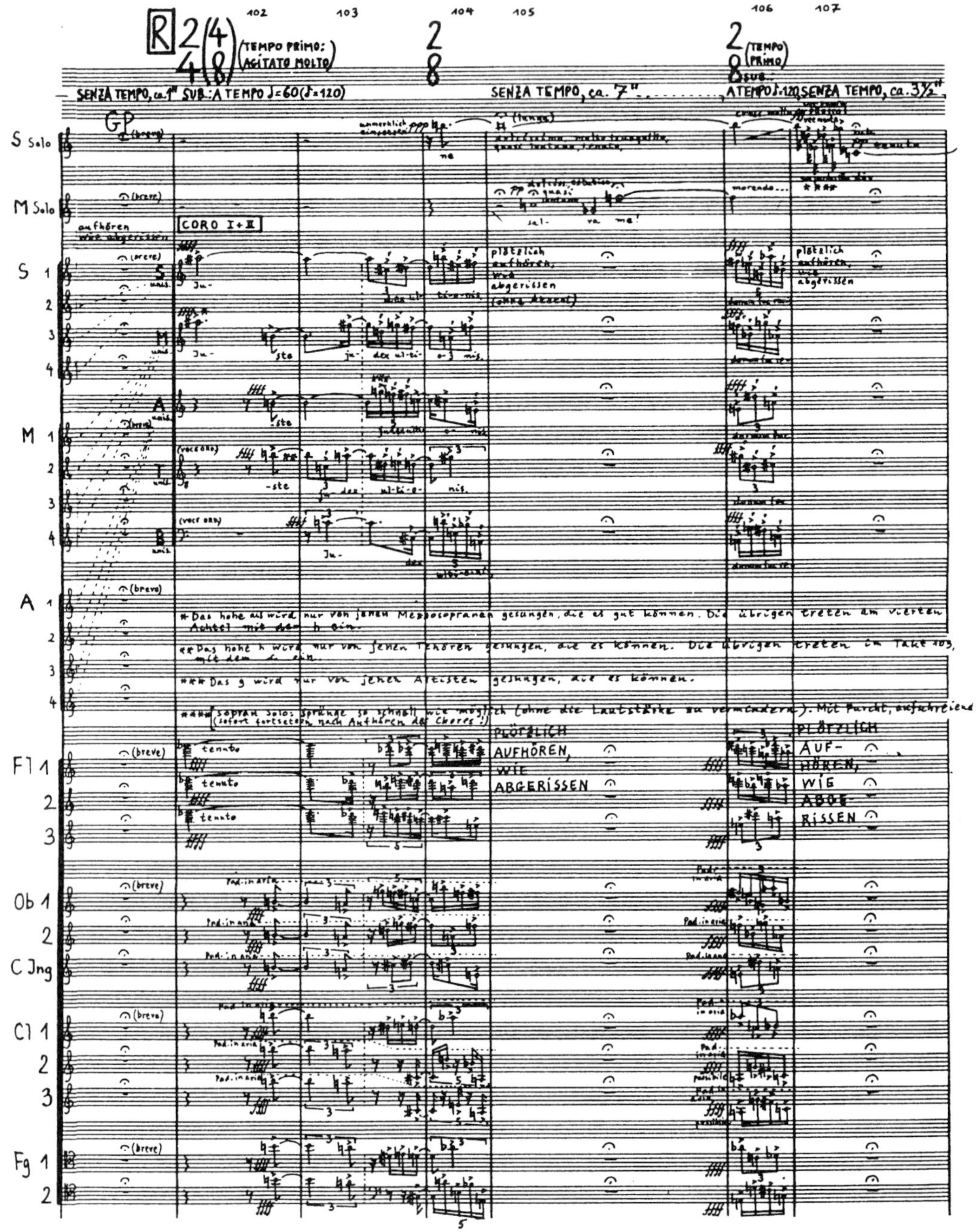

Aus *De die judicii sequentia*, dem *Dies irae* des *Requiems*, T. 101–107 (Ausschnitt ohne Blechbläser, Harfe und Streicher)

derte haben diese Überlegenheit – selbstverständlich nur für rein Kunst-Orientierte – auch stets auszunützen gewußt, indem sie die *Dies-irae*-Sequenz in eine Folge stark divergierender Einzelabschnitte aufgliederten, mit denen Schrecken und Hoffnungen, schuldbewußtes Erzittern und Vertrauen auf göttliche Gnade an „jenem Tag des Zorns, da sich die Welt in Asche auflöst", musikalisch in Balance gehalten werden können. Ligeti weicht von dieser herkömmlichen Formaufteilung in fünf, sechs oder (bei Verdi) sogar zehn aneinandergereihte Einzelsätze ab. Er komponiert vielmehr die ganze, ja ziemlich textreiche Sequenz – abgesehen vom verselbständigten *Lacrimosa* – in einem einzigen, überaus vielgestaltigen Zuge durch. Oder, genauer gesagt, er übertreibt die Stückelung in separierte Einzelzustände, in eine zerhackte Schnittfolge derart, verschränkt sie außerdem kreuzweise – auch textlich – zu einer komplex irregulären Zellenstruktur, daß sich die Teilchen und Teile zu einer höchst mobilen Agglomeration von Zeitpunkten und knappen Zeitstrecken verketten und daraus das mosaikhafte Ganze entsteht. Allerdings verwendet auch er, um die große, vor Dramatik bebende Weltgerichts-Szenerie formal zu gliedern und zugleich in komplementärer Wechselhaftigkeit zusammenzuhalten, bestimmte satztechnisch streng unterschiedene Texturmodelle, die mehrmals variiert wiederkehren und dadurch dem ständig Andersartigen quer zu allen eruptiven Ausschlägen im einzelnen und teilweise in übereinandergestülpter Kombination eine formale Lineatur geben. Es sind dies drei Haupttypen und zwei seltener vorkommende Nebentypen. Und mit Hilfe dieses überschaubaren Repertoires von fünf Typen errichtet Ligeti eine Formarchitektur, die, aus einiger Distanz betrachtet, sogar die Umrisse der alten Gliederung in acht Einzelabschnitte – fast wie bei Verdi – erkennen läßt.

Der erste Haupttypus wird vom fünfstimmigen Chor getragen, der hier, und zwar ausschließlich im dritten *Requiem*-Satz, durch einen zweiten Chor von nochmals rund hundert Sängern eine Verstärkung zur quasi unübersehbaren, ihr Urteil erwartenden Menschenansammlung erhält. Beide Chöre, stets gemeinsam in fünf Stimmlagen geführt, exzellieren in einem krassen Gegeneinander von längeren Haltetönen und gehetzt herausgestoßenen Kurzzeit-Kaskaden, die eilend den Text abhaspeln, so daß von den ersten beiden Dreizeilern der gereimten Sequenz eigentlich nur die drei Silben *Di* (*- es irae*), *Di* (*-es illa*) und *quan* (*-tus tremor*) übrigbleiben, alles übrige im überstürzten Stimmengewirr untergeht. Das volle Orchester, ebenso in *fff*-Lautstärke und mit großen Intervallsprüngen, liefert dazu ein borstiges Stoppelfeld von harten, knallenden, schrillen, zuweilen auch pfeifenden Akzenten (T. 1–10). Wie ein beängstigender Spuk wird dieser Eingang weggewischt, und es erklingt ein majestätisch dröhnender tiefer Bläserton, ein chromatisch gefärbtes B_1/A_1, über 12 Sekunden Länge. Damit wird der zweite Haupttypus eingeleitet, der den beiden Solostimmen vorbehalten ist und für den riesige Intervallsprünge in gedehnten Dauerwerten sowie angehängte, gleichsam gedrängt nachgeholte, rasant virtuose Kurz-Kadenzen charakteristisch sind. Hier, im zweiten Formabschnitt (T. 11–34), tritt nur der Mezzosopran auf, gelegentlich von Orchesterinstrumenten oder vom Chor in seinen gegensätzlichen Ausdrucksweisen unterstützt, und stellt in gespreizten Tonschritten dem mächtig tönenden *Tuba mirum* das geheimnisvoll leise *per sepulcra* gegenüber. Nach dieser doppelten Exposition erscheint der dritte Haupttypus in rhythmisch skandiertem, „intensivem Flüsterton" des Chores ohne Orchesterbeteiligung schon nicht mehr alleine, sondern wird bei seinem frostig erschauernden *Mors stupebit* von dem proklamativen Aufruf, vor den Thron zu treten (*Coget omnes ante thronum*), einem Überbleibsel aus dem *Tuba-mirum*-Dreizeiler, nach dessen Typ II wirkungsvoll und den Sinn kontaminierend durchkreuzt. Dabei erweitern der Chor und zumal die Chor-Bässe die an sich solistische Melodielinie, die nach einem Orchestereinschub (T. 48–56) diesen dritten, bereits komplexeren Formabschnitt (T. 35–60) auch im Alleingang beschließt.

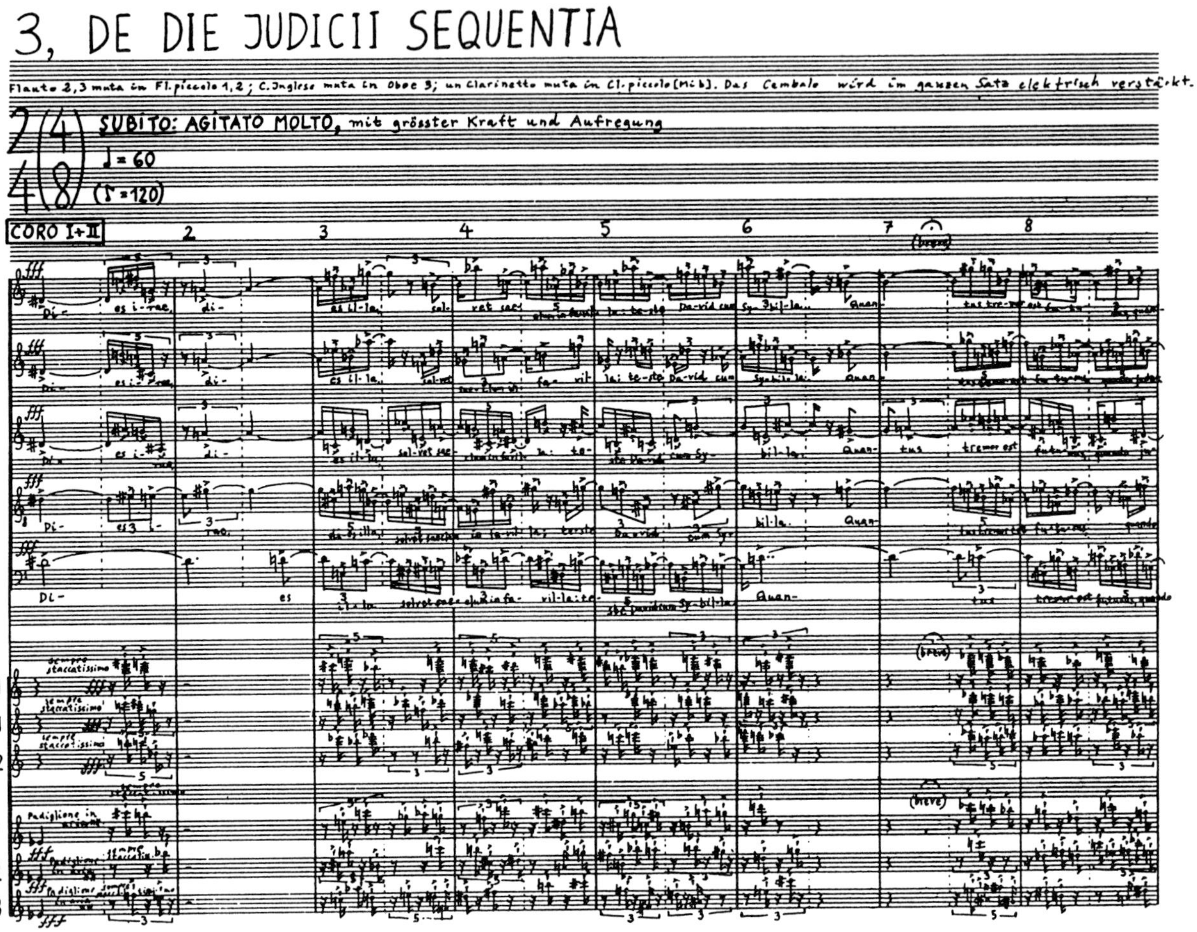

Erster Haupttypus aus *Requiem-Dies irae*, T. 1–8 (Ausschnitt ohne die weiteren 30 Orchesterstimmen)

Zweiter Haupttypus aus *Requiem-Dies irae*, T. 12–16 (nur Mezzosopran, ohne Chor- und Orchester-Einwürfe)

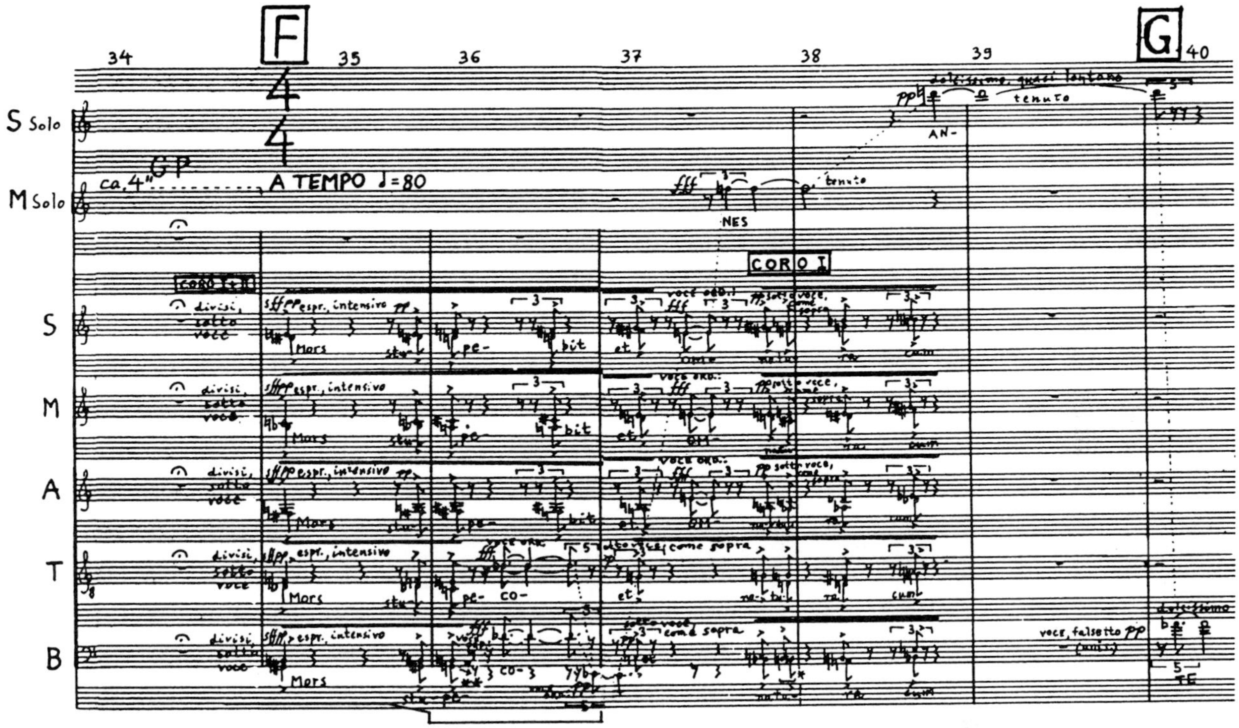

Dritter Haupttypus aus *Requiem-Dies irae*, T. 34–40 (Ausschnitt ohne Orchester-Akzente T. 36–38)

Inhaltlich ist damit die Erweckung der Toten und die Vorbereitung zum Strafprozeß über die Seelen vollzogen; gleichzeitig ist musikalisch mit drei höchst divergenten Expositionsschüben der Rahmen, der imaginäre Raum geschaffen, in dem jetzt der alles entscheidende Gerichtstag gehalten werden kann. Ein herausgeschleudertes, Antwort heischendes *Responsura* des Mezzosoprans, über fast zwei Oktaven verteilt, leitet direkt zur Eröffnung des Strafregisters über: Die Chöre hetzen zusammen mit dem akzentuierenden Orchester in Kurzzeit-Kaskaden nach dem Typ I (wie zu Anfang) entlang dem *Liber-scriptus*-Text. Und kaum haben sie den ersten Dreizeiler hinter sich gebracht, schaltet der erste Chor im Pianissimo-Kontrast auf die gedehnten Dauerwerte von Typ II um, die der magischen Erscheinung des *Judex*, des thronenden Weltenrichters, gelten und sofort von den Solistinnen übernommen werden. In solch schroffen Schnitten zwischen Himmelsmacht (Typ II) und panischer Furcht der irdischen Seelen (Typ I) stehen sich die beiden Seiten dieser finalen Gerichtsverhandlung in ihren weltenweit getrennten Positionen gegenüber, nur durch die Musik mit blitzschnellen Perspektivewechseln unmittelbar einander konfrontiert. Und wie in einer demonstrativen Beschwörung jener göttlichen Gerechtigkeit, vor der sich niemand sicher fühlen darf (*cum vix justus sit securus?*), überwölbt der Solosopran mit einer expressiv gespannten Melodielinie am Ende dieses vierten Formabschnitts (T. 61–84) noch den herausgeschmetterten Einsatz des nächsten (T. 80), mit dem die bisher geschiedenen antagonistischen Kräfte nun wirklich, wenn auch als komponierte Allegorie, in eine prozessuale Auseinandersetzung verwickelt werden.

Ligeti kombiniert das angsteinflößend imposante *Rex tremendae majestatis* nach dem chorisch skandierten Typus III, der allerdings vom vorhergehenden Flüsterton zu fanfarenartiger Stoßgewalt aufgewertet wurde, mit dem tröstend heilsgeschichtlichen Eingedenken des *Recordare, Jesu pie* nach dem ausdrucksvoll melodischen Typus II für die beiden Solistinnen. So werden in kontroverser Doppelgesichtigkeit die beiden Vorstellungsbilder vom schrecklich strafenden Himmelskönig und vom Erlösung verheißenden, mildtätigen Jesus über- und ineinandergeblendet. Musikalisch geschieht dies, indem die langen, leise ausgehaltenen Solo-Töne quasi durch die Lücken zwischen den kurzen, lauten Chorrufen dringen. Aber auch sie nehmen – wie in Reaktion – allmählich an Intensität ab und kehren über einen clusterhaften, chromatischen Abwärtsgang zum ursprünglich typengemäßen Flüstern zurück. An dieser Stelle tut sich mit einer langen as-Oktave der Frauenstimmen und der Streicher eine neue Welt auf, musikalisch wie theolo-

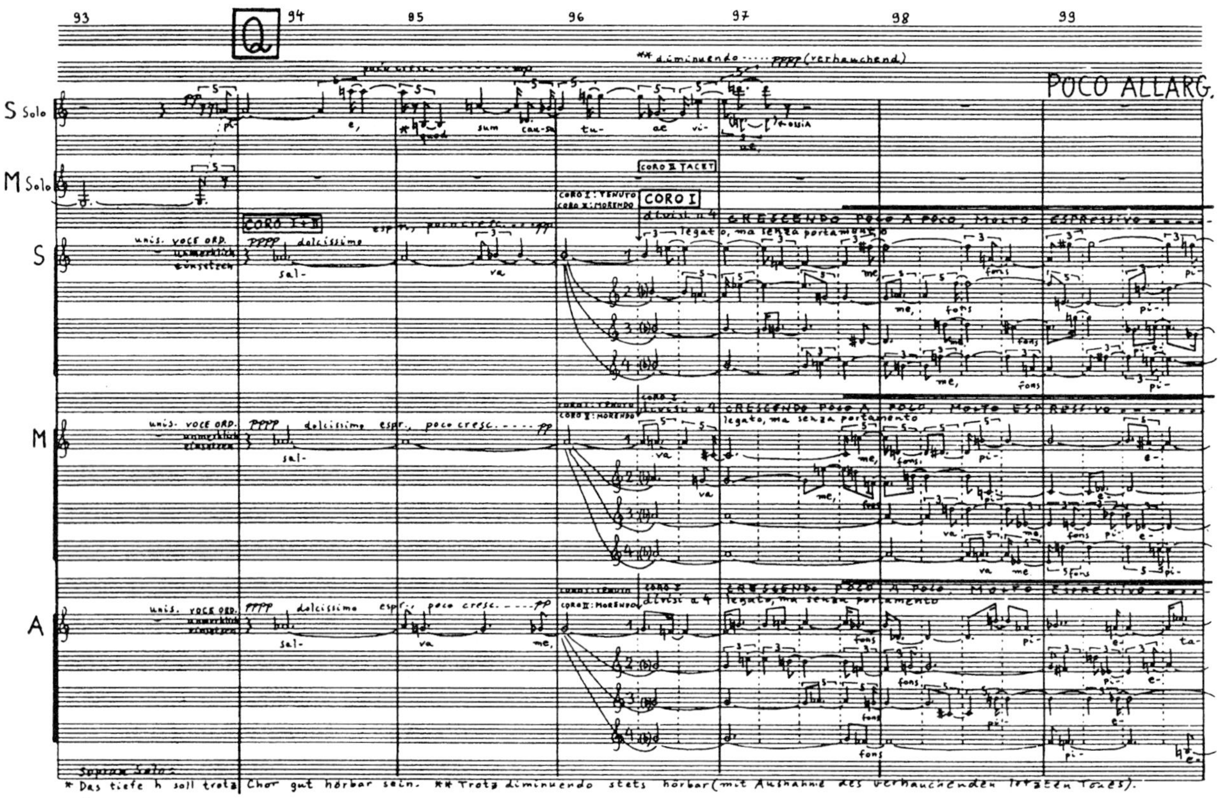

Legato-Typus IV aus *Requiem-Dies irae*, T. 94–99 (Ausschnitt ohne Streicherunterstützung bei T. 93–96)

gisch gleich bedeutsam. Denn kaum hat der Solosopran über dem unisonen as-Klang an die Erlösungstat Jesu erinnert (*quod sum causa tuae viae*), intonieren die Frauenstimmen nur des ersten Chores einen gebundenen, zwölfstimmig ineinandergeschlungenen A-cappella-Satz mit der vertrauenden Gewißheit der Gnadenbitte *Salva me, fons pietatis.* Er wird zum Fortissimo gesteigert, zu einem Äußersten an Dringlichkeit, und reißt plötzlich ab, als müsse in dem eingeschobenen Stille-Moment (T. 101) der Wirkungskraft des Gebets – nach dem neuen Legato-Typus IV – nochmals nachgehorcht werden.

Typus V aus *Requiem-Dies irae,* T. 111–117 (Ausschnitt Solostimmen ohne Orchester)

Dieser ganze Abschnitt, dessen interaktive Doppelschichtigkeit sich so überraschend in die leuchtende Farbigkeit des Frauen-a-cappella-Chores löst, ist Zentrum und zugleich Drehpunkt von Ligetis drittem *Requiem*-Satz. Nicht daß die Spannungskurve danach abfiele. Im Gegenteil, in einer sehr kompakten, dramatisch noch zugespitzteren Version kehrt jetzt nochmals die schroffe Gegenschnitt-Sequenz, wie sie unmittelbar vorausgegangen war, wieder (T. 102–110) und konfrontiert dem chorischen *Juste judex* (Typ I) die aus dem *Recordare* übriggebliebene solistische Zeile *ne me perda illa die* (Typ II), auch hier in einem inhaltlichen Kontrapunkt zwischen unerbittlicher Richtergewalt und dem stillen Vertrauen, doch trotz allem nicht verlassen zu sein. Überhaupt fällt Ligetis kritische Text-Redaktion auf, mit der er zuordnet, verbindet, Wichtiges hervorhebt, aber auch an Stellen einer frömmelnden Ausführlichkeit dank seinen raschen Staccatofolgen strafft und Unwesentliches in sich überstürzender Sprachgestik untergehen läßt. Mancherlei Feinheiten sinnstiftender Parallelisierungen mögen dabei jenseits der Wahrnehmbarkeit bleiben: daß etwa im folgenden Abschnitt (T. 111–142), durch Zusammenziehen des *Ingemisco* mit einem restierenden Dreizeiler aus dem *Recordare*-Text, die Erwähnung des Schächers und des Kreuzestodes szenengerecht aufeinanderfolgen. Doch entscheidend für diesen vorletzten Abschnitt ist ja die ganz eigene musikalische Struktur durch den Neueintritt des Typus V, der als ein Derivat des chorischen Typus I, nun umgewandelt und übertragen auf die beiden Solostimmen, zu betrachten wäre. Dies bedeutet kompositorisch wie inhaltlich eine Annäherung der beiden Konfliktparteien, was auch indirekt durch die gleichzeitig eingeflochtene Anwesenheit der Grundtypen I und II bestätigt wird. Jedenfalls ergibt sich dank der ins Ekstatische hochgetriebenen Dreierkombination mit ihren raschen, fast explosiven Textraffungen und den dagegengesetzten langen Haltetönen so etwas wie eine textliche Abbreviatur-Fassung: *In (-gemisco), parce, Deus! quoque … meae, inter oves, (par-)te dextra.* Und solches durch die Unterteilungen gleichsam gestammelte Erflehen, Gottes Gnade möge auch mir unter den Schafen die rechte Seite zuweisen, changiert nochmals in sich zwischen gepeinigt lauter Exklamation und leise herbeiwünschender Sehnsucht.

Diese bis zu den Extremen gespannte Ausdruckslage nimmt der Schlußabschnitt (T. 143–158) zunächst mit bebender Vehemenz auf, forciert drohende Höllenqual im chorischen *Confutatis* nur der Männerstimmen (nach Typ I) sowie verzweifelten Hilfeschrei im *Voca me* des Solosoprans (nach Typ II), setzt dann jedoch den sanften Erlösungsklang des zwölfstimmigen Frauenchores nach dem Legato-Typus IV dagegen: Noch über den Textinhalt hinaus (*Oro supplex et acclinis*) verheißt die Musik mit ihrem inständigen, wie von fern her und „verhalten" tönenden Frauengesang, grundiert von einem Unisono-c_1 aller Streicher, das allmählich nach oben weggeblendet wird, jenen erhofften glücklichen Ausgang (*gere curam mei finis*), die Aufnahme in den Kreis der Seligen.

Nach einem derart befriedeten, von einem Stück Jenseitslicht beschienenen Ausklang der *Dies-irae*-Sequenz mit all ihren finsteren Abgründen an Ungewißheit und all ihrer dämonischen Wildheit kann, was folgt, eigentlich nur noch schaudernder Nachhall, der Versuch eines Zurechtfindens in der neuen Situation von Ausgesöhntheit sein. Undenkbar erschiene, zumindest nach den Prinzipien formaler Proportionierung, dieser angestrengten Erlebnisdichte noch die ganze Reihe der vorgesehenen liturgischen Sätze vom *Lacrimosa* als verbliebenem Sequenz-Rest über *Offertorium, Sanctus, Agnus Dei* bis zur *Communio* anzuhängen. Daraus würden nur Duplizierungen, dramaturgisch unbegründete Zweithöhepunkte in abgeschwächter ästhetischer Konkurrenzstellung hervorgehen. Dennoch hat Ligeti das erreichte Stadium, in dem einzig noch ein kürzerer, abschließender Epilog sachlich vertretbar ist, gleichsam zweifach auskomponiert: im finalen, vierten *Requiem*-Satz, dem *Lacrimosa*, und im separierten A-cappella-Chor des *Lux aeterna*.

Die Abgesangs-Haltung des *Lacrimosa* wird äußerlich reflektiert in einer Reduzierung der Mittel – kein Chor, nur die beiden Solistinnen, kein volles Orchester, nur ausgesparte Instrumentalstimmen –, innerlich durch eine merkliche Harmonisierung des Satzes. Es herrscht gewissermaßen – und das ist neu – eine Post-Tonalität mit vorsichtig restaurierter Intervallik; freilich hängt dies auch mit der fast durchgehend beachteten Geringstimmigkeit zusammen oder, selbst wenn viele Instrumente spielen, mit der nachdrücklichen Ausdünnung des verwendeten Tonmaterials. Gleich zu Anfang schiebt sich über ein leises und sehr lang ausgehaltenes Cis_1 der Kontrabässe nichts als ein fis^2 der Piccoloflöten, als solle durch diesen gespreizten Quartklang alle vorausgegangene Dramatik von den Rändern her eingefaßt werden: dazwischen Entstofflichung, Aufgebrauchtheit, Leere. Und auch wenn hohe Streicher einen Tritonus, der sich zwischen den sacht sekundbewegten Piccoloflöten und einer hinzugetretenen Flöte gebildet hat, mit einem chromatischen Cluster auffüllen (T. 7–10), so schrumpft dieser Cluster doch stufenweise zur übermäßigen Sekunde der Klarinetten, zur großen Sekunde der Hörner und Posaunen bis hin zum dreifach oktavierten fis der Streicher. Auf diesem Ton setzen auch die beiden Solostimmen ein (T. 20) und erreichen in lianenhaftem Umkreisen (ähnlich wie eingangs die Piccoloflöten) mit den ersten beiden *Lacrimosa*-Zeilen, von Streichern äußerst zart begleitet, schließlich wieder einen Tritonus (T. 28–30). Er verschiebt sich um einen Halbton nach oben und mündet quasi kadenzierend in einen Großsekundklang. Beim zweiten Soloeinsatz mit *judicandus* (T. 36) folgen auf das lianenhafte Umkreisen die Kadenz-Intervalle Quinte, Tritonus und (bei *Deus*) abermals eine Oktave; beim dritten (T. 47) mit *Pie Jesu* ganz analog, jedoch zweiteilig, erst

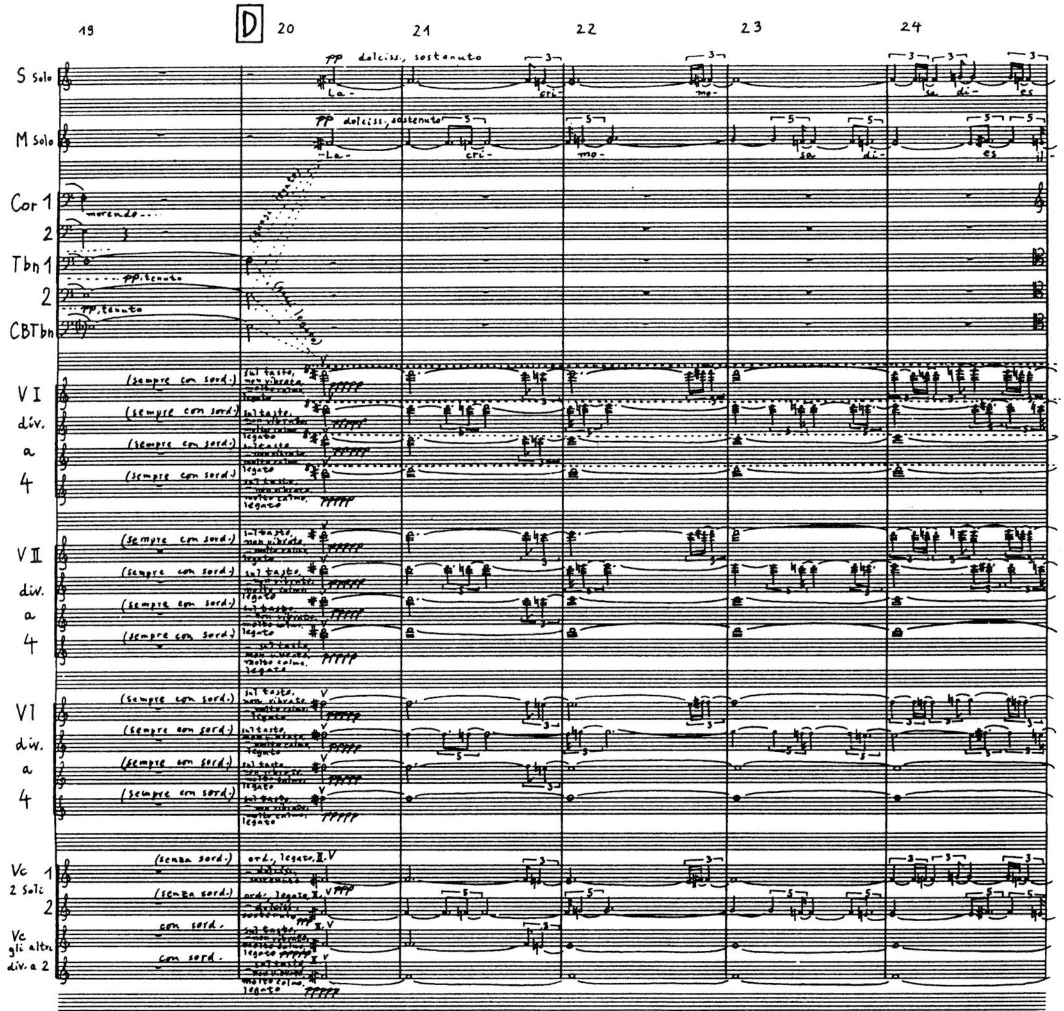

Solostimmen-Einsatz aus *Requiem-Lacrimosa*, T. 19–24

Quarte und Quinte, dann nach behutsamer Öffnung der Lianenranken bei *requiem* nochmals die Oktave, nun auf dem b-Zentralton des *Kyrie* (T. 55–57). Das Orchester umhüllt diesen entflochtenen, entleerten Oktavklang, auf den der Epilog in sich abbauender Verengung zuläuft, mit einem ätherischen Schleier, der forttönt, verschwebt und nur mit B_1 und Des der tiefsten Klarinetten einen langsam verstummenden Schattenklang übrigläßt.

Demgegenüber entfaltet das *Lux aeterna* für 16-stimmigen Chor a cappella, weil es ja im Unterschied zum *Lacrimosa* nicht Abgesang eines viersätzigen

Halbstundenwerks ist und dessen furiose Erregtheiten bis auf Grenzklänge quasi von innen her aushöhlen soll, eine in sich selbst ruhende, sehr still dahinfließende Kontinuität. Man spürt in diesem reinen Vokalstück ohne Solisten und ohne Orchester, das Ligeti nach der dazwischengeschalteten Vervollständigung der *Nouvelles Aventures* im Juli und August 1966 für die Stuttgarter *Schola Cantorum* komponiert hat, sowohl Verwandtschaft mit dem *Requiem* als auch Distanz, ganz im Sinne eines nachgelieferten, jedoch eigenständigen Epilogs. So vermischt sich zu Beginn des *Lux aeterna*, wenn die acht Sopran- und Altstimmen allein die beiden Titelwörter der Requiem-*Communio* intonieren (T. 1–24), die klangliche Reminiszenz an jenen zunächst ebenso unbegleiteten Frauenchor des *Dies-irae*-Typs IV mit einer satztechnisch völlig neuartigen Verfahrensweise. Das lianenhafte Umkreisen (ähnlich dem *Lacrimosa*) des Unisono-Einsatztons f^1, das sich sukzessive ausweitet, dient hier nämlich zusammen mit der Ligeti-gewohnten Kanontechnik aus identischen Tonschritten bei freier Rhythmisierung (ähnlich dem *Kyrie*) der Verflüssigung einer erstmals derart durchgehend konzipierten Gerüstharmonik: Die Stimmen gleiten dabei asynchron von einem vorgestellten Gerüstakkord zum nächsten, lassen ihn für einen kurzen Augenblick aufscheinen, aber meistens hat sich

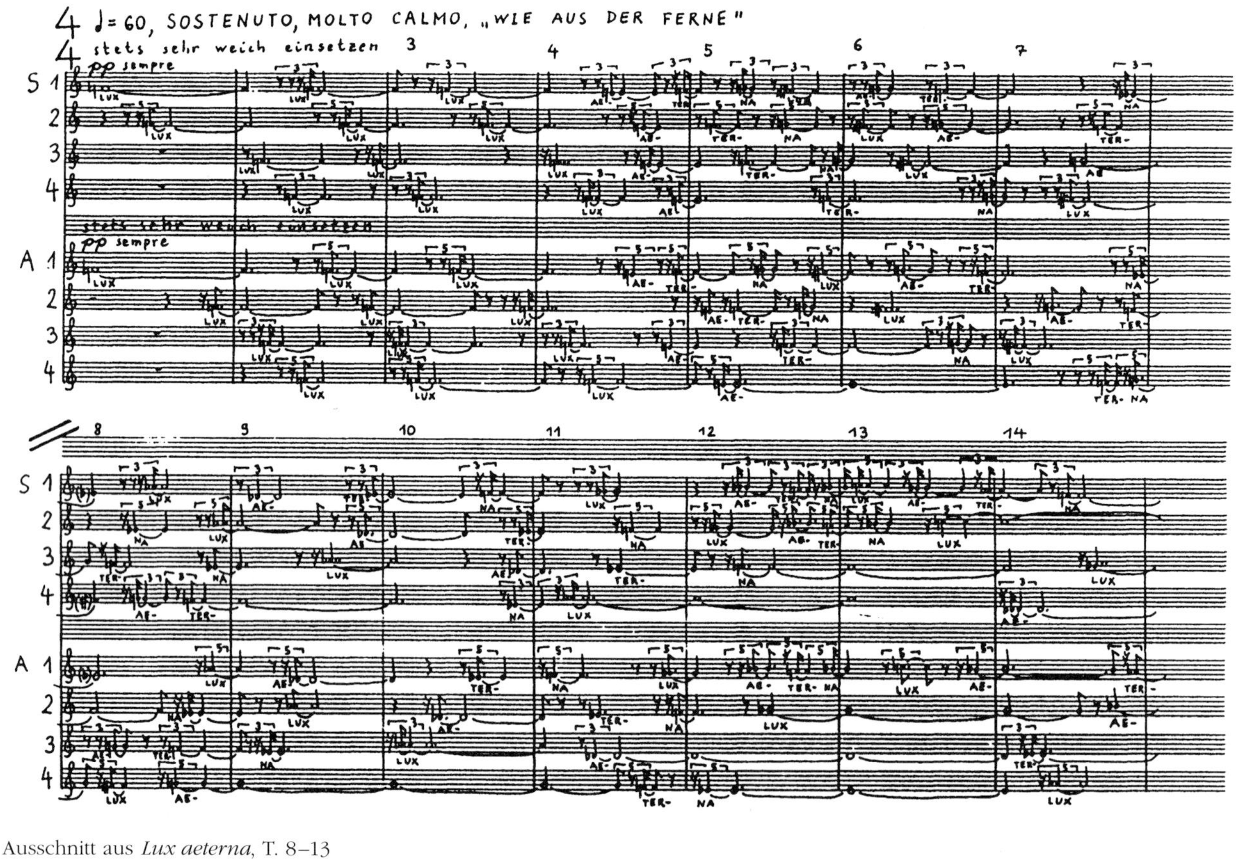

Ausschnitt aus *Lux aeterna*, T. 8–13

schon ein Ton des wiederum nächsten Akkords (meist Kombinationen aus kleiner Terz und großer Sekunde) dazwischengeschoben, so daß sich lediglich verschiedene Grade der Klärung zwischen Zonen diffuser Verwischung ergeben. Dieses Verfahren, das Ligeti zumal in *Lontano* auf den weitaus stimmenreicheren Orchesterapparat ausgedehnt hat, hält den Tonsatz in einem eigentümlich oszillierenden Schwebezustand, prägt den seit *Apparitions* und *Atmosphères* bevorzugten kontinuierlichen Verläufen statt eines genauen rhythmischen sozusagen einen ungenauen harmonischen Raster auf.

Lux aeterna besitzt dafür auf überschaubarem Feld eine Modellfunktion. Doch wird der Chorsatz mit seinen knapp zehn Minuten Dauer, abgesehen von diesem ununterbrochenen harmonischen Oszillieren, noch durch andere Charakteristika bestimmt und vor allem auch formal gegliedert. Der Frauenchor-Eingang, dessen Umkreisen sich schon zu erkennbaren Intervallen und kurzen Melodiefloskeln auffächerte, erfährt mit dem Septsprung der Soprane 1 von g^1 zu a^2 (T. 24) beim Wort *luceat* einen ersten Beleuchtungswechsel. Und dieses helle a^2, von den Tenören oktavierend unterstützt – alles im Pianissimo und *molto calmo, wie aus der Ferne* –, klingt über 12 Takte (etwa 50 Sekunden lang) fort, bis auch alle übrigen darin einstimmen. Danach beginnt, von den Tenören ja bereits vorbereitet, ein reiner Männerstimmen-Teil (T. 37–61), den der zweite, sehr viel markantere Beleuchtungswechsel beim Wiedereintritt des Frauenchors mit *Requiem* (T. 67) fast überraschend zur vollen vokalen Klangbreite ausdehnt. Diesen fluktuierenden Gesamtklang mit seiner Doppeltextierung durchzieht wie eine pochende Skandierung das kanonisch getreppte *qui* aus *Requiem* der Frauen und *quia pius es* der Männer, bis länger werdende Notenwerte und gestuftes Wegblenden einzelner Stimmgruppen die Entflechtungsphase anzeigen. Aber noch vermögen die Soprane beim zweiten *luceat* des *Communio*-Textes mit einer Tonhöhensteigerung zum h^2, wieder von den Tenören oktaviert (T. 94–102), einen strahlenden Abendschein über das gestufte Verklingen zu legen. Dann respondieren die tiefen Bässe mit einem sonoren D (T. 101–114). Und aus den diversen Tonumschichtungen dazwischen geht schließlich eine f/g-Sekunde im Alt als nachhaltig entschärfter Dissonanzklang, durchaus in Funktion einer Konsonanz, hervor. Nach dessen *morendo*-Ende notiert Ligeti sieben Takte Pause für alle.

Auch wenn das Tacet-Verharren am Schluß neben dem Wunsch zum regungslosen Nachlauschen auf stumme Ergriffenheit deuten könnte, auch wenn der über das Ganze disponierte Tonhöhenanstieg vom f der Frauen (T. 1) über das fis der Männer (T. 37/39) und das g der Soprane und Bässe beim Vollchor-Einsatz (T. 61), vielleicht sogar über das vorausgeschickte a der Soprane (T. 21) und das tiefliegende ais der Alte (T. 90), zum h im Takt 94 musikalisch eine Auffahrt in himmlische Gefilde zu symbolisieren scheint, Ligetis *Lux aeterna* widersetzt sich allein schon durch seine gegenläufig komponierte Bogenform mit Nachdruck jeder falschen Verklärung. Die Mystik, die der katholischen Liturgie anhaftet, wurde hier wie auch im *Requiem* in eine klare Haltung existentieller Bewußtheit überführt, ins Daseinshelle gehoben, ja eigentlich in konträrer Richtung zum Weltlichen hin transzendiert. Beide Werke gehören einem Bereich geistlicher Musik jenseits von Dogma, Konfession und Kirche an. Die tradierten Texte sind ihnen dabei vertraute Basis in einer ehrwürdig alten, mittlerweile nahezu neutralisierten Sprache, um darauf eine Welt klingender Imaginationen zu errichten. Und selbstverständlich fragen sie, genau wie jede Religion, nach den Rätselhaftigkeiten und Unerforschlichkeiten des Lebens, suchen aber nicht das Irrationale als unverstehbare, gottgewollte Ordnung hinzunehmen, gar als Fatum anzubeten, sondern mit offenem Blick, mit Ahnung und freier, empfänglicher Sensibilität zu durchdringen. Die gedachte Gemeinde, die solche Musik hört, ist keine Gruppierung von sozialen Wesen, die sich in der Enge eines Innenraums aufhält, sich mit der Verheißung irgendwelcher himmlischen Freuden über die entgangenen irdischen tröstet und dabei wegen des ominösen geringsten Widerstands die Normwerte bürgerlicher Konventionen hochhält. Es ist vielmehr eine bunt zusammengewürfelte, undomestizierte, unangepaßte Gemeinschaft von Individuen, die sehr wohl Entfremdung, Zerwürfnis, Daseinsnot, Einsamkeit kennt und gerade deshalb Tradition als eine Aufforderung zu ständigem Neudurchdenken, ständigem Umformen und lebendigem, also selbst aktivem Weiterführen versteht.

Stimmen der Instrumente

Eigentlich ist dies ein Märchenstoff: Ein Holz, das zu singen beginnt, ein Gegenstand, der Sprache erhält, kurz: jener Zauber der Verwandlung, durch den ein totes, stummes Ding auf einmal wahrnehmbar zu Leben erwacht, redet, sich äußert, seine ganz eigene, nur ihm zugehörige Stimme tönen läßt. Und doch sind solche wunderbaren Verwandlungsprozesse, die ruhende Materie zum Schwingen bringen, eingeschlossene Luftströme klingend freisetzen, in der Instrumentalmusik derart alltäglich, daß sie niemand mehr beachtet oder weiter darüber nachdenkt. Man hält sich nur noch an die entstandenen Produkte, freut sich über das Vielerlei der verschiedenen Klangfarben, ohne sich deren Herkunft, das einzelne oder gemeinsame Agieren einer großen Varietät von oft raffiniert hergerichteten Schallwerkzeugen aus Holz, Metall, Fell oder Rohr, aus Saiten, Stäben, Platten und mancherlei wohlgeformten Resonanzkörpern insonderheit klar zu machen. So kommt es, daß der Anhauch von Magie und Mystik, den frühe Kulturen bei einem Ton aus solchen der schweigenden Sachwelt zugehörigen Klangerzeugern empfanden, sich verflüchtigt hat – oder, was fast noch fataler ist, direkt auf die Musik übertragen wurde, als sei sie eine numinose Erscheinung aus irgendeinem menschenfernen Geisterreich. Dabei geht es ja nur darum, die Individualität eines jeden Instruments samt seiner verwunschenen Klangseele, die sich tönend zu erkennen gibt, als etwas eigentümlich Wesenhaftes voller Lebendigkeit und Charakter zu erfahren, das sich eben nicht allein durch ein pragmatisches Bescheidwissen über Tonhöhenumfang, spieltechnische Möglichkeiten und die wechselnden Farbvaleurs in den einzelnen Lagen hinreichend beurteilen und erfassen läßt. Ein Musikinstrument ist immer noch etwas mehr und etwas anderes als die Summe all jener Töne, die sich ihm gemäß seiner Bauweise und bei perfektester Handhabung entlocken lassen. Und in diesem umfassenden Sinn will es angenommen, partnerschaftlich umworben und verstanden sein.

Solches Eingehen auf das Individuelle eines Instruments, als sei jedes in seiner Art eine eigengeprägte, in sich ruhende, ja sogar durchaus reaktionsfähige Persönlichkeit, muß sich bei Ligeti schon relativ früh entwickelt haben. Sein Umgang mit den spezifischen Ausdrucksmöglichkeiten der einzelnen Klangerzeuger, die er verwendet, einerlei ob es sich um gespielte instrumentale oder singend vokale Stimmenträger handelt, läßt jedenfalls darauf schließen, daß er sie alle in den unterschiedlichsten Situationen und emotionalen Äußerungsformen aufmerksam beobachtet hat und nun über ein genaues Bild von Naturell und Temperament eines jeden verfügt, um sie, wie ein Theaterregisseur die einzelnen Mitglieder seines ihm lange vertrauten Ensembles, in der exakt richtigen Rolle für die passende, auf ihn zugeschnittene Darstellungsaufgabe einzusetzen. Selbst in der für ihn gänzlich neuen Klangwelt des elektronischen Studios fand sich Ligeti, derart zuhörend und dem typischen Verhalten jedes Geräts nachforschend, erstaunlich rasch zurecht. Sein Komponieren basiert entsprechend dieser Fähigkeit zu offener, ebenso unverstellt naiver wie analytisch wacher Kontaktaufnahme mit jedwedem akustischen Phänomen auf einem gleichsam haptischen Vorauswissen oder Vorausahnen, welche Stimmen mit ihren vernehmbaren Charakteren – allein oder kombiniert –

welche Klänge erzeugen sollen. Und so hat er in einem ausführlicheren Kommentar zu *Lux aeterna* (*ÖMZ* 2/1969, S. 82–88) darauf hingewiesen, daß es für ihn auch keinerlei Stufengang oder getrennte Zuständigkeiten zwischen Komposition, Instrumentation und respektvollem Einkalkulieren der Interpreten gibt: *Praktische Gesichtspunkte, ob ein Instrumentalstück auch spieltechnisch „liegt" oder ein Gesangsstück „vokal" konzipiert ist, sind für mich keine Frage eines Kompromisses in Richtung der Aufführbarkeit meiner Musik. Ich würde weder einen stilistischen noch einen aufführungstechnischen Kompromiß dulden, ich hasse Gefälligkeit.* Vielmehr seien die Berücksichtigung dessen, was ein Instrumentalist oder ein Sänger, ein Orchester oder ein Chor leisten könnten, bereits in den Entwurf der Stücke eingegangen, seien *in den ersten musikalischen Vorstellungen gleichsam von selbst, und ohne daß ich dies bewußt überlegt hätte, mit enthalten: ich denke nie in abstrakten „Stimmen", sondern in sinnlich-konkreten instrumentalen oder vokalen* (S. 86).

Ligeti geht sogar in einer für ihn höchst bezeichnenden Weise noch einen Schritt weiter: Die für ihn sinnlich-konkreten Stimmen von Instrumenten oder Vokalisten gehören des öfteren schon im Stadium der Planung zu bestimmten Personen, besitzen also über das gewählte Instrument oder Stimmfach hinaus eine ganz reale, in all ihren Wesenszügen und musikalisch-interpretatorischen Eigenheiten bekannte Gestalt und können so unmittelbar in den Vorgang des langsamen Heranreifens und der Herauskristallisierung eines Projekts aufgenommen werden. Denn *die Eigenart der Stimmenbehandlung variiert dabei, je nachdem, ob ich die Musik für Solisten – gar Solisten mit spezifischen Fähigkeiten – für Chor mit Instrumenten,* [...] *Chor a cappella* oder irgendeine andere Besetzung *„denke"* (S. 86). Schließlich erwähnt Ligeti bestimmte *versteckte Bestandteile*, gewisse *„eingebaute" Sicherheitsfaktoren* in seinen Kompositionen, *die nicht direkt in Erscheinung treten, jedoch für das „Funktionieren" einer musikalischen Struktur* [...] *verantwortlich sind*; die bei der Intonation helfen oder zur Orientierung im Dickicht kontrapunktischer Schichtungen dienen können, seien es *Stütztöne* oder *geheime Webmuster* oder – wie bei *Aventures* – *nur für die Ausführenden, nicht aber für die Hörer wahrzunehmende interne Stimmzusammenhänge, die die unerklärliche Leichtigkeit der gefährlich scheinenden musikalischen Seiltänze begründen* (S. 88). Diese leitenden Konzentrationspunkte oder Balancierungshilfen für die Interpreten sind nun keineswegs nur artistische Tricks aus den Geheimschubläden des tonsetzerischen Metiers, sondern sie sind Teile, dazugehörige Details in Ligetis eigenem sehr kompakten Vorstellungsbild, der darin selbst zum Vorausdenker oder Voraushörer der späteren Ausführung wird und deshalb ebenso der geheimen Anleitung und der abstützenden inneren Balance bedarf. Verdeutlichend fügt er die Rede des Puppenspielers aus Kleists Abhandlung *Über das Marionettentheater* an: *Jede Bewegung, sagte er, hätte einen Schwerpunkt; es wäre genug, diesen in dem Innern der Figur zu regieren; die Glieder* [...] *folgten ohne irgendein Zutun* [...] *von selbst.* [...] *Die Linie, die der Schwerpunkt zu beschreiben hat, wäre zwar sehr einfach.* [...] *Dagegen wäre diese Linie wieder, von einer anderen Seite, etwas sehr Geheimnisvolles. Denn sie wäre nichts anderes, als der Weg der Seele des Tänzers; und er zweifle, daß sie anders gefunden werden könne als dadurch, daß sich der Maschinist in den Schwerpunkt der Marionette versetzt* [...].

Analog hätte sich der Komponist von Instrumentalmusik doppelt in etwas hineinzuversetzen: in die *geheimnisvolle* Natur des Instruments, für das er schreibt, und in die *Seele* des Spielers, den er durch seine notierten Vorschriften zu *regieren* sucht. Beides sind gegebene Voraussetzungen, deren kalkulatorischer Variabilitätsgrad sich zumal durch die frühzeitige Fixierung der planenden musikalischen Phantasie auf einen bestimmten Interpreten einengen und ziemlich gering halten läßt. Und eben dieser Möglichkeit zur Absicherung hat sich Ligeti auch bei jenen fünf Kompositionen bedient, die er, wie der Maschinist sich in die Seele seiner tanzenden Marionette versetzt, recht eigentlich aus dem Geist, den inkorporierten Persönlichkeitszügen der jeweils verwendeten Instrumente entwickelt hat: bei dem *Konzert für Violoncello und Orchester* (1966), bei den beiden Orgel-Etüden *Harmonies* (1967) und *Coulée* (1969), dem Cembalo-Stück *Continuum* (1968), den *Zehn Stücken für Bläserquintett* (1968) sowie bei den *Drei Stücken für zwei Klaviere* (1976). Alle fünf sind (mit der kleinen Ausnahme der 2. Orgel-Etüde) den jeweiligen Uraufführungsinterpreten gewidmet und mit dem Gedanken an ihre Spielweise erfunden. Freilich bleibt dann trotz des eingeschränkten Risikos, an welchen Adressaten man sich wendet, für den Komponisten immer noch die schwierige Aufgabe, in all die bewegten Klänge jene *sehr einfache Linie* einzusenken, *die der Schwerpunkt zu beschreiben hat*, also der Musik gewissermaßen ein natürliches Gefälle zu geben, sie durch eine *geheimnisvolle*, aber unmittelbar verständliche und einleuchtende innere Lineatur zusammenzuhalten und zu binden. Gerade nach der Demontage aller herkömmlichen grammatikalischen Strukturierungselemente wie Motiv, Thema, Tonalität, Formensymmetrie, Metrik und Harmonik, außerdem quer zu Ligetis überbordender und verwischender Häufung von polyphonen Stimmen, asynchronen Rhythmen und gegeneinander verschobenen Akkorden, sind solche unterschwelligen Anhaltspunkte und fast unabsichtlich einkomponierten Orientierungslinien besonders notwendig und wichtig. Sie wirken als Vermittler und Wegweiser der Perzeption.

Allerdings scheinen beim *Konzert für Violoncello und Orchester* derartige Hilfen zur leichteren Durchhörbarkeit der Faktur wenigstens zunächst gar nicht erforderlich zu sein. Und dafür gibt es drei Gründe: den allgemeinen, daß Ligeti dieses Konzert – schon damit dem traditionellen Gattungstyp zuwiderhandelnd – ausgesprochen kammermusikalisch besetzt mit acht Bläsern (nur die Klarinetten sind verdoppelt), Harfe und fünf Streichern (die tatsächlich, neben mehrfacher Besetzung, auch einzeln als Quintett spielen können), und daß er dadurch die Möglichkeit zu undurchdringlichen Stimmenüberlagerungen ziemlich eingeschränkt hat; sodann den speziellen, daß mit dem Soloinstrument, obwohl es keineswegs in konzertgewohnter Manier zu einer selbstgefälligen Primadonnenrolle veranlaßt wird, sondern sich eher anregend und mitwirkend ins Ensemble der zusammen nur 15 Stimmen eingruppiert, doch eine quasi zentrierende Figur, zumindest eine Bezugsebene vorhanden ist, an der sich die Aufmerksamkeit ausrichten und orientieren kann; der dritte Grund zum leichteren Zurechtfinden ist schließlich, daß der Verlauf des Konzerts mit seinem *aus dem Nichts kommenden* Ein-Ton-Beginn und seinen sehr langsamen, vorsichtig progredierenden Anreicherungen an Ereignisdichte der Bereitschaft zum Einhören – und nicht nur für Ligeti-Stil-Vertraute – genügend Entwicklungszeit läßt. Anderthalb Minuten lang erklingt nur e^1, fast eine weitere Minute hindurch lediglich von einem f^1 gefärbt und begleitet, ehe im Takt 26 – und das ist nach bereits einem Drittel des ersten der beiden Sätze – aus diesem überaus leisen Modellieren und Fortspinnen einer einzigen schmalen Tonspur ein Quartcluster herauswächst, der sich kurz darauf bis zum Quintumfang erweitert. Aber kaum ist dieser Zustand einer immer noch sehr zarten klanglichen Konkretisierung erreicht, wird er schon wieder abgebaut und durch eine gläsern-irreale b-Oktavierung aller Streicher (T. 36) abgelöst. Damit beginnt im Tritonus-Abstand zur ersten eine zweite Phase des Satzes, die nun analog, jedoch etwas beschleunigt statt zum Tonhöhen-Ambitus der Quinte (d-a) zu dem der kleinen Sexte (a-f) und sogar für einen kurzen Moment zum Fortissimo (T. 54) gesteigert wird, bis das Solo-Cello in schwindligen, „gefährlich-dünnen" Flageolett-Höhen über tiefster Baßgrundierung die noch fehlenden Tonhöhen fis-g-gis nachliefert und gleichsam am Sauerstoffmangel bei gis^4 *erstickt* (wie Ligeti in der Partitur anmerkt).

Angesichts solcher doch ziemlich radikalen Minimalisierung dessen, was in den rund sieben Minuten

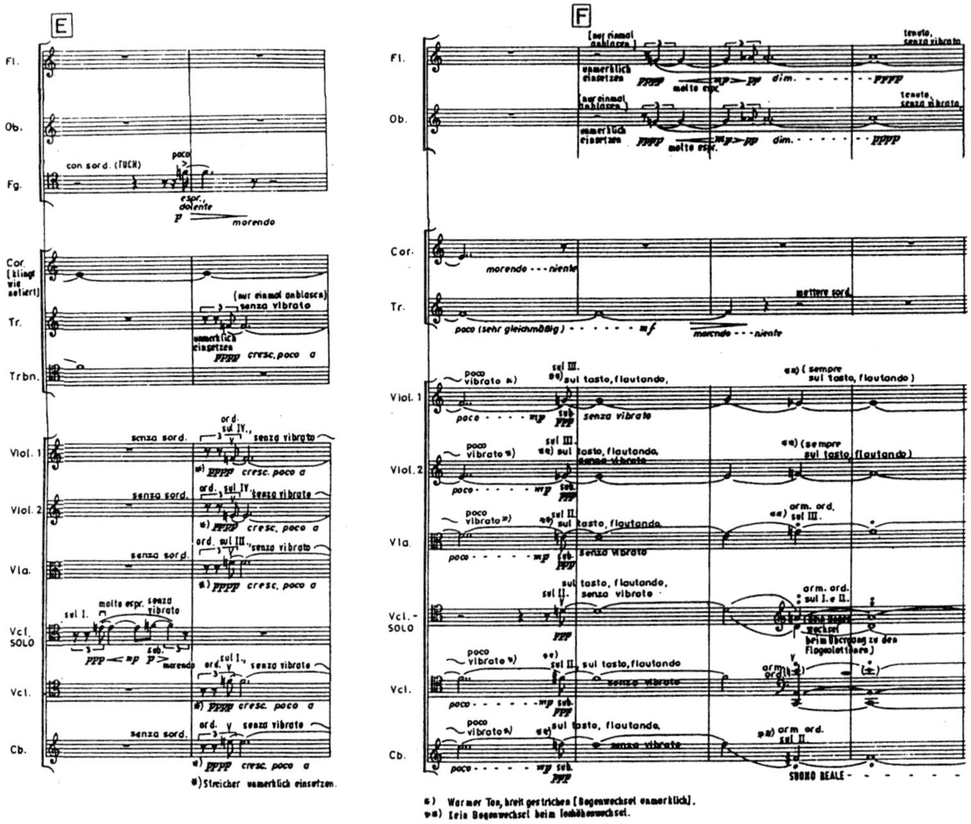

Klang-Erweiterung im 1. Satz des *Cellokonzerts*, T. 24–29

des ersten *Cellokonzert*-Satzes tatsächlich geschieht, sieht sich der Hörer darauf angewiesen, in die Feinstrukturierung des Klanges einzudringen, die minuziösen Farbveränderungen durch Hinzutritt oder Wegblenden von Stimmen – ähnlich einer höchst differenzierten Orgelregistrierung – oder durch Schattierungen der Tongebung (mittels Vibrato, Strichstellenwechsel, Flageolett, Tremolo, Trillern, kleinsten Ausdrucks- und Dynamik-Nuancen) als Geschehnisse in sonst unbeachteten Randzonen wahrzunehmen; und demzufolge muß er eben unter gleichfalls radikaler Reduktion der eingeübten Erwartungshaltung schon einen *molto espressivo* ausgespielten Halbtonschritt (wie im Solo-Cello T. 24, T. 40, T. 43, in Flöte und Oboe T. 28) für ein bewegendes motivisches Ereignis halten. Wer sich freilich dieser extremen Sensibilisierung seines Aufnahmevermögens – in Graden, wie sie etwa Scelsi durch seine Ein-Ton-Stücke gefordert hat – erst einmal ohne Scheu und Vorbehalt unterzogen hat, der kann im zweiten Satz des *Cellokonzerts* erleben, wie jene fast unmerklich exponierte Idee einer Beschleunigung – in den erst mehr, dann weniger verzögerten Abläufen der beiden Phasen des ersten Satzes – unerwartet zu immer behenderer, immer ausgreifenderer Agilität hochgetrieben wird. Dies vollzieht sich zwar in einem ähnlich progredierenden Stufengang und insgesamt nach einem durchaus verwandten Bauplan wie im ersten Satz, sogar mit derselben Zwei-Phasen-

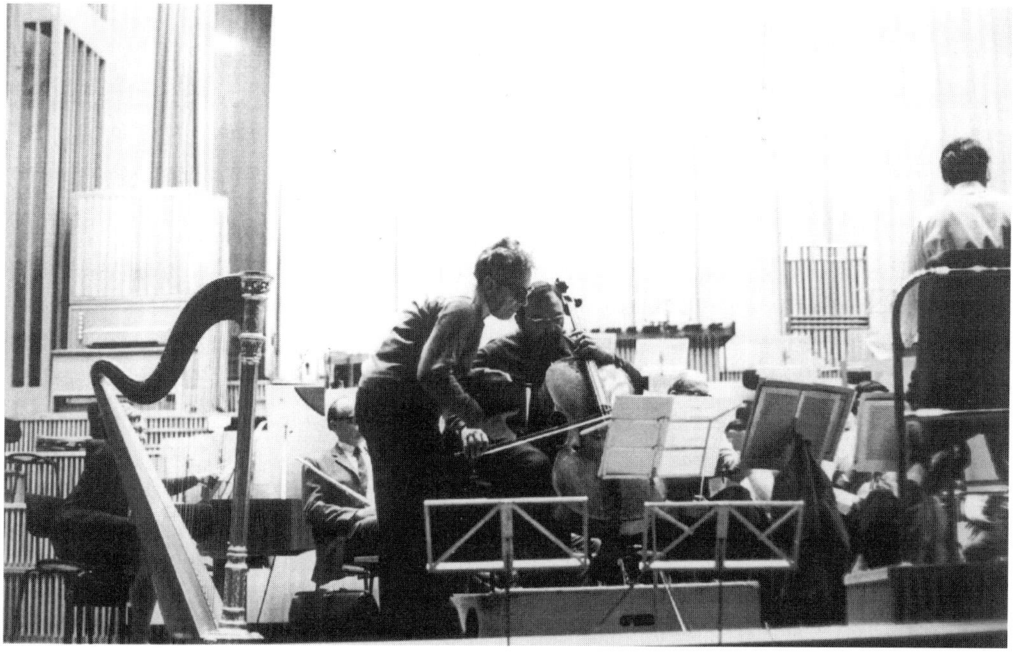

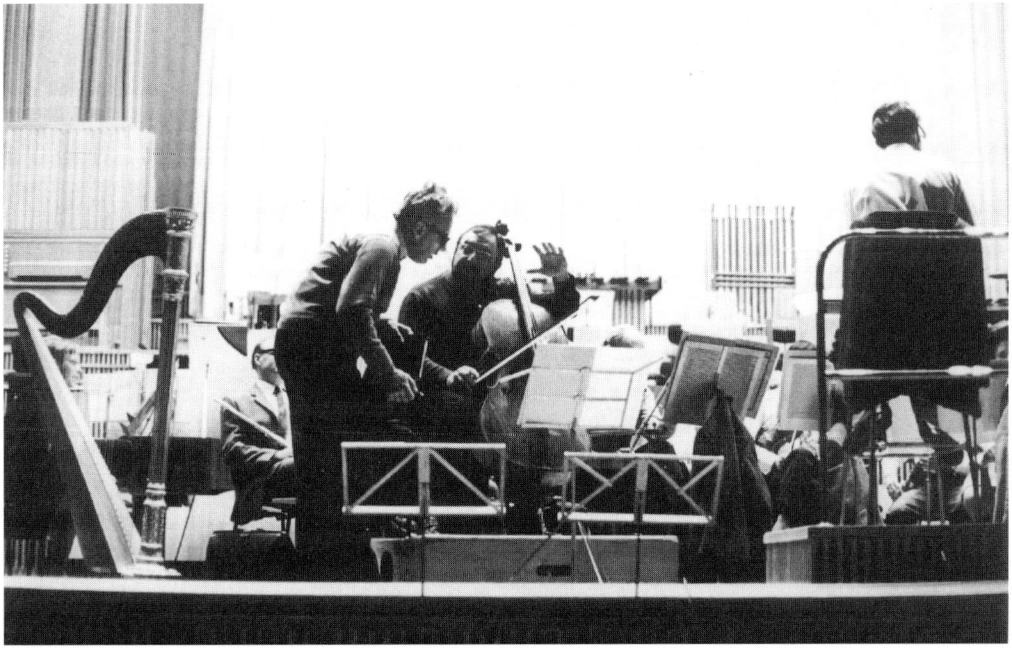

Berlin 1970:
Probe zum
Cellokonzert
mit
Siegfried Palm

Teilung (hier mit Neuansatz T. 41) und derselben Sonder-Vorführung des vereinsamten Solo-Cellos am Schluß (hier in Gestalt einer „Flüster-Kadenz", T. 77/78). Aber allein der Austausch des verwendeten Grundmaterials von Halbtonschichtungen gegen auf und ab geführte Intervalle in erkennbaren, oft weitgespannten Größen und der Austausch der zeitlichen Ereignisdichte von maximal vier Veränderungen pro 4/4-Takt gegen maximal 16 (und durch Überlagerung noch mehr) Notenwerte je einzelnes Viertel (bei gleichem Tempo ♩ = 40) birgt in sich ein nicht zu unterschätzendes Expansivpotential. Und dieses läßt den Satz über Strecken der Verengung im Rhythmischen und der Ausweitung im Intervallischen in immer zugespitztere Situationen geraten, bis die anfangs noch zurückgehaltenen, aufgestauten Erregungsenergien in der zweiten Phase durchbrechen und ihn in eine schroffe Gegensätzlichkeit heftig kontrastierender Kurzabschnitte auseinanderreißen.

Das ganze Konzert läßt sich allerdings auch unter einem völlig anderen Aspekt betrachten: als Porträt des Solo-Instruments und – dabei indirekt mitgedacht – des vorausbestimmten Solisten, Siegfried Palm. Was vermag denn dieses Instrument Violoncello, der ausgewachsene große Bruder in der Geigenfamilie, eigentlich? Und woran sind die Cellisten, um mit ihrem liebevoll traktierten Klangwerkzeug besonders brillieren zu können, vor allem interessiert? Ligetis unverkennbare Sympathien zur Eigenart des Instruments mit seiner historisch ziemlich späten Emanzipation von der dienenden Baßfunktion zu nachhaltig individualisierten Oberstimmen-Würden sind da nicht ganz frei von einer gewissen Ironie im Erfassen und Eintaxieren der dadurch heraufbeschworenen Zwitterhaftigkeit. Er interpretiert die Persönlichkeitsstruktur des Instruments deshalb dialektisch: Für die beiden so gern herausgestellten Vorzüge, sich in schönen Kantilenen zumal auf der A-Saite und zumal in höheren Lagen ergehen zu können und andererseits doch über alle Talente zu furios enthemmter Virtuosität zu verfügen, schafft er in den zwei Sätzen seines Konzerts den notwendigen und gewiß auch erwünschten Entwicklungsraum; aber wohl wissend, daß dem trügerischen Anblick des voluminösen Instrumenten-Korpus nicht immer die Durchsetzungskraft der damit produzierten Töne entspricht, übertreibt er zugleich die beiden charakteristischen Vorzüge bis hin zum Aberwitzigen und Grotesken. Er operiert mit sichtlicher Lust und, weil ihm dies überhaupt liegt, hauptsächlich im Bereich des Leisen, dynamisch äußerst Fragilen, wo Tonstärke jedenfalls nicht mehr gefragt ist. Und so darf das kritisch dechiffrierte Violoncello seiner Kantilenen-Neigung im ersten Satz mit sehr langen, auch genügend hohen Pianissimo-Tönen sowie drei ausdrucksvollen Halbtonwechseln frönen und im zweiten Satz seine Virtuositätsimpulse in rasendem Tempo und wilden Registersprüngen ausleben. Beides mündet als heitere Quintessenz da in die allerhöchste Flageolett-Region, dort in das sich selbst überschlagende Gestikulieren der „Flüster-Kadenz" bei völlig weggeblendetem Ton.

Ohne wirkliche Kenntnis eines lange vertrauten Individuums, also auch eines Musikinstruments, ist solche freundlich-kritische Einstellung zu all seinen Wesenszügen, zu den speziellen Begabungen wie den mancherlei kleinen Unvollkommenheiten, schlechterdings nicht denkbar. Gleichwohl sollte nicht übersehen werden, daß Ligeti beim liebevoll-vergnügten Auspinseln seines Violoncello-Porträts, das seiner genauen Beobachtung der instrumentalen und, wie in *Aventures/Nouvelles Aventures*, der menschlichen Psyche entstammt und, besonders im zweiten Satz, einige Verwandtschaften dazu zeigt, keineswegs nur mit erprobten kompositorischen Mitteln hantiert hat. Fast nebenbei hat er vielmehr drei neue musikalische Darstellungstypen eingeführt, von denen sich mindestens zwei inzwischen als ziemlich folgenreich erwiesen haben. So begegnet im ersten Satz, gerade bei der abschließenden Gipfeltour des Solo-Cellos in die höchste Flageolett-Region, aber auch schon vorher, zum ersten Mal ganz dezidiert die Auseinandersetzung mit dem problematischen Unterschied zwischen der allgemein gebräuchlichen temperierten Stimmung, die den 12 Halbtönen innerhalb der Oktave (seit 1700) mathematisch gleiche Abstände zuweist, und der reinen Stimmung, wie sie sich aus dem physikalischen Phänomen der Obertonreihe ergibt. Zuliebe dem reinen, nicht egalisierten Zusammenklingen benutzt Ligeti beim Flageolett-Schluß nun absichtlich die hörbar gemachten, recht entfernten Obertöne 13, 14 und 15, weil sie sich deutlich der gleichmacherischen Domestizierung des temperierten Tonsystems widersetzen. Der zweite neue Darstellungstypus, wenn auch schon in *Aventures* vorgebildet, expandiert den Ausdrucksradius quasi in die entgegengesetzte Richtung, nicht zum „Natürlichen“, sondern hin zum künstlich Gemachten einer enorm schnellen, tickenden Maschinenhaftigkeit. Er tritt in leise hastender Ruhelosigkeit im zweiten Satz zu Beginn von dessen merklich angespannter zweiter Phase auf (T. 41–44), begleitet von Ligetis Anweisung: *Sehr gleichmäßig, vollkommen akzentlos – wie ein Mechanismus von höchster Präzision (als wären sämtliche Instrumente ein einziges Instrument).* Und er führt direkt zum dritten Darstellungstypus, dem vergleichsweise weniger folgenreichen, bei dem die fünf beteiligten Instrumente (Posaune, Fagott, Solo-Cello, Horn, Trompete) zu noch genau festgelegten, unterschiedlichen Startpunkten in eine exzessive, metrumfreie *prestissimo-possibile*-Bewegung losgelassen werden (T. 44–49). Dies mag als eine Variante dessen gelten, was bei Lutosławski *aleatorischer Kontrapunkt* heißt, entspricht aber zugleich auch Ligetis generellem Mißtrauen gegenüber Taktstrichen, die er nur optisch als Synchronisierungshilfe, niemals im Sinne einer konventionellen Betonungsordnung, gelten lassen will.

Die Musik sei *gleichsam fließend zu gestalten*, verlangt er von den Interpreten im Partitur-Vorwort des *Cellokonzerts*. Und dies gehört wohl zu seinen Grundvorstellungen von der Handhabung des Zeitparameters: Das Klanggeschehen soll unablässig strömen, ein definierter erster Zustand sich unmerklich in einen anderen verwandeln, Harmonien oder Farben sollen

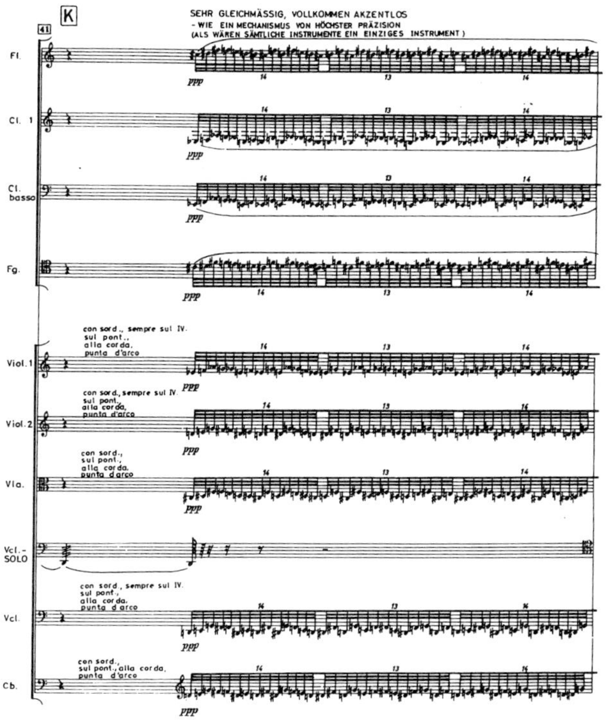

Cellokonzert, 2. Satz, Beginn der zweiten Phase, T. 41

in verschleiften Übergängen (*stets sehr weich* oder auch *unmerklich einsetzen* steht beinahe auf jeder Partiturseite) auseinander hervorwachsen – ohne Akzentuierung, ohne spürbaren Puls, ohne jede unterlegte periodische oder metrische Zeitmessung, so daß von ihm gesetzte Sforzati, jähe Einschnitte, Texturwechsel, dynamische Eruptionen oder plötzliche Abbrüche wirklich unerwartet und völlig unvorbereitet eintreten; daß sie das Kontinuum zerreißen und um so expressiver, ja katastrophischer wirken. Das Aussparen oder sogar Aussperren jeder erkennbaren Skandierung der Zeit macht zugleich Dauern wegen ihrer diffusen Unbestimmtheit und perzeptorischen Unvorhersehbarkeit zu einem frei bildbaren, kompositorisch modellierbaren Material. Umgekehrt läßt sich dann

Form, weil sie nicht mehr auf der Summation soundsovieler Unterglieder, wie Phrasen, Halbsätze oder Perioden, beruht, die sie zusammenzuschließen und zu überwölben hat, um so leichter und eindrücklicher durch die wenigen dennoch vorhandenen Entwicklungsknicke, die Stillstände oder Sprünge im Fließen der Zeit abgrenzen und artikulieren. Dank dieses für Ligeti signifikanten Umgangs mit dem Parameter der Dauern, der ein sonst, bei anderen Komponisten, doch immerhin mögliches Vorausahnen, wie lange ein formaler Vorgang zu seiner Entfaltung braucht, eigentlich prinzipiell ausschließt, wird zugleich der subjektivierte Ablauf der Zeit – ein essentielles Phänomen der Musik – ungeschützt und ungesteuert wahrnehmbar. Man lernt etwas von dem zu erfahren, was Ligeti anläßlich *Apparitions* über seine sehr plastische, synästhetisch angereicherte Zeitvorstellung gesagt hat: *Zum Beispiel ist der Begriff „Zeit" für mich nebelig-weiß, langsam und unaufhaltsam von links nach rechts fließend, wobei er ein sehr leises hhhh-artiges Geräusch erzeugt. „Links" ist in diesem Fall ein violetter Ort von blecherner Beschaffenheit und ebensolchem Klang, „rechts" ist hingegen organgefarben, hat eine hautartige Oberfläche und einen dumpfen Ton* (*Melos* 5/1967, S. 165).

Es scheint zumindest nützlich, sich mit derart komplexen Assoziationen von Farben, Materialien, ununterbrochen vorbeiziehender Links-Rechts-Richtung und geheimnisvoll hauchendem Begleitgeräusch auf eine besondere Empfänglichkeit für den musikalisierten Zeitablauf einzustellen, will man sich den beiden *Études* für Orgel *„Harmonies"* und *„Coulée"* in angemessener Weise nähern. Denn sie bestehen aus nichts anderem als Zeitablauf, sind absolut monadisch, verfolgen eine einzige musikalische und zugleich spieltechnische Idee. Daß Ligeti die beiden Stücke, die er im Zweijahres-Abstand, im Juli 1967 und im Juli 1969, komponiert hat, mit französischen Titeln versah, bezeichnet ihre mitgedachte Abstammungslinie aus der französischen Etüden-Tradition von Chopin oder Debussy und reflektiert auf deren Vorbildlichkeit in der nahtlosen Übereinstimmung zwischen abgegrenztem klavieristischem Einzelproblem und daraus entfalteter musikalischer Poesie. Die auslösenden Ingredienzien mögen auch bei Ligeti dieselben sein, doch verwehrt der andere geschichtliche Standort samt all seinen musiksprachlichen Unsicherheiten und Verwicklungen eine vergleichbare Lösung. Außerdem ist die Orgel ein ganz eigenes, mit höchstem Respekt zu behandelndes Instrument. Was sie alles kann, wie reich und variabel ihr Fundus an unterschiedlichen musikalischen Physiognomien ist, läßt sich allein schon aus der auffälligen Divergenz der Ergebnisse zwischen Ligetis früherer Erkundung ihrer oft verborgenen Individualseele in *Volumina* (1961/62) und der jetzigen in den *Études* erschließen. Dort ging es um einen energischen Domptierungsversuch am Total ihrer Möglichkeiten, um durch eine neuartige Spieltechnik mit wechselnd strukturierten chromatischen Clustern den ganzen Vorrat an Farb- und Dynamik-Reserven in ein neues, flexibleres Stadium weitkurviger klanglicher Lebendigkeit zu versetzen. Hier dagegen herrscht die Innenkonzentration auf eine einzige, durchgehend beibehaltene Spielart, die zweimal jenes Spezifikum der Orgel, über einen unbegrenzten Atem zu verfügen, im Kontrast zwischen Sostenuto-Ruhe und irrwitziger Prestissimo-Bewegung ausnützt. Vielleicht hängt diese Divergenz ja auch mit den vorgesehenen Interpreten und Widmungsträgern zusammen: dem genialischen, eher exzentrischen Karl-Erik Welin bei *Volumina* und dem vergleichsweise stilleren, detailinteressierten Gerd Zacher, der die monströse Maschinerie der Orgel im Sinne eines modernen Strukturdenkens nachhaltig zu sensibilisieren verstanden hat, bei den *Etüden*.

Jedenfalls setzt die erste Etüde *Harmonies* eine von Zacher favorisierte Methode ein, dem starren Orgelklang durch Verminderung des Winddrucks eine größere Modulationsfähigkeit, eine bisweilen fahle Brüchigkeit zu verleihen, um dadurch die notierte Aneinanderreihung von bloß 230 jeweils um einen Ton veränderten Harmonien mit verfremdender Irregulari-

Anfang der ersten *Orgel-Etüde „Harmonies"*, „T." 1–22

tät im klingenden Erscheinungsbild auszustatten. Dem gleichen Ziel dient das vorgeschriebene *Rubato*, das beliebige Verlängerung der einzelnen Akkorde oder ihre verkürzte Zusammenfassung zu Durchgängen erlaubt, nur jedes Auftauchen von Gleichförmigkeit vermeiden will. Schließlich soll ein Assistent während der gesamten Dauer der Etüde von 6 bis 9 Minuten ständig und möglichst unmerklich die Registrierung verändern, wodurch wegen des stark reduzierten Winddrucks auch durchaus beabsichtigte und willkommene Schwankungen in der Lautstärke (die prinzipiell niedrig ist) und in der Intonation auftreten. Es wird also alles getan, damit sich die von Ligeti erwünschten *verdorbenen Klangfarben* sowie fluktuierende Unregelmäßigkeiten und quasi verschmutzende Oberflächenstörungen in der Realisation einstellen. Denn das zugrundeliegende Gerüst aus jenen 230 zehntönigen Akkorden, fünf für die Finger jeder Hand, die unablässig auf den Manualtasten bleiben und jeden Tonhöhenwechsel (immer nur um eine kleine Sekunde in einer Stimme) *rutschend* zu absolvieren haben, kennt keine anderen formbildenden Entwicklungen als ein bißchen Ausdehnung des Ambitus zur Mitte hin – von einem Komplex aus lauter großen Sekunden und kleinen Terzen (ähnlich dem *Lux aeterna*) zwischen c^1 und ces^3 hin zu den variabel gefüllten Randtönen g und e^3 – und nach einem analogen Rücklauf ein bißchen Fermatenstreckung bei gleichzeitiger Abnahme der Stimmenzahl und Hinzutritt eines tiefen Pedal-C am Schluß. Das Stück will eben nicht mehr als eine Etüde sein, eine Legatissimo-Studie von fast didaktischer Einsinnigkeit, lediglich eingehüllt in eine Ligeti-typische Aura von klangverfremdender Morbidezza.

Auch die zweite Etüde *Coulée* hält an diesem Programm fest. Nur ist sie in jeder anderen Hinsicht die genaue Umkehrung, ein die Seiten vertauschendes Spiegelbild: In extremer Schnelligkeit rollen von Anfang bis Ende völlig gleichmäßig und ohne jede Farbveränderung die unablässig wiederholten Figuren dahin; es gibt keine klanglichen Verschmierungen, vielmehr soll durch eine harte, schärfende Registrierung die eilige Dauerbewegtheit der beiden Hände auf zwei Manualen noch genügend deutlich erkennbar sein, ohne zum stehenden Klang zu verschmelzen; und als eigener Mitspieler wird nun auch das Pedal mit langen

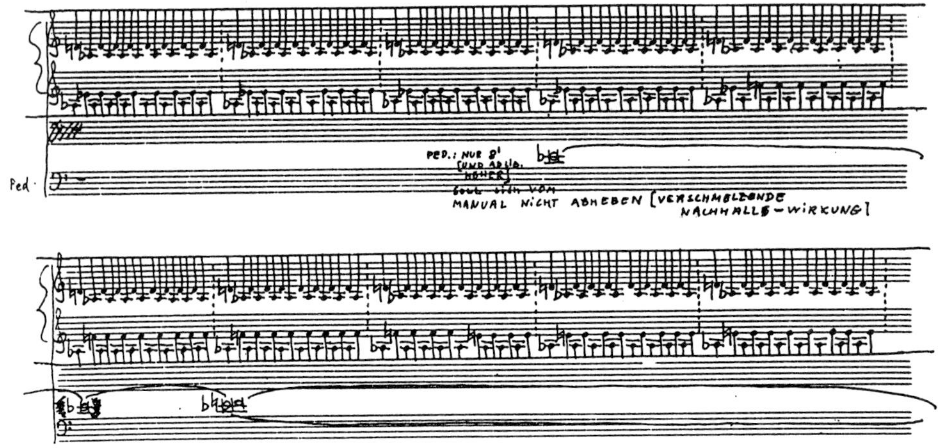

Zweite *Orgel-Etüde „Coulée“*, „T.“ 11–20

Stütztönen, hier in veränderlicher Registrierung, beteiligt. Selbst die Entwicklung beschreibt statt eines einzigen Bogens – bei nur dreieinhalb Minuten Gesamtdauer – jetzt derer zwei, hervorgerufen durch allmähliche Lagenverschiebungen und vor allem durch sich wandelnde Tönezahl – von zwei bis zu fünf – in den einzelnen Wiederholungsfiguren. Und dieser Auf- oder Abbau vollzieht sich in beiden Händen ungleichzeitig, so daß durch Überlagerung höchst seltsame, ruckartige oder wie stotternde Verdoppelungs- und Zweistimmigkeits-Effekte entstehen. Das prägende Modell dafür hatte freilich schon vorher das Cembalostück *Continuum* geliefert. Und was bei der Orgel als ein flutendes Irrlichtern in hastig dahinstürmender Bewegung erscheint, ähnlich einer vom Sonnenlicht beschienenen Wasseroberfläche, die durch eine seitlich einfallende Brise in lauter sich kräuselnde Minireflektoren unterteilt wird und ein flimmerndes Spiel von hurtig durcheinandertanzenden Farben und Glanzlichtern entstehen läßt, das erhält beim Cembalo die zirpende Präzision seiner punktgenau angerissenen, kurz und hell klingenden Töne. Der gänzlich andere Habitus der Instrumentencharaktere, also schlicht der Wechsel in der Tonerzeugung vom Geblasenen zum Gezupften, macht aus zwei kompositorisch verwandten Entwürfen, obwohl es sich beide Male um Tasteninstrumente handelt, zwei in Klang und Gestik völlig unterschiedliche, hochgradig virtuose Kabinettstücke.

Bei *Continuum* für Cembalo taucht unweigerlich die Erinnerung an das *Poème symphonique* für 100 Metronome auf, weil das mechanisch Tickende in raschen Schlagfolgen beide Stücke über den Abstand von reichlich fünf Jahren (November 1962 zu Januar 1968) miteinander verbindet. Nur divergieren sie in der Art ihrer Schichtenüberlagerung erheblich: Damals summierte sich die Vielzahl der vor sich hin klappernden Taktiermaschinen zum Geräusch, aus dem sich erst nach und nach die individuell verschiedene Periodik ihres Schlagpulses herausschält; bei *Continuum* gibt es dagegen, was die Notierung und die manuellen Aktionen des Spielers angeht, keinerlei Unterschiede in Periodik und Metrum, das ganze Stück läuft in der Idealzeit von *4 Minuten oder weniger* gleichmäßig und unverändert ab als doppelstimmige Tönekette aus unsäglich vielen, absolut identischen Kleinstwerten. Was sich dabei allerdings aus den jagenden, immer wieder repetierten und dann schubweise umgebildeten Figurationen jetzt im klanglichen Ergebnis summiert, weicht von der notierten und gespielten Kleinrastrierung in lauter gleiche Tonpunkte in überraschender Weise ab. Durch die Asynchronität beim Wechsel der Tönezahl (anders als bei *Coulée* nicht nur von zwei bis fünf, sondern rückwärts auch bis eins) und der Höhenlage in den beiden Manualen (teils auf demselben Niveau, teils bis zu vier Oktaven Weite aufgefächert) ergeben sich dank der Häufigkeitsverteilung einzelner Töne merkwürdige, Notierten zu wecken und sie gleichsam als Real-Phantome einzubeziehen versteht.

Offensichtlich bleiben solche komponierten Exkursionen ins Meta-Musikalische ganz wesentlich an die Tasteninstrumente gebunden, gehören wegen der umsetzbaren Fingerfertigkeit bis an eine Grenze – zumal bei der leichtgängigen Mechanik des Cembalos –, wo extreme Ablaufsgeschwindigkeit in Statik um-

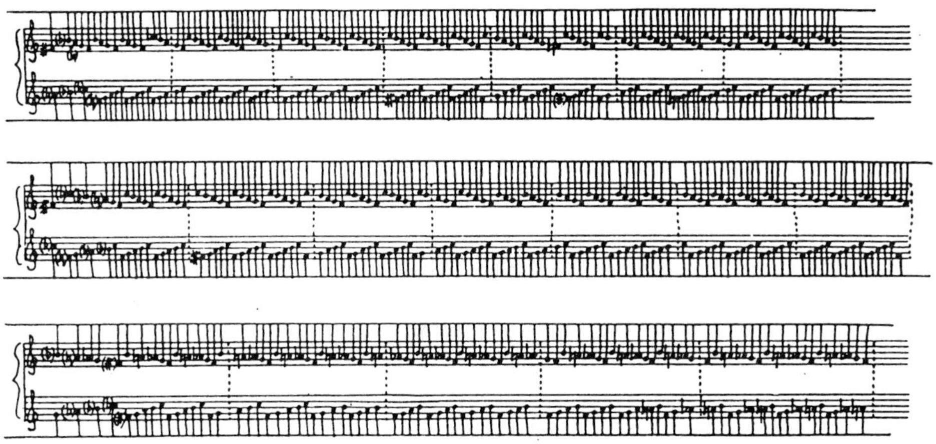

Continuum für Cembalo, „T." 20–38

morsezeichenartige Exzerpt-Rhythmen; und vor allem beginnt das Cembalo, was ja bei der Orgel nicht weiter verwundern würde, auf einmal in zusammengestükkelten Töne-Ligaturen zu singen. Ja, durch eilig geklöppelte hohe Intervallkonstanten klingen gelegentlich irreale Differenzton-Stimmen mit. Und einerlei, ob man *Continuum* – und genauso *Coulée* – nun wegen der häufig stationären Wiederholungsbänder für eine musikalisierte Form der Op-Art mit ihren vexierbildhaften Zeichenserien hält oder für unabhängige Pendant-Stücke zur repetitionsversessenen amerikanischen Minimal Music, entscheidend für Ligeti ist eigentlich, daß er hier zum ersten Mal und lange vor seinen „fraktalgeometrischen" Kompositionen in der zweiten Hälfte der achtziger Jahre eine Musik erfunden hat, die imaginäre Stimmen jenseits des faktisch schlägt, zu ihrer ganz eigenen, durch die Art der Tonerzeugung typisierten Instrumenten-Natur. Umgekehrt wären für den Umgang mit reiner, nicht-temperierter Stimmung besonders die Streichinstrumente prädestiniert. Daß über die dezidierten Ansätze im *Cellokonzert* hinaus auch *Continuum* oder *Passacaglia ungherese* nach Ligetis Wunsch am liebsten auf einem rein intonierten Cembalo gespielt werden sollen, wäre eine Mischform, die in ihrer Konsequenz einzusehen, aber in der Praxis doch recht schwer und nur ausnahmsweise zu verwirklichen ist. Von solcher Spurensuche in den versteckten Winkeln und auf den schlummernden, noch unerforschten Nachtseiten einer Instrumenten-Seele, wo neue, imaginäre Stimmen oder reineres wohllautendes Zusammenklingen zu entdecken sind, ist ein Werk für die dritte Instrumenten-Familie, die Bläser, aus demselben ertragreichen Jahr 1968 (das neben *Continuum* noch das *2. Streichquartett* und den Beginn der Detailarbeit an *Ramifications* erbrachte) weitgehend frei: die *Zehn Stücke für Bläserquintett*, die Ligeti für die Solisten der Stockholmer Philharmoniker geschrieben hat. Da geht es vergleichsweise um völlig Diesseitiges, um eine Spielvorlage, eine Art Präsentationsprogramm für fünf ohnehin ganz individuell geprägte, instrumentale Persönlichkeiten. Jede erhält nicht nur ihre nach Temperament und Aktionsbreite genau zugemessene Rolle, sondern sie darf sich auch in einem Einzelsatz als dominierender Charakterdarsteller selbst in Szene setzen, gewissermaßen an die Rampe treten und ihre speziellen Talente unter strahlendem Scheinwerferlicht vorführen.

Wieder – wie beim *Cellokonzert* – betrachtet Ligeti seine fünf Akteure mit ebensoviel verständiger, reaktionsbereiter Sympathie wie auch mit vergnügter Ironie, was ihre kapriziösen Eigenheiten oder gar Absonderlichkeiten angeht. Nur ist diese Ironie nun in durchaus erheiternder Weise janusköpfig: Sie richtet sich gleichzeitig gegen ihn selbst, indem sie die verschiedenen typischen Verhaltensmuster aus seinem kompositorischen Repertoire, die er bei den immerhin zehn Stücken als Garanten abwechslungsreicher Buntheit einsetzt, in idiosynkratische Distanz rückt. So erhält man bei dieser Ensemblemusik für fünf, im dauernden Changieren um jenen Umschlagpunkt der echten Clowns zwischen hintergründigem Ernst und ausgespieltem Humor, fünf Porträts von fünf sehr verschiedenen Instrumenten, überlagert und kombiniert mit einem Selbstporträt. Und seinen beiden Primadonnen im Bläserquintett erlaubt Ligeti sogar das Umkleiden zwischen den einzelnen Auftritten: Die Flöte wechselt zur Altflöte (Stücke 1–3) und zum Piccolo (Stücke 9 und 10); die Oboe zum Englischhorn (Stücke 1 und 2) und zur Oboe d'amore (Stück 3). Und daß beide zunächst in verwandelnder Kostümierung beginnen, hat dramaturgisch einen doppelten Sinn. Denn zum einen wird dadurch ihre klangliche Normalgestalt bis hin zu ihrer Soloszene aufgespart, die für die Flöte im 4. Stück liegt, für die Oboe – nach zweimaligem streckenden Tacet (bei 4 und 5) – im 6. Stück, zum anderen entspricht ihr Ansetzen in sanfterer, abgedunkelter Färbung der generellen Tendenz zur Aufhellung und zu einer gewissen Ablaufbeschleunigung, die sich durch die zehn kurzen und sehr kurzen Stücke (keines erreicht die Drei-Minuten-Länge) in niemals einheitlichem, sondern wellenförmigem Anstieg zieht. Überhaupt hat Ligeti durch Querverweise, unterschwellige Farb- oder Texturidentitäten und quasi leitmotivische Verknüpfungen dafür gesorgt, daß der Zusammenhalt des zehnteiligen Mosaiks ungeachtet aller lustvoll zugespitzten Kontraste gewahrt bleibt und daß vor allem die prinzipielle Zwei-Stufen-Gliederung in jeweils einen Ensemble-Satz und ein solistisches Mini-Konzert in ihrer voraussehbaren Reihung nicht lähmend wirkt.

Er mischt zwar nur die aus früheren Werken bekannten musikalischen Gangart-Typen kräftig durcheinander – das verhalten Stationäre, die quirligen Lauf-, Tremolo- und Trillerbewegungen, einzeln oder geschichtet, das scharfakzentuiert Zerhackte, die weitgespannten, großintervalligen Legato-Figuren und manches andere mehr –, aber er tut es mit so viel Freude am Umwerten, kaleidoskopischen Verklammern, schlauen Ausprobieren von Farb-, Dynamik- oder Beleuchtungsgegensätzen und mit so viel Sinn für die eingeflochtene Eigen-Parodistik, daß die Folge der zehn Stücke zu einem absurd-theatralischen Kammerspiel, zu einem Masken-Dramolett gerät, bei dem man nie genau weiß, ob in direkter Rede oder in Zitaten gesprochen wird. Das eigentlich belebende Element sind dabei fraglos die fünf Instrumente selbst, die zu all der Doppelbödigkeit noch ihre persönliche Ungeschiedenheit zwischen Dorfmusik-Herkunft und hochgezüchteter Virtuosen-Individualität beisteuern. Stecken bereits die Ensemble-Sätze, die sich von anfänglicher Ruhe (Nr. 1 und 3) über Staccatissimo-Erregung (Nr. 5) zu exzessiver Ausdrucksgespanntheit (Nr. 7) und kreischender Höhen-Impertinenz (Nr. 9)

Anfang des *5. Stücks* für Bläserquartett-Ensemble mit *staccatissimo*-Tonrepetitionen, *so schnell wie möglich*, T. 1–4, aus *Zehn Stücke für Bläserquintett*

steigern, voll differenzierender Charakteristik für jede einzelne Bläserstimme, so potenziert sich dies in den eingefügten Soloszenen. Die Klarinette meldet sich da (Nr. 2) dudelnd zu Wort, verfällt aber bald in schrille bis unheimlich düstere Drohgebärden, um zu zeigen, wie ungezügelt temperamentvoll sie sein kann. Die Flöte, feiner, eleganter, geschmeidiger (Nr. 4), setzt umgackert (Nr. 6). Für das Horn inszeniert Ligeti danach ein ganz eigenes romantisches Ambiente aus Waldweben und Bächemurmeln (Nr. 8), damit es sich darin sehnsuchtsvoll, heimwehkrank entfalten kann: aus der Ferne auftauchend, mal signalhaft aufbrausend, mal sein stilles, nachdenkliches Valet aussingend. Und zum Schluß führt – absolut konträr – das

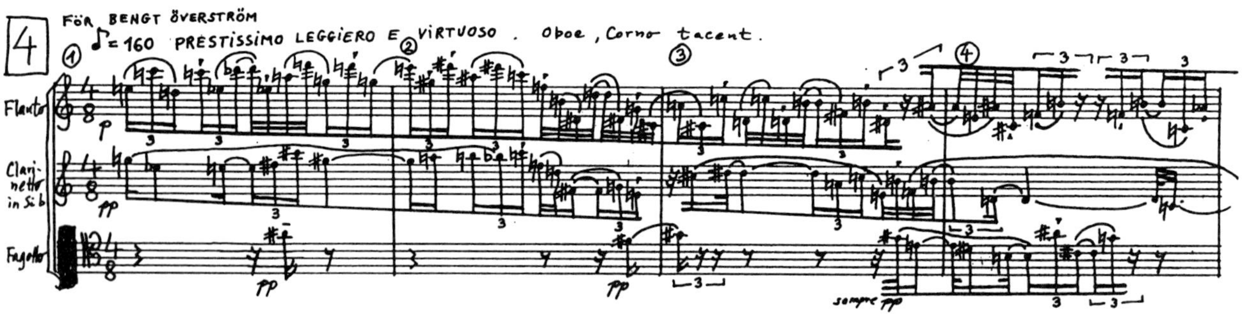

Anfang des *4. Stücks* mit solistischer Flöte, T. 1–4, aus *Zehn Stücke für Bläserquintett*

mehr auf beflissene Überredungskünste; während die Oboe sich ihrer durchdringenden Stimmkraft ohnehin bewußt ist und vorlaut, übereifrig gestikulierend her-Fagott eine burlesk-komische Rüpelszene auf (Nr. 10), ergeht sich in aufgeplusterter Geschäftigkeit und derart gespreizten Sprüngen, daß es, von den anderen mit

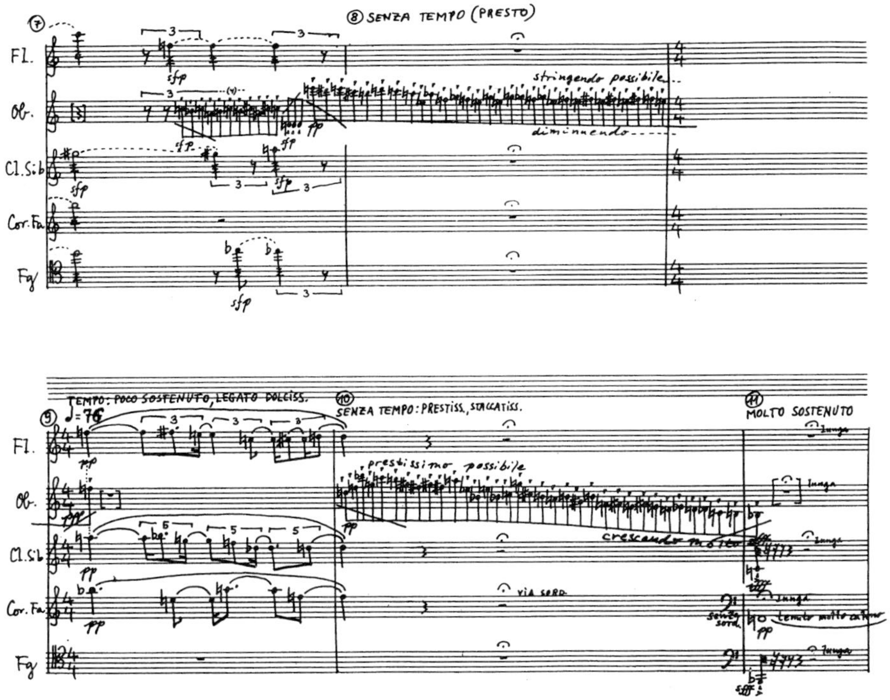

Aus dem *6. Stück* für solistische Oboe, T. 7–11, der *Zehn Stücke für Bläserquintett*

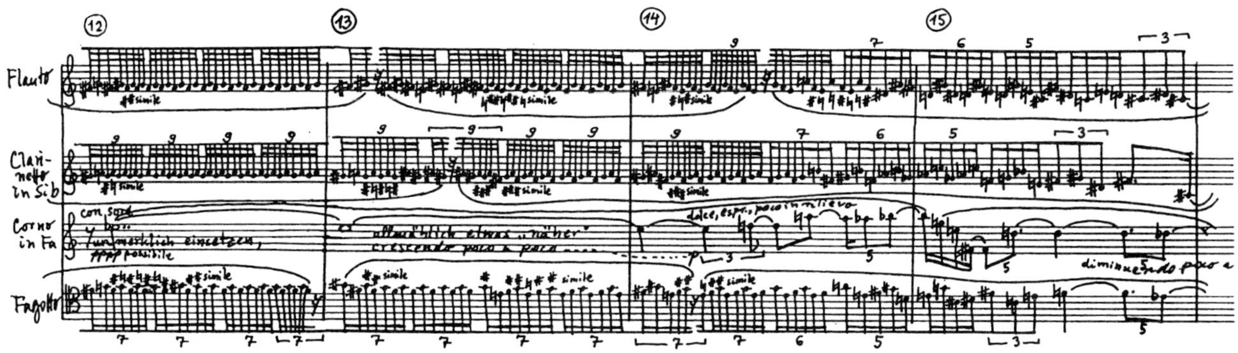

Einsatz des solistischen Horns im *8. Stück*, T. 12–14, aus den *Zehn Stücken für Bläserquintett*

Spaß und Häme unterstützt, unfreiwillig ins Torkeln gerät und bockig in Schweigen verfällt, um endlich, nachdem ausgerechnet die Piccoloflöte und dann die Klarinette ausgeholfen haben, doch noch einen finalen Punkt zu setzen.

Dieser kauzigen Schlußpointe, mit der sich die *Zehn Stücke für Bläserquintett* nach einem knapp viertelstündigen Zickzackgang durch eine instrumentale Porträtgalerie zuletzt ganz auf die Seite des Komödiantischen schlagen, schickt Ligeti als Fußnote noch ein Zitat aus einem seiner Lieblingsbücher nach, aus *Alice im Wunderland* von Lewis Carroll: *…but – “ There was a long pause. „Is that all?“ Alice timidly asked. „That's all“, said Humpty Dumpty. „Good-bye.“* Eine derart aperçuhafte Kommentierung, wie sie Satie und Ives extensiv betrieben haben, hier allein dem Partiturleser vorbehalten, wanderte acht Jahre später, 1976, bei den *Drei Stücken für zwei Klaviere* gleich in die Überschrift des Mittelsatzes: *Selbstportrait mit Reich und Riley (und Chopin ist auch dabei)*; und um jedes Mißverständnis auszuschließen, steht klein am Rand in Klammern, wer sich da selbst als Modell genommen hat *(Ligeti)*. Dieses mittlere Stück, umgeben von einem *Monument* in strotzender Starre und einem Finalsatz *In zart fließender Bewegung*, kombiniert den schon öfters angewandten Typus rasend schnell abgespulter Figurationen, deren Wiederholungszyklen nun zu Ehren der unablässig repetierten Patterns bei Steve Reich und Terry Riley besonders lang ausgedehnt werden, mit der neuen Technik blockierter Tasten. Sie läßt in den eiligen Lauffiguren der rechten Hand dadurch, daß einzelne Töne bereits von der linken Hand stumm niedergedrückt wurden, Lücken entstehen, ohne doch das weiterhin völlig gleichmäßige Fingerspiel zu behindern. Das Laufwerk franst aufgrund dieser relativ einfachen Zwei-Hand-Methode aus, und die einzig noch hörbaren Aktionen der Rechten erhalten von selbst eine höchst bizarre, von kleinen Pausen durchsetzte Rhythmisierung. Ligeti, auch darin gewissenhaft, merkt dazu an, die Anregungen für dieses klavieristische Spezialverfahren stammten von Karl-Erik Welin, der diese Technik bei der Ausführung irregulär strukturierter Cluster in *Volumina* verwendet habe, sowie von Henning Siedentopf, der erstmals die weiterreichende *mobile Tastenblockierung*, also Veränderungen in den (stummen) Akkordgriffen der Linken, während die Rechte weiterspielt, in einem *Melos*-Artikel (3/1973, S. 143–146) beschrieben habe.

Die resultierende Parforce-Tour in Geschwindigkeit mit ihrem einkomponierten, merkwürdig holpernden Hinkegang, dessen Tonausfälle sich im ganzen bis zur Chopin-nahen Endlaufstrecke, allerdings in uneinheitlichem Vor und Zurück, verringern, macht im übrigen von Ligetis schon mehrfach erprobter Idee der Pulsationsverdichtung durch Stimmenüberlagerung Gebrauch. Ein Instrumentalist kann maximal 12 bis 14 Töne pro Sekunde spielen (abgesehen vom Glissando), bei einem Sänger ist die Zahl der Einzelwerte, die er noch in hohem Tempo artikulieren kann, verständlicherweise etwas niedriger. Schreibt man jedoch in mehreren zusammen agierenden Stimmen – und seien es wie hier wegen der blockierenden Linken in beiden Klavieren de facto nur zwei – Tönezahlen mit kleinen Unterschieden, etwa 7 zu 8 oder 11 zu 12 je Taktzeit, so gelangt man bald zu jenem hörpsychologisch kritischen Punkt von einer zwanzigstel Sekunde, unter dem die Folge der Töne nicht mehr als Sukzession von Einzelwerten wahrgenommen werden kann, sondern ineinandergleitet, also verwischt. Ligeti, allemal an solchen akustischen

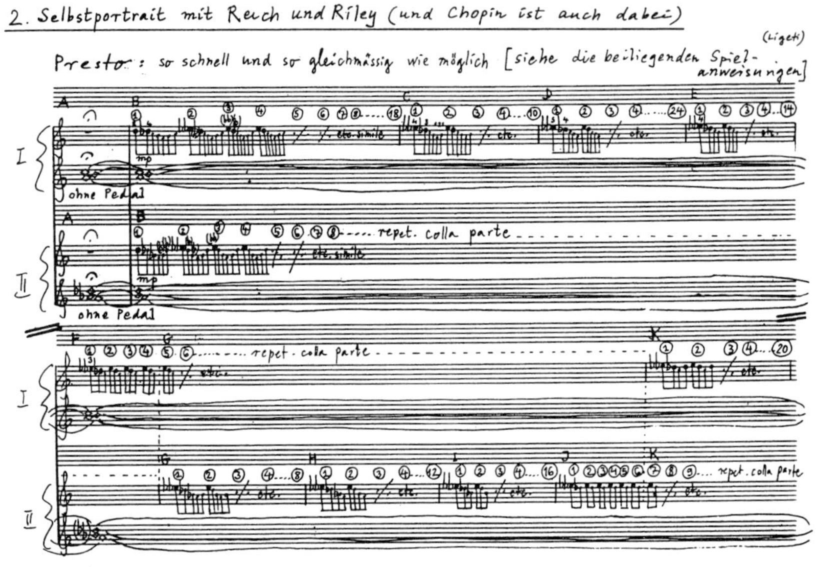

Anfang des 2. Stücks, *Selbstportrait*, aus den *Drei Stücken für zwei Klaviere*

Kompositions-
kurs in
Darmstadt
(1976)

Randerscheinungen im Übergang zum Indifferenten, schwer Entzifferbaren interessiert, hat diese Mischungsergebnisse aus Kürzestzeiten wegen ihrer neuartigen, gleichsam koloristischen Eigenschaften *Bewegungsfarben* genannt. Und genau damit operiert er, noch durch die Tasten-Blockaden durchlöchert und gebrochen und durch fluktuierende Schichtenverschiebung à la Reich und Riley (zu der er jedoch unabhängig kam) weiter kompliziert, in seinem *Selbstportrait.* Es entwickeln sich dabei Wellengänge zwischen Disparatheit und Gleichlauf, zwischen völliger

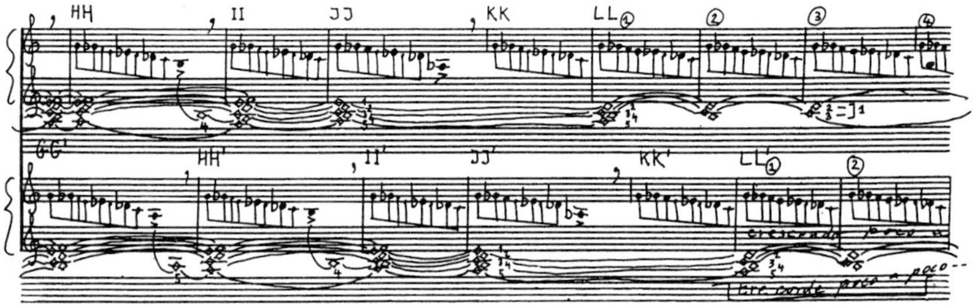

Kanonische Verschiebung mit Gegenakzenten in *Selbstportrait*, dem zweiten der *Drei Stücke für zwei Klaviere*

Verquickung und unterscheidbaren Einzelzügen, die manchmal auch mit bewußt eingesetzter Artikulation, sogar mit kleinen Cantabile-Melodien hervorgehoben werden. Und im Moment des größten Ausgleichs setzt im koordinierten Unisono der nun auch wieder beidhändig spielenden Pianisten die wohlgelaunte Schluß-Treibjagd in der rollenden Triolen-Gestik von Chopins Final-Presto aus der b-Moll-Sonate ein, bis auch sie durch zunehmende Blockaden-Ausrisse auf recht komische Weise abgewürgt wird und abgedunkelt ins Leere läuft. Überhaupt ist dieses ganze Stück mit seinen Anspielungen und Assoziationen leicht ironisch gewürzt und steckt voll heimlicher Selbstpersiflage.

Dies stieß bei den beiden Brüdern Alfons und Aloys Kontarsky, denen die *Drei Stücke* als ihren prädestinierten Interpreten zugeeignet sind, auf das genau entsprechende Widerpart-Terrain aus ungescheuter pianistischer Experimentierlust, wachem rheinisch-westfälischem Humor und hochgradiger, mit allen Moderne-Tücken vertrauter Duo-Erfahrung. Sie verstanden auch den inneren musikalischen Zusammenhang jenseits der Kontraste herauszuhören und darzustellen, der vom eingefrorenen, stockenden Fortgang in *Monument* über den kurios holpernden in *Selbstportrait* zum völlig aufgetauten, zu geschmeidiger Behendigkeit gelösten in *Bewegung* führt. Und stets wird diese allgemeine Tendenz zu befreiender Enthemmung innerhalb der einzelnen Stücke nochmals im kleinen widergespiegelt oder auch prospektiv vorausgenommen. So ließe sich der Gesamtverlauf genausogut von der mittleren Station aus als dem eigentlichen und ja autodeskriptiv gemeinten Kernstück nach zwei Richtungen hin betrachten, wobei diesem doppelbödigen Scherzando-Satz eine Art ins Groteske verzerrter Intrada vorangestellt wäre und ein spielerisch dahinperlendes Presto-Finale folgen würde – beides sehr gegensätzliche Auszüge, widersprüchliche exegetische Entschlüsselungen des im Zentrum skizzierten Charakterbilds. *Monument* verharrt in knorriger Gespanntheit, setzt anfangs nur einige hart herausgehämmerte, pausengetrennte Fixpunkte in den Raum, als sollte jene imaginierte Denkmalfigur zunächst durch wenige Meißelschläge nach ihrem Umriß bestimmt werden. Sehr allmählich füllen sich die festgeklopften Distanzen und gewinnen dabei auf zweierlei Weise Plastik: Durch die ständige Überlagerung von 4/4- und 6/8-Metrik in den beiden Klavieren entsteht eine verwackelte, zugleich gestaffelte Perspektive schaffende Rhythmik; und ihre Tiefendimension wird noch durch eine äußerst prononcierte Dynamik-Stufung von den beibehaltenen Fortissimo-Schlägen im Vordergrund bis zu *f-*, *mf-*, *p-* und schließlich *pp-*Beiwerk im immer mehr sich öffnenden, immer kleinteiligeren Hintergrund hervorgehoben. Die musikalisierte Skulptur schält sich deutlicher aus dem groben

Gegeneinander von 4/4 (Klavier I) und 6/8 (Klavier II) sowie *ff* und *mf* in *Monument*, dem ersten der *Drei Stücke für zwei Klaviere*

Gestein heraus und erhält zunehmend feinporigere Gestalt.

Das dritte Stück *In zart fließender Bewegung* stellt dazu ein strukturell zwar verwandtes Pendant dar, jedoch eins von konträrer Materialbeschaffenheit: weich, bildbar, kantenlos, ohne rauhe Körnung und mit leichter Hand beliebig zu formen. Anstelle der eigensinnigen *Monument*-Akzente durchziehen das flüchtig gleitende Laufwerk jetzt etwas stärker hervortretende Melodietöne, bald imitiert in beiden Klavieren, bald wie in ablösender Fortführung, bald chromatisch, bald in sich auffächernden Intervallen bis zu

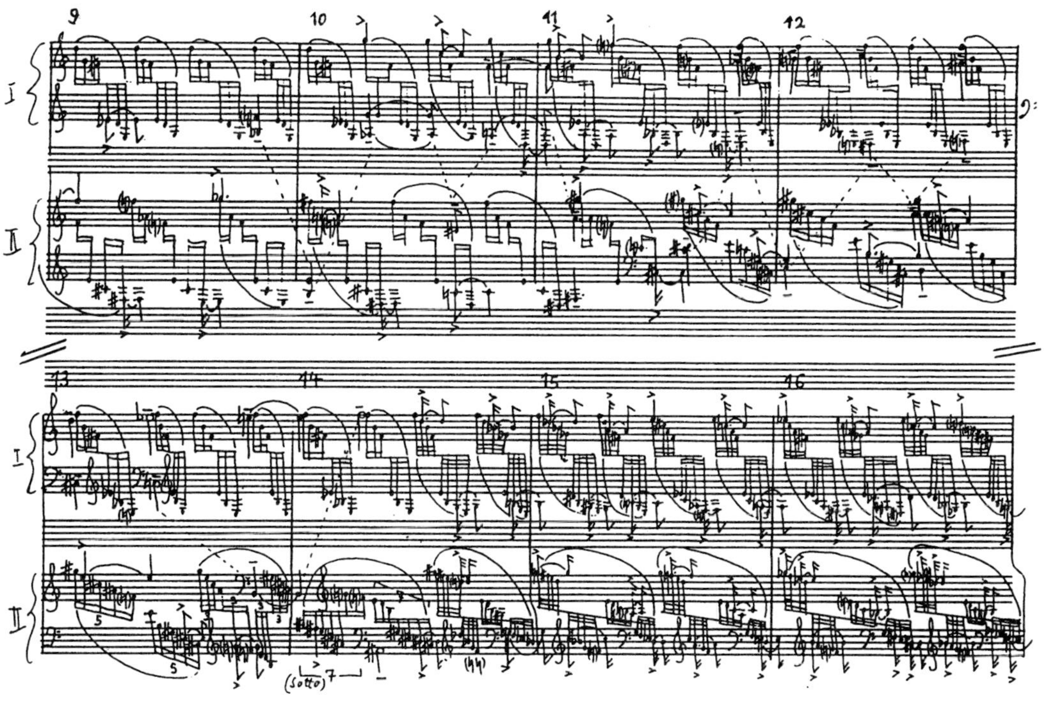

Beschleunigung mit unterschiedlichen Taktteilungen in *Bewegung*, dem dritten der *Drei Stücke für zwei Klaviere*

überdimensionierten Abständen, bald kanonisch verschränkt, bald gespiegelt. Und während sich dieses Fortklingen von Stimmen entfaltet, beschleunigt sich nicht nur deren interne Bewegung, sondern auch die generelle der Ablauffiguren – mal zwischen den Klavieren unterschiedlich und verschoben, mal gleichteilig – von 6 zu 4 nach 8 zu 8 und schließlich 12 zu 12 Tönen pro Viertel. Gekoppelt damit sind Verlängerungen der Notenwerte zu resultierenden, die sukzessive Figuration verwischenden Akkorden und vor allem ein Ansteigen der Lautstärke vom *piano*-Beginn zu *fffff* sowie des Tonumfangs vom abwärts durchmessenen Tritonus as^1-d^1 bis hin zu den äußersten Tasten der Klaviatur mit c^5-A_2. An dieser in jeder Hinsicht expansivsten Stelle, die alle Chopin-, Schumann-, Brahms- oder Debussy-Erinnerungen dieses sehr pianistischen Satzes auf typische Ligeti-Weise übersteigert, rückt ein plötzlicher *pianissimo*-Einbruch das erregt Figurative auf einmal in die Ferne und macht Platz für die fortklingende Melodik, die erst vier-, dann achtstimmig in gewachsenem Alleinvertretungsrecht einen behutsam modellierten Spiegelkanon aussingt. Dieser knappe, verhaltene Schluß resümiert einerseits die aufs Ende zulaufenden und dann weggeblendeten Schlüsse der beiden vorangegangenen Stücke auf seine eigene, definitive Art; andererseits faßt er aber auch ganz instrumentenspezifisch das fingerfertig Vieltönige zum stehenden Klang zusammen, dessen Sostenuto-Verweilen ja beim Klavier wegen seiner Anschlags-Mechanik mit unvermeidlicher Diminuendo-Folge immer etwas Illusionäres bleiben muß. Hier allerdings scheint der noch lebendige Eindruck von der mächtig aufbrausenden fließenden Bewegung in der Ruhe nachzuwirken und, wenn der Kanon dann dennoch durch Dehnung der Klangdauern entschwindet, dient dieses akustische Verlöschen zugleich – ganz aus dem Instrumentencharakter entwickelt – der Aufhebung und Bewahrung eines unerreichbaren Ideals von Musik in der umhüllenden, ungreifbaren Präsenz von Raum und Atmosphäre.

Probe mit Begoña Uriarte und Hermann Mrongovius

Streicher-Quadraturen

Moderne Gesellschaften haben sich einiges einfallen lassen, um den Kräfte, Geist und Geld verzehrenden Moloch Kulturbetrieb zu bändigen; um seine oft beargwöhnte Funktionstüchtigkeit dennoch nachzuweisen und das manchmal Chaotische seines Erscheinungsbilds, so gut es geht, aufzulichten, d. h. für Außenstehende etwas einsichtiger zu machen. Beliebt sind dabei Methoden der lobenden Auszeichnung in gestaffelten Kategorien, weil sie, ohne schon verläßliche ästhetische Urteile zu enthalten, immerhin den Eindruck von einer Ordnung nach unterscheidbaren Leistungsniveaus wecken und den getätigten Aufwand mit dem unwiderlegbaren Galaglanz von Verleihungs-Festivitäten aufs schönste rechtfertigen. Das stärkt nicht nur das Prestige der ausgezeichneten Künstler, es ist auch werbewirksam für den Vertrieb, erhöht die hart umkämpften Marktchancen und verhilft den beteiligten Kulturverwaltern und Kulturvermittlern, den Produzenten und Agenten zu breiterem öffentlichen Ansehen und florierendem Geschäft. In der Literatur sind es über die publizierten Bestsellerlisten hinaus, mit denen die gängigen Trends erfaßt werden, vor allem jene aktuellen Auswahl-Empfehlungen spezieller Kritiker-Gremien, die als Orientierungsschneisen durch das Dickicht der Buch-Neuerscheinungen dienen sollen. In der Bildenden Kunst kann man sich an die Taxwerte auf Auktionen oder die Nachfrage bei Museumsankäufen oder auch einfach an das Häufigkeitsgefälle und die Prominenz von Ausstellungen halten. Daneben sind beide Kunstsparten noch von einem ziemlich engmaschigen Netz ehrenvoll feierlicher Preiszuerkennungen durchzogen, die jedenfalls hilfreiche Akzente setzen. Und darin kaum noch zu übertreffen ist die Filmbranche mit ihren reklamegünstigen Festivals in diversen Ländern und Orten, bei denen sie sich selbst meist schon im Vorgriff, ehe die Distribution in Kinos oder Fernsehen überhaupt begonnen hat, mit einem ganzen System klassifizierender Abstufungen versorgt. Ohne Oscars, Löwen, Bären und andere Trophäen ist da kaum etwas zu machen.

Jedoch, wo bleibt bei all dem Prämieren und Ruhm-Zumessen eigentlich die Musik? Die komponierte, zeitgenössische, versteht sich, die an dem eifrig hochgestylten Kulturbetrieb der Gegenwart ja gewiß ebenso ihren Anteil hat, die genau dasselbe Recht auf Mitwirkung, Mitgeltung und wahrscheinlich sogar ein größeres auf irgendwelche Sukkurs-Maßnahmen zur Eindämmung ihrer Unübersichtlichkeit beanspruchen darf. Ihre potenten, publikumsbegünstigten Halbbrüder Pop und Rock verfügen selbstverständlich über flinke Hitlisten, ausufernden Starkult und vielerlei wertende Charts. Auch all die Instrumentalisten und Sänger, die von ihrer (wenn auch meist ihrer klassisch-romantischen Vorläufer) Aufführung leben, können sich über mangelnde Gelegenheiten zur Erprobung von Talent und Leistungsvermögen keineswegs beklagen. Nur bei ihr selbst versagen offensichtlich die eingespielten Verfahren, einen ersten, zuordnenden Überblick zu gewinnen, wie oberflächlich er auch immer sein mag. Man versucht das Manko zwar auszugleichen, indem Städte, Länder, Institutionen oder mäzenatische Stiftungen regelmäßig, doch ganz punktuell, auf den oberen Rangstufen gut dotierte Musikpreise vergeben und indem man jüngere, noch unbekannte Komponisten durch Wettbewerbe, Aufträge und Stipendien gezielt, also ähnlich punktuell, fördert. Aber dazwischen klafft ein überaus umfang- und gestaltenreiches, nicht weiter rekognosziertes Feld der Markierungslosigkeit, auf dem sich mancherlei Fachleute nach Gutdünken tummeln und musikinteressierte Laien samt all ihrer Aufgeschlossenheit fast unabwendbar in die Irre laufen. So großzügig – oder achtlos despektierlich – überläßt der Kulturbetrieb die Musik, wo sie neu, ungewohnt und zum Teil irritierend ist, ihrem eigenen, zwischen Produktion und Rezeption ungewiß dahintaumelnden Schicksal.

Es gibt freilich einige äußere Anhaltspunkte, die zu einer Art Grobsortierung taugen. Mit ihrer Hilfe läßt sich die dunstverhangene Grau-in-Grau-Zone zwischen künstlerischer Avanciertheit und der Spurensuche beim Nachwuchs für den ratlos alleingelassenen Hörer etwas aufhellen: Wenn er zunächst nicht direkt die Komposition nach ihrer Eigenart und Qualität befragt, sondern die Geschichte der benutzten Gattungen, der sie – nach Formtyp und Besetzung leidlich erkennbar – zugehören und die sie auf ihre je besondere Weise fortführen. Ob dies da bewußter, beziehungsvoller und konsequenter geschieht oder dort in widersetzlicher Abweichung und Umwertung, gar in radikaler Konfrontation und Auflehnung gegen jedes gattungsspezifische Herkommen, kann bereits einen ersten Fingerzeig liefern, mit welchem Vorsatz, welchem künstlerischen Anspruch und Impetus sich ein Komponist seiner Aufgabe gestellt hat. Nur bilden eben seine Kenntnisse und prägenden Erinnerungsbilder von den allezeit vorhandenen, immer wieder dargebotenen Modellen der Tradition die unanfechtbar gemeinsame Basis mit denen des Hörers. Dies schafft ein übereinstimmendes Fundament von möglichen Relationen, Erkennungslinien und Vergleichsmaßstäben. Wenn ein Komponist eine Symphonie oder etwas Symphonie-Ähnliches schreibt oder ein Konzert, ein Lied, eine Violinsonate, eine Oper oder ein Chorwerk, so kann er ja nicht umhin, die vielerlei dem Typus nach verwandten Vorbilder aus dem gesamten Bereich der Musikgeschichte, die ihm dabei unwillkürlich einfallen, erst einmal als historisch prä-existente Gattungsmuster zu betrachten. Danach mag er in einem Akt kreativer Notwehr versuchen, sie aus seinem Gedächtnis zu verbannen und sich aus ihrer bedrängenden Gesellschaft zu lösen. Aber noch bei seinen energischsten Absetzbewegungen, bei seiner glühendsten Protesthaltung bleiben sie zumindest in geheimer Kontrastposition mitbeteiligt und virulent.

In potenzierter Weise gilt dies für das Streichquartett mit all den achtungsgebietend elitären Zeugnissen aus seiner Vergangenheit. Kein Komponist vermag sich wohl dem inhärenten Anspruch auf satztechnische Sublimierung und Konzentration zu entziehen, der diese Gattung auszeichnet und begleitet, seitdem sie in ihrer kurzen konstitutiven Anlauf-Phase von Haydn zu Mozart und zu Beethoven in einem einzigartigen Entwicklungsprozeß sogleich in die obersten Regionen des musikalisch überhaupt Sagbaren hochkatapultiert wurde. Und noch immer scheint sie nach zweihundert Jahren tiefgreifender stilistischer und sozialer Verwandlungen ihren unvergleichlichen Ausnahme-Status bewahrt zu haben, auch wenn sich ihre zentrierende Funktion als fortgesetzte Werkreihe seit Schönberg, Bartók, Hindemith und Schostakowitsch zusehends verloren hat und allenfalls noch bei Henze, Schnittke oder Wolfgang Rihm in deren ohnehin reich bestückten Œuvre-Katalogen eine dem Serien-Schema verhaftete Nachfolge findet. Doch ungeachtet solcher Vereinzelung im Vorkommen hat sich an der Rolle des Streichquartetts, Umschlagplatz, Reflexionsraum, sozusagen abgeschirmte Enklave für neue oder sehr persönliche Ideen zu sein, nichts geändert. Ja, aus der Art, wie etwa Boulez Tonfiguren abgezirkelt hat, Cage aufregungslose Daseinsidentität inszenierte, Lutosławski die Spieler verselbständigte, Crumb das Erschreckende, das in der Luft liegt, bannen wollte, Nono den Klängen nachlauschte oder Xenakis Wolken aus Dichte- und Intensitätsgraden bildete – aus all diesen ganz individuellen Streichquartett-Sprachen läßt sich ein treffendes Porträt des jeweiligen Komponisten gewinnen, sie vermögen als durchaus eigenwüchsige Solitäre Wesentliches mitzuteilen und in knapper Form anschaulich zu machen. Umgekehrt ist die Tatsache, daß Stockhausen oder Messiaen und mancher andere niemals Streichquartette geschrieben haben, ebenso bezeichnend für deren abweisende, auf Selbstbehauptung ausgerichtete Stellung zur Tradition. Nichts im Umfeld dieser Gattung scheint jedenfalls belanglos oder nebensächlich zu sein.

Bei Ligeti zeigt sie darin ihre Besonderheit, daß er, obwohl sonst eigentlich schon in der Besetzung auf Unikate bedacht (abgesehen von den Orchesterwerken), zweimal Streichquartette komponiert hat – einen nur zum Teil erhaltenen Frühversuch des 15jährigen, die Zweitfassung eines Streichorchesterstücks von 1947 und die Prüfungsarbeit für den Abschluß an der Budapester Musik-Akademie von 1950 nicht mitgezählt. Außerdem liegen zwischen den Entstehungsdaten der beiden, als gültig anzusehenden Quartette rund anderthalb Jahrzehnte, so daß sie innerhalb des Gesamtschaffens eine aufschlußreiche Klammerfunktion einnehmen und vom mittlerweile erreichten Stand des Jahres 1968 aus, den das *Streichquartett Nr. 2* (komponiert von März bis Juli, nach *Continuum* und vor den *Zehn Stücken für Bläserquintett*) eindrucksvoll repräsentiert, sogar einen Rückblick auf die ungarische Zeit erlauben. Denn das erste Streichquartett mit dem originalen Titel *Métamorphoses nocturnes* stammt aus den Jahren 1953/54, als Ligeti sich nachdrücklich bemühte, was er an der Musik-Akademie unter den dort herrschend Direktiven gelernt hatte, mit seinen unabhängig gesammelten Beobachtungen und Erfahrungen sowie den ganz eigenen Vorstellungen von einer sprachlichen Selbstbefreiung auf irgendeinen vertretbaren gemeinsamen Nenner zu bringen. Gemessen an den Schwierigkeiten dieser Aufgabe, die noch dazu ohne Aussicht auf Resonanz, im inoffiziellen Alleingang gelöst sein wollte, wäre es ziemlich unsinnig, dem Quartett als einer abgeschieden mönchischen Schubladenarbeit – die Uraufführung fand erst im Mai 1958 in Wien statt – seine offensichtliche Abhängigkeit von Bartók vorzuwerfen. Schließlich war Bartóks Stil eigentlich das einzige, an was man sich damals im kulturell unterversorgten Ungarn mit gutem Gewissen halten konnte. Zudem entsprach er, ebenfalls konkurrenzlos, Ligetis Wunschbildern von einem durchzuhaltenden kompositorischen Niveau, die er damals als gerade 30jähriger noch mehr hegte als ihrer Erreichbarkeit schon sicher zu sein.

Im übrigen ist es ausgesprochen reizvoll, zumal im Vorauswissen, was sich später bei Ligeti aus den bereits hier sehr individuellen Zügen herausdestilliert hat, die Überblendung oder das gegenseitige Sich-Durchwachsen von zwei unterschiedlichen, personengebundenen Stilschichten zu verfolgen. Es ergibt sich daraus als zusätzlicher Effekt oberhalb des an sich schon spannungsreichen musikalischen Ablaufs der *Métamorphoses nocturnes* ein höchst verwickelter dramatischer Prozeß mit Angleichungen, Widersetzlichkeiten, überraschenden Umdeutungen, Ausscherbewegungen und strikt hervorgekehrtem Eigensinn, so als sollte an zwei heterogenen chemischen Substanzen die voraussehbare Unvereinbarkeit in ihrem Reaktionsverhalten vorgeführt und bewiesen werden. Auffällig ist vor allem, wie Ligeti mit der Chromatik umgeht, wie er sie immer wieder zur Verschleierung von Linien, zur Weichzeichnung und Auflösung von Konturen einsetzt. Oftmals erhält eine Stimme einen im Kleinsekunden-Abstand mitlaufenden Partner, gelegentlich sind auch drei oder alle vier Instrumente an derartigen Verbreiterungen des Tonhöhenfortgangs, der wiederum in sich selbst chromatisch sein kann, vom feinen Bleistift- zum dickeren Pinselstrich beteiligt. Solche absichtsvolle Vermeidung distinkter Stimmenlineatur, in der sich tendenziell bereits die spätere Cluster-Technik und die Vorliebe für breitbandige Überlagerungspolyphonie ankündigen, muß also auf einem Grundbedürfnis beruhen, einer Vorstellung von Musik als einem eher pastos gemalten oder gar aus plastischen Formen modellierten Geschehen, weit entfernt von einem exakten, umrißscharfen Strukturplan nach Art eines architektonischen Entwurfs, wie er bei Bartók stets deutlich durchscheint. Und wenn das

Vokabular beider Komponisten auch häufig eine Verwandtschaft im Sprachschatz aufweist, zu der die gemeinsamen folkloristischen Wurzeln das Ihre beigesteuert haben mögen, so liegt doch gerade in der Art des Gebrauchs, wie da Sätze, Phrasen, Zusammenhänge gebildet, wie Stimmen geführt und miteinander verwoben werden, die entscheidende Differenz.

Ligetis *Métamorphoses nocturnes* sind nun nicht nur formal im Gegensatz zum klassischen Variationenzyklus, der getrennte Abschnitte aneinanderreiht, als ein fluktuierendes Verwandeln und ständiges Umgruppieren ihres kleinen viertönigen Ausgangsmotivs angelegt, verzichten also auf die gliedernde Bindekraft eines Themas. Sie besitzen auch im Harmonischen und in der gesamten Diktion von Anfang an eine Neigung zu chromatischen Sfumato-Wirkungen, zu jener die Linien farbig übermalenden Konturen-Verschwommenheit. Und eben in dieser imaginativen Halbdeutlichkeit drückt sich wahrscheinlich das Nächtliche, das verhangen Visionäre aus, auf das der Titel anspielt. Jedenfalls hält bereits das initiale Vierton-Motiv aus zwei Ganztonschritten, die um eine kleine Sekunde gegeneinander verschoben sind (g-a-gis-ais), genau die Mitte zwischen charakteristischer Geprägtheit und unklarem Verfließen. Denn selbstverständlich lassen sich die vier Töne zunächst einmal in ihrer Reihenfolge mehrfach umstellen, neu formieren, spiegeln, durcheinanderwürfeln, ohne dabei schon ihre Motiv-Identität einzubüßen, wie an dem analogen b-a-c-h-Motiv ja hinlänglich bewiesen wurde. Sie sind also für Metamorphosen besonders geeignet, und Ligeti nützt diese Möglichkeiten in den einzelnen Verwandlungsphasen seines Quartetts auch zielstrebig aus. Aber durch eine einzige solche Veränderung des Motivs, wenn man seine Töne lediglich in derselben Richtung anordnet, verliert es schlagartig seine Prägnanz, weil nichts anderes als der Kleinterz-Ausschnitt aus einer chromatischen Tonleiter dabei herauskommt. Und gerade dies lieferte Ligeti die willkommene Handhabe, profilierte Motivik und vergleichsweise unprofilierte Chromatik zusammenzubringen, sie in abstammungsgleicher Divergenz miteinander zu verbinden.

Einsatz des Vierton-Motivs im *Streichquartett Nr. 1 – Métamorphoses nocturnes*, in T. 7–11

Schon zu Beginn grundiert er so das erste Auftreten des Vierton-Motivs mit sich heranschleichenden chromatischen Skalengängen, die gleichsam vernebelnd umhüllen, wie es – durchaus im traditionellen Sinn motivisch-thematischer Arbeit – verlängert, transponiert, umgebildet und damit sogar zu einer melodischen Oberstimmenlinie erweitert wird; wie andere Instrumente es danach ebenso traditionsgemäß mit Antworten in Gegenbewegung ausstatten, es kontrapunktieren, kanonisch imitieren und überhaupt im quartettgewohnten durchbrochenen Stil soweit auffächern, daß schließlich Motivisches und Chromatisches, rhythmisch und dynamisch belebt, nicht mehr trennbar ineinander verschmelzen. Damit wird die etwas kurios anmutende Zweigleisigkeit dieser einleitenden Motivvorstellung (T. 1–68) zwischen anerzogener Schulweisheit und selbstentwickelter Ligeti-Dreingabe durch den kompositorisch nachgereichten Beweis ihrer Legitimität und Materialgerechtigkeit beendet. Gleichzeitig ist das ständig sich umgestaltende und dann neu konkretisierende Partikel-Geschiebe der Metamorphosen in Gang gekommen und kann sich vom gewonnen Stand aus bald kontrastreicher, bald mit vermittelnden Übergängen zu einer Folge wechselnder Bilder und musikalischer Szenen entfalten. Dabei werden Stricharten, Tremoli, Flageoletts, Pizzicati, Triller sowie rhythmische Floskeln oder reguläre und irreguläre metrische Teilungen (manches in erkennbarer Bartók-Nähe) zu aktiven Mitspielern, um die einzelnen Episoden in ihrer Gestik, Temperatur, Satzart und Physiognomik voneinander abzuheben. Und bereits hier läßt sich wie späterhin bei den *Aventures/Nouvelles Aventures*, dem *Requiem*, dem *2. Streichquartett* oder den *Zehn Bläserstücken* und einer ganzen Reihe der nachfolgenden Werke feststellen, wie wach Ligetis Sinn für Gewichtung und inneren Zusammenhalt, für die dramaturgische Proportionierung ist, und wie sich durch eskalierende Verdichtung und Intensivierung zum Finale hin mit abrundendem epilogischen Ausklang doch über die konträren Teile hinweg ein zusammenschließender Bogen spannt.

Im ganzen handelt es sich bei den *Métamorphoses nocturnes*, sofern eine derartige formale Aufschlüsselung nicht ihrem Wesen überhaupt widerspricht, um ungefähr neun, nach Typus und Tempo unterschiedliche Phasen eines in sich verkoppelten, letztlich einheitlichen musikalischen Fortgangs. Exakt ist das aber nicht zu bestimmen, weil einzelne Phasen sich noch weiter untergliedern ließen. Entscheidet man sich allerdings für die Neunzahl, wobei die Dauern zwischen einer dreiviertel und fast vier Minuten immerhin erheblich variieren, so ergibt sich insgesamt eine recht übersichtliche konzentrische Anlage mit einem gebremsteren, erst allmählich beschleunigten Anstieg zur Mitte hin, dem verschatteten *Andante-tranquillo*-Ruhepunkt der Phase 5, und danach einer gewissermaßen schief reziproken Fortführung über kürzere Zwischenglieder zu einer Schlußgruppe aus jagender, zuletzt fugierter Behendigkeit und einem ins Ätherische ausweichenden Nachgesang. Der Doppelung am Ende entspricht übrigens auch eine Doppelung am Anfang. Denn die Motivvorstellung (*Allegro grazioso*) geht unmittelbar in eine Art kraftvollen, energiegeladenen Hauptsatz über (T. 69–209, Phase 2), ein *Vivace, capriccioso*, das in seiner Sprunghaftigkeit nebenbei zeigt, wie sich der primäre Intervallbestand des Vierton-Motivs – große und kleine Sekunde – in die kleine und große Septime aufspalten läßt, und wie andererseits das Randintervall – die kleine Terz – analog zur großen Sexte gespreizt werden kann. Anschließend geht es beinahe in der Satzfolge eines klassischen Sonatenzyklus weiter: mit einem *Adagio, mesto* (T. 210–238, Phase 3), das in „ungarischen" Lombard-Rhythmen seine schmerzliche Expressivität aussingt; und mit einem mehrteiligen Scherzo, das zwar formal keines ist und deshalb auch nur mit *Presto, Prestissimo* und *Più prestissimo* bezeichnet wird (T. 239–367/368–511/512–538, Phase 4), jedoch erst durch Tonleiterläufe in Halbtonschichtung, dann durch eilige Quartgänge in Ganztonfolge sich als ein geistvoll auf die Motiv-Intervalle anspielender Statthalter dieses Satztyps erweist.

Vivace-Einsatz (Phase 2) im *Streichquartett Nr. 1*, T. 69–75

Das Mittelstück des Ganzen, das *Andante tranquillo* im sacht schwankenden 5+5/8-Takt (T. 539–574, Phase 5), hat nicht etwa, wie man erwarten könnte, die musikalisch herausgehobene Stellung eines Zentralsatzes oder die formale Funktion einer Drehachse, immerhin verbreitet es aber inmitten des zunehmend drängenderen Ablaufs durch seine chromatisch um-

Aus dem Mittelabschnitt, *Andante tranquillo* (Phase 5), T. 543–546, des *Streichquartetts Nr. 1*

kreisenden Motiv-Derivate in dichten Tremolo-Schraffuren die Atmosphäre von nachdenklichem Verweilen. Um sie nicht überhand nehmen zu lassen, setzt Ligeti sofort mit kecker Ironie ein *Tempo di Valse* dagegen (T. 575–599, Phase 6), kurz, pointiert, ausgesprochen parodistisch und von durchaus auflockernder Wirkung. Überhaupt streut er manchmal Momente seiner Persiflagelust ein, als wolle er – ganz anders als Bartók – bei all den unausgesetzten Motiv-Verwandlungsspielen nicht den Spaß vergessen lassen, den sie ihm gemacht haben und den der Hörer über erheiternde Echos (Phase 4), die genannte Walzer-Camouflage oder nachäffende Imitationen (Phase 9) ebenso amüsiert nachempfinden soll. Und nachdem der möglicherweise aufgekommene Ernst hinreichend verscheucht ist, kann es nun rhythmisch prononciert (7/8-Takt) und mit stürmischer Vehemenz im *Prestissimo*-Tempo weitergehen (T. 600–659, Phase 7). Selbst ein elegischer *Sostenuto*-Rückblick oder das Anknüpfen an die fröhliche Walzerlaune vermögen den Start in die rasante Finalverdichtung nicht aufzuhalten. Sukzessive und zunächst keineswegs einheitlich baut sich da (T. 660–1030, Phase 8) eine geschäftige, immer enger vernetzte Streichquartett-Emphatik auf, die schließlich in ein heiser – *sul ponticello* – abgehaspeltes *pianissimo*-Fugato umschlägt und nur ganz zuletzt für einen Augenblick nochmals ihre wahre *fff*-Erregtheit preisgibt. Solche extremen Spannungsgrade lassen sich allein durch ebenso extreme Klangmutation auffangen: Flageolett-Glissandi in hoher Lage, allerdings noch nicht so raffiniert wie am Schluß von *Atmosphères*, pinseln einen flirrenden Hintergrund für Quasi-Cantus-firmus-Auftritte des originalen Vierton-Motivs (T. 1031–1215, Phase 9). Nach ihrer breitmäuligen Veralberung holt das Cello die Metamorphosen-Musik aus auratischen Fernen wieder auf den Boden rechtschaffener Ausdrucksschlichtheit zurück und verhilft ihr so zum verfließenden *morendo*-Schluß.

Mit diesem *1. Streichquartett* hatte Ligeti in einem gleich doppelten Verwandlungsprozeß – vom Bartók-Idiom zum eigenen, von einem Motivkern zu dessen Verzweigung – den nicht nur traditionenbelasteten, sondern eben dadurch auch ungemein vielgestaltigen Innenraum der Gattung auf seine Weise ausgemessen. Eigentlich ist es ja merkwürdig, daß ausgerechnet Streichermusik für vier Stimmen unter den Komponisten solche Prominenz erlangt hat. Ob daran eher die differenzierte Staffelung innerhalb derselben,

Fugiertes *Prestissimo* (Phase 8) aus *Streichquartett Nr. 1*

homogenen Instrumentenfamilie vom Gleichen (Violinen) zum Verwandten (Viola) und zum Gegensätzlichen (Violoncello) schuld ist oder die kanonisierende geschichtliche Entwicklung, die seit dem 16. Jahrhundert den vierstimmigen Satz mehr und mehr zum Inbegriff der Vollkommenheit werden ließ, scheint hinterher eine ziemlich müßige akademische

Frage nach Kausalitäten zu sein und vermag das Phänomen der manifesten Bedeutung nicht weiter zu tangieren. Etwas abstrahiert und aus einiger Distanz betrachtet, bleibt selbst schon die auffällige Vorherrschaft der Vierzahl in der Musik ziemlich rätselhaft, wie sie vom vierstimmigen Satz und dem 4/4-Takt über all die Quartettformationen für Sänger oder Streicher inclusive jener mit Klavier oder einem Blasinstrument bis hin zu den vier Akkorden einer vollständigen Kadenz zu beobachten ist. Denn nimmt man nicht allgemein verbürgte Analogien, etwa die vier Erzengel, die vier Evangelisten, die vier Himmelsrichtungen, die vier Ecken eines Hauses, zuhilfe, ist die Vierzahl mathematisch ein rechter Zwitter und erzeugt statisch, wie jeder wackelnde Tisch beweist, nur heikle Labilität. Vielleicht hängen die Musiker aber gerade deshalb an der Vier, weil sie in ihrem künstlerischen Medium notwendigerweise ständig mit der Zeit, also über den realen dreidimensionalen Raum hinaus mit der imaginären vierten Koordinate umzugehen haben und diese vierfach bestimmte Vorstellungswelt ihnen etwas sehr Vertrautes ist. Umgekehrt wäre dann für Komponisten die Vierzahl der Streichinstrumente ein durchaus probates Mittel, um den Ungreifbarkeiten dieser Raum-Zeit-Welt wie denjenigen ihrer eigenen kreativen Phantasie nach dem alten Quadratur-Verfahren, das schwierige gekurvte Gebilde auf simple Rechtecke zurückführt, zu einer vierfach definierten klanglichen Konkretion zu verhelfen.

Außer solchen mehr theoretisch-spekulativen Überlegungen zur Sonderstellung des Streichquartetts gibt es noch eine Erfahrung aus der ganz alltäglichen Hörpraxis, die sich seltsam parallel zu dem imaginären Wechselbalg der vierten Koordinate verhält: Bewußt wahrnehmen, genau, unabhängig und in jedem Detail wirklich verfolgen, lassen sich nämlich jeweils nur drei Stimmen, die vierte ergänzt der Hörer, so gut es geht, aus Relationen zu den drei übrigen; sie bleibt demnach, gerade bei komplizierten kontrapunktischen Verflechtungen, ähnlich imaginär. Hierin bewahrt das Streichquartett, wie eigentlich alle hochgradig durchgebildete Musik, trotz der angeblich überschaubaren Vierstimmigkeit seinen unlösbaren, nicht ganz erforschbaren Rest. Und das viel zu häufig zitierte Goethe-Wort von den *vier vernünftigen Leuten*, die sich *unter einander unterhalten*, ist zumindest wegen des einen nun folgenden Verbums beherzigenswert: man *glaubt ihren Discursen etwas abzugewinnen.* Das Vermeintliche, das Als-ob macht beim Verstehen komplexer, subtil durchgeformter Zusammenhänge eben die Essenz aus. Und diese Differenz zwischen realem Sein und musikalischem Scheinen potenziert sich in gewisser Weise noch bei Ligeti, weil er oft, zumal in seinem *Streichquartett Nr. 2*, von einem vorgestellten klanglichen Geschehen nur die Ränder oder nur einige herausgehobene, besonders markante Eckpunkte komponiert: Hohlformen also, entleerte Gesichter, Wirklichkeitsmasken, bis auf ihren Umriß entkörperte Gestalten wie bei de Chirico. Und weil er andererseits, wenn er sich statt dessen den ausgesparten Mitten, den kantenlos alleingelassenen Füllungsdetails im Zentrum zuwendet, diese so impressionistisch in Farbnebel auflöst, in so viele pointillistische Kleinrastrierungen zerstäubt, daß wiederum nur Andeutungen übrigbleiben. Auf zweierlei Wegen – und selbstverständlich auch allen dazwischen denkbaren Nebenwegen – kommt er so zum selben Ziel: offene, nur zu einem Teil fixierte Assoziationsräume zu entwerfen, in denen sich die Imagination des Hörers frei bewegen und in ihrem *geglaubten* Verstehen eigene Szenerien ausmalen kann.

Das *2. Streichquartett* beginnt, abweichend von den sonst Ligeti-üblichen aus dem Nichts kommenden Anfängen, mit einem scharfen Pizzicato-Akzent – und eigentlich nur der Partiturleser weiß, daß ihm ein Schweigetakt von immerhin 8 bis 10 Sekunden Dauer gespannter Erwartung vorangestellt war. Aus ihm schält sich, ebenso abweichend von der sonst bevorzugten Tiefenlage, in oberster Höhe (e^4) ein leise flirrendes Flageolett-Tremolo, das bald von den übrigen Instrumenten in derselben Manier und im selben Extrem-Register umspielt und dadurch zu einem schmalen, intern belebten Cluster verbreitert wird. Ein markanter Eckpunkt und ein fein gezwirnter Begrenzungsklang sind also gegeben (T. 2–14), das Mittelfeld, die übliche Aktivitätszone eines Streichquartetts, bleibt hingegen völlig leer. Es ließe sich sogar von diesem ersten Satz – einem *Allegro nervoso* mit diversen Tempo-Rückungen – generell sagen, daß er wie am oberen Bildrand aufgehängt wirkt, als wäre ein in chen, und am Ende zieht er sich auch mit einer ausgebogten chromatischen Flageolett-Linie – wie von den Zwischenerlebnissen ermattet – eben dorthin zurück (T. 84–88). Allerdings sind die verschiedenen Kontrastszenen, die da in harten Schnitten und rigoroser Antithetik eingeschoben werden, tatsächlich von bebender Erregung gezeichnet: bald furios dreinfahrend, bald in stiller Bedrohlichkeit geheimnisvoll brodelnd.

Anfang des 1. Satzes, *Allegro nervoso*, aus *Streichquartett Nr. 2* (T. 1–8)

der Ferne schwebender, lichter Wolkenstreifen sein wirkliches ätherisches Zuhause. Denn immer wieder scheint er bei hohen langen Randtönen Halt zu suchen,

Sie alle wären jenem zerfaserten,zu kleinteiligen Überlagerungsschraffuren aufgelösten Texturtypus in mittlerer Lage zuzurechnen, der hier in schwankenden

Diffusionsgraden bis hin zu vereinheitlichender Klärung – manchmal auch mit einem Randton kombiniert – das angestammte quartettistische Aktionsfeld einbezieht, ihm wenigsten vorübergehend und hinreichend verfremdet sein fragwürdig gewordenes Daseinsrecht beläßt. Und taucht dabei zwischendurch einmal eine melodische Figur auf, etwas kantabel Themenartiges in ausgreifenden Intervallschritten, so entpuppt es sich bei näherem Zusehen doch nur als eine zu großen Septimen und kleinen Nonen auseinandergeklappte chromatische Linie. Darin nämlich, in den weit oder eng dimensionierten chromatischen Skalenausschnitten sowie in allerhand übereinandergeschichteten Klein-Sekund-Aggregaten, besteht im wesentlichen das kompositionstechnisch verbindende Grundmaterial des ganzen Quartetts.

Dieses, wenn auch nicht schematisch durchgehaltene Verknüpfungsprinzip scheint eigentlich von der ständigen Anwesenheit der Chromatik schon im *1. Streichquartett* nicht allzuweit entfernt zu sein. Jedoch liegt wie ein trennender Querbalken die ganze Folge zunehmend radikalerer Destruktionsentscheidungen dazwischen: die Austreibung altstiliger harmonischer Zusammenhänge oder Bezugsebenen oder zumindest Anhaltspunkte, die vor anderthalb Jahrzehnten noch ihre strukturierende Rolle spielten; die Entthronung von Motiven oder anderen thematischen Relikten mit ihrer bindenden Steuerungsfunktion, gleichzeitig die Aufgabe einer vorgeordneten Stimmenhierarchie innerhalb des Satzes; das Aufweichen und schließlich Ausklammern geprägter rhythmischer Muster und mithin der totale Verzicht auf Taktmetrik; in Konsequenz daraus hervorgehend: die strikte Loslösung des formalen Denkens von gliedernden Modellen, von prädisponierten Entwicklungszügen oder ausgewogenen Symmetrieverhältnissen; endlich auch die Absage an das letzte verbliebene Residuum der herkömmlichen Komponierpraxis, die erkennbaren Intervallcharaktere. Diese sich steigernden Befreiungsakte, die Ligeti erst erkennend nachvollzog, dann mit Energie selbst vorantrieb, führten bei ihm freilich – anders als bei einigen „Experimentellen" – nicht zu grassierender X-Beliebigkeit oder in die ästhetisch schwer zu kalkulierende Vagheit eines partout antikonventionellen, quasi luftleeren Bewegungsraums. Die zurückgelegte Strecke blieb ihm vielmehr, so neugierig er Möglichkeiten erprobte, Zukünftiges anvisierte, stets als stillschweigend beteiligter Erfahrungshintergrund präsent. Jeder kreative Künstler ist schließlich zunächst ein historisch definiertes Individuum mit Kenntnissen, Erlebnissen, Einsichten, eingespielten Reaktionsweisen, von denen er nicht abstrahieren kann. Die neuen Ausdrucks- und Verständigungsformen, die er schafft oder, wie man gemeinhin sagt, erfindet, gehören deshalb schon vor ihrer Entdeckung zum gewachsenen integralen Bestand jener Situation mit all ihren Allgemeinheiten und all ihren Besonderheiten, in der er steht, mit der er lebt. Und wenn beim Komponieren des *2. Streichquartetts*, wie Ligeti bezeugt hat, eine kleine Ahnengalerie der Gattung geistige Bezugspunkte geliefert hat, dann waren da außer Bartók und Berg, Beethovens Spätwerk und Mozarts Dissonanzen-Quartett bestimmt auch seine eigenen *Métamorphoses nocturnes* in stummer Patenschaft anwesend.

Die fünf Sätze des zweiten Quartetts entsprechen sogar in ihrer konzentrischen Anlage den neun Phasen des ersten. Nur daß diesmal in der Mitte ein rascher Satz steht statt des *Andante tranquillo* damals, wobei die Analogie zu Bartók nicht etwa grob äußerlich in dem ähnlichen Langsam-Schnell-Austausch der Mittelstücke in den fünfsätzigen Bogenformen von dessen 4. und 5. Streichquartett gesucht werden sollte, sondern viel näher in Ligetis Ausbildung eines pochenden Pizzicato-Duktus für seinen jetzt zentralen dritten Satz, den Bartók in seinem 4. Quartett (*Allegretto pizzicato*) vorfiguriert hatte. Und wenn gerade dieser dritte Satz mit seiner Bezeichnung *Come un meccanismo di precisione* sofort die Erinnerung an das Metronom-Ticken des *Poème symphonique* wachruft oder ans Cembalo-*Continuum* oder auch an die ebenso mit *wie ein Mechanismus von höchster Präzision*

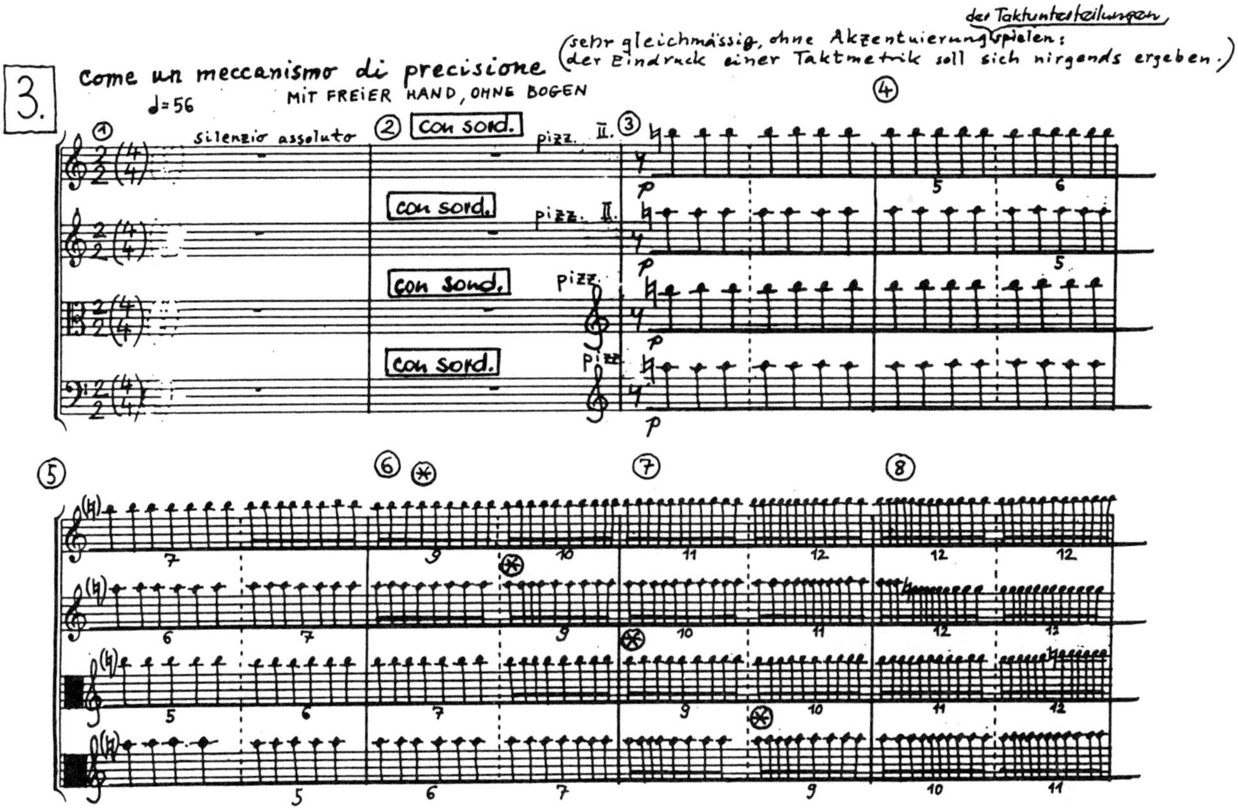

Anfang des 3. Satzes, *Come un meccanismo di precisione*, aus *Streichquartett Nr. 2* (T. 1–8)

bezeichnete Stelle im zweiten Satz des *Cellokonzerts*, so wäre immerhin zu ergänzen, daß bereits im *1. Streichquartett* eine ostinate 5/8-Pizzicato-Figur im Cello (T. 699) sowie das dagegengesetzte 4/16-Spiccato der Bratsche (ab T. 703) den Zusatz *mit mechanischer Präzision* erhalten haben. Doch damit noch nicht genug der unterschwelligen Verbindungsfäden: In der formalen Disposition lassen sich gleichfalls über die konzentrische Gesamtanlage hinaus weitere Verwandtschaften zwischen den beiden Quartetten feststellen, sowohl in jener schief reziproken Fortführung der Phasen oder Sätze nach ihrem Mittelstück, das nicht eigentlich axiale Bedeutung hat, als auch in der Doppelung zweier Teile am Anfang und am Schluß erst durch Zusammengehörigkeit, dann durch komplementäre Gegensätzlichkeit. Freilich sind beim *2. Streichquartett* die beiden Satzpaare rings um den Pizzicato-Mittelsatz – anders als bei den neunteiligen Metamorphosen – tatsächlich das einzig Verbleibende. Und wie damals Vorstellungsphase und erste Hauptphase miteinander korrespondierten, so folgt jetzt dem nervös zerklüfteten ersten *Allegro*-Satz mit seinen jähen Fensteröffnungen hin zur Normallage und seiner geheimen Rückzugsebene in schimmernder Höhe als

Darmstadt
1969

variatives Pendant ein zum Milden tendierendes, um Ausgleich bemühtes *Sostenuto, molto calmo*. Beim Einklang in mittlerem Register (gis^1) ansetzend schiebt es sich, stets sehr verhalten, allmählich nach oben, in schnellerem Raumdurchmessen ebenso nach unten. Doch da durchzucken den Satz wie Nachwirkungen der heftigen Eruptionen aus dem *Allegro* Störmomente in sich verdichtenden Abständen. Je ungebändigter sie allerdings dazwischenfahren, desto eher verpuffen ihre Energien und machen den Weg frei zu einem befriedeten Ausklang.

Das aus *Apparitions* bekannte Reaktionsverhältnis von eher stationären Klangzuständen und plötzlich eingreifenden Ereignissen, die sie verändern, erscheint hier wie zweifach gespiegelt: Im *Allegro* sind die Ereignisse ab dem ersten Sforzato-Akzent das Primäre und mischen dem ausscherenden Höhenflimmern die Erwartung des nächsten Ausbruchs bei; sie verlagern die ausgehaltenen Ruhestrecken auch mal in tiefere, dunklere Zonen, aber immer im Vorausahnen der bald zu gewärtigenden Schrecksekunde. Im *Sostenuto* könnte dann mit Liegeklängen und zunehmend einschneidenderen Interventionen fast das alte *Apparitions*-Verhältnis wiederhergestellt sein, wären diese Unterbrechungen nicht, wie an ihrem wahrnehmbaren Selbst-Verschleiß und an der verkoppelnden Relationsstellung beider Sätze zu erkennen ist, übernommene Relikte aus dem *Allegro*, gewissermaßen Spätentladungen seines fortwirkenden, noch nicht völlig abgebauten Spannungsgehalts. Jedenfalls ist mit dem Ausklingen des *Sostenuto* auf einem diatonischen Cluster-Dreiklang e-fis-gis die länger schon empfindlich gestörte Balance wieder ins Lot gebracht; und auf dieser Grundlage kann der sanft, aber in uhrwerkartiger Strenge klickende Pizzicato-Satz seine nun tempodifferenten Pulsationsauffächerungen betreiben. Auch hier unterstreichen steilkantige Dynamikterrassen, ein unvermutet widerborstiger *arco*-Einschub oder knallige Gegenakzente die innere Verstörtheit oder Defektanfälligkeit des an sich wohl angestrebten maschinellen Gleichgangs. Schließlich läuft er, während er fast Regelmäßigkeit erreicht hat, erschöpft und kraftlos in die eigne Selbstauflösung, einfach ins Nichts.

So als hätte Ligeti bei diesem Mittelsatz nicht nur wegen des Pizzicatos die Bartók-Assoziation gehabt, sondern wegen der gedämpften, pizzicato-durchsetzten Unruhe auch das *Allegro misterioso* aus Bergs *Lyrischer Suite* in ferner Erinnerung mitgehört, holt er jetzt dessen wilden *Trio-estatico*-Ausbruch auf jeden Fall im vierten Satz nach. Dieses *Presto furioso, brutale, tumultoso* überbietet an hochexplosiver Drastik bei weitem sein andeutendes Vorecho in jenem widerborstigen *arco*-Einschub des Vorgängersatzes und versammelt sozusagen alle noch unausgelebten Energien des bisherigen Verlaufs kumulativ auf sich. Zum Zeichen, daß es sich dabei um einen höchsten Expansionsgrad aufgestauter Ausdrucksdringlichkeit handelt, nicht um irgendwelche berserkerhafte Chaotik, werden dieser ungehemmten Kräftefreisetzung leise, völlig ruhige Dauerklänge entgegengestellt – dennoch gleich forttönenden Hintergrundstimmen, die nicht von ungefähr auch wieder Flageoletthöhen erklimmen. Durch ihre stille Beharrlichkeit gerät das aufschäumende Gewaltpathos ins Straucheln, gestikuliert um so mehr und – erstickt an sich selbst. Endlich kann jetzt mit entspannt dudelnden Terzentremoli der unterdrückte Kontrastpartner im *Allegro con delicatezza (stets sehr mild)*, dem fünften Satz, zu Wort kommen. Und tatsächlich ergeht er sich nun mit heiter gelöstem Gleichmut in gekräuselten Wellenüberlagerungen aus wechselnden Tonzahlen und Figurationsformen (wie in *Continuum* und *Coulée*), bogt in Laufwerk und spielerisch hingetupfte Kleinkadenzen aus, hält, wie sich besinnend, einzelne Klänge oder unterlegte Quasi-Cantus-firmus-Gänge länger aus, überwindet noch zweimal kurz auftauchende Alptraum-Reminiszenzen und absentiert sich in getröstet fortzwirbelnder Munterkeit.

Allerdings wäre dieser Schlußsatz für sich allein genommen fast unverständlich; zumindest die enorme Fallhöhe von der harschen Expressivität seines Vor-

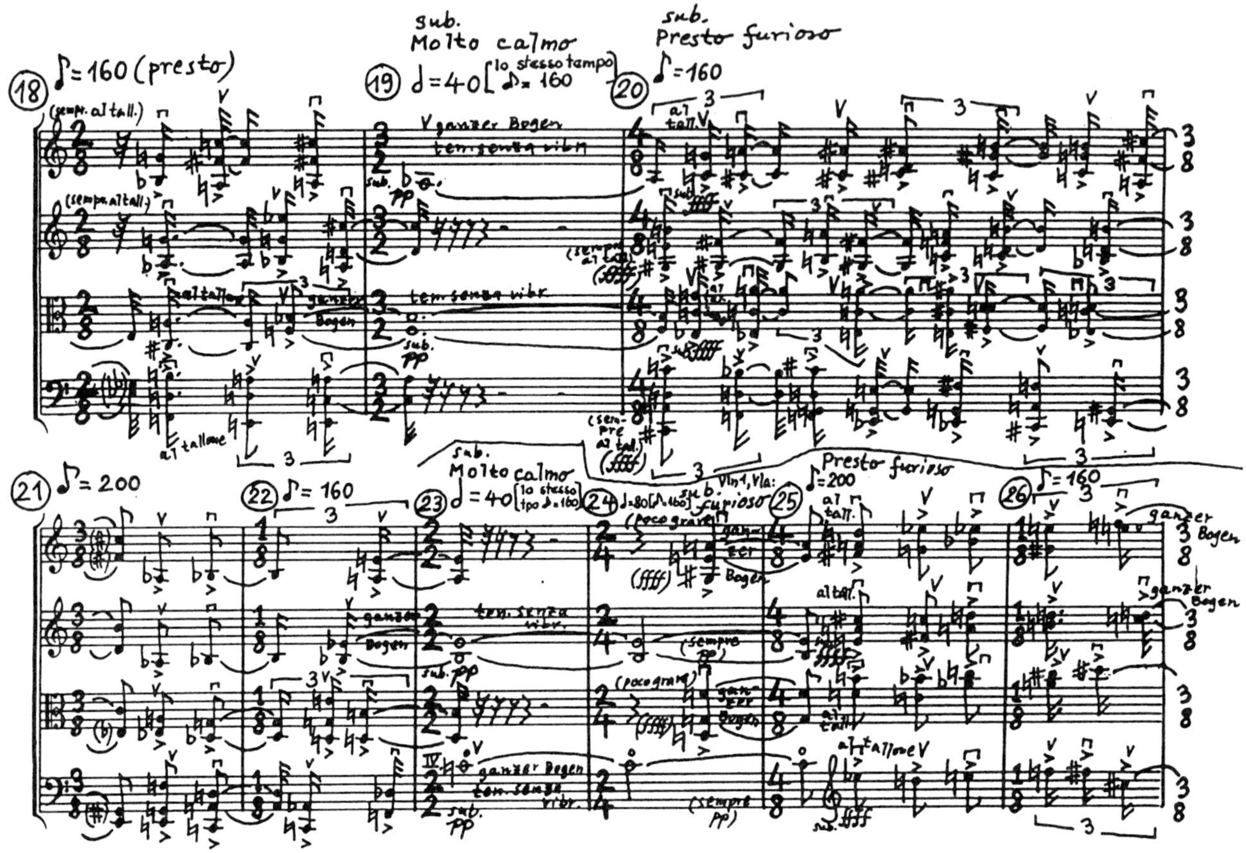

Molto calmo-Einhalte im 4. Satz, *Presto furioso, brutale, tumultoso*, T. 18–26, aus dem *Streichquartett Nr. 2*

gängers muß da erinnernd einbezogen werden – ähnlich wie schon im *1. Streichquartett* zum glitzernden Flageolett-Glissando-Ausklang die hastende Fugato-Quirligkeit vorher gehörte. Ja, vergleichbar den Metamorphosen, die damals noch eines aus dem anderen entwickelten und dadurch die formale Klammer schon als Voraussetzung enthielten, wäre jetzt auf einem weitaus differenzierteren, in seinen Eckwerten auch exponierteren Sprachniveau der Zusammenhang durch bewußt mitvollzogenes Überblenden der geteilten Formglieder erst bei einem hörenden Erfassen des Gesamten herzustellen. Eben auf diese sich wechselweise überkreuzenden Projektionen, die faktische Ablaufzeit in vorgestellte Raumeinheit verwandeln, bezieht sich auch Ligeti in seinem Kommentar zum *2. Streichquartett*: *Die fünf Sätze enthalten dieselben musikalischen und formalen Gedanken, doch Blickwinkel und Färbung sind in jedem Satz anders, so daß die übergreifende musikalische Form sich erst ergibt, wenn alle Sätze als Zusammenhang gehört und gedacht werden.*

Kurs auf Orchestrales

Nicht daß ein Mensch durch die Zahl der Lebensjahre immer klüger würde, wie man allgemein annimmt, gehört zu den Vorteilen des Älterwerdens. Der wahre Sachverhalt ist weitaus bescheidener: Er nimmt sich lediglich nichts mehr vor, was außerhalb seiner Möglichkeiten und Fähigkeiten liegt. Er schränkt also mit zunehmender Reife die Streuungsbreite seiner Pläne und Vorhaben ein, widersteht Verlockungen, verrennt sich nicht in Abseitiges und konzentriert sich um so besser und eingehender auf jene Projekte, die tatsächlich seinem Vermögen und seinen Vorstellungen entsprechen, die für ihn zentral und wichtig geworden sind. Und sogar noch diese Konsequenz aus der vermehrten Erfahrung mit den eigenen Neigungen, Prädispositionen und Interessen nun umstandslos für einen Zuwachs an Klugheit zu halten, wäre ein vorschneller und wenig stichhaltiger Rückschluß, weil ja eine solche Begrenzung in den angesteuerten Zielen keineswegs einem freien Entschluß entspringt, sondern sich aus der Richtung der bis dahin zurückgelegten Wegstrecke quasi automatisch ergibt, nur zusammenfaßt und weiterführt, was dabei schon an Tendenzen hervorgetreten ist. Es greifen da stillschweigend, aber unausweichlich Zwänge ein und regeln bereits im voraus all die grundlegenden Dinge, die der Mensch glaubt völlig selbständig und unabhängig ausgewählt zu haben. Kurz: er wird bestimmt, wo er vermeint, ganz allein und frei bestimmen zu können. Allerdings – und dies mag über die jähe Einbuße an Willensfreiheit hinwegtrösten – kommen derartige Eingriffe nicht von außen, von einer unbekannten oder fremden Instanz, vielmehr aus dem eigenen Inneren, aus den versammelten Gedächtnisspuren der eigenen Handlungen, Erlebnisse und Erkenntnisse. Sie beziehen ihre Legitimation und ihre ziemlich potente Wirkungsmacht gewissermaßen aus dem statistischen Mittel jener summierten unzähligen Einzeleindrücke, die das eigene Tun samt allen bisher gehegten Ideen, Träumen, Hoffnungen, allen bisherigen realen oder irrealen Daseinsumständen und Selbstverwirklichungsansätzen im Bewußtsein wie seinen verdeckteren Nebenkammern hinterlassen haben. Und je mehr da im Laufe der Jahre gespeichert wurde, desto enger wird das Feld der Auswahlchancen, und um so deutlicher fallen die daraus abgeleiteten selbsttätigen Vorentscheidungen aus.

Bei einem Komponisten wie bei jedem Kreativen führt diese unwillkürliche Gebundenheit an sich selbst, an jene präformierende Eigendynamik der immer länger werdenden Reihe seiner bereits geschaffenen Werke, zu einer Dialektik zwischen akzeptierter Treue zum Eigenen und unablässigen Flucht- oder Ausbruchsversuchen aus eben dem vorgezeichneten Geviert des eigenen Schaffens. Jeder Zugewinn von neuem Terrain bedeutet deshalb gleichzeitig sowohl Überwindung einer Hemmschwelle als auch Aussicht auf ein Stück Erlösung von sich selbst. Wie die Energien, sich vom Bekannten zu lösen und noch Unbekanntes hinzuzuerwerben, verteilt sein mögen, hängt von den individuellen Voraussetzungen ab; von den Graden an Selbstzufriedenheit oder Überdruß an sich selbst, dem Vertrauen, auf dem rechten Weg zu sein, oder der experimentierfreudigen Neugier, sich anderen Bedingungen und unerforschten Konstellationen auszusetzen, also von der spezifischen Mischung aus Temperament, Kritikfähigkeit und vorantreibendem

Entdeckermut; damit letztlich auch vom Alter oder von der Gewichtigkeit, den Ballastquantitäten der bereits vorhandenen Produktion. Keiner vermag hinter sich selbst zurückzufallen. Und jeder Versuch, in die ausschweifende Abenteuerlichkeit des ersten jugendlichen Aufbruchs später eine gewisse regulierende Ordnung, eine verläßlichere Systematik hineinzubringen, wirkt weiter und führt zu kaum noch auszuräumenden Verfestigungen. Einerlei, ob es sich nun um Schönbergs Zwölftonmethode, Bartóks klassizistisch austarierte Form- und Harmonikbalance, Strawinskys parasitäre Traditionsverfremdungen, Hindemiths Intervallhierarchie oder Messiaens Moduslehre handelt oder gar um die parametrisierten Reihenmodelle der Serialisten: Immer entwickelte das einmal etablierte Verfahren, auch wenn es nur eine Handhabe zur Selbstkontrolle liefern sollte, eher locker und variabel als streng schematisch angelegt war, seine zentrierenden Sogkräfte und beschnitt die zuvor bindungslos exponierte Impulsivität. Und immer – mit den einzigen Ausnahmen des früh schon klassifizierenden Messiaen und der seriellen Technik, deren Theoriekonzepte vielfach der Praxis vorauseilten, – hatte sich das Bedürfnis nach einer absichernden Kodifizierung der eigenen Sprache bei den Komponisten zwischen dem 40. und 45. Lebensjahr gemeldet, eigentlich als ein Wunsch nach Rechtfertigung und besserem Verständnis für das, was sie bis dahin ohne solche Rückendeckung, ohne ein verbindliches Reglement denn tatsächlich vollbracht hatten.

Diese Notwendigkeit zur Selbstausforschung scheint bei Ligeti nicht in gleichem Maße akut gewesen zu sein; zum einen, weil er von früh an parallel zum Komponieren darüber reflektiert hatte, welche Rolle das Material und seine Behandlung, dessen Möglichkeiten, ein sinnvolles Beziehungsgeflecht herzustellen, im Verhältnis zu tradierten und schon erprobten Satzweisen bei der Realisierung seiner musikalischen Ideen überhaupt spielen könnte; zum anderen aber vielleicht auch, weil der einschneidende Positionswechsel seines Emigrantendaseins ihm genügend Distanz verschafft hatte, seine Kompositionen nicht allein entlang ihrer internen Evolution zu betrachten, sondern gleich aus verschiedenen, sehr divergenten Perspektiven, also objektiver und selbstkritischer als mancher andere. Dennoch läßt sich auch bei ihm in dem entsprechenden Alter um die Mitte der Vierzig eine Art von Konsolidierungsprozeß beobachten. Es ist, als habe sich da – wenn man sich nicht scheut, den auslösenden Zufälligkeiten doch einige Signifikanz beizumessen – allmählich die Erkenntnis durchgesetzt, daß seine zunächst abstrakten Vorstellungen von unterschiedlich modellierten musikalischen Verläufen wohl am besten, am einleuchtendsten mit den Mitteln eines vielstimmigen orchestralen Apparates zu verwirklichen und in die klangliche Konkretion zu übersetzen seien. Jedenfalls hat Ligeti zwischen Ende 1968, dem Jahr, in dem er 45 geworden war, und 1974 – abgesehen von der quasi nachgelieferten Orgel-Etüde *Coulée* – ausschließlich an Werken für größere Ensembles oder Orchester gearbeitet. Und dies hat gewiß über die gegebenen Anlässe hinaus etwas zu bedeuten.

Während dieser fünf Jahre hat Ligeti in ziemlich dichter Reihenfolge, bedenkt man sein stets moderates Arbeitstempo, sechs Werke komponiert: *Ramifications* für Streichorchester oder zwölf Solostreicher (1968/69), *Kammerkonzert* für 13 Instrumentalisten (1969/70), *Melodien* für Orchester (1971), *Doppelkonzert* für Flöte, Oboe und Orchester (1972), *Clocks and Clouds* für zwölfstimmigen Frauenchor (oder zwölf Soli) und Orchester (1972/73), *San Francisco Polyphony* für Orchester (1973/74). Dabei differieren die Besetzungen freilich noch mehr, als sich an den Titelzusätzen ablesen läßt. Beispielsweise verbirgt sich hinter der neutralen Bezeichnung „Orchester" beim *Doppelkonzert* und bei *Clocks and Clouds* zweimal, wenn auch aus verschiedenem Grund, eine Streicherformation ohne Violinen. Und bei *Melodien* handelt es sich eher um ein kleines Orchester, dessen Besetzungsstärke von etwa 40 Spielern noch durch die solistische Ausführung der Streicherparts, wie alternativ vorgesehen, auf 16 reduziert werden kann. Ein wirklich volles Orchester mit mindestens 71 Instrumentalisten beansprucht lediglich *San Francisco Polyphony*. Sie gleicht darin jenem Werk, das dieser orchestralen Kumulationsphase gewissermaßen als Durchbruch durch die Wand selbstverordneter Orchester-Abstinenz – nach Ligetis mißtrauisch-idiosynkratischer Reaktion auf den *Atmosphères*-Erfolg – vorausgegangen war und ihr zuzurechnen ist: *Lontano* für ebenfalls groß besetztes Orchester von 1967, chronologisch zwischen der recht gegensätzlichen Nachbarschaft des *Cellokonzerts* und der ersten Orgel-Etüde *Harmonies* anzusiedeln. Tatsächlich greift *Lontano* in der äußeren Einsätzigkeit und in der Art, den Klang unter Vernachlässigung der zeitlichen Artikulation wie eine Skulptur im Raum zu modellieren, den Typus von *Atmosphères* wieder auf, läßt darin seine Abstammungslinie und Familiarität erkennen. Aber es ist eine Verwandtschaft zweiten Grades, keineswegs gradlinig, sondern durch die dazwischengeschalteten Erfahrungen mit dem *Requiem*, was die Kanontechnik betrifft, und vor allem mit *Lux aeterna*, was die zeitverschobene Progression der Harmonik angeht, nur noch entfernt feststellbar. Und dies rückt *Lontano* ungeachtet oberflächlicher Ähnlichkeiten auf eine neue, zumal im Kompositorischen nicht mehr identische Basis.

Waren bei *Atmosphères* die einzelnen Stimmen, obwohl individuell durchgebildet, doch eigentlich nur Zuträger zu einem Gesamtergebnis und ging es primär um dessen, also den globalen Klangfarben- oder Sonoritätenwechsel in vielen Abstufungen, Übergängen und behutsamen oder deutlicheren Veränderungsgraden, so funktioniert die Satztechnik bei *Lontano* genau umgekehrt: Die einzelnen Stimmen sind das Primäre, sie haben klar durchgezeichnete Verläufe, schichten sich zu kanonischen Strukturen, folgen bestimmten Intervallgängen, konkretisieren sich sogar zu motivischen Modellen; einzig ihre Vielzahl sowie der Umstand, daß mehrere kontrapunktische Stimmenbündel gleichzeitig präsent sein können, verhindern die Durchhörbarkeit. Oder vielmehr schafft dies unterschiedliche Stadien der Eintrübung, der Verwischung oder Aufweichung der Linien durch Überlagerung mit Nebentönen aus anderen Linien, kann aber ebensogut zu Auflichtungen und sich herauskristallisierender Deutlichkeit führen. Nur sind es nicht mehr wie bei *Atmosphères* chromatisch ausgefüllte Clusterklänge oder Clusterbänder, die das Geschehen beherrschen und den Ablauf figurieren, sondern diatonische Harmoniefelder oder Intervallkonstellationen, die aus der dauernd anwesenden Polyphonie der nahezu solistisch behandelten Einzelstimmen resultieren, bald mehr miteinander verschwimmen, bald auch zu erkennbarer Profilierung aufklaren. Wiederum beginnt *Lontano* mit einem Einklang, auf as^1; jedoch anders als bei *Lux aeterna* mit dem f^1 des Frauenchors oder beim *Cellokonzert* mit dem e^1 im Nacheinander von Solo-Cello, Streicherchor, Flöte und zwei Klarinetten ist dieser Einklang durch gestaffelte Einsätze der Holzbläser und der Hörner über einem Cello-Flageolett, die ihn von der 3- bis zur 16-Stimmigkeit erweitern, in seinen Farbvaleurs und durch asynchrone Lautstärkeschwankungen in der Dynamik reich gegliedert. Er verräumlicht sich sozusagen, noch ehe Abspaltungen nach g^1 und b^1 auch im Harmonischen jene Intervalldistanzen andeuten, die dann beim Hinzutreten eines zweiten Stimmenbündels mit a^1-fis^1-h^1 unmißverständlich exponiert werden und (wie in *Lux aeterna*) mit vielerlei Mutationen das harmonische Gerüst abgeben: kleine Terz und große Sekunde.

Bezeichnend scheint nun im Hinblick auf die Gesamtkonzeption wie den Titel, daß den ganzen ersten Formabschnitt lang, während weitere Stimmenbündel und weitere Instrumente das Klangbild auffächern und komplizieren, bis es auf ein einheitliches, oktaviertes c einschwenkt (T. 38–41) – und dies ist bereits ein Viertel des gesamten Stücks –, das anfängliche as, wenn auch in anderen Oktavlagen oder als gis notiert, fortklingt. Und ähnlich ergeht es anschließend einem fortgeführten *pianissimo*-Nachklang des vereinigten c, obgleich ihm sofort ein Kontra-Des (noch im T. 41) und eine neue Entwicklung entgegengestellt worden

Eintritt des zweiten Stimmenbündels mit a-fis-h in der Eröffnungsphase von *Lontano* (T. 8–12)

war, und sogar dem Neuansatz mit dem Tritonus-Intervall b-e (T. 56, hier als Grenzklang aus zwei kleinen Terzen zu motivieren). Immer werfen einmal zur Schlüsselfunktion erhobene Tonpunkte lange Schatten, bleiben im Hintergrund, vielfach überdeckt, dennoch anwesend, ziehen fast im geheimen ihre Spur. Und dies trifft den musikalischen Sachverhalt, der mit dem Titelwort *Lontano* umschrieben wird, in einer seiner drei Bedeutungsebenen, nämlich der hörpsychologischen, auf der letztlich alle Formbegriffe in der Musik basieren. Denn was gewesen ist, haftet wie ein blasses Abbild in der Erinnerung und läßt im Augenblick, da man Klang tatsächlich wahrnimmt, schon Ahnungen oder Vermutungen auf Kommendes entstehen. „Fern" ist beides, und während man sich dem Zukünftigen nähert, entfernt sich die Vergangenheit immer weiter. Doch Ligetis zarte Nachhall-Spuren, die dem Flüchtigen einen Anhauch von Permanenz verleihen wollen, überbrücken nicht nur zeitliche Entfernungen, sie verräumlichen zugleich auch die musikalischen Vorgänge, indem sie zwischen vordergründig näheren, ausgeprägteren und mancherlei ferneren, halbverborgenen bis schemenhaft auratischen kulissenartige Tiefenperspektiven schaffen. Dem Geschiebe im Harmonischen mit Zerrinnen und Wiederauftauchen festerer Konturen entspricht eine Diffusion im Raum mit Ausdehnungen in ein imäginäres Hinten – durch Abblendungen ins Leise oder Dunkle – und wiederum Heranholen ins Rampenlicht – durch Aufhellung und gesteigerte, geschärfte Dynamik.

Abgekommen war Ligeti von der realen Fernaufstellung einzelner Instrumente, wie er sie mit der Echo-Trompete für *Apparitions* nach Art barocker Praktiken oder der *Lontano*-Oboe in der *Scène aux Champs* aus der Berliozschen *Symphonie fantastique* noch vorgesehen hatte. Gerade das Vorbild Mahlers, das ihm in den sechziger Jahren – neben und zusammen mit dem Debussys – immer wichtiger geworden war, hatte ihn belehrt, daß derselbe Effekt wie der einer *in der Ferne* postierten Trompete in der Ersten, des Fernorchesters in der Zweiten oder des *aus weiter Ferne* tönenden Posthorns in der Dritten Symphonie auch durch Uminstrumentierung – ähnlich dem Flöten-Signal, das die Trompete am Schluß des ersten Satzes der Fünften imitiert – erreicht werden könne. Und neu ist nun, daß er den schon von jeher geliebten Anfangsgestus *Wie aus der Ferne* beim *Lux aeterna* oder *Wie aus dem Nichts kommend* beim *Cellokonzert* (1. Satz) als ein Mittel fiktiver Verräumlichung auf das ganze Stück überträgt. So entstehen Durchblicke, der Klang erhält zusätzlich zu seinem harmonischen Fluktuieren in der Horizontale und seinen kontrapunktisch-polyphonen Schichtungen in der Vertikale eine Volumen gebende, Köperlichkeit schaffende dritte Dimension nach der Tiefe hin. Widergespiegelt wird damit in abgeleiteter Entsprechung der unbegrenzte, offene Imaginationsraum, in dem sich beim Komponisten die Konzeptionsidee zu Vorstellungen von klanglichen Gebilden mit ihren Veränderungen in der Zeit formt, lange bevor sie noch über die einzelnen Etappen der konkreten Ausarbeitung in die Notenzeichen der Partitur transferiert, also zu einem Verständigungsbehelf verdinglicht werden. Und wie in diesem Imaginationsraum Klänge gleich Wolkenbildern vorbeiziehen, sich zu Flächen zusammenschließen oder zu Streifen zerteilen oder an irgendeiner Stelle aufreißen und dann die Sicht auf entferntere Zonen oder den Himmel freigeben, wie Lichteinfall und Farbenwandel dabei überhaupt ständig mitspielen und das Ganze in einer vielfältig irregulären Bewegung halten, so herrscht auch bei *Lontano* eine Instabilität der klanglichen, farblichen, harmonischen oder dynamischen Erscheinungen vor. Alles befindet sich in einem Zustand, einem Beziehungsgeflecht sich wechselseitig beeinflussender Transformationen.

Inmitten dieses instabilen musikalischen Geschehens, dessen stationäre Momente ins Fließen geraten und sich öffnen wie umgekehrt seine verästelten Vielstimmigkeiten sich zu Inseln der Einhelligkeit zusammenziehen und verdichten können, tauchen hin und wieder Anklänge an Vertrauteres, an erinnerte Modelle der Tradition auf. Selbst sie ähneln Trugbildern

Eintritt des Blechbläser-Dreiton-Motivs in *Lontano* (T. 73–76)

des Augenblicks und verfliegen schnell; aber ihr assoziatives Herbeizitieren von Vergangenheit, von Typenmerkmalen romantischer Orchestermusik – ohne jedes direkte Zitat – erschließt dem Titelwort „Lontano“ seine dritte Bedeutungsebene: neben den hörpsychologischen und den räumlichen Nah-Fern-Wirkungen die historischen. Wenn zum Beispiel nach dem erwähnten Tritonus-Neuansatz b-e (T. 56) gleichsam durch den fortdauernden Schleier dieses Tritonusklangs hindurch sich Abspaltungen, Nebentöne, melodische Umkreisungen ergeben und diese über ein Anwachsen der Instrumentenzahl wie des Ambitus, in kanonischer Führung mit weichzeichnenden Oktavierungen ihre Bahnen ziehen, vernimmt man hinter der breiten, keineswegs lauten Farbenfläche aus Streichern und Holzbläsern ganz schattenhaft ein Dreiton-Motiv der Hörner, Trompeten und Posaunen b-as-f, ebenfalls kanonisiert (T. 73–76): Da werden räumliche Ferne wie das Aufscheinen einer Reminiszenz an irgendetwas Bekanntes gleichermaßen imaginiert. Doch die Entwicklung geht weiter, belebt sich dynamisch (vom *pp* in mehreren Abstufungen bis zum *fff*) sowie in den Klangfarben (durch Tremolo der Streicher *sul ponticello*). Und wenn dann die Hörner nach ausgezackten Abbrüchen aller übrigen ins plötzlich ganz Leise das vorher schon präsente, modifizierte, nun viertönige Motiv g-b-as-ges ertönen lassen, wiederum aus den Kernintervallen der kleinen Terz und der großen Sekunde gebildet, hat auch die Ahnung von Romantik erkennbarere Präsenz erlangt (T. 93–96).

Fagotte, Klarinetten, Englischhorn, Trompeten und Posaunen gesellen sich kanonisch dazu, erweitern das Motiv noch um ein angehängtes fes; Uminstrumentierungen auf die Streicher, die zu rauhem Tremolo übergehen und zu den Kontrabässen hin absinken, holen es allmählich in die Gegenwart zurück (T. 99–112), bis sich aus den beiden Endtönen ges-fes – fast unvermutet nach so vielen Schichtungen und Überblendungen – mit sanfter Beständigkeit ein unisones f herausschält (T. 114–120). Allein, in den folgenden Flageolett-Nachklang fällt sehr sonor, sehr weich ein Orchester-Tutti (ohne Oboen und Blech) ein (T. 122), und schon fühlt man sich wieder, während sein zweifach oktaviertes d nach c und h abfällt, in romantische Gefilde versetzt. Danach verliert sich dieser Eindruck, weil sich die Linien in kanonischer Ungleichzeitigkeit auf typische Ligeti-Weise verfransen; wenig später (T. 127) wird er aber durch einen neuerlichen, erweiterten Tutti-Einsatz reaktiviert, diesmal höher und nach oben ansteigend (g-a-b), allerdings ohne Klarinetten, Fagotte, Violen und Kontrabässe, die noch mit der Fortführung des ersten Tuttis beschäftigt sind. Die Wirkung des Epochensprungs rückwärts ist deshalb schwächer. Immerhin: einmal derart für das überraschende Erscheinen historischer Phantasmagorien sensibilisiert, wird man, wenn dieses breit strömende, verschlungene Lineaturenfeld immer eindeutiger, durchdringender, ja insistierender auf eine helle dis-Oktave einschwenkt und dann plötzlich auf deren seidigen *pp*-Nachhall abfällt (T. 145), den dabei wie hinter einem Gazevorhang auftretenden Hörnerklang durchaus für einen Sendboten aus dem 19. Jahrhundert halten. So nachhaltig durchlöchert *Lontano* die gewohnte Fassade, macht sie porös und durchlässig, öffnet Räume nicht nur in akustischer Mehrdimensionalität für die Klänge und augenblicksübergreifend für das mitvollziehende Hören, sondern auch historisch für die ständig unterschwellig mitschwingenden Traditionen.

Warum sich freilich zwei Kommentatoren darauf festlegen wollten, daß zu Beginn von *Lontano* der Anfang von Wagners *Parsifal*-Vorspiel erkennbar anklinge (Klaus Kropfinger: *Ligeti und die Tradition*, in: *Zwischen Tradition und Fortschritt*, hg. v. R. Stephan, Mainz 1973, S. 141) und später auch noch Übereinstimmungen mit dem Grals-Motiv sowie andere Analogien zu entdecken seien (Hans-Christian von Dadelsen: *Über die musikalischen Konturen der Entfernung*, in: *Melos/NZ*, Mainz 1976, S. 189), ist nicht recht einzusehen und bestenfalls so richtig wie jede überhaupt denkbare Fixierung eines x-beliebigen, möglicherweise ähnlichen Vergleichsbeispiels. Daß

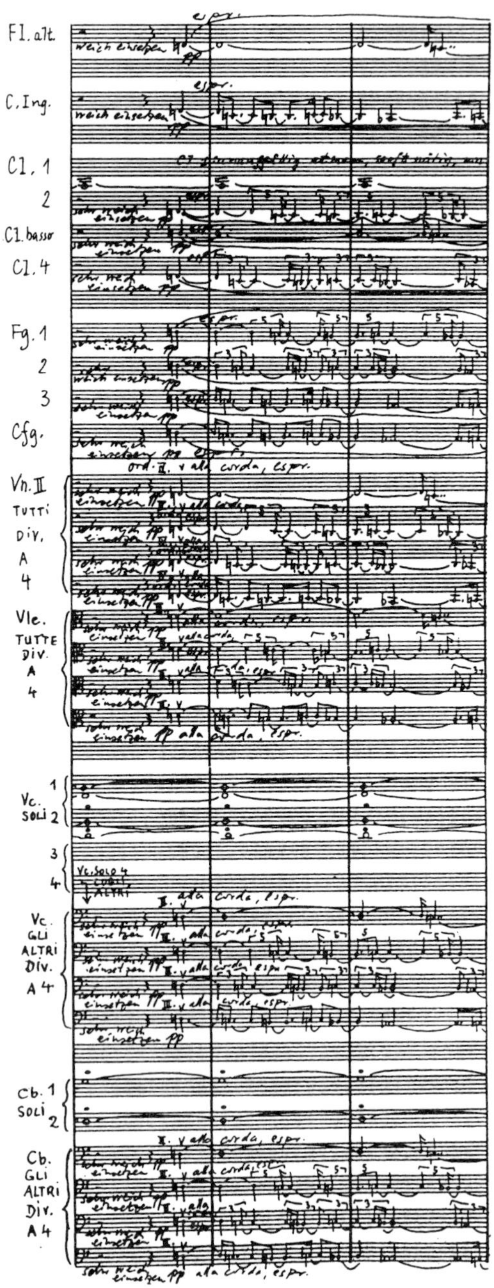

Weicher Tutti-Einsatz in *Lontano*, T. 122–124

beide Stücke mit as beginnen, durch eine schwebende Unbestimmtheit im Metrischen gekennzeichnet sind und vielfach fließende Klangfarben-Übergänge favorisieren, mag eine vage Assoziation, wie sie jeder nach eigener Kenntnis und nach eigener Lust am Knüpfen von Beziehungen haben kann, zwar allenfalls rechtfertigen; aber sie sollte vage und ungenannt bleiben, wie es Ligetis Komponieren und gerade seiner ersten derart dezidierten, heraushörbaren Annäherung an die Tradition entspricht. Denn andeutungsweise war ja Vergangenheit bei ihm schon manchmal mitbedacht und virtuell mitkomponiert worden, so in gattungsmäßiger Spezifik bei den *Volumina* für Orgel oder dem *Requiem*. Dahinter steht jedoch stets das Problem, inwieweit ein Komponist bereit ist, seine Herkunft aus einer fraglos vorhandenen Vorgängerschaft einzubekennen, oder glaubt, in einer selbstgezimmerten, quasi aseptischen Enklave alles ganz neu und adamsgleich in Angriff nehmen zu können. Ligeti hatte mit den Befreiungsaktionen von *Apparitions* und *Atmosphères* genügend fragwürdig gewordenen Ballast über Bord geworfen, um nun erkennen zu können, daß er auf dem leergefegten Terrain – ohne die letzten Tonalitätsrelikte von Intervallik, Metrik, Harmonik und Formensymmetrie –, wenn er dabei bleiben wollte, eigentlich zur Selbstkopie verdammt sei. Also versuchte er – freilich restituierend –, ehemalige Gestaltungsmittel gründlich transmutiert wie in einer Art Spiegelreflexverfahren zuzulassen: Die Elemente sind da, aber funktionsenthoben; er hantiert, um seinen Ausdruck zu gebrauchen, mit „Allusionen", nimmt gewissermaßen das Maskenspiel mit der Inkonsequenz als Folge einer zu strikten Konsequenz auf sich.

Alles, was direkt und eindeutig ist, ist mir fremd. Ich liebe Anspielungen, Doppeldeutigkeiten, Mehrdeutigkeiten, Doppelbödigkeiten, Hintergründigkeiten. Mehrdeutig sind auch die verschiedenen bildhaften Assoziationen zu meiner Musik, die ich sage und die ich denke oder spüre, während ich mir Musik vorstelle. Dies hatte Ligeti 1967 in einem Gespräch mit Josef Häusler anläßlich von *Lontano* geäußert (Ove

Nordwall: *György Ligeti*, Mainz 1971, S. 138), um mit den synästhetischen Begriffen „Farben und Raum" nicht im Sinne eines Bilder-Programms mißverstanden zu werden: beide sind *nur in der Musik existent.* Gleichwohl ist, abgesehen von diesem Autonomie-Anspruch, daß alle Lebenswirklichkeit samt darauf bezogenen Assoziationen in Musik umgesetzt wird und diese ausschließlich durch sich selbst zu verstehen sei, Ligetis Absage an „Eindeutigkeit und Direktheit" interessant. Denn solche Ausweich-Ästhetik, die statt des geraden Wegs den weniger offenkundigen Seitenpfad wählt, dem Ton einen störenden, verfärbenden oder verschmutzenden Nebenton beigibt, Hauptzählzeiten oder synchrone Einsätze peinlich meidet, überhaupt mit Entlegenem operiert, Randerscheinungen begünstigt, die kleinen Besonderheiten päppelt – diese Ästhetik kann selbstverständlich zu einem Arbeitsprinzip werden, auch wenn es anderen schon als fixe Idee erscheint. Und zweifellos hat jeder Komponist sein gerüttelt Maß an psychischen Prädispositionen mitbekommen, das sich, mehr oder weniger bemerkt, in den Schrunden und Ritzen seines Metiers einnistet. Ligeti ist davon nicht frei, allerdings dienen ihm die mit Fleiß zurechtpräparierten Unebenheiten, sein allenthalben eingebauter Minimal-Dissens, als durchaus tragfähiges Vehikel, um Schwankungen, Unsicherheiten, Verschleierungen, ein beständig changierendes Umkreisen jeder sich irgendwo einschleichenden Norm zu erreichen. Und genau dadurch gelangt er eben zu seinen „geliebten Mehrdeutigkeiten".

In den Bereich dieser Ausweich-Ästhetik gehört auch das äußere Arrangement bei *Ramifications* (Verästelungen) für Streichorchester oder zwölf Solostreicher (1968/69), daß die Hälfte der Instrumente (Gruppe I) einen Viertelton höher gestimmt werden soll. Denn *nicht die Vierteltöne an sich sind von Bedeutung*, wenn Gruppe I (4 V, 1 Va, 1 Vc) von a^1= 453 Hz ausgeht – was *ein wenig höher* als der exakte Frequenzwert liegt – und Gruppe II (3 V, 1 Va, 1 Vc, 1 Kb) vom normalen a^1=440 Hz, *sondern die Abweichung der Intonation um etwa einen Viertelton* (Partitur-Anweisung). Man muß ja ohnehin einkalkulieren, daß bei Streichern alle gegriffenen Töne nicht minuziös genau auf Schwingungszahlen festzulegen sind. Noch viel weniger kann dies der Fall sein, wenn beide Gruppen, wie hier häufig, chromatische Figurationen oder chromatische Fortschreitungen zu spielen haben. Im praktischen Resultat sind die *Ramifications* mit ihren Überlagerungsstrecken rascher, ungleich rhythmisierter Umspielungsfiguren – ähnlich denen in *Apparitions, Atmosphères, Continuum, 2. Streichquartett* oder der Orgel-Etüde *Coulée* – eben auf Verwischung distinkter Tonfolgen, Eintrübungen der Lineatur angelegt, auf jenen Summationseffekt, da Bewegung in Farbe umschlägt und aus dem Zusammenwirken mehrerer Stimmen diffus vibrierende Klangbänder entstehen. Nur wurden in diesem einsätzigen, etwa achtminütigen Streicherstück die clusterartigen Gemengekombinationen aufgrund der Erfahrungen aus *Lux aeterna* und *Lontano* durch repetierte Intervall- oder Arpeggien-Sequenzen harmonisch aufgelichtet, und diese Harmonik zugleich mikrotonal verbrämt, also ins Undeutliche transformiert. Ligetis Ausweich-Ästhetik sucht auf solche Weise immer wieder neue Möglichkeiten, den Rückgewinn von tauglichen, aus dem historischen Repertoire abgeleiteten Gestaltungsmitteln sofort mit einer leise vernebelnden Dunstschicht zu umhüllen. Die bohrende Angst, auch bloß aus der Verkettung einiger blöder Mißverständnisse bei den Hörern in den gefährlichen Anziehungsbereich von Platitüden geraten zu können, wird dadurch im Keime erstickt, und die Sprache bewahrt sich ihre bildbare, in vielen Facetten schillernde Sensibilität.

Erkennbare, markantere Unterschiede ergeben sich aus anderem: Wenn etwa der verschlungene, bald dichter verknäuelte, bald lockerer gewebte Anfangsabschnitt aus schnellen Überlagerungsfiguren (ab T. 33) zu hohem, immer noch leisem Tremolo-Schwirren übergeht und sich über kleine Crescendo-Auswölbungen schließlich auf ein ruhig-stationäres Flageolett-e^3 (mit Viertelton-Differenz) einpegelt (T. 39–44); wenn danach die neu ansetzenden Bewegungsmo-

Anfang (T. 1–3) von *Ramifications*

delle durch beibehaltene Sostenuto-Klänge in einigen Stimmen an untergründiger Spannung gewinnen und die Gruppe II das allgemeine Anrollen eines chromatischen Skalenausschnitts von ais nach d^{1} bis zum aufbrandenden *fortissimo* steigert (T. 65–68); wenn das ungerührt fortgeführte *pianissimo* in Gruppe I mit seiner 32tel-Nervosität in extreme Randlagen auseinanderstiebt (bis g^{4} und E) und das sich herauslösende behende Arpeggien-Dudeln im Mittelfeld abermals durch intensivierende Langzeit-Töne zu einem zweiten, noch furioseren, noch wilderen Ausbruch in entfesselte Aktivität getrieben wird (T. 95–99); wenn end-

Zweiter Fortissimo-Ausbruch bei T. 96–98 aus *Ramifications*

lich über ein tiefes, quasi zeitlos gedehntes, farbmodelliertes F_1 im Kontrabaß wieder Ruhe zurückkehrt und sich das Stück fast heiter mit allerhand auflokkernden Artikulationsformen (*gettato, pizzicato, col legno battuto* und mit dem Finger geklopfte Tonrepetitionen) verabschiedet (T. 110–114), nicht ohne daß Ligeti noch fünf stumme Generalpausen-Takte hinterherschickt. Die vorgeführten Verästelungen soll sich dabei jeder nach eigenem Belieben weiterdenken und bis ins Nichts verfolgen können.

Mit einem ähnlichen Wegwisch-Gestus (und nur einer einzigen Generalpause) endet auch das *Kam-*

.2011
BELA BARTOK
SONATA

merkonzert für 13 Instrumentalisten (1969/70), nachdem es kurz zuvor noch mit einem zu schneidender Schärfe anwachsenden Oboenton hartnäckige Präsenz demonstriert hatte. Allerdings ist diese Komposition entsprechend ihrer Besetzung – Flöte (mit Piccolo), Oboe (mit Oboe d'amore und Englischhorn), Klarinette, Baßklarinette (auch Klarinette); Horn, Tenorposaune; Cembalo/Hammondorgel, Klavier/Celesta (je ein Spieler); Streichquintett (solistisch) – überhaupt vielfarbiger, virtuoser, durchsichtiger, abwechslungsreicher und in gewisser Weise sogar kapriziöser. Es handelt sich, wie der Titel sagt, um ein Orchesterkonzert, also ein Stück auch zum Nachweis der artistischen Spielfähigkeiten der einzelnen Instrumentalisten, in kammermusikalischem Miniaturformat. Und in solcher Funktion hat das *Kammerkonzert* – passgenau für das Ensemble „Die Reihe" in Wien (und seinen Dirigenten Friedrich Cerha) komponiert – im Unterschied zu *Lontano* und *Ramifications* wieder mehrere, nämlich vier Sätze, die beinahe, in oberflächlicher Pauschalierung, dem alten Formschema mit Eingangs-Allegro, langsamem Satz, Scherzo und Finale folgen. Eingehender betrachtet und deshalb mehr auf Ligeti spezialisiert rücken allerdings das *Kammerkonzert* und das *2. Streichquartett* (wobei dessen vierter Satz – *Presto furioso, brutale, tumultoso* – ausgespart werden müßte) in ein verwandtschaftliches Verhältnis. Und noch stichhaltiger wäre, zumindest den ersten Satz des *Kammerkonzerts* – *Corrente* (*Fließend*) – in eine Art Umkehrbeziehung zu *Ramifications* zu bringen: Traten dort die langen Sostenuto-Töne als Stütz- und fokussierende Sammellinien für das bewegte Figurationsfiligran auf, so scheinen sie jetzt seitenvertauscht die kreisenden Umspielungen aus sich zu entlassen. Es ist, als würden aus ihrer, wie immer überdeckten oder unterbrochenen, aber weiterwirkenden Hauptstimme die sehr viel aktiveren Nebenstimmen exzerpiert und als raumschaffende, prismatisch gebrochene Elemente in die Umgebung verteilt.

Überhaupt läßt sich am *Kammerkonzert* feststellen, wie unbeschwert und zugleich variantenreich Ligeti inzwischen mit seinem selbsterworbenen Repertoire an Möglichkeiten – jedes Werk bringt da ja etwas Neues hinzu – umzugehen und es im Sinne seiner Vorstellungen und konzeptionellen Direktiven einzusetzen weiß. Dabei machen sich freilich zwei gegensätzlich komplementäre Faktoren bemerkbar: Einerseits läßt er unter der Hand mehr und mehr pseudotraditionelle Einzelzüge, sei's im kontrapunktischen Denken oder in der verschobenen, verzogenen Harmonik, sei's im melodischen Duktus, in seine Musik eindringen oder wenigstens in vorsichtiger Dosierung einsickern; andererseits unternimmt er, gedrängt von seiner Ausweich-Ästhetik, immer wieder neue Exkursionen in benachbarte Randgebiete. So verfestigen sich einerseits im ersten Satz des *Kammerkonzerts* die Sostenuto-Töne inmitten des sie umkreisenden Figurationsgetriebes, das in vielerlei gegenrhythmisch geschichteten Verwandlungen abläuft, zu andeutungsweise Cantus-firmus-artigen melodischen Gebilden, die sich vom Ansetzen bei a (T. 1) über h (T. 14), einen von c dominierten Akkord (T. 25) und einen cis-Triller (T. 34) in einen oktavierten es-Klang (T. 38) lösen und sich dann über ein e mit Nebentönen (T. 46) zu klarer thematischer Sukzession verdichten: d-e-g-f-fis-dis (T. 49/50) – was selbstverständlich nach der schon bekannten Kombination von großer Sekunde und kleiner Terz in den ersten drei Tönen (d-e-g) nur noch deren chromatische Auffüllung in den folgenden drei Tönen ist, also zusammengenommen eine quasi augmentierte Umspielungsfigur. Und ein kräftiges e (T. 54, Posaune: *ff brutale*) greift nochmals die Linie auf, ehe ein solistisches Coda-Geflecht, ohne Stützton, den Satz beschließt. Andererseits aber werden rhythmisch völlig freie, nur *so schnell wie möglich* zu spielende Kadenz-Strecken eingeschoben (wie sie bisher nur im 2. Satz des *Cellokonzerts* T. 44–49 vorkamen), die selbst bei gemeinsamem Einsatz in mehreren Stimmen oder bei Kombination mit metrisch geordneteren Abschnitten in totaler Unabhängigkeit, jede in eigenem Tempo, abschnurren sollen. Der sonst gewahrte Zusammenhalt, das trotz aller Verschwommenheiten koordinierte

48
P 49
Picc.
C. Ingl.
Cl.
Cl. basso
Cor.
Trbn.
senza sord.
senza sord.
ARMONIO
Arm.
CELESTA
Cel.
Vn. 1
Vn. 2
Vla.
Vc.
Cb.
(suono reale)
(suono reale)

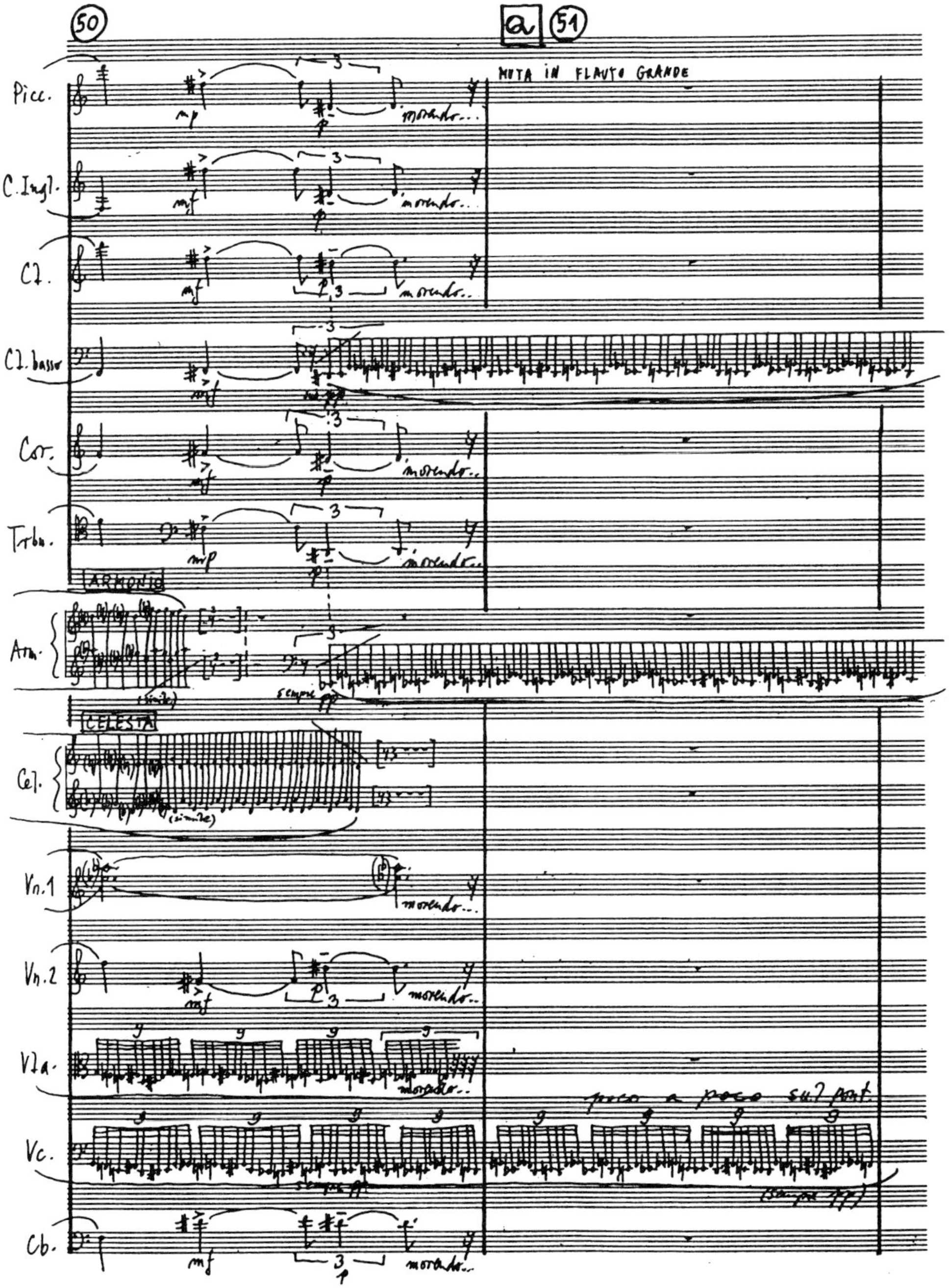

Sostenuto-Linien und freie Kadenzen im 1. Satz, *Corrente (Fließend)* des *Kammerkonzerts*, T. 48–51

Polytempik der kadenzierenden Instrumente gegen metrisch gebundenen Satz von Oboe d'amore, Horn und Posaune im 2. Satz, *Calmo sostenuto*, T. 22–26, des *Kammerkonzerts*

Stimmengefüge, wird dadurch gesprengt, die gebaute Architektur erhält offene Fenster, Luft zieht ein.

Dieses Novum erinnert zunächst an Stellen bei Mahler, wenn sich Einzelstimmen aus dem metrischen Verband lösen (am deutlichsten die Piccoloflöte im 1. Satz der Dritten Symphonie: *accelerando, ohne Rücksicht auf den Takt*). Und die Anregungsquelle Mahler spielt bei Ligeti, zumal in *Lontano*, ja des öfteren eine

indirekt stimulierende Rolle. Da jedoch die übrigen drei Sätze des *Kammerkonzerts* ebenfalls mit verselbständigten, aus dem einheitlichen Metrum herausgenommenen Tempoverläufen operieren, sogar in mehrstimmig unkoordinierter Schichtung, liegt wohl in diesem Fall die Einflußsphäre von Charles Ives näher, der im zweiten Stück (*Putnam's Camp*) der *Three Places in New England* und vor allem im 2. Satz seiner 4. Symphonie für derlei polymetrische Überblendungen herrlich unkonventionelle, gegen den Strich gekämmte Beispiele geschaffen hat. Ligetis Idee für die Eigenbewegung mehrerer Instrumente im 2. *Kammerkonzert*-Satz – *Calmo, sostenuto* –, der tatsächlich sehr ruhig mit ausgehaltenen, langsam umgefärbten Akkordmischungen beginnt, ist gewiß eine andere gewesen. Aus solcher changierenden komplexen Statik sollten sich, als würde man durch dichte, lastende Nebelschwaden plötzlich doch einige Konturen wahrnehmen können, individualisierte Einzelzüge herauslösen und nun, weil es ja nur Teilaspekte sind, anderes in dunstiger Undurchdringlichkeit verbleibt, ihr merkwürdig isoliertes Eigenleben entfalten. So unbekümmert um das, was neben ihnen geschieht, verfolgen jetzt jedenfalls (ab T. 13) fünf Instrumente ihre eigenen Spuren in einem jeweils eigenen Tempo (*ohne Rücksicht auf den Taktschlag des Dirigenten*): die Klarinette mit Viertelwert gleich 92, die Baßklarinette mit 84, die Flöte mit 76, das Klavier mit 100 und die Hammondorgel mit 80. In diese unabhängigen Girlandenbahnen, stets *pp*, aber zunehmend engmaschiger, flicht ein restierendes Trio aus Oboe d'amore, Horn und Posaune zarte Lineaturen und leitet alleingeblieben (T. 32–34) zu einem gläsern schwebenden Tritonus-Klang über. Aus ihm wächst – nun *ff, con fuoco, stets äußerst intensiv* – eine energisch gestikulierende Sektion in hoher Lage und beschleunigtem (wieder koordiniertem) Tempo (ab T. 40), deren aufbrechender Attacken-Elan aber allmählich erlahmt und über ein raschelndes Nachbeben (T. 69–72) wieder zur ruhenden Stationär-Akkordik des Anfangs zurückfindet.

Das Scherzo könnte als fernes Derivat der eifernd zerhackten Mittelsektion erscheinen – und es gibt mehrfach derart querverweisende Anklänge zwischen den vier Sätzen –, aber es entpuppt sich doch mit seinen pochenden, *sforzato*-durchzuckten Tonrepetitionen als eine verwandelte Spezialausgabe jenes tikkenden Uhrwerktypus, der seit dem *Poème symphonique* für 100 Metronome und dem Cembalostück *Continuum* für Ligeti zum Symbol hastender, maschineller Geschäftigkeit und einer sich selbst überfordernden, vom Ruin bedrohten Unrast geworden ist. Auch in diesem *Movimento preciso e meccanico* wechseln die Phasen zwischen gegentaktiger Hartnäckigkeit divergent geklöppelter Schichten und einer in die Tempolosigkeit entlassenen, stakkatierten Generalnervosität des ganzen Ensembles, die fast wie in *Harmonies* nur noch von Tonverschiebungen im flirrenden Gesamtbestand artikuliert wird (T. 12–31); zwischen aufbegehrend dagegengesetzten Pizzicato-Schlägen, wieder in tempoungleichen Überlagerungen, und einem völlig irregularisierten Nebeneinanderherlaufen von maximal 13 verschiedenen Pulsationsfolgen (T. 46–59), einem mit so strenger Beharrlichkeit inszenierten rhythmischen Tohuwabohu, daß einzig ein Totalzusammenbruch der überstrapazierten Mechanik als Konsequenz verbleibt und der Satz mit lädiertem Bläsertrillern und ein paar letzten Akzenten zum Stillstand kommt.

Das kurz danach in die entstandene Erstarrungspause sacht einfallende Finale könnte fast ein Pendant zum ersten Satz sein, so vertraut intonieren da zwei Klarinetten dudelnde Verschlingungsfiguren, freilich um einiges rascher, gleichmäßiger, auch entspannter trotz des vorgeschriebenen *Presto*. Die Töne rücken gewissermaßen problemloser zu belebten einheitlichen Feldern zusammen. Dies ändert sich auch nicht wesentlich durchs Hinzutreten anderer Instrumente oder mancherlei umformende Mutationen, sondern zieht sich wie eine einheitliche Vermittlungsebene, die man verlassen und zu der man zurückkehren kann, durch den ganzen Satz. Selbst wenn der Kontrabaß im Alleingang *wie verrückt* und mit viel Kratzgeräuschen in tiefster Lage rumzufuchteln beginnt (T. 31), das Klavier ihn danach, ebenso tief und ebenso ungehemmt lautstark, unterstützt, ist dies eigentlich nur eine der extremen Verwandlungsmöglichkeiten dieser Ebene einer weitergeführten, mit Unterbrechungen beibehaltenen musikalischen Grundbefindlichkeit. Sie wird auch wieder, ähnlich wie im ersten Satz, durch Sostenuto-Linien zentriert und klanglich zusammen-

Aus dem *Movimento preciso e meccanico*, dem 3. Satz des *Kammerkonzerts* (T.4–6)

gehalten, einerlei ob in ausgreifenden melodischen Zügen mit instrumentaler Ablösung und Umfärbung (T. 22–28) oder im akkordisch-harmonischen Verband (T. 45–53). Allerdings – und darin liegt der entscheidende typologische Unterschied – sind die Unterbrechungen, während derer die gekräuselte Zentralebene aussetzt oder überdeckt wird, regelrechte Ausscher-Bewegungen, freie Einschübe unter Hervorkehrung des selbstbestimmten konzertanten Prinzips. Schon wenn das Figurationsensemble sich aus seiner mittleren Position auf einmal nach oben und unten entfernt (T. 7), wirkt dies, als würde der Vorhang geöffnet und Platz geschaffen für Soloauftritte. Tatsächlich erscheinen auch auf der leergeräumten Bühne nacheinander die Einzeldarsteller: zwei Violinen; Klavier und Piccoloflöte; später Cembalo und schließlich Celesta, um jeder für sich und dennoch gleichzeitig sozusagen ihre Pirouetten zu drehen *senza tempo, prestissimo possibile* (bis T. 15). Kurz danach rüstet sich das Klavier zu einem immer rasanteren Einzelvortrag (T. 23–30), der in manchem an den mechanisch gehämmerten dritten Satz erinnert. Und quasi zum Kehraus tun sich nochmals die Holzbläser mit eilender Virtuosität hervor (T. 49–53), ehe sie nach dem aufleuchtenden Oboen-Crescendo den aufkommenden Rivalitäten in barscher Kehrtwendung ein Ende setzen und den verbliebenen Rest quasi achselzuckend wegwischen.

Diese Zweigleisigkeit von solistischem Konzertieren und flächigem Gruppenverhalten bleibt auch ein formbildendes Grundprinzip beim nächsten orchestralen Stück, bei der nun ohne Scheu *Melodien* genannten Komposition, die Ligeti 1971 aus Anlaß des Dürer-Jahres im Auftrag der Stadt Nürnberg für das dortige Orchester geschrieben hat. Allerdings denkt er an eine eher kleine Besetzung mit jeweils nur einem Holz- oder Blechbläser (lediglich die Hörner sind verdoppelt) und wenigen oder gar solistischen Streichern, dazu Pauken, Schlagzeug, Klavier und Celesta. Denn der Gesamtduktus ist wiederum sehr virtuos und – mit maximal etwa 40 Spielern – nahe an der Kammermusik. *Es gibt*, wie Ligeti im Partitur-Vorwort erklärt, *drei dynamische Ebenen: einen „Vordergrund", bestehend aus Melodien bzw. kürzeren melodischen Figuren*, die *stets deutlicher hörbar sein* sollen, *dynamisch etwas hervorgehoben werden; eine mittlere Ebene, bestehend aus untergeordneten, ostinato-artigen Figurationen*, die im Verhältnis dazu schwächer, *leise erklingen; und einen „Hintergrund", bestehend aus längeren, liegenden Tönen*, die *noch leiser zu spielen sind, gerade noch hörbar.* Um nun die eigenen Entwicklungen auf diesen drei Raumebenen, zumal diejenigen im melodischen „Vordergrund" und die auf der figurativen mittleren Ebene mit ihren vielerlei *divergierenden Tempi* oder unterschiedlichen *rythmischen Artikulationen*, dennoch *auf einen gemeinsamen Nenner bringen* zu können, so daß *das Stück von nur einem Dirigenten aufgeführt werden kann*, hat Ligeti in dem fast durchgehend notierten 4/4-Takt sehr *komplizierte metrische Unterteilungen* angebracht. *Bei der Interpretation ist jedoch zu vergegenwärtigen, daß der gemeinsame Taktschlag eine Vielfalt von Metrik deckt: die einzelnen Instrumentalisten sollen, wo sie solistische Melodien oder Ornamente spielen, mehr oder weniger selbständig, „elastisch" interpretieren, mit einer inneren Lebendigkeit im Duktus der Einzelstimme und mit einer eigenen dynamischen und agogischen Formung, die der Taktierung zuwiderläuft, kurz: die Stimmen sollen individuell „atmen".*

Auf diese Besonderheit, die über die sonst übliche Übereinkunft, Taktstriche dienten lediglich zur Synchronisation der Stimmen und bedeuteten niemals eine Betonung, hinausgeht, verweist auch die Tempobezeichnung: *Corrente, sempre espressivo.* Es ist, als würden die melodischen Linien oder vorübergehend aufscheinenden Motive – wie sie in *Lontano* noch vorsichtiger, in *Ramifications* und im *Kammerkonzert* schon deutlicher einflossen oder für einen kurzen Aufblendungsmoment dazwischengeschoben wurden – jetzt aus ihrer noblen Subordinationsrolle mehr und mehr befreit und selbstverständlicher als ein wesentliches, substantielles Element der musikalischen Fak-

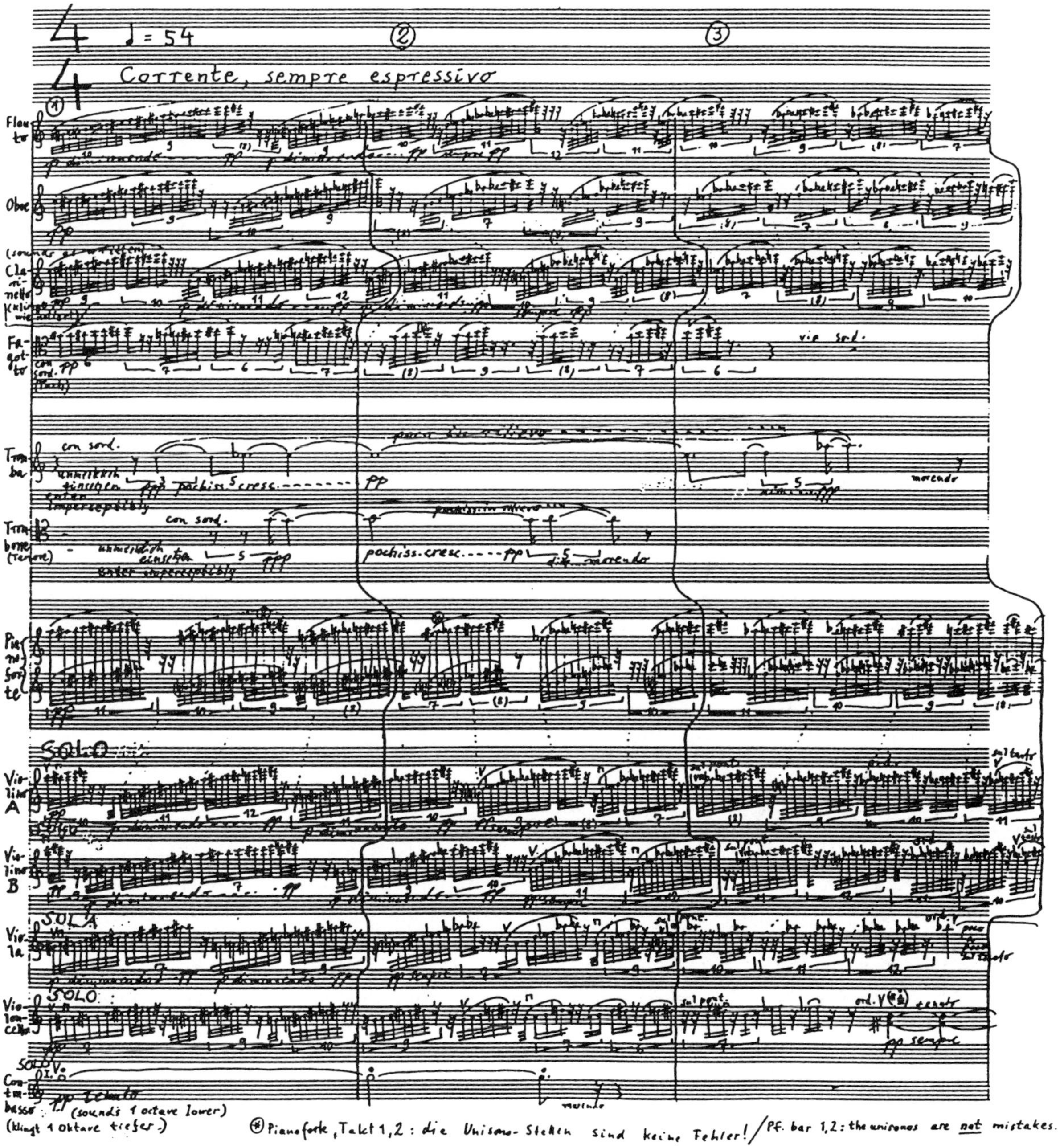

Anfang von *Melodien* (T. 1–3)

tur, das sie schon vorher waren, hervorgekehrt. Auch die Figurationsschicht, durch die sich gleich eingangs eine zarte melodische Spur zieht, wird von dem neuen Wertungsverhältnis mitbetroffen: statt sich in enger oder weiter kreisenden Umspielungen zu ergehen, ist sie in nahezu chromatischen Skalengängen zwar mannigfaltig miteinander verzahnt, aber einheitlich nach oben gerichtet. Und dieses Geflecht von Aufwärtsbewegungen, das dadurch unverkennbar Ankündigungscharakter erhält, wird allmählich verlangsamt und in seinen Tonfolgen verkürzt, es bleibt gewissermaßen auf seinem hohen Endton stehen (T. 11–13), so daß die Erwartung auf das, was kommt, sich noch erhöht. Und tatsächlich setzt, nachdem der Endton (a^3) noch einen Großterz-Partner (f^3) bekommen hat, eine hellstimmige melodische Wellenbewegung ein (nacheinander: Piccolo, Celesta, Xylophon, Violine), die sich aus ihrem milden Terzen-Schaukeln bald weiter auffächert und harmonisch kompliziert, auch zunehmend wieder ins mittlere Register zurückfindet.

Doch wird das solistische Musizieren, das nun anhebt und dabei andere Stimmen einbezieht, dauernd von einem harmonischen Geschehen aus Liegetönen oder kleinteiligen Figurationen begleitet und eingehüllt, an dem es selbst bestätigend, abschweifend und verändernd teilnimmt. So werden in Ligetis Komponieren eine profiliertere, allerdings horizontal genügend verschobene, verflüssigte Harmonik, wie sie seit *Lux aeterna* an Bedeutung und Konsequenz gewann, und eine jetzt immer freiere, gestisch verselbständigte Melodik mit Zügen des virtuos aufgelockerten oder expressiven Ausspielens individueller Unabhängigkeit zu wechselseitig aufeinander reagierenden Steuerungsfaktoren des musikalischen Gesamtverlaufs. Eine derartige Vereinzelung oder differenzierende Strukturenaufgliederung der jeweils impulsgebenden Verantwortlichkeiten im Gesamtgefüge des Satzes wäre zu Zeiten von *Apparitions* und *Atmosphères* – selbst als mögliches Entwicklungsziel – noch gänzlich undenkbar gewesen. In *Melodien* entsteht jedoch aus den Ablösungen, Gegensätzen oder Übergängen von vorwiegend harmonischen oder vorwiegend melodischen, sich solistisch verzweigenden Zuständigkeitsbereichen ein lebendig fluktuierendes Formbild mit auseinanderstrebenden Öffnungszonen und wieder versammelnden Einhalten. Ein dunkler Bläserakkord (T. 57/58) holt beispielsweise die erste Auffächerung ins Statisch-Klangliche zurück. Daraus wachsen ein Hörner-Duo, ein Fagott-Tuba-Duo und sich verschlingende Großintervallgänge der Streicher hervor, bis sich abermals vereinheitlichend eine c-Oktave durchsetzt (T. 71–74). Sie wird *wie aus der Ferne* durch wiegende Bewegungen von Oboe und Klarinette belebt, zunehmend ins Polyphone getrieben, das trotz seiner Steigerung in ein Gegeneinander von Akzenten, hurtigem Laufwerk und engmaschigeren Hintergrundsfigurationen dennoch – wie nachdenkend und resümierend – zur Ruhe zurückfindet (ab T. 95) und auf einen Mischklang aus vier geschichteten Quinten einschwingt. In die Sostenuto-Strecke danach mengen sich Streicher-Arpeggien ein, die ihrerseits nun die Aufwärtsskalen vom Anfang reaktivieren (ab T. 113). Jedoch kommt es zu keiner Reprise, vielmehr hilft die Erinnerung, wovon man ausgegangen war – die bald wieder wie damals erlahmt, also verblaßt –, diesmal nur dazu, daß restierende Energien allenthalben, selbst bei den Bläsern (T. 126–129), abgebaut werden und verebben, und sich das Ensemble zunächst auf einen Spitzenton e^3 einigen kann, der nach Überbietung durch ein h^3 noch über c, cis, d, es, e bis f^4 hinaufgeschraubt wird, allerdings sekundiert durch ein e in derselben wie in tiefster Kontraoktav-Lage.

Zeigen sich schon in *Melodien* die beiden unterschiedlichen Konfigurationen von harmonisch-statischen Haltetönen und melodisch auseinandergleitenden, sich aufspaltenden Soloaktionen wie zwei Strahlquellen, die einmal gebündeltes, gerichtetes, das andere Mal diffus gestreutes Licht aussenden, so ließen sich die beiden Kompositionen Ligetis aus den folgenden Jahren 1972/73 gleichsam als Projektionen in jene zwei geschiedenen Sphären mit ihren divergierenden Verhaltens- und Erscheinungsweisen auffassen. Dies soll freilich nicht heißen, daß das *Doppelkonzert* für Flöte, Oboe und Orchester (1972), obwohl das konzertierende Herauslösen von zwei Solo-Instrumenten dies nahelegt, allein dem melodisch sich verzweigenden Typ zugehört. Genausowenig wäre *Clocks and Clouds* für zwölfstimmigen Frauenchor und Orchester (1972/73), obwohl die klangliche Anreicherung mit gesungenen Stimmen (und einem rein phonetischen „Text" *no la ne ri lü-ö...* usw.) darauf hindeutet, allein auf den harmonisch sich fortspinnenden und umfärbenden Verlaufstyp festzulegen. Doch beide Stücke tendieren, eben aus all den Folgen, die ihre abweichende Besetzungsdisposition ganz automatisch auslöst, nach jenen zwei habituell verschiedenen Seiten der kompositorischen Darstellung. Auch formal wäre zu berücksichtigen, daß das *Doppelkonzert* wieder in jener Zweisätzigkeit abgefaßt ist, bei der wie in *Apparitions* oder dem *Cellokonzert* der rasche, spielerisch bewegte zweite Satz eine abgeleitete Variante des langsamen ersten Satzes ist, während *Clocks and Clouds* Einsätzigkeit mit einigen Modifikationen des Grundtempos aufweist, also eher auf Zusammenhalt und wie aus einem Stück modellierte Kontinuität angelegt ist.

Andererseits gibt es, abgesehen von diesen Unterschieden, ebenso Gemeinsamkeiten; zunächst äußerlich in der Orchestration, die beide Male auf Violinen gänzlich verzichtet und für die Streicher im übrigen übereinstimmend vier Violen, sechs Celli und vier Kontrabässe vorsieht. Zu dieser Aussparung oder Aus-

Tonhöhen-Progression mit Mikrointervallen aus dem 1. Satz, *Calmo, con tenerezza*, T. 69–72, des *Doppelkonzerts*

dünnung im Bereich da der beiden Solo-Instrumente, dort des Frauenchores kommt eine Betonung der Holzbläserfarben: beim *Doppelkonzert* werden die beiden Soli entsprechend der nicht-konzertanten, nichtgegensätzlichen Primus-inter-pares-Konzeption durch 3 Flöten (mit Piccoli) und 3 Oboen (2 und 3 wechselweise mit Oboe d'amore und Englischhorn) von der Gruppe gleichsam aufgefangen und in sie eingebunden; bei *Clocks and Clouds* unterstützen dagegen 5 Flöten und 5 Klarinetten (neben 3 Oboen und 4 Fagotten) die weiche Hellstimmigkeit des Frauenchores. Blechbläser, Schlagzeug und Harfen werden in beiden Fällen vergleichsweise nur dezent eingesetzt. Wichtiger sind freilich die innermusikalischen Beziehungen, zumal zwischen dem ersten *Doppelkonzert*-Satz (*Calmo, con tenerezza*) mit seinen Lage- oder Klangdichte-Transformationen, mit seinem langsamen Hochschieben der Tonhöhe von e^2 nach b^2 (T.52–62) sowie nach Verbreiterung auf dem gewonnenen Niveau nochmals in polyphoner Staffelung von b^2 nach a^3 (T. 68–74) und den ganz auf solche schichtweisen Überlagerungsprogressionen abgestellten *Clocks and Clouds*. Diese schälen sich allerdings nach anfänglichen Figurationsschraffuren erst mit dem Choreinsatz (T. 51) deutlicher heraus und werden in ihrer Vorrangstellung noch zweimal durch kleinteilige Umspielungsornamentik unterlegt oder unterbrochen, gewissermaßen in pulsierende Vibration versetzt (etwa T. 90–106 und raumgreifender T. 135 bis kurz vor Schluß T. 207/213). Derartige rhythmisch zerstäubte Bewegungsfelder bestimmen wiederum, klarer geschieden und zu blinkender Artistik gesteigert, fast den ganzen zweiten Satz des *Doppelkonzerts* (*Allegro corrente*) und verleihen ihm, um bei dem Bild des Schwesterwerks zu bleiben, Clock-Charakter.

Die Anregung zu der Metapher von den „Uhren und Wolken" hatte Ligeti dem Titel eines Vortrags in der korrekteren Reihenfolge *Of Clouds and Clocks* des österreichisch-englischen Philosophen Karl Raimund Popper entnommen, den dieser 1965 an der Washington University gehalten und 1966 in St. Louis, Missouri, veröffentlicht hat. Darin entwirft Popper nämlich ein anschauliches Modell mit den Wolken als Repräsentanten *höchst irregulärer, unordentlicher und mehr oder weniger nicht vorher bestimmbarer physikalischer Systeme* zur Linken und den Uhrwerken als Vertretern von Zuverlässigkeit, deren Verhalten *geregelt, geordnet und absolut vorhersehbar* ist, zur Rechten. Zwischen Wolken, Gasen oder Mückenschwärmen ganz links und Präzisionsmaschinen oder dem Sonnensystem ganz rechts seien *natürliche Prozesse und natürliche Phänomene*, wie Jahreszeitenwechsel, Tiere, Pflanzen oder der menschliche Organismus, je nachdem an mittleren Stellen zu plazieren. Dieses einleuchtende Modell habe allerdings im Zuge von Newtons revolutionären Erkenntnissen eine Veränderung erfahren zu der Behauptung: *Alle Wolken sind Uhren*, weil wir die Dinge *nicht gemäß ihrer Natur, sondern lediglich gemäß unserer Unwissenheit* anordnen; daß also eines Tages die Kenntnisse ausreichen werden, auch die *einzelnen Interaktionen der Partikel, die eine Gaswolke oder einen Organismus formen*, genau zu bestimmen. Dieser These des physikalischen Determinismus stellt Popper die Umkehrung entgegen, daß *alle Uhren in einem bestimmten Umfang Wolken sind*, weil selbst die präzisesten *gewisse Ungenauigkeiten und Mängel* aufweisen und damit ein *Zufallselement* eindringt. Aber eigentlich kommt es Popper darauf gar nicht an – denn völlige Zufälligkeit ist genauso unbefriedigend wie völlige Determiniertheit –, vielmehr nach dem Grundsatz, *Indeterminismus ist nicht genug*, auf *irgendetwas dazwischen*, zwischen Wolken und Uhren. Und er entwickelt deshalb im Sinne der menschlichen Freiheit, um die es ihm jenseits mechanistischer Rationalität oder plumper Empirik geht, auch im Sinne gerade der künstlerischen Kreativität, eine *Evolutionstheorie* zur progredierenden Herausbildung eines *hierarchischen Systems von flexiblen Kontrollen* – mit Rückwirkung der jeweils gefundenen *Irrtumsausschaltung* auf die *Vielzahl möglicher Problemlösungen*, die noch der Entscheidung harren, – also letztlich

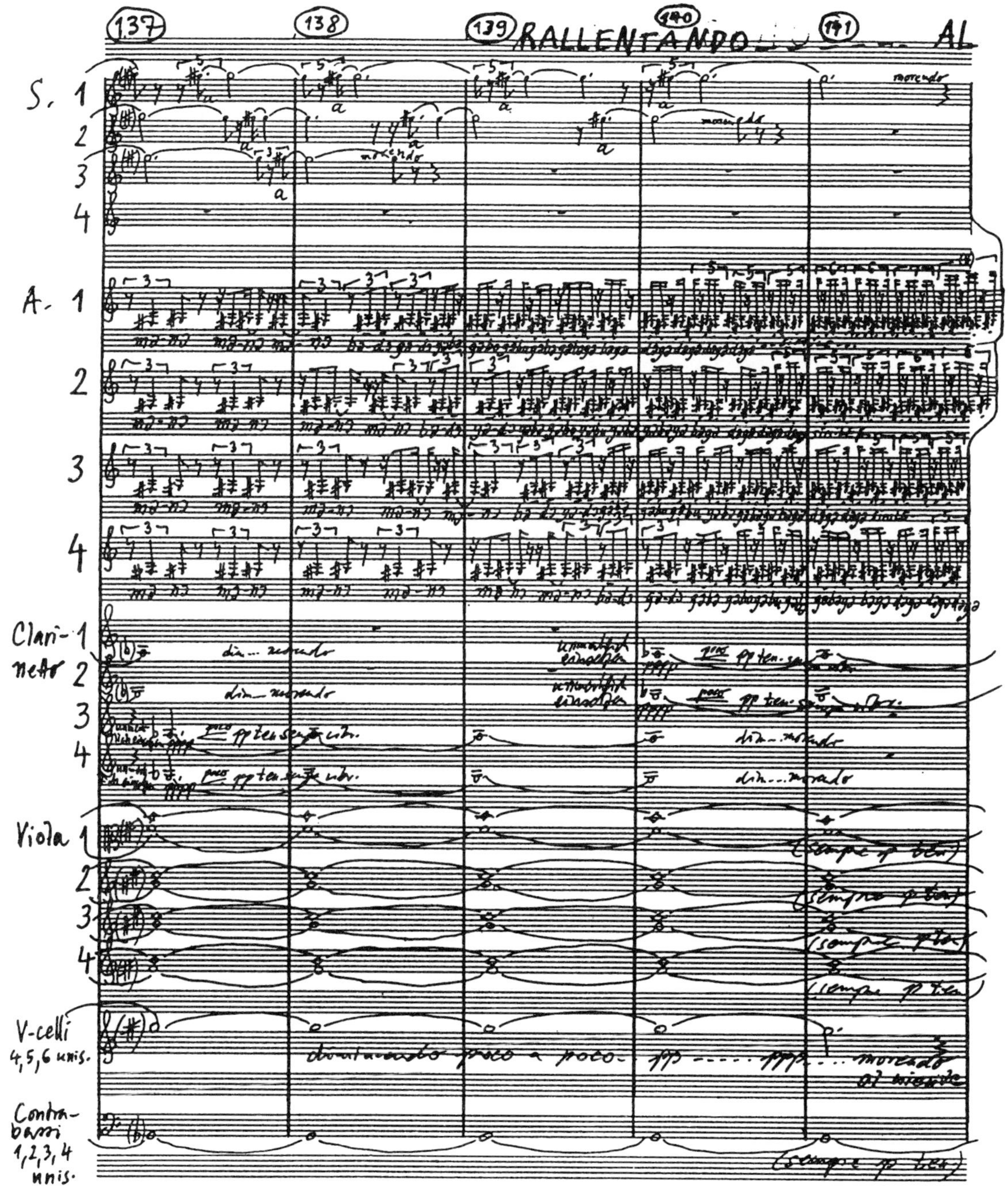

Klangbänder und Klein-Ornamentik (Alt) aus *Clocks and Clouds* (T. 137–141)

eines Systems von Wolken, die von Wolken kontrolliert werden.

Noch die sehr verkürzte Darstellung von Poppers Gedankengang läßt wohl erkennen, daß für die musikalische Nutzanwendung bei Ligeti, auch wenn diesen nur die Titel-Analogie gereizt hat, zum einen die Indeterministen-Einsicht, alle Uhren besäßen wenigstens zum Teil Wolken-Charakter, entscheidend ist, weil ja tatsächlich schnell tickende oder dichte wellenförmige Bewegung von einem kritischen Punkt an in stationären Klang, in Wolkenbänder übergeht. Zum anderen hat aber jene Evolutionstheorie mit ihren stets höhergeschraubten Kontrollstufen, die dann rückwirkend das ganze System mehrgleisiger Lösungssuche beeinflussen, ebenso ihre Parallele im kompositorischen Vorgehen, eingespannt und gesteuert durch dauernde Interaktionen zwischen emanzipatorischen Neuansätzen und bereits gemachten Erfahrungen. Die innovatorischen Erkundungen Ligetis beim *Doppelkonzert* wie bei *Clocks and Clouds*, die übrigens trotz der Unterschiede in Form und Besetzung mit etwa 13 Minuten auch gleich lang sind, richteten sich speziell auf eine weitere, eine hyperchromatische Differenzierung im Tonhöhenbereich. Gemäß seiner Ausweich-Ästhetik legte er sich dabei aber nicht auf neu fixierte Oktavteilungen fest – wie Alois Hába auf Viertel-, Drittel-, Sechstel- und Zwölfteltöne oder wie Harry Partch noch konsequenter, zuliebe der reinen Stimmung, auf eine 43-stufige Skala (mit eigens dafür gebauten Instrumenten) –, vielmehr begnügte er sich mit nicht-exakten Intonationsausbiegungen von maximal einem Viertelton nach oben oder unten; also mit einer, gegenüber dem Referenzsystem der gleichschwebenden Temperatur, *unsicheren Intonation*, die *dennoch Sicherheit vortäuscht*, so daß durch das Spannungsverhältnis solcher Verzeichnungen *die 12-tönige Harmonik stets seifenblasenartig zu zerplatzen droht* (Kommentar zum *Doppelkonzert*) oder zumindest ein irritierender, *chamäleonhafter Wechsel zwischen nichttemperierten und temperierten Intervallen sowie Harmonien* entsteht (Kommentar zu *Clocks and Clouds*). Über die Ablösungen, Kombinationen oder Verzahnungen von „Wolken und Uhren" legt sich beide Male wie eine zweite, zwar andersartige, aber dennoch gleichgesinnte Instabilitätsschicht eben das Changieren zwischen mehreren Graden dissonantischer Eintrübung oder Verwischung und sich lösender halb- oder ganz-konsonantischer Klärung.

Bezeichnend für Ligeti mag sein, wie er Dinge, die ihm gerade noch wichtig waren – etwa die Mikrotonalität –, kurz danach wieder aufgibt oder zeitweise suspendiert, um sich ganz anderen Übersetzungs- oder Realisierungsmöglichkeiten seiner selbstverständlich in sich identischen, aber wohl nie ganz auslotbaren Vorstellungswelt zuzuwenden. So überwiegt in *San Francisco Polyphony*, einem wieder normal und vollbesetzten Orchesterwerk (dreifaches Holz, zweifaches Blech mit Baßtuba, Schlagzeug, Klavier/Celesta, Harfe und größeres Streicher-Ensemble), das er 1973/74 für Seiji Ozawa und das 60-Jahr-Jubiläum des San Francisco Symphony Orchestra geschrieben hat, ein wechselweises Rangieren auf der Vermittlungsschiene zwischen undurchdringlich vielgestaltiger Chaotik und sich aufhellender, faßlich konturierter Ordnung, ohne daß feinspurige Tonabweichungen noch ein Rolle spielen würden. Im Gegenteil, *San Francisco Polyphony* ist härter, unnachgiebiger, schroffer, noch in der stimmenweise ausgespielten Expressivität vergleichsweise ungebändigt und im ganzen von pastoser, strahlkräftiger Orchestralik geprägt – manches erinnert an das Finale von Mahlers 6. Symphonie –, so daß der Eindruck trotz formal begründeter Zweiteiligkeit (von langsameren Turbulenzen zu schneller Vereinheitlichung), ja gerade wegen deren Folgerichtigkeit monolithisch bleibt. Diese knapp elf Minuten Musik wirken wie ein relativ kompakter Körper mit vielfältigen plastischen Verformungen, mit Flächen, Rundungen, Wölbungen, mit gezackter, gekräuselter oder glatter Oberhaut, mit schmalen Graten, hohen Firsten oder breitwandigen Seitenflanken und stämmigem Unterbau, mal von durcheinandergeratenen Pinselstrichen buntfarbig aus-

Kompositionskurs in Darmstadt (1976)

staffiert, mal nur leicht getönt oder gänzlich unkoloriert oder mit spiegelnden Reflexen versehen. Eins geht ins andere über, erhält Risse oder Schrunden, stößt kantig aufeinander und bleibt dennoch ein komplementär bezogener Teilmoment innerhalb der integral gefügten Gesamterscheinung.

Die unbekümmert durcheinanderwogende Polyphonie des Anfangs, *Andantino soave ed espressivo*, wird allmählich gerafft und homogenisiert; melodische Einzelzüge, versuchte rhythmische Koordinationen oder akkordische Einhalte schälen sich heraus. Über eine scheinbare Beruhigung (*Molto sostenuto*, T. 46) mit profilierteren Linien und kurzen Bläsersignalen, die sich selbst noch gegen ungezügelt herausfahrendes Streicher-Gestikulieren (T. 57) einigermaßen zu behaupten weiß, kommt es zu einem „dramatischen" Mittelteil – *Più mosso, concitato* (T. 79–115). Dessen freigesetzte Quodlibet-Theatralik wird allmählich maskenhafter und verflüchtigt sich an die Ränder (mit 5 1/2 Oktaven klaffendem Zwischenraum). Zwei scharfe Explosiv-Schläge (große Trommel T. 118, tiefes Tamtam T. 128) lassen auf dennoch vorhandene Spannungsenergien schließen, die sich im gleichmäßig pulsierenden Uhrwerk-Typus des *Prestissimo meccanico, preciso e virtuoso* (T. 132–238) entladen und trotz interner rhythmischer Regulation im abrupt abgekappten *fffff* mit einem knalligen Peitschenschlag enden.

Dieser umgemodelte Ouvertürenschluß läßt in seinem deftigen Aplomb, hält man ihm nur die vielen, bisher üblichen *morendo*-Schlüsse entgegen, fast überdeutlich erkennen, zu welchem Maß an kompositorisch-deklamatorischer Freiheit, an ausschwärmender Mehrdimensionalität und auch Selbstverständlichkeit der Darstellungsmöglichkeiten Ligeti im Verfolg jener orchestralen Strecke von *Lontano* zu *San Francisco Polyphony* tatsächlich gelangt ist. Die sukzessive wieder zugelassenen Rückgriffe auf einst rigoros ausgeschlossene traditionelle Elemente wie Harmonik, Intervallik, pulsierende Rhythmik und sogar expressiv ausgespielte Melodik haben, weil sie durch entsprechende Gegengewichte in anderen Schichten aufge-

Entspannung durch „sehr gleichmäßige" Pulsation aus *San Francisco Polyphony* (T. 135–140) nach Explosivschlag T. 128

fangen, neu gewertet und sinnverfremdend beleuchtet wurden, nicht etwa Herkömmliches plump reaktiviert, sondern – gleichsam durch das Nadelöhr einer destrukturierenden Restitutionssynthese gezwängt – zu einer beachtlichen Breite des verfügbaren Sprach- und Ausdrucksrepertoires geführt. Auf dieser Basis, so selbstgeschaffen und behutsam erweitert wie sie ist, läßt sich nun ohne übertriebene Berührungsängste weiterarbeiten, weiterplanen und selbst die traditionellste aller Gattungen, die Oper, einbeziehen.

Zwischen den Kulissen

Widersprüchliche Koinzidenzen: Ursprünglich hatte Ligeti beim Nachdenken über seine erste Oper eine Fortsetzung und Erweiterung seines *Aventures*-Modells geplant; *Kylwiria* sollte das abendfüllende Musiktheater-Stück heißen, ganz wie das imaginäre Traumland seiner Kindheit, das er sich von seltsamen Gestalten bevölkert und überraschenden Ereignissen ausgesetzt vorgestellt hatte, mit einem rein phonetischen, nicht-semantischen Text und einem vieldeutig verschränkten Geschehen. Diese Idee lag insofern ziemlich nahe, weil er zu dem Zeitpunkt, als er Göran Gentele, dem Intendanten der Stockholmer Oper, der Regie führen sollte, seine spontane Zusage gab, im März 1965, gerade an der Vervollständigung der *Nouvelles Aventures* arbeitete und selbstverständlich in deren eigentümlicher Ausdruckscharakteristik befangen war. Andererseits war er aber nach Stockholm gekommen keineswegs im Zusammenhang mit seiner aktuellen Arbeit, sondern um an der Uraufführung seines *Requiems* teilzunehmen (14. März 1965), jenes Werkes, demzuliebe er die Komposition der *Aventures* (bis Dezember 1962) unterbrochen und wegen des festliegenden Jubiläumstermins von *Nutida musik* das dafür bestimmte Chorwerk dazwischengeschoben hatte. Also wiederholte sich die merkwürdige innerchronologische Verklammerung der absurden, in unbenannt jähen Affekten exzellierenden Abenteuer-Dramolette mit der großangelegten, liturgisch gebundenen Totenmesse – in jener recht sperrigen Unvereinbarkeit von Theater und Kirche, von purer Weltlichkeit und ernster Sakralhaltung – nochmals umgekehrt in den äußeren Begleiterscheinungen: dem Nebeneinander von *Requiem*-Uraufführung und der Vereinbarung über ein Opernprojekt in *Aventures*-Nachfolge. Jedoch ist der zentrale *Requiem*-Satz, die *Dies-irae*-Sequenz, ja eine religiöse Vision vom Jüngsten Gericht; und kurioserweise rankt sich das schließlich nach Zwischenstufen gewählte Opernsujet von *Le Grand Macabre* wiederum just um eine allerdings durch Komik gebrochene Weltgerichtsszene, um einen angekündigten und dann im Vollzug eher fragwürdig gewordenen Weltuntergang. So eng liegen zweimal das Bild äußerster, christlich-eschatologischer Seelenpein und seine Auflösung in menschliche Komödiendrastik, sogar in seine heiter-parabelhafte Spiegelung beieinander.

Das Fazit, das sich aus solcher Verquickung anbietet, wäre gar nicht einmal völlig falsch: daß das versammelte geistliche Erschaudern, Verzagen und Hoffen beim Blick auf das Ende unserer aller irdischen Existenz und der ausgelassen-frivole Lustspielton beim Tanz auf dem Vulkan unserer Erde mehr miteinander zu tun haben, als man fürs erste annimmt. Eins kippt ins andere um, wenn der Widersinn, die Unfaßlichkeit des realen Geschehens derart überhandnimmt, daß keine Beschreibung, keine um Klärung bemühte Analyse die manifeste Wirrsal aus Fehlhandlungen, Unterlassungen, Beschränktheit, Inkompetenz, Dogmatismus, Eigensucht und Korruption den nagenden Schrecken vor deren Konsequenzen mehr zu bannen vermag und der Mensch deshalb den allein ihm verfügbaren Abwehrmechanismus, das Ganze nur noch lachhaft und komisch zu finden, einschaltet. Damit rückt er freilich die konkreten Weltverhältnisse, die ihn beunruhigen und in die er involviert ist, von sich ab, macht sich kraft seiner

Begabung, das Sinnwidrige zu verlachen, zum eher unbeteiligten Zuschauer und, was er sieht, zum Theater. Dies verschafft zwar dem Theater einen Stellenwert, der über seine Abgehobenheit des vorgewiesenen Stücks, des künstlerisch Vollbrachten hinausreicht, sichert aber gerade im Gegenzug dem Zuschauer eine stille Reserve, bei seinen ererbten, geglaubten, jedenfalls kaum zu erschütternden Idealvorstellungen von einer in sich harmonischen Weltordnung – unberührt von allen beobachteten Entartungen – bleiben zu können. Hegel nannte deshalb in seinen *Vorlesungen über die Ästhetik* als Hauptmerkmal der Komödie – im Gegensatz zur Tragödie, in der *die Individuen sich durch die Einseitigkeit ihres gediegenen Wollens und Charakters* selbst zerstören, während *das ewig Substantielle in versöhnender Weise sieghaft hervorgeht* – die *Subjektivität, welche in ihrer unendlichen Sicherheit die Oberhand behält* und deren *Sieg uns in dem Gelächter der alles durch sich und in sich auflösenden Individuen dennoch* [...] *zur Anschauung kommt*. Zerstört werde jedoch in der Komödie, weil *die Zwecke und damit auch die Charaktere* [...] *nichts Substantielles enthalten* oder es entgegen seiner *Wahrheit* einsetzen und gebrauchen, *immer nur das an sich selber Nichtige und Gleichgültige*. Oder, wie Jean Paul bündig formulierte (*Vorschule zur Ästhetik*): *Der Humor, als das umgekehrte Erhabene, vernichtet nicht das Einzelne, sondern das Endliche durch den Kontrast mit der Idee.*

So unbeschadet und ungefährdet konnte man eben noch im früheren 19. Jahrhundert die *Subjektivität* des Einzelnen, das Individuum als Träger einer *Idee* vom *ewig Substantiellen*, hochhalten und gegen das *Endliche* oder *Nichtige und Gleichgültige*, das sich ringsumher zuträgt, ausspielen. Dieses Bollwerk eines geisterleuchteten individuellen Bewußtseins, das sich selbstsicher gegen den Weltenlauf zu behaupten, ihn zu seinen Gunsten zu beeinflussen oder gar zu steuern weiß, hat inzwischen Risse bekommen und ist zumindest in seinem Anspruch auf regulative Dominanz brüchig geworden. Es bleibt jedoch das doppelt bestätigte Umkehrverhältnis zwischen der Komödie und der Tragödie oder zwischen dem Humor und dem Erhabenen. Und vielleicht beleuchtet und erläutert dies gerade Ligetis Umweg bei der Suche nach einer geeigneten Opernform und einem geeigneten Opernstoff: Nachdem er nämlich die Unhaltbarkeit seines Plans für ein handlungsloses oder in den Aktionen nur vage fiktives Musiktheaterstück von immerhin voller Abendlänge eingesehen hatte, dachte er an einen allseits bekannten, nicht weiter erklärungsbedürftigen Stoff, den er seinen gleichwohl beibehaltenen sprachfernen, bedeutungsfreien Phonemen nach *Aventures*-Art unterlegen wollte; er sollte ihm Bühnensituationen, verständliche Vorgänge, darstellbare Affekte schaffen, und, weil all diese Voraussetzungen darin erfüllt schienen, entschied er sich für die *Oidipus*-Sage. Allerdings in einer *Variante*, die *keinesfalls im griechischen Milieu spielen, auch nicht im mindesten antikisierend sein* sollte: *Mir schwebte ein stark schematisiertes, comic-artiges Bühnengeschehen vor – die Cartoons von Saul Steinberg waren dafür mein Ideal – und auch die Musik sollte unmittelbar, comic-artig übertrieben, farbig und verrückt sein* (*Melos/NZ* 2/1978, S. 91).

Obschon es einige Phantasie erfordert, sich die Verkettung von Orakelspruch, Kindsaussetzung, Vatermord, Mutter-Heirat, Pest-Epidemie und Selbstblendung in Comic-Zurüstung vorzustellen, hatte Ligeti 1971 das Libretto nebst einigen musikalischen Entwürfen fertiggestellt und die Uraufführung mit Göran Gentele, der inzwischen Chef der Metropolitan Opera geworden war, für 1974 in Stockholm vereinbart. Doch im Sommer 1972 starb Gentele bei einem Autounfall auf Sardinien, die Pläne gerieten ins Stokken, und das *Oidipus*-Projekt verlor mit seinem inspirierenden, reagierenden Gegenüber allmählich an imaginativer Plastik und Dringlichkeit. Auch verblaßte in dieser Besinnungspause Ligetis Idee von den emotionsoffenen, nicht-begrifflichen Sprachlauten, vielleicht weil er zu lange daran gedacht und damit gearbeitet hatte, vielleicht weil diese Art von a-se-

Uraufführung
von *Le Grand Macabre*,
Stockholm 1978

mantischer Vokalmusik mittlerweile zum kompositorischen Allgemeingut geworden war; jedenfalls wurde ihm klar, daß eine Oper, gerade wenn ihre Handlung knapp, überraschend, anschaulich, ereignisreich, comic-artig und ohne zu viel psychischen Tiefgang ablaufen soll, auch einen verständlichen, teils sogar gesprochenen und teils gesungenen Text braucht. Das Wesentliche, die Temperatur des Geschehens und dessen düpierende Schnittwechsel, wollte er jedoch nach wie vor in der Musik verankert wissen und aus ihr entwickeln; sie sollte die Fäden in der Hand behalten, zwischen den Kulissen mitagieren und die eigentliche Hauptrolle spielen. Folglich galt es, eine weitgehend typisierte theatralische Vorlage zu finden mit marionettenhaft überzeichneten Figuren, bunter Szenerie, eingängigen, fast plakativen dramatischen Konstellationen, auf daß die Musik in das grotesk schematisierte Geschehen eingreifen und es auf ihre Weise verlebendigen könne. Kein Wunder, daß da Alfred Jarry und seine schockierend überzogene Real-Parodistik ins Blickfeld gerieten und die Spur von ihm weiter zum absurden Theater führte.

Ligeti freilich befürchtete, je mehr er sich darüber mit dem vorgesehenen Stockholmer Uraufführungs-Team beriet, gerade die Spezies der absurden Dramatik mit ihrer das Sinnlose aufzäumenden Dialog-Akrobatik könnte zu einer Wortlastigkeit verleiten, würde ihn zu einer Form von Literatur-Oper nötigen, die er partout hatte vermeiden wollen. Seine Oper sollte nicht musikalisiertes Sprech-Theater sein, sondern auf die Bühne projizierte Musik, wobei deren klangliche Exaltationen und Gegensätzlichkeiten, ihre dynamischen und ihre polyphon verzahnten Konturen in der Drastik der szenischen Vorgänge eine konkretere, anschaubare Entsprechung finden sollten. Ihm schwebe so etwas wie die Übertragung seines *Requiem-Dies-irae* ins Bildhafte vor mit all der Kontrastspannung zwischen Hoffnung, Angst und Höllensturz, nur säkularisiert, aus der Sphäre des Geistlichen in die gefährliche Nähe der direkt miterlebten Weltverhältnisse versetzt, dazu vitaler, komischer, aber genauso dramatisch. Dies lieferte Aliute Meczies, der Bühnenbildnerin, das Stichwort: es gebe ein solches Theaterstück von dem flämischen Dichter Michel de Ghelderode, *La Ballade du Grand Macabre*, es handle von einem Weltuntergang mit dem Tod, dem Großen Makabren, als Hauptperson und stecke voll sprachlicher wie szenischer Bizarrerie. Ligeti, dem der Name Ghelderode nur einmal flüchtig genannt worden, das Werk aber mit immerhin rund fünfzig Dramen völlig unbekannt war, las und war sofort von der Übereinstimmung des *Grand Macabre* mit seinen eigenen operntheatralischen Vorstellungen überzeugt; er fand allerdings, der Text müsse nicht nur komprimiert, sondern auch zugespitzt, vereinfacht, schlagkräftiger gemacht werden, kurz: *Jarry-fiziert.* Michael Meschke, der Regisseur (und Direktor des Stockholmer Marionettentheaters), erklärte sich dazu bereit und schrieb binnen weniger Wochen eine erste, dann eine weiter verknappte zweite Fassung. Ghelderodes Handlung, die in dem von ihm – dem „Ensor der Bühne" – erfundenen Breughelland spielt, hatte nun auch textlich die pralle, gedrängte Daseinsfülle des Malers aus dem 16. Jahrhundert erhalten.

Als sich jedoch Ligeti, der damals, im Sommer 1973 und weiter bis ins Jahr 1974, noch mit *Clocks and Clouds*, mit *San Francisco Polyphony* und Kursen in Tanglewood und Siena beschäftigt, außerdem inzwischen Kompositionsprofessor an der Hamburger Musikhochschule geworden war, – als er sich tatsächlich der Arbeit an *Le Grand Macabre* zuwandte, wurde ihm immer klarer, daß er der Musik zuliebe, um ihrem Zusammengehen mit dem Text mehr Bündigkeit und Prägnanz geben zu können, auch Verse und Reime brauche, *und zwar ganz unbeholfene, in der Art der Friederike Kempner und Julie Schrader.* Dieses Umformulieren und Anpassen lief dann mit dem Komponieren nahezu parallel, so daß sich sprachlicher und musikalischer Duktus gegenseitig anregen und ergänzen konnten. Noch bereitete allerdings der Schluß einiges Kopfzerbrechen: Denn falls der Große Makabre, der in der Oper Nekrotzar heißt, wirklich der todbringende Allesvernichter ist, als der er sich selbst vorstellt, und der Weltuntergang, den er – wie auch immer ins Possenhafte verzerrt – machtvoll verkündet, tatsächlich die finale Katastrophe bedeutet, dann muß danach das ewige Leben im Jenseits anbrechen und alles, was folgen kann, geschieht in einem Phantasiereich imaginierter Transzendenz. Ghelderode hatte hingegen aufgrund seiner theatralischen Neigungen zum Volksstück die Entlarvung des Großen Makabren als gewieften Gaukler, der lediglich sein Talent ausnützt, panische Furcht einzuflößen, ans Ende seiner „Ballade" gesetzt. Diese Auflösung des ganzen gloriosen Verwirrungsspiels mit den lauernden Endzeitschrecken, immer gefährlich nah an der Aktualität, erschien Ligeti zu eindeutig, zu lustspielhaft und gerade im Zusammenwirken mit seiner Musik auch zu konsequenzenlos; und er entschied sich deshalb auf eine für ihn sehr typische Weise dafür, alles in der Schwebe zu lassen. Ob der Weltuntergang nun bereits stattgefunden hat und die Verhältnisse hinterher denen von vorher nur erstaunlich ähneln oder ob der grandiose Spuk nochmal gnädig als eine aufgezäumte Farce an uns vorübergegangen ist, bleibt offen und rätselhaft. Das Menetekel soll eben nicht völlig im schönen Schein der Oper, auch wenn's eine komische ist, versinken.

Im Gegenteil, *Le Grand Macabre* behauptet sich als Semiseria oder genauer: Semibuffa, will zwischen den Kulissen auch Wirklichkeit – zumindest als Widerschein und brodelnde Unterströmung – einlassen; also nicht wie eine vergnügte theatralische Harlekinade vorüberziehen, bei der man trotz aller tolldreisten Konfliktsituationen bereits die prästabilierte Harmonie des Endes vorausahnt, sondern auch nachwirkende Unruhe wecken, will das reine Konsumentenglück durch leichte Überwürzung stören und somit Anlaß für weitere Reflexionen liefern. Ligetis Provokationen haben aber niemals die böse Schärfe eines doktrinären Aufwieglers, die verbissene Strenge eines Sektierers oder die ideologische Penetranz eines Überzeugungstäters. Dennoch gibt es in seinem künstlerischen Denken und Handeln Züge, die gewissermaßen haarscharf daneben liegen: er ist gegenüber allem Eingefahrenen, auch bei sich selbst, aufbegehrend reformistisch, dazu ein unbeirrbarer Einzelgänger, und läßt sich von einmal gewonnenen Einsichten kaum noch, es sei denn durch bessere neue, abbringen. Jedoch besitzt er im Unterschied zu den Fanatikern jedweder Couleur und Fachrichtung genügend Humor, Flexibilität und Veränderungslust, um keinen dieser Züge überhandnehmen zu lassen, sie vielmehr genau wie in seiner Musik die polyphonen Stimmen oder die kontrastierenden Flächen in Balance zu halten. Und gerade diese wohldosierten Proportionen zwischen Aufsässigkeit und Versöhnlichkeit, ausgelassener Narretei und bohrender Invektive oder, noch direkter, entfesselter Burlesk-Theatralik und aufklärerischer Endzeit-Drohung verleihen dem *Grand Macabre*, falls man sich nicht von dem Szenen-Klamauk allzusehr ablenken läßt, seine irritierende Doppelgesichtigkeit und versetzen ihn aus Ghelderodes Zeit (1935) in eine um vier Jahrzehnte nähere Gegenwart (Uraufführung: 12. April 1978).

Gleichwohl hat Ligeti fünf Jahre später in einem Gespräch mit seinem Schüler Denys Bouliane den *Grand Macabre* als einen *Umweg* bezeichnet: *Meine Kritik an dieser Oper bezieht sich mittlerweile nicht auf das Niveau der Idee des Stückes, es handelt sich eher um ein rein musikalisches Problem: Ich habe versucht, eine Rückkehr zur Oper des 19. Jahrhunderts zu vermeiden, aber trotz meiner guten Vorsätze habe ich einige Gesten aufgegriffen, Klischees der traditionellen Oper, und das ist genau das, was ich, nachdem ich mehrere Produktionen des Werkes gesehen habe, derzeit nicht wiederholen will. Ich will mich nicht lossagen vom „Grand Macabre", aber der „Sturm" wird eher die Kontinuität von der „San Francisco Polyphony" über die „Drei Stücke für zwei Klaviere" bis zum Horntrio und zum Klavierkonzert in sich tragen. Der „Sturm" wird sehr melodisch sein, sehr magisch in seiner Atmosphäre.* (*Neuland* 5, hg. v. Herbert Henck, Bergisch Gladbach 1985, S. 89/90).

München 1983:
Proben zur Aufführung der *Szenen und Zwischenspiele aus „Le Grand Macabre“* im Musica-viva-Konzert des Bayerischen Rundfunks, links Elgar Howarth

Selbstverständlich stehen jedem Komponisten seine jüngsten Werke näher; um so mehr, wenn sie noch in Arbeit sind und die planende Phantasie aller Mühsal der Niederschrift vorauseilt, wenn sie zumal bei einem Opernprojekt sich von den Vorgaben des gefundenen Stoffes beflügeln läßt, wie Ligeti von der faszinierenden Zauberwelt und deren schurkischen Gegenkräften oder versuchten Erschütterungen in Shakespeares *The Tempest*. Jedoch können von diesem neuen, veränderten Standpunkt aus die selbstkritischen Bemerkungen zur Musik von *Le Grand Macabre*, die notwendig auf den handfesteren Stoff und die gewollt derbere Sprache zu reagieren hat, eigentlich nur die verdoppelten Umkehrfolgen betreffen: Denn die bewußte Vermeidung von stilistischen Reminiszenzen an die große romantische Oper und die Musikdramatik auf der Linie Wagner-Strauss-Berg durch fintenreiche Gegensteuerung im Detail wie anspielungsreiche Doppelbödigkeit in den Zusammenhängen schafft zwar andere Texturen und ausgetauschte formale Muster mit mancherlei erheiternden Durchblicken, aber die übergeordneten dramaturgischen Strukturen, die Proportionen des musikalischen Gesamtablaufs bleiben davon, weil Bühnenwirksamkeit auf traditionellen Faktoren basiert, vielfach unberührt. Ja, gerade das peinliche Ausklammern von Herkommen in einer Schicht bestätigt und festigt eben die Konventionsrelikte in der nächsten.

So können die ganze aufgebotene Parodistik und die sehr griffig auf Extreme bedachte musikalische Faktur im ersten der vier Bilder nicht verhindern, daß es sich letztlich nach gängigen Operngesichtspunkten um das geschickt verschachtelte Gegeneinander eines lyrischen Frauenpaares und eines buffonesk auf Wechselrede abgestellten Männerduetts handelt. Dabei war doch von Anfang an alles szenisch wie musikalisch hinlänglich entstellt und verfremdet worden. Schon das ungewöhnlich kurze Vorspiel in quadratischem barockem Zuschnitt wie eine Monteverdische Toccata und in durchaus symbolträchtigem Hin und Her von gestaffeltem Aufbau und dessen wiederum krebsgängiger Rücknahme hatte durch die Besetzung mit zwölf quäkenden Autohupen seine freche Travestiehaltung bekundet. Und dann stammen gleich die ersten Worte, die überhaupt und eher wie ein Abzählvers geträllert als gesungen werden: *Dies irae, dies illa, solvet saeclum in* …, aus der Totenmesse, ehe der Erz-Breughelländer Piet vom Faß quasi im selben Atem ein Loblied auf seine freß- und

Auftritt Nekrotzars zum Gesang des Liebespaares, das später zu Amanda und Amando umgetauft wurde, aus *Le Grand Macabre* (1. Bild)

„Geisterchoral“ aus *Le Grand Macabre* (1. Bild)

sauflustige Heimat anstimmt. Auch die Liebeslust in hingebungsvollem Dauervollzug scheint dort in gutem Ansehen zu stehen, selbst wenn das Paar Amanda und Amando, um plumper Trivialität vorzubeugen, musikalisch zu einer idealisierten Erotik-Imago aus Sopran und Hosenrollen-Mezzosopran umstili-

Abgang von Piet und Nekrotzar gegen Ende des 1. Bildes aus *Le Grand Macabre* (Partitur-Ausschnitt)

siert wurde. Und sogar der Finsterling Nekrotzar mischt sich zunächst einmal mit seinem Todesfluch, als wolle er die Tonlage aufnehmen, falsettierend in das hochsinnige Liebesduett ein, bevor er die genußsüchtige Sippschaft Mores lehrt: Noch heute, Schlag Mitternacht, wird kommen *das Ende der Zeiten, die Welt wird untergehen*! Zur Legitimation stimmt dabei ein Geisterchor im Hintergrund einen altertümelnden, tritonusgeschärften Choralsatz an. Immerhin hat Nekrotzar mit der Grabkammer, aus der er als rächender Unterweltsbote hervortrat, dem Liebespaar ein Notquartier verschafft, aus dem es, vom eignen Glück absorbiert, bis zum Opern-Ende nicht mehr auftaucht. Er selbst reitet dagegen mit Sense und Trompete bewaffnet auf dem willenlos geknechteten Saufbruder Piet unter punktierten Galopp-Rhythmen und furchterregendem Schlagzeuggetöse hinweg, um Unheil übers ganze Breughelland zu bringen.

Gerade die vielen kleinen Zitate, Halbzitate, Andeutungen, der behende Umgang mit opernerprobten Gesten und Effekten, wiewohl karikaturistisch übertrieben, aber doch dem Geschehen zugeordnet, stören eigentlich Ligetis abstrakteres, rein musikalisches anti-opernhaftes Konzept. Die Vielfältigkeit der mitgedachten und deshalb auch versteckt oder offenkundiger angespielten, hineingewobenen Bezüge konterkariert unweigerlich – nicht nur hier, sondern ebenso in den drei folgenden Bildern der zweiaktigen Oper – das ursprüngliche Vorhaben, alle Handlungselemente gewissermaßen als eine zweite, äquivalente Verfügungsmasse des Komponisten zu betrachten; ähnlich wie in *Aventures/Nouvelles Aventures* und aus den Erfahrungen damit abgeleitet, so daß sie sich gleich der Musik, nur reicher an Wirklichkeitsassoziationen, modellieren, plastisch durchbilden und irregulär verformen läßt. Der Wechsel vom phonetischen Sprachlaut zum verstehbaren, sinntragenden Text greift jedoch tiefer in das Wort-Ton-Gefüge ein, als dies unter dem Primat des kompositorischen Aspekts zu vermuten wäre und plausibel erscheint. Und weil Musikern, so sehr sie sich vom Textinhalt stimuliert fühlen, im Praktischen der Sprachlaut, die von der Semantik gelöste Mixtur aus Vokalfarben und Konsonanten, gemeinhin näher steht und wichtiger ist, resultiert hieraus jener stets prekäre, labile und von Mißdeutungen heimgesuchte Status jeglicher Vokalmusik. Und dies spitzt sich eben bei Opern in dem Maß zu, als der Text eine handlungsbestimmte Dialog- und Mitteilungsfunktion hat. Im selben Moment erhält die Musik nämlich – wie weitgehend im *Grand Macabre* – ein nach dem Drama zugeschneidertes Korsett aus Nötigungen zur Dienstbarkeit, szenischen Anlässen zum Mitmachen und dem ständigen Zwang zu sinnlich erfahrbarer Verdeutlichung.

Ligeti hebt das entstehende Dilemma dadurch auf, daß er es erstmal akzeptiert, also die zugewachsenen Verpflichtungen der Musik zur Dienstbarkeit, zum Mitmachen und zur Verdeutlichung ohne Zögern annimmt, und es doch im gleichen Augenblick durch Überzeichnen transparent macht. Er fügt sich dem dramatischen Auftrag an die Komposition, Text, Handlung und Situationen entsprechend ihrer präskriptiven Maßgabe mit Musik auszustatten, übertreibt aber diese funktionale Abhängigkeit sofort derart gewitzt, hintersinnig und mit unverdrossenem Vergnügen am angezettelten Spiel, daß jeder Anhauch von Nötigung abfällt und sich das Drama letztlich seinem musikalischen Zugriff fügt. Insonderheit gilt dies für das zweite Bild, das – wiederum durch ein, jetzt imitatorisch aufgefächertes, Hup-Konzert eingeleitet – in die aberwitzig vollgestopfte Behausung des Hofastrologen Astradamors und seines mannstoll sadistischen Eheweibs Mescalina führt. Wie da Fernrohr, Globus, Sextant, Retorten, Sternkarten, chemische, astronomische, labortechnische Utensilien und Haus- oder Küchengerät, Wäsche, Geschirr in wilder Unordnung durcheinanderliegen, wie schon die beiden nicht von Ghelderode stammenden Namen Astradamors (astral, Amor, Mors mit Anklang Nostradamus) und Mescalina (Mescalin, Mesalliance, Messalina) buntscheckige Assoziativ-Mixturen sind, so stellt sich auch die ungezügelt hin- und herspringende Handlung als ein kurios zusammengewürfeltes Pasticcio aus szenischen Einzelmomenten dar. Und die Musik paßt sich dem mit hypertrophen Gegensätzen an, wobei sie unmerklich die wechselnden Konstellationen in ihr eigenes Material verwandelt.

Der Ambitus der Ausschläge – szenisch wie musikalisch – gerät aufgrund des eskapadenreich dahinwirbelnden Geschehens ungewöhnlich groß. Doch die Musik nützt eben genauso die ganze Spannweite vom völlig frei oder rhythmisiert gesprochenen Wort bis zum gebundenen Vokalsatz, um mit ihren doch noch überlegenen Möglichkeiten, Kontraste aus Farben, Lautstärken, Klangtypen und Gesten zu erzeugen, den Radius des Aufgebotenen unter ihrer Kontrolle zu halten und den Ablauf nach ihren Proportionsgesetzen zu steuern. Nebenbei eingestreute Anspielungen auf tradierte Modelle aus Musik- und Operngeschichte – von Lamento und Ombra-Szenen bis zu Suiten- oder Divertimento-Typen – sorgen im übrigen für heitere Distanzierung und einen beschwingten Buffa-Ton. Wer dächte zum Beispiel nicht gleich bei Mescalinas lauten Zählkommandos zu Beginn *Eins! Zwei! Drei! Fünf!* an den *Figaro*-Anfang mit *Cinque, dieci, venti* ...? Freilich mißt Mescalina keineswegs den Raum aus, sondern ihrem masochistischen Gatten die Peitschenhiebe zu; und wie aus einem in Unbeweglichkeit erstarrten Bild geht mit dem ersten hörbaren Peitschenknall plötzlich die Treibjagd rings ums Mobiliar und quer durch alles Gerümpel los. Astradamors bedankt sich unterwürfig, Liebesbezeugungen stammelnd, bei seiner Peinigerin. Und als er um Beendigung der furiosen Presto-Hetzerei bittet, streckt sie ihn mit einem Karate-Schlag zu Boden, um sofort wortreich zu lamentieren, wer denn jetzt die ganze Hausarbeit besorgen soll. Doch eine riesige behaarte Spinne hilft ihr – das Cembalo agitiert dazu mit Tarantella-artigem –, den Scheintoten wieder zur Besinnung, nämlich komisch überdrehten Barock-Koloraturen, zu bringen, und beide

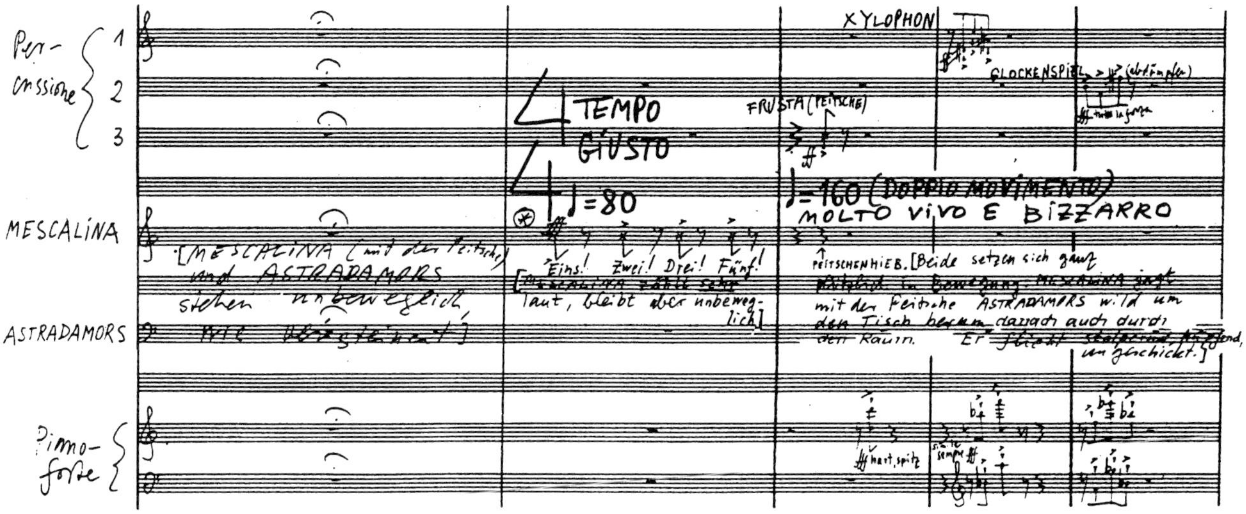

Anfang des 2. Bildes aus *Le Grand Macabre* (Partitur-Ausschnitt)

stürzen sich gemeinsam in ein ordinär galoppierendes Tanzduett.

Ein schrillender Wecker ruft Astradamors zur täglichen Sterngucker-Arbeit, während die Schlampe Mescalina sich saufend und Pfeife rauchend ihrer Trägheit hingibt und schließlich einschläft. Er beobachtet seltsame Himmelserscheinungen (Sostenuto-Klänge), sie träumt von Venus (Oboe d'amore), und von fern kündigen Trompeten-Signale etwas Unheimliches an: Nekrotzar reitet auf seinem wiehernden Piet-Pferd ein und kommt gerade zurecht, um das Versprechen der von Mescalina erträumten Venus (hoher Sopran mit *völlig nacktem* Striptease-Double und respondierendem Frauen-Hintergrunds-Chor), ihr einen *gut bestückten* Mann zu schicken, in deftiger Brutal-Exzentrik bis hin zum erlösenden Vampirbiß zu erfüllen. Genau hier schaltet die Musik allerdings von mitmischender, häufig anheizender Kommentierung auf Gegensteuerung um: Eine zarte *Bourrée perpetuelle* (frei nach *La Poule* von Rameau) wird dem hekti-

Spinnenfurcht des Astradamors aus dem 2. Bild von *Le Grand Macabre* (Ausschnitt)

schen Sexual-Exorzismus zwischen Mescalina und Nekrotzar unterlegt und holt die gezeigte Realistik wieder ins theatralische Maskenspiel zurück. Sie vertritt außerdem die dramaturgisch wichtige Stelle der Paenultima, so daß nach diesem vorletzten, ausweichenden Einhalt alles um so zügiger auf das Finale zustürzen kann. Nekrotzar gebärdet sich nun, nachdem er Mescalina erledigt hat und die Entseelte weggeschafft wurde, immer mehr als Triumphator, ähnelt auch immer mehr dem Don-Giovanni-Komtur, wenn er durch die Tür, die er aufreißt, das blendende Licht des Schreckenskometen eindringen läßt (schneidende d^3-d^4-Oktave im *fffff*, weiter zu gis-a-h und g-b-cis); und er stimmt mit seinen verschüchterten Vasallen Piet und Astradamors das finale Männerterzett jetzt gleichsam im Stil einer impetuos angeschrägten „Gigue perpetuelle" an: *Feuer und Feuersnot, Flamme und Flammentod! Rache und Donnerklang, Strafe und Untergang!*, ehe alle drei zu neuen Taten fortstürmen.

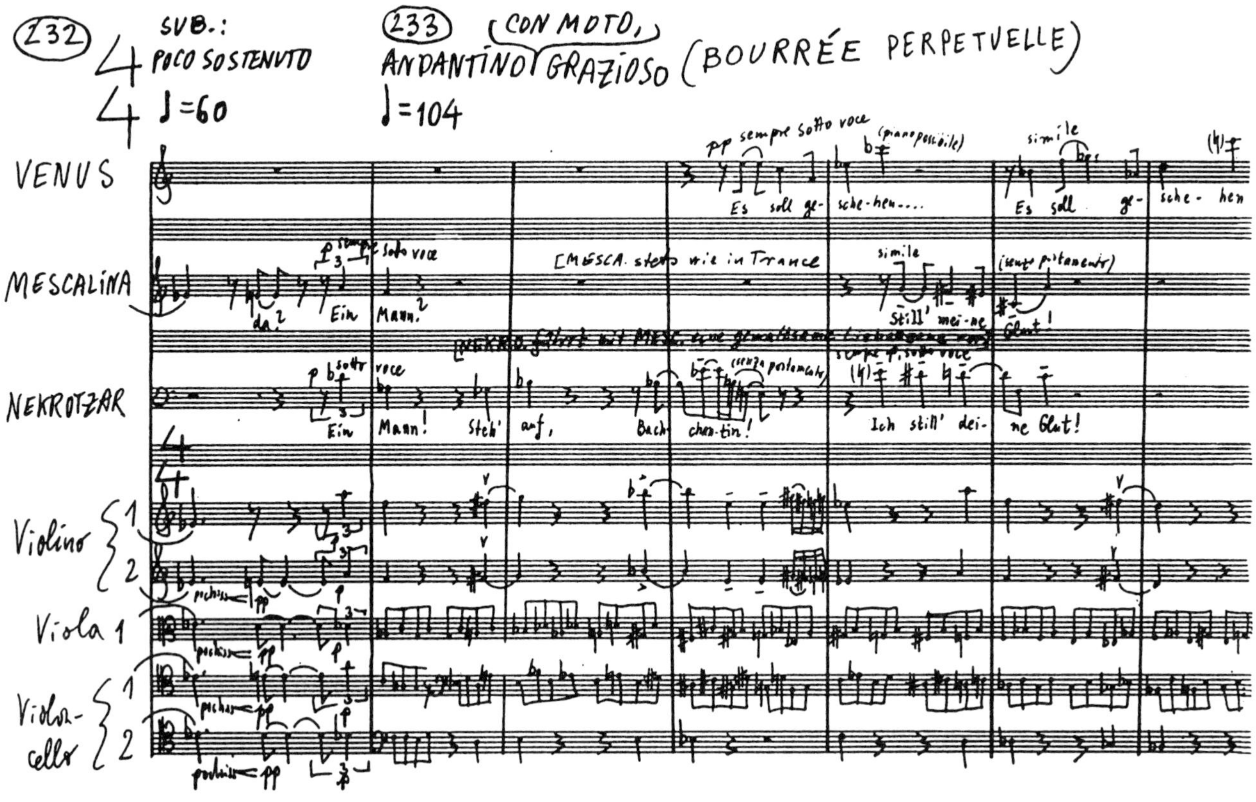

Bourrée perpetuelle zur Liebesszene Nekrotzar-Mescalina aus dem 2. Bild von *Le Grand Macabre* (Anfang)

2. Bild aus *Le Grand Macabre* in Leipzig (1991)

Die noch von einem Knaben-Hintergrunds-Chor angekündigte Pause zwischen erstem und zweitem Akt schiebt, wie alles wohlberechnet, eine Spannungszäsur zwischen die zweiteilige Exposition und die eng verklammerte Folge von Peripetie und Katastrophe im dritten und vierten Bild. Zunächst wird dann, quasi als nachgeholter Expositionsteil, der Thronsaal des Fürsten Go-Go, die eigentliche Machtzentrale von Breughelland, vorgestellt mit seinem possenhaft chargierenden lebenden Inventar: dem Fürsten selbst, einem verfressenen *dicken Knaben* (Countertenor oder Knabensopran), seinen beiden streitsüchtigen Beratern, dem Weißen und dem Schwarzen Minister (Sprechrollen), und dem stotternden Chef der Geheimen Politischen Polizei (Gepopo), der als grell piepsender Unglücksbote (Koloratursopran) mit Raubvogel-Maske und auf Rollschuhen mitten in das selbstgefällig zänkische Idyll der Hof-Runde fährt. Dieses fröhlich inszenierte, überkandidelte Kasperltheater des fürstlichen Schranzen-Quartetts hat Ligeti als sein eigener Mitlibrettist mit allerhand Persiflage-Zauber aus seinen Lieblingsquellen ausstaffiert: Wie er sich vorher schon Anregungen aus expressionistischen Stummfilm-Zeiten geholt hatte (von Murnaus *Nosferatu* oder Wienes *Dr. Caligari*), so jetzt aus der skurrilen Phantasiewelt von Lewis Carrolls *Alice's Adventures in Wonderland* (Kindhaftigkeit, Wortwitz, Widersinnslogik und frei veränderbare Körpergrößen) oder *Through the Looking-Glass* (Weiß und Schwarz im gespiegelten Seitentausch) und selbstverständlich beide Male wegen der typisierenden Holzschnitthaftigkeit aus der italienischen Commedia dell'arte mit ihren Modellen des bramarbasierenden Capitano für Nekrotzar, des Dottore für Astradamors, des gefräßigen Pulcinella für Piet und des stotternden Tartaglia für den Gepopo-Chef. Als Komponist freilich hielt er das verspielte szenische Arrangement in musikalischer Zucht, gruppierte die Wechselreden der Minister im skandierten 3/4-Takt, entstellte die schlimmen Nachrichten des Gepopo-Chefs zur unentzifferbar gegackerten Koloraturen-Chiffre, bis die Angstschreie und Stringendo-Rufe des Volkes selbst durch beschwichtigende Ansprachen nicht mehr zu stoppen sind. Das reale Verhängnis greift mit Alarmsignalen und einem mächtigen Trommelwirbel ein und räumt alle heiter-hilflosen Präliminarien beiseite.

Jedoch behauptet an dieser entscheidenden Umkehrstelle wiederum die Musik ihr operndramatisches Primat. Nach so viel aufgegagter Schwankhaftigkeit scheint sie vor allem für Sammlung und etwas Ruhe sorgen zu wollen: Man hört – wohlvertraut – den Pizzicato-Baß aus dem *Eroica*-Finale und merkt kaum, daß er unter der Hand zur Zwölftönigkeit verbogen und aufgefüllt wurde; auch entwickeln sich daraus keine Variationen wie bei Beethoven, vielmehr bleibt er stetiges Ostinato-Fundament, auf das Nekrotzars Spielmanns-Gefolge – eine verstimmte, doppelgriffige Geige (mit Ragtime-Anklang an Strawinskys *Geschichte vom Soldaten*), ein synkopierend volkstänzerisches Fagott, eine frivol kapriziöse Es-Klarinette und eine fioriturenverliebte Piccoloflöte – unabhängig in je eigenem Takt und Tempo ihr Totentanz-Quodlibet projiziert. Ständiger Stimmenzuwachs und zunehmende Lautstärke, unterstützt von aggressiven Bicinium-Trompeten, lassen den Zug und das musikalisch inszenierte Bild bedrohlich näher kommen, verleihen Nekrotzars Auftritt mitsamt seinem höllischen Troß pompöse Würde und das Unerbittliche eines usurpatorischen Einmarschs. Mit Stentorstimme verkündet er seine apokalyptische Untergangs-Litanei: *Wehe! denn es ist gekommen der große Tag des Zorns!* Die Szene öffnet sich zu theatralischer Totalität mit einem großen Breughelländer-Chor, der im Zuschauerraum verteilt ist, und himmlischen Drommeten und Posaunen, die von hoch oben aus dem Rang ihre Unheilsbotschaft hinabblasen. Allein, noch widersteht das breughelländische Naturell mannhaft dem verheißenen Weltgericht: Astradamors und Piet bedienen sich erst mal von Fürst Go-Gos üppig gedeckter Tafel, versorgen auch diesen, der sich (Leporello-gleich) unterm Tisch

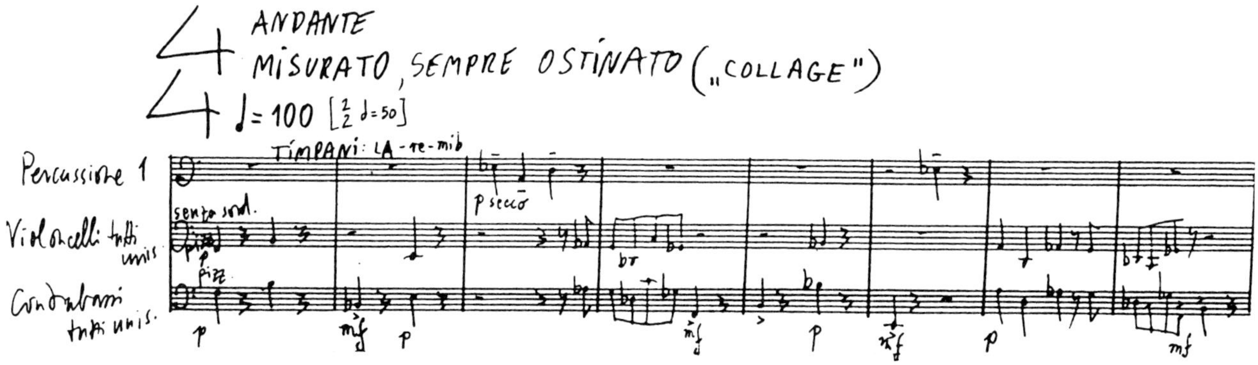

Erweiterter Eroica-Baß als Grundlage für die *Collage* aus dem 3. Bild von *Le Grand Macabre*

versteckt hat, mit Wein und fordern Nekrotzar so lange kumpelhaft zum Mittrinken auf, bis auch er – im Wahn, es sei Menschenblut von seinen Opfern – mittut und sich, von seinen Untaten salbadernd, grenzenlos besäuft.

Dieses Trink-Terzett, bei dem sich nur die beharrlich wiederholten *Ex!*-Rufe Nekrotzars und der ebenso einsilbige Zuspruch mit *Trink!*, *Prost!* etc. von Piet und Astradamors gegenseitig ablösen, ist nun im Verein mit markanten Orchesterschlägen als genau kalkuliertes Beschleunigungs-Crescendo auskomponiert. Die gezeigte Orgie in ihren delirierenden Rauschzuständen läuft musikalisch nach den Gesetzen sich verkürzender Zeitproportionen ab (im beibehaltenen 4/4-Takt), ehe ein gewaltig anschwellender Triller des Orchester-Tuttis die totale Alkoholisierung ausdrückt. Daraus schält sich, leise, zartfarbig, wie eine Halluzination, jene *Bourrée*, die im zweiten Bild zu der Verführungsszene zwischen Nekrotzar und Mescalina erklang. Und wiederum benutzt Ligeti – allerdings auf einer ganz anderen, quasi entrückten Stufe des Vorgehens – eine streng kontrollierte Zeitorganisation, um mit diesem Modell die um sich greifende Benommenheit, den absoluten Orientierungsverlust Nekrotzars darzustellen. Jetzt wird die Bourée in schnelleren und langsameren Zeitschichten verwirrend mit sich selbst multipliziert, und in diese verschobene, wie in filmischer Zeitlupe und zugleich Zeitraffung übereinanderkopierte Kontrapunktik mischen sich noch weitere gegenläufige Tanzsatztypen wie Menuett, Galopp und anderes, um die Konfusion (in der Partitur: *Galimatias*) nach allen Regeln grimassierender Vexierspielkunst zu komplettieren. Vor soviel musikalisch angerichtetem Camouflage-Übermut verläßt selbst die himmlischen Unheils-Posaunen ihre aufrührerische Schmetterkraft und sie sinken chromatisch kleinlauter werdend in grummelnde Baßregionen ab. Jedoch da erwacht Nekrotzar aus seinem Dunst: *Wo bin ich? Wie spät?* Und die Mitternachtsstunde seines prophezeiten Weltgerichts schlägt, noch ehe er, mit Sense und Trompete ausgerüstet, ersatzweise auf Fürst Go-Gos großes Schaukelpferd gehievt worden ist, um sie und mit ihr *auf höchsten Befehl* das Ende aller Zeiten, Weltuntergang, Leere, das Nichts zu proklamieren.

Schon während dieses verspäteten, umnebelten, aber immer noch heroisch definitiven Urteilsspruchs, begleitet von grell züngelnden Lichterscheinungen, haben sich die ausgehaltenen Orchesterakkorde allmählich in die Höhe geschraubt, in die Irrealität. Und aus solcher fahl-dünnen Traumatmosphäre löst sich umdeutend, intensiver, deutlicher gleichsam die nachgeholte musikalische Hypothese: es könnte ja tatsächlich die große, vernichtende Weltkatastrophe gewesen sein. Crescendierende Tritonusklänge schieben sich wie bedrohende Felssäulen enger zusammen, und abermals, wenn auch wiederum völlig verändert, gewinnt Ligeti aus dem Verfahren zunehmender Verkürzung, jetzt der ineinandergreifenden Einsatzabstände der Akkordsäulen, einen genau auskomponierten dramatischen Effekt. Durch Verdichtung und langsames Abwärtsgleiten wird in dieser Zwischenmusik, die vom dritten zum vierten Bild überleitet, der Eindruck eines gewaltigen Mahlstroms erzeugt, dessen Sogkraft alles in den Abgrund reißt. Freilich, aus dem derart suggerierten Totalverhängnis erheben sich verstört, unwissend, benommen die Breughelländer Piet und Astradamors, wähnen im Himmel zu sein – oder sollte die Katastrophe, weil sich alles wieder so anläßt wie früher, auch Fürst Go-Go und sogar Nekrotzar sich wieder einfinden, doch an ihnen vorübergegangen sein? Selbst Mescalina ist wieder zur Stelle, erkennt zu allem Überdruß (als wäre man im *Figaro*) in Nekrotzar ihren ersten Mann. Heißt das am Ende, sie alle sind tot? Wieso könnten sonst der Weiße und der Schwarze Minister auftauchen und sich wie ehemals gegenseitig verdächtigen und beschimpfen?

Gegen solch gehäufte Zweifel verhilft allein die breughelländische Logik zum klaren Schluß: *Wir haben Durst: ergo wir leben …* Dieser Tatsachenbeweis trifft nur einen bis ins Mark seiner Existenz, Nekrotzar, der nun an sich selbst und seiner Sendung irre geworden, während die Sonne aufgeht, zu schrumpfen beginnt und in sich zusammenfällt. Nochmals schaltet sich hier die Musik ein, wischt das erneut anhebende Buffa-Treiben beiseite und bereitet dem tragikomischen Helden ein würdiges Ende. Die sordinierten Streicher spielen leise, *innig* und mit *warmem Ton* einen Spiegelkanon, der sich bis zur Zehnstimmigkeit aufbaut und in dessen Themen-Inversion etwas von dem Doppelaspekt der Gestalt – halb Potentat des Verderbens, halb Scharlatan – anklingt und mit ihr in verhauchten *sul-tasto*-Farben als rätselhaftes Kreisen versinkt. Diesem Abgang folgt jedoch kurz danach wie das Erblühen junger Lebenskraft der unverhoffte Wiederauftritt Amandas und Amandos, von staunenden Klängen umschmeichelt, aus eben jener Grabkammer, in der sie liebesvernarrt die dräuenden Weltuntergangs-Turbulenzen unbeschadet überstanden haben. Und zu den behutsam getupften Anfangstönen der Final-*Passacaglia* besingen sie ihr Zweisamkeitsglück nach der Devise: *Vor Schrecken sind and're entsetzt, für uns gibt es nur hier und jetzt!* Die *Passacaglia*, höchst symbolträchtig aus nichts anderem als großen

Spiegelkanon zum Dahinsterben Nekrotzars im 4. Bild von *Le Grand Macabre* (Anfang)

Le Grand Macabre in Bologna (1979)

Passacaglien-Beginn beim Wiederauftauchen von Amanda und Amando (früher Clitoria/Spermando) aus dem 4. Bild von *Le Grand Macabre* (Partitur-Ausschnitt)

und kleinen Sexten in kunstvoller Verschränkung zu einer konsonanten Nicht-Tonalität gefügt, gewinnt an Boden und Dichte, so daß die übrigen in die Schlußrunde einstimmen können: *Fürchtet den Tod nicht, gute Leut'! Irgendwann kommt er, doch nicht heut'. Und wenn er kommt, dann ist's soweit … Lebt wohl so lang in Heiterkeit!* Und das Orchester verbreitert dazu nur seine merkwürdig verstellten Sextengänge zu einer Nicht-Kadenz.

Unweigerlich assoziiert man dabei die Finali von Mozarts *Don Giovanni* und Verdis *Falstaff*; aber so ist eben der ganze *Grand Macabre* gebaut: aus Pseudo-Anklängen, die sich dann doch nicht dingfest machen lassen, sondern nur bis in nächste Nähe des heiklen Grenzbereichs zum konkreten Zitat vordringen, um sofort lustvoll auf der Heterogenität des Eigenen zu beharren; aus opernhaften Gesten, auch fast richtigen Arien, Duetten oder Ensembles, die aber flugs durchbrochen, ins Schiefe verkehrt und wie eine Talmi-Preziose in falsch blinkendem Glanz ihrer Lächerlichkeit überführt werden; ebenso freilich aus absolut opernfremden Versatzstücken, wie Choral oder gregorianischer Psalmodie, Kinderlied oder Abzählvers, barocken, modernen oder folkloristischen Tanzsatztypen, die irgendwo als ausgekernte Hülsen mit meist parodistischer Absicht in den Gesamtablauf hineingeklebt werden und dadurch in irritierenden Gegensatz zu seiner spürbar anders ausgerichteten Hauptströmung geraten; nicht zuletzt aus durchweg bekannten Modellen des Ligeti-Stils, ob Sostenuto-Klänge oder gehackte Mechanik, ob Verwebungsstrukturen oder Flageolett-Glissandi, die immer auf der Kippe zwischen affirmativer Ernsthaftigkeit und idiosynkratischer Selbstpersiflage stehen, jedenfalls mit subtilen Schwankungen bald ihren situationsgerechten Gebrauchswert, bald ihre überraschende Deplaciertheit in einem fremden Kontext ausspielen. Überhaupt ist es die kühl berechnende Artistik, die den *Grand Macabre* mit all diesen bunt durcheinandergewürfelten Ingredienzien als Ganzes im Zaum hält, auch wenn sein überschießendes Temperament sich manchmal in den verlockenden Übersteigerungen des musikalisch (und sprachlich) inszenierten Kulissenzaubers zu verrennen scheint. Doch kurz danach greift wieder abfangend, konzentrierend und bestimmend Ligetis Domestizierungsgeschick ein, ordnet zu, relativiert, setzt in Beziehung oder errichtet einfach eine streng durchkomponierte Kontrastfläche, deren stille Autonomie selbst dem hemmungslosesten Ansturm von Firlefanz, überdrehter Spiellaune oder zirzensischer Clownerie standhält. Dadurch, durch solches bewußte Eingliedern und Zurechtrücken des Details in die Koordinaten eines Gesamtplans, entsteht Transparenz, es öffnen sich Durchblicke auf den bedenkenswerten, makabren Ernst der Situation, der in all der heiter ausgebreiteten Doppelbödigkeit dieser Oper steckt. Was dann bleibt, ist neben der Freude ein zutiefst mulmiges Gefühl.

Revisionen mit Ausblick

Jede große, langwierige und anspruchsvolle Arbeit ist auch eine Form von Quarantäne. Alle Gedanken und alle praktischen Tätigkeiten während dieser Zeit sind einzig auf das vorbestimmte Ziel ausgerichtet, selbst bindungslose Nebeneinfälle werden schon bald zweckorientiert umgebogen und von dem Bewältigungssog der einen drängenden Aufgabe erfaßt. Infolgedessen bleibt nichts frei oder ungenutzt, es sei denn ein paar eskapistische Ideensplitter, die sich partout nicht unterbringen lassen und deshalb auf ein unbelasteteres Später verschoben werden. Freilich setzt nachher erst mal Entspannung, Ermüdung und ein gewisses Leeregefühl des Erschöpftseins ein, gegen das auch die Euphorie über den gelungenen Abschluß nur schwer aufzukommen vermag. Es scheint vielmehr so, als müsse nun nach den versammelten Anstrengungen, jenem einen, überdimensionierten Plan Genüge zu tun, die Selbstverständlichkeit im Verfügen über Ausdruck, Sprache und Material wieder ganz neu zurückgewonnen werden; als seien nicht nur die äußeren Kraftreserven an Leistungswillen, Ausdauer, Zähigkeit bis zur Neige aufgebraucht, sondern auch die inneren an Unbefangenheit, Vorstellungsvermögen und schweifender Phantasie. In diesem Moment setzt ein Revirement ein; eher mißmutig als objektiv überprüft man bei sich selbst die bisher als verläßlich angesehenen Aktivposten und findet manches, was dem jetzt überkritischen Blick eigentlich nur wenig standhält. Wieso waren diese Unstimmigkeiten zwischen Konzept und Ausführung denn vorher niemals aufgefallen? Warum hatte man sich nur mit dieser kaum überzeugenden Lösung zufrieden gegeben? Na ja, es lag an der immer bedrückenderen Pflicht fertigzuwerden, es gab einfach keine Zeit zum Nachdenken und Sondieren. Ein Glück, daß man überhaupt einigermaßen glimpflich bis ans Ende der vorgenommenen Strecke gelangt ist. Aber was darüber versäumt wurde, muß jetzt unbedingt nachgeholt werden. Und prompt entwickelt sich statt der Freude am Geschaffenen ein Wust aus Selbstvorwürfen, Selbstzweifeln, scheeläugiger Nörgelei und kaum noch zu überspielender Unleidlichkeit. Dies lähmt, führt, wenn auch grundlos, zu einer Zäsur und erfordert einen Neuanfang auf einer gänzlich anderen, nachhaltig revidierten Basis.

Inwieweit Ligeti durch solch einen irritationsreichen Ablösungsprozeß nach der Fertigstellung des *Grand Macabre* (1974–77) tatsächlich tangiert war, ob da nicht die Vorbereitungen für die Stockholmer Uraufführung (April 1978), die deutsche Erstaufführung in Hamburg (Oktober 1978) und die anschließenden Inszenierungen in Saarbrücken, Bologna, Nürnberg, Paris und London eine ablenkende Überbrückungshilfe dargestellt haben, ist eigentlich ziemlich unerheblich. Als Faktum bleibt, daß Ligeti – abgesehen von den beiden Lockerungsübungen für Cembalo, *Passacaglia ungherese* und *Hungarian Rock* von 1978, die noch dazu einem Disput mit seinen Studenten als Beweisstücke dienten – bis 1982, also gut vier Jahre lang, mit seinem Komponieren zu keinen gültigen, vorweisbaren Ergebnissen gelangt ist. Weiterhin muß er schon während der Arbeit am *Grand Macabre* gespürt haben, daß die Festlegung auf ein einziges Zwei-Stunden-Werk eben unweigerlich auch etwas Beengendes mit sich bringt. Und deshalb hatte er, um zwischendurch entgegen der gebotenen Naheinstellung zur Oper wieder eine freiere Perspektive zu bekommen, die Komposition der *Drei Stücke für zwei Klaviere* (Februar bis April 1976) eingeschoben. Auch wenn er sich in den vier Jahren nach der Vollendung von *Le Grand Macabre* immer wieder mit kompositorischen Planungen für künftige Werke beschäftigte, etwa solchen zum *Klavierkonzert*, für das schon seit geraumer Zeit ein Auftrag der Brüder Bonaventura vorlag, so überwog die Lust am Entwerfen und Skizzieren doch diejenige an einer definitiven Niederschrift. Mancherlei äußere Verhinderungen mischten sich komplettierend in den ohnehin vorherrschenden Zustand aus verständlicher Abgespanntheit und nachfolgender Unschlüssigkeit innerhalb der einmal ins Stocken geratenen Produktion. Doch ebenso mögen in irgendeiner verborgeneren Bewußtseinsschicht generelle Fragen in dieses Interim hineingespielt haben, wie denn nun nach dem zurückliegenden, vom *Macabre* deutlich begrenzten Abschnitt der zwanzig westlichen Jahre und gegen Ende einer mittleren Phase des eigenen Lebens das Weitere überhaupt aussehen könne, welche Ideen, Praktiken, Verwirklichungsansätze und Vorwärtsprojektionen weiterzuverfolgen seien und wo die zweifellos prägende Kausalkette des bisherigen Schaffens sich möglicherweise in einem Seitengebiet verliere oder sich allzusehr auf unwichtige Details kapriziert habe.

Zu diesen vielfach verzweigten prinzipielleren Überlegungen geben die beiden Kompositionen aus dem Jahr 1982, das *Horntrio* und die *Drei Hölderlin-Phantasien*, ihrerseits noch keine bündigen, eher vorläufige Antworten. Aber gerade das Ausweichen und Zögern vor einem neu gesetzten Initial, die mehr praxisorientierte Wiederaufnahme des eigenen Komponierens nach Art einer von anderen gestellten und nun selbst, weitgehend aus dem vorhandenen Fundus bewältigten Aufgabe bestätigen, daß mittlerweile ein derartiger Klärungsprozeß stattgefunden haben muß und vorerst einfach über einen zugelassenen Anteil von rückversichernder Bestandsaufnahme das Trittfassen im Neuen erprobt werden soll. Dabei sprechen schon die beiden Besetzungsformen für die Intensität dieser kompositorischen Selbsterkundung: einmal in kammermusikalisch überschaubarer Dreierkonstellation das Zusammenwirken von typologisch, nach Klangfarbe und Charakter hinreichend unterschiedenen Instrumenten, von Violine, Horn und Klavier; das andere Mal die pure A-cappella-Vokalität eines 16stimmigen gemischten Chores. Es ist, als träten hier aus der überreichen Breitwandfülle all der wechselnden und miteinander kombinierten Klangaspekte von *Le Grand Macabre* zwei Nucleus-Gestalten des rein Instrumentalen und des rein Vokalen wieder gesondert im bedeutungshaltigen Exzerpt hervor. Dabei erfährt das Instrumentale eine Konzentration auf drei individualisierte, einer langen Abstammungstradition verpflichtete Repräsentanten aus den drei Familien der saitengestrichenen, der geblasenen und der perkussiven Klangerzeugung; während das Vokale durch multiplikatorische Stimmenvermehrung sich umgekehrt von dem stets schwierig-prekären Bereich des solistischen Operngesangs entfernt und so eine erhöhte kompositorische Bildbarkeit zurückgewinnt. In beiden Fällen werden mithin die Momente der Fremdbestimmung bis auf ein Minimum – Geschichtlichkeit des Instrumentariums und Textbindung des Chorsatzes – zurückgedrängt, so daß sich dem renovativen musikalischen Zugriff ein vergleichsweise offenes, unbelastetes und zugleich übersichtliches Experimentierfeld anbietet.

Die äußeren Voraussetzungen sind also – in seltsamer Übereinstimmung von erteilten Aufträgen und gehegten Wünschen – vorhanden, um die inneren, die einer Klärung bedürfen, jetzt in tätigem Erproben genauer untersuchen zu können. Dabei erhalten alte Fragen, die zwar niemals verstummt, aber im Fortgang von Stück zu Stück eher nur teilweise, aufs jeweilige Vorhaben bezogen beantwortet worden waren, nun infolge des gewonnenen Abstands auf einmal ein anderes und neues Gewicht. Sie stellen sich entschiedener, unausweichlicher und prinzipieller: Ist bisher eigentlich die Übertragung jener primären Vorstellungen von noch relativ abstrakten musikalischen Gebilden, Vorgängen, Geschehnissen aus dem imaginären Raum der höchst plastischen Visionen in die klangliche Realität der Aufführung wirklich bruchlos gelungen? Gab es da keine ungelösten Reste, keine Mankos der Inkongruenz, kein Ausweichen auf eine Stufe der Vorläufigkeit, wenn die Spezifik des intendierten Einzelmoments sich als unerreichbar erwies und deshalb ein vertrauteres Äquivalent an seine Stelle trat? Oder waren umgekehrt die Erwartungen zu hochgespannt, die gedachten Superpositionen von Schichten, Beziehungen, assoziativen Verknüpfungen zu komplex, um noch genügend deutlich darstellbar und für den Hörer verfolgbar zu sein?

Außerdem wäre zu fragen: Hatte nicht gerade das energische Vermeiden von allen naheliegenden Vorgehensweisen, das Ausklammern irgendwelcher opportunen Lösungsmöglichkeiten die komponierten Resultate noch weiter mit Differenzierungen belastet und ihre Vermittlung noch zusätzlich erschwert? Warum war denn andererseits immer mal wieder das Bedürfnis nach Reduktion der Mittel, nach weitgehender Einsträhnigkeit im Ablauf entstanden, wie im frühen Klavierzyklus *Musica ricercata*, so später in den beiden *Orgel-Etüden* und im *Continuum* für Cembalo, unter einem gewissen Aspekt sogar bei der Konzeption von *Atmosphères*? Sollten diese Stücke nicht durch Aussparungen an Komplexität einer drohenden Übersättigung der Form mit Kleinteiligem entgegenwirken und durch partiellen Verzicht wieder formale Klarheit herstellen? Und weshalb schließlich hatten methodische oder klangliche Halb-Anleihen bei der Tradition auf immer mehr Einflußsphären übergegriffen, wenn nicht aus dem Bestreben, durch den gelegentlich eingestreuten oder auch länger verdeckt mitschwingenden Anschein von Bekanntheit die Chancen zur Verdeutlichung und zu leichterer Erfaßbarkeit zu erhöhen, also das Repertoire an Artikulationsmöglichkeiten für die Gesamtform zu bereichern?

Ligetis diverse Bemühungen, das unaufhaltsam Transitorische der Zeit solcherart durch musikeigene Bedeutungsträger mit direkt wirksamer oder historisch verbürgter Signalfunktion verstehbar zu gliedern, zielen auch immer wieder auf das Abtragen einer alten Hypothek. Denn für den Serialismus war Form eine durchaus sekundäre Größe. Man vertraute darauf, daß bei genügend durchgebildeter Strukturordnung im Mikrobereich das Zusammenstimmen der einzelnen Teile und größeren Abschnitte bis in den Makrobereich der Gesamtform ebenso schlüssig durchorganisiert sein müsse. Man betrachtete Form von innen her, vom Detail aus, als Projektion in übergeordnete Dimensionsstufen und schließlich ins große Ganze. Dabei sollte die Prädisposition des Materials mit all den fragwürdigen Parallelisierungen zwischen den verschiedenen Parametern und dem daraus abgeleiteten Permutations-Fahrplan garantieren, daß Zelle und Gesamtorganismus, Partikel und Total genau dieselben Bauprinzipien aufweisen, demnach als identische Struktureinheiten unterschiedlichen Umfangs aufeinander bezogen seien. Und die Länge des jeweiligen Stücks bestimmte sich nach der Zahl der möglichen oder beabsichtigten Durchläufe durch den Reihen-Fahrplan oder nach den Direktiven eines vorher festgelegten Proportions-Schemas. Form entstand also nicht im Reagieren auf interne Spannungswerte oder im Abtasten von Verhältnissen und Wertigkeiten, so sehr man sich auch methodisch vermittelte Prozesse vom Einfachen zum Komplexeren oder mit Hin- und Rücklauf vorgenommen hatte, sondern als Aneinanderreihung einzelner, vom Material abhängiger Phasen, letztlich als ein Agglomerations-Resultat.

Ligeti war zunächst durch dieses in den fünfziger und sechziger Jahren gültige Formdenken von innen nach außen, vom Einzelmoment zur Gesamtheit, gemäß seiner Rolle als lernfähiger Neuankömmling im wesentlichen geprägt, zumindest beeinflußt worden. Als erstes galt es, sich ein Material auszubilden und alle elementaren Gegebenheiten und Bedingun-

gen zu klären, ehe man mit dem Komponieren, dem Entwickeln von Materialkonstellationen, Verknüpfungen, Schichtungen, graduellen oder abrupten Veränderungen usw. beginnen konnte. Selbst dann noch, wenn dieses unter seriellen Prämissen vorbereitete Material – wie bei Ligeti – infolge zunehmender Neutralisierung der Intervallcharaktere, die ursprünglich das Reihen-Verfahren für die Tonhöhen begründet und legitimiert hatten, nur noch aus gesichtslos gleichartigen Halbtonschritten und deren vertikaler Aufeinanderstapelung zu chromatischen Clustern bestand. Jedoch läßt sich bereits in Ligetis Überlegungen zu den *Wandlungen der musikalischen Form* vom Herbst 1958, zwei Jahre nach seiner West-Ankunft, (*die Reihe* 7, Wien 1960) feststellen, wie er insgeheim gegen die Dogmen der damaligen Verfahrensordnung opponiert hat und den anschließenden Prozeß der Formorganisation weder allein als Resultante aus irgendwelchen vorgeplanten internen Strukturvorgängen auffassen noch dem seinerzeit in der Cage-Nachfolge favorisierten Zufall überantworten wollte. Vielmehr sprach er davon, daß sich *das Geflecht der seriellen Prästabilierungen* weiter aufzulockern und zu verflüssigen scheine, daß *die Beziehung zwischen dem vorgeformten Steuerungsplan und der daraus hervorgehenden Form nicht fixiert und einseitig* bleibe, sondern *das Realisierte stetig auf jenen Steuerungsplan* zurückwirke. Jedoch *vom Automatismus und Ausgeliefertsein an das selbsterschaffene Material würde eine Kompositionsart – und damit eine Form – erst erlösen, in der dem Komponisten in jedem Moment eine Entscheidung möglich wäre, die den gesamten weiteren Verlauf auf völlig andere Pfade leiten könnte* (S. 12).

Da macht sich fraglos einiges Wunschdenken bemerkbar und färbt die objektive Beobachtung im Sinne eines eigenen formalen Rückkoppelungsverfahrens um, das übrigens große Ähnlichkeit mit der viel später, bei *Clocks and Clouds* herangezogenen Idee Karl Poppers besitzt, ein gestaffeltes System flexibler Kontrollen zu entwickeln, bei dem jeweils eine geklärte, irrtumsbefreite *Wolken*-Schicht auf die noch problembehaftete andere zurückwirkt. Freilich war ein solches vernetztes Reaktionsverhalten zwischen Form und Material – gar mit größerem Entscheidungsrecht der globalen Form-Dramaturgie – 1958 für Ligeti noch eher eine Zukunftsprojektion. Dementsprechend verlockungsreich beschrieb er deshalb auch den vergrößerten *Überraschungsgrad* und den Eintritt von *Unvorhersehbarem*, die dann ermöglicht werden könnten. Doch in der kompositionstechnischen Praxis fühlte er sich vorerst noch an die damals verpflichtende Kategorie, den *geschichtlichen Stand des Materials*, gebunden. Und dies präjudizierte eben eine primäre Dispositionsrichtung vom Kleinen zum Ganzen. Sieben Jahre später, 1965, also nach Abschluß der *Requiem*-Komposition, hatten sich dagegen in Ligetis Referat beim Darmstädter Kongreß zur *Form in der Neuen Musik* (*Darmstädter Beiträge* X, Mainz 1966) die Verhältnisse erheblich verschoben. Der vordem prädominante Material-Aspekt war völlig in den Hintergrund gerückt – und dies nicht nur wegen des gestellten Themas. Vielmehr beharrte Ligeti entgegen den endemischen Kindheitssymptomen des Serialismus darauf, daß es *Material im ursprünglichen Sinn des Wortes* (so wie Stein und Holz für den Bildhauer) in der Musik gar nicht gebe, weil es immer schon um *Verhältnisse* gehe, *die durch Kontexte von Tönen und Klängen vermittelt werden*, demnach *bereits an sich „Form"* sind (S. 27). Andererseits erfuhr die Bestimmung des geschichtlichen Standorts nun eine höchst bedeutsame perspektivische Erweiterung ins Historische. *Die Funktion der Glieder eines Werkes läßt sich nämlich allein aus den inneren musikalischen Zusammenhängen des betreffenden Werkes gar nicht erklären*: [...] *Individuelle Momente lassen sich als solche erst erkennen, wenn Gemeinsamkeiten beziehungsweise Abweichungen von den geschichtlich ausgebildeten Typen mit einbezogen werden.* [...] *Die musikalische Syntax wird von Geschichte und durch Geschichte hindurch umgeformt; der virtuelle Raum des formalen Bezugssystems schließt nicht nur die*

Momente des einzelnen Werks, sondern auch diejenigen der Vergangenheit in sich ein (S. 25).

Damit wird der Formungsvorgang generalisiert, die Dichotomie zwischen Einzelteil und Gesamterscheinung aufgehoben und der Kompositionsprozeß in seinem ganzen Umfang vom ersten konzeptuellen Ansatz bis zum fertigen Werk als ein einziges, großes netzartiges Gefüge von sich dauernd gegenseitig beeinflussenden Relativitäten aufgefaßt. Es gibt ja bei diesem neuen vereinheitlichten Verfahren, Form in all ihren Dimensionen und Funktionsverhältnissen dem jeweiligen Vorhaben angepaßt auszubilden, also eigens zu erschaffen, keine Konstanten mehr: keine tradierten Schemata, aus der tonalen Harmonik hervorgegangenen Gliederungen oder Hierarchien, keine metrischen Regulative, nicht einmal eine allgemein verbindliche Syntax. Alles befindet sich in einem Zustand der Dissoziation, einer unstrukturierten Bindungslosigkeit, und jeder Versuch, Zusammenhang zu stiften und diesen Zusammenhang formal zu artikulieren, muß sich durch sich selbst rechtfertigen. Doppelt wichtig ist angesichts einer derartigen Offenheit des zu organisierenden Feldes der Möglichkeiten Ligetis ausdrücklicher Hinweis auf die ohnehin enthaltene Geschichtlichkeit, die oft unbemerkt oder ungewollt jedem Einzelmoment wie der Art seiner formalen Verknüpfung innewohnt; oder unterm Aspekt der Rezeption: auf die selbstverständlich beim Hören herangezogene Vergleichsbasis der Historie als des gemeinsamen musikalischen Wissens – und dementsprechender Erwartungshaltungen – innerhalb eines gewachsenen, von Traditionen geprägten Kulturbereichs. Davon läßt sich nicht abstrahieren. Aber vielleicht liefern diese mitgedachten, mitgehörten Spuren von Vergangenheit, wenn man sich ihr eigentümlich auratisches Wesen und ihr quasi stillschweigendes Fungieren nur hinreichend bewußt macht, zugleich eine brauchbare Handhabe für die Formbildung?

Eines läßt sich nach dem Ende aller tonalen Richtgrößen und Bindekräfte ja bestimmt nicht wieder herstellen: der eindeutige Richtungssinn von Musik, der Eindruck von Notwendigkeit und kausaler Verkettung ihrer Abläufe. Formale Funktionen, signifikante Bedeutungen oder typisierende Charaktere sind deshalb gleichsam ortlos geworden und gegeneinander beliebig austauschbar. *Dies bedeutet aber nicht*, sagte Ligeti in seinem Referat, *daß der Begriff der Funktion für heutige Formtypen bedeutungslos wäre; nur der Charakter der Funktion hat sich geändert, indem sie innerhalb des Formgefüges nicht mehr fixiert, sondern locker und relativ ist. Verschiedene Struktur- und Bewegungstypen, verschiedene mögliche Verteilungsarten des Klanglichen, Klangobjekte, Klangflächen, Klangverwebungen, kontrastierende und vermittelnde Gebilde, Zerhacktes und Verschmelzendes, Aufbauendes und Dekomponierendes und ähnliches mehr dienen als funktionstragende Elemente der Form; bloß das eindeutig Markierende, die Richtung Anzeigende ist nicht vorhanden* (S. 29). Nun kann man gewiß nicht behaupten, Ligeti habe seinen Fundus an solchen verschiedenartigen *Struktur- und Bewegungstypen* nicht genügend ausgebaut, charakteristisch differenziert und durch viele neue Textur-Muster, Farbkombinationen oder klanggestische Verhaltens-Modelle bereichert. Aber warum sollte es darüber hinaus eigentlich unmöglich sein, den verlorengegangenen Richtungssinn zwecks Überwindung der irritierenden Ortlosigkeit wenigstens scheinhaft-illusionär zu restituieren? Der Verlust jener einst selbstverständlichen Mitgift aller Musik, die Stringenz in ihrem Fortschreiten, die zwingende Schlüssigkeit ihrer formalen Architektur, war denn doch, da er sich von gelegentlicher Suspension oder Verschleierung des Formablaufs zu einer Totaleinbuße gesteigert hatte, allzu einschneidend und die Orientierung behindernd, um ihn einfach achtlos zu übergehen. Immerhin hatte eine seit langem vertraute und kompositorisch genutzte Verständigungsebene aufgehört zu existieren.

Ligeti, stets abhold einer Avantgarde-Ideologie, deren dekretierte Novitäten einzig auf zukünftige

Gewöhnung rechnen, ohne die gleichzeitige Selbstverstümmelung musikalischer Sprachmöglichkeiten zu berücksichtigen, und durchaus bewandert im fintenreichen Umgang mit Masken, Attrappen, Scheinlösungen, nahm sich dieses entstandenen Defizits in der Formenbildung mit der Aufmerksamkeit eines Spurensuchers an. Einsinnige Ausrichtungen des musikalischen Fortgangs, so daß die objektiv verstreichende Zeit durch das klangliche Geschehen gewissermaßen eine subjektiv potenzierende Begründung erhält, waren allerdings auf dem aktuellen Stand der kompositorischen Entwicklung weder erneut herzustellen noch eigentlich erstrebenswert. Denn sie hätten den andererseits inzwischen erreichten Zugewinn an Räumlichkeit, an formaler Offenheit und Multidimensionalität nur unnötig eingeschränkt und gleichsam eine moderne, nonfigurative musikalische Plastik in die überlebten Stilverhältnisse eines Monuments der Vergangenheit zurückversetzt. Aber: das Fließen und Dahinströmen der musikalischen Vorgänge auf dem nie zu unterbindenden, kontinuierlichen Zeitstrahl aus der schwer lokalisierbaren Vagheit oder auch der Zufälligkeit ihrer Anordnung herauszuholen und ihnen den Anhauch eines Richtungssinnes mitzugeben, erschien doch als ein lohnendes Ziel. Damit wäre das Nonfigurative in seinen abstrakten Formverläufen, den Wölbungen, Kanten, irregulären Flächen und in all seinen Schräg- und Schieflagen, Rundungen, Zuspitzungen oder Verwinkelungen besser verfolgbar und sinnlich erfahrbar zu machen. Die Raumvorstellung, die sich beim Musikhören automatisch einstellt, könnte Orientierungsmarken und einen konkreteren Umriß erhalten.

Also ließ Ligeti durch die bloß einen Spalt breit geöffnete Hintertür seiner Komponierpraxis nach und nach einige Elemente traditionell erprobter Formbildungsmethoden einsickern, freilich nur, um sie sofort umzumodeln, anders zu gebrauchen und mit Eigenem zu vermischen, aber gleichwohl bei aller gebotenen Vorsicht von ihren verführerischen Anklängen an Vertrauteres zu profitieren: zunächst die Kanon- und Fugenauffächerungen im *Requiem*, als Hilfsmittel zu formaler Progression zwar wegen ihrer Statik eher ungeeignet, jedoch mit erwartbarem Anwachsen von Stimmenzahl und Intensität; dann die verschobenen harmonischen Fortschreitungen in *Lux aeterna* wie ein enorm hinausgezögertes, letztlich schwebend weitergetragenes Spannungs-Lösungs-Verhalten im akkordischen Satz; das Wechselspiel zwischen verschmutzenden Eintrübungen und klangreinem (untemperiertem) Aufklaren im *Cellokonzert* oder später im *Doppelkonzert* und bei *Clocks and Clouds*; das wiederum ähnlich situierte Auf- und Wegtauchen romantischer Orchesterklänge in *Lontano*, stets mit der unterlegten Tendenz, aus irritierender Verfremdung in den Nahbereich des Eindeutigen zu gelangen; schließlich die Ansätze zu melodischen Linien, die das alte Bedürfnis nach Oberflächenkontur neu stimulieren; oder die schattenhaft fortklingenden Liegetöne, die in das rastlose Vorantreiben eine vorgetäuschte Ruhe einführen, über die musikimmanente Fatalität der Unwiederbringlichkeit scheinhaft hinwegtrösten und dadurch gleichzeitig eine abgesicherte Basis für weitere Aufmerksamkeit schaffen; oder die eilig abgehaspelte Mechanik, ein exzessiver Sonderfall des einstigen metrischen Gleichmaßes, der immer noch Stretta-Begierde aufs Ziel, zumindest ein markantes Ereignis weckt; oder auch die auskomponierten Beschleunigungsstrecken wie im *Grand Macabre*, die den bewährten Stringendo-Effekt unzähliger Finali auf ihre artistisch distanziertere Weise auskosten. Aber damit gerät man schon auf das Gebiet der Oper, überhaupt des Vokalen, mit seiner unausweichlichen, nicht mehr absolut musikalischen Bipolarität der Semantisierung.

All diese halben Anleihen bei der Tradition dienen doch nur dem einen Zweck, Form aus dem molluskenhaften Zustand eines unübersichtlichen bis willkürlichen Teile-Arrangements herauszubringen. Ihr Aufbau und Ablauf sollte sinnfälliger werden. Sie hatte bei einem Komponisten, der an die Schimären von Mobilität durch aleatorische Freizonen, Alternativ-Versionen, Interpretenbeteiligung oder Improvisation nicht glaubt, sondern jedes Detail plant und kontrolliert, Anspruch darauf, sich unter spürbarer Steuerung zu entwickeln und insgesamt einen erkennbaren, individuell artikulierten und konturierten Organismus zu bilden. Dies rückte sie auch in die Nähe einer Deckungsgleichheit mit der imaginierten Primärvorstellung von einem anschaubaren, fast ertastbaren plastischen Gebilde im Raum. Denn selbst diese trans-reale, vormusikalische Vision von einem charakteristisch beschaffenen Wesen, einer Entität, die es in Klänge zu übersetzen gilt, hat bereits so etwas wie eine Leserichtung, ist nicht zugleich in allen Einzelzügen ebenso deutlich und präsent. Also galt es, solche fiktive Betrachtungsweise, die sich an dem vorgestellten Ganzen entlangtastet und es nacheinander in all seinen Eigenheiten und Verflechtungen zu erfassen sucht, in die tatsächlich komponierte Sukzession zu übernehmen und dabei vor allem die Lust am Weiterentdecken als spannungsschaffendes Element wachzuhalten und anzuspornen. Dies läßt sich aber bei einem Raumbegriff, der nur mit aseptischen Abstrakta hantiert, die sich wie Würfel, Kugel oder Prisma beliebig hin- und herwenden lassen, ohne Gestalt und Ansicht zu verändern, kaum erreichen. Im seriellen Denken spielten da häufig noch die ersten Erfahrungen mit der Musik von Webern eine Rolle, das Abgezirkelte von dessen Tongestalten, die sich mit ihren Inversions- und Krebs-Verwandlungen selbst zu spiegeln scheinen und in ein achsenbezogenes Kreisen geraten. Derartige kristallgleiche Strukturen – bei Webern ja auch in Konsequenz auf Kleinformate beschränkt – taugen gewiß als weiterwirkende Traumbilder eines Ideals, sträuben sich aber gegen jeden Gedanken an zeitliche Ausdehnung und eine wahrnehmbare formale Progression.

Im übrigen sind ja die Innenräume, in denen sich bei einem Komponisten musikalische Vorstellungen entwickeln und allmählich Figur gewinnen, keineswegs unbevölkert und leer oder hermetisch gegen alle Einflüsse von außen abgeschottet. Gehörtes und Erinnertes, Fremdes und Assoziiertes sind da als ständige Begleiterscheinungen anwesend, störend oder helfend, schemenhaft oder profiliert. Um so mehr bedarf das Eigene, das sich herausschälen und formieren will, der Kraft, unabgelenkt und selbstgewiß seinen autonomen Zusammenhang zu vertreten, zwischen den konträren Polen von asketischer Exklusivität und offener Amalgamierungsbereitschaft mit Entschiedenheit hindurchzusteuern. In der Praxis sind beide Extreme gleich prekär: Droht auf der einen Seite frostige Unzugänglichkeit, so auf der anderen die allzu große Nähe unliebsamer Berührungspunkte oder gar Verwechslungsfälle. In diesem Dilemma bewährt sich aber gerade Ligetis Ausweich-Ästhetik, weil sie, wenn man sie ins Positive wendet, eine hochgradige Individualisierung der Details zur Folge gehabt hat und dadurch den kompositorischen Bewegungsraum beträchtlich erweitert, ohne schon der Gefahr mißverständlicher Berührungen mit dem Herkommen, dem bereitliegenden Repertoire gebräuchlicher Typen oder Verfahren, im Ernst ausgesetzt zu sein. Der Status von durchgebildeter Besonderheit, den das ständige Ausweichen vor den Modellen der Vergangenheit sowie seiner eignen Zeitgenossen, schließlich auch von sich selbst, hervorgebracht hat, erlaubt sogar eine zusätzliche Verlagerung der Toleranzgrenze hin zur Tradition oder genauer: zu bestimmten usuellen Satztechniken oder Komponiermustern. Rang und Eigenanspruch von Ligetis Musik werden davon in ihrem Kernbereich keineswegs tangiert, vielmehr erhöhen sich die Chancen, mit den gewohnten Bildern eines gerichteten musikalischen Zusammenhangs zu spielen, falsche Fährten zu legen, gehegte Erwartungen aufzudröseln oder zu hintergehen – und dabei dennoch etwas von den Tendenzwirkungen eines gezielten Formablaufs zu erben und für sich abzweigen zu können.

In eben dieser Situation befand sich Ligeti 1982, als er nach dem vierjährigen Interregnum der Komponier-Abstinenz im Anschluß an *Le Grand Macabre* das Gewesene überdachte, die verschiedenen Etappen des zurückgelegten Weges resümierte, sich Rechenschaft ablegte und den schwierigen Schritt eines Neuanfangs erwog. Alles, was sich inzwischen an hinzuerworbenen Einsichten, Überlegungen, Kenntnissen, an dementsprechenden Plänen und Vorhaben aufgestaut hatte, war nicht gleich zu Anfang, nicht mit einer einzigen konzentrischen Gewaltanstrengung umzusetzen – das wurde ihm bald klar. Der unerlöste Ballast einer völlig neuen Konzeption mit erahnten, bereits präzis vorausgesehenen Mehrdimensionalitäten der musikalischen Vorgänge im imaginären Raum-Zeit-Kontinuum hinderte eher und verstärkte durch selbstkritisches Herumkorrigieren an den Resultaten die herrschende Unschlüssigkeit. Derartige Versuche mußten deshalb vorläufig aufgegeben werden. Im Moment waren dagegen Lockerungen vonnöten, durch sich selbst anregende Projekte auf einer möglicherweise reduzierten Anspruchsstufe. Sie sollten einfach Lust am Gelingen machen, gleichwohl in ihren äußeren Gegebenheiten und Anforderungen ungewohnt und überraschend genug, um den freimütigen Umgang mit kompositionstechnischen Fertigkeiten, regenerativem Ideenreichtum und entzündbarem Kunstsinn anzustacheln und zu beleben. Da kam der Auftrag zu einem *Horntrio*, das sich dann im herannahenden Brahms-Jahr 1983 (anderthalb Jahrhunderte nach seiner Geburt) als Pendant zu dessen Opus 40 in derselben Besetzung mehrfach aufführen ließe, gerade recht: Unkonventionell in der sonst kaum vertretenen Ensembleform, überschaubar in der Dreierkonstellation, abwechslungsreich in der voraussichtlich mehrsätzigen Gliederung und doch mit dem sanften Termindruck versehen, der die Motivation zur Arbeit erleichtert.

Ligeti griff ohne jede Scheu zum Nächstliegenden, was einem bei Erwähnung des Horns einfallen kann, zu den sattsam bekannten „Hornquinten", also der Intervallführung zweier Hörner in Naturtönen: kleine Sexte – Quinte – große Terz. Aber jedes denkbare Erstaunen darüber wird sofort zerstreut: Als erstes wählt er nicht den üblichen Aufwärts-, sondern um-

„Hornquinten" vom Beginn des *Horntrios*

gekehrt den Abwärtsgang; ihn verfälscht er jedoch gleich zweifach, indem er auf die große Terz (g^1-h^1) statt der Quinte einen Tritonus (es^1-a^1) und dann – quasi in dessen Konsequenz – eine um einen Halbton nach oben verschobene kleine Sexte folgen läßt (statt h-g^1 also c^1-as^1); damit ist die fixierte G-Tonalität in den neapolitanischen Bereich von As-Dur verrutscht, die Oberstimme beschreibt eine pseudo-phrygische Linie aus großer und kleiner Sekunde, die Unterstimme statt eines Dur- einen subdominantischen Moll-Dreiklang, und beide werden, weil's bei nur einfacher Besetzung unmöglich wäre, nicht vom Horn, sondern von der Violine gespielt, mit Doppelgriffen. Das Paradox ist jedenfalls komplett: Ligetis Hornquinten kommen ohne Horn und ohne Quinten aus. Doch das angezettelte Vexierspiel mit dem absichtlich verfremdeten, schiefen Zuschnitt der auftretenden Tongestalten, immer ganz dicht neben ihrem durchschimmernden Urmodell, geht weiter. Das Horn mischt sich ein mit einem motivisch zerlegten Dominantseptakkord über f, der traditionell nach B-Dur führen müßte. Daraus holt sich aber erstmal die Violine das abschließende a, um darüber einen A-Dur-Akkord aufzubauen, der nach drei weiteren Doppelgriff-Klängen dieses deutlich abgehobenen Nachsatzes in Gegenbewegung sogar ziemlich unvermutet bei B-Dur landet. Nur intoniert das Horn währenddessen in einzelnen Intervallschritten einen G-Dur-Akkord mit Sixte ajoutée, der sich wieder eher auf den Anfang des Violin-Vordersatzes bezieht. So gesehen handelt es sich bei dem ersten Formabschnitt (T. 1–5) demnach harmonisch um eine recht waghalsige Überkreuzung konträrer Verläufe – oder, weniger akademisch und im Zusammenhang betrachtet, um eine Erschließung des gesamten Zwölfton-Raums mit schein-tonalen Mitteln, eben, wie Ligeti sagt, eine „nicht-diatonische Diatonik“ oder kurz: eine schief-tonale Harmonik.

Anfang des *Horntrios*, 1. Satz, T. 1–5

Ähnliche Schiefheits-Symptome ließen sich auch an der Melodik mit ihrem Schwanken zwischen Entsprechung und entstellender Umdeutung, zwischen klarem Fortschreiten und chromatischem Geschiebe feststellen; an der Rhythmik mit ihrem Vermeiden nicht nur der taktmetrischen Schwerpunkte, sondern auch eines koordinationsfähigen Gleichmaßes in den Pulsations-Rastern (nahezu durchgehalten, bis auf den Mittelteil T. 62–85, Achtel/Sechzehntel für die Violine, Triolen fürs Horn und Quintolen fürs Klavier), ganz im Widerspruch zu sonst fast traditionellen Gliederungsprinzipien; und schließlich vor allem an der formalen Strukturierung mit ihren divergenten Gruppen- und Abschnittlängen im kleinen bei überraschend konventionellen Symmetrieverhältnissen, gar Restitution der weithin verpönten A-B-A-Reprisen-Modelle im gesamten. Allenthalben spürt man, welche Freude es Ligeti bei diesem *Horntrio* gemacht hat, Verwirrung zu stiften, felsenfeste Avantgarde-Überzeugungen leichthin auf den Kopf zu stellen, die gültigen kompositionstechnischen Comments durch schlichtweg Kommuneres auszuhebeln, zu überbieten oder ad absurdum zu führen und dabei seine eigene Position erst bis in die äußerste Gefahrennähe an die Tradition heranzurücken, sich dann aber mit einer schnellen Volte in den undurchdringlichen Verneblungsdunst aus Entstellungen, Verzeichnungen, Übermalungen und den fälligen Verzerrungen ins Schiefe zurückzuziehen. In diesem Kammermusik-Stück stecken tatsächlich unlöslich miteinander vermischt Elemente von der Lust am Herausfordern wie am Düpieren, von einem Versuch der Selbsterkundung wie der eigenen künstlerischen Ortsbestimmung und letztlich auch noch von einer kompositorischen Lockerungsübung.

Diese Vielgesichtigkeit hat übrigens auch einiges mit dem Individualcharakter des Horns zu tun, auf den Ligeti ja in seiner Orchestermusik spätestens seit *Lontano* und dann speziell im Solo-Konzert-Satz (Nr. 8) aus den *Zehn Stücken für Bläserquintett* in besonderer Weise eingegangen war. Die Spannweite reicht da von der anheimelnden Atmosphäre einer Wald- und Sagenwelt-Romantik bis zur herausfordernden Attacke eines Signalinstruments. Und im Zentrum solcher Gegensätze zwischen besinnlicher Rückschaustimmung und impulsiv zukunftsorientierter Aufbruchshaltung behauptet sich das Horn als eine respekteinflößende, in allen Lagen ausdrucksfä-

Mainz 1981

hige und eigengeprägte Persönlichkeit. Hinzu kommt noch das spieltechnische Spezifikum der Naturton-Bindung, die – ebenso widersprüchlich – einerseits auf die lange Instrumentengeschichte zurückverweist, aber andererseits die inzwischen etablierte Ordnung der gleichteiligen temperierten Stimmung empfindlich zu stören vermag und in ihr erstarrtes System eine neue Sensibilität für Klang-Reinheit einbringt. Gerade mit dieser Ambivalenz des Horns zwischen Weichheit, die Reminiszenzen weckt, und dem Aufrührerischen, das nach vorwärts drängt, wußte Ligeti im *Horntrio* sehr gut und seiner Konzeption entsprechend umzugehen. Ja, wesentliche Züge, zumal das unvermittelte Umkippen aus offenbar vertrauten Traditionsgefilden in die Modernität mehrfach verschränkter Schieflagen sowie die Umkehrung dieses Vorgangs, scheinen wiederum ganz direkt der Instrumenten-Seele abgelauscht und aus ihr entwickelt worden zu sein.

Wenn etwa im ersten Satz, der dem weichen Horn-Klang gemäß als *Andantino con tenerezza* bezeichnet ist, das verfälschte Hornquinten-Motiv samt Nachsatz (T. 1–5) durch einen korrespondierenden, jedoch zunehmend gedehnten Formabschnitt (T. 5–12) zur in sich geschlossenen Periode ausgebaut wurde, in deren zartfarbiges H-Dur-Ende sich erstmals auch das Klavier mit einem hohen Nachhall des Hornquinten-Motivs einmischt (T. 10–12); wenn danach diese Periode zweimal in variativer Umbildung wiedererschienen ist – zunächst ihrem eigenen Verlauf ent-

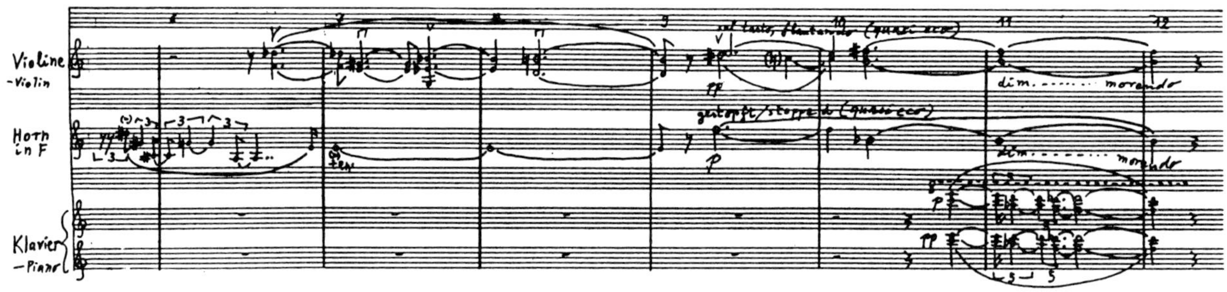

Schluß der ersten Periode bis zum Klavier-Einsatz aus dem 1. Satz, *Andantino con tenerezza*, des *Horntrios*

Aufwärtsfigur des Horns (T. 41 aus *Horntrio*, 1. Satz)

sprechend gedrängter und verschachtelter (T. 12–22), sodann ausgeweitet und verzögert (T. 22–40/41) – und man sich gerade auf den Abschluß des ganzen A-Teils eingestellt hat, da fährt das Horn mit einer raschen, zu neuer Mobilität antreibenden Aufwärtsfigur dazwischen (T. 41). Die beiden Mitspieler reagieren abwartend, doch vom zweiten aufrührerischen Ermunterungszeichen (T. 43/44) läßt sich das Klavier, vom dritten (T. 53/54) auch die Violine mitreißen. Sie nimmt sogar die beim Horn-Lauf nun charakterisierend eingestreuten Naturton-Abweichungen in die reine Stimmung ihrer Flageolett-Töne auf, mit denen

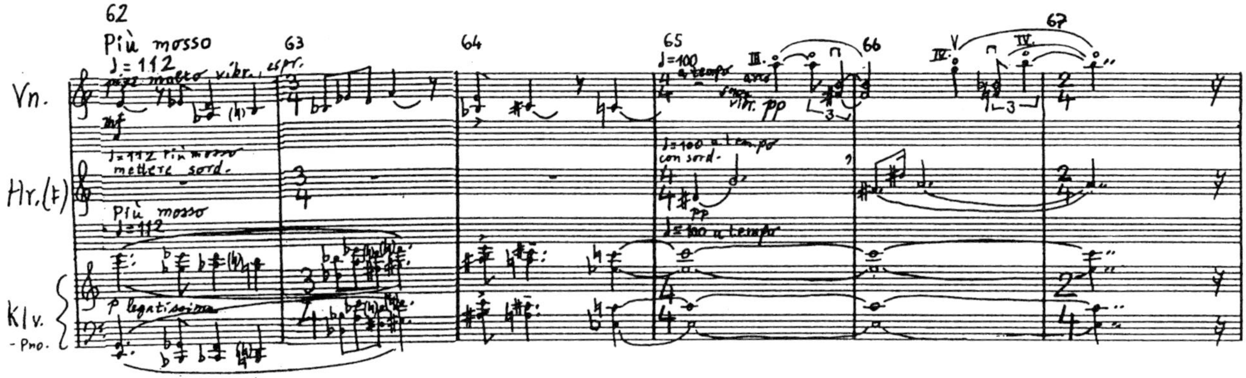

Anfang des *Più mosso*-Teils aus dem 1. Satz, *Andantino con tenerezza*, des *Horntrios* (T. 62–67)

der bislang suspendierte Abschluß nach einer Art stark verkürzter Rekapitulation des ganzen dreigliedrigen A-Teils (T. 41–61) jetzt tatsächlich eintritt. Der folgende Mittelteil (*Più mosso*; T. 62–85, beim Klavier noch bis T. 91) stellt dem imitatorisch verschlungenen, schief gestückten A-Teil nebst aufschiebendem Anhang eine klar konturierte, tänzerisch gelöste Musik von homophonem Zuschnitt entgegen. Sie ist wiederum dreigliedrig angelegt, bewahrt auch eine gewisse Vorliebe für die Intervalle des Hornquinten-Motivs, ohne es freilich zu zitieren, betreibt aber im übrigen einen Rollentausch: Statt mit dem Horn duettiert hier die Violine zunächst mit dem Klavier und hat selbst ihre Klangfarbe durch Pizzicato und Tremolo spürbar verändert, während sich nun erst in den Ausklang-Enden das Horn (wie vordem das Klavier) dazugesellt und gleich noch die Violine zum Arco-Respondieren verleitet. Beim dritten Ansatz jedoch (ab T. 76) stiebt der ganze Mittelteil, noch ehe das Horn hinzutreten kann, wie ein Trugbild in die Irrealität auseinander, die Violine in höchste Höhen, das Klavier in die Tiefe.

Fast monomanisch wird dieser Abwärtsgang, bereits völlig allein gelassen und mit schwindender Kraft, bis in die untersten Register fortgesetzt, ohne sich im geringsten davon tangieren zu lassen, daß mittlerweile Violine und Horn schon mit der Reprise begonnen haben. Allerdings tun sie dies auch auf merkwürdige Weise: mitten im dritten Expositionstakt, als habe das Wiederaufgreifen des Anfangs bereits vorher unhörbar stattgefunden oder als sei das nochmalige Anspielen des Hornquinten-Motivs wegen seiner unterschwelligen Dauerpräsenz nun wirklich nicht mehr nötig. Mit dieser Überblendung des nachhängenden Klavierabstiegs mit dem (insofern) verfrühten Einsatz eines verspäteten Reprisen-Beginns leistet sich Ligeti formal die letzte Besonderheit im ersten Satz seines *Horntrios*. Und vielleicht waren ihm dabei die beiden, assoziativ mit dem Horn verbundenen Stellen aus ersten Sätzen Beethovens sogar mitgedachte Anregungsquellen: aus *Les Adieux*, wenn sich in der Coda der Valet-Ruf und sein Echo übereinanderschieben, und aus der *Eroica*, wenn das Horn vor der Zeit und harmoniefremd die Reprise einleitet. Sicherlich war durch eine solche disproportionierende Überlappung der formal kritischste Punkt, der Wiedereintritt des Gleichen, einigermaßen zu umgehen und zu verschleiern. Aber danach bleibt dennoch die Reprise stets ein Zurückdrehen an der Zeituhr, das sich nur schwer legitimieren läßt. Oder sollte hier exemplarisch Raumsymmetrie hergestellt werden, das Einbinden von Bewegung, sich öffnender Progression in die erstarrenden, distanzierenden Maßverhältnisse der Architektur? Sollte dabei am Ende die traditionelle Erwartungshaltung beim Anhören von Musik ausgerechnet durch die Konfrontation mit dem traditionellsten Relikt der Formbildung ausgetrieben und eines Besseren belehrt werden?

den Dauernwerten eine Umformung in die Pseudo-Gleichheit. Solche Retuschen umhüllen die Reprise mit einer Aura von Undeutlichkeit, so als tauchten die Bilder und Gestalten erst mühsam aus der Erinnerung auf. Ab der antreibenden, raschen Aufwärtsfigur des Horns (T. 120) gewinnen sie dann wieder unge-

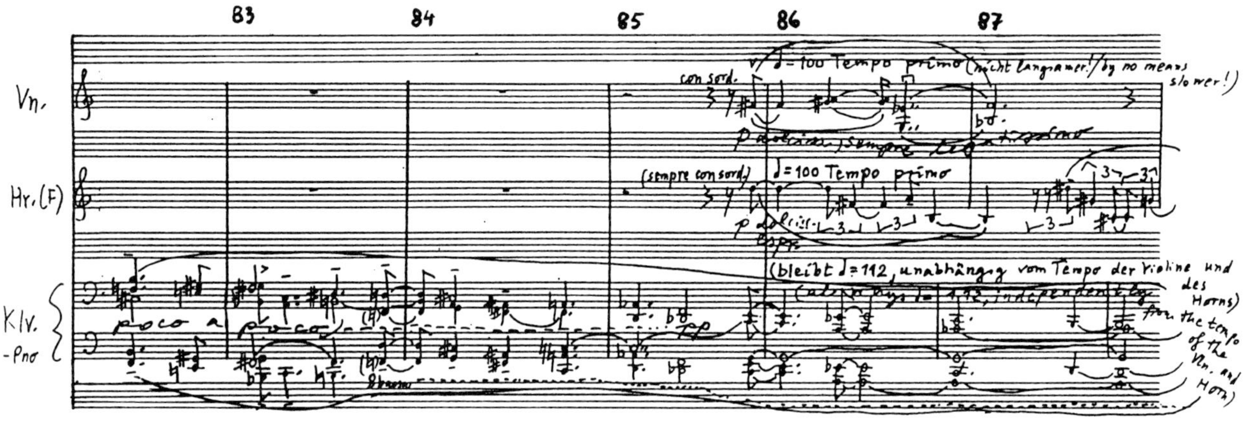

Reprisen-Beginn (verkürzt) aus dem 1. Satz, *Andantino con tenerezza*, des *Horntrios* (T. 82–87)

Ligeti wollte wohl das eine wie das andere: das formale Einfassen, um die alte Blickrichtung von innen nach außen endgültig außer Kurs zu setzen und dem entstehenden Organismus stabilisierende Kohärenz zu geben, zugleich die dadurch demonstrierte Überschaubarkeit der maßgerechten Formteile und ihrer Entsprechungen, um das Schiefe in jeder anderen Hinsicht hervorzuheben. Und er wollte noch etwas Drittes: das sakrosankte Reprisen-Tabu durchbrechen. Jedenfalls ist die Reprise nach dem Versteckspiel mit ihrem Einsatz in den Tonhöhen absolut identisch mit dem A-Teil, nur in der Klangfärbung gibt es durch die *con-sordino*-Vorschrift für Violine und Horn eine Verschiebung ins Schattenhafte und im zeitlichen Ablauf durch minimale Veränderungen an dämpft und rhythmisch nahezu unzensuriert die alte Präsenz, die sich während fünf angehängter Schlußtakte in dem ohnehin schon bevorzugten Rückzugsbereich der hohen, jetzt der allerhöchsten Register verliert. Damit bestätigt sich nochmals die eigentümliche Wesensart dieses *Andantino*-Satzes: Wie eine Phantasmagorie, zart, melancholisch, unnahbar in sich selbst und seine melodischen Lineaturen verwoben, scheint er von fernher zu kommen und sich deshalb auch wieder ganz dorthin zurückzuziehen, eine nur erahnte, nie völlig reale Rückspiegelung von einst gewesenen Zuständen mit vielen Verzeichnungen, Brechungen, Eintrübungen und einem folglich ruhig hinzunehmenden Abgleiten der Perspektive ins Schiefe.

Demgegenüber gibt sich das anschließende *Vivacissimo molto ritmico* diesseitszugewandt, energiegeladen und nach einer kurzen Anlaufstrecke immer stürmischer in seinem Dahinjagen. Was dennoch schief und holprig an diesem schnellen Tanzsatz wirkt, hängt mit seiner ungleich geteilten, hinkenden Metrik nach dem Vorbild der asymmetrischen „Aksak"-Rhythmen zusammen, die den durchlaufenden 8/8-Takt in 3 + 3 + 2 Achtel oder 3er- und 2er-Gruppen in anderer Reihenfolge gliedert. Dieser metrische rung zurückkehrt. Doch das Klavier gewinnt aus der Skala eine ostinate Baßfigur, die von da an (ab T. 11) in ihrer hastenden, wegen der Asymmetrie leicht überstürzten Eilfertigkeit ununterbrochen den ganzen Satz beherrscht; ihn ruhelos, wenn auch häufig überlagert oder aus der Höraufmerksamkeit verdrängt, grundiert. Daß schon hier die Intervalle aus dem Hornquinten-Motiv, das die einheitliche Wachstumszelle für alle vier Sätze bildet – vor allem große Terz und kleine Sexte, versteckter der Tritonus –, mitagieren,

Beginn des 2. Satzes, *Vivacissimo molto ritmico*, aus dem *Horntrio* (T. 1–6)

Ostinate Baßfigur des Klaviers aus dem 2. Satz, *Vivacissimo molto ritmico*, des *Horntrios* (T. 11–14)

Indikator einer folkloristischen Grundschicht hat sich aber inzwischen aus seiner ungarisch-südosteuropäischen Herkunft emanzipiert und mit Jazzigem, Afrikanischem oder Lateinamerikanischem so polyglott angereichert, daß Ligetis Tanzmodell kaum noch zu orten ist, sich vielmehr zu einer abgehoben übernationalen Welthaltigkeit öffnet. Im Sinne tempobestimmender Vortakte skandieren Geigen-Pizzicati zunächst nur den seltsamen Rhythmus, ab Takt 4 vom Klavier unterstützt, bis die Geige versuchsweise das gegebene Schema mit einem diatonisch-chromatischen Skalengang aufwärts (nun *arco*) ausfüllt (T. 8–10) und sofort zu ihrer trockenen Zupf-Skandie- bleibt wohl noch weitgehend unbemerkt. Um so deutlicher tritt das Hornquinten-Motiv, wenn endlich die Ostinato-Skalen nach akzelerierender Übersteigerung ausgesetzt haben (T. 270), in seiner vom Klavier intonierten Originalgestalt hervor: Einhalt, Zielpunkt, Erinnerungsstück und Abschluß zugleich.

Im übrigen haben die ständig abgehaspelten Aufwärtsfiguren des Ostinato formal eine Art Signalfunktion. Denn immer wenn sie ihre Lage oder die Tonfolge verändern oder statt vom primär zuständigen Klavier von Violine oder Horn übernommen werden, wechselt auch die Form von einem zum nächsten Abschnitt. Selbstverständlich handelt es sich dabei im exponierenden ersten Teil (T. 11–144) eigentlich nur um Rückungen oder Verlagerungen, weil der Eindruck des atemlosen Vorwärtsdrängens vorrangig und entscheidend ist: Wie sich etwa über den fortlaufenden Achtel-Skalen in der linken Hand des Pianisten in der rechten eine weitbogige Oberstimme herausschält (ab T. 15), eine Zwölfton-Reihe, die stark umgemodelt und später auch zu Mehrklängen gestaucht, sogar sechzehnmal nacheinander abge-

Zwölftönige Klavier-Oberstimme über fortlaufendem Ostinato aus dem 2. Satz, *Vivacissimo molto ritmico*, des *Horntrios* (T. 15–19)

spult wird (bis T. 47); wie in einer weiteren Schicht danach die Violine, während das Horn ihre bisherigen Takt-Skandierungen übernimmt (ab T. 27), sich allmählich mit einer weich schwingenden Melodielinie hervortut, abermals einer, allerdings anderen Zwölfton-Reihe, die noch zweimal, wiederum stark verwandelt wiederkehrt (bis T. 51); wie schließlich das Horn sich mit ganz eigener Gestik, eher aus dem Ostinato abgeleitet, dazwischenschiebt (ab T. 37) und die entstandene Vier-Schichten-Polyphonie trotz völliger Unabhängigkeit im Duktus der einzelnen Stimmen doch gelegentlich Neigungen zu angedeutetem Respondieren, zu Schein-Imitationen zeigt. Diese keimhafte Tendenz zur behutsamen Annäherung, vielleicht sogar Verklammerung in der Rastlosigkeit des Ablaufs flaut vorläufig wieder ab, gerät ins Stokken und erfordert ein neues Ansetzen. Deshalb ist dies eine Mal, an der ersten formalen Nahtstelle des wiederum dreigliedrigen Expositionsteils (T. 54/55), der Skalen-Ostinato das einzige verbindende und vorantreibende Element und muß unverändert beibehalten werden.

Horn-Motiv aus dem 2. Satz des *Horntrios*, T. 37–38

Beim zweiten Ansatz gelingt das vorsichtige Verweben der selbständigen Stimmzüge schon besser: Erst stellen sich in einem Wechselgesang zwischen Horn (jetzt ohne Dämpfer, *cantabile*, *espressivo*) und Klavier (rH) fast zufällig interne Querbeziehungen ein (T.55–76), dann verbinden sich Violine in extremer Höhe und Klavier-Baß (während der Ostinato in die rechte Hand wandert) zu einer Parallelführung im Sechs-Oktaven-Abstand nach dem Modell der wiederaufgegriffenen Violin-Zwölfton-Reihe (T. 75–100). Und nun signalisieren auch Ostinato-Übernahmen durch Violine und Horn (T. 100–103) den Wechsel zum dritten Formabschnitt, der die Verknüpfungsten-

Zwölftönige Melodielinie der Violine aus dem 2. Satz, *Vivacissimo molto ritmico*, des *Horntrios* (T. 30–38)

Ähnlichkeiten zwischen Klavier, rechte Hand, und Horn (mit Naturtönen) aus dem 2. Satz, *Vivacissimo molto ritmico*, des *Horntrios* (T. 55–59)

denzen weiter intensiviert. In zunächst sehr weit gespannten, danach kürzeren Reaktionsphasen entwickeln Violine und Horn als das bisher noch unberücksichtigte Duo-Paar eine erkennbare Nachahmungsmotivik, während das Klavier ähnliches mit sich selbst veranstaltet. Aber die eigentliche Verstrebung zwischen den drei Instrumentalparts, auf die alles hinweist, findet erst im Mittelteil (T. 145–225) statt, wenn die Ostinatoläufe – vergleichbar einer Durchführung – ungewöhnliche Mobilität in ihrer Tonauswahl und ihrer instrumentalen Ausführung entfalten und dafür das vorübergehend entlastete Klavier kraftvoll, in beidhändiger Oktavierung, eine seltsam fremdländisch anmutende Akkordfolge vor-

Anfang des Mittelteils (ohne Ostinato in der Violine) im Klavier aus dem 2. Satz, *Vivacissimo molto ritmico*, des *Horntrios*

trägt: beinahe wie einen Choral oder einen Hymnus in klarer Taktteilung (immer noch 3 + 3 + 2 Achtel) und zeilenweiser Gruppierung. Dazu ergeht sich die Violine in Variationen des Ostinato, ehe sie über das Zwischenstadium einer intervallisch geschärften Zweistimmigkeit mit dem Horn (T. 162–180) auf regelrechte Kanonbildungen zusteuert: mit dem Klavier (ab T. 192) in der Oberquint und mit dem Horn (ab T. 207) eine kleine Sexte tiefer, in ein- bzw. zweitaktigem Einsatzabstand. Der Vereinheitlichungsprozeß hat damit seinen Kulminationspunkt erreicht. Doch die Verzweigungsenergien in den einzelnen Schichten, von den ständig abrollenden Ostinato-Figuren in Spannung gehalten, haben sich nur auf ein Scheinbündnis eingelassen, sie treiben nach dem Einschwenken auf eine stark verkürzte und verschränkte Quasi-Reprise (T.224/226–269) mit rumorender Vehemenz weiter. Der Tanzsatz überdreht sich in seiner Rotationsbewegung schließlich selber und kann nur noch über das harsche Schweigegebot von Generalpausen mit der Traumerscheinung des Hornquinten-Motivs zum Schluß finden.

Anfang des 3. Satzes, *Alla Marcia*, aus dem *Horntrio* (T. 1–4)

Der dritte Satz, ein Marsch (*Alla Marcia*), ist zwar der kürzeste unter allen vier, gibt aber auf dem erreichten Aufladungsniveau durch sein forsches Ungestüm in gegentaktiger Akzentuierung (*energico, con slancio, molto ritmico*) keineswegs nach, sondern steigert es zu eklatanter Widerborstigkeit – nicht unähnlich dem brutal-tumultuösen vierten Satz des *2. Streichquartetts.* Nur Violine und Klavier markieren in stockender Synkopik diesen Marsch mit seinen dreitaktigen, also schiefen Rhythmus-Gruppen und seiner zwölftönigen Thematik in bloß anderthalbtaktigem oder noch engerem, also wiederum schiefem Rapport der Reihen-Durchläufe. Und ab Takt 11 komplizieren sie zudem die bisher gemeinsame Rhythmik zu einer hoquetusartig ineinandergreifenden Verzahnung, so daß die holpernde Stauchung mit brüskierenden Sforzati und Crescendo-Anstieg ins Chaotische gerät. An dieser Stelle (T. 31) setzt nach knappem Pausen-Einhalt befreiend, lösend, begütigend das Trio ein: *Più mosso, ohne Akzente, sehr gleichmäßig und fließend* zieht es unter Mitbeteiligung des Horns in völlig entkrampfter 3/4-Schlichtheit seine nobel-seidigen Kurvenbahnen durch die Register. Wiederum liefert eine Zwölfton-Reihe, freilich eine andere als beim Marsch, das Töne-Material für die weit ausschwingenden Ablösungen oder Überlagerungen der drei, durchs Klavier auch zunehmend vermehrten Stimmen, eher um die Omnipräsenz des

Beginn des Marsch-Trios, T. 31–42, aus dem 3. Satz des *Horntrios*

chromatischen Totals, nicht seinen intrikaten Dissonanz-Gehalt, auszuschöpfen. Gerade das Ausscheren in immer extremere Regionen dieses tönenden Gesamtraums – das Horn bis zum tiefen Es, Violine und Klavier in die Höhen der dreigestrichenen Oktave – verstärkt aber auch die virulente Dissoziation, so daß die abrupt einsetzende Marsch-Reprise ihre innere Berechtigung erhält. Sie ist (T. 104–134) wörtlich, ähnlich dem ersten Satz, diesmal allerdings durch den Satztyp bedingt. Und zwecks Steigerung ihrer Finalwirkung bläst das Horn jetzt da hinein mit hochgerichteter Stürze signalartige Einwürfe – Derivate seiner Melodien aus dem ersten Satz –, die dem hartnäkkigen rhythmischen Zwist seiner Partner noch eine fast martialische Pointe hinzufügen.

Eigentlich läßt sich erst, wenn der Schlußsatz, ein *Lamento*, der formalen Dramaturgie des *Horntrios* durch seine Ruhe und konzentrierende Ausdrucksintensität eine verfolgbare Richtung und die charakteristisch zuordnende Gewichtverteilung gegeben hat, auch im Rückblick die Position der beiden Mittelsätze genauer bestimmen. Immerhin machen ein eher retrospektives, formal symmetrisiertes *Andantino* zu Beginn und ein *Adagio* in den gebundenen Formmaßen einer Passacaglia am Ende bereits klar, daß Tanz und Marsch innerhalb dieses gefügten Rahmens nach Typus und Funktion Episodensätze sind. Die Konstellation könnte an ähnliche Form-Dispositionen in Mahlers 9. Symphonie mit *Ländler* und *Rondo-Burleske* zwischen *Andante* und *Adagio* erinnern oder an Bartóks 6. Streichquartett mit *Marcia* und *Burletta* in entsprechender mittlerer Position. Ligeti selbst hat als fernes Assoziativ-Modell für seinen Marsch das *Vivace alla marcia* aus Beethovens A-Dur-Klaviersonate op. 101 genannt, jenen Satz, der wegen seiner durchgehaltenen punktierten Rhythmik den Klavierstil der Romantik, vor allem Schumanns, wesentlich beeinflußt hat und bei Ligeti außer auf den Marsch und sein Trio auch noch auf die durchlaufende Ostinato-Metrik des vorangegangenen *Vivacissimo* eingewirkt haben könnte. Im übrigen könnte ebenso zwischen Beethovens empfindsam-kantablem *Allegretto*, dem ersten Sonaten-Satz, und Ligetis *Andantino con tenerezza* eine atmosphärische Verwandtschaft bestehen; ja sogar die enge Verbindung von *Adagio* und fugiertem Schluß-*Allegro* im Opus 101, mit dazwischengestelltem Zitat des ersten Satzes, den Inspirationshintergrund für die zusammenziehende Verschränkung zur *Adagio*-Passacaglia des *Horntrios* unter thematischem Rückbezug aufs Hornquinten-Motiv abgegeben haben. Jedoch wichtiger als solches Aufspüren möglicher Anregungsquellen aus dem Fundus der Vergangenheit ist

Gütersloh
1990:
Probe zum
Horntrio
mit Saschko
Gawriloff

fraglos der recht unauffällig vollzogene Vorgriff auf eigene Zukunftsprojektionen von raumschaffenden polymetrischen Geschwindigkeits-Rastern, wie er im *Vivacissimo*, zumal seiner widerhakend eiligen Ostinato-Konstanz, festzustellen ist. Da meldet sich – wiederum anders auch im Marsch – ein neuartiger Umgang mit gegeneinander verschobenen Schichten an, den Ligeti später unter Konzeptionsanleihen bei afrikanischer Eingeborenen-Musik und der fraktalen Geometrie weiter ausgebaut hat. Insofern ist das *Horntrio* trotz seiner vordergründig restitutiven Züge, die vielleicht nur der Maskierung dienen, ein durchaus prospektives Experimentierfeld zur klareren Formierung bereits entwickelter Ideen – fast so janusköpfig, wie wenn Schönberg technische Komplexität hinterm Deckmantel von Menuett oder Walzer zu verbergen suchte.

In eben diesem Sinn eines absichtsvollen, jedoch im selben Moment wieder verschleierten und halbwegs trügerischen Gebrauchs einer wohlvertrauten kontrapunktischen Form wäre auch die Installation der Passacaglia im Final-*Adagio* des *Horntrios* zu sehen. Zwar dient sie als Gerüst, der Satz beginnt auch wie gewohnt mit dem Vortrag eines Passacaglien-Themas aus fünf gleichlangen, bedächtig ausgespielten Doppelgriff-Klängen der Violine, die den Intervallbestand des Hornquinten-Motivs, vermehrt um eine Moll-Terz gleich am Anfang und eine reine Quinte, zum vorwiegend chromatisch konturierten Abwärtsgang aneinanderreihen. Aber schon die Fünfzahl der Klänge, außerdem der vorgeschriebene 5/8-Takt bringen in die an sich formbestimmende Ausgewogenheit der Struktur einen Zug der schwankenden, asymmetrischen Instabilität. Die sonst unüberhörbar markierenden Anschlußstellen bei der Wiederkehr des Themas – das heikelste Problem jeder Passacaglien-Komposition – werden dadurch automatisch überspielt oder in einen Dauerzustand vorenthaltener Lösung versetzt. Bald hilft auch die ständig anwachsende, sich mehr und mehr verdichtende Auffüllung des fünftaktigen Harmoniemodells durch Chromatik bei der Verunklarung mit. Ein Wucherungsprozeß von innen her breitet sich allmählich aus, Linien verzweigen sich zu einem Rankengeflecht, die Dauernwerte werden progredierend verkürzt von der ursprünglichen Ganztaktigkeit bis zu Zweiunddreißigsteln (ab T. 51), die Intervallik lädt sich chromatisch zu opaker Clusterhaftigkeit auf. Um so eindrücklicher tritt der sich dynamisch steigernde Klagegestus hervor, der *Lamento*-Gehalt, der seit der ersten Moll-Terz über das wehmütig in Halbtonschritten abwärtsgleitende Thema – eine Widerspiegelung früher Volksbrauch-Erfahrungen mit dem „Klageweiber"-Singsang und späteren Einsichten an Lamenti von Monteverdi und Purcell – bis hin zur alles durchwirkenden Totalisierung der Chromatik musikalisch präsent ist.

Passacaglien-Thema in der Violine vom Anfang des 4. Satzes, *Lamento. Adagio*, aus dem *Horntrio* (T. 1–5)

Gerade das flutende chromatische Geschiebe, das Ligeti hier erstmals im *Horntrio* extensiv, aber wieder ohne jeden Systemzwang verwendet, wie in den vorangegangenen Sätzen die nicht-tonale Diatonik oder die unorthodox konsequenzenlosen Zwölfton-Reihen, führt zu einer Konturen verwischenden Übersättigung, zu einer einsaugenden Strudelbewegung mit Ausweitung des Tonhöhen-Ambitus und der Lautstärkegrade, bis das Klavier durch machtvoll an-

Rhythmische Unterteilungen und chromatische Auffüllung aus dem 4. Satz, *Lamento. Adagio*, des *Horntrios* (T. 50–54)

geschlagene Baß-Oktaven, fünfzehnmal auf C, vierzehnmal mit verkürzter Dauer auf H (T. 57–77), gleich Orgelpunkt-Schlägen auf einen großen Gong oder eine große Trommel die Kulminationsphase anzeigt. Satztechnisch waren übrigens bis zu dem Höhepunkt, ab dem Violine und Horn ein *diminuendo* einleiten (T. 69/70), während das Klavier tiefenversessen *mit äußerster Wildheit* weiterdonnert, 14 Durchgänge des Passacaglien-Themas absolviert worden, nur daß man dessen weiterwirkende Gültigkeit schon längst nicht mehr heraushören konnte. Plötzlich (T. 77) reißt dann auch das furiose Hämmern im Klavier ab, einzig dünnfasrige Randklänge bleiben übrig: h^3 in der Violine, B_1 im Horn. Ganz zart wie körperlose Schemen ihrer selbst klingen nochmals hoch über der sich weiter in die Tiefe verlierenden Hornlinie die Intervalle von Hornquinten-Motiv und Passacaglien-Thema an. Aber auch diese Reminiszenzen verflüchtigen sich. – Damit entschwindet, was konkreter begonnen hatte, auf eine bei Ligeti nicht unübliche Weise ins Irreale. Und der Versuch, die Gegenwart von Musik aus einem geweiteten Epochenhorizont – ohne dogmatische Enge und vorsätzliche Ausschließlichkeiten – neu zu definieren, hätte folglich nur zu einem halben Erfolg, am ehesten zu einer Entweder-Oder-Klärung verholfen: Rückblende-Wirkungen mit ihrer unvermeidlichen Aura von Nostalgik und planende, forschende Progressivität lassen sich nicht ohne weiteres vereinen; nicht nur die Emotions-, auch die Denkrichtungen, ja die kompositionstechnischen Umsetzungsprozesse sind andere und äußerst begrenzt mixturfähig.

In den *Drei Phantasien nach Friedrich Hölderlin* für 16stimmigen gemischten A-cappella-Chor (Sopran, Alt, Tenor, Baß je vierfach), die Ligeti 1982 im Auftrag des Schwedischen Rundfunks komponiert und dem Leiter des Stockholmer Rundfunkchors, Eric Ericson, gewidmet hat, wird gerade diese beschränkte Kompatibilität thematisiert. Der Textgehalt der drei ausgewählten Gedichte, die sich trotz unterschiedlicher Entstehungszeiten überraschend zum geschlossenen und sehr einheitlichen Zyklus fügen, überträgt die Problematik der wechselnden Zeitperspektive in poetische Bilder von einer vergoldeten, liebevoll erinnerten Vergangenheit und einer ernüchternden, wegen ihrer ungewissen Zukunftsaussichten als beklemmend empfundenen Gegenwart. Der Gegensatz zwischen dem Zauber des Gewesenen, jetzt Illusionären und der abweisenden Fremdheit der realen Wirklichkeit nötigt zu bangen Fragen nach Sinn und Bestimmung der eigenen Existenz. Doch dominierend bleibt dabei das Gefühl von großer Einsamkeit, ausgesetzt dem sicheren Herannahen des Alters und der Frostkälte des Winters. Gleichzeitig dechiffrieren die lyrischen Reflexionen Hölderlins, da sie von Beiwerk befreit und auf ihre Essenz reduziert zur Sprachgrundlage einer Chorkomposition wurden – so wie das in der nicht-semantischen Musik sonst kaum möglich ist –, etwas von der Situation, den Befindlichkeiten des Komponisten selbst. Und dieses Einfließen einer persönlichen Identifikation gilt um so mehr, als Ligeti den Inhalten der Verse durch die Art seiner musikalisch-satztechnischen Ausdeutung sehr genau folgt. Er läßt es sogar bei sinnentsprechend kontrastierenden Blockbildungen aus Kanonischem und Akkordischem, aus mikropolyphonen Bewegungsstrukturen und lauten Exklamationsakzenten nicht bewenden, auch nicht bei geschicktem Abwägen der textabhängigen Gewichtsverteilungen und weiterführenden Spannungsmomenten bis zur eindrücklichen Entfaltung des ganzen vorhandenen Potentials an Dramatik, vielmehr setzt er über Hölderlin hinaus die Musik als selbständiges Interpretationsinstrument ein. Sie – und damit er geben gleichsam eigene Kommentare ab.

Dieser Wille zur aktiv mitwirkenden Redaktion der Texte betrifft zum Beispiel beim ersten Gedicht, *Hälfte des Lebens*, dessen Kürzung um nur zwei Verszeilen unter allen drei die bescheidenste ist, eine eingeschobene, relativ lange Phase kurz vor dem markanten Schluß. Nachdem nämlich zwischen den beiden Strophen eine Kontrastposition aufgebaut worden ist – erst eine stimmungsvolle Szenerie am *See* mit *gelben Birnen, wilden Rosen, holden Schwänen, trunken von Küssen*, und dann, nach dem dazwischenfahrenden *Weh mir*-Ruf der Männerstimmen als Achse (T. 15–17), das Gegenbild der Verzweiflung: *Wo nehm ich, wenn es Winter ist, die Blumen, und wo den Sonnenschein?* – entwickelt Ligeti aus den Worten *im Winde* einen achtstimmigen Kanon (wie üblich: streng in den Tonhöhen, changierend in den Dauern), der von Alt und Tenor zu Sopran und Alt aufgehellt wird, sich in Figuration und Dynamik belebt, aber vor allem den benutzten Endvokal *e* umfärbt zu einer Art Gemecker mit *he-he-he* und *ke-ke-ke* (T. 29–48). Die Verzweiflung, das Zittern in der Winterkälte, gerät umdeutend in die Sphäre von sarkastischem Humor und jener bitteren Ironie, mit der man Unvermeidliches nicht nur hinnimmt, sondern auch lächelnd und vergnüglich zur Tagesordnung übergeht. – Das zweite Gedicht, *Wenn aus der Ferne*, ohnehin ein Fragment, doch bei Ligeti um zwei Drittel verkürzt, erinnert sich einer Liebe mit unglücklichem Ausgang. Kompositorisch versetzt es Ligeti deshalb in eine Zweischichtigkeit aus Männer- und Frauenstimmen (mit unterschiedlicher und vereinter Textierung), verflicht das Geschehen wie ein Stationendrama aus einzelnen Episoden zu einer Variationenkette und quittiert den traurigen Ausgang mit einem teilnehmenden bis karikiert staunenden *Ah!*. – Das dritte Gedicht, *Abendphantasie*, verliert sich in die Illusion, als würde am *Abendhimmel* der *Frühling aufblühen*. Folglich wird als Quelle solcher Imaginationen das onomatopoetisch schöne Wort *purpurne* (auf *Wolken* bezogen) imitatorisch ausgekostet (T. 12–20), schließlich aber Vergeblichkeit und Selbsttäuschung durch das Umschalten der Wörter *Jugend* und *heiter* vom Fortissimo der Frauen- zum Falsett der Männerstimmen musikalisch dekuvriert und gleich danach das *Alter* in entkräftete Bassestiefen abgesenkt.

Allenthalben spielt Ligeti mit den Versen Hölderlins auf sich selbst an: Auch er kann im Bewußtsein

Kanon-Bildung aus der ersten *Hölderin-Phantasie*, T. 29–32

der hinter ihm liegenden *Hälfte des Lebens* von imaginierten Schönheiten jenseits der Realität des Augenblicks träumen, und sie müssen gar nicht einmal unbedingt in der Vergangenheit liegen. Auch ihn befallen manchmal Ängste vor dem Unerforschlichen, Unbewältigten oder, wenn man sich nur umschaut, den Bedrohungen der Zukunft. Jedoch kann er von all dem ebensoschnell wieder Abstand gewinnen, sich, wie es im *Grand Macabre* heißt, mit gelassener *Heiterkeit* ganz dem *Hier und Jetzt* widmen und nur

Dynamik- und Farbwechsel bei „das Herz“ und „Jugend“ in der dritten *Hölderlin-Phantasie*, T. 35–38

noch neugierig darauf sein, was ihm seine *Abendphantasien* kompositorisch noch alles zutragen werden.

Im Irrgarten der Geometrie

Entdeckungen auf dem Gebiet der Musik sind erstaunlich selten. Das meiste, was man dafür halten könnte, entpuppt sich bei näherem Zusehen als Erweiterung, Umdenken, Neu-Interpretation von etwas Vorhandenem, als Fortführung bestimmter Entwicklungstendenzen, möglicherweise unter abweichender Akzentsetzung und mit einer überraschend anderen Blickrichtung. Aber doch immer ist es deduzierbar aus dem Bestand vorangegangener Materialverhältnisse und Komponierpraktiken, vor allem Ergebnis einer einigermaßen planvollen Suche nach neuen Ansätzen und von zielstrebig ahnungsvollen Nachforschungen im Gesamtbereich des bereits Existenten. Selbst der vielberufene Paradigmenwechsel, mit dem man musikhistorische Epochen-Einschnitte zu begründen sucht, erscheint in dieser Hinsicht nur als ein Vorgang der sukzessiven Neubewertung unter den veränderten Prämissen einer gewandelten Zeit. Demgegenüber sind Entdeckungen – genau wie bei den einstigen Erkundungen fremder Regionen der Welt, genau wie in den verschiedendsten Disziplinen der modernen Naturwissenschaft – häufig etwas Zufälliges: Man startet ein Unternehmen, beutet Erkenntnisse aus, experimentiert mit vorher fixiertem Zweck und findet plötzlich etwas gänzlich anderes. So mag es auch bei den grundlegenden musikalischen Entdeckungen in der weiten Spanne zwischen der ersten zufälligen Tonerzeugung auf einem Schilfrohr und der Benutzung eines Schwebungssummers und der Bandschnitt-Technik für die Generierung und Bearbeitung elektronischer Klänge zugegangen sein. Es waren eher beiläufige Nebenprodukte als vorsätzlich angesteuerte Zielpunkte. Oder wie Stockhausen beim Unterscheiden zwischen *Erfindung und Entdeckung* (*Neue Musik*, Heft IV, München o.J. [1961], S. 7) ausgeführt hat: *Erfinden betont das Heraus-Finden; man denkt so lange über ein Problem nach, bis man unter vielen denkbaren Lösungen die beste Form herausgefunden hat.* [...] *Entdeckung hingegen geht von einer unbestimmten Form-Erwartung aus, die in spielerischer Laune Elemente verbindet und sich tastend dem Zufall überläßt.* [...] *Der Komponist erobert und erforscht eine ihm unbekannte, zugestoßene Form.*

Wichtig bei solchem absichtslosen Entdecken ist allerdings zweierlei: einerseits für den Komponisten jenes *spielerische Verbinden* von Materialien, Methoden und nicht einander zugeordneten *Elementen*, also die Gabe zum freien Kombinieren; und andererseits für die Wahrnehmung ein deutlich erkennbarer Qualitätssprung beim Anhören des geförderten Resultats. Da muß sich bei der Begegnung mit dem unerwartet entdeckten musikalischen Phänomen ein neuer Aspekt, die Chance einer neuen Erfahrung auftun, die das bloße Registrieren und den Vergleich mit bisher bekannten Erscheinungsbildern übersteigt. Was das letztere angeht, so könnte Ligeti mit *Atmosphères* – Musik aus nichts anderem als Klang, aus wechselnden Farben und modellierten Dichteverhältnissen – ein derartiges Exempel zur Eröffnung neuartiger Hörperspektiven durchaus gelungen sein. Freilich waren am Zustandekommen dieser in vielem ungewöhnlichen Musik nicht unbeschwertes Hantieren mit irgendwelchen zufälligen Materialarrangements oder übermütige Spaziergänge der Phantasie beteiligt, die auf einmal zur Aufdeckung selbst nicht vermuteter Zusammenhänge geführt hätten. Vielmehr ging es allein um rigoroses Ausklammern des inzwischen Obsoleten, um bewußte Reduktion. Ganz anders verhält es sich bei den Werken Ligetis, die nach der Zwischenphase mit dem *Horntrio* (1982), den *Hölderlin-Phantasien* (1982) und den *Magyar Etűdök* (1983) ab 1985 und beginnend mit den *Études pour piano – premier livre* – ein neues Stadium seines Komponierens anzeigen. Was sich musikalisch in diesen *Klavier-Etüden* und danach im *Klavierkonzert* (1985–88) manifestiert und hörend als ein abenteuerliches, sinnverwirrendes Erlebnis von räumlicher Multidimensionalität wahrnehmen läßt, ist tatsächlich ein Qualitätssprung im klanglich evozierten Erscheinungsbild. Und er fußt kompositionstechnisch nun gleich auf einem Übermaß an Kombinatorik aus Ableitungen und Weiterführungen eigener Vorformen und Erfahrungen, aus allerlei spielerisch herangezogenen Assoziationen und weit hergeholten konkreten Anregungen, so daß dies zusammengenommen irgendwann – erwünscht, aber doch überraschend – jenen auslösenden Moment erzeugt haben muß, um eine Entdeckung zu machen.

Selbstverständlich gab es da schon immer Vorstellungen und Ideen, die darauf hindeuten. Und selbstverständlich lassen sich auch im Technischen, in Ligeti-typischen Konfigurationen, Spuren verfolgen, die das ab 1985 Erreichte vorbereitet und angebahnt haben. Sie weisen sogar sehr weit zurück in eine mobil-provokante Frühzeit: zum vergnügt inszenierten Festkonzert-Affront mit dem *Poème symphonique* für 100 Metronome (1962), dessen initiale Bedeutung als Modell für die Überlagerung unterschiedlich rascher Pulsationsgitter eigentlich erst hinterher aus der Nonchalance des Augenblicks auftauchte. Im *Continuum* für Cembalo (1968) war es dann wieder der kurzzeitig spitze Klang des Instruments, der dazu reizte, bei völlig gleichlaufender Bewegung durch irreguläre Häufigkeitsverteilung der Töne die Illusion einer durchgebildeten kantablen Melodik hervorzurufen. Bei *Monument*, dem ersten der *Drei Stücke für zwei Klaviere* (1976), bot umgekehrt die Homogenität der beiden Instrumente, die tatsächlich in getrennter Schichtung einem Zweier- und einem Dreier-Metrum folgen (4/4 gegen 6/8), eine Gelegenheit, den Eindruck zu erwecken, als spiele nur ein einziges in vertrackt komplexer Rhythmik. Und ähnlich hat Ligeti zunehmend häufiger, in diversen Konstellationen und auf mancherlei Weise versucht, die Hör-Perzeption zu seltsam scheinhaften Wahrnehmungen zu verleiten, die nicht dem real Gespielten entsprechen, sondern lediglich durch das absichtsvoll gelenkte Zusammenwirken mehrerer akustischer Einzelphänomene entstehen. Vorboten für die Öffnung zu jener illusionären Schichten-Polyphonie, so daß man in den *Klavier-Etüden* zwei oder gar drei Interpreten beteiligt glaubt, während nur ein einzelner spielt, waren also bereits seit längerem in genügender Zahl vorhanden. Aber wer weiß schon, wie das menschliche Hirn funktioniert, wann der entscheidende Funke überspringt und welche Materialisationsformen sich eine alte Idee dann sucht, um tatsächlich und mit stupender Selbstgewißheit in Erscheinung zu treten.

Sicherlich hatten bei Ligeti einige Inspirationshilfen aus außermusikalischen Bereichen mitgewirkt. Der hohe Abstraktionsgrad, der aller Musik wegen ihrer materialen Beschaffenheit und des dadurch notwendig artifiziellen Charakters ihrer Organisation innewohnt, erlaubt ja ohne weiteres, befruchtende Analogien zu den Denkweisen und Erkenntniswegen in anderen, vor allem den sprach- und naturwissenschaftlichen Disziplinen herzustellen. Und Ligetis weit gestreute Interessen waren hierbei weniger auf abstrakte Theorien über irgendwelche funktionstüchtigen, geschlossenen Systeme gerichtet als auf Erfahrungen und prinzipelle Überlegungen aus experimentellen Forschungsgebieten, weil sie es mit den Inkongruenzen und Widerhaken ihrer konkreten Stoffe zu tun haben und weil sich ihre Klärungsversuche – ähnlich wie in der Musik – mit den Unstimmigkeiten und der Eigendynamik des Faktischen auseinandersetzen müssen. Wenn es schon um Logik und Exaktheit gehen sollte, dann beschäftigte er sich am liebsten mit mathematischen Problemen und deren Spielregeln, die letztlich – wie die Grammatik des Komponisten – auf weitgehend willkürlichen Festsetzungen oder Konstruktionsmodellen beruhen. Im übrigen nennt er als prägend für seine Anregungen aus solchem interdisziplinären Austausch die Anschauungen des Biophysikers und Evolutionstheoretikers Manfred Eigen, des Zoologen und Sinnesphysiologen Hansjochem Autrum, des Zufallstheoretikers und physiologischen Chemikers Jaques Monod sowie des österreichisch-englischen Kunsthistorikers Ernst Gombrich. Etwas näher zum eigenen Metier liegt bereits der Nachvollzug von häufig auch fachübergreifenden Gedankengängen des ideenreichen amerikanischen Apologeten einer neuen Computer-Kultur Douglas R. Hofstadter und die Begegnung mit den faszinierenden Abbildungen aus der Mathematiker-Wunderwelt der fraktalen Geometrie. Denn das eine berührt Ligetis neugierige Aufmerksamkeit für die Entwicklungs-Chancen computergenerierter Klänge (obwohl er sie aus Abneigung gegen den Lautsprecher-Sound direkt nicht benützt), von künstlicher Intelligenz und von variableren Synthesizern (deren freie Intonierbarkeit er selbst vorschlug). Das andere liefert anschauliche Bilder von sich selbst replizierenden Strukturen und zugleich (dank dem Ansatz von Benoît Mandelbrot) ein wissenschaftliches Vokabular zum Verständnis formaler Komplexitäten in der Natur.

Gerade dieser Brückenschlag zwischen Rationalität und Empirik – man könnte auch sagen: zwischen einer Ordnung auf einfacher Grundlage und einer daraus durch Multiplizierung entstehenden, nicht mehr voraussehbaren Chaotik detaillierter Gestalten–, den die fraktale Geometrie (seit 1980) zuwege gebracht hat und überdies auch noch sehr einleuchtend zu visualisieren versteht, sollte die irrige Annahme irgendeiner unmittelbaren Ableitung oder Umsetzung ins Musikalische ausschließen. Was Ligeti daran so bewegt hat, ist die seltsame Übereinstimmung in der Methodik, aus relativ simplen Figurationsmodellen durch eine hyperpolyphone Überlagerung mit sich selbst eine kaum noch auflösbare Komplexität von strukturierter Eigenart und hoher Bildkraft zu gewinnen, also technische Rationalität wieder in einen nur empirisch erfahrbaren Naturzustand – allerdings eine zweite Natur – des klanglichen Geschehens zu überführen. Und dies bedeutet genaugenommen den Ausbruch aus dem Zirkel eingeübter kultureller Konventionen, ein Freisetzen der Phantasie. Dazu gelangt man aber keinesfalls durch adaptierte Wissenschaftlichkeit oder geplante Systemstrenge. *Ich arbeite stets empirisch, nicht-mathematisch, nicht-wissenschaftlich, eher „handwerksmäßig", aber in unbewußter Annäherung an geometrische Denkweisen. Bewußt wurde mir die „in der Luft liegende" Parallelität zwischen den mathematischen Forschungen seit den sechziger Jahren und meinen gleichzeitigen kompositorischen Bestrebungen erst 1984, als ich die ersten Computerdarstellungen der Julia-Mengen und der Mandelbrot-Menge sah, die Heinz-Otto Peitgen und Peter H. Richter angefertigt haben. Trotz dieser Parallelität halte ich daran fest, daß ich „szientistisches", pseudowissenschaftliches Komponieren als pure Ideologie ablehne...* (*Rhapsodische, unausgewogene Gedanken über Musik*, anläßlich der Verleihung des Balzan-Preises 1991; abgedruckt in *NZ* 1/1993, S. 27).

Ligetis Antennen für synchrone Entwicklungen, für das Aktuelle innerhalb einer allgemeinen geistigen Konjunktion von leitenden Ideen, Erkenntniswegen oder Forschungsrichtungen reagieren also empfindlich, auch wenn sich das manchmal erst nachträglich feststellen läßt. Es ließe sich sogar fragen, ob nicht auch umgekehrt wissenschaftliche Denkmodelle aus solcher distanzierten Parallelität mit den kompositorischen gelegentlich von dort her verwertbare Anregungen beziehen könnten. Freilich setzt dies ein spezifisches Abstraktionsvermögen voraus, weil Musik – wie jede Kunst – in ihrer Ausformung zum wahrnehmbaren Werk eben etwas anderes und seltsam mehr ist als nur ein Konglomerat aus definierten

Mit Conlon Nancarrow (Mitte)

Bauelementen und Strukturprinzipien. Und auf dieser zweiten Ebene kunstimmanenter Wirkungsmöglichkeiten und allein den Sinnen zugänglicher Qualitäten, auf der ja auch stets tradierte Apperzeptionsweisen ihre mitbestimmende Rolle übernehmen, öffnet sich nun Ligetis Spektrum von inspirativen Zuneigungen und Anknüpfungsmustern weiter und spezifischer: Er fühlt sich angezogen durch die spirituelle Phantastik der meta-logischen Fabelwelt von Lewis Carroll wie von den sinnverwirrenden Perspektive-Vertauschungen in den scheinbar altmeisterlichen Zeichnungen des Holländers Maurits Escher oder dem graphischen Witz in den souverän reduzierenden Strich-Karikaturen Saul Steinbergs; und zugleich beschäftigen ihn als literarische Projektionen einer ähnlich organisierten, in sich selbst kreisenden Rätselhaftigkeit die abweisend anonymisierten Daseins-Paradoxien der Romane Franz Kafkas, der ins Groteske übersteigerte schwarze Humor bei Boris Vian, die sprachspielerisch überlegenen Sinn-Inkrustationen von Sándor Weöres oder das bildungsklug beschriebene Labyrinth aus Wirklichkeitsfiktionen und Parabeln bei Jorge Luis Borges. Immer sind dabei anschauliche Bildkraft, der Charme intellektueller Equilibristik und der bewahrte Zauber des Poetischen gleichermaßen die antreibenden Motivationen für Sympathie und Affinität.

Dieser Einzugsbereich an Stimulanzien – wahrscheinlich bei nur wenigen so ausgedehnt und vielgestaltig wie bei Ligeti – wird schließlich auf einer dritten, speziell fach-orientierten Ebene ergänzt durch neugewonnene Hör-Eindrücke und plötzliche Anreize zum intensiveren Studium schwer zugänglicher Musikkulturen. Derart unverhoffte, aber die Phantasie anfachende Kontakte entstanden ab Beginn der achtziger Jahre zu den *Studies for Player Piano* (für selbstspielendes Klavier) des amerikanisch-mexikanischen Einzelgängers Conlon Nancarrow (geb. 1912); ferner zu den oft asymmetrischen Rhythmus-Mustern als nicht gespieltes, „inhärentes“ Ergebnis mehrschichtig ineinandergreifender Spielaktionen über einem rasend schnellen, nur „empfundenen“ Grundpuls in Zentralafrika; und schließlich zu den raffiniert übertriebenen polymetrischen Schichtungen der europäischen Ars subtilior am Ausgang des 14. Jahrhunderts (mit Solage, Hasprois, Senleches und dem bekannteren Johannes Ciconia), einer typischen Spätblüte aus der Zeit der Mensuralnotation zwischen Machaut und Dufay mit einer Vorliebe für ungleiche Zeitteilung, 3:2 oder 4:3, in den einzelnen Stimmen. Der gemeinsame Nenner dieser fürwahr weit auseinanderliegenden Anregungsquellen sind die speziellen Formen einer komplexen Polyphonie mit ihrer erstaunlichen Unabhängigkeit in der Organisation der sich überlagernden Dauernwerte. Denn was bei Nancarrow das mühsame Verfahren des Vorstanzens einer Rolle, die dann auf pneumatischem Weg die Klaviermechanik antreibt, überhaupt erst möglich macht, erbringt im Resultat jenes doppelte Faszinosum einer Schnelligkeits-Virtuosität, wie sie kein Pianist je spielen könnte, und einer genau kalkulierten Mehrgleisigkeit im Rhythmischen. Die zentralafrikanische Musizierpraxis fügt solchen Erfahrungen im Extrembereich der Geschwindigkeiten noch ein Moment des Illusionären hinzu, weil die raschen Pulsationsraster (mit maximal zehn, gelegentlich sogar mehr Pulsen pro Sekunde) nur gedacht werden, aber über dieser stummen Grundierung gemäß einem hoquetus-artigen Verzahnungsprinzip – nun hörbar – seltsam verschränkte Artikulationsmuster erscheinen. Und schließlich hilft der Blick auf die Ars subtilior sowohl das Technische des Herstellungsprozesses bei Nancarrow als auch die Entlegenheit der ethnographischen Befunde aus Afrika zu überwinden und bei durchaus verwandter Modelltauglichkeit für historische Anciennität und einen Anhauch des Elitären oder Manieristischen zu sorgen.

Doch Ligetis Ehrgeiz, einmal derart vielseitig angestachelt, ging noch weiter: Er wollte dieselbe perlende Eilfertigkeit mitsamt den polyrhythmischen Verschiebungen, wie sie Nancarrow auf mechanische Weise künstlich herstellt, unmittelbar durch den Einsatz eines lebenden Interpreten erreichen; und er

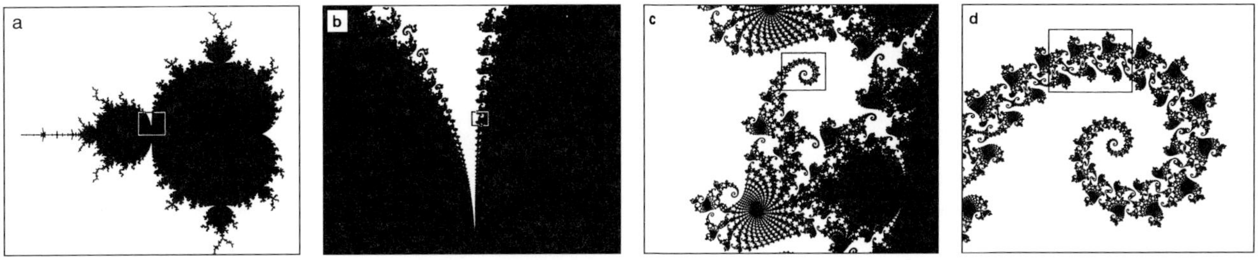

Fraktale Geometrie in computergenerierter Darstellung

oben:
Mehrfache Vergrößerungen von Rand-Details der Mandelbrot-Menge

Selbstähnliche Struktur aus Vergrößerungen der Mandelbrot-Menge

wollte außerdem, was in den subsaharischen Kulturen Afrikas an klanglich wahrnehmbaren Illusionsgestalten durch das seit langem trainierte Zusammenwirken mehrerer Musiker entsteht, möglichst einem einzigen Spieler übertragen. Unter den Zwängen dieses selbstauferlegten Anspruchs lieferte ihm die Ars subtilior zumindest einen Fingerzeig, in welcher Richtung der metrisch ungleichen Teilungen innerhalb der einzelnen Stimmenverläufe weiter zu suchen sei. Denn in der Mesuralmusik entwickelte sich ein Prinzip der Hemiolen-Bildung, bei dem zwei dreiteilige (perfekte) Notenwerte gegen drei zweiteilige (imperfekte) ausgetauscht werden. Dieses Prinzip hat sich auch später, als man mit festen, vorgezeichneten Takt-Einheiten arbeitete, erhalten und zumal in der Romantik durch das wechselseitige Ausspielen von gerader Duolen- und ungerader Triolen-Gliederung bei Chopin, Schumann, Liszt oder Brahms zu jener changierenden Unstetigkeit beigetragen, die dem musikalischen Duktus ihrer Werke seine besondere Gestik, seine freiere Atmung gibt. Ligeti hatte allerdings schon von früh an – im Unterschied zu solchen verflüssigten Weichzeichnungen im fixierten metrischen Schema – überhaupt jede erkennbare, gleichmäßig skandierende Taktordnung vermieden. In gewisser Weise ist also seine Musik den Grundverhältnissen in der alten Mensuralnotation, die von einem nicht periodisierten, strömenden Zeitverlauf ausging, sehr viel näher. Was konnte ihn demnach hindern, das Hemiolen-Prinzip zwei gegen drei in seinem ständigen Bestreben nach antikonventioneller Grenzüberschreitung auch auf andere schiefe Proportionen wie drei gegen fünf oder fünf gegen sieben auszudehnen und diese dann noch zu kombinieren oder – taktfrei, nur additiv – gegeneinander zu verschieben?

Das Verblüffende an den *Études pour piano* (1985) und ähnlich gelagerten späteren Kompositionen ist aber nun, wie diese komplizierten Verhältnisse in der Zeitstrukturierung auf relativ einfache Stoffe und Modelle zu ihrer klanglichen Darstellung bezogen werden. Wenigstens lassen sich da beim aufmerksamen Zuhören, noch besser: bei der nachbuchstabierenden Lektüre der Noten, einige Ausgangstypen oder Primärvoraussetzungen herausschälen, die zunächst, vor allem im Vergleich zur ausgepichten Metrik, gar nicht so außergewöhnlich erscheinen. Es ist, als hätte Ligeti im resümierenden Überblick aus all seinen vielen kreuz und quer verlaufenden Erkundungszügen vom 14. Jahrhundert bis zur fraktalen Geometrie, von Nancarrow bis nach Schwarz-Afrika (und darüber hinaus zu manch anderen musikkulturellen Rückzugsgebieten) die eine grundlegende Erkenntnis gewonnen, daß es keineswegs auf die speziell ausgetüftelte Durchbildung des Details so sehr ankommt, sondern auf die Art der Zusammensetzung und Superponierung der einzelnen Komponenten, die für sich genommen fast so unaufregend wie Spielmarken sein dürfen. Freilich die Prozesse ihrer kaleidoskopartigen Durchmischung, ihrer mehrstufigen Mutationsreihen und sich auffächernden Dispersionsfolgen, sie erfordern Vorstellungskraft und kombinatorische Intelligenz, um die Konsequenzen einer Variantenbildung, wie sie durch eingebaute, oft minimale Störfaktoren hervorgerufen wird, abschätzen und voraussehen können. Denn anders als bei den verschiedenen außereuropäischen und auch europäischen Musikkulturen eine über Generationen gewachsene Überlieferung sowie die weitergereichte praktische Übung, anders als bei den Mathematikern, den Biophysikern, den Meteorologen die enormen Schalt-, Programmierungs- und Simulationsmöglichkeiten des Computers die prägenden, konstituierenden und verläßlichen Tätigkeitsregulative darstellen, ist es beim Erfinden von Musik nur die kompositorische Phantasie, die den eingebildeten, geahnten Gestalten zum entscheidenden Sprung in die Konkretion verhelfen kann. Die gewünschte, apperzeptiv überzeugende Stimmigkeit, ob die Zellen des frei entworfenen musikalischen Baus organisch ineinandergreifen, läßt sich vorher nicht planen.

Immerhin hat Ligetis Beschäftigung mit ganz anderen Denkmodellen ihn gelehrt, die Funktionen ein-

Beginn der 1. Klavier-Etüde, *Désordre*, mit Taktverkürzung (r. H.)

deutiger zuzuteilen. Bei der ersten *Klavier-Etüde*, die einigermaßen programmatisch im Sinn einer Ordnung-Chaos-Deviation *Désordre* heißt, ist das Ausgangsmaterial beispielsweise ungewöhnlich simpel: Die zwölf Töne des chromatischen Totals werden durchgehend auf die beiden Klavierhände verteilt, rechts ein heptatonischer Modus auf den weißen, links die Pentatonik auf den schwarzen Tasten; aus diesem zugewiesenen Tonvorrat entwickeln sich rechts wie links in markant hervorgehobener Oktavierung Melodielinien mit übersichtlicher Strophengliederung, nur daß sich in der rechten Hand an zwei ähnliche Viertakt-„Stollen" ein sechstaktiger „Abgesang" anschließt, während dieser in der linken

Hand auf zehn Takte ausgeweitet wird; beidseits sind die Melodietöne außerdem im grundierenden 8/8-Metrum asymmetrisch rhythmisiert – nach dem keineswegs mehr unüblichen, hinkenden „Aksak"-Modell – in 3 + 5 oder 5 + 3 Achtel-Dauern, und die sehr schnellen Pulse dazwischen werden durch ansteigende und leisere Legato-Figurationen aufgefüllt. Unter diesen klar formulierten Bedingungen wird die Etüde auf den Weg geschickt, d. h. eigentlich auf zwei Wege. Denn außer den unterschiedlich langen Melodie-Zyklen (rH 4 + 4 + 6=14 gegen lH 4 + 4 + 10=18 Takte), die sich bei ihren mehrmaligen Wiederholungen auf jeweils anderer Tonstufe ja überlappen müssen, baut Ligeti noch eine zweite Irregularität ein: In der rechten Hand wird jeder vierte Takt um ein Achtel auf bloß 7/8 gekürzt, so daß sich die beiden Schichten zunehmend gegeneinander verschieben. Auch dies geschieht, da sich der Viertakt-Rapport der Kürzungen mit keinem der beiden Melodiezyklen von 14- bzw. 18taktiger Länge deckt, in gegenläufiger Unabhängigkeit. Die im Titel angekündigte „Unordnung" wächst jedenfalls aufgrund solcher kleinen Störelemente, als hielte jemand ein oder gar zwei unscheinbare Ablenkungskeilchen in den raschen Fluß der gleichmäßigen Bewegung.

Jedoch die Wirbel und Strudel dieses einmal losgelassenen iterativen Prozesses werden noch vermehrt durch unmerklich eingeschleuste Zusatzmaßnahmen. Nachdem sich die beiden Hände infolge der achten Verkürzung gerade mal wieder zumindest auf eine gemeinsame Taktordnung geeinigt hatten und das Ohr schon glaubt, den irritierenden Schwebezustand

Kompression von Taktlängen und Melodielinien in der 1. Klavier-Etüde, *Désordre*

nun glimpflich überstanden zu haben, setzt nicht nur bedingungsmäßig eine neue Verschiebung der beiden Schichten ein, sondern mit Beginn des vierten Durchlaufs der Melodie-Strophe in der rechten Hand schrumpfen die Taktlängen überhaupt – wie in tendenzieller Fortführung des Verkürzungsprinzips – von 8 über 7 Achtel allmählich und in schwankender Asynchronität beider Hände bis zum 4/8-Takt. Gleichzeitig werden die Melodielinien entsprechend der sich verengenden Taktmetrik gestaucht, der bisherige perspektivische Abstand zwischen akzentuier-anfänglichen 7/8-Verkürzung in der rechten Hand) verselbständigt, wölbt Ligeti doch über die Etüde in ganzer Länge – durchaus wahrnehmbar – eine einheitlich durchgezogene Höhen-Kontur: Die Melodie-Zyklen der rechten Hand steigen aus mittlerer Lage (um h^1) jedesmal um einen Ton höher (bis a^2) und sie binden schließlich auch die Melodik der Linken, die bis zum Scheitelpunkt sukzessive aus der Mitte in die Kontra-Oktave abgesunken war, an ihren durchgehaltenen Aufwärts-Trend, der sie schließlich gemeinsam bei einem höchsten Ziel ankommen läßt.

Erweiterung durch eingeschobene 9/8-Takte (l. H.) gegen Ende der 1. Klavier-Etüde, *Désordre*

tem melodischen Vordergrund und unentwegt dahinhastender Hintergrundsfiguration verschwindet, alles wird in verwirrender Komplexion zusammengedrängt, als ob ein mächtiger Sog das ohnehin sich überstürzende, deregulierte Geschehen erfaßt hätte. Aber wenn dann nach einem *sfff*-Höhepunkt und schlagartigem Dynamikabfall der alte beruhigtere Zustand wieder zurückzukehren scheint, sogar mit jetzt synchronen Taktlängen in beiden Schichten, selbst wenn sich anschließend der Linke-Hand-Zyklus aus angedeuteter Kanonik durch eingeschobene 9/8-Erweiterungen des 8/8-Metrums (in Umkehrung der

Man darf über all der raffiniert ausgeheckten Widerborstigkeit von *Désordre* jedoch nicht vergessen: Es handelt sich um eine Etüde, also ein Stück, das auf ein spieltechnisches Problem konzentriert bleibt und verzwickte, gerade noch mit zehn Fingern zu bewältigende Extremkonstellationen möglichst im Gleichklang von pianistischer Schwierigkeit und musikalischem Anspruch vorzuführen trachtet. Daß Ligeti darüber den *geistigen und poetischen Inhalt* nicht vernachlässigen wollte, daß *mein Ideal Chopin* als Markierung des zu erreichenden Niveaus präsent sein sollte, machen allein schon die französischen Titel

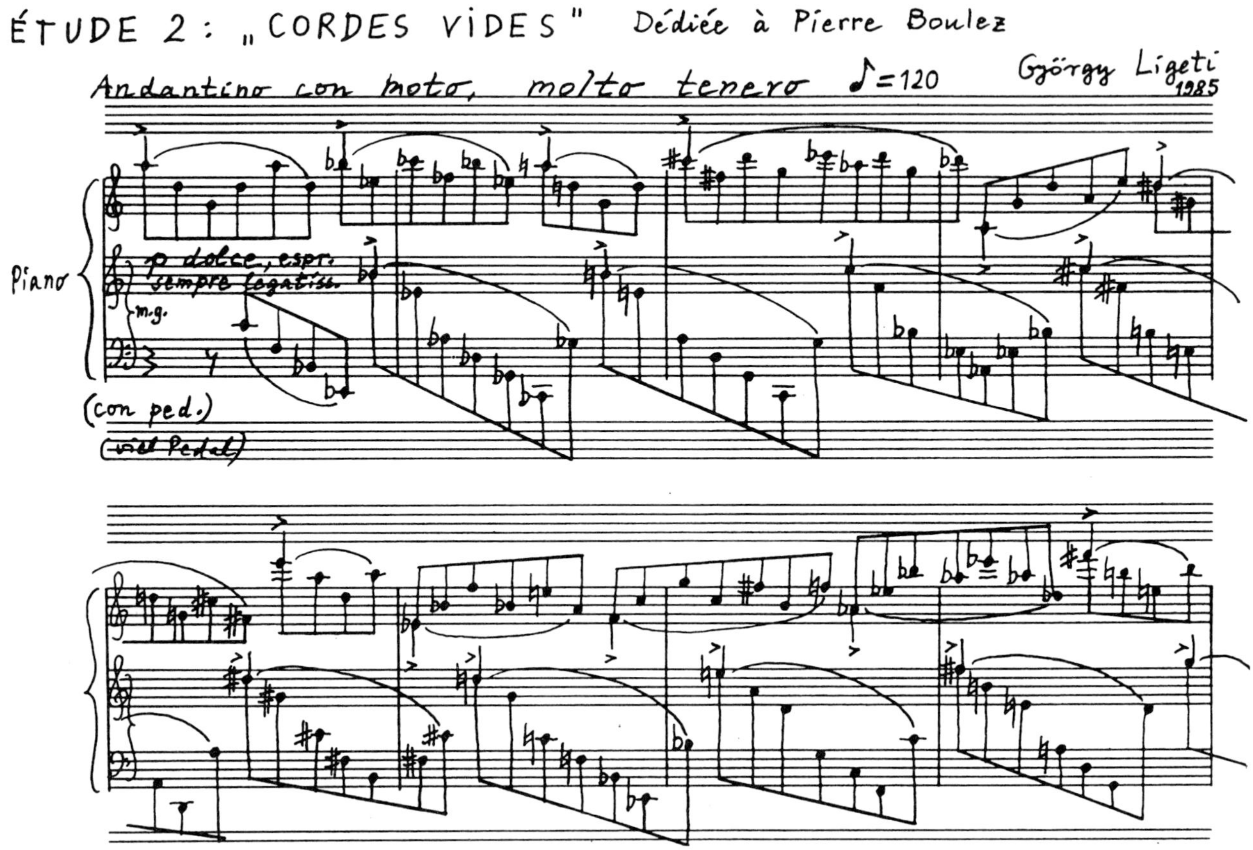

Anfang der 2. Klavier-Etüde, *Cordes vides*

klar, wenigstens beim *Premier livre* (beim 2. Band mischt sich auch Ungarisch ein). Und gewiß gelingt den *Études pour piano* der künstlerische Ausgleich von Technik und Substanz, Spezifik des Instruments und verräumlichtem Klang, auch physiologischen Gegebenheiten der menschlichen Hand und hörbarer Schichtenpolyphonie eindeutiger, ideenreicher und überzeugender als noch den *Études für Orgel*. Hinzugekommen ist beim Etüden-Begriff vor allem der nun fast dominante Aspekt einer zugleich kompositorischen Neuland-Erkundung, wie er seit Messiaens *Quatre études de rythme* signifikante Wichtigkeit erlangt hatte. Und merkwürdigerweise ist es bei Ligeti ja wiederum – analog zu Messiaens entschiedenem Ausscheren und Aufbrechen klassischer Symmetrieverhältnisse – die Erforschung neuer komplex-polymetrischer Überlagerungsmöglichkeiten der Rhythmik, die für die Kompositionstechnik seiner *Klavier-Etüden* ausschlaggebend wird und programmatische Priorität besitzt. Dies gilt selbst für die zweite Etüde,

Cordes vides, obwohl sie im Gegensatz zur ersten zunächst nur mit zartfarbiger, weitbogiger *Andantino*-Gelassenheit – ähnlich der schweifenden Trio-Geste im Marsch-Satz des *Horntrios* – den Klangraum zu durchmessen scheint, um das intervallische Potential von Quinten, jenen Urstoff der angestrichenen „leeren Saiten", auszufigurieren. Doch bald führen schon die unterschiedlichsten hemiolischen 2:3-Kombinationen zu nicht mehr koordinierten Verzweigungen der Wege, zu metrischen Verdichtungen im Zeitablauf, gekoppelt mit dynamischen Aufladungen, sowie zu einem Gefühl schwebender Desorientierung, aus dem erst eine Quasi-Horn-Linie über allmählich verebbendem Baß-Grummeln erlöst.

Die Etüden 3 und 4 sind Zweitversionen, Mutationsergebnisse oder freiere Nachformungen bereits umgesetzter kompositorischer Ideen, jetzt spezieller auf metrische Irregularitäten samt illusionärer Zusatzstimmen ausgerichtet, und unterschwellig sogar miteinander verwandt. Beide Male geht es um eine äußerst schnelle, durchweg beibehaltene Achtelbewegung (3: *Presto possibile*; 4: *Vivacissimo*). Freilich ist sie bei *Touches bloquées* (3) wegen jener schon im *Selbstportrait* (dem mittleren der *Drei Stücke für zwei Klaviere*) angewandten Methode der „mobilen Tastenblockierung" nur zum Teil, mit holpernden Unterbrechungen zu hören: Die gespielten chromatischen Skalengänge abwärts, aufwärts oder umkreisend erscheinen lediglich in skurriler, lückendurchsetzter Auswahl. Und dieses Verfahren bietet Ligeti die Möglichkeit, aus Teilstücken und punktuellen Mithilfen der blockierenden Hand ein palimpsestisches Schein-Geflecht zerrütteter Linien aufzubauen; beim zunehmend pausendurchlöcherten Rücklauf (nach einem blockierungsfreien, hell auftrumpfenden Mittelabschnitt) eigentlich noch suggestiver als in der Anfangsphase, und er sinkt nun mit seinen sklerotischen Zuckungen auch bald entkräftet in dunklere Register ab. Um so ungehemmter kann die Achtelbewegung in *Fanfares* (4) mit ständig notengleichem Anrollen

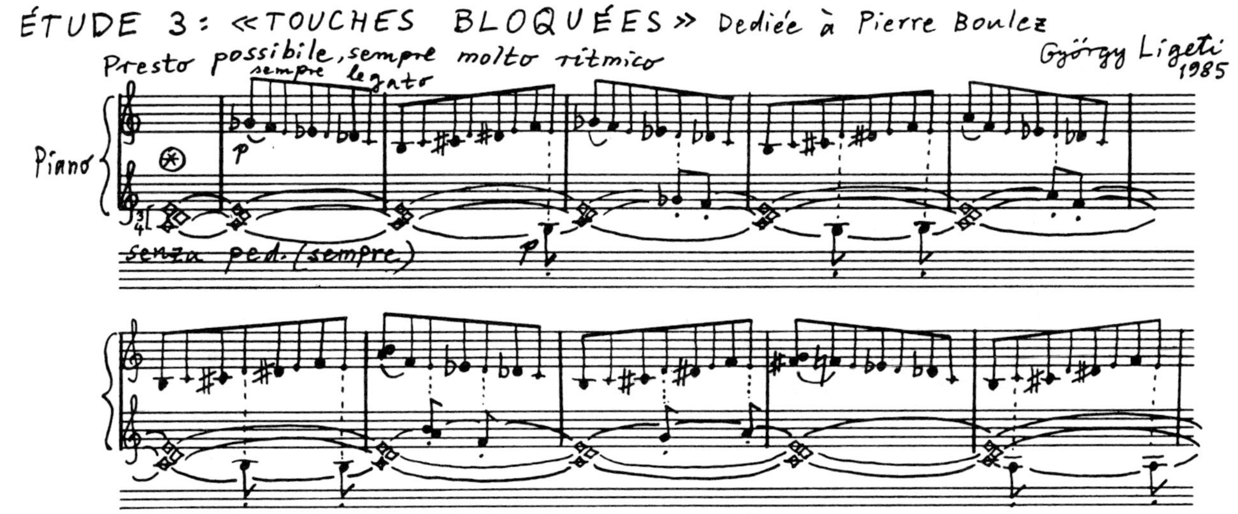

Anfang der 3. Klavier-Etüde, *Touches bloquées*

das ganze Stück über zweihundertmal durchziehen und in rastloser Mobilität halten. Es handelt sich um genau denselben 8/8-Ostinato wie im zweiten, ebenfalls *vivacissimo* abgespulten Satz des *Horntrios*, einzig mit dem minimalen Unterschied, daß er statt dort vorwiegend in 3 + 3 + 2, hier unveränderlich in 3 + 2 + 3 Achtel untergliedert wird. Über, unter oder um diesen Ostinato herum, der im Lagentausch schließlich alle Register von der Kontra- bis zur viergestrichenen Oktave durchwandert hat, gruppiert Ligeti „Fanfaren"-artige Motiv-Signale in zwei- bis vierstimmigen Akkordfolgen und der typisch verzogenen „Aksak"-Asymmetrie (übrigens ähnlich Samba oder Rumba) oder in einstimmig aufgelöster Lineatur. Das seltsam Schwankende der gegenrhythmischen Akzentuierung erhält dabei ein Pendant durch die Ambivalenz der Harmonik: Wie schon der Ostinato C-Dur und H-Dur koppelt, nützt auch die Signal-Melodik harmonisch die Kleinsekunden-Komplementarität innerhalb eines speziell organisierten Zwölfton-Feldes aus. Man ist allseits von Verunsicherung umfangen,

Wer im übrigen wegen des Titels *Fanfares* auftrumpfende Lautheit erwartet, der täuscht sich; leise perlende Geschwindigkeit und dynamische *pp*- bis *mf*-Grade herrschen vor. Eben in solcher vorsichtigen Zurückhaltung überbietet dies noch die folgende, in Nostalgie gehüllte Etüde *Arc-en-ciel*, ein schwärmerisch sich aussingendes *Andante-molto-rubato*-Stück, das zwar auch dem Aufschwung zu fast ekstatischer Leuchtkraft nicht ausweicht, aber eher im Beschwören eines Traumbilds verharrt. Harmonisch verhelfen da Sept- und Nonenakkorde, rhythmisch die Hemiolen-Überlagerung von 3/4- und 6/8-Metrik zu dem verzaubernden romantischen Flair. Und selbstverständlich gibt es über die Assoziativ-Anklänge an Schumann, Chopin, gar bis zu Skrjabin hinaus durch-

Anfang der 4. Klavier-Etüde, *Fanfares*

Anfang der 5. Klavier-Etüde, *Arc-en-ciel*

aus moderne Kontur-Vermehrungen, Abspaltungen, deren irisierende Halb-Wirklichkeit tatsächlich an das „Regenbogen"-Phänomen erinnern mag.

Wie diese fünfte Etüde, für die Ligeti *Eleganz* und *Swing* herbeiwünscht, mit dem *Andantino* der zweiten korrespondiert, so bildet die sechste und letzte des *Premier livre* einen Gegenpol zur ersten. Seinen „polnischen Freunden" zugeeignet, trägt sie den Namen von deren bedeutendem Herbst-Festival für alles Neue in der Musik als Titel (mit der geringfügigen, poetisierenden Veränderung des *de* in *à*): *Automne à Varsovie*. In diesem *Presto cantabile*, das mit eignem Recht das „singende Allegro" der Frühklassik zu gesteigerter Widersprüchlickeit weitertreibt, werden eine additive Pulsationsrhythmik in durchlaufender Sechzehntel-Schnelligkeit (ähnlich der zentralafrikanischen) und daraus gewonnene artikulierte Melodiezüge mit abfallender Lamento-Gestik, gleich in mehrstufig kontrapunktischer Zeitversetzung nach dem Hemiolen-Prinzip (also sehr europäisch), miteinander kombiniert. Entfesselte Virtuosität, die nur einmal in der Mitte (T. 55–61) für einen Moment des Nachlauschens aussetzt, vereinigt sich höchst disparat mit dem elegischen Klagelaut des Trauergesangs, wie er schon die Schluß-Passacaglia des *Horntrios* mit seiner inständigen Wehmütigkeit durchzog. Und in

Anfang der 6. Klavier-Etüde, *Automne à Varsovie*

dieser außerordentlichen Gespanntheit der Tonlagen zwischen Fingerfertigkeit und Emotionalität, zwischen überlegen austarierter Komplexität des Kompositionstechnischen (bis zu vierfach unabhängiger Illusions-Metrik) und schwebender, jeder Banalität entrückter Schlichtheit des Ausdrucks findet die Warschauer Etüde zu ihrer ganz individuellen, flexibel ausschwingenden Sprachkraft.

Doch genaugenommen stellen die *Études pour piano* nur ein Vorstadium, den Erprobungsfall eines größeren Vorhabens auf zunächst enger abgestecktem Terrain dar. Denn der eigentliche Zielpunkt bleibt für Ligeti das schon länger geplante, aber bisher über Skizzen nicht hinausgelangte *Klavierkonzert.* In zwei Etappen hat er es zunächst dreisätzig komponiert (1985–86) und, als nach den ersten beiden Aufführungen sein *Formgefühl* für *eine Fortsetzung, eine Komplettierung der Großform* plädierte, diese zur Fünfsätzigkeit erweitert (1987–Januar 1988). Und dem ersten der beiden angefügten Sätze, also dem vierten in der definitiven Gesamtform, wies Ligeti sogar zentrale Funktion und Bedeutung innerhalb des Ganzen zu. Er ist fraglos auch in der Folgerichtigkeit seiner tektonischen Anlage und in der daraus abgeleiteten, musikalisch ungemein packenden Selbstüberschreitungstendenz seines immer verwickelteren Ablaufs der exzessivste und eigenartigste. Dadurch, daß er die Polymetrik des ersten Satzes aufgreift und steigert,

Vierfache Illusions-Metrik in der 6. Klavier-Etüde, *Automne à Varsovie* (T. 76–81)

daß zugleich der endgültige Finalsatz, der folgt, mit dem dritten, der ursprünglich den Schluß bilden sollte, in verwandtschaftlicher Beziehung steht und außerdem das *Lento* an zweiter Stelle als einziger Einhalt ruhigeren Verweilens nun dank dem Fünferverband deutlich aus der Symmetrieachse verrückt wurde, erhält die Dramaturgie des Gesamten eine gut verfolgbare, einleuchtend gegliederte Linie mit zuordnenden internen Entsprechungen und dennoch abwechslungsreicher Gewichtung der Teile. Diese wirken trotz ihrer zusammenschließenden, kooperativen Stellung im *Klavierkonzert* jeweils für sich genommen gleichwohl wie ausgearbeitete, ins Farbige projizierte, vielfältig bereicherte Ausformungen irgendeines zugrundeliegenden Etüden-Modells. Auch die weitgehend solistische Orchesterbesetzung mit einfachem Holz, einfachem Blech (ohne Tuba), einigermaßen differenziertem Schlagzeug-Apparat (der jedoch von einem Spieler gehandhabt werden könnte) und einer keineswegs großen Streichergruppe (8-6-6-4-3), für die alternativ sogar Einzelausführung in Quintettformation vorgesehen ist, erhöht den Eindruck einer relativ umweglosen Herkunft aus kammermusikalischen Bereichen, sehr ähnlich dem *Kammerkonzert* für 13 Instrumentalisten (hier wären es bei geringster Besetzung übrigens auch 13). Lediglich der Solopart legt die Klaviermusik und die Chronologie in diesem Fall die Etüdenform als Ausgangspunkt näher.

Bei einem solchen Nachbarschaftsverhältnis von Entwurf zu ausgeführtem Plan wie von Bleistift-Zeichnung zu gemaltem Bild kann es demnach auch nicht verwundern, daß Ligeti recht bald nach dem *Klavierkonzert* und eigentlich noch während der anschließenden Arbeit an einem Chor-a-cappella-Zyklus (*Nonsense Madrigals*) wieder zu der außerordentlich ergiebigen Erprobungsstation seiner *Klavier-Etüden* zurückgekehrt ist. Und bestimmt war da nicht bloß das uneingelöste Versprechen, dem *Premier* müsse wohl ein *Deuxième livre* folgen, maßgeblich oder gar die stille Verpflichtung gegenüber den Zwölfer-Reihen seiner Vorbilder: Chopin (op. 10 und op. 25), Schumann (op. 13) und Debussy (Douze études). Nein, es trieb einfach die ungeheuere Abenteuerlust weiter, wie sich denn in dieser hochartistisch dünnen Luft auf den überkeuz gespannten Seilen zwischen extrem-schwieriger pianistischer Technik, fintenreich irregularisierter Zeitordnung, mehrschichtig sich kontrapunktierender Artikulations-Simultaneität und raumschaffenden harmonischen Vieldeutigkeiten noch klanglich erfaßbare, im Ausdruck beredte und den Sinnen unmittelbar zugängliche Musik hervorbringen lasse. Außerdem schien das Repertoire an möglichen und denkbaren Konfigurationen noch nicht erschöpft. So experimentierte Ligeti in der 7. Etüde *Galamb borong* (1988/89), was absichtlich an *Gamelan* und das dabei verwendete Instrument *Bonang* aus gereihten Kesselgongs anklingt, im Ungarischen nur so etwas wie melancholische Tauben bedeutet, mit der Fiktion einer andersartig äquidistant gestuften Tonleiter, etwa vergleichbar dem 5teiligen Sléndro in Java. Da auf dem Klavier aber mit gleichen Intervallabständen nur die chromatische und die Ganzton-Skala darzustellen sind, ließ er die beiden Hände durchgehend in den beiden getrennten Ganztonbereichen h-a-g-f-es-des sowie e-d-c-b-as-ges agieren und holte durch geschickte Kombinatorik aus diesem chromatisch versetzten Changieren fremdländisch gamelanartige Wirkungen heraus – wie von einer *Insel, die auf keiner Landkarte zu finden ist.* Dazu gesellen sich wieder als melodisch artikulierende Wortführer in solch pseudo-exotischem Idiom verzwickt unregelmäßige Hervorhebungen und hemiolisch gegenläufige Überblendungen in einer an sich regelmäßigen *Vivacissimo*-Pulsation von lauter Sechszehnteln.

Auch die Etüden 8 und 9 – die bisher letzten des *Deuxième livre* – behalten eine prinzipiell gleichteilige, rasche Pulsfolge bei. Beruht jedoch der besondere

Überlagerung zweier Ganzton-Skalen in der 7. Klavier-Etüde, *Galamb borong* (T. 9–16)

Klangreiz der 9. Etüde auf einem ständigen Ineinanderfließen abwärts gleitender chromatischer Linien, so ergeben sich bei *Fém*, der 8. Etüde (1989), aus zweischichtig übereinandergebauten Quintengängen in jeweils abgehackten, pausengetrennten Kurzmotiven (von ein, zwei oder drei Gliedern) höchst merkwürdige Staccato-Sequenzen, die sich in der Mitte zwischen ineinandergreifendem Hoquetus und jazziger Ragtime-Rhythmik halten. Das Bild wird nämlich noch dadurch kompliziert, daß in der rechten und in der linken Hand zwei nicht nur verschieden gegliederte, sondern auch verschieden lange Zyklen mit 18 Vorherrschend bleibt allerdings der metallisch leuchtende Quintenklang, auf den der ungarische Titel *Fém* (Metall) mit der Assonanz an das einsilbig gesprochene *fény* (Licht) anspielt. Und hat man sich durch Lagen- und Dynamikwechsel, später auch allmähliche Auffüllung der Impulsfolgen mit allen Farbvarietäten des Glanzes von Bronze bis Silber vertraut gemacht, klingt etwas von dem unausgesetzten Beklopfen des harten Materials selbst noch in der plötzlich beruhigten Endphase nach, zumal wenn der Widmungsträger Volker Banfield (der auch alle übrigen Etüden, bis auf die erste, uraufgeführt hat) diesen

Anfang der 8. Klavier-Etüde, *Fém*, mit 18-Achtel-Zyklus in der rechten und 16-Achtel-Zyklus in der linken Hand (T. 1–9)

und 16 Achteln gegeneinanderlaufen und wegen der zunehmenden Verschiebung (bis sie nach acht bzw. neun Durchgängen wieder zusammentreffen) unerwartet bizarre, gemeinsame Pausenlöcher entstehen. stillen Abgesang wie die halb schon irreale Reduktion aufs eigentlich Wesentliche erscheinen läßt. Ganz in eine Welt des Imaginativen versenkt sich dann die 9. Etüde *Vertige* (1990) mit ihren „taumelnden“

Übergang zur *Semplice*-Endphase in der 8. Klavier-Etüde, *Fém*, T. 55–63

chromatischen Wellengängen, die sich überschlagen, erst in abgemessenen 16er-Ketten (h[1] bis as), jedoch mit schwankenden Einsatzabständen; später dichter und länger, auch kürzer und höher. Und wie Treibholz tauchen aus dieser bewegt wogenden Oberfläche Melodien auf, erweisen sich größer als vermutet, versinken wieder, und auf einmal geben die ständig weiterstrudelnden Fluten an anderer Stelle den Blick auf Ähnliches frei – oder ist es nur eine Spiegelung, die blendet? Jedenfalls zerstiebt das Ganze in die Irrealität der höchsten und tiefsten Klaviertöne.

Derart umringt von Ideen und kompositorischen Spekulationen, die alle das Pianistische als auslösende Initiativkraft gleichberechtigt in den Konkretisierungsprozeß der musikalischen Vorstellungen einbeziehen, konnte das *Klavierkonzert* auf hinlänglich durchforschtem Grund, mit weitgehender Kenntnis der erforderlichen Elemente wie ihrer konstruktiven Verbindungsmöglichkeiten aufgebaut und dann in zwei Schüben zum kohärenten Formganzen gefügt werden. Unabhängig von diesen günstigen Voraussetzungen und der befruchtenden, geradezu evozierenden Atmosphäre, die die Etüden geschaffen hatten, bleibt der Unterschied nicht nur in der Machart, sondern auch im Ausdrucksradius und in der Intensität beträchtlich. Das eine läßt sich erläutern und beschreiben, das andere eigentlich nur hören. So besagt die gleichsam stereo-phone Aufteilung des ersten Satzes, *Vivace molto ritmico e preciso*, – in zwei parallel geführte metrische Ebenen (12/8 hemiolisch gegen 4/4) mit unterschiedlichem Rapport der (gegen-)rhythmischen Zyklen (im Verhältnis fünf zu drei)

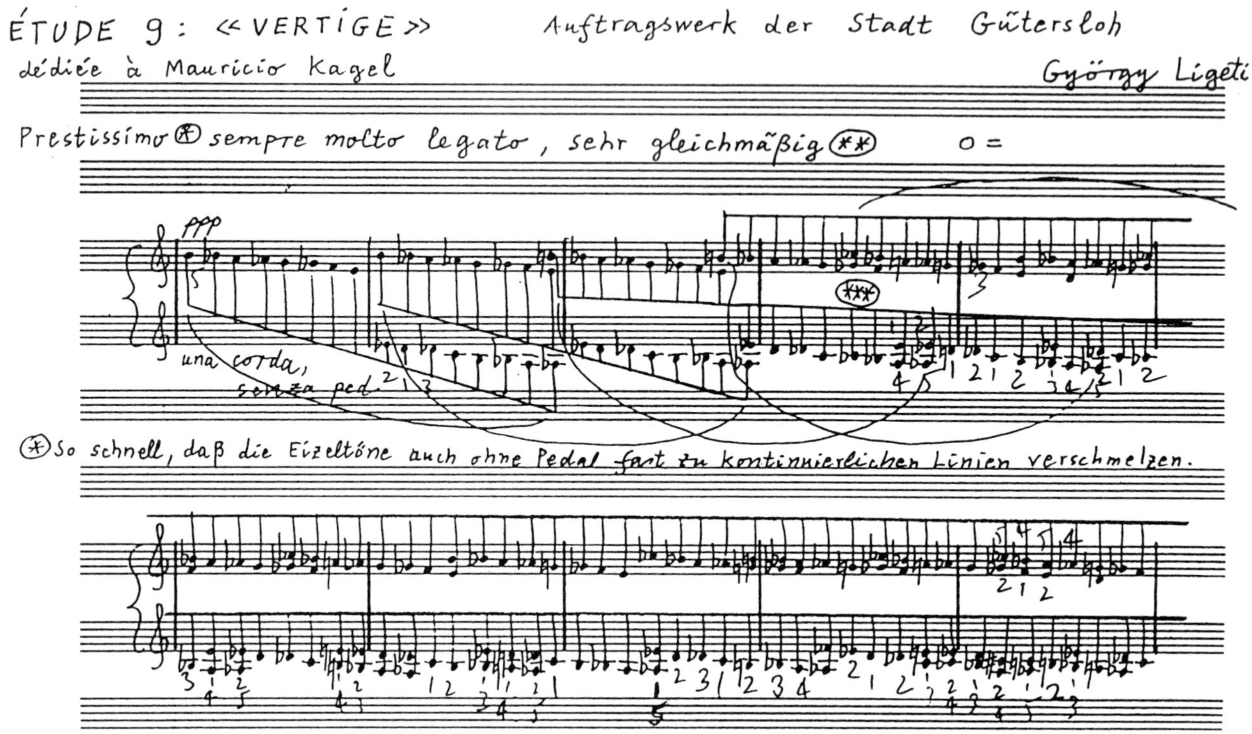

Anfang der 9. Klavier-Etüde, *Vertige*

und wechselseitigem Austausch – eigentlich noch nichts über die vibrierende Spannung und die insistierende Hartnäckigkeit, die dieser Musik in sich ablösenden Aufladungen und Neuansätzen ihren eigentümlichen, doppelzügig vorantreibenden Charakter verleiht. Und auch die vom Klavier ausgehende harmonische Zweigleisigkeit, sehr ähnlich der Etüde *Désordre* (deren Muster in manchem durchschimmert), der rechten Hand die weißen Tasten und der linken die schwarzen (diesmal ergänzt durch e) zuzuweisen, läßt den Verräumlichungs-Effekt der stereophonischen Gesamtanlage erst erahnen. Eher mag schon helfen, sich aufgrund der überlagernden, weitbogigen Melodielinien der Bläser, namentlich des Horns (das seine Sonderrolle aus dem *Horntrio* weiterspielt), gelegentlich auch der Violinen (T. 43–49), ein Bild von der Mehrdimensionalität des terrassierten Gefüges zu machen. Ausschlaggebend ist aber letztlich, daß durch die Vielsträhnigkeit und ihre sukzessive Verdichtung die Aufmerksamkeit für einzelne Verläufe schwindet. *Wenn diese Musik richtig gespielt wird,* so hat Ligeti dazu ausgeführt, *also in richtiger Geschwindigkeit und mit richtiger Akzentuierung innerhalb der einzelnen Schichten, wird sie nach einer gewissen Zeit „abheben“ wie ein Flugzeug nach dem Start: das rhythmische Geschehen, da zu komplex, um im Einzelnen verfolgt zu werden, geht in ein Schweben über.*

Der zweite Satz schließt unmittelbar an und breitet entsprechend seiner Bezeichnung *Lento e deserto* eine kontrastierende Szenerie von verlassener Ödnis und Leere aus, die in schleichender Langsamkeit abgeta-

Anfang des 1. Satzes, *Vivace molto ritmico e preciso*, aus dem *Klavierkonzert* (T. 1–6)

stet wird. In fahlen Farben – Piccoloflöte tief, Fagott hoch, dazu Lotosflöte und Alt-Okarina sowie sordiniertes Blech – schieben sich Zug um Zug rhythmisch genau proportionierte Motivfolgen imitatorisch übereinander. Spürbar liegt Einsamkeitsstimmung und Lamento-Trauer über diesem Satzbeginn, geprägt von dem modalen Kolorit einer Tonleiter aus jeweils zwei kleinen und einer großen Sekunde (abwärts c-h-b-as-g-fis-e-es-d, dem 3. Modus nach Messiaens Systematik), die mit späteren Transpositionen die Harmonik des ganzen Satzes bestimmt. Doch in seinen gedämpften, zögerlichen Verlauf, der nun – anders als beim ersten Satz – in koordinierter Polyphonie sich metrisch einschichtig entwickelt, brechen plötzlich laut herausfahrende Signalakzente ein wie zu lange unterdrückte Klageschreie. Und diese Espressivo-

Modus des 2. Satzes, *Lento e deserto*, aus dem *Klavierkonzert* (T. 21–24)

Grellheit zieht ihre verstörenden Bahnen, treibt weiter zum *Più mosso* (T. 60); das Klavier, bis dahin partnerschaftlich einbezogen, spielt sich mit harten Attacken in gekoppelter Weiß-Tasten-Diatonik rechts und Schwarz-Tasten-Pentatonik links in den Vordergrund, ohne recht zu bemerken, daß sich die übrigen, im Modalen verharrenden Instrumente inzwischen beruhigt oder verausgabt haben, bis der seltsam ätherische Klang einer Chromonica (einer speziellen Mundharmonika) dem pseudo-kadenzierend ein Ende setzt. Den möglicherweise verbleibenden Rest löst das nachfolgende *Vivace cantabile* – ähnlich wie die Warschauer Etüde (6) ein „singendes" Presto war – in die rasche, fingerfertige Virtuosität eines gleichmäßig dahinstürmenden Perpetuum mobile auf. Nur gibt es da wieder durch allerhand gegentaktige Artikulationen jene „inhärente", illusionär herausgefilterte Ergebnis-Melodik (wie bei der afrikanischen Pulsations-Musik), und sie wird zusätzlich durch kantable Linien der Orchesterinstrumente zu einem sich verflechtenden Rankenwerk rings um die jagenden Sechzehntel-Kaskaden aufgefächert.

In welcher Weise Anregungen – hier kurios vermischt von der Metrik schwarz-afrikanischer Spielmanieren und Nancarrows Player-Piano-Modellen – bei einem Komponisten wie Ligeti, der ja überhaupt einem synkretistischen Assoziationen-Pluralismus zuneigt, meist nur sehr indirekt und punktuell eine gänzlich neuartige Konzeption für musikalische Formungsvorgänge oder Zusammenhangsbildungen hervorrufen können, wird am sinnfälligsten deutlich wohl beim vierten, dem Zentralsatz des *Klavierkonzerts*. Denn er demonstriert förmlich, was die Idee der Selbstähnlichkeit bei den iterierten Ableitungsprozessen der fraktalen Geometrie ausgelöst hat: Etwas wiederholen zu können, ohne daß es sich völlig gleicht, sondern als etwas anderes erscheint; an sich ist dies ja der alte kompositorische Vorsatz der Variationstechnik, allerdings dachte man dabei eben an besonders duchgeformte, längere Gebilde, damit sie Stoff für Verwandlungen abgeben, nicht jedoch an eher bescheidene, kurze Primär-Elemente und nicht an deren grenzenlose Vervielfachung. Ligetis *Allegro risoluto, molto ritmico* setzt zunächst nur knappe Axiom-Motive wie verschiedenfarbige Spielsteine in das sich öffnende Zeitfeld, durch Pausen getrennt und selbst nach ersten Entwicklungszügen noch mehrmals unterbrochen (Generalpausen T. 30 und T. 42). Aber allmählich entsteht durch Augmentation und Diminution, durch Verzahnung und Verschränkung auf der Basis einer wiederum durchgehenden Zweischichtigkeit der metrischen Strukturierungsordnung (im Hemiolen-Verhältnis 2:3, Duolen gegen Triolen) und durch Vermehrung, Verselbständigung, Ineinanderstauchen und Übereinandergreifen der Stimmen eine zunehmende Rotationsbewegung, deren Sog die Spielsteine durcheinanderwirbelt und wie in einem gewaltigen Mahlstrom mit sich reißt. Doch die Steigerungstendenzen, die Raumerweiterung zur Mehrdimensionalität, selbst das Operieren an der Grenze zum verwirrend Chaotischen lassen immer noch versteckt-geheime Steuerungsimpulse erkennen, so daß sich der Wirbel umgekehrt auch wieder ins Geregeltere zurückdrehen kann.

Abermals *attacca subito*, nur nach eintaktigem Pausen-Einhalt, beginnt dann der Schlußsatz seinen quirligen Geschwindlauf, ein *Presto* mit dem Zusatz *luminoso*, den Ligeti in der *Galamb borong*-Etüde (7) wieder aufgegriffen hat und dessen Sinn von leuchtender Helligkeit er hier noch durch den Wunsch nach beständigem, rhythmisch genauem Fließen unterstreicht (*fluido, costante, sempre molto ritmico*). Tatsächlich hebt mit raschem Pochen der Großen Trommel und einem eiligen Aufschwung des Klaviers durch alle Register ein leicht hingeworfener, fidel überdrehter Kehraus an, den eine fast ununterbrochene Sechzehntel-Pulsation (24 pro Orientierungs-Takt, mehr als 11 pro Sekunde) mit stürmischer Rasanz auf Trab hält. Selbstverständlich schneiden sich die beteiligten Instrumente, einzeln oder vereint und stets im munter ausgespielten Gegeneinander, aus diesem Schnelligkeitsraster die unterschiedlichsten Artikulationsmuster heraus nach allen Regeln einer souverän gehandhabten, wieder mit inhärenten Illusions-Rhythmen taktierenden Hemiolen-Kunst. Ebenso holen sie sich harmonisch aus der schrägen Verzahnung von beiden Ganzton-Feldern ihre jeweils modal oder pentatonisch gefärbten Mixturklänge. Und dementsprechend schälen sich aus dem flirrenden Vielerlei Melodiezüge heraus: halb schwermütig, wieder mit Sonderrollen-Einwürfen des Horns (T. 11–22), oder halb weltmännisch jovial (T. 36–44) oder halb flehentlich drängend unter Ausnutzung untemperierter Naturtöne (T. 49–62) und schließlich, nach einer eingeschobenen Pseudo-Kadenz des solistischen Klaviers, mit offensichtlicher Lust am ordinär draufgesetzten Jazz-Ton (T. 76–78).

Wer so beherzt und übermütig die Mehrdeutigkeiten der musikalischen Idiome ins kompositionstechnische Kalkül einzubeziehen weiß, der gönnt sich – quasi zur Erholung nach der anstrengenden Arbeit am *Klavierkonzert* – auch den Ausflug in die Welt überschaubarer, traditionell abgezirkelter vokaler Kleinformate, um sie mit demselben, ja noch weiter produktionsaktiven Impetus aus ihren angestammten Bahnen zu kippen. Hatte Ligeti schon das übliche Gattungs-Reglement des Konzerts mit dem Widerspiel zwischen dem Solisten und dem Orchester keineswegs respektiert, sondern das Tutti ebenso in ein polyphones Geflecht solistischer Individualhandlungen aufgelöst – ganz im Gegensatz zu seiner einstigen Cluster-Technik – wie umgekehrt das Klavier streckenweise als integriertes Gruppeninstrument behandelt, so mißachtet er jetzt, bei *Nonsense Madrigals* für Vokal-Sextett (1988–89), den herkömmlichen Zuschnitt solcher reinen Gesangsstücke im typisch homophonen oder kontrapunktischen Satz. Vielmehr hält er sich, ohne auf all seine komplizierten polymetrischen Schichtenüberlagerungen zu verzichten, an

IV. Allegro risoluto, 4 ♩= 138
molto ritmico
PIANO CONCERTO
Dedicated to Mario di Bonaventura
György Ligeti
1986-87
Flauto muta in Fl. piccolo
Flauto piccolo (sounds 8° higher)
Oboe
Clarinetto (sounds as written)
Fagotto
Corno (sounds as written)
Tromba
Trombone
TAMBURO PICCOLO
rim shot
Percussione
PIANO-FORTE SOLO
Poco ped.
Violino 1
Violino 2
Viola
Violoncello
Contrabbasso (sounds 8° lower – also the harmonics)
pizz.

Anfang des 4. Satzes, *Allegro risoluto*, aus dem *Klavierkonzert* (T. 1–12)

Anfang des Schlußsatzes, *Presto luminoso*, aus dem *Klavierkonzert* (T. 1–5)

historisch weit ältere Vorbilder: an Musik einer noch nicht vom Taktschlag koordinierten Mehrstimmigkeit aus jener für ihn anregungsreichen Zeit der Mensuralmusik. Und als Texte wählt er Verse zweier englischer Kinder-Poeten aus der Viktorianischen Ära, deren herrlich anti-konventionellen, sprachspielerischen Fabulierhumor man auch als leichtgewobene Phantasieausflucht aus den Zwängen des damals gültigen, überständig konservativen Gesellschaftssystems verstehen könnte. Jedenfalls waren diese verstellt naiven Gedichte von William Brighty Rands und dem sowieso hochgeschätzten Lewis Carroll, vermehrt um eine englische Übersetzung der Struwwelpeter-Geschichte vom Fliegenden Robert und ein bloßes Nachbuchstabieren des englischen Alphabets, für Ligeti genauso befreiend und inspirierend, wie es seinen musikalischen Bedürfnissen nach heiter-erholsamem Ausscheren aus irgendwelchen Vorab-Festlegungen entsprach. Und noch dazu reizte ihn das Experiment der Umsetzung seines inzwischen höchst flexiblen Strukturen-Repertoires auf gänzlich andere Verhältnisse wie die eines Vokalensembles (zumal in der stimmlichen Brillanz der *King's Singers*).

Gleich das erste der fünf *Nonsense Madrigals* kombiniert die Mehrtextigkeit der mittelalterlichen Motette mit der Praxis, einen zentrierenden Cantus firmus in die Mittelstimme zu legen, den Tenor, der bei der Sechsstimmigkeit von Ligetis Madrigalen zwischen den beiden Alti (Countertenören) darüber und den beiden Baritonen sowie dem Baß darunter für die Verbindung der Stimmlagen sorgt. Und so flicht er, während oben *The Dream of a Girl Who Lived at Seven-Oaks* und gleichzeitig unten *The Dream of a Boy Who Lived at Nine-Elms* (beides nach William Brighty Rands) in kuriosen Aufzähl-Reimen von lauter Siebener- oder Neuner-Gruppen (aus Singvögeln, Segelschiffen, Wetterhähnen, Rennpferden usw. gegen Grenadiere, Bäckerkörbe, braune Elefanten, Fahrräder usw.) beschrieben wird, in mittlerer Position einen Cantus nach Carrolls *Twinkle, Twinkle, Little Bat* ein und geht damit erst bei der Schluß-Sentenz der zweierlei Träume von dessen Fledermaus vereinheitlichend zu den Zähl-Partnern über. Auf diesen mit Ironie ziselierten motettischen Satz, in dessen komplexe Metrik sogar volkstänzerische 7er- und 5er-Teilungen einfließen, folgt mit *Cuckoo in the Pear-Tree* (wiederum von W. B. Rands) ein eher volksliedhaftes Dialog-Spiel um Legitimationsprobleme bei einem Kuckuck-Paar in umfärbenden Dur-Moll-Wechseln und dauernd von Kuckuck-Rufen durchzogen. Als formale Drehachse der fünf Madrigale fungiert das besonders ruhige, auf besonders langsame harmonische Veränderungen abgestellte *Alphabet*, bei dem Ligeti exemplifiziert, wie sich aus einem Nichts an Sprachmaterial durch Dynamikwechsel, Ausrufe- und Frage-Gestik musikalischer Sinn hervorlocken läßt, sogar nicht fern vom *Lux-aeterna*-Modell. Die beiden letzten Madrigale entwickeln ihren ganzen pantomimischen Spaß wieder an höchst kunstvollen kontrapunktischen Formgerüsten und sind eben darin auch noch verwandt. So dient beim *Flying Robert* ein 15mal wiederholtes Passacaglien-Thema, zweistimmig, in gemessenen Halbenwerten, über dem in gutgelaunter Spiritual-Manier die Story erzählt wird, zum Ausmalen des Bildes, wie der schlimme Junge bei unablässig fallendem Regen und starkem Wind (der einmal richtig „pfeift") an seinem roten Regenschirm in immer weitere Fernen getragen wird. Und in der *Lobster Quadrille* (nach Lewis Carroll) unterstreichen 15mal wiederholte Ostinato-Takte mit rhythmischem Akzent-Tausch, daß die arme Schnecke, die in einem submarinen Gespräch vom Weißfisch dauernd zu größerer Eile angetrieben wird, um beim Hummern-Tanz mitzumachen, nun einmal nicht schneller vom Fleck (und der ist englisch, wie ein Hymnen-Zitat bestätigt) kommen kann – ungeachtet dessen, ob sie überhaupt tanzen will.

Die verschränkte Komik solcher halb-irrealen Szenerien mit ihren Querbezügen zur lächelnd beobachteten Realwelt menschlichen Verhaltens und typischer Charakterzüge, auch der verklausulierte, sehr englische Satire-Witz einer Understatement-Kultur

1. *Nonsense Madrigal, Two Dreams and Little Bat*, Anfang (T. 1–10)

treffen bei Ligeti auf das artistische Vergnügen an einer unentscheidbaren Ambiguität von Sinn und verschleiernder Arabeske, von direktem Ausdruck und dessen Transposition in die Unerreichbarkeit, letztlich – und bei den *Nonsense Madrigals* besonders ausgeprägt – auf sein Vergnügen an distanzierender, infragestellender Selbstpersiflage. So könnte die *Lobster Quadrille* mit ihren zunehmenden Verschachtelungen relativ einfacher Grundmuster, die den jeweiligen Textinhalt musikalisch pointieren, mit einiger

p bis y aus *Alphabet*, dem 3. *Nonsense Madrigal* (T. 43–56)

sachlicher Begründung als die heitere Spiegelung, das locker gefügte Pendant des vierten Satzes aus dem *Klavierkonzert* aufgefaßt werden, das Ligeti immerhin als sein *ästhethisches Credo* bezeichnet hat. Es scheint, als werde die alte Frage nach Ernst oder Spiel, nach energisch und selbstgewiß vertretenem künstlerischen Anspruch oder nischenbewußter Metier-Bescheidenheit irrelevant, weil auf dem erreichten Niveau des Vollbringens alles immer beides zugleich ist. Und man muß sich gegenüber hochtra-

Anfang des 5. *Nonsense Madrigals, The Lobster Quadrille*

benden Theorien, welchen historischen Stellenwert Ligetis Komponieren eigentlich im polytopen Geschiebe der musikalischen Moderne einnimmt, gegenüber Worthülsen als Etiketten der stilistischen Zuordnung, wohl ständig vor Augen halten, was er abschließend nach einläßlicher Kommentierung seiner *Nonsense Madrigals* gesagt hat: Man könne sie als reine, technisch virtuose Konstruktionen hören oder als emotionshaltige Botschaften – beides sei Nonsens.

Ähnlich verhält es sich mit dem *Violinkonzert*, das wiederum wie das *Klavierkonzert* in zwei Phasen erst dreisätzig (1990) und dann ergänzt und umgestellt – gemäß dem ursprünglichen Plan – als fünfsätzige Folge (1992) komponiert wurde. Es stellt aber nicht nur nach seinem äußeren Werdegang und in seiner formalen Disposition, sondern auch nach seiner Bedeutung und seiner musikalischen Gewichtigkeit einen Parallelfall zum *Klavierkonzert* dar. Freilich ergaben sich eben durch die Violine als Soloinstrument – abermals in jener integrierten, nicht-konzertanten Stellung zu einem Orchester in Kammerensemble-Besetzung (22 Spieler) – ganz andere Voraussetzungen. Also mußte Ligeti – wie immer vom spezifischen Klang und den Spielmöglichkeiten des gewählten Instruments ausgehend – neue Darstellungsarten finden, die seinen vorgeordneten Interessen an einer Mehrdimensionalität im Rhythmischen wie in den Raumperspektiven genügen könnten. Denn die Erfahrungen mit dem Klavier und seiner geschärften Anschlagscharakteristik, noch dazu in mehrgleisige Parallel-Aktionen aufteilbar, so daß es schon von sich aus Strukturzelle für schnell geklöppelte Pulsationen wie deren irreguläre artikulatorische Überformung sein kann, taugten angesichts der völlig abweichenden Gegebenheiten von Geigenklang und Streichertechnik nur wenig. So nützte Ligeti beim *Violinkonzert* drei Eigentümlichkeiten der Streichinstrumente aus, über die umgekehrt wieder das Klavier nicht verfügt: Zunächst ist Umstimmen problemlos, und deshalb wird für zwei der insgesamt elf Streichinstrumente (inclusive Solo-Violine) gleichsam in Konsequenz der reinen Obertöne, die jedes Saiteninstrument als natürliche Flageoletts erzeugen kann, Skordatur vorgeschrieben – und zwar für eine der Violinen um einen zu niedrigen Halbton höher und für eine Viola um einen minimal vergrößerten Halbton tiefer, jeweils von reinen Kontrabaß-Flageoletts abgenommen und dann, wie üblich, in Quinten gestimmt; zweitens vermag jeder Streicher rasche Tonfolgen nicht nur mit den Fingern der Griffhand, sondern auch mit dem Bogen über die Saiten in größeren Intervallen arpeggierend zu spielen; und schließlich erlaubt der gezogene, modulationsfähige Streicherton eine nahtlose Vermischung mit dem Klang der Orchesterinstrumente und vor allem das natürliche Aussingen von Melodielinien, selbst in sehr ruhigen Tempi.

Infolge dieses dritten Punktes enthält das *Violinkonzert* – im Unterschied zum *Klavierkonzert* – gleich zwei langsame Sätze an zweiter und vierter Stelle. Und man könnte sie nach Intensität und Ausdehnung sogar als die eigentlichen Hauptstücke ansehen, während von den umgebenden Sätzen der erste ohnehin als *Praeludium*, der dritte als *Intermezzo* bezeichnet ist und das *Appassionato*-Finale gerade wegen seiner wild auseinanderfahrenden Steigerungs- und Überhöhungstendenzen und seiner gedrängten Knappheit auch epilogischen Charakter besitzt. Die Punkte eins und zwei – Skordatur und geschwindes Arpeggio – bestimmen hingegen ganz wesentlich das Erscheingungsbild des *Praeludiums*; ja sie entpuppen sich dabei überdies als halbwegs miteinander verwandt, wenn nämlich für die durchlaufende Sechzehntel-Bewegung außer raschen Saitenübergängen auch die rasche Figuration entlang der Oberton-Skala auf einer Saite herangezogen wird: dann erklingt naturgegeben reine, nicht temperierte Intervallik. Beides ergibt zusammengenommen jene diffusen Verschmutzungen der Klangpalette, die Ligeti so schätzt, jene sensible Brüchigkeit, die an poröse Stoff-Oberflächen oder den Zauber von Vergänglichkeitsspuren an einer Antiquität denken läßt. Im übrigen werden aus dieser Klangfolie, die wie aus dem Nichts auftaucht, allmählich einzelne Töne punktartig herausgegriffen – selbstverständlich in asymmetrischer Rhythmik, an der es der Satz auch sonst nicht fehlen läßt; und sie summieren sich zu einem merkwürdig fremdtönenden Modus (g-b-c-e-fis-ais-h-cis-f...), der den Anhauch von Morbidezza noch unterstreicht. Er füllt sich mehr und mehr auf, Konturen treten stückweise hervor, Farbfelder und Gangarten werden gegenein-

Arpeggien und Flageolett-Glissandi vom Anfang des 1. Satzes, *Praeludium: Vivacissimo luminoso*, des *Violinkonzerts* (T. 9–10)

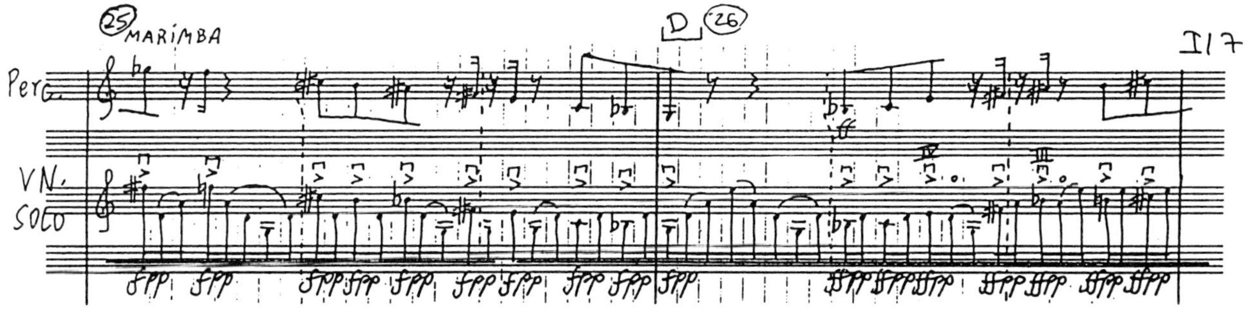

Ab- und aufsteigender Modus (T. 25–26, nur Marimba und Solo-Violine) aus dem 1. Satz, *Praeludium: Vivacissimo luminoso*, des *Violinkonzerts*

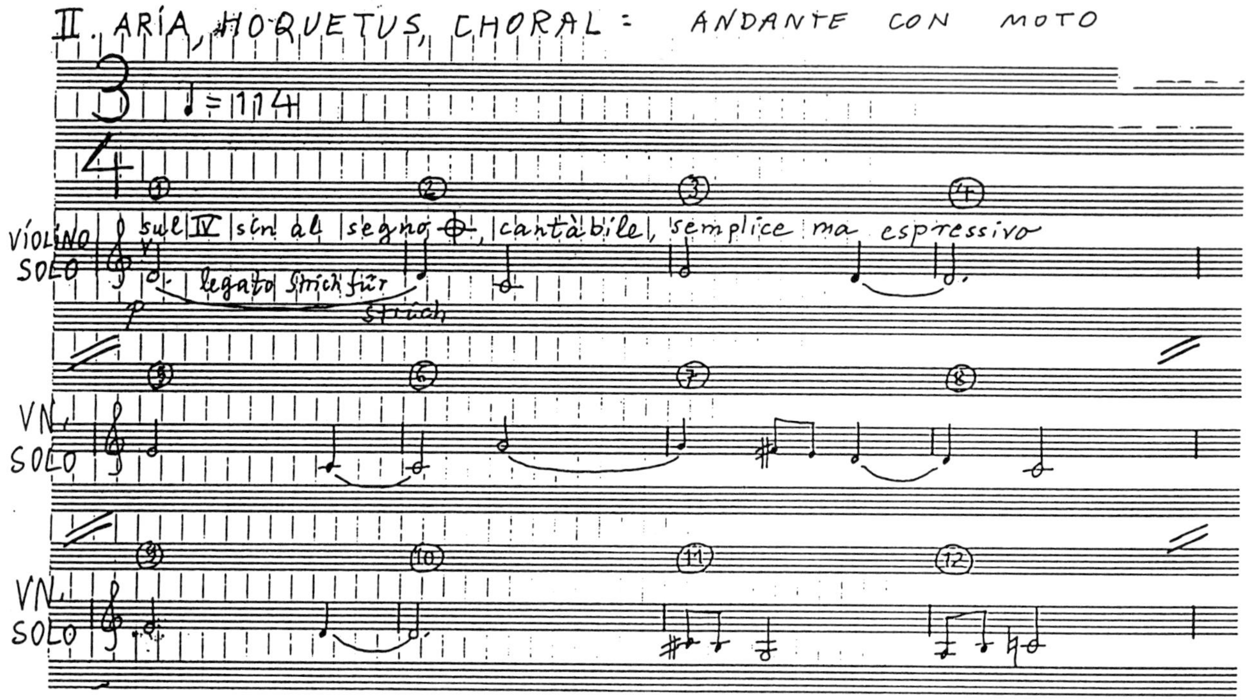

Anfang des 2. Satzes aus dem *Violinkonzert* (T. 1–12)

ander gestellt, auch die Lautstärke nimmt zu, aber ihre Spitzen brechen schnell in sich zusammen (T. 52, T. 70) und, ehe man sich's versieht, ist der ganze irreale Spuk vorüber, nur noch ein Schatten von dem unterlegten Dauer-Flimmern der Sechzehntel-Nervosität klingt nach.

Der zweite Satz mit dem dreigeteilten Titel *Aria, Hoquetus, Choral* im Tempo *Andante con moto* hebt mit einer einsamen, weit ausholenden Melodie der Solo-Violine an, die über interne Kongruenzen und Wiederholungen zunehmend andere Instrumente in ihr melancholisches Schweifen einbezieht. Und der Geiger darf dabei lange nur auf der G-Saite spielen (bis T. 75) – weil Ligeti eben die Vorlieben seiner Instrumentalisten kennt und sie, gleich der A-Saiten-Präferenz im *Cellokonzert*, mit leichter ironischer Übertreibung auch ganz im Sinne seines (davon unabhängigen) Konzepts ausnützen möchte. Hat der Geiger im farbenreichen Wechselspiel mit seinen Partnern die G-Saiten-Aria beendet, erklingt im sanftweinerlichen Märchenton von vier Okarinas ein gebundener Quartettsatz, dessen Thematik danach in gedehnter Vergrößerung erst von Trompete und Posaune (T. 84–129), dann von den beiden Hörnern (T. 129–159) aufgegriffen und weitergeführt wird. Und während dieser ganzen dreigliedrigen Entwicklungsphase bilden dreifach verschiedene, gegenrhythmische Begleit- oder Umspielfiguren den kommentierenden oder überdeckenden Vordergrund. Weil sie derart „auf Lücke stehen", könnte man sie

Quartettsatz der Okarinas aus dem 2. Satz, *Aria, Hoquetus, Choral*, des *Violinkonzerts* (T. 75–79)

unter dem Begriff Hoquetus zusammenfassen. Daraus wächst dann, nochmals mit demselben Melodiekern, ein schwebend choralartiges Gebilde im atmenden Bläserklang von Piccolo- und Altflöte, den vier Okarinas und nun auch zwei Lotosflöten, durch gitarrengleiche Pizzicato-Akkorde der Violinen gestützt (*Molto solenne*, T. 157–181) und durch ein düsteres Blechbläser-Nachspiel kontrastiert (*Maestoso misterioso*, T. 180–206), ehe die Solo-Violine wieder auf ihre Anfangslinie zurückgreift und den Satz zusammen mit der Altflöte sich in verhaltenem Nachsingen verlieren läßt.

Das Problem, zwischen der ausschwärmenden, zartfarbigen Lyrik dieses *Andante con moto* und dem gemesseneren Fortgang des *Lento intenso*, dem vierten Satz, ein formales Gelenk einzubauen, das sich nicht in Gegensätzlichkeit erschöpft, sondern zugleich verbindende Brückenfunktion übernimmt, löst Ligeti auf denkbar einfache Weise durch Zweischichtigkeit: Während im *Intermezzo* die Solo-Violine, getragen von langen Sostenuto-Klängen, wieder ihren Kantabilitäts-Gestus aufnimmt, wenn auch in der realen Linienführung völlig anders, rollen simultan, zwar leise, aber mit hoher *Presto*-Geschwindigkeit und gegeneinander verschoben, unentwegt fallende chromatische Skalen ab. Und erst, nachdem gestaffelte Bläser-Soli (wieder angeführt vom naturtönigen Horn) die Solo-Violine mehr und mehr abgelöst haben, schwillt die ständig herabperlende Hintergrund-Chromatik zu alles beherrschender Mächtigkeit an.

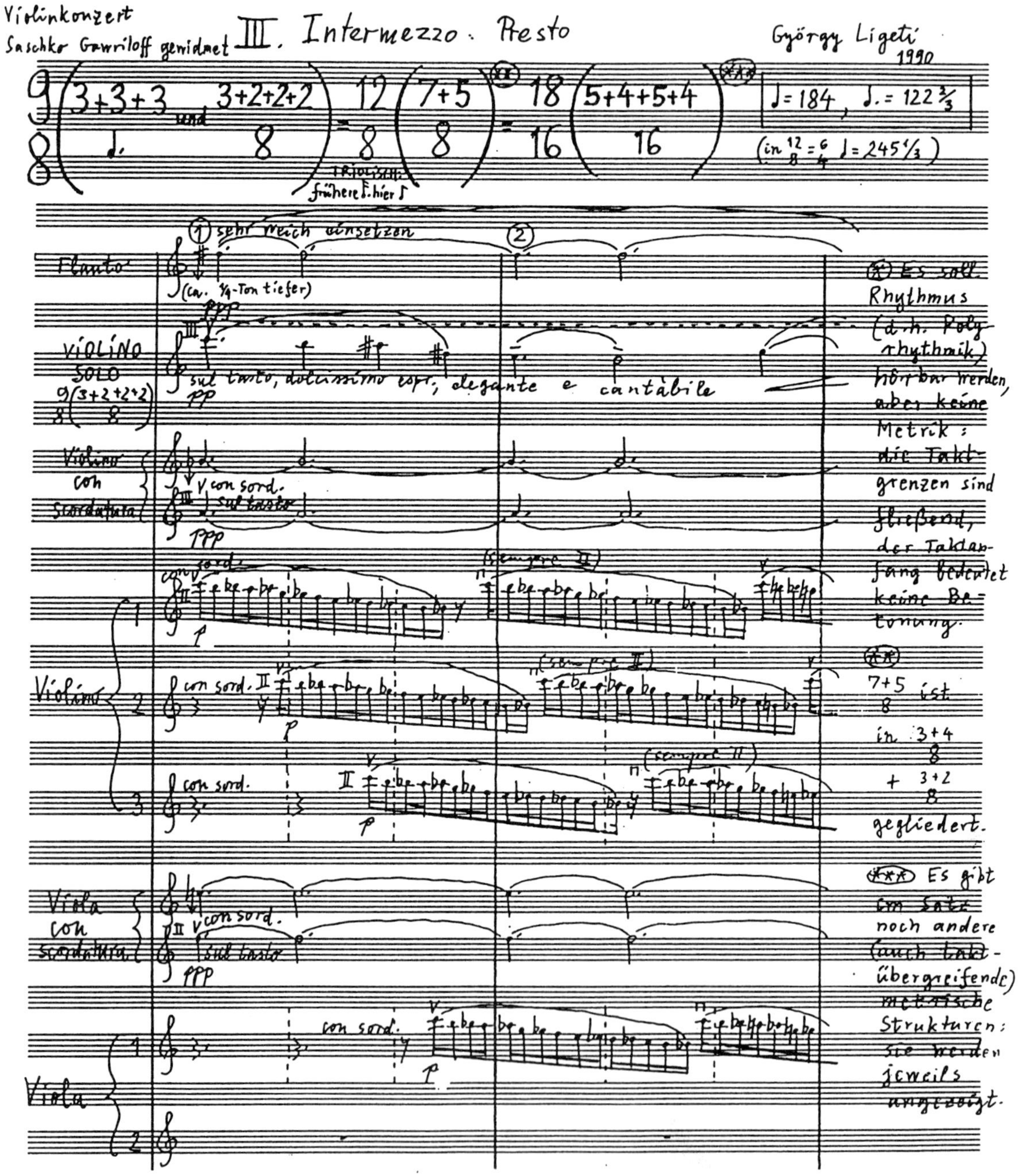

Espressivo-Linie der Solo-Violine gegen chromatisch abfallende Figuration im 3. Satz des *Violinkonzerts* (T. 1–2)

Anfang des 4. Satzes mit Passacaglien-Thema (Es-Klarinette, Trompete) aus dem *Violinkonzert* (T. 1–9)

Damit, auch mit der Vereinigung aller Ligeti-üblichen hemiolischen Rhythmus-Verzwicktheiten zum wild rasenden Höllensturz, ist der genau richtige Umschlagpunkt für die Gegenwelt der folgenden *Passacaglia* erreicht. Sie bezieht aus dem an sich wenig auffälligen Thema von fünf chromatisch nun ansteigenden Tönen in (anfangs) altertümelnd organaler Quart-Quinten-Zweistimmigkeit und beibehaltenem, gleichmäßig ruhigem Ganztakt-Fortschreiten ihre ungeahnten, erst allmählich erkennbaren Expansivkräfte. Wie bei einem unaufhaltsamen Prozeß, der selbst Fremdes, am Rand Liegendes in sein stetiges Dahinströmen einbegreift und sich dadurch nur noch mehr mit Energien auflädt, durchwachsen diese fünf nach oben strebenden Halbtöne, jeweils transponiert und somit, auch noch in verschlungener instrumentaler Aufteilung, zum chromatischen Endlosband gereiht, das Intensitäts-Crescendo dieses *Lento*-Satzes von innen her. Es steigt und steigt, von Gegenbewegungen nach unten und in die Tiefe gehalten, bis es schließlich in höchster Lage gleichsam an Extremspannung zerbirst. – Das anschließende Final-*Appassionato* versucht sich in der doppelt durcheinandergeratenen Situation – nach Höllensturz und Höhenkoller –, so gut es geht, selbst zu behaupten. Es ist Epilog und anarchisches Panoptikum in einem: Es knüpft mit *Agitato-molto*-Fummeln der beiden skordierten Streichinstrumente auf leeren Saiten wieder beim ersten Satz an, mischt dann Bruchstücke, Halbzitate, Tänzerisches, Eruptives, Folklore-Reminiszenzen und bläkende Banalität disparat durcheinander und greift zuletzt nach einer erst erlaubten, dann gekappten Solo-Kadenz als dem einzig verbliebenen Rettungssymbol der gründlich destruierten Konzertform.

Kunstwille und Kunstzerstörung – oder besser: der entschlossene Abbau von Künstlichkeit, leerem Formalismus, Konventionalität – sind die beiden Pole, zwischen denen sich Ligeti bewegt. Das eine ist eine Frage des durchzuhaltenden kompositorsichen Niveaus, zu dem er, täglich aufs neue eingekeilt zwischen Selbstanspruch, Selbstzweifeln und Selbstkritik, die vielfältigen Anregungsquellen aus bildender Kunst, Literatur, Natur- und Geisteswissenschaften sowie aus dem immer wieder lohnenden Fundus der Musik unterschiedlichster Zeiten oder Weltgegenden dringend als Stimulans und Maßstab-Orientierung benötigt. Das andere ist eine Frage des unnachsichtigen Anti-Schematismus, detektivisch genau, aber tolerant gegen alle, die sonst komponieren oder komponiert haben, hellwach gegen sich selbst. Und die Spuren davon, daß er seinen schönsten und schlüssigsten Plänen, der verlockendsten Systematik eines erfolgreich eingeschleusten technischen Prinzips mißtraut und sie, sobald es der musikalische Sinn erfordert, ummodelt oder über den Haufen wirft, sind in seinen Partituren als zugelassene und dann sofort logisch eingebaute Ausnahme von der Regel häufig zu finden. Solche Zeugnisse einer prüfenden, zuhörenden Kontrolle zeigen, daß selbst begierig gesammelte Kenntnisse, über viele Jahre durch Tätigkeit geschulte Erfahrungen, sensibilisiertes Reaktionsvermögen, ständiges Vergleichen, Weite der Horizonte gelegentlich nicht davor bewahren, sich in seinem Vorauswissen zu täuschen; daß also an der ebenso heiklen wie entscheidenden Nahtstelle zwischen Konzept und praktischer Niederschrift die so schwer einzuholende Vorstellung sich noch um einiges klüger und überlegener erweist. Wer sich trotz derartiger Zwistigkeiten bei der Übermittlung dennoch an seine ursprüngliche kompositorische Idee hält und ihr sogar noch bis in die verstecktesten Details zu folgen vermag, für den wird diese Bindung im gleichen Moment zu einer selbsterworbenen Freiheit im nun bestätigten, abstrichlosen Einvernehmen mit der wohl wichtigsten künstlerischen Instanz: dem eigenen, nicht betrügbaren ästhetischen Gewissen.

Gespräch über Ästhetik

Meine Art, ein Buch über György Ligeti zu schreiben, mag ungewöhnlich sein, zumal es sich um einen lebenden Komponisten handelt und wir beide uns immerhin seit rund 35 Jahren kennen: Ich habe Dir aber nur zu Beginn erzählt, daß ich nun vorhätte, den schon längere Zeit bestehenden Plan zu realisieren; seitdem habe ich Distanz gehalten – kein Austausch, kein Kontakt, keine Fragen, ich wollte mich allein auf Deine Musik konzentrieren und ich wollte auch, da Du ja ein sehr sprachfähiger und ausdrucksgewandter Komponist bist, von Deinen Kommentaren möglichst wenig beeinflußt werden. Jetzt, nachdem die Arbeit fertig ist, kann ich mich Dir wieder unbefangen zuwenden und Dich gleich in diesem Zusammenhang fragen, ob es nicht zwischen der Musik selber und ihrer Kommentierung manchmal ein kurioses Mißverhältnis gibt, daß die Hörer das Gespräch über die Musik mit den vorgebildeten Worten ernster nehmen und für konkreter halten als das Komponierte selbst.

Es ist leider so, und in meinem Fall bin ich mitverantwortlich an diesem „leider". Denn meine Selbstkommentare, die ich eigentlich nicht freiwillig abgegeben habe, sondern zu denen ich aufgefordert wurde, decken sich nicht immer mit den musikalischen Inhalten, weil Komposition doch ein nicht-verbaler Akt ist.

Gerade die Vielschichtigkeit Deiner Kompositionen läßt sich verbal überhaupt nicht erfassen. Da scheitern wir ja mit jedem Versuch.

Dazu muß ich etwas erklären: Als ich nach Köln kam – das war am 1. Februar 1957 –, kam ich hinein in diese fertige Gesellschaft von Stockhausen, Boulez, Koenig, Helms, Metzger, Evangelisti ... Kagel habe ich jetzt nicht gesagt, weil er zwar im selben Jahr, aber erst etwas später eintraf. Und es war, was ich da vorfand, – und Du erinnerst Dich, weil Du von Anfang an dabei warst und alle Leute gut kennst – eine kämpferische Gruppe, eine Avantgarde. Bei ihr überwog das Bedürfnis nach einer sozusagen theoretischen Stütze, daß diese Musik oder diese Verschwörung, diese Clique, diese Mafia – egal, wie wir es nennen – auf dem richtigen Weg ist und eigentlich die damalige neue Musik der fünfziger Jahre erfunden hat. Man brauchte eine dauernde Apologetik, eine dauernde Selbstbestätigung. Und ich glaube, deswegen gab es diese vielen Texte. Was zum Beispiel in der Schriftenfolge die Reihe *erschien, angefangen von Heften über Webern, die elektronische Musik, musikalische Form usw., das waren Selbstrechtfertigungstexte. Und ich war ein Teil dieser Gesellschaft. Ich sehe das heute halb kritisch, halb zustimmend.*

Man muß ja auch daran denken, es war eine sehr kleine Gruppe, wenn man es genaunimmt.

Und unter Druck, von der Öffentlichkeit eigentlich nicht anerkannt: In Köln gerade toleriert, auf noble Weise toleriert, in Darmstadt gefördert, einige besonders gefördert wie Boulez durch Strobel und den Südwestfunk. Und dann waren die guten Leute wie Karl Amadeus Hartmann in München mit der Musica viva *oder Herbert Hübner in Hamburg mit dem* neuen werk. *Aber es war eine sehr geschlossene Gesellschaft. Wir dachten – und ich gehörte irgendwie dazu –, wir sind auf dem richtigen Weg, wir machen die neue Musik. Diesen Glauben habe ich übrigens längst verloren. Aber damals, 1957 und die ganzen sechziger*

Jahre, war das noch durchaus aktuell. Und dabei habe ich mir auch diese Art des Kommentierens angewöhnt. Es waren im übrigen ganz handfeste Dinge: die verschiedenen Rundfunkanstalten wollten Texte zur eigenen Arbeit haben, außerdem habe ich bei Dir in München oder bei Häusler in Baden-Baden Sendereihen über Webern oder Debussy und verschiedenes anderes gemacht. Dies war auch, ganz primitiv gesehen, die einzige Verdienstmöglichkeit. Von der Musik konnte man nicht leben, die Rundfunk-Honorare waren eine wesentliche Hilfe. Ich sehe das als ein soziologisches Phänomen, dieses Überwiegen der Kommentare und Selbstkommentare. Und daß dies alles in eine theoretische, in eine philosophische Diskussion mündete, hängt auch mit der Rolle von Adorno zusammen.

Daß eben überhaupt über Musik in solchem Umfang und auf solchem Niveau reflektiert wurde.

So ist es. Und es ist ja ganz wichtig, daß damals in Deutschland so jemand da war, auch als Reaktion auf die Hitler-Jahre. Das Ganze geschah doch in diesem Vakuum gerade im damaligen Westdeutschland, von den Besatzungsmächten gefördert: Strobel in Baden-Baden von den Franzosen, Steinecke in Darmstadt von den Amerikanern, Eimert in Köln oder Hübner hier in Hamburg von den Briten. Und aus dieser Aufklärung gegenüber dem Entartete-Kunst-Begriff der Nazis gab es eine übermäßige Unterstützung für diese sehr kleine Gruppe – dasselbe gilt für die bildende Kunst und die Literatur. Und aus diesem Grund entstand da eine solch kämpferisch ideologische, apologetische Haltung. Doch die Musikkonsumenten, also die bürgerliche Gesellschaft, wollten es gar nicht. Man kann da zu den historischen Wurzeln zurückgehen: Ich glaube, Wagner hat damit angefangen, sich selbst schriftlich zu verteidigen mit seinem Kunstwerk der Zukunft. *Und das Schreiben über Musik hat Schumann angefangen auf wunderbarste Weise in der* Neuen Zeitschrift für Musik.

Aber er hat wenig über sich selbst geschrieben, sondern kritisch über andere, neben den berühmten Aufsätzen über Chopin und Brahms über viele, viele andere, die wir überhaupt nicht mehr kennen.

Aber früher, vor Schumann, war das nicht üblich. Und in den fünfziger Jahren hat es durch diese Musikideologie der Darmstadt-Köln-Pariser Gruppe überwuchert.

Es war aber auch der Versuch eines Brückenschlags zwischen den Komponisten oder Interpreten und dem Publikum. Denn diese Musik war ja tatsächlich in ihren Anfängen nach ihrem klanglichen Erscheinungsbild so unterschiedlich gegenüber allem, was man bis dahin gewohnt war, gerade auch unter den politischen Vorzeichen, die jeden Kontakt zur internationalen Entwicklung unterbunden hatten. Es war eine spröde Musik, kurz, materialbetont und sinnlich nicht sehr ansprechend. Man hat ja damals auch Webern sehr kühl und hirngesteuert aufgeführt.

Was, soweit es Webern betrifft, eine totaler Irrtum war. Seine Musik ist voller Ausdruck.

Nur eben sehr komprimiert. Und gerade diese Konzentratform hat damals Vorbildcharakter gewonnen. – Nun ist es ja so, jeder Komponist arbeitet, ohne es recht zu wissen, an seinem Nachruhm: Es bleiben Partituren, die Gesamtsumme eines Werkes, das kaum jemand richtig überschaut, und es bleiben, leichter zugänglich, die Verbaläußerungen. Sie werden jedoch unter Umständen wichtiger, gerade wenn dabei, wie das bei Dir der Fall ist, sehr typische, handliche Begriffe geprägt wurden. Es hat jetzt zum Beispiel, wie ich las, irgend jemand eine Arbeit über die Entstehung des Begriffs „Mikropolyphonie" geschrieben.

Wirklich? Also ich habe das Wort eingeführt und es klingt so wahnsinnig wichtigtuerisch.

Nur kann man mit einem solchen Begriff so leicht umgehen. Selbstverständlich wissen Leute, die sich mit der Materie beschäftigen, was damit gemeint ist, aber es liegt auch eine ganze Menge Mißverständlichkeit darin. Es sind ja die musikalisch-kompositorischen Realverhältnisse mit einem derartigen einzelnen Wort noch gar nicht bezeichnet.

Darmstadt 1960: Eduard Steuermann, Stefan Wolpe und György Ligeti

Sie sind überdeckt wie eine Wunde mit einem Pflaster, beide passen nicht genau aufeinander. Heute bin ich viel kritischer, auch mit meiner eigenen früheren Einstellung, daß ich so einfach Kommentare zu meiner Musik geschrieben habe in den fünfziger und sechziger Jahren. Aber es war wie ein Schwungrad, das in Bewegung geraten ist, und die Leute wollten es.

Nicht nur die Leute, auch die Veranstalter, die für ihre Konzertprogramme Texte brauchen, möglichst vom Komponisten und nicht von irgendwelchen Dritten.

Und dies hat eine negative Seite, weil von wohlmeinenden, bestmeinenden Musikkritikern oder Musikwissenschaftlern die Texte oft mehr beachtet werden als die Musik, weil sogar die Musik von ihnen und dem interessierten Publikum zurechtgehört wird nach den Texten. Und da fühle ich mich auch schuldig, was meine Kommentare betrifft.

Auf der anderen Seite muß man wohl, wenn man sich mit einer relativ funktionslosen Tätigkeit wie dem Schreiben von Musik beschäftigt, auch irgend etwas dafür tun, das Eigene zu propagieren. Deshalb erfindet man dann Etiketten, und die sind leichter umsetzbar als die Musik selber.

Allerdings, als ich das Etikett „Mikropolyphonie" geprägt habe, da hatte ich nichts Propagandistisches im Sinn, ich habe eher an den Diskurs, das Sprechen über Musik, gedacht. Diese Art des Diskurses hatte ich übernommen. Nachträglich betrachtet ist es für mich wie ein Gesellschaftsspiel: Wir waren eine Clique, bei der es einen Mittelpunkt gab, das waren Boulez und Stockhausen und auch Nono, auch Maderna, etwas weniger Berio und Pousseur, dann gab es eine Außenschicht, die nicht Kern war, aber dazu gehörten Koenig und Kagel und ich; und wir haben das ohne viel Reflexion, ohne viel zu überlegen, übernommen. Heute habe ich dazu einigen Abstand, ich würde am liebsten keine Kommentare mehr schreiben. Ich bin in jüngster Zeit auch dazu übergegangen, zum Beispiel was mein Violinkonzert *betrifft, keine Einführungen mehr zu schreiben. Lediglich die erste Partiturseite war im Programmheft abgedruckt.*

Eine kleine Gruppe mit bestimmten Riten, mit der Notwendigkeit zur Selbstverteidigung damals – andererseits hast Du in Deinem Balzan-Vortrag von 1991 jetzt am Schluß gesagt, die Komponisten von sogenannter E-Musik lebten heute *in einer winzigen kulturellen Nische, eingkeilt zwischen der sich kommerziell ausbreitenden Unterhaltungselektronik und den Hochglanzfolien des traditionellen, prestigeträchtigen Konzert- und Opernbetriebs.* Eigentlich ist dies doch für das Bewußtsein der Komponisten von ihrer eigenen Existenz genau dieselbe Konfiguration wie damals in den fünfziger Jahren. Man sieht, daß heute aktiv schöpferische, kreative Menschen gesellschaftlich nur noch einen ganz kleinen Platz haben, weil sich alles nach der schnellen Verkäuflichkeit richtet. Und selbst die wenigen, die sich für die neue Musik interessieren, sind nochmals nach dem Pluralismus-Prinzip in mehrere Richtungen aufgespalten. Es besteht also heute wiederum dieselbe Notwendigkeit, sich selbst zu verteidigen und sich einen eigenen Entwicklungsraum zu schaffen. Du hast dann mit einem Metaphernsprung von der Nische zur Seifenblase gesagt, selbst wenn die Nische nur so eminent klein ist, daß sie in der Haut einer Seifenblase unterzubringen wäre, so hat sie doch Ausdehnungsmöglichkeiten im Geistigen, die eminent groß sind.

Keine soziale Funktion mehr – oder kaum –, aber wenn wir dies akzeptieren, dann gibt es in der heutigen Musik ein Spiel mit durchaus hohen Einsätzen. Ich denke jetzt an historische Parallelen: diese überkomplexe Musik im 14. Jahrhundert in Avignon und in Paris nach der großen Pest, also das, was vor 20 Jahren durch Ursula Günther „Ars subtilior" genannt wurde, mit so extravaganten Leuten wie Solage, Senleches oder Ciconia. Ich sehe eine sehr starke Analogie zwischen dem 14. Jahrhundert und unserem Jahrhundert. Das ist jetzt ziemlich vereinfacht, aber im 14. Jahrhundert die große Pest, die ein Drittel der Bevölkerung in Europa hinwegrafft, der englisch-französische Krieg, den man später den hundertjährigen genannt hat, aber damals war unabsehbar, wie lange das dauert, dann die Päpste in Avignon und Rom, manchmal zwei, manchmal drei, ein totales Chaos, vorher die verschiedenen Feldzüge gegen die sogenannten Häretiker wie etwa die Albigenser in Südfrankreich, Vernichtung der provençalischen Kultur – also es war auch eine ganz, ganz schlimme Zeit. Und innerhalb dieser schlimmen Zeit schreibt man in bestimmten Zentren, wo eine dekadente, überfeinerte Musik blühen kann, in Paris, am Papsthof in Avignon oder beim aragonischen Königtum in Barcelona, eine genauso elitäre Musik, die eigentlich nur für In-Kreise bestimmt sein kann, wie die der Darmstädter Schule. Oder ich denke an Gesualdo: Als er von Neapel nach Ferrara ging, erlangte er dort wohl eine bestimmte Bedeutung, aber seine überfeinerte Chromatik hatte sonst absolut keine Breitenwirkung. Und doch bewahrt diese Seifenblase von Gesualdo bis heute ihre Gültigkeit.

Würde das eigentlich heißen, daß eine bedeutende Kunst, die auch in die Ferne wirken kann, aus solche Weise gesellschaftlich exterritorial geschaffen werden muß?

Ich würde es anders sagen: Sie kann im Augenblick, wo sie gemacht wird, – um ein Modewort zu benutzen – wenig soziale Relevanz besitzen und trotzdem in der Fernwirkung über die Jahre oder Jahrzehnte, vielleicht Jahrhunderte noch Bestand haben. Das ist jetzt sehr hochmütig, wenn ich annehme, daß einige heutige Kompositionen so lange weiterwirken könnten. Aber ich will Dir ein Beispiel geben, es stammt nicht von mir, ich habe es irgendwo gelesen: Ein reisender Musikinteressierter kommt im Jahr 1827 nach Wien und fragt, was ist hier los. Darauf wird ihm geklagt, es gebe nur die italienische Oper und einen großen Komponisten Rossini, von Cherubini in Paris werde auch einiges gespielt, auch von Spontini, leider seien aber die wirklich guten Leute in Wien entweder schon lange tot wie Haydn oder sie machten nichts mehr: Beethoven ist verstummt, schwer krank und taub, säuft nur, trinkt Kaffee und Cognac, und der hochbegabte Liedkomponist Schubert sitzt irgendwo in Nußdorf und ist Alkoholiker geworden, auch von ihm hört man nichts mehr. Und in dieser Zeit entstanden die großen Beethovenschen Quartette und Sonaten und Schuberts G-Dur-Streichquartett *und* C-Dur-Streichquintett*; und dann sind beide bald gestorben, zuerst Beethoven, dann Schubert. Also, man wußte einfach gar nichts davon. Und wenn etwas von Beethovens späten Werken aufgeführt wurde nach seinem Tode, dann hat ein Mensch wie Carl Maria von Weber, ein ganz großer Musiker, es nicht verstanden. Joseph Joachim und mit ihm Brahms waren diejenigen, die die späten Beethoven-Quartette durchgesetzt haben als eine ganz große Musik. Zuvor hatten sie absolut keinen Widerhall in Wien.*

Das waren ja auch tatsächlich Werke, die den Konventionen des damaligen Musikbetriebs nicht entsprochen haben, zu ihnen geradezu konträr waren. Da muß dann sehr viel später jemand kommen, der sagt, das sind großartige Sachen, man muß es nur richtig aufführen. Letztlich war eben dies auch der Grund für Schönberg, seinen *Verein für musikalische Privataufführungen* zu gründen, weil er eingesehen hatte, daß bei den gebotenen, inadäquaten Aufführungen kein Mensch begreifen kann, was da eigentlich musikalisch geschieht. Die Vermittlung ans Publikum ist also ganz wesentlich immer auch noch eine Frage der Interpretation.

Oder denk an ein anderes Beispiel: die Kantaten und Passionen von Bach in Leipzig. Sie wurden aufgeführt, jede Woche eine neue Kantate, und die Passionen wurden wahrscheinlich mit Erfolg aufgenommen von dieser kleinen Gemeinde in Leipzig. Aber erst als Mendelssohn 1829 die Matthäus-Passion *wieder aufführte, dann war das plötzlich ein Ereignis. Bis dahin hatte der alte Bach, anders als sein Sohn Carl Philipp Emanuel, überhaupt nicht gezählt.*

Allerdings hat Mendelssohn Bach wohl ziemlich schrecklich aufgeführt, eben im Sinne des frühen 19. Jahrhunderts, auch wenn sich das genauer nicht belegen läßt.

Aber es muß eine große Wirkung beim Publikum gehabt haben. Jedenfalls gab es von da an den „großen Bach".

Das ist ja überhaupt das Schöne an der Musik, daß sie fähig ist, durch die Notwendigkeit zur Interpretation sich im Lauf der Geschichte immer zu verändern, also die Valeurs der jeweiligen Zeit mitaufzunehmen, mitzuspiegeln. Auch wenn man von Werktreue oder Partiturgerechtigkeit spricht, mischen sich da seltsame Unwägbarkeiten ein.

Wir wissen nicht, was Werktreue ist, wie man Dufay oder Ciconia oder sogar Monteverdi aufgeführt hat. Wir haben eine kontinuierliche Tradition seit Haydn und Mozart, immer von Lehrer zu Schüler; aber alles, was innerhalb dieser Vermittlungslinie geschieht, ist sehr relativ, es ist dauernden Schwankungen unterworfen. Und ich möchte jetzt eigentlich auch diese kulturpessimistische Auffassung von der Seifenblase etwas abschwächen, die Sache mit der winzigen Nische. Ich habe, als ich diesen Balzan-Text schrieb, die Tatsache nicht recht bedacht, daß durch die Existenz einiger hochspezialisierter Ensembles wie Ensemble Modern *und* Asko *und* InterContemporain, *wie* London Sinfonietta *und eins in Moskau und eins in Helsinki usw. es allmählich wieder ein Stammpublikum für neuere Musik gibt. Es genügt ein Ensemble, das sich voll einsetzt, das einige Unterstützung, mehr oder weniger, bekommt und gute Leute hat, die das managen; plötzlich entsteht dann wieder eine Art von Minderheitsrecht für diese Musik. Also so schlecht sieht das gar nicht aus.*

Nur gibt es in Deutschland eben ein *Ensemble Modern*, daneben noch einige andere, die sich jetzt nach diesem Modell gebildet haben. Aber gemessen an dem, was täglich an historischer Musik umgesetzt wird, muß dies doch ein ganz verschwindender prozentualer Anteil bleiben.

Sicherlich. Ich sehe die Situation geprägt von den elektronischen Medien, von High-Tech, daß das Fernsehen absolut alle anderen Medien an die Wand drückt. Das ist nicht wertend gemeint, denn das Fernsehen ist zum Beispiel ein wunderbar schnelles Informationsmittel. Aber die optische Kultur hat sich ungemein ausgebreitet und die Kultur des Musikhörens und des Lesens ist viel kleiner geworden. Und was an Kultur des Musikhörens bleibt, ist vor allem Pop und Rock, schon Jazz ist demgegenüber eine Minorität. Pop und Rock aber in Wechselwirkung mit Fernsehen und Rundfunk, in Wechselwirkung auch mit den großen Plattengesellschaften, die weniger – wie man da sagt – „Titel" in größeren Auflagen herausbringen wollen (und ich kann ihnen dieses reine Profitdenken gar nicht verübeln), zusammengenommen mit der technischen Entwicklung bis zur Erfindung der CD – dies alles begünstigt innerhalb der E-Musik die Großvermarktung der Großinterpreten, die dann gezwungenermaßen die Musik des späten 18. Jahrhunderts und des 19. Jahrhunderts spielen. Sie bleiben also auf die tonale Musiksprache begrenzt, wo noch Bartók, Strawinsky, Debussy, Ravel am Rand toleriert werden, aber was nachher kommt, schon Schönberg, nicht.

Auch Dein Verhältnis zur Tradition – wir sprechen ja jetzt immer über dieses Wechselverhältnis – in Deinen eigenen Kompositionen hat sich ja im Lauf der Jahre verändert. Es bestand da zunächst einmal der Wunsch, vieles auszuklammern, von vielem Abstand zu gewinnen, sich weitgehend zu separieren und irgendwo einen Nullpunkt zu finden, von dem aus man wieder neu anfangen kann, wie es schon in Deiner *Musica ricercata* anklingt.

Aber das ist noch ganz Bartók, auch wenn ich etwas anderes wollte.

Du hast aber trotz dieser Abwehrhaltung während all der folgenden Zeit immer mehr traditionelle Elemente in Deine Musik aufgenommen, gleichsam durch eine Hintertür.

Ja.

Dazu nun eine Frage. Schönberg hat bei der Beschreibung seiner Streichquartette berichtet, Zemlinsky habe ihm erzählt, Brahms habe – schon dies eine echte Traditionen-Genealogie – immer, wenn er ein kompositorisches Problem gesehen hat, eine Partitur von Bach oder von Beethoven, die er stets neben seinem Schreibpult liegen hatte, zu Rate gezogen ...

als Maßstab ...

Nicht, um zu kopieren, sondern nur um das Essentielle, das Niveau erfassen zu können und auch zu sehen, wie sie ihrerseits ähnliche Probleme gelöst haben.

Ich wußte das nicht. Aber das ist eine wunderbare Information, die Du mir da gibst, weil sie so stichhaltig ist. Und Brahms war deshalb vielleicht auch sehr viel traditionsgebundener als Wagner und Bruckner zur selben Zeit, die wahrscheinlich weniger nachgeschaut haben.

Jetzt meine Frage: Gibt es für Dich eine Standard-Musikliteratur, die Du zu Rate ziehst, oder gibt es wechselnde Gruppierungen?

Also, es gibt Konstanten, jedoch in dem, was außerdem dazugehört, auch einen Wechsel im Lauf der Jahre. Was Du über Brahms sagst, mache ich auch, allerdings in einer anderen Form. Wenn man selbst arbeitet und irgendein Ideal von einem Niveau hat, einem handwerklichen oder einem künstlerisch-inhaltlichen, was immer diese Inhalte sein mögen, dann hat man, vor allem wenn man jung ist, Vorbilder. Für mich war das Bartók. Wenn man aber Teil einer Clique oder einer Gesellschaft ist wie in Darmstadt und Köln in den fünfziger Jahren, dann hat man das Ideal, auf dem Niveau der besten Kollegen zu sein. Also es gibt halb unbewußt, halb bewußt immer so eine kleine Rivalität: Was ich mache, muß sich mindestens auf demselben Niveau bewegen wie bei meinen Kollegen – oder wie bei großen historischen Beispielen.

Waren da für Dich die historischen Modelle bindender oder die Deiner Zeitgenossen?

Das hat gewechselt. Als ich in Ungarn war, hatten wir nur diese Perspektive Bartók. Nimm mein 1. Streichquartett, *das ist fast ein Bartóksches Stück. Ich hatte mich gemessen an den Bartók-Quartetten, die ich kannte, das waren das* 1., *das* 2. *und das* 6. Streichquartett. *Die anderen durften nicht gespielt werden, ich kannte sie nur aus den Noten wie auch die* Lyrische Suite *von Berg, jedoch nicht Schönberg. Aber das war nur so halb gehört, was man aus der Partitur entnehmen kann oder am Klavier spielen. Doch ist das selbstverständlich nicht die klingende Realität. Dann, im Jahr 1956, wurde Bartók in vollem Umfang erlaubt, und ich konnte erstmals das* 5. Quartett *vom Tátrai-Quartett im Konzert und das* 3. *und* 4. *von einer Platten-Aufnahme hören. Das, woran ich mich in diesen Jahren gemessen habe, war jedenfalls Bartók. Und in meinem* 1. Streichquartett *wollte ich zwar ein bißchen anders komponieren als Bartók, aber ich kam da einfach nicht heraus, ebenso in der* Musica ricercata. *Gekannt habe ich sonst noch einiges von Strawinsky,* Feuervogel *und* Petruschka, *jedoch alles andere, beispielsweise Schönberg, war abstrakt.*

Und wie war das dann nach 1956/57, nachdem Du in den Westen gekommen warst?

Das war der große Wechsel. Ich komme plötzlich nach Köln, treffe Stockhausen und Koenig, später auch Boulez, höre Stockhausens Kontra-Punkte *und* Gesang der Jünglinge *(den ich übrigens schon in Ungarn während der Revolution, mit Kanonenfeuer auf den Straßen, aus dem Radio gehört hatte), und auf einmal ist da eine ganz andere Welt und ein anderer Maßstab: Man kann auch ganz anders denken als Bartók und Strawinsky. Und dann der große positive Schock der Wiener Schule, vor allem Webern. Es ist so, man übernimmt einen Maßstab, und Webern war ein Maßstab für diese ganze Komponistengruppe. Und wenn mich Webern tatsächlich so viel mehr beschäftigt hat als Schönberg und Berg, dann war das nicht nur eine Modeerscheinung, sondern für die musikalische Situation der späten fünfziger Jahre war Webern fraglos eine Art von Musterbeispiel. Und die Kombination Webern-Debussy, die für Boulez und Stockhausen so wichtig war, wurde für mich ebenso wichtig.*

Es ist auch wieder diese merkwürdige Studierstuben-Atmosphäre in einem kleinen Kreis: Man nimmt den, der fast unbekannt ist. Ähnlich wie sich später bei Dir die Hinwendung zur Ars subtilior auf Komponisten konzentriert, die kaum jemand kennt.

Ich springe jetzt auf eine andere vergleichbare Situation: In den letzten zehn Jahren wird ein bis dahin unbekannter Komponist entdeckt, Scelsi, von Stiebler und Metzger und noch einigen anderen. Egal, ob er die Stücke nun selbst komponiert hat oder Tosatti, einige sind wunderbar, etwa sein 4. Streichquartett *oder* Anahit, *ich liebe das. Und seine Nähe zu dem, was ich gemacht habe – Prioritätsstreite sind vollkommen müßig, wer da der erste war, es war gleichzeitig und unabhängig –, hat mich tief beeindruckt. Aber daß Scelsi plötzlich zur großen Mode wurde, hängt auch damit zusammen, daß er vorher völlig unbekannt war. Also ich habe zum Beispiel zum ersten Mal über ihn, noch nicht seine Stücke, gehört durch den Band der* Musik-Konzepte, *von Metzger und Riehn herausgegeben. Dann kamen die ersten Schallplatten mit dem* Arditti-Streichquartett *usw. Das hat mich sehr interessiert. – Oder ein anderes Beispiel: Meine vielleicht Überbewertung von Nancarrow, wie ich für ihn eingetreten bin oder für Claude Vivier oder Stefan Niculescu.*

Aber Nancarrow und Vivier liegen, wie ich glaube, für Dich doch auf etwas verschiedenen Ebenen: Nancarrow, das war die Faszination durch diese irrwitzigen Geschwindigkeiten und die Polyrhythmik, während Du bei Vivier oder Stefan Niculescu eher Dinge entdeckt hast, die Dich interessieren, weil sie mit Deinen eigenen Überlegungen und Vorhaben parallellaufen.

Aber solche Berührungspunkte gibt es bei Nancarrow auch.

Gewiß, jedoch war seine Musik die größere Überraschung, daß derartiges durch diese selbstspielenden Klaviere überhaupt möglich ist.

Ja, eine totale Überraschung. Aber ich komme zurück auf Deine Ausgangsfrage, an wem ich mich gemessen habe. Es gab da tatsächlich so eine Art – ich gebrauche das Modewort – „Paradigmenwechsel": Bartók und Strawinsky als Ideal und dann umgekehrt die Kölner Gruppe, Stockhausen und Boulez. Ich nenne diese beiden, weil sie für mich wichtig waren und ich doch Stockhausen persönlich sehr gut gekannt habe – wie Boulez viel später, auch wenn ich manches bei ihnen gleich sehr kritisch gesehen habe. Also Musikdenken heute *von Boulez habe ich bis heute nicht verstanden, auch nicht in französisch. Dennoch war* Marteau sans maître *für mich ein Modellstück, genau wie Stockhausens* Gesang der Jünglinge *und etwas später seine* Gruppen, *bei deren Vollendung ich dabei war, ebenso bei den Proben zur Uraufführung. Stockhausen behauptet irgendwo, ich sei sein Schüler, und ich bejahe das, ich habe von ihm wahnsinnig viel gelernt. Das hat nichts zu tun mit meinen persönlichen Problemen, daß ich seine Megalomanie nicht mag. Ich war sein Schüler.*

Er war ja auch sozusagen Deine Antenne für die westliche Musiklandschaft.

Ja, und er hat eine Art von Niveau etabliert: durch seine Arbeitswut und seine Durchsystematisierung.

Auch wie er an Ideen, von denen er glaubt, das sie hieb- und stichfest sind, unbeirrt festhält.

Diesen Glauben habe ich mit ihm nicht geteilt. Also seinen Artikel ... wie die Zeit vergeht ... *habe ich sofort eigentlich kritisch verrissen; diese Parameter-Gleichsetzung habe ich nicht akzeptiert. Und ich konnte ihm auch nicht folgen, als er zu sehr von Cage beeinflußt war, ihn eigentlich mißverstanden hat, also in der Phase seiner „Intuitiven Musik". Aber Du hattest mich gefragt nach meinem Wechsel von der mehr experimentellen oder avantgardistischen Haltung zu der mehr traditionellen.*

Also nach dieser allmählichen Infiltration von traditionellen Elementen.

Das begann schon in den sechziger Jahren mit dem Requiem.

Dennoch würde ich meinen, *Requiem* oder *Grand Macabre* oder *Horntrio* haben auf sehr verschiedenen Stufen und auch durch ganz verschiedene Motive begründet stets einen kleinen Schub mehr Traditionsnähe bedeutet.

Ich wurde 1984 in Graz bei dem Symposion von Frisius und von Zenck – Du warst dabei – zu Recht kritisiert, daß mein Horntrio *ein konservatives Stück sei und daß ich die Avantgarde verraten hätte. Das stimmt, es ist ein konservatives Stück. Aber wenn Du die neueren Stücke nimmst, die* Klavier-Etüden, *das* Klavierkonzert, *die* Nonsense Madrigals, *auf eine andere Weise ist es wieder moderne Musik, aber nicht von derselben Modernität wie die Köln-Darmstädter Avantgarde.*

Vielleicht hängt das ja auch mit der Lebenskurve zusammen. Die *Hölderlin-Phantasien* und die Passacaglia aus dem *Horntrio* reflektieren über das Altern: der Winter kommt, die Kälte kommt, das Leben geht vorbei, was bleibt? Es sind doch beides Stücke, gerade mit der Reminiszenz der chromatischen Abwärtslinie im *Horntrio-Lamento* an die rumänischen Klageweiber, die einen bestimmten Rückblick-Charakter haben.

Nostalgisch ...

Aber danach, *Klavier-Etüden, Klavierkonzert, Violinkonzert*, die bewegen sich doch, auch wenn stets ein bißchen Nostalgie hineinspielt, wieder auf einem neuen Entwicklungsstrahl.

Aber es ist eine ganz andere Entwicklung, als die Nach-Schönbergsche, die Nach-Webernsche Avantgarde es war; also da habe ich die Nabelschnur durchgeschnitten.

Du hast ja auch, ich glaube, im Kommentar zu Deinem *Klavierkonzert*, von Deinem *ästhetischen Credo* gesprochen: Dies sei nun, unabhängig von alter Avantgarde und neuer Postmodernität, Deine Art, Dich musikalisch und kompositionstechnisch auszudrücken.

Zurück zu Deiner Grundfrage: Wer ist für mich – wie bei Brahms – maßgeblich, wo schlage ich nach? Dazu ein etwas sarkastischer Kommentar: Es gibt einige Komponisten-Kollegen meiner Generation, die nicht sehr interessiert sind an der Arbeit anderer Komponisten und die meinen, sie hätten alles erfunden. Zum Beispiel Stockhausen, zum Beispiel Xenakis, das sind zwei Extrembeispiele. Also Xenakis hat gesagt, er höre keine andere Musik, er mache seine Sache ganz für sich.

Stockhausen und Xenakis haben ja tatsächlich beide in ihrem Denken etwas Autistisches. Und ohne Frage hat Stockhausen in den fünfziger Jahren eine ganze Menge erfunden. Xenakis auf seine völlig andere Weise ebenso.

Ja, beispielsweise Metastasis *aus dem Jahr 1954. Er hat behauptet, ich hätte* Apparitions *und* Atmosphères *unter seinem Einfluß geschrieben, aber ich habe* Metastasis *erst 1961 oder '62 kennengelernt. Wie auch immer, ich nehme diese beiden Persönlichkeiten, die ich übrigens auf sehr verschiedene Weise sehr hoch schätze, und meine sarkastische Bemerkung soll davon nichts abstreichen, weil sie, wie Du gesagt hast, etwas autistische Typen sind, die keine andere Musik brauchen – weder aus der Vergangenheit noch aus der Gegenwart –, sondern ihrem Komponieren nachgehen mit einem totalen Selbstverständnis. Ich habe Boulez nicht erwähnt in dieser Gruppe, weil er viel hört und viel kennt und sich auch als Dirigent einsetzt für andere Komponisten. Ich selbst gehöre zu den Leuten – obwohl ich weiß, daß ich etwas Eigenes mache –, die dauernd, dauernd daran interessiert sind, alles kennenzulernen, was existiert an Musik, ob Früheres oder Heutiges. Und deshalb sind „mein" Bach oder „mein" Beethoven, wie bei Brahms, zwar dauernd da, aber es sind immer andere Musiken. Ich habe immer ganz bestimmte Perioden, wo mich jeweils andere Musikarten fesseln, und ich messe mich daran.*

Und was sind die Konstanten?

Selbstverständlich bleiben, auch wenn es im übrigen wechselt, Bachs Wohltemperiertes Klavier *oder die* Kunst der Fuge *konstant und die Haydnschen Streichquartette, die späteren ab opus 55. Als ich zum Beispiel fand, daß ich in meinem* Klavierkonzert *zu komplex gewesen sei, benützte ich einen Spitalaufenthalt, um mit einem CD-Walkman und den Partituren der Haydn-Streichquartette einfach zu lernen, nicht mehr Noten zu schreiben als unbedingt nötig. Da ist Haydn der größte Meister, größer als Mozart, seine Selbstbeschränkung, diese konzise Form. Außerdem bleibt der späte Beethoven konstant oder der langsame Satz des* C-Dur-Streichquintetts *von Schubert – ein Rätsel – oder dessen* f-Moll-Fantasie *für Klavier zu vier Händen. Also es gibt Konstanten und daneben einen Wechsel. Allerdings, die Pastiche-Stücke vom Ende der siebziger Jahre, die zwei* Cembalo-Stücke, *mit denen ich bewußt ironisch und in Diskussion mit meinen Schülern, vor allem Hans-Christian von Dadelsen, auf die ganze neotonale und postmoderne Bewegung reagiert habe, oder meine früheren Fluxus-Stücke und der Vortrag über die* Zukunft der Musik, *die zählen eigentlich nicht zu meiner eigenen Musik. Aber das* Horntrio *ist das Stück, bei dem das Pendel in Richtung Traditionsgebundenheit und Konservativismus am meisten ausgeschlagen hat. Bei mir war das eine Trotzhaltung innerhalb der großen Aufspaltung: einerseits das Weiterwirken der Avantgarde bei Ferneyhough oder Lachenmann, andererseits Arvo Pärt und Steve Reich und die anderen Minimalisten …*

Also Arvo Pärt und Steve Reich würde ich nicht in einem Atem nennen.

Nein, aber insofern als es tonale oder modale Musik ist. Und dagegen würde ich abgrenzen die Weiterführung der Wiener-Schule- oder der Darmstädter Tradition. Also, wenn ich Komponisten wie Ferneyhough oder Lachenmann, die man auch nicht in einem Atem nennen kann, auf die eine Seite rechne, ich gehöre nicht mehr zu dieser Richtung; und auf der anderen Seite Steve Reich, den ich persönlich sehr schätze vor allem in seinen früheren Stücken, und Terry Riley und Arvo Pärt oder jetzt Henryk Górecki oder in Amerika John Adams, zu denen gehöre ich auch nicht.

War das *Selbstportrait* in den *Drei Stücken für zwei Klaviere* eigentlich ein bißchen das Kokettieren mit etwas, das damals Aktualität besaß?

Ja, und ironisch, selbstironisch. Währenddem, als ich Continuum *geschrieben habe 1968, hatte ich keine Ahnung von der Minimal Music, und da gibt es bestimmte unbewußte Parallelen. Und ich habe erst 1972 Stücke von Terry Riley kennengelernt; als ich etwa damals in Amerika* In C *gehört habe, war ich tief beeindruckt von dieser Konsequenz und von dieser neuen Form, der Prozeßform, die er eigentlich erfunden hat. Ich würde jetzt grob sagen, ich befinde mich nicht dazwischen, sondern an einem geometrischen Punkt in diesem topologischen Raum: da ist zum einen die chromatische und hochkomplexe Sprache und die Bedeutung einer Klangwelt zwischen periodischen Schwingungen, also harmonischen Spektren, und Geräuschen – so etwas, zu dem ich gehört habe bei* Apparitions, Atmosphères *und* Volumina –, *zum anderen ein Bereich von meditativer oder neotonaler Musik, Neoexpressionismus und verschiedenem anderen. Und ich befinde mich seit dem* Horntrio *oder seit* Grand Macabre *weder in dem total-chromatischen, noch in dem modalen oder tonalen Bereich, sondern irgenwo außerhalb dieser abgesteckten Felder, habe mich aber im* Horntrio *der modalen oder tonalen Welt sehr stark genähert. Und dann bin ich wieder davon weggekommen, weil ich dauernd meinen Standpunkt revidiere.*

Eine Wellenbewegung in Reaktion auf Dich selbst.

Aber Deine Grundfrage war: Wer sind die Referenzkomponisten? Und da würde ich antworten: Im Laufe der späten sechziger und dann der siebziger Jahre habe ich mich allmählich unabhängig gemacht von der Darmstädter Schule, von Stockhausen und Boulez und allen anderen als Kollegen, die für mich Leitsterne waren. Und dazu muß ich noch etwas ganz Konkretes sagen, etwas, das in sehr intime und persönliche Bereiche geht: Mein bester Freund, menschlich, in dieser ganzen Gesellschaft war Bruno Maderna. Alle Leute haben irgendwie intrigiert gegeneinander, das wechselte – mal Stockhausen und Boulez und Metzger zusammen gegen Nono, mal umgekehrt usw. Der reine Engel blieb Bruno Maderna. Nicht so sehr als Komponist war er wesentlich, aber als Dirigent, er war eigentlich der Chef der Darmstädter Schule.

Er hat ja zunächst einmal auf Nono ganz starken Einfluß gehabt, dann hat er während der fünfziger Jahre in diese ziemlich trockenen, abgezirkelten Kompositionen als Dirigent musikalische Lebendigkeit gebracht, ein Stück seiner eigenen Vitalität. Und seine Auffassungsgabe, sein Verständnis waren fabelhaft. Ein Blick in die Partitur genügte ihm, um zu wissen, was mit dem Stück los ist. Ich teile allerdings Deine Meinung über den Komponisen Maderna nur mit einem gewissen Vorbehalt: Ich glaube, er gehört zu jenen Komponisten, die in dem Wunsch, etwas richtig zu machen, nie dazu kommen, überhaupt etwas zu machen.

Er hat nie die Stücke beendet. Aber das war doch ein sehr sympathischer Zug bei ihm, es gehörte zu seinem Wesen.

Eigentlich hat er erst wirklich komponiert, als er schwer krank war und nicht mehr so viel dirigieren konnte.

Aber was für mich und meine stilistische Entwicklung wesentlich war: Bruno Maderna ist im November 1973 gestorben, und ich meine, daß durch seinen Tod diese Darmstadt-Kölner Gesellschaft auseinandergefallen ist. Er war das Haupt, das wird einem, wenn man es miterlebt, nicht so bewußt; eher hinterher.

Es hatte ja auch noch das *Internationale Kammerensemble Darmstadt* unter Bruno Madernas Leitung gegeben, das sich dann auflöste.

Das hatte eher finanzielle Gründe.

Es kommen eben immer mehrere äußere Umstände zusammen, die eine Entwicklung beenden, weil der persönliche Motor nicht mehr da ist.

Ich sehe jetzt im geschichtlichen Rückblick zwei Bruchpunkte dieser Darmstadt-Kölner Schule: Der erste war beim Kölner IGNM-Fest 1960, wo Kagel und Stockhausen sich verkracht haben, weil Kagels Anagrama *mehr Sensation machte als Stockhausens* Kontakte *– so einfach war das. Und damit begann zwischen beiden eine nicht angenehme Rivalität. Ich bin unter anderem deswegen dann endgültig von Köln weggegangen. Ich war mit beiden befreundet und bin es noch nach wie vor, obwohl ich Stockhausen seit vielen Jahren nicht mehr gesehen habe, Kagel dagegen öfters. Aber die Atmosphäre von früher war dahin, etwas hatte einen Sprung bekommen. Wesentlich war damals ja auch – Du warst dabei – dieses Gegen-Festival bei Mary Bauermeister mit Cage, mit Bussotti und mit Paik. Und es war plötzlich eine neue Konstellation da. Aber die Alleinherrschaft der Darmstadt-Kölner Clique war damit halbwegs zu Ende. Und total zu Ende war sie mit Bruno Madernas Tod, weil er als Persönlichkeit und in Darmstadt wohnend, also über die Zeit der Ferienkurse dort anwesend, und durch seine Arbeit mit dem Ensemble im Laufe der sechziger Jahre noch ganz Wesentliches gemacht hat. Und für mich war – ich sage jetzt ganz persönliche Sachen – dieser Mensch der Mittelpunkt, der einzige, der total sauber war, der mit jedem in gutem Einvernehmen stand und der sich geopfert hat. Noch schwer krebskrank – er wußte, daß er sterben wird – hat er in Amsterdam ein Konzert mit meinen Stücken dirigiert. Ich hatte ihn gebeten, es nicht zu machen. Aber er wollte es und hat sich noch in dieser Weise für Kollegen eingesetzt.*

Er wäre, glaube ich, zu einer Rivalität auch überhaupt nicht fähig gewesen.

Nein, nicht fähig. Und der Tod von Bruno 1973, davor von Adorno und von Harald Kaufmann, noch früher von Hartmann, das war schon 1963 – diese Menschen haben für mich emotionell eine ganz große Rolle gespielt. Und wenn Du siehst – ich habe über diese Aspekte nie gesprochen, und es war mir auch nie ganz bewußt –, daß ich Grand Macabre *in den siebziger Jahren geschrieben habe, es war die entschiedene Abwendung von der Darmstädter Ästhetik, radikaler als alles, was ich vorher gemacht habe. Dagegen gehört* San Francisco Polyphony *noch halbwegs dazu, aber* Grand Macabre *nicht mehr.*

Aber *San Francisco Polyphony* geht ja auch schon in vieler Hinsicht aus dem Darmstädter Zirkel heraus.

Ja, schon Lontano *distanziert sich davon, wenn auch weniger. Aber* Grand Macabre *ist etwas völlig*

Mit Mauricio Kagel

anderes, mit dieser Collage-Technik, es gehört zur Pop Art eigentlich, nicht zur Pop-Musik, sondern zur Pop Art. Doch das alles waren Folgen von Bruno Madernas Tod, fast würde ich sagen, er war mein Vater, und danach fühlte ich mich irgendwie alleingelassen. Und dann kam der Wechsel: Ich messe mich nicht mehr an den Darmstadt-Kölner Kollegen, ich messe mich an Charles Ives, an vielem aus der Unterhaltungsmusik, an Jazz. Ich hatte während der siebziger Jahre ein sehr starkes Interesse für Jazz, der bis dahin etwas außerhalb meiner Erfahrungswelt gelegen hatte.

Und was oder wer aus dem Jazz-Bereich war da für Dich besonders anziehend und aufschlußreich?

Also all die Größen des Jazz von King Oliver und Louis Armstrong und Duke Ellington angefangen bis Ornette Coleman, ganz besonders aber solche Platten wie Kind Of Blue *mit Miles Davis und John Coltrane. Nicht so sehr der Free Jazz von Ornette Coleman, aber Bebop sehr stark, Gillespie und Charlie Parker und Eric Dolphy. Aber* Kind Of Blue, *das ist Ende der fünfziger, Anfang der sechziger Jahre entstanden, ich habe es erst später, in den siebziger Jahren kennengelernt.*

Was hat Dich daran besonder interessiert?

Eleganz, Einfachheit und Komplexität zu gleicher Zeit. Ich weiß, daß es halb komponierte, halb improvisierte Musik ist, denn beim Jazz gibt es eben diese dritte Möglichkeit: Man hat bestimmte Modulationspläne, man hat einige Themen, einige Akkorde aufgeschrieben und dann gibt es aber eine halb improvisierte Ausarbeitung. Die Form ist immer irrsinnig einfach: Man geht von einem Thema aus, dann kommen die verschiedenen Soli, die Variationen sind, und am Ende trifft man sich wieder beim Thema. Also, es ist formal sehr primitiv. Jedoch intern, Kind Of Blue *und* Filles De Kilimanjaro, *das sind zwei Platten auf höchstem Niveau der Interpretation und auch musikalisch, ich würde fast sagen, von Mozartscher Selbstverständlichkeit.*

Hat Dich nicht einfach auch die Art, wie es gespielt wird, fasziniert, diese manuelle Perfektion und eine von aller Konzertpodiums-Steifheit freie Beherrschung des Instruments?

Ja, etwas Unprätentiöses und die Lässigkeit. Lässigkeit und Eleganz und Anmut, das bewundere ich an Mozart und an Debussy – und eben auch an Leuten wie Coltrane und Miles Davis und noch einer Anzahl anderer. Nicht alles, was Jazz ist, interessiert mich. Aber während der siebziger Jahre, als ich hier Lehrer geworden war in Hamburg, habe ich mich damit beschäftigt, auch solche Gruppen wie Beatles oder Supertramp haben eine Rolle gespielt. Ich weiß, das ist kommerzielle Musik.

Auch bei kommerzieller Musik gibt es ja am Anfang erstmal irgendeinen Impuls, der eine neue Sicht auf das Material und die Art, damit umzugehen und sich zu geben, enthält. Später, wenn sich der Erfolg eingestellt hat, wird es halt verwurstet und kommt in die Mühlen der Industrie und des Managements.

Ich denke jetzt an einen ganz bestimmten Beatles-Song von vielleicht 62, Love Me Do, *da wird auf einmal innerhalb eines tonalen, modalen Kontextes ein Organum, eine Quintparallele, hineingemixt. Es ist eine historische Collage und es ist in einer Art naiver Frische gemacht, damals, als sie noch keinen Welterfolg hatten. Und dann diese Platte* Sergeant Pepper *in der Großform: es ist eine Mache, eine Manipulation aus dem elektronischen Studio, aber auf irgendeine Weise umwerfend. Also solche Dinge wie Jazz,* Sgt. Pepper *oder etwas später, gegen Ende der siebziger Jahre, diese Gruppe Supertramp, etwa mit* Breakfast in America, *haben mich stark beeindruckt, obwohl das kommerzielle Pop-Musik ist und ich damit nichts zu tun habe. Und dann eine ganz große Vorliebe im Laufe der siebziger Jahre für lateinamerikanische kommerzielle, halbfolkloristische Musik, also brasilianische Samba zum Beispiel.*

Aber das ist ja alles keine Musik, die man in Noten neben sich liegen haben kann, sondern eine nur zum Hören. Das hat sich also gegenüber Brahms geändert.

Und weiterhin war es auch eher Hörmusik für mich, wenigstens zum Teil. Zum Beispiel Nancarrow hat mir plötzlich 1980 ein Niveau angegeben, was sich an Polyrhythmik erreichen läßt. Und ich hätte bestimmt meine Klavier-Etüden *und mein* Klavierkonzert *nicht geschrieben ohne Nancarrow. Er ist für mich, was Polyrhythmik und Komplexität betrifft, auch eine Art von Referenzpunkt geblieben. Und dann kam die Öffnung gegenüber verschiedenen ethnischen Kulturen: vor allem, seitdem ich es über Platten kenne, seit 1983, die afrikanische Musik und ebenso sehr viel die Musik aus Südostasien, von Neuguinea, Bismarck-Archipel, Salomon-Archipel, diese Polyphonie … Mich interessiert Polyphonie. Dazu kam die Musik von Machaut bis zu Dufay und die Ars subtilior, die ich nicht kannte und die auch nicht zugänglich war. Ich habe zum ersten Mal durch meinen Schüler Manfred Stahnke, der ein Dufay-Spezialist ist, davon Noten gesehen. Ich kannte die Mensuralnotation als Technik nicht, inzwischen habe ich das Buch von Johannes Wolf gelesen, mich mit der Technik vertraut gemacht, und sie auch indirekt angewendet: die* Nonsense Madrigals *sind eigentlich in Mensuralnotation gedacht, allerdings nicht nur Prolatio major und minor, sondern zum Beispiel auch fünfgeteilte Einheiten usw. Und da spielen auf einmal wieder Noten eine Rolle. Als ich in den achtziger Jahren Ausgaben vom Manuskript Chantilly und von Ciconia bekam, habe ich diese Partituren verschlungen, lesend und auch am Klavier spielend – sie sind nicht schwer, maximal dreistimmig. Und die Möglichkeit, daß verschiedene Stimmen verschiedene Metren haben, daß überhaupt das Taktdenken völlig fehlt – ich kannte das von Ives, aber auf eine ganz andere Weise –, das wurde für mich wesentlich. Und noch etwas anderes: Plötzlich habe ich angefangen, mich zu messen, also das eigene Niveau – das klingt jetzt sehr unverschämt und vermessen – an Bachs* Wohltemperiertem Klavier, *an Haydns Streichquartetten, nicht an Mozart oder Schubert und nicht an Beethoven. Das ist zu hoch. Bach ist auch hoch, aber das* Wohltemperierte Klavier *war immer ganz wesentlich für mich, so wie für Brahms oder für Beethoven und Mozart: Wie man konsequent etwas entwickelt. Dazu die ausgiebige Beschäftigung mit Machaut, eben mit den komplexen Musiksprachen, später mit Ciconia, mit Dufay, mit Ockeghem – er war nicht neu, Ockeghem war schon in Budapest ein Vorbild für mich.*

Aber Ihr habt doch in Budapest Palestrina gelernt, das war Euer Maßstab für den Kontrapunkt?

Ja, nach Jeppesen, und ich habe es auch unterrichtet. Es war alles da von Palestrina in Partiturform und es wurde eine Zeit lang, bis dann Kirchenmusik verboten wurde, auch gesungen, ebenso Lasso und etwas Josquin. Ockeghem nicht, aber er hat mich sehr beeindruckt von den Partituren her. Und in den letzen Jahren spielt meine Beschäftigung mit seiner Missa Prolationum *wieder eine große Rolle. – Und das ist eben jetzt nicht gehörte Musik, sondern mehr gelesene Musik.*

Also, dann gibt es doch bei diesen Referenzkomponisten einen ziemlichen Wechsel. Außer den Konstanten Bach oder Haydn, dazu Beethoven und Schubert, verändern sich die Anregungsquellen jeweils nach Deinen eigenen Vorhaben und Interessen. Wahrscheinlich zieht da das eine das andere nach sich. Jarr und Ars subtilior haben ja eigentlich nicht so wahnsinnig viel miteinander zu tun.

Nichts, höchstens Eleganz, vielleicht eine bestimmte Eleganz. Und Strawinsky muß ich noch nennen, selbstverständlich Sacre, *weniger der neoklassische und weniger der Webernsche; aber es gewinnen diese ganz, ganz knappen und infamen Pastichen wie zum Beispiel* Madrid *oder* Tango. *Diese Infamität an Strawinsky und die Lässigkeit und Eleganz sind für mich wesentlich. Ich nenne Dir ein Schlüsselwerk hierzu von Debussy, die* Triosonate für Flöte, Bratsche und Harfe, *oder auch* En blanc et noir: *Es ist fast nichts, fast unbedeutend, aber die Art, wie es gemacht ist, ist für mich die höchste Kunst. Ich kann nicht genau sagen warum. Warum ist Mozart die höchste Kunst? Eine innere Balance … Worin liegt das Besondere der Melodie von Ravels* Boléro, *mit diesen feinen Akzentverschiebungen? Es ist ein anda-*

lusischer Flamenco und doch etwas artifiziell anderes.

Ja, das Artistische spielt bei Dir überhaupt eine ziemlich vorgeordnete Rolle: Einen Ansatz haben, ihn jedoch nicht streng oder dogmatisch weiterverfolgen, sondern mit einer gewissen Leichtigkeit oder Freizügigkeit vorgehen, so daß die Sache in sich beweglich bleibt. – Eines hat mich bei Dir allerdings immer gewundert: Du hast ein merkwürdiges Verhältnis zur Rhythmik. Es gibt bei Dir Polymetrik, ganz schnelle Pulsation, lang ausgehaltene Sostenuto-Klänge; nur wie Du versteckt Kontrapunktik oder Harmonik oder Melodik in Deine Musik hast eingehen lassen, zur klassischen Rhythmik mit geprägten, artikulierten Zeitfigurationen hast Du eigentlich keinen Rückhol-Zugang gefunden.

Ich habe zum Beispiel motorische Rhythmik in Continuum.

Aber das ist eine Pulsationsrhythmik, die so rasch abläuft, daß sie sich beinahe wieder selbst aufhebt.

Und was man als rhythmische Vorgänge hört, sind die Patterns, die sich durch Überlagerung ergeben. Und daß es eine ähnliche Musik in Zentralafrika, zum Beispiel in Buganda, gibt, das habe ich erst später erfahren. Aber ich würde folgendes sagen: Melodik, Harmonik, Rhythmik und Metrik wurden eigentlich tabuisiert durch die Nach-Webernsche und, nach der kurzen seriellen Phase, auch durch die postserielle Musik. Die Darmstädter Ästhetik verbot die gleichmäßige Pulsation; Metrik und Rhythmik sollten aperiodisch sein, eigentlich ametrisch, denn Metrik bedeutet eine Gliederung in Akzentuiertes und Nicht-Akzentuiertes.

Und daraus ergeben sich zwangsläufig die alten Symmetrieverhältnisse.

Das war verpönt. Genauso die Melodie, sicher auch infolge der Adornoschen Ästhetik, die mit ihrer Verteidigung von Schönberg und der Polemik gegen Strawinsky dann auch hinter dem ganzen Streit zwischen Avantgarde und Verrat der Avantgarde stand. Aber ich glaube, diese ganze Problemstellung hat sich verjährt. Wenn ich heute scheinbar ein Adorno-Gegner bin – ich bin es nicht, denn ich habe ihn sehr verehrt, zum Teil auch belächelt, aber das haben wir alle –, dann hängt es damit zusammen, daß sich die ganze soziologisch-ästhetische Situation im Laufe der siebziger, achtziger Jahre verändert hat. Und ich bin zwar derselbe Mensch, aber ich revidiere immer, was ich mache, ich verändere mich mit. Auch Adorno hätte sich, wenn er nicht so früh gestorben wäre, in seinen Anschauungen im Lauf der siebziger Jahre verändert. Aber Melodik und Harmonik waren eben in der Zeit der totalen Chromatik, in der orthodoxen Atonalität – nicht nur der seriellen, sondern auch bei Schönberg – etwas Reaktionäres, nach Tonalität oder Modalität riechend. Und durch die Tatsache, daß die Geschichte weiterging, kommt ein Komponist in den letzten 15 oder 20 Jahren in dieses Teufels-Dilemma: Ich kann nicht zurückkehren zur Tonalität oder Modalität, weil das alles schon da war; und wir leben nicht im 19. Jahrhundert, deswegen kann ich nicht so komponieren wie John Adams oder Arvo Pärt. Andererseits kann ich nicht fortfahren mit der Cluster-Komposition und mit der ametrischen, arhythmischen, amelodischen oder aharmonischen Musik. Und da habe ich zwischen Skylla und Charybdis so eine kleine Meeresenge zwischen Sizilien und Kalabrien gefunden. Das sind meine Klavier-Etüden, *das* Klavierkonzert *und das* Violinkonzert. *Und ich kann jetzt auch immer weniger mit der gleichschwebenden Temperatur anfangen, bin im* Violinkonzert *und schon früher im* Doppelkonzert *davon weggekommen. Und daraus resultiert die Nähe zu Vivier oder Harry Partch. Es ist die Suche nach alternativen Möglichkeiten, eine neue Musik zu machen, die keine Rückkehr zum 19. Jahrhundert ist, die aber nicht mehr den Normen der Avantgarde entspricht.*

Wir haben jetzt sehr viel über andere Komponisten gesprochen, nun ganz zu dir selbst gefragt: Man hat ja als Komponist eine bestimmte Vorstellung, eine Vision, einen Vorgeschmack von dem, was sich musikalisch realisieren lassen müßte. Zunächst hat man noch nicht das Handwerkszeug dazu. Man versucht es wieder, unterdessen verändert sich wahrscheinlich auch die Vorstellung. Aber es bleibt immer ein Zwiespalt zwischen Rationalität und Intuition, zwischen Sentiment und Intellekt. Aber wo kommt man da eigentlich hin? Es gibt Stücke bei Dir in der späteren Zeit, seit den achtziger Jahren, die sehr viel mehr Emotionalität verraten als früher. Glaubst Du, daß Du damit Deiner Grundvision näher gekommen bist? Ich erinnere mich dabei auch an Deine Geschichte, daß Du Dir als Kind immer Musik vorgestellt hast und angenommen hast, es sei bei anderen Kindern genauso, jedoch höchst erstaunt warst, daß das nicht der Fall ist, sondern andere sich vielleicht Bilder oder Spielzeug vorstellen. Nur, man trägt ja dann ein Erbe von solchen eigenen Vorstellungswelten in sich. Glaubst Du, mit ihnen jetzt mehr übereinzustimmen? Es gibt ja verschiedene Konstanten bei Dir, die sich beschreiben ließen: die ausgefransten Ränder oder die Komplexität, wobei sich wieder fragen ließe, warum muß Musik denn so komplex sein …

Ich bin jetzt gerade dabei, durch das Haydn-Studium gegen meine eigene Musik vorzugehen.

… und es gibt dynamische Staffelungen oder Überlagerungsphänomene oder Mehrdimensionalität. Nur, bist Du Dir selbst nähergekommen?

Wenn ja, dann weiß ich davon nichts. Ich denke nicht darüber nach. Ich bin ein Mensch – nimm das nicht als falsche Uneitelkeit –, der sich kaum im Spiegel anschaut. Ich beschäftige mich sehr wenig mit mir.

Aber mit Deiner Musik beschäftigst Du Dich doch?

Ja, aber sachlich. Ich habe immer ganz bestimmte Probleme, beispielsweise rhythmische Probleme, und mich interessiert – etwa wie einen Wissenschaftler in der Grundlagenforschung –, das Problem zu lösen. Wie ich persönlich dazu stehe, das ist mir nicht bewußt.

Nur, man trägt doch eine bestimmte Grundsumme von künstlerisch-kreativen Ideen und Empfindungen in sich, was einen anregt, was einen abstößt, wo man sein Herz öffnet, wo man's verschließt.

Es spielen viele, nicht-musikalische Aspekte da hinein. Denk an die riesige soziale und politische Umwälzung der letzten Jahre. Eigentlich bin ich ja – dieser Aspekt wurde häufig unterschlagen – ein durchaus politisch engagierter Mensch. Nur habe ich meinen Glauben an jede Utopie verloren durch den real erlebten Sozialismus sowjetischer Prägung; auch den Zusammenbruch des westlichen Sozialismus im modernen Schweden der sechziger Jahre habe ich hautnah erlebt. Alle diese utopischen Vorstellungen sind Talmi und ohne Wert. Das ist nicht totaler Pessimismus, es wird schon weitergehen irgendwie, aber immer wieder mit Kriegen, mit Toten, mit Katastrophen, mit Ungerechtigkeit, mit Armut.

Ist denn nicht, wenn man angesichts dieser fortdauernden Zerissenheit der Welt jetzt an die abgehobenen künstlerischen Ideale denkt, Deine eingangs zitierte Vorstellung von den geistigen Ausbreitungsmöglichkeiten dessen, was aus der Nische kommt, auch zu guten Teilen eine solche Utopie? Selbstverständlich, es können unerwartete Fernwirkungen vorkommen, wir haben Beispiele dafür angeführt. Aber gerade in einer Welt mit einer immer schmaler werdenden Gruppe von Menschen, die sich noch wirklich für Musik ernsteren Charakters interessiert, sind die Chancen zur unverhoffteln Ausstrahlung aus der Nische doch ziemlich gering und eher utopisch. – Oder umgekehrt gefragt: Gibt es denn für Dich als soziales Wesen irgendeine Idee, was Deine Musik – wir haben jetzt viel nach Jahrzehnten geteilt, ich will aber alles zusammenfassen – was also Deine Musik insgesamt unter Menschen, die sie hören, bewirken könnte?

Ich denke nicht in solchen Kategorien. Wenn ich miterlebe, daß man ein Stück von mir gut aufgeführt hat – oder auch von anderen Komponisten, die ich schätze – dann ist das für mich die größte Freude. Und wenn ich erlebe, daß Menschen das verstehen. Es geht nicht um Erfolg, sondern um Verständnis.

Woher weiß man das, ob's jemand versteht?

Oh, das fühlt man sofort. Also, ich bin in einem Konzert und ich spüre, unabhängig vom Klatschen oder irgendwelchen Äußerungen hinterher, ganz genau, ob ich, ob dieser Diskurs verstanden worden ist oder nicht.

Diskurs: Du willst doch aber mit anderen Menschen in Kontakt kommen.

Ja nicht auf die Weise, daß ich das vorhabe. Es geschieht. Aber wenn ich komponiere, ist dieser Aspekt unbedeutend. Ich mache die Sache. Ich habe einen bestimmten Plan. Doch diese naiven Vorstellungen, daß äußere Ereignisse den Künstler beeinflussen, stimmen zwar meistens nicht, aber manchmal können sie auch stimmen. Dazu etwas ganz Konkretes: Hier, ein Stück, das Du nicht kennst, hier die Skizzen und da eine Fotokopie der Reinschrift …

[gelesen:] *L'escalier du diable*

… meine letzte Klavier-Etüde, nicht alle zwölf sind fertig, zehn und elf fehlen noch. Aber Banfield wird diese Etüde im Mai als Schlußstück spielen. Ich ging nach Kalifornien, nach Santa Monica, und ich habe dieses Stück dort in der ersten Hälfte Februar geschrieben. Ich hatte eine ganz bestimmte formale Vorstellung für die zwölf Etüden, also zweimal sechs, sie müssen auch, wenn alle fertig sind, in der Reihenfolge gespielt werden. Du kennst das letzte Stück des ersten Zyklus, Automne à Varsovie, *es ist die totale Ausweglosigkeit, ein Zusammenbrechen – mit vielen politischen Implikationen, auch mit der Trauer ähnlich dem Schlußsatz aus dem* Horntrio, *mit diesem chromatischen Abwärtssteigen.*

Es ist eigentlich auch ein Lamento …

… eine Fuge, auf diesem Lamento-Thema aufgebaut. Und als Pendant sollte die 12. Etüde *erst ein Stück sein, ein bißchen analog zu* L'isle joyeuse *von Debussy: der ganze Flügel klingt wie ein großes Orchester, und es ist ein Paradies.*

Es öffnet sich was als Gegensatz zum Zusammenbruch in der *6. Etüde.*

Und ich hatte auch einen Titel dafür aus Shakespeares Sturm: *„The isle is full of noises, sounds and sweet airs". Das habe ich angefangen zu komponieren. Und unbewußt, ohne daß ich es gemerkt hätte, ist etwas ganz anderes daraus geworden, bei sehr viel Gesualdo-Gedanken, Chromatik, einem Schrauben nach oben – auch im Gegensatz zu* Vertige *mit dem chromatischen Abfall –, nicht so deutlich, eher ein versteckter chromatischer Gang nach oben. Und plötzlich ist dieses Stück gar nicht mehr die Zauberinsel von Prospero, sondern etwas sehr, sehr Dunkles. Und was ist geschehen? Ich hatte ein spektakuläres Erlebnis: Dieser Winter in Amerika war ein Katastrophen-Winter, in Los Angeles waren Überschwemmungen, Schlammlawinen, Tausende von Häusern und Autos wurden zerstört. Und ich erlebe diese Szenerie in Santa Monica, fünf Minuten vom Pazifik entfernt – das ist schon ein sehr beeindruckender Ort, von der Grandiosität her, mit diesen Gegensätzen zwischen Reich und Arm, die viel krasser sind als in Westeuropa, nicht in Osteuropa, dazu der wilde große Ozean – dies im Februar mit Stürmen, die es sonst gar nicht gibt in Kalifornien, es war wirklich eine Situation extremer Naturgewalt. Also, ich konnte drei Tage lang nicht aus der Wohnung, weil so ein Gewitter war, niemand konnte hinaus, der ganze Verkehr war zusammengebrochen. Und dann wird aus der paradiesischen Insel diese* L'escalier-du-diable-*Etüde, ein total schwarzes Stück. Es ist ein unglaublich emotionsbeladenes Stück und dahinter steckt hauptsächlich Gesualdo, die atonale Musik bei Gesualdo und auch die Rhythmik steckt drin. Jedenfalls ist es viel weniger konstruktiv als* Désordre *oder* Automne à Varsovie *oder auch* Vertige. *Also, Du siehst Geometrie und Konstruktion einerseits und daneben andererseits ungezügelte, extremistische Emotion.*

Wie habe ich mir das nun vorzustellen? Du hattest an die Zauberinsel nach *The Tempest* gedacht und trägst dieses Bild, weil Du eine Oper über den Stoff schreiben willst, in Dir …

Aber ich schreibe sie nicht, schon ein Stück für die Bühne, jedoch nicht Tempest. *Es ist doch zu präten-*

tiös, sich derart mit Shakespeare zu befassen. Das andere ist fast so prätentiös, was ich vorhabe.

Was wird das sein?

Alice in Wonderland *und* Through the Looking-Glass, *aber als Revue oder Musical.*

Die beiden Inhalte zusammen?

Ja, nacheinander in zwei Abend-Hälften. Ich weiß noch zu wenig davon, aber das macht jetzt das Haydn-Studium, es wird ein sehr einfaches Stück sein.

Nochmals zurück zur Etüde: Du hast Dir also die Zauberinsel vorgestellt und siehst nun in Santa Monica eine völlig konträre Landschaft, bist auch beeinflußt von der sozialen Umgebung …

Das schockierende Erlebnis der Slums und die Leute, die Obdachlosen, die am Meeresufer liegen, weil es an sich immer warm ist, aber da ausgerechnet waren Gewitter und Stürme – viele sind gestorben. Jedoch war es nicht nur diese Naturkatastrophe, der gewaltige Orkan. Ich habe ein Fahrrad gekauft, weil ich nicht Auto fahre und man in Los Angeles als Nicht-Autofahrer verloren ist, und ich bin in die sogenannten schlechten Gegenden gefahren. Ich habe doch in meinem Leben schon einiges gesehen, in meiner frühen Kindheit die Zigeunerviertel in Siebenbürgen und in meiner Heimatstadt Dicsőszentmárton, aber konfrontiert als Erwachsener mit dieser desolaten Armut – und dicht daneben Beverly Hills, zum Kotzen reich, wo die Leute nichts anfangen können mit ihren privaten Museen, das erträgt meine sozialistisch gewesene Seele nicht. Es gibt bei mir noch ein tiefes Gefühl für soziale Gerechtigkeit.

Sozialistisch gewesene Seele: Du warst in so einem linken Intellektuellenkreis in Budapest …

In meiner Jugend war ich ein gläubiger Sozialist, und mein Vater war, kein Kommunist, aber ein überzeugter Linker. Daß ich dann seit '68 die linke intellektuelle Bewegung in Deutschland etwas verachtet habe, mit ihr in Konflikt kam, das hängt mit meiner großen Enttäuschung durch den realen Sozialismus zusammen.

Also, Eindruck von Slums, Eindrücke von den extremen Gespanntheiten, den Unvereinbarkeiten der sozialen Verhältnisse in Amerika, das alles hat ja nicht nur Deine alten sozialistischen Neigungen wiederbelebt, sondern auch im unmittelbaren Reagieren darauf eine persönliche Gestimmtheit, eine innere Disposition hervorgerufen, die sich dann osmotisch ebenso auf das auswirkt, was Du gerade musikalisch in Arbeit hast. Dennoch ist es ein jäher Abstieg von der Trauminsel zur Teufelstreppe. Wohin war Deine Ursprungsidee geraten? Was geschah mit Deinen Entwürfen, mit Deinem anfänglichen kompositorischen Konzept?

Der Wechsel hat sich einfach, während ich schrieb, vollzogen. Und diese erste Vorstellung von der Zauberinsel ist etwas aus meiner Kindheit, sie hat ursprünglich nichts mit Shakespeare zu tun. Das erste Buch, das ich gelesen habe mit drei Jahren – ich konnte schon so früh gut lesen –, war die Kinderausgabe von Tausendundeine Nacht *mit Sindbads See-Abenteuern. Ich habe das Meer zum ersten Mal gesehen im Baltikum mit 29 Jahren, vorher nie. Aber das Meer war für mich etwas ganz Wesentliches.*

Demnach existieren also doch Grundmuster und Phantasiebindungen, von denen man gar nicht weiß, wo sie herkommen. Von Deinen Vorfahren war ja niemand Matrose oder Kapitän, woher stammt dann so eine Meeresliebe?

Sindbad, der Seefahrer, das hatte eine Faszination, die Zauberwelt, alles ist licht und hell und funkelnd. Ich glaube, da spielen die Kindheit, die Märchen, die man gelesen hat, eine große Rolle.

Und diese frühkindlichen Prägungen hast Du Dir bewahrt.

Selbst die 12. Etüde *habe ich mit der Vorstellung Zauberinsel angefangen …*

Dies spricht für Deine Beständigkeit im Festhalten von Ideen. Und vielleicht sollten Deine vielen, weitgespannten Interessen, auch für die unterschiedlichsten Gebiete außerhalb der Musik, nicht darüber hinwegtäuschen, daß Du eigentlich, gerade im Musikalischen, ein Einzelgänger bist.

Das bin ich, ja.

Du hast Dich doch schon relativ früh – selbstverständlich war in der Kölner Zeit zunächst das Lernen und Aufnehmen vordergründig – aber schon da hast Du Dich über das, was Du gesehen hast, reflektierend geäußert.

Und sehr kritisch. Meine erste Auseinandersetzung über Wandlungen der musikalischen Form *habe ich schon 1958 geschrieben, erschienen ist sie erst 1960. Ich könnte so sagen: Ich bin kein Mitglied, weder einer Ideologie, noch einer Religion oder Partei. Ich will immer Abstand. Das bedeutet nicht, daß ich Dinge nicht bejahen kann. Ich habe menschliches Solidaritätsgefühl, aber kein ideologisches. Zum Beispiel habe ich die Köln-Darmstädter Avantgarde bejaht, mit etwas kritischer Distanz, auch noch heute akzeptiere ich das, aber ich war nie richtig mittendrin.*

Damit korrespondiert, daß Du als solcher Einzelgänger nichts Missionarisches hast. Und noch etwas anderes, was man bei Komponisten selten findet: Dein Humor, auch in der speziellen Ausbildung als Selbstironie. Du bewahrst Dir stets einen artistischen Vorbehalt, die Dinge auch weniger bierernst sehen zu können.

Und tiefe Selbstzweifel. Deswegen die stilistischen Änderungen – das sind Selbstzweifel.

Nun gut, etwas zu machen, was bereits gemacht worden ist, das wäre ja die Folgsamkeit gegenüber einer Produktionsart, wie sie ringsum existiert, etwa in der Pop-Musik oder der kommerziellen Musik.

Ein Klischee zu entwickeln – auch in der bildenden Kust – und dabei zu bleiben. Das führt zur Nivellierung. Künstler, die serienmäßig auf Verkauf produzieren, das verabscheue ich. Man darf kommerziellen Geist haben wie Picasso oder Strawinsky, obwohl es bei ihnen fast krankhaft war. Da bin ich ein Gegensatz, ich verschwende und kümmere mich nicht weiter darum. Andererseits habe ich immer wieder selbstzweiflerische Krisen, es tauge nichts, was ich gemacht habe. Andere vor mir hatten das auch schon.

Und dennoch glaube ich, daß Du, von solchen Krisen abgesehen, in Deines Herzens Grunde ein unverbesserlicher Optimist bis. Dich treibt eine Neugier auf alle möglichen Entwicklungen. Und eine gewisse Zukunftsorientiertheit, eine Offenheit für das, was geschehen wird, setzt doch eine Hoffnung oder eine Vorahnung voraus, daß das, was sich entwickelt, neue Perspektiven eröffnen wird. Wer dies aber empfindet, auf irgendwelche neuen, belebenden Elemente wartet, muß wenigstens in einer Schicht seines Daseins optimistisch sein.

Ich fühle mich eigentlich weder als Optimist noch als Pessimist. Ich sehe einfach die Realität. Und wenn man ein inneres Bedürfnis hat, Kunst zu machen – egal, welche auch immer –, dann macht man es so gut, wie man kann.

Ist nicht auch, Kunst zu machen, irgendetwas, was Optimismus erfordert?

Insofern, als man einen Antrieb hat, etwas zu machen. Und wenn Du das so verstehst, dann habe ich bis jetzt, fast siebzigjährig, nicht aufgegeben, immer Neues zu suchen.

Das Gespräch wurde am 5. April 1993 in Hamburg geführt.

Biographische Daten

1923 am 28. Mai in Dicsőszentmárton (rumänisch: Diciosânmartin; heute: Tîrnăveni) in Siebenbürgen geboren

Schulzeit in Cluj (Klausenburg, Kolozsvár)

beginnt als etwa Zehnjähriger zu komponieren

ab 1938 einige der Jugendwerke (Klavierstücke, Lieder, Stücke für Blas- oder Streichinstrument und Klavier, einsätziges Streichquartett, Symphonie, Klaviertrio) noch ganz, teilweise oder in Skizzen erhalten

1941 Abitur

1942 erste Veröffentlichung einer Komposition in Budapest: *Kineret* für Mezzosopran und Klavier (1941)

1941–43 Kompositionsunterricht bei Ferenc Farkas am Konservatorium in Cluj

1942/43 jeweils im Sommer zusätzlich private Kompositionsstudien bei Pál Kadosa in Budapest

1945–49 Studium an der Musik-Akademie Budapest bei Sándor Veress, Pál Járdányi, Ferenc Farkas und Lajos Bárdos (an dessen Theorie- und Analyse-Kursen er noch während seiner eigenen Lehrtätigkeit teilnimmt)

1949/50 Reise durch Rumänien zur Erforschung der Volksmusik und zum Sammeln von siebenbürgischen Volksliedern

1950–56 Dozent an der Musik-Akademie Budapest für Hamonielehre, Kontrapunkt und Formenlehre

1956 im Dezember, nach dem gescheiterten Aufstand, Flucht aus Ungarn nach Österreich, Unterkommen in Wien (später österreichische Staatsbürgerschaft)

1957–58 freier Mitarbeiter im Studio für elektronische Musik des Westdeutschen Rundfunks, Köln

1957 erstmals Teilnahme an den Darmstädter *Internationalen Ferienkursen für Neue Musik* (Kurse bei Luigi Nono und David Tudor)

1958 erste Uraufführungen im Westen: 25. März *Artikulation* (Frühjahr 1958) in einem Konzert der Reihe *musik der zeit* des WDR Köln; 8. Mai *Métamorphoses nocturnes* (1953–54; später als *Streichquartett Nr. 1* bezeichnet) durch das Ramor-Quartett in Wien

1959 Dozent bei den Darmstädter *Internationalen Ferienkursen für Neue Musik* (wie danach 1960–1970, 1972 und 1976) mit 5 Seminaren über *Form- und Strukturprobleme bei Webern* (Variationen op. 27) und einer Analyse von *Weberns erster Kantate*

1960/61 Durchbruchserfolge mit *Apparitions* (1958–59) beim *IGNM-Festival* in Köln (19.6.1960) und mit *Atmosphères* (1961) bei den *Donaueschinger Musiktagen* (22.10.1961)

1961–71 Gastprofessur an der Musikhochschule Stockholm

1961 Kompositionskurs in Madrid

1962 Kompositionskurs bei der *Gaudeamus-Stiftung* in Bilthoven

1963 Kompositionskurse in Bilthoven (mit anschließender Uraufführung des *Poème symphonique* beim Festkonzert der *Gaudeamus-Musikwoche* in Hilversum) und an der Folkwangschule in Essen

1964 1. Preis beim Kompositionswettbewerb der IGNM in Rom für *Apparitions*

Kompositionskurse an der Folkwangschule in Essen und in Jyväskylä/Finnland

Mitglied der Kgl. Schwedischen Akademie der Musik, Stockholm

1965 Preis der Koussevitzky Foundation, Washington, verbunden mit einem Kompositionsauftrag: *Ramifications* (1968/69)

Kompositionskurs in Jyväskylä/Finnland

1966 1. Preis beim Kompositionswettbewerb der IGNM in Rom für *Requiem*

1967 ab *Lontano* Verlags-Zusammenarbeit mit B. Schott's Söhne, Mainz, nach vorausgegangener verlegerischer Betreuung durch Universal Edition, Wien (*Apparitions, Atmosphères, Fragment*) und Henry Litolff's Verlag/C. F. Peters,

Frankfurt (*Volumina, Aventures/Nouvelles Aventures, Requiem, Lux aeterna, Cellokonzert*)
wird österreichischer Staatsbürger (Hauptwohnsitz: Wien)
Beethoven-Preis der Stadt Bonn für *Requiem*
Ehrenmedaille der Universität Helsinki

1968 Mitglied der Akademie der Künste, Berlin

1969 Ehrenmitglied des Musikvereins für die Steiermark, Graz
1. Preis des Internationalen UNESCO-Wettbewerbs für *Lontano*

1969/70 Stipendiat des *Deutschen Akademischen Austauschdienstes* (DAAD) in Berlin, wo er bis 1973 vor allem lebt

1971 Mitglied der Freien Akademie der Künste, Hamburg

1972 Composer in residence an der Stanford University in Kalifornien
Berliner Kunstpreis (verliehen von der Akademie der Künste, Berlin)

1973 Berufung als Professor für Komposition an die Staatliche Hochschule für Musik in Hamburg, wo er seitdem hauptsächlich lebt
Kompositionskurs am Berkshire Music Center in Tanglewood/Massachusetts

1974 Kompositionskurs an der Academia Chigiana in Siena

1975 Aufnahme in den Orden *Pour le mérite* für Wissenschaften und Künste, Bonn
Bach-Preis der Stadt Hamburg

1978 Mitglied der Bayerischen Akademie der Schönen Künste, München

1979 Kompositionskurs in Aix-en-Provence

1984 Mitglied der American Academy and Institute of Arts and Letters
Prix Ravel, Paris
Béla Bartók-Ditta Pasztory-Preis, Budapest
Ehrenmitglied der Internationalen Gesellschaft für Neue Musik (IGNM)

1985 Prix Arthur Honegger et Chevillion Bonnaud, Paris

1986 Grawemeyer Award for Music Composition, Louisville/Kentucky, für *Études pour piano – premier livre –*

1987 Ehrenzeichen für Wissenschaft und Kunst der Republik Österreich
Ehrenring der Stadt Wien

1988 Ehrendoktor (Dr. phil. h. c.) der Universität Hamburg
Commandeur dans *l'Ordre National des Arts et Lettres*, Paris
Ehrensenator der Musikhochschule Hamburg
Prix de Composition musicale de la *Fondation Prince Pierre de Monaco*

1989 Emeritierung von der Staatlichen Hochschule für Musik in Hamburg
Ehrenmitglied der Hochschule für Musik und darstellende Kunst in Graz

1990 Ehrenmitglied der Freien Akademie der Künste, Hamburg
Ehrenmitglied des Österreichischen Komponistenbundes
Goethe-Medaille des Goethe-Instituts, München
Léonie Sonnings Musikpreis, Kopenhagen
Ehrenmitglied der *Academia Santa Cecilia*, Rom
Großer Österreichischer Staatspreis
Mitglied des Österreichischen Kunstsenats

1991 Ehrenmitglied der *Royal Philharmonic Society*, London
Praemium Imperiale, Tokio
Musikpreis der Balzan-Stiftung, Bern-Mailand

1992 Austritt aus der Akademie der Künste, Berlin, wegen des Vereinigungsbeschlusses mit der Ostberliner Akademie
Honorary Member der *Royal Academy of Music*, London
Mitglied der Ungarischen Akademie für Literatur und Kunst (Széchényi Iroldami és Művézsti Akadémia)

1993 Ernst-von-Siemens-Musikpreis, München

Werkverzeichnis

I: 1944–1956 (nach Ove Nordwall)

Cantata No. 1: Et circa horam nonam (Text: liturgisch) für Mezzosopran solo, zwei 4stimmige gemischte Chöre und Instumente (1944/45), Ms.

Burját-mongol aratódal (Buriatisch-mongolisches Erntelied) für 4stimmigen gemischten Chor (1945), V: CGS, Cluj 1948

Maître Pathelin, Bühnenmusik für Kammerensemble (1945), unaufgeführt, Ms. verschollen

Dereng már a hajnal (Es dämmert schon die Morgenröte; Text: Balázs Fodor) für 4stimmigen gemischten Chor a cappella (1945), V: Józsa Béla Athenaeum, o.O.u.J. [Cluj 1945]; Edition Cserépfalvi, Budapest 1946

Cantata No. 2: Venit angelus (Text: liturgisch) für Mezzosopran solo, 5stimmigen gemischten Chor und Instrumente (1945), Ms.

Ady-kórus „Az utca éneke" (Ady-Chor „Gesang der Straße"; Text: Endre Ady) für zwei 4stimmige gemischte Chöre a cappella (1945), Ms. verschollen

Három József Attila-kórus (Drei Attila József-Chöre) für 2- und 4stimmigen Chor a cappella (1945), Ms.

Ajánlás (Widmung), Duett ohne Worte für Sopran und Bariton oder 2stimmigen gemischten Chor (1945), Ms.

Duo für Violine und Violoncello (2 Sätze; 1945), Ms.

Bicinia Biciae, sieben Duette (bis auf 4., Text: Attila József, und 7., ungarisches Volkslied, textlos) für Sopran und Bariton oder 2stimmigen gemischten Chor (1945), Ms.

Kis szerenád (Kleine Serenade) für Streichorchester (4 Sätze; 1945, revidiert 1947) oder für Streichquartett (1947), Ms.

Idegen földön (In der Fremde; Texte: 1. Bálint Balassa, 2. und 3. ungarische Volksdichtung, 4. slowakische Volksdichtung, ungarisch von Béla Balázs) für 3stimmigen Frauenchor a cappella (1945/46), U: 17.4.1971 Stockholm (Radio-Kammerchor, Leitung: Eric Ericson), V: Schott, Mainz 1988

Valse für Klavier (1946), Ms. verschollen

Két Balassa Bálint-kórus (zwei Bálint Balassa-Chöre) für 5stimmigen gemischten Chor a cappella (1946), Ms. 1. erhalten, 2. verschollen

Húsvét (Ostern; ungarische Volksdichtung und Volkslieder) für zwei 3- und 1stimmige Kinderchöre a cappella (1946), Ms.

Magas kősziklának (Dem gewaltigen Fels; Volksliedbearbeitung) für 3stimmigen gemischten Chor a cappella (1946), Ms. verschollen

Magány (Einsamkeit; Text: Sándor Weöres) für 3stimmigen gemischten Chor a cappella (1946), U: 18.5.1983 Stuttgart (Schola Cantorum Stuttgart, Leitung: Clytus Gottwald), V: Schott, Mainz 1988

Bujdosó (Herumirrend; Volksliedbearbeitung) für 3stimmigen gemischten Chor a cappella (1946), V: CGS, Cluj 1948 (unter dem Titel: Kuruc nóta/Kurutzenlied)

Duo für Violine und Klavier (1 Satz; 1946), Ms.

Tornyos Péter, Bühnenmusik für Klavier mit Gesang zu einem ungarischen Schuldrama aus der Barockzeit (1947), unaufgeführt, Ms. verschollen

Székely tánc (Székler Tanz) für Klavier (Bearbeitung ungarischer Volkstänze; 1947), Ms. verschollen

Ballada (Ballade), Tanzspiel für Klavier nach ungarischen Volksliedern (1947), Ms. verschollen

Három Weöres-dal (Drei Lieder nach Sándor Weöres) für Singstimme und Klavier (1946/47), U von 1. und 2.: 23.7.1970 Junsele/Schweden (Dorothy Dorow, Liisa Pohjola), Ms.; 3.: Ms. verschollen; ein 4. Lied als unvollendetes Ms. erhalten

Ha folyóvíz volnék (Wenn ich Flußwasser wäre; slowakischer Volksliedtext in ungarischer Übersetzung), 4stimmiger Kanon (1947), V: Zeneműkiadó, Budapest 1954, in: *165 Kánon*, hg. v. Péter József, als Nr. 127

Capriccio Nr. 1. und Nr. 2 für Klavier (1947), V: Schott, Mainz 1991

Invenció (Invention) für Klavier (1948), V: Schott, Mainz 1991

Tavasz (Frühling; Text: anonym, 17. Jahundert) für 5stimmigen gemischten Chor a cappella (1948), Ms. verschollen

Nagy idők (Große Zeiten; Text: Sándor Petőfi) für 4stimmigen gemischten Chor a cappella (1948), Ms.

Mifiso la sodo, Musik für kleines Orchester (1948), Ms.

8 kis induló (8 kleine Märsche) für Klavier (1948), Ms. verschollen; daraus: *Induló* (Marsch) für Orchester (1949), Ms. verschollen

Zúgva árad (Brausend strömt; Text: László Benjámin), Marschlied für 4stimmigen Männerchor a cappella oder für 2stimmigen Männerchor mit Klavier (1948), Ms. verschollen

Bölcsőtől a sírig (Von der Wiege bis zum Grabe; Volksliedbearbeitungen) für Sopran, Mezzosopran, Oboe, Klarinette und Streichquartett (1948), Ms.

Tánc (Tanz) für Orchester (1948), Ms. verschollen

Katonatánc (Soldatentanz; Volksliedbearbeitung) für 2stimmigen gemischten Chor mit Klavier (1949), Ms. verschollen; auch für Orchester bearbeitet (1949), Ms. verschollen

Régi magyar társas táncok (Alte ungarische Gesellschaftstänze; nach Tanzstücken aus dem 18. und 19. Jahrhundert von János Bihari, János Lavotta, Antal Csermák und Márk Rózsavölgyi) für Streichorchester mit Flöte und Klarinette ad lib. (1949), V: Zeneműkiadó, Budapest o.J. [1950]; Editio Musica Budapest; Schott, Mainz (in Vorb.)

Ifjúsági kantáta (Jugendkantate; Text: Péter Kuczka) für 4 Soli, 4stimmigen gemischten Chor und Orchester (3 Sätze; Prüfungsarbeit an der Musik-Akademie; 1949), Ms.

Festival-trombitajel (Festspiel-Fanfare) für drei Trompeten (1949), Ms. verschollen

Tavaszi virág (Frühlingsblume; Gesangstexte: Zoltán Körmöczi), Musik für 7 Sänger und Kammerensemble zu einem Marionettenspiel nach chinesischen Märchen (1949), Ms.; daraus: *Kínai császári udvari zene* (Chinesische kaiserliche Hofmusik) für kleines Orchester (Schulorchester) bearbeitet (1950), Ms. verschollen; sowie: *Tavaszi virág-Szvit* (Frühlingsblumen-Suite) für 2 Sänger und Kammerensemble (1951), Ms. verschollen

Három tánc cigányzenekarra (Drei Tänze für Zigeunerorchester), Volksliedbearbeitungen (1949), Ms. verschollen

Népdalfeldolgozások (Ungarische Volksliedbearbeitungen) für Singstimme und Klavier (1949), Ms. verschollen

Ballada és tánc (Ballade und Tanz) für zwei Violinen (Bearbeitung rumänischer Volkslieder; 1950), Ms. verschollen; Fassung für kleines Orchester (Schulorchester; 1950), V: Schott, Mainz 1974

Hajnal (Morgendämmerung; Texte: Sándor Weöres), drei Stücke für 3-, 4-, bzw. 5stimmigen gemischten Chor a cappella (1949/50), Ms. verschollen

Három József Attila-dal (Drei Attila József-Lieder) für Singstimme und Klavier (1950), Ms. verschollen

Zwei Sätze für Streichquartett (Lassan/Allegro), unvollendet (Prüfungsarbeit an der Musik-Akademie; 1950), Ms.

Román népdalok és táncok (Rumänische Volkslieder und Tänze) für Mezzosporan, Bariton und kleines Orchester (Instrumentierung in Zusammenarbeit mit József Rácz; 1950), Ms.

Petőfi bordala (Petőfis Trinklied; Text: Sándor Petőfi) für Singstimme und Klavier (1950), V: Zeneműkiadó, Budapest 1950; Fassung für Singstimme und Orchester (1950), Ms. verschollen

Kállai kettős (Doppeltanz aus Kálló; zwei Bearbeitungen ungarischer Volkslieder) für 4stimmigen gemischten Chor (1950), V: Zeneműkiadó, Budapest 1952

Tél (Winter; Texte: Sándor Weöres) für 5stimmigen gemischten Chor (2 Stücke; Anfang einer geplanten Reihe; 1950), Ms.

Négy lakodalmi tánc (Vier Hochzeitstänze; Bearbeitung ungarischer Volkslieder) für drei Frauenstimmen oder 3stimmigen Frauenchor mit Klavier (1950), V: Zeneműkiadó, Budapest 1952; daraus 2.–4.Tanz als *Három lakodalmi tánc* (Drei Hochzeitstänze) für Klavier vierhändig (1950), V: Zeneműkiadó, Budapest 1952; Schott, Mainz (in Vorb.)

Lakodalmas (Hochzeitstanz; Bearbeitung eines ungarischen Volkslieds) für 4stimmigen gemischten Chor (1950), V: Zeneműkiadó, Budapest 1953

Ritmusgyakorlatok (Rhythmische Etüden) für Klavier vierhändig (2 Stücke; 1950), Ms. verschollen

Szonatina (Sonatine) für Klavier vierhändig (3 Sätze; 1950), V: bei Zeneműkiadó 1956 vorgesehen, nicht realisiert; Schott, Mainz (in Vorb.)

Három tánc (Drei Tänze; Bearbeitungen ungarischer Volkslieder) für Klavier (1951), Ms. verschollen

Grande Sonate Militaire op. 69 für Klavier (1951), Ms.; Fassung für Orchester als *Grande Symphonie Militaire op. 69a* (1951), Ms.

Román koncert (Rumänisches Konzert; basiert auf Volksliedbearbeitungen) für Orchester (4 Sätze; 1951), V: bei Zeneműkiado 1956 geplant; Partitur teilweise verschollen

Menyasszony, vőlegény; Dudanóta (Braut, Bräutigam; Dudelsack; Bearbeitung ungarischer Volkslieder) für Singstimme und Klavier (1951 und 1949), Ms. verschollen

Középlokon esik az eső (Es regnet in Középlok; Bearbeitung eines ungarischen Volkslieds) für Gesang und Klavier (1951), V: Zeneműkiadó, Budapest 1952

Az asszony és a katona (Die Frau und der Soldat; Bearbeitung einer ungarischen Volksballade) für 4stimmigen gemischten Chor a cappella (1951), V: Zeneműkiadó, Budapest 1956

Haj, ifjúság (Jugend; nach ungarischen Volkstexten) für 4stimmigen gemischten Chor a cappella (2 Stücke; 1952), V: M.T. Központi Együttes Énekkarra, Budapest 1952

Hortobágy (Hortobágy; Bearbeitungen ungarischer Volkslieder) für 4stimmigen Chor a cappella (3 Stücke; 1952), V: Zeneműkiadó, Budapest 1953

Pletykázó asszonyok (Klatschende Frauen; Text: Sándor Weöres), 4stimmiger Kanon (1952), V: Zeneműkiadó, Budapest 1954, in: *165 Kánon*, hg. v. Péter József, als Nr. 128

Öt Arany-dal (Fünf János Arany-Lieder) für Singstimme und Klavier (1952), Ms.

Musica ricercata, 11 Klavierstücke (1951–53), U: 18.11.1969 Sundsvall/Schweden (Liisa Pohjola), V: Schott, Mainz 1989; daraus: Sätze 3, 5, 7–10 als *6 Bagatell fúvósötösre* (6 Bagatellen für Bläserquintett; 1953), U: 6.10.1969 Södertälje/Schweden (Bläserquintett der Stockholmer Philharmoniker), V: Schott, Mainz 1976; sowie Satz 11 als *Omaggio a G. Frescobaldi*, Ricercare für Orgel (1953), Ms.

Inaktelki nóták (Lieder aus Inaktelke; Bearbeitung ungarischer Volkslieder) für 2stimmigen gemischten Chor a cappella (1953),V: Zeneműkiadó, Budapest 1954

Hat inaktelki népdal (Sechs Volkslieder aus Inaktelke) für drei Frauenstimmen und kleines Orchester (1953), Ms. verschollen; Skizzen teilweise vorhanden

Pápainé (Witwe Pápai; Bearbeitung einer ungarischen Volksballade) für 4- bis 8stimmigen Chor a cappella (1953), U: 16.5.1967 Stockholm (Radio-Kammerchor, Leitung: Eric Ericson), V: Schott, Mainz 1988

Szonáta (Sonate) für Violoncello solo (I. Dialogo 1948/49, II. Capriccio 1953), U: 24.10.1983 Paris (Manfred Stilz), V: Schott, Mainz 1990

Métamorphoses nocturnes für Streichquartett (1953/54), U: 8.5.1958 Wien (Ramor-Quartett), später mit Obertitel *Streichquartett Nr. 1*, V: Schott, Mainz 1972

Mátraszentimrei dalok (Lieder aus Mátraszentimre; Bearbeitungen ungarischer Volkslieder) für 2- und 3stimmigen Kinderchor a cappella (4 Chöre; 1955), U: 9.6.1984 Saarbrücken (Kammerchor Hagen, Leitung: Robert Pappert), V: Schott, Mainz 1984

Éjszaka/Reggel (Nacht/Morgen; Text: Sándor Weöres) für 3stimmigen gemischten Chor a cappella (1955), U: 16.3.1968 Stockholm (Radio-Kammerchor, Leitung: Eric Ericson), V: Schott, Mainz 1973

Chromatische Phantasie für Klavier (1956), Ms.

Víziók (Visionen) für Orchester (Erstfassung des 1. Satzes von *Apparitions*; 1956), Ms. verschollen

II: ab 1957 (bis 1993)

Glissandi, elektronische Musik, 1-kanalig, realisiert im Studio für elektronische Musik des WDR Köln (1957), Dauer: 7'32; Tonband leihweise bei Schott

Pièce électronique No. 3, elektronische Musik, 4-kanalig (1957/58), nur einige Abschnitte versuchsweise realisiert im Studio für elektronische Musik des WDR Köln; Partitur der Tonhöhen und Zeitwerte in: Ove Nordwall, *Ligeti-dokument,* Stockholm 1968, S. 51–61 und 65–75

Artikulation, elektronische Musik, 4-kanalig, realisiert im Studio für elektronische Musik des WDR Köln (in Zusammenarbeit mit Gottfried Michael Koenig und Cornelius Cardew; 1958), Dauer: 3'47; U: 25.3.1958 Köln, innerhalb der WDR-Konzertreihe „musik der zeit", Tonband leihweise bei Schott, dort auch „Hörpartitur" von Rainer Wehinger (Mainz 1970 und 1994)

Apparitions für Orchester (1958/59), U: 19.6.1960 Köln, IGNM-Festival (Sinfonie-Orchester des NDR Hamburg, Leitung: Ernest Bour), V: Universal Edition, Wien 1964

Atmosphères für großes Orchester ohne Schlagzeug (1961), U: 22.10.1961 Donaueschinger Musiktage (Sinfonie-Orchester des Südwestfunks, Leitung: Hans Rosbaud), V: Universal Edition, Wien 1963

Die Zukunft der Musik – Eine kollektive Komposition, musikalische Provokation („Schweigevortrag") für 1 Vortragenden mit Auditorium (1961), U: August 1961 Alpbach beim „Europäischen Forum" (György Ligeti); Text dazu (in Zusammenarbeit mit Gerald Bisinger): Dé/collage Nr. 3, Köln 1962, S. 5–8

Trois bagatelles, musikalisches Zeremoniell für einen Pianisten (1961), U: 26.9.1962 Wiesbaden „Fluxus Festival" (Karl-Erik Welin); Ms. reproduziert in: Ove Nordwall, *Ligeti-dokument,* Stockholm 1968, S. 165–169

Fragment für Kammerorchester (1961; Alfred Schlee zum Geburtstag), U: 23.3.1962 München innerhalb der Konzertreihe „Neue Musik" (Mitglieder der Münchner Philharmoniker, Leitung: György Ligeti) V: Universal Edition, Wien 1974

Volumina für Orgel (1961/62, revidiert 1966), U: 4.5.1962 Bremen „pro musica nova"/Radio Bremen (Karl-Erik Welin mit Giuseppe Englert und Leo Nilsson als Registranten) als Vorführung einer Band-Aufnahme, erstmals live 10.5.1962 Amsterdam, Westerkerk (dieselben), umgearbeitete Version 8.3.1968 Kiel (Karl-Erik Welin), V: Peters, Frankfurt 1967

Poème symphonique, Musikalisches Zeremoniell für 100 Metronome, bedient von 10 Musikern unter Leitung eines Dirigenten (1962), U: 13.9.1963 Hilversum, Festkonzert zum Abschluß der Gaudeamus-Musikwoche Bilthoven (10 Kursteilnehmer, Leitung: György Ligeti), Text dazu (in Zusammenarbeit mit Franz Willnauer) in: Lothar Knessl, *Humor am Rand der Notenlinien,* Salzburg o.J. [1965], S. 104–108

Aventures für drei Sänger und sieben Instrumentalisten (1962, geringfügig revidiert 1963), U: 4.4.1963 Hamburg „das neue werk"/NDR (Gertie Charlent, Marie-Thérèse Cahn, William Pearson, Ensemble „die reihe", Wien, Dirigent: Friedrich Cerha), V: Peters, Frankfurt 1964

Requiem für Sopran- und Mezzosporan-Solo, zwei gemischte Chöre und Orchester (Text: liturgisch; 1963–65) U: 14.3.1965 Stockholm „Nutida musik"/Schwedischer Rundfunk (Liliana Poli, Barbro Ericson, Radiochor, Oratorienchor, Radioorchester, Leitung: Michael Gielen), V: Peters, Frankfurt 1966

Nouvelles Aventures für drei Sänger und sieben Instrumentalisten (1962 und 1965), U: 26.5.1966 Hamburg „das neue werk"/NDR (Gertie Charlent, Marie-Thérèse Cahn, William Pearson, Mitglieder des NDR-Sinfonie-Orchesters, Dirigent: Andrzej Markowski), V: Peters, Frankfurt 1966

Aventures & Nouvelles Aventures, Musikalisch-dramatische Aktion in 14 Bildern, Libretto von György Ligeti (1966),U (in einer nicht autorisierten pantomimischen Version): 19.10.1966 Stuttgart, Kammerspiele des Württembergischen Staatstheaters (Gertie Charlent, Marie-Thérèse Cahn, William Pearson, Mitglieder des Orchesters der Stuttgarter Staatsoper, Dirigent: Friedrich Cerha, Regie: Rolf Scharre), V: Peters, Frankfurt 1967

Lux aeterna für 16stimmigen gemischten Chor a cappella (1966), U: 2.11.1966 Stuttgart (Schola Cantorum Stuttgart, Leitung: Clytus Gottwald), V: Peters, Frankfurt 1967

Konzert für Violoncello und Orchester (1966), U: 19.4.1967 Berlin (Siegfried Palm, Radio-Symphonie-Orchester Berlin, Leitung: Henryk Czyż), V: Peters, Frankfurt 1969

Lontano für großes Orchester (1967), U: 22.10.1967 Donaueschinger Musiktage (Sinfonie-Orchester des Südwestfunks, Leitung: Ernest Bour), V: Schott, Mainz 1969

Étude No. 1 „Harmonies" für Orgel (1967), U: 14.10.1967 Hamburg (Lutherkirche/Hamburg-Wellingsbüttel; Gerd Zacher mit Juan Allende-Blin als Registranten), V: Schott, Mainz 1970

Continuum für Cembalo (1968), U: Oktober 1968 Basel (Antoinette Vischer), V: Schott, Mainz 1970

Steichquartett Nr. 2 (1968), U: 14.12.1969 Baden-Baden/Südwestfunk (LaSalle Quartet), V: Schott, Mainz 1971

Zehn Stücke für Bläserquintett (1968), U: 20.1.1969 Malmö (Bläserquintett der Stockholmer Philharmoniker), V: Schott, Mainz 1970

Ramifications für Streichorchester oder 12 Solo-Streicher (1968/69), U: orchestrale Fassung 23.4.1969 Berlin (Radio-Symphonie-Orchester Berlin, Leitung: Michael Gielen); solistische Fassung 10.10.1969 Saarbrücken (Kammerorchester des Saarländischen Rundfunks, Leitung: Antonio Janigro), V: Schott, Mainz 1970

Étude No. 2 „Coulée" für Orgel (1969), U: 19.10.1969 Basilika Seckau/Steiermark, „Musikprotokoll" des Österreichischen Rundfunks, Graz; Steirischer Herbst (Gerd Zacher mit Juan Allende-Blin als Registranten),V: Schott, Mainz 1969

Kammerkonzert für 13 Instrumentalisten (1969/70), U: 1.10.1970 Berliner Festwochen (Ensemble „die reihe" Wien, Leitung: Friedrich Cerha) V: Schott, Mainz 1974

Melodien für Orchester (1971), U: 10.12.1971 Nürnberg, Albrecht-Dürer-Festkonzert (Philharmonisches Orchester Nürnberg, Leitung: Hans Gierster), V: Schott, Mainz 1973

Doppelkonzert für Flöte, Oboe und Orchester (1972), U: 16.9.1972 Berliner Festwochen (Karlheinz Zöller, Lothar Koch, Berliner Philharmonisches Orchester, Leitung: Christoph von Dohnányi), V: Schott, Mainz 1974

Clocks and Clouds für 12stimmigen Frauenchor (ad lib. 12 Soli) und Orchester (1972/73), U: 15.10.1973 Graz, „Musikprotokoll" des Österreichischen Rundfunks, Graz; Steirischer Herbst (ORF-Chor und ORF-Symphonieorchester, Leitung: Friedrich Cerha), V: Schott, Mainz 1977

San Francisco Polyphony für Orchester (1973/74), U: 8.1.1975 San Francisco (San Francisco Symphony Orchestra, Leitung: Seiji Ozawa), V: Schott, Mainz 1977

Monument · Selbstportait · Bewegung, Drei Stücke für zwei Klaviere (1976), U: 15.5.1976 Köln, WDR-Konzertreihe „musik der zeit" (Alfons und Aloys Kontarsky), V: Schott, Mainz 1976

Rondeau, Ein-Mann-Theater für einen Schauspieler und Tonband (1976), U: 26.2.1977 Stuttgart, Kammertheater (Wolfgang Höper), V: Schott, Mainz 1977

Le Grand Macabre, Oper in zwei Akten (vier Bildern), Libretto frei nach Michel de Ghelderode von Michael Meschke und György Ligeti (1974–77), U: 12.4.1978 Stockholm, Königliche Oper (Britt-Marie Aruhn, Monika Lavén, Elisabeth Söderström, Kerstin Meyer, Gunilla Slättegård, Barbro Ericson, Sven-Erik Vikström, Erik Sæden, Arne Tyrén u.a., Chor und Orchester der Königlichen Oper Stockholm, Dirigent: Elgar Howarth, Regie: Michael Meschke, Bühnenbild und Kostüme: Aliute Meczies), V: Schott, Mainz 1978 – Deutsche EA: 15.10.1978 Hamburg (Hamburgische Staatsoper, Dirigent: Elgar Howarth). – Italienische EA: 5.5.1979 Bologna (Teatro Comunale, Dirigent: Zoltán Peskó). – Französische EA: 23.3.1981 Paris (Théâtre National de l'Opéra, Dirigent: Elgar Howarth). – Britische EA: 2.12.1982 London (English National Opera, Dirigent: Elgar Howarth)

— daraus Konzertfassungen:

Szenen und Zwischenspiele aus der Oper „Le Grand Macabre" für vier Sänger (Sopran, Mezzosopran, hoher Buffo-Tenor, Charakter-Bariton), gemischten Chor ad lib. und Orchester (1978), U: 21.12.1978 Berlin, Konzertreihe „Musik der Gegenwart"/Sender Freies Berlin (Inga Nielsen, Olive Fredericks, Peter Haage, Dieter Weller, Radio-Symphonie-Orchester Berlin, Leitung: Elgar Howarth), V: Schott, Mainz 1978

— und in Zusammenarbeit mit Elgar Howarth:

Mysteries of the Macabre für Trompete und Klavier (1988)/für Koloratursopran oder Trompete in C und Kammerensemble (1991) oder Orchester (1992), V: Schott, Mainz 1992/1994

Macabre Collage, Suite für Orchester (1991), V: Schott, Mainz 1992

Hungarian Rock, Chaconne für Cembalo (1978), U: 20.5.1978 Köln, Westdeutscher Rundfunk (Elisabeth Chojnacka), V: Schott, Mainz 1979

Passacaglia ungherese für Cembalo (1978), U: 5.2.1979 Lund/Schweden (Eva Nordwall), V: Schott, Mainz 1979

Trio für Violine, Horn und Klavier (1982), U: 7.8.1982 Hamburg-Bergedorf (Saschko Gawriloff, Hermann Baumann, Eckart Besch), V: Schott, Mainz 1984

Drei Phantasien nach Friedrich Hölderlin für 16stimmigen gemischten Chor a cappella (1982), U: 26.9.1983 Stockholm (Chor des Schwedischen Rundfunks, Leitung: Eric Ericson), V: Schott, Mainz 1983

Magyar Etűdök (Ungarische Etüden) nach Sándor Weöres für 8-, 12- und 16stimmigen Chor a cappella (1983), U: 1. und 2. Etüde 18.5.1983 Stuttgart, Süddeutscher Rundfunk (Schola Cantorum Stuttgart, Leitung: Clytus Gottwald); 3. Etüde 17.11.1983 Metz, Rencontres Internationales de Musique Contemporaine (Schola Cantorum Stuttgart, Leitung: Clytus Gottwald), V: Schott, Mainz 1983

Études pour piano – premier livre – (1985), U: 1. Etüde 15.4.1986 Bratislava (Louise Sibourd); 2., 3., 6. Etüde 24.9.1985 Warschau, Warschauer Herbst (Volker Banfield); 4. und 5. Etüde 1.11.1985 Hamburg (Volker Banfield), V: Schott, Mainz 1986

Konzert für Klavier und Orchester (1985–88), U: 1.–3. Satz 23.10.1986 Graz, „Musikprotokoll" des Österreichischen Rundfunks, Graz; Steirischer Herbst (Anthony di Bonaventura, Mitglieder der Wiener Philharmoniker, Leitung: Mario di Bonaventura); 4. und 5. Satz 29.2.1988 Wien (Anthony di Bonaventura, ORF-Symphonieorchester, Leitung: Mario di Bonaventura), V: Schott, Mainz 1986

Nonsense Madrigals nach Texten von William Brighty Rands und Lewis Carroll sowie einer englischen Struwwelpeter-Übersetzung (Heinrich Hoffmann) für 6stimmigen Chor a cappella (1988/89), U: 1.–4. Madrigal 25.9.1988 Berliner Festwochen (The King's Singers); 5. Madrigal 28.10.1989 London (The King's Singers), V: Schott, Mainz 1983

Études pour piano – deuxième livre – (1988– …), 7. und 8. Etüde (1988), U: 23.9.1988 Berliner Festwochen (Volker Banfield); 9. Etüde (1990), U: 5.5.1990 Gütersloh (Volker Banfield); 12. Etüde (1993), U: 23.5.1993 Schwetzinger Festspiele, Süddeutscher Rundfunk (Volker Banfield), V: Schott, Mainz 1989 und 1993

Konzert für Violine und Orchester, erste Fassung (3 Sätze; 1990), U: 3.11.1990 Köln, WDR (Saschko Gawriloff, Kölner Rundfunk-Sinfonie-Orchester, Leitung: Gary Bertini); Neufassung (5 Sätze; 1992), U: 8.10.1992 Köln, WDR (Saschko Gawriloff, Ensemble Modern, Leitung: Peter Eötvös), V: Schott, Mainz 1992

Loop für Bratsche solo (1991), U: 18.11.1991 Wien (Garth Knox), V: Schott, Mainz 1991

Facsar für Bratsche solo (1992), U: 28.3.1993 Genf (Jürg Dähler), V: Schott, Mainz (in Vorb.)

III: Schriften und Gespräche

Bartók: Medvetánc (1908) – elemzés (Analyse von Bartóks *Bärentanz,* Nr. 10 aus *Zehn leichte Klavierstücke* Sz 39); *Zenei Szemle* V, Budapest 1948, S. 251–255

Neue Musik in Ungarn; Melos 1/1949 (Mainz), S. 5–8

Népzenekutatás Romániában (Volksmusikforschung in Rumänien); *Új Zenei Szemle* 3/1950 (Budapest), S. 18–22

Neues aus Budapest: Zwölftonmusik oder „Neue Tonalität"?, in: *Melos* 2/1950 (Mainz), S. 45–48

Egy aradmegyei román együttes (Eine rumänische Kapelle aus dem Komitat Arad. – Studie über Mehrstimmigkeit in der rumänischen Volksmusik); in: *Emlékkönyv Kodály Zoltán 70. születésnapjára* (Festschrift zu Zoltán Kodálys 70. Geburtstag), Zenetudományi tanulmányok I, Akadémiai kiadó, Budapest 1953, S. 399–404

Klasszikus összhangzattan (Klassische Harmonielehre); Zeneműkiadó, Budapest 1954, 97+3 S.

Megjegyzések a bartóki kromatika kialakulásának egyes feltételeiről (Bemerkungen zu einigen Bedingungen für die Entstehung der Bartókschen Chromatik); *Új Zenei Szemle* 9/1955 (Budapest), S. 41–44

A klasszikus harmóniarend I–II (Das System der klassischen Harmonik I–II. – Beispielsammlung); Zeneműkiadó, Budapest 1956, 61+3 und 78+2 S.

Bartóks fünftes Streichquartett: Einführung und Formanalyse, in: Philharmonia Taschenpartitur Nr. 167, Universal Edition, Wien [1957]

Pierre Boulez – Entscheidung und Automatik in der Structure Ia, in: *die Reihe* 4 (junge Komponisten), hg. v. Herbert Eimert, Wien 1958, S. 38–63

Zur III. Klaviersonate von Boulez, in: *die Reihe* 5 (Berichte, Analysen), hg. v. Herbert Eimert, Wien 1959, S. 38–40

Wandlungen der musikalischen Form (sprachliche Formulierung in Zusammenarbeit mit Harald Kaufmann), in: *die Reihe* 7 (Form – Raum), hg. v. Herbert Eimert, Wien 1960, S. 5–17

Über die Harmonik in Weberns erster Kantate (sprachliche Formulierung in Zusammenarbeit mit Gerald Bisinger), in: *Darmstädter Beiträge zur Neuen Musik* III, hg. v. Wolfgang Steinecke, Mainz 1960, S. 49–64

Weberns Stil (aus einer achtteiligen Sendefolge *Das Werk Anton Weberns* für den Bayerischen Rundfunk, München), in: *Gehört – Gelesen* 3/1960 (München), S. 187–192

Die Funktion des Raumes in der Musik (Textgestaltung in Zusammenarbeit mit Franz Willnauer), in: *Forum* Nr. 76 (unter dem Titel *Die Entdeckung des Raumes in der Musik*), Wien 1960, S. 152–154

Zustände, Ereignisse, Wandlungen – Bemerkungen zu meinem Orchesterstück „Apparitions“, in: *blätter + bilder* 11/1960 (Würzburg/Wien), S. 50–57; auch in: *Melos* 5/1967 (Mainz), S. 165–169

Kompositorische Tendenzen heute (deutsche Formulierung in Zusammenarbeit mit Gerald Bisinger), in: *Nutida musik* (schwedisch v. Bo Alphonce) 3/1960/61 (Stockholm), S. 2–4; *Neue Musik,* Heft 1 [1960] (München), [S. 3–8] (unpaginiert)

Die Komposition mit Reihen und ihre Konsequenzen bei Anton Webern (deutsche Formulierung in Zusammenarbeit mit Gerald Bisinger), in: *ÖMZ* 6–7/1961 (Wien), S. 37–42

Zur Geschichte und Gegenwart der elektronischen Musik, in: *Forum* Nr. 91/92 (unter dem Titel *Musik von anderen Planeten*), Wien 1961, S. 292–295

Weberns Stil, in: *Frankfurter Allgemeine Zeitung* vom 14.9.1965 (unter dem Titel *Weberns fein gesponnener Kosmos*)

Neue Notation – Kommunikationsmittel oder Selbstzweck?, in: *Darmstädter Beiträge zur Neuen Musik* IX, hg. v. Ernst Thomas, Mainz 1965, S. 35–50

Über neue Wege im Kompositionsunterricht (Ein Bericht), in: Publikation der Kgl. Musikalischen Akademie und der Musikhochschule Stockholm, Nr. 4, Stockholm 1965, S. 6–39; auch in: *Three Aspects of New Music,* Stockholm 1968, S. 9–44

Viele Pläne, aber wenig Zeit (Textbearbeitung von Gerth-Wolfgang Baruch), in: *Melos* 7–8/1965 (Mainz), S. 251–252

Weberns Melodik (aus einer zehnteiligen Sendefolge *Das Werk Anton Weberns* für den Südwestfunk, Baden-Baden), in: *Melos* 4/1966 (Mainz), S. 116–118

Über Form in der Neuen Musik, in: *Darmstädter Beiträge zur Neuen Musik* X, hg. v. Ernst Thomas, Mainz 1966, S. 23–35

Bemerkungen zu meinem Orgelstück „Volumina“, in: *Melos* 10/1966 (Mainz; unter dem Titel *Die Orgel sprengt die Tradition*), S. 311–313

Aventures & Nouvelles Aventures, in: *Neues Forum* Nr. 157 (unter dem Titel *Nachwort*), Wien 1967, S. 91–92

Anläßlich „Lontano“, in: *Begegnung,* Sonderheft (Programmheft der Donaueschinger Musiktage 1967), Amriswil/Schweiz 1967, [S. 15–17] (unpaginiert)

Requiem, in: *Wort und Wahrheit* 4/1968 (Wien), S. 308–313

Spielanweisungen zur Erstfassung des zweiten Satzes der „Apparitions“, in: *Musica* 3/1968 (Kassel), S. 177–179

Was erwartet der Komponist der Gegenwart von der Orgel? (Tonband-Nachschrift eines improvisierten Vortrags vom 27.1.1968 durch Klaus-Jürgen Sachs und Christoph Stroux), in: *Orgel und Orgelmusik heute,* hg. v. Hans Heinrich Eggebrecht (Band 2 der Veröffentlichungen der Walcker-Stiftung), Stuttgart 1968, S. 167–182

Über „Lux aeterna“, in: *ÖMZ* 2/1969 (Wien; unter dem Titel *Auf dem Weg zu „Lux aeterna“*), S. 80–88

Auswirkungen der elektronischen Musik auf mein kompositorisches Schaffen, in: *Experimentelle Musik,* hg. v.

Fritz Winckel (Schriftenreihe der Akademie der Künste, Band 7), Berlin 1970, S. 73–80

Wenn man heute ein Streichquartett schreibt (Interview Ligeti/Josef Häusler), in: *NZ* 7–8/1970 (Mainz), S. 378–381

Interview mit György Ligeti von Josef Häusler (Von *Atmosphères* zu *Lontano*), in: *Melos* 12/1970 (Mainz), S. 496–507

Fragen und Antworten von mir selbst, in: *Melos* 12/1971, S. 509–516

György Ligeti, in: Ursula Stürzbecher, *Werkstattgespräche mit Komponisten,* Köln 1971, S. 32–45

György Ligeti gibt Auskunft. Ein Gespräch mit Monika Lichtenfeld, in: *Musica* 2/1972 (Kassel), S. 48–50

Musikalische Erinnerungen aus Kindheit und Jugend, in: *Festschrift für einen Verleger.* Ludwig Strecker zum 90. Geburtstag, Mainz 1973, S. 54–60

Apropos Musik und Politik, in: *Darmstädter Beiträge zur Neuen Musik* XIII, hg. v. Ernst Thomas (Ferienkurse '72), Mainz 1973, S. 42–46

Gustav Mahler und die musikalische Utopie. Ein Gespräch zwischen György Ligeti und Clytus Gottwald. I. Musik und Raum; II. Collage; III. Die Achte (Epilog von Clytus Gottwald), in: *NZ* 1/1974, S. 7–11; 5/1974, S. 288–291; S. 292–295 (Mainz)

Tendenzen der Neuen Musik in den USA. György Ligeti im Gespräch mit Clytus Gottwald, in: *NZ* 4/1975 (Mainz), S. 266–272

Mein Judentum, in: *Mein Judentum* (Kreuz Verlag), Berlin/Stuttgart 1978, S. 234–247

Zur Entstehung der Oper „Le Grand Macabre", in: *Melos/NZ* 2/1978 (Mainz), S. 91–93

Illusions – allusions. Entretien György Ligeti/Herman Sabbe, in: *Interface* Vol. 8, No. 1 (Lisse/Belgien), 1979

Musik und Technik, in: *Rückblick in die Zukunft* (Severin und Siedler Verlag), Berlin 1981, S. 297–324

Entretien avec György Ligeti/Claude Samuel, in: Roland Topor, *Le Grand Macabre,* Paris 1981, S. 17–31

Musik mit schlecht gebundener Krawatte. György Ligeti im Gespräch mit Monika Lichtenfeld, in: *NZ* 5/1981, S. 471–473

György Ligeti in Conversation with Péter Várnai, Josef Häusler, Claude Samuel, and himself, London 1983, 140 S. (Erstveröffentlichungen: Zeneműkiadó, Budapest 1979; *Melos* 12/1970 und *NZ* 7–8/1970, auch in: Ove Nordwall, *György Ligeti. Eine Monographie,* Mainz 1971, S. 114–148; Roland Topor, *Le Grand Macabre,* Paris 1981; *Melos* 12/1971)

Interview with the composer. Paul Griffiths with György Ligeti, in: Paul Griffiths, *György Ligeti,* London 1983, S. 13–26

A colloquio con György Ligeti/Gianmario Borio, in: *Musica/Realtà* 13, 1984 (Mailand), S. 5–9

Gespräch mit György Ligeti/Monika Lichtenfeld, in: *NZ* 1/1984, S. 8–11; auch in: *Contrechamps* 3, 1984 (Genf), S. 44–49

Aspekte der Webernschen Kompositonstechnik (4 Kapitel aus der zehnteiligen Sendefolge für den Südwestfunk, Baden-Baden, 1963/64: I. Webern und die Romantik, II. Weberns Harmonik, III. Webern und die Zwölftonkomposition, IV. Weberns komplexe Kompositionstechnik), in: *Musik-Konzepte,* Sonderband Anton Webern II, hg. v. Heinz-Klaus Metzger und Rainer Riehn, München 1984, S. 51–104

„The Island is full of noise". György Ligeti im Gespräch mit Sigrid Wiesmann, in: *ÖMZ* 1984 (Wien), S. 510–514

György Ligeti im Gespräch mit Denys Bouliane, in: *Neuland,* Band 5, hg. v. Herbert Henck, 1984/85, Bergisch Gladbach 1, S. 72–90

Entretiens avec György Ligeti/Pierre Michel, in: Pierre Michel, *György Ligeti. Compositeur d'aujourd'hui,* Paris 1985, S. 127–182

Entretien avec Ligeti/Edna Politi, in: *Contrechamps* 4, 1985 (Genf), S. 123–127

Interview mit György Ligeti von Hans-Joachim Erwe, in: *Zeitschrift für Musikpädadogik,* Heft 37, 1986, S. 3–11

György Ligeti über Chancen und Möglichkeiten der Computer-Musik/Werner Krützfeldt, in: *Schnittpunkte, Signale, Perspektiven.* Festschrift zur Eröffnung des Neubaus der Hochschule für Musik, Hamburg 1986, S. 60–61

Études pour piano, premier livre, in: Booklet zur CD Wergo 60134, Mainz 1987, S. 3–7

Entretien avec Ligeti/Clytus Gottwald, in: *InHarmoniques* 2, Paris (IRCAM) 1987, S. 217–229
Computer und Komposition – Subjektive Betrachtungen, in: *Tiefenstruktur der Musik*, Festschrift Fritz Winckel zum 80. Geburtstag, Berlin 1987, S. 22–30
Zu meinem Klavierkonzert, in: Wiener Konzerthausgesellschaft, Programm zur Uraufführung am 29.2.1988, Wien 1988, [S. 5–9] (unpaginiert)
Geronnene Zeit und Narration. György Ligeti im Gespräch/Denys Bouliane, in: *NZ* 5/1988, S. 19–25
„*... nur die Phantasie muß gezündet werden.*“ Zur Anwendung von Computern in der Komposition, in: *MusikTexte* 28/29, Köln 1989, S. 3–4
Stilisierte Emotion. György Ligeti im Gespräch mit Denys Bouliane, in: *MusikTexte* 28/29, Köln 1989, S. 52–62
„*Ja, ich war ein utopischer Sozialist*“. György Ligeti im Gespräch mit Reinhard Oehlschlägel, in: *MusikTexte* 28/29, Köln 1989, S. 85–102
Konvention und Abweichung. Die „Dissonanz“ in Mozarts Streichquartett C-Dur KV 465, in: *ÖMZ* 1–2/1991 (Wien), S. 34–39
György Ligeti über eigene Werke. Ein Gespräch mit Detlef Gojowy aus dem Jahre 1988, in: *Hamburger Jahrbuch* 11, Laaber 1991, S. 349–363
Rhapsodische, unausgewogene Gedanken über Musik, besonders über meine eigenen Kompositionen, in: Festschrift der Fondazione Internazionale Premio E. Balzan, Mailand/Bern 1991; auch in: *NZ* 1/1993 (Mainz), S. 20–29
Empfehlenswerte Aufnahmen auf CD. Zusammengestellt von György Ligeti, in: *NZ* 1/1993 (Mainz), S. 30–31
„*Ich glaube nicht an große Ideen, Lehrgebäude, Dogmen ...*“. Lerke von Saalfeld im Gespräch mit György Ligeti, in: *NZ* 1/1993 (Mainz), S. 32–36 (überarbeitete und gekürzte Fassung eines Gesprächs, das auf CD – WER 3021-2 – dem *NZ*-Heft beigelegt ist)

Diskographie (in Auswahl)

Artikulation
Studio für elektronische Musik des WDR, Köln
Wergo 60 059
Wergo 60 161 (CD)
BV Haast (Acousmatrix 6) 9106 (CD)

Atmosphères
Sinfonie-Orchester des Südwestfunks/Ernest Bour
Wergo 60 022
Wergo 60 162 (CD)
Sinfonie-Orchester des Südwestfunks/Hans Rosbaud
col legno/Sony 31 800 (CD)
Wiener Philharmoniker/Claudio Abbado
DGG 429 260 (CD)
Yomiuri Nippon Symphony Orchestra/Seiji Ozawa
Colosseum 34 47 253 (CD)

Aventures/Nouvelles Aventures
Gertie Charlent/Marie-Thérèse Cahn/William Pearson; Internationales Kammerensemble Darmstadt/Bruno Maderna
Wergo 60 022
Wergo 60 045 (CD)
Gertie Charlent/Marie-Thérèse Cahn/William Pearson; Ensemble die reihe/Friedrich Cerha
Candide-Vox CE 312 009 – FSM 31 009
Mary Thomas/Jane Manning/William Pearson; Ensemble InterContemporaine/Pierre Boulez
DGG 410 651
DGG 423 244 (CD)

6 Bagatellen für Bläserquintett (1953)
Albert Schweitzer Quintett
Deutsche Harmonia mundi DMR 2013
Bläserquintett Stockholm
Caprice (Disco Center) 1150
Calamus-Ensemble
Bayer (Helikon) 100 052 (CD)

Quintett Chalumeau
Ambitus (FSM) 68 802

Bujdosó (Herumirrend; 1948)
Groupe Vocal de France/Guy Reibel
EMI 754096 (CD)

Capriccio Nr. 1/Nr. 2 (1947)
Erika Haase
col legno/Sony 31 815 (CD)
Begoña Uriarte/Karl-Hermann Mrongovius
Wergo 60 131 (LP/CD)

Continuum
Elisabeth Chojnacka
Wergo 60 100 (LP/CD)
Erika Haase
col legno/Sony 31 815 (CD)
Eva Nordwall
BIS (Disco Center) 500 053 (CD)
Jukka Tiensuu
Finlandia (Helikon) 367 (CD)
Antoinette Vischer
Wergo 60 045
Wergo 60 161 (CD)

Doppelkonzert für Flöte, Oboe und Orchester
Gunilla von Bahr/Torleif Lännerholm; Sinfonieorchester des Schwedischen Rundfunks/Elgar Howarth
Wergo 60 076
Wergo 60 163 (CD)
Aurèle Nicolet/Heinz Holliger; London Sinfonietta/David Atherton
Decca 425 623 (CD)

Éjszaka/Reggel (Nacht/Morgen; 1955)
Groupe Vocal de France/Guy Reibel
EMI 754 069 (CD)
Rundfunkchor Stockholm/Eric Ericson
EMI 129 916

Études „Harmonies"/„Coulée" für Orgel
Zsigmond Szathmáry
Wergo 60 076
Wergo 60 161 (CD)
– nur 1. Etüde:
Werner Jacob
Christophorus (Helikon) SCK 70 350
Peter Schumann
Cantate (Disco Center) 658 229
Gerd Zacher
Candide CE 312 009 - FSM 31 009

Études pour piano, premier livre
Pierre-Laurent Aimard
Erato 2292-45366 (CD)
Volker Banfield
Wergo 60 134 (LP/CD)
Jeffrey Burns
Academy/edel ACA 8505 (CD)
Erika Haase
col legno/Sony 31 815 (CD)

Glissandi
Studio für elektronische Musik des WDR, Köln
Wergo 60 076
Wergo 60 161 (CD)

Le Grand Macabre
Dieter Weller/Penelope Walmsley-Clark/Olive Fredricks/ Peter Haage/Christa Puhlmann-Richter/Kevin Smith/Ude Krekow/Eirian Davies u.a. ORF-Chor, Arnold Schönberg-Chor, Gumpoldskirchner Spatzen; ORF-Symphonie-Orchester/Elgar Howarth
Wergo 6170 (2 CD)
– Szenen und Zwischenspiele
Inga Nielsen/Olive Fredricks/Peter Haage/Dieter Weller; Chor und Orchester des Dänischen Rundfunks/Elgar Howarth
Wergo 60 085

Haj, ifjúság (Jugend; 1952)
Groupe Vocal de France/Guy Reibel
EMI 754 096 (CD)

Hungarian Rock
Elisabeth Chojnacka
Wergo 60 100 (LP/CD)
Erato STU 71 266
Erika Haase
col legno/Sony 31 815 (CD)
Eva Nordwall
Caprice (Disco Center) 1209
Jukka Tiensuu
Finlandia (Helikon) 367 (CD)

Invenció (Invention; 1948)
Erika Haase
col legno/Sony 31 815 (CD)
Begoña Uriarte
Wergo 60 131 (LP/CD)

Kallai kettős (Doppeltanz aus Kálló; 1950)
Groupe Vocal de France/Guy Reibel
EMI 754 096 (CD)

Kammerkonzert
Ensemble InterContemporain/Pierre Boulez
DGG 410 651
DGG 423 244 (CD)
Ensemble die reihe/Friedrich Cerha
Wergo 60 059
Wergo 60 162 (CD)
London Sinfonietta/David Atherton
Decca 425 623 (CD)

Konzert für Violoncello und Orchester
Siegfried Palm; Sinfonie-Orchester des Hessischen Rundfunks/Michael Gielen
Wergo 60 036
Wergo 6036 (CD) - 60 163 (CD)

Lakodalmas (Hochzeitstanz; 1950)
Groupe Vocal de France/Guy Reibel
EMI 75096 (CD)

Lontano
Sinfonie-Orchester des Südwestfunks/Ernest Bour
Wergo 60 045
Wergo 60 163 (CD)
Wiener Philharmoniker/Claudio Abbado
DGG 429 260 (CD)

Lux aeterna
Chor des NDR/Helmut Franz
DGG 415 908
DGG 423 244 (CD) - 419 475 (CD)
Groupe Vocal de France/Guy Reibel
EMI 754 096 (CD)
Schola Cantorum Stuttgart/Clytus Gottwald
Wergo 60 026
Wergo 60 162 (CD)

Magány (Einsamkeit; 1946)
Groupe Vocal de France/Guy Reibel
EMI 754 096 (CD)

Magyar Etűdök
Groupe Vocal de France/Guy Reibel
EMI 754 096 (CD)
Schola Cantorum Stuttgart/Clytus Gottwald
Wergo 60 111
col legno/Sony 31 830 (CD)

Mátraszentimrei dalok (Lieder aus Mátraszentimre; 1955)
Groupe Vocal de France/Guy Reibel
EMI 754 096 (CD)

Melodien
London Sinfonietta/David Atherton
Decca 425 623 (CD)

Monument · Selbstportrait · Bewegung/3 Stücke für 2 Klaviere
Bruno Canino/Antonio Ballista
Wergo 60 100 (LP/CD)
Alfons und Aloys Kontarsky
DGG 2531 102
Begoña Uriarte/Karl-Hermann Mrongovius
Wergo 60 131 (LP/CD)

Musica ricercata (1951–53)
Erika Haase
col legno/Sony 31 815 (CD)
Liisa Pohjola
BIS (Disco Center) 500 053 (CD)
Begoña Uriarte/Karl-Hermann Mrongovius
Wergo 60 131 (LP/CD)

Mysteries of the Macabre
Håkan Hardenberger (Trompete), Roland Pontinen (Klavier)
Philips 426 144 (CD)

Pápainé (Witwe Pápai; 1953)
Groupe Vocal de France/Guy Reibel
EMI 754 096 (CD)

Passacaglia ungherese
Elisabeth Chojnacka
Wergo 60 100 (LP/CD)
Erika Haase
col legno/Sony 31 815 (CD)
Jukka Tiensuu
Finlandia (Helikon) 367 (CD)

3 Phantasien nach Friedrich Hölderlin
Groupe Vocal de France/Guy Reibel
EMI 754 096 (CD)

Pletykázó asszonyok (Klatschende Frauen; 1952)
Groupe Vocal de France/Guy Reibel
EMI 754 096 (CD)

Poème symphonique
Kreisversion/Raumversion (Michael F. Bauer/Sid McLauchlan/Ursula Mittelmann/Elisabeth Scherer; Leitung: György Ligeti)
Edition Michael F. Bauer 008

Ramifications
Sinfonie-Orchester des Südwestfunks/Ernest Bour (Orchester-Version)/Kammerorchester des Saarländischen Rundfunks/Antonio Janigro (Solo-Version)
Wergo 60 059
Wergo 60 162 (CD)
Junge Solisten Saarbrücken/Michael Luig (Orchester-Version)
Polyphonia Köln (BMG) 881 204 (CD)
Ensemble InterContemporain/Pierre Boulez (Solo-Version)
DGG 410 651
DGG 423 244 (CD)

Requiem
Liliana Poli/Barbro Ericson; Chor des Bayerischen Rundfunks; Sinfonie-Orchester des Hessischen Rundfunks/Michael Gielen
Wergo 60 045 (LP/CD)

San Francisco Polyphony
Sinfonie-Orchester des Schwedischen Rundfunks/Elgar Howarth
BIS (Disco Center) 500 053 (CD)
Wergo 60 076
Wergo 60 163 (CD)

Sonate für Violoncello solo (1948/49, 1953)
Matt Haimovitz
DGG 431 813 (CD)

Streichquartett Nr. 1 (1953–54)
Arditti Quartet
Wergo 60 079 (LP/CD)
Hagen Quartett
DGG 431 686 (CD)

Voces Intimae Quartet
BIS (Disco Center) 500 053 (CD)

Streichquartett Nr. 2
Arditti Quartet
Wergo 60 079 (LP/CD)
LaSalle Quartet
DGG 2561 040 – DGG 2530 392
DGG 423 244 (CD)

10 Stücke für Bläserquintett
Bläserquintett des Südwestfunks
Wergo 60 059
Wergo 60 161 (CD)
Wiener Bläsersolisten
Decca 425 623 (CD)

Trio für Violine, Horn und Klavier
Maryvonne Le Dizès-Richard/Jacques Deleplancque/Pierre-Laurent Aimard
Erato 2292-45366 (CD)
Saschko Gawriloff/Hermann Baumann/Eckart Besch
Wergo 60 100 (LP/CD)

Volumina
Werner Jacob
Christophorus (Helikon) SCK 70 350
Karl-Erik Welin
Wergo 60 022
Wergo 60 161 (CD)
Gerd Zacher
Candide-Vox CE 312 009 - FSM 31 009
DGG 2530 392

Bibliographische Hinweise

Bauer, Hans Joachim: *Statistik, eine objektive Methode zur Analyse von Kunst?* Die Leistungsfähigkeit statistischer Methoden für die Analyse von Kunstwerken am Beispiel von György Ligetis *Lux aeterna*, in: *International Review of the Aesthetics and Sociology of Music* 7/1976, S. 249–263

Bonnet, Antoine: *Sur Ligeti*, in: *Entretemps* 1/1986, S. 5–15

Borris, Siegfried: *Das kalkulierte Labyrinth*. Betrachtungen zur Musik Ligetis, in: *Musik und Bildung* 10/1975 (Mainz), S. 481–489

Bouliane, Denys: *Imaginäre Bewegung*. György Ligetis *Études pour piano*, in: *MusikTexte* 28/29, Köln 1989, S. 73–84

Bridger, Michael: *Structural, Expressive, and Contextual Aspects of Selected Electro-Acoustic Compositions by Berio, Cage, Ligeti, Stockhausen, and Varese* (Ligeti: *Artikulation*), Diss. Keele University 1987; Kopie erschienen im Verlag: British Library, Document Supply Center, Boston

Burde, Wolfgang (Hg.): *Komponistenportrait György Ligeti*, Programmbroschüre 38. Berliner Festwochen 88 (mit Beiträgen von Hartmut Lück, György Ligeti, Clytus Gottwald, Louise Duchesneau, Wolfgang Burde, Monika Lichtenfeld, Frank Schneider), Berlin 1988, 60 S.

Burde, Wolfgang: *Im Banne des imaginären Reichs „Kilviria“*, in: *NZ* 1/1993 (Mainz), S. 42–47

Dadelsen, Hans-Christian von: *Hat Distanz Relevanz?* Über Kompositionstechnik und ihre musikalischen Folgen – dargestellt an György Ligetis Orchesterstück *Lontano*, in: *Musik und Bildung* 10/1975 (Mainz), S. 502–506

Dadelsen, Hans-Christian von: *Über die musikalischen Konturen der Entfernung*. Entfernung als räumliche, historische und ästhetische Perspektive in Ligetis *Lontano*, in: *Melos/NZ* 3/1976 (Mainz), S. 187–190

Dadelsen, Hans-Christian von: *Vom Pathos des Individuellen und seiner Demaskierung*. Ligetis *San Francisco Polyphony* – Endspiel oder Aufbruch? in: Begleitheft zur Schallplatte Wergo 60 076, Mainz 1976

Dibelius, Ulrich: *György Ligeti,* in: ders., *Moderne Musik I 1945–1965,* München 1966, 1984, S. 183–193
Dibelius, Ulrich: *Reflexion und Reaktion.* Über den Komponisten György Ligeti, in: *Melos* 3/1970 (Mainz), S. 89–96
Dibelius, Ulrich: *Konsequenzen eines Klangbildners.* Zur Musik von György Ligeti, in: Begleitheft zur Schallplatten-Kassette Wergo 60 095, Mainz 1984, S. 5–14
Dibelius, Ulrich: *Ligetis Horntrio,* in: *Melos* 1/1984 (Mainz), S. 44–61
Dibelius, Ulrich: *György Ligeti,* in: ders., *Moderne Musik II 1965–1985,* München 1988, S. 40–47
Dibelius, Ulrich: *Sprachen – Gesten – Bilder.* Von György Ligetis *Aventures* zu *Le Grand Macabre,* in *MusikTexte* 28/29, Köln 1989, S. 63–67
Duchesneau, Louise: *György Ligeti,* in: Booklet zur CD Wergo 60 131, Mainz 1987, S. 3–8
Engelmann, Marcus William: *Compositional Techniques Found in Three Orchestral Works of György Ligeti* (Cellokonzert, Doppelkonzert, San Francisco Polyphony), Diss. University of Illinois at Urbana-Champaign 1988; Kopie: Ann Arbor, IV + 152 S.
Fanselau, Rainer: *György Ligeti zum 60. Geburtstag – Le Grand Macabre.* Gesichtspunkte für eine Behandlung im Musikunterricht, in: *Musik und Bildung* 1/1983 (Mainz), S. 17–24
Febel, Reinhard: *György Ligeti: Monument – Selbstportrait – Bewegung* (Drei Stücke für zwei Klaviere), in: *Zeitschrift für Musiktheorie* 1/1978, S. 35–51; 2/1978, S. 4–13 (Stuttgart)
Ferguson, Stephen: *Tradition · Wirkung · Rezeption.* Anmerkungen zu Ligetis Klaviermusik, in: *NZ* 1/1993 (Mainz), S. 8–15
Floros, Constantin: *György Ligeti. Prinzipielles über sein Schaffen,* in: *Musik und Bildung* 1978 (Mainz), S. 484–488
Floros, Constantin: *Ligetis Drei Phantasien nach Friedrich Hölderlin,* in: *NZ* 2/1985 (Mainz), S. 18–20
Floros, Constantin: *Hommage à György Ligeti,* in *NZ* 5/1988 (Mainz), S. 25–29
Frisius, Rudolf: *Tonal oder postseriell?,* in: *Musik und Bildung* 10/1975 (Mainz), S. 490–501
Gawriloff, Saschko: *Ein Meisterwerk von Ligeti.* Marginalien zur Entstehung des Violinkonzerts, in: *NZ* 1/1993 (Mainz), S. 16–18
Gottwald, Clytus: *Lux aeterna.* Ein Beitrag zur Kompositionstechnik György Ligetis, in: *Musica* 1/1971 (Kassel), S. 12–17
Griffiths, Paul: *György Ligeti* (The Contemporary Composers-Series 3), London 1983, 128 S.
Gruhn, Wilfried: *Textvertonung und Sprachkomposition bei György Ligeti,* in: *Musik und Bildung* 10/1975 (Mainz), S. 511–519
Häusler, Josef: *György Ligeti,* in: ders., *Musik im 20. Jahrhundert,* Bremen 1969, S. 259–269
Häusler, Josef: *György Ligeti oder Die Netzstruktur,* in: *NZ* 5/1983 (Mainz), S. 18–21
Häusler, Josef: *Trompe-l'oreille, Allusion, Illusion.* Über einige Werke von György Ligeti, in: Booklet zur CD Wergo 60 100, Mainz 1986, S. 2–10
Hoopen, Christiane ten: *Statische Musik.* Zu Ligetis Befreiung der Musik vom Taktschlag durch präzise Notation, in: *MusikTexte* 28/29, Köln 1989, S. 68–72
Hupfer, Konrad: *Gemeinsame Kompositionsaspekte bei Stockhausen, Pousseur und Ligeti,* in: *Melos* 6/1970 (Mainz), S. 236–237
Kaufmann, Harald: *Strukturen im Strukturlosen.* Über György Ligetis *Atmosphères,* in: *Melos* 12/1964 (Mainz), S. 391–398; auch in: ders., *Spurlinien,* Wien 1969, S. 107–117
Kaufmann, Harald: *Eine moderne Totenmesse.* Ligetis *Requiem,* in: *Neues Forum* 13, Wien 1966, S. 59–61
Kaufmann Harald: *Ein Fall absurder Musik.* Ligetis *Aventures & Nouvelles Aventures,* in: ders., *Spurlinien,* Wien 1969, S. 130–158
Kaufmann, Harald: *Ligetis Zweites Streichquartett,* in: *Melos* 5/1970 (Mainz), S. 181–186
Kaufmann, Harald: *Betreffend Ligetis Requiem,* in: *Protokolle* 1/1971 (Wien), S. 158–168
Klüppelholz, Werner: *Aufhebung der Sprache.* Zu György Ligetis *Aventures,* in: *Melos/NZ* 1/1976 (Mainz), S. 11–15
Kolleritsch, Otto (Hg.): *György Ligeti.* Personalstil – Avantgardismus – Popularität (Studien zur Wertungsfor-

schung, Band 19; mit Beiträgen von Gottfried Michael Koenig, Christoph von Blumröder, Elmar Budde, Christian Martin Schmidt, Hartmuth Kinzler, Ulrich Dibelius, Monika Lichtenfeld, Herman Sabbe, Martin Zenck, Rudolf Frisius, Clytus Gottwald, Zsigmond Szathmáry, Ivanka Stoïanova), Wien/Graz 1987, 233 S.

Kropfinger, Klaus: *Ligeti und die Tradition.* in: *Zwischen Tradition und Fortschritt. Über das musikalische Geschichtsbewußtsein* (hg. v. Rudolf Stephan; Veröffentlichungen des Instituts für neue Musik und Musikerziehung Darmstadt, Band 13), Mainz 1973, S. 131–142

Lichtenfeld, Monika: *György Ligeti oder das Ende der seriellen Musik,* in: *Melos* 2/1972 (Mainz), S. 74–80

Lichtenfeld, Monika: *„Zehn Stücke für Bläserquintett" von György Ligeti,* in: *Melos* 6/1972 (Mainz), S. 326–333

Loesch, Heinz von: *Eine „fraktale Seepferdchen-Etüde".* György Ligeti und die Chaosforschung, in: *positionen* 11, Berlin 1992, S. 7–12

Michel, Pierre: *György Ligeti. Compositeur d'aujourd'hui* (Collection „Musique ouverte"), Paris 1985, 253 S.

Michel, Pierre: *Les rapports texte/musique chez Ligeti de „Lux aeterna" au „Grand Macabre",* in: *Contrechamps* 4/1985 (Genf), S. 128–138

Müller, Karl-Josef: *György Ligeti:„Lontano",* in: *Perspektiven Neuer Musik,* hg. v. Dieter Zimmerschied, Mainz 1974, S. 215–233

Nordwall, Ove: *Det omöjligas konst.* Anteckningar kring György Ligetis musik, Stockholm 1966, 119 S.

Nordwall, Ove: *Der Komponist György Ligeti, in: Musica* 2/1968 (Kassel), S. 173–177

Nordwall, Ove: *Ligeti-dokument,* Stockholm 1968, 318 S.

Nordwall, Ove: *György Ligeti.* Eine Monographie (aus dem Schwedischen von Hans Eppstein, Ulrich Süße, Ove Nordwall), Mainz 1971, 230 S. (mit ausführlichem Werkkatalog)

Nordwall, Ove: *György Ligeti* 1980, in *ÖMZ* 1980 (Wien), S. 67–75

Op de Coul, Paul: *Sprachkomposition bei Ligeti:„Lux aeterna".* Nebst einigen Randbemerkungen zu den Begriffen Sprach- und Lautkomposition, in: *Über Musik und Sprache* (hg. v. Rudolf Stephan; Veröffentlichungen des Instituts für neue Musik und Musikerziehung, Darmstadt, Band 14), Mainz 1974, S. 59–69

Restagno, Enzo (Hg.): *Ligeti* (Biblioteca di cultura musicale; mit Beiträgen von György Ligeti, Enzo Restagno, Ivanka Stoïanova, Ulrich Dibelius, Wolfgang Schreiber, Monika Lichtenfeld, Armando Gentilucci, Franco Donatoni, Gianmario Borio, Harald Kaufmann, Paolo Tonini Bossi, Ernesto Napolitano, Giorgio Pugliaro, Franco Pulcini, Orazio Mula, Pippo Molino, Claudio Tempo, Piero Santi, Giorgio Pressburger, Zoltán Peskó, Gianfranco Vinay), Turin 1985, 265 S.

Richter, Christoph: *Interpretation zu „Lux aeterna" von György Ligeti,* in: *Musik und Bildung* 5/1972 (Mainz), S. 237–241

Rollin, Robert L.: *The Process of Textural Change and the Organization of Pitch in Ligeti's „Lontano",* Diss. Cornell University, Ithaca/New York 1973

Rollin, Robert L.: *Ligeti's „Lontano": Traditional Canonic Technique in a New Guise,* in: *The Music Review,* Cambridge 1980, S. 289–296

Sabbe, Herman: *György Ligeti.* Studien zur kompositorischen Phänomenologie (*Musik-Konzepte,* hg. v. Heinz-Klaus Metzger und Rainer Riehn, Heft 53), München 1987, 110 S.

Salmenhaara, Erkki: *Das musikalische Material und seine Behandlung in den Werken „Apparitions", „Atmosphères", „Aventures" und „Requiem" von György Ligeti* (Forschungsbeiträge zur Musikwissenschaft, Band XIX), Regensburg 1969, 204 S.

Schultz, Wolfgang-Andreas: *Zwei Studien über das Cello-Konzert von Ligeti,* in: *Zeitschrift für Musiktheorie* 1975 (Stuttgart), S. 97–104

Stephan, Rudolph: *György Ligeti: Konzert für Violoncello und Orchester.* Anmerkungen zur Cluster-Komposition, in: *Die Musik der sechziger Jahre* (hg. v. Rudolf Stephan; Veröffentlichungen des Institus für neue Musik und Musikerziehung Darmstadt, Band 12), Mainz 1972, S. 117–127

Stockhausen, Berio, Ligeti (Forum de musique contemporaine I, hg. v. Dennis Collins, Dominique Jameux), *musique en jeu no 15,* Paris 1974; darin Ligeti S. 73–124

(mit Beiträgen von Harald Kaufmann, Olivier Bernager, Costin Miereanu, Josef Häusler, Patrick Szersnovicz)

Thomas, Jaret Owen: *Ligeti's Organ Music*, in: *The Musical Times*, London 1983, S. 319–321

Topor, Roland: *Le Grand Macabre* (texte de Roland Topor, entretien Claude Samuel/György Ligeti, dessins de décors et costumes de l'opéra), Paris 1981, 87 S.

Urban, Uve: *Serielle Technik und barocker Geist in Ligetis Cembalo-Stück „Continuum"* in: *Musik und Bildung* 2/1973 (Mainz), S. 63–70

Wehinger, Rainer: *Ligeti Artikulation.* Eine Hörpartitur, Mainz 1970 und 1994, 56 S. (davon 9 S. Abbildungen, 4 S. Diagramme, 10 S. Hörpartitur)

Yannay, Yehuda: *Toward an Open-Ended Method of Analysis of Contemporary Music: A Study of Selected Works by Edgard Varèse and György Ligeti*, Diss. University of Illinois at Urbana-Champaign 1974

Register

M

N

O

P

R

S

T

U

V

W

X

Y

Z